W0221566

JOHANNES

MIEKE MOSMULLER

JOHANNES

Dialoge über die Einweihung

OCCIDENT VERLAG

Aus dem Niederländischen
von Holger Niederhausen

ISBN 978-3-00-038134-8
Alle Rechte vorbehalten
Copyright © Occident Verlag, Baarle Nassau 2012
Internet: www.occidentverlag.de
E-mail: info@occidentverlag.de
Umschlaggestaltung: Occident Verlag
Umschlagabbildung: Johannes der Täufer: Meister E.S., 1466

JOHANNES

2003

DAS VERWUNDERN

Durch das Fenster seines Arbeitszimmers sah er den Schnee. Die jungen Tannen beugten sich unter der frisch gefallenen Last. Still war es, *so* still. Als er ein Kind gewesen war, hatte ihn die winterliche Kälte immer mit einer heiteren Wehmut erfüllt. Wie diese zwei Gefühle zusammengehen konnten? Die klare Kälte des Winters sorgte für die frische Heiterkeit, die Stille in der Natur jedoch für die Wehmut, bis hin zu tiefer Traurigkeit. Er liebte Gegensätze, gleichzeitig im Gemüt gefühlt ... sie brachten seine ruhige Gleichgewichtigkeit zustande. Er hatte gelernt, ihnen nachzulauschen, wie einer Musik. Ja, dasjenige, dem er in seinem Gemüt lauschte, war wirklich Musik. Er seufzte tief. Auch jetzt, etwa vierzig Jahre später, war da diese Wehmut – und die Heiterkeit. Er war noch jung und blickte dennoch auf ein reiches und produktives Leben zurück. Aber er stand auch auf der Schwelle zu einem neuen Leben; noch einmal ganz neu zu beginnen, das wurde von ihm erwartet. Oder besser gesagt: Er selbst legte sich dies auf, niemand anders hatte ihn auf irgendeine Weise dazu bewogen als nur er selbst. Die Wehmut hatte diese objektive Seite ... die Stille der Natur – und die rein subjektive Seite ... den Kontrast zwischen der Winterruhe in den Bergen und der Winterhektik in der großen Stadt.

Das dicke Schneekleid nahm jeden Laut in sich auf, die ganze Welt war gedämpft.

Doch unter dieser dicken kalten Schicht hatte das Leben längst begonnen. Da brütete und wartete schon alles, was erst viel später sichtbar werden würde. Junges Leben: auch das fühlte er in sich, Keimkraft. Es war schließlich schon März... In den Beeten Amsterdams waren die Krokusse vielleicht schon verwelkt. Hier aber schien die Sonne, und die Welt war blendend weiß. Wehmut und Heiterkeit.

Er schloss seine Augen und zog die ganze Kraft seiner starken, gleichgewichtigen Seele in einen Punkt zusammen. Er fühlte, wie die Dankbarkeit ihn durchströmte, eine warme Welle von Demut. Alles, was *groß* im Menschen ist, verdankt er dem, was ihm aus diesem unendlichen Meer zuströmt, das Makrokosmos heißt. Dieser Dank verpflichtet ihn auch. Pflicht ... sich zu entwickeln, zu reinigen, immer weiter und weiter zu streben, damit er nicht bleibt, wer er ist, damit das Kind erwachsen wird und einst selbst schenken kann... Makrokosmisches Erwachsensein musste man erstreben wollen, Selbständigkeit in voller Bewusstheit. Einst, vor Jahren, hatte er in einer stillen Stunde sein Gelöbnis abgelegt, innig seines geistigen *Seins* bewusst. Es war das Gelöbnis, all seine Talente und seine ganze Kraft ausschließlich dazu anzuwenden, den Weg von der geistigen Welt zum irdischen Bewusstsein zu bahnen. Der Weg schien zerbrochen, versperrt, der geistige Strom aufgehalten. Er hatte das Gelöbnis getan, mit seiner ruhigen, gleichgewichtigen Seele die Barrikaden umzustoßen und den Geist des Universums zuzulassen...

Darum begann er seine Meditation immer mit kräftiger Besinnung. Er ließ die Dankgefühle zu ... Dankbarkeit für seine Talente und ihre Erneuerung, Verlebendigung, von Tag zu Tag, von Nacht zu Nacht. Dann stand er innerlich auf, richtete seine Seele auf und erhob sie zu der Pflicht, sich durch nichts und niemanden von ihrem Gelöbnis ablenken zu lassen. Erst dann begann er seine eigentliche Meditation.

In den Geist Eingeweihte leben im Verborgenen und verrichten still ihre segensreiche Arbeit. Er nicht... Ein Eingeweihter war er, im vollen Umfang der Bedeutung. Aber er hatte seine jugendliche Kraft und sein Talent für das äußere Leben eingesetzt, und sie hatten ihm eine glänzende Karriere geschenkt. Erst als er in deren voller Blüte stand, war er zu dem Bewusstsein gekommen, dass seine Berufung ganz woanders lag. Besser gesagt: Er hatte sich selbst berufen. Damals hatte er auch sein Gelöbnis getan – gegenüber sich selbst, doch damit auch gegenüber Gott, dem umfassenden makrokosmischen Wort. Das Gelöbnis *war* bereits das Opfer seines Ruhmes, seines äußeren Wertes, auch wenn dieser sich noch jahrelang erhalten hatte. Mit diesem Gedanken schloss er seine Meditation ab. Ohne Opfer ist keine Kommunion möglich, und gerade diese suchte er mit seinem ganzen Herzen. Völlige Harmonie mit der Welt und den Menschen um sich herum, dadurch Verständnis und Fühlung mit dem wahren

Wesen von Menschen und Dingen...

Er stand auf, richtete seinen müden Rücken auf und öffnete die Tür zum Leben.

Das Haus war verlassen, seine Frau war bei der Arbeit in der Klinik, die Kinder waren in der Schule. Er zog seinen Mantel an, schlug den Kragen hoch und ging in den Schnee hinein. In der Winterzeit spazierte er jeden Morgen zum Chalet seines Freundes, um mit ihm die kommende Sommersaison vorzubereiten. Begegnungen mit ihm blieben Höhepunkte im Dasein, das galt für sie beide. Sie kamen in jeder Hinsicht aus entgegengesetzten Richtungen, aber die Liebe füreinander, für den Hintergrund des jeweils Anderen, sorgte für die lebendige Harmonie, auf die sie sich jedes Mal freuten.

Er fühlte, wie er mit der umgebenden frischen Bergluft eins wurde. Luft ist *Leben*, und hier in den Bergen fühlte man das Leben intensiv.

Er erwartete ihn in seinem Meditationszimmer. Er war etwas über sechzig, aber das Fortschreiten der Jahre schien ihm nichts anhaben zu können. Vitalität war seine Qualität, man wurde davon berührt... Sie äußerte sich in seinem feurigen, lebendigen Blick, in seinem vollen, leicht ergrauenden Haarschopf, in seiner kerzengeraden Haltung und in seinem Lachen, das schallend durch die Berge und Täler klingen konnte.

‚Ich bin ein bisschen nervös.', grinste der buddhistische Meister und zwinkerte mit den Augen. ‚Ich habe einen Vorschlag zu machen ... mit dem ich mir ganz schön was aufhalsen werde!'

Er setzte sich und fragte erstaunt:

‚Was denn?'

‚Vor Jahren, als wir gerade erst zusammenarbeiteten, haben wir einen Versuch gemacht, uns zusammen in die Bibel zu vertiefen. Wir wählten das Lukas-Evangelium, weil es Verwandtschaft mit dem Buddhismus hat. Aber mein Gemüt empfand unmittelbar dessen Tiefe, die ich damals nicht ertragen konnte. Ich geriet in Panik...* Nun hast du so einen riesigen Schritt gemacht, mein Junge! Jedes Jahr habe ich dich gefragt: ‚Willst du nicht für immer zu mir in die Berge

---

* Siehe den Roman ‚Lotus und Lilie', eine deutsche Übersetzung liegt noch nicht vor.

kommen, damit wir uns vereint dem Geist widmen können?' Jedes Jahr sagtest du: ‚Nein, meine Zeit ist noch nicht gekommen.'

Letztes Jahr stimmtest du schließlich zu, und jetzt bist du hier, du hast deinen Status aufgegeben und lebst hier nun als ein zweifelhafter Handlanger dieses alten Gurus – von mir.

Ich suche Gleichgewicht, mein Junge, eine ebenso große Geste auf dich zu. Darum frage ich dich: Wollen wir die große Arbeit, damals begonnen, aber durch meine Wankelmütigkeit misslungen, wieder aufnehmen?'

Still hatte er zugehört, und obwohl er absolut keine Vorstellung hatte, *wie* sie diese große Arbeit zusammen tun sollten ... sagte er kraftvoll:

‚Ja. Sag einfach, wann du beginnen willst.'

Der Meister entspannte sich und lächelte.

‚Ich sagte schon: Ich halse mir ganz schön was auf! Aber ich *will* es so, also was mich angeht, fangen wir morgen an. Wir haben jetzt noch die Ruhe des Winters. Es ist das Herz, das spricht, Johannes. Der Kopf weiß sich damit noch keinen rechten Rat.'

Nun lachte auch Johannes.

‚Der Kopf folgt dem Herzen, nicht wahr...'

Sie sprachen noch über einige aktuelle Dinge und nahmen dann Abschied, um beide fleißig an die Arbeit zu gehen.

Johannes lief durch den verschneiten Garten zum Hauptgebäude, zu seinem Zimmer. Sein Gemüt war erfüllt. Sein Freund hatte den richtigen Moment gewählt, um ihm diesen Vorschlag zu machen. Er lebte mit seinem Gemüt so in der Wirklichkeit, dass jedes Detail in seinem Leben am richtigen Ort und zur richtigen Zeit zu geschehen schien. Abstrakte Überlegungen hatten im Meister keinen Platz. Er hatte sich zwar in abstraktem Denken, in Philosophie und Mathematik geübt, aber im *Leben* erwog er alles immer unmittelbar aus dem Leben heraus.

Das Lukas-Evangelium ... das Evangelium für den Arzt. Johannes hatte seinen Beruf als Internist aufgegeben und sehnte sich nach einer *Vertiefung* in der Medizin, etwas, wozu er in seiner anstrengenden Arbeit nicht wirklich Gelegenheit gehabt hatte. Vermutlich gab es keinen effektiveren Trost für den Mangel seines Faches ... als sich in das Evangelium zu vertiefen, und dies zusammen mit dem Mann, der die Gabe hatte, den Geist in der Natur – also auch im Körper – zu schauen.

‚Ich habe deinen Vorschlag lange bedacht, gestern Abend, heute Nacht. Es ist wichtig, zuvor durch und durch zu wissen, was und warum wir etwas wollen. Die Bibel ist das meistgelesene Buch – aber dadurch auch ein schwieriges Terrain. Es gab eine Zeit, in der die Evangelien dem Priester vorbehalten waren. Durch die Reformation hat sich das geändert, und du weißt natürlich auch, dass das Christentum im letzten Jahrhundert in Europa nicht mehr die Position gehabt hat, die es früher hatte. Die Kirchen haben an Macht und Einfluss eingebüßt, die Gläubigen stehen jetzt mehr auf eigenen Füßen und haben den Glauben damit oft verloren – ja sogar eine Abneigung gegen das Christentum bekommen.'

‚Das, Johannes, wogegen sie eine Abneigung haben, ist doch überhaupt nicht das wahrhafte Christentum? Du und ich wissen es doch besser?'

‚Natürlich. Aber wenn wir uns mit diesem religiösen Dokument beschäftigen, dann beschäftigen wir uns auch mit dem, was das Evangelium immer bedeutet hat. Wir werden es andersherum angehen müssen. Zuerst schauen und dann den Text dazunehmen. Man kann die Abfolge, den Gang des Evangeliums einhalten, doch die Ideen will ich im Geiste schauen. Wenn wir uns vornehmen, auf diese Weise nach dem Lukas-Evangelium zu *leben*, wird unser Leben diese Form ebenfalls annehmen. Das *Leben* wird dann unser Lehrmeister sein. Auf keinen Fall will ich den Bibeltext abstrakt studieren!'

Der Meister sah ihn mit großen mitfühlenden Augen an.

‚Du hast darunter gelitten, mein Junge. Du leidest unter dem Zerfall des Christentums, und du musst mit ansehen, dass dem kein *Auferstehen* der wahrhaftigen christlichen Ideen folgt. Du musst ertragen, dass deine Kultur all ihre Werte loslässt, dass sie den Quell, aus dem sie trinkt, abweist, dass sie sich abkehrt, sich entweder dem Materialismus oder dem ebenso in Dekadenz verfallenden Osten zuwendet... Sie sucht Spiritualität, aber sie will ihre Aufgabe nicht sehen. Dass *ich* als Meister aus dem Osten diese Aufgabe nicht sah, ist mir wohl zu verzeihen. Jetzt sehe ich sie schließlich sehr gut. Aber all diese doch gutwilligen Menschen, die ihre eigene Herkunft verleugnen ... darunter leidest du. Dennoch müssen wir auch jetzt der Wirklichkeit ins Auge sehen. Darum stellte ich dir gestern diese Frage. Vor Jahren ließ der junge Wein des Evangeliums meine alte Hülle reißen – ich musste mich vorläufig auf den alten Wein beschränken. Nun habe ich die Kraft dazu, jetzt, wo du hier bei mir bist. Es wird wirklich von großer Bedeutung sein, was wir jetzt anfangen!'

Johannes hatte den Kopf gebeugt. Sein Gelöbnis war in voller Intensität in ihm anwesend. *Ich werde alle meine Talente anwenden, um den Weg von der geistigen Welt zur Erde zu bahnen.* Der Weg *ist* schon gebahnt durch das Opfer des größten Wesens des Makrokosmos. Nur der Mensch muss folgen, nachfolgen. Diesen Weg deutlich sichtbar, verständlich zu machen, das sehe ich als meine Aufgabe an. Ich bin Arzt, ein Gelehrter im gewöhnlichen Sinne des Wortes. Ich habe den Glanz all dessen aufgegeben und werde hier meine Aufgabe erfüllen. Der erste Schritt wird sein, den spirituellen Impuls in die Medizin hineinzutragen.

Er nickte und sagte:

‚Ich bin dir sehr dankbar für deine Frage. In der Wissenschaft kennen wir als Krankheitsursache die genetische Veranlagung und die Umgebungsfaktoren. Die Individualität mit ihrer ganzen umfassenden Vergangenheit spielt darin keine Rolle, ist eigentlich am Entstehen von Krankheit nicht beteiligt, nur bei den Folgen, im Leiden daran. So besehen ist Krankheit Pech, Unglück. Hier liegt der fundamentale Bruch zwischen meiner inneren Erfahrung und der naturwissenschaftlichen Medizin. Der eigentliche *Mensch* spielt dort keine Rolle, während ich in der unmittelbaren Anschauung erfahre, wie sehr gerade die *Seele* die Quelle von Krankheit ist. Es *gibt* keine andere Quelle, so schmerzlich eine solche Einsicht auch ist. Wer will sich schon an die eigene Nase fassen, wenn es um ein Leiden geht? Ich meine jedoch nicht einmal die *sündige* Seele, ich meine die Seele an sich, das *Wesen* der Seele. Jeden Morgen, wenn man aufwacht, taucht die Seele in den lebenden Körper unter und richtet da Schaden an, weil die Seele nun einmal abbauend wirkt. Auf diesem abbauenden Strom entsteht das Bewusstsein – und davon wird man so müde, dies erschöpft den Körper. Doch durch den Schlaf – wenn das Bewusstsein loslässt – gibt es immer wieder die heilende Wirkung des lebendigen Leibes selbst, die Antwort auf den Abbau.

Unbewusste Selbstheilung hält den Körper gesund. Was ist dann Krankheit? Ein ungenügender Impuls, diesen Abbau durch die Seele – den es geben *muss* – wiederherzustellen. Das ist allgemeine Krankheitslehre, Meister. Und warum ist dieser wiederherstellende Impuls ungenügend? Durch die Unvollkommenheit der Seele, die gleichsam *mehr* tut, als sie von Natur aus tun darf; die *tiefer* eingreift, als es ihr zusteht. Wenn man die Krankheitslehre im Allgemeinen hält, was ist dann die *Urschuld* der Seele, wodurch Krankheit möglich wird? Das, mein Freund, ist der *Zweifel.*

Damit beginnt ja das Lukas-Evangelium. Zacharias wird durch seinen Zweifel an der Engelsbotschaft mit Stummheit geschlagen. Auch Maria stellt ihre Frage, aber diese basiert nicht auf Zweifel, sondern auf Verwunderung.

Wir wollen uns so tief wie nur möglich von diesen zwei entgegengesetzten Qualitäten der Seele durchdringen lassen: *Zweifel und Verwunderung*. Das scheint mir die Ouvertüre unseres Werkes zu sein, Meister!'

Als er weg war, ging der Meister zurück zu seinem Meditationszimmer. Er war es gewohnt, das Leben tief in sich aufzunehmen, und er tat dies, indem er sich – wenn es einigermaßen möglich war – die Zeit nahm, in den Geschehnissen nochmals zu verweilen. Dann geht die Liebe nicht einfach so an einem vorüber, und das Erschauern vor dem Geist durchzieht einen tief...

Er liebte den Mann, der soeben weggegangen war, innig. Er liebte sein Aufrecht-Sein, seine Aufrichtigkeit, seinen edlen Mut. Unerschütterlich war er, in nichts ängstlich. Die Schwächeren fanden in ihm einen tröstenden Freund – die Stärkeren jedoch standen einer strengen Willenskraft gegenüber. Nicht dass er je etwas von irgendjemandem *erwartete.* Die individuelle Freiheit wurde mit derselben Aufrichtigkeit respektiert. Aber der Respekt vor der geistigen Realität war stets noch größer. Davor musste sich die eigene Freiheit – *in Freiheit* – beugen, und natürlich konnte auch die Freiheit des Anderen nicht darüber dominieren. Seine Seele bewegte sich mit Liebe und Leid mit, der Geist stand hoch darüber, reichte bis zu den Sternen... Wer nur das Letztere sah, hielt ihn für einen kühlen Denker, einen strengen Lehrer. Doch der wahre Geist wird nur im *Erleben* gefunden, und dieses Erleben ist gerade die Qualität der Seele.

Der Meister seufzte tief. Das Leben hatte ihm den großartigsten Menschen auf Erden gebracht – obwohl zweifellos klein im Reiche der Himmel. Anfänglich hatte er sich seiner Größe noch ein wenig widersetzt. Schließlich war er selbst *Meister*. Er hatte seine Sicht ganz ändern müssen, und die Liebe gab ihm die Kraft dazu. Nun lebte er in fortwährender Verwunderung über das Wesen seines Freundes. Ja, *Verwunderung*. Zweifel entspringt dem Verstand. Man meint, etwas sei so oder so, und wenn sich herausstellt, dass es anders ist, kann man es nicht glauben. Oder man steht so außerhalb der Realität, dass man keiner einzigen Vorstellung mehr zu glauben wagt. Zweifel entspringt dem Denken, aber ein Zweifler *denkt* nicht wirklich! Ein schönes Paradox...

Er schloss seine Augen und vertiefte sich in den Zweifel. Wenn das menschliche Denken absolut keine Verbindung mit dem *Sein* der Wesen und Dinge hat, wenn alles ein *Aus*denken ist, dann muss man wirklich alles bezweifeln. Der Zweifel sitzt an einer bestimmten Stelle im menschlichen Wesen, man kann ihn lokalisieren. Er sitzt über den Augen, im Gehirn ... aber ergreift das Herz und presst es zusammen, während die Verwunderung aus dem Herzen aufblüht und das Denken nur gebraucht, um zu ordnen. Das gerade ist die richtige Aufgabe für das Denken: Ordnung. Nicht Festlegen, niemals Festlegen. Man schaut in Verwunderung an, und man ordnet, was man anschaut. Die Geschehnisse selbst unterweisen einen über den Zusammenhang der Dinge, man braucht nichts *er*denken. Man hat etwas getan und beginnt nun, an der Richtigkeit dieser Handlung zu zweifeln? Verschwendete Energie! Man warte die Geschehnisse gelassen ab, und man wird erfahren, ob die Handlung gute oder böse Folgen hat. So sei es! Ein Gott, der in einem Menschenleib gelebt hat, gestorben ist und den Tod überwunden hat ... mit dem Verstand ist so etwas nicht zu denken, nur zu bezweifeln, ja mehr noch, der Verstand lehnt dies ab. Niemals schließlich kann irgendetwas den strengen

Zusammenhang der Naturnotwendigkeit durchbrechen.

Dennoch *ist* diese Naturnotwendigkeit durchbrochen, vollkommen! Natürlich konnte Gott diese Naturnotwendigkeit durchbrechen, er hatte sie schließlich selbst erschaffen. Sein Wesen *ist* das Gesetz, sowohl natürlich als auch moralisch. Es geht selbstverständlich nicht um die Materie. Wenn ein Mensch stirbt – auch wenn er Gott ist –, verlässt die verbindende Kraft die Materie, die dann den Gesetzen der leblosen Natur folgt. Doch die Architektur, der Baumeister, der Bauplan bleiben bestehen – nur kann ein *Mensch* in diesem Bauplan nicht leben und sich bewegen, sich zeigen, denn er ist unvollkommen, durch Sünden und Nachlässigkeit vergiftet, von Krankheit angefressen. Gott, der Mensch geworden ist, hat den Bauplan – *seinen* Bauplan – nicht infiziert, nicht geringer gemacht, nicht herabgesetzt. Auch wenn die Materie zerfallen ist, bleibt die lebendige Architektur erhalten, in ihr kann Gott leben, auferstehen, sich bewegen, sich sichtbar machen.

Für den Meister, der Verwunderung empfinden konnte, war es nicht schwer, dies zu verstehen. Verwunderung hat Fühlung mit dem Wunder, *ist* das Wunder. Man bricht mit ihm aus, auf, wie eine Knospe, die an dem Punkt steht, wo sie aufblüht. Man verlässt mit seinem Erleben die starre materielle Wirklichkeit, in der nichts geschehen darf oder kann, und man wird in die Welt aufgenommen, die ihr schöpferisch zugrunde liegt. Aus dieser Welt muss die Heilkraft kommen; in der materiellen Welt ist Medizin nicht mehr als ein armseliges Pfuschwerk – auch wenn sie lebensrettend ist. Ein wirklicher Arzt sucht bewusst Zugang zu dieser Welt der Architektur – und kann dies nicht anders tun als mit der Hilfe des Schöpfers selbst.

Sie hatten einander gefunden, sein Freund und er. Er selbst hatte die Verwunderung, den Zugang zur Welt der Schöpfung – aber er kannte den Schöpfer nicht. Sein Freund kannte Ihn, aber hatte zunächst keinen Zugang zu der Realität dessen gehabt. Er war kein Zweifler, aber die Verwunderung hatte ihn dennoch verlassen, als er zu einem Gelehrten, ja sogar zu einem Professor geworden war. *Ein* Punkt der Verwunderung war übriggeblieben, trauriger Verwunderung: über den Übergang zwischen Leben und Tod.

So waren sie einander begegnet und hatten in einem jahrelangen Prozess einander geschenkt und voneinander gelernt – nun ja, er hatte freilich mehr von dem Professor gelernt als umgekehrt...

Der Gelehrte war, wie sich gezeigt hatte, bereit, in stillen Stunden seine ganze Gelehrtheit zu opfern und ausschließlich in der Denkbewegung zu leben, die von dem Denker ausgeht, ohne Denkinhalt.

Darin hatte er ihm zuerst absolut nicht folgen können, er entzog sich vollkommen jeder Hellsichtigkeit. Im Lauf der Jahre war das anders geworden. Die Furcht, die er vor der Größe des Geistes gehabt hatte, war zu Mut geworden, ihr in die Augen zu sehen... Liebe hatte ihm diesen Mut geschenkt, und nun würden sie zusammenarbeiten können, wirklich zusammenarbeiten können.

Johannes.

Er atmete die kalte Bergluft ein und wieder aus. Es war Zeit für seine Runde in der kleinen Klinik. Er lächelte, weil er an die große Visite von früher dachte. Der Professor, der Chefarzt, die Assistenten, die Famulae, die Pfleger und Schwestern. Ein Kampf mit der Menschlichkeit an jedem Bett. Der Patient, der sich nach Wissen, nach Beruhigung, nach Trost sehnte. Der weiße Aufzug, der im Besitz dieses begehrten Wissens war, mächtig, mitleidlos. Und er, im Bewusstsein dessen, immer wieder nach Harmonie, nach Freundlichkeit suchend. Wenn er diese nicht fand, *forderte* er, scharf und unentrinnbar. Ach, er hatte schon etwas erreicht, das wusste er. Gerade das vermisste er manchmal so. Sich aus seiner Funktion zurückzuziehen, um ein Leben der Einkehr und inneren Meisterschaft zu führen – dazu konnte man sich erst in einem Extremfall entschließen. Erst als durch die Konzessionen, die er wieder und wieder machen musste, seine Meditationskraft nachzulassen begann, hatte er seinen Entschluss gefasst. Es war gut.

Die Klinik war erst gebaut worden, es roch noch neu. Es gab Behandlungszimmer und eine kleine Poliklinik. Die Absicht war, dass Patienten ihn für eine alternative Behandlung konsultieren konnten. Eva, seine Frau, war darauf spezialisiert. Für ihn lag die Sache anders. Sie lernte die Prinzipien der spirituellen Medizin auf dieselbe Weise, wie sie auch die traditionelle Medizin gelernt hatte. Mit ihrer lebendigen intuitiven Veranlagung kam sie in der Behandlung zu verblüffenden

Resultaten. Er war in der traditionellen Medizin ein Meister, hatte das *Wesen* der Wissenschaft durch und durch kennengelernt, hatte darin die Realität des Geistes gefunden und drang mit diesem realen Geist langsam, Schritt für Schritt, in das Innere des physischen Organismus vor. Er betrat schauend die Welt des lebenden Körpers und würde langsam den heilenden Geist kennenlernen. Erst dann würde er auch auf diese Weise Arzt sein können. Es war der lange Weg, den er gehen wollte, ohne Abkürzungen ... und mit einer vollkommen bewussten spirituellen Einsicht in den Menschen, wie er einmal werden könnte.

Eva erwartete ihn in der Halle. Sie war zwölf Jahre jünger als er, fast vierzig und noch immer ein junges Mädchen. Sie war der Typ, der auch mit achtzig Jahren noch ein Mädchen sein würde... Ihr Enthusiasmus, ihre Hingabe, ihre Verwunderung hielten sie jung. Sie waren Partner, Kollegen, die besten Freunde, alles in einem. Der große Respekt, den sie ihm von Anfang an entgegengebracht hatte, störte diese Einheit nicht. Es war nicht der Respekt vor dem *Mann* neben ihr, sondern vor seiner inneren Entwicklung, vor der Geisteskraft in ihm. Er legte zur Begrüßung kurz seinen Arm um ihre Hüfte und sagte:

‚... kurz meine weiße Jacke anziehen.'

Sie ging mit ihm zu seinem Sprechzimmer.

‚Gibt es noch Besonderheiten?', fragte er.

‚Auf der Abteilung ist es ruhig. Aber Peter hat auf der Poli eine Menge zu tun. Alle kranken Wintersportgäste kommen angelaufen, eine schwere Bronchitis nach der anderen. Wir werden auch wegen Traumata angerufen – aber dafür haben wir nun einmal keine Möglichkeiten. Eine Erste-Hilfe-Station oder ein Verbandzimmer wären nicht schlecht.'

‚Es gibt doch wohl Ärzte unten im Dorf?'

‚Ja, aber da ist kein Krankenhaus in der Nähe. Sie sind froh, wenn sie ein paar Spezialisten auf dem Berg haben.' Eva lachte. ‚Von mir müssen sie nichts halten, aber ihr seid seriöse Ärzte.'

‚Wenn du hier fertig bist, musst du Peter helfen.'

Sie seufzte.

‚Muss das wirklich sein? Ich mag keine akuten Fälle.'

‚Er schafft es nicht allein.'

‚Und du? Kannst du es nicht machen?'

Er grinste.
‚Ich komme nachsehen, ob du es gut gemacht hast...'

Dass man als Arzt die Realität des Menschen verloren hat, findet seinen Ursprung in einem Mangel an *Erleben.* Man lernt, den Verstand zu gebrauchen, das Gefühl ist für das persönliche Erleben bestimmt, man hat seine Stimmungen. Aber nie hat man gelernt, das, was man mit seinen Sinnen wahrnimmt und mit seinem Verstand denkt, zu *erleben.* Dafür ist innere Ruhe nötig, während das äußere Dasein aus *Hast* besteht. Man springt von Eindruck zu Eindruck, und man erlebt nichts daran. Ein Kind verweilt in den Eindrücken, der Erwachsene hat diese Unschuld verloren. Eva ist noch immer ein Kind, im Verweilen findet sie ihre Ideen, um zu heilen. Sie empfindet Widerstand, die schnelle, akute Medizin zu betreiben – aber sie widersetzt sich letztlich nicht.

Es waren zehn chronisch Kranke aufgenommen worden, die in der regulären Medizin keine Hilfe mehr bekommen konnten. Er kümmerte sich nicht um die Therapie, die Eva gab, er verfolgte nur von Tag zu Tag den Zustand, sowohl mit Hilfe der äußeren Wahrnehmung und der körperlichen Untersuchung, als auch mit dem inneren Schauen. In einer Nachbesprechung teilten sie ihre Einsichten dann jeweils miteinander, und Eva schöpfte daraus den Mut, sich für andere Heilmittel zu entscheiden. Er bewunderte ihre Tapferkeit, wie sie so ganz allein ihre Arbeit verrichtete, nur durch seine Anwesenheit unterstützt.

Die Patienten warteten auf seine Ankunft, das merkte er sehr deutlich. Sie hatten ihre Hoffnung auf ihn gesetzt, auf das befreiende Wort: Es gibt eine Besserung! Die gab es natürlich nicht immer, das Schicksal spricht immer das letzte Wort. Aber das Schicksal ist kein starres Gesetz, es ist ein geschmeidiges, lebendiges Ineinanderspielen aller möglichen Faktoren. *Hoffnung* ist dabei eine wichtige Wirkung. Hoffnung, als reale Kraft, dringt tief in den Lebensorganismus ein und weckt da die Heilkraft. Keine Pille, keine Salbe, keine Injektion kann so viel zustande bringen wie geweckte *Hoffnung*, die auf Realität basiert, keine *falsche* Hoffnung ist.

Sie gingen zusammen zur Poliklinik. Das Wartezimmer war voll, das

Telefon ging unaufhörlich. Es waren zwei Welten, die Abteilung und dieses Chaos. Peter ließ gerade einen Patienten hinaus. Er hatte einen roten Kopf, seine schwarzen Augen funkelten vor Ärger, leuchteten jedoch auf, als er ihn sah.

'Verstärkung!', rief er. 'Komm herein! Es ist wie ein Supermarkt mit nur einer offenen Kasse.'

Einst, vor Jahren, waren sie Opponenten gewesen, sogar Rivalen. Sie liebten dasselbe Mädchen ... und hatten absolut gegensätzliche Ideen bezüglich der Medizin. Die Freundschaft, die zwischen ihnen gewachsen war, war eines der befriedigendsten Ereignisse in seinem Leben. Einmal war das Unmögliche wahrgemacht worden: Feindschaft war Freundschaft geworden.

'Ich werde hier ganz verrückt!', klagte Peter. 'Was ist das hier? Es gibt drei Patienten, die aufgenommen werden müssen. Johannes, was soll ich tun? Und dann all die Wartenden dort. Ich dachte, wir würden hier ruhig arbeiten!'

Johannes lächelte wegen seines Ärgers. Er klopfte ihm auf die Schulter und sagte neckend:

'Es läuft immer wieder anders, als man erwartet. Du bist ein so guter Arzt, dass es sich in der ganzen Umgebung herumspricht.'

'Das wird es sein. Und, kann ich diese Leute aufnehmen? Eva, kannst du bitte auch etwas machen?'

Johannes sagte:

'Ihr macht mit der Sprechstunde weiter, ich schaue mir diese drei Menschen an. Macht nur, wir schaffen das schon.'

'Ich muss hier auch noch vier Sprachen sprechen.', schimpfte Peter noch. 'Nun gut, wir sehen uns nachher.' Er drehte sich um, und Johannes wunderte sich darüber, dass jemand sogar von hinten noch böse aussehen kann...

Zweifel und Verwunderung. Der Zweifel hat eigentlich nur einen Sinn: den Menschen seine Einsamkeit, sein Abgeschlossensein vom Göttlichen empfinden zu lassen. Zweifel ist die Konsequenz des 'verlorenen Paradieses'. Bis in die kleinsten Details des Lebens hinein ist der Zweifel vorgedrungen, aber auch bis in die höchsten und letzten Fragen. Zweifel entsteht, wenn man das Denkvermögen, das auf sich selbst beruht und sich in einem offenbart, über das Ziel hinausschießen lässt. Das Denken rollt weiter, während es längst die Realität losgelassen hat. Es gibt Dinge, die man weiß, und es gibt Dinge, die man nicht weiß. Das, was man weiß, braucht man nicht zu bezweifeln – und das, was man nicht weiß, eigentlich auch nicht, denn man kann einfach zugeben, dass man es – noch – nicht weiß. Wenn man ruhig mit dem großen Gebiet des Nicht-Wissens leben kann, braucht man nicht zu zweifeln, erst wenn man das Nicht-Wissen zu *be*denken beginnt, beginnt der Zweifel. Ist es so oder ist es nicht so? Soll ich dies oder soll ich das? Will ich so oder will ich so?

Das heißt nicht, dass man gedankenlos vor dem Nicht-Wissen verharren müsste. Hier beginnt die Verwunderung. Man kann außergewöhnlich aktiv Fragen stellen – diese Fragen rufen die Antworten hervor, jetzt oder später, viel später. Wenn man vor dem Nicht-Wissen steht, hat das Denken die Aufgabe, Fragen zu formulieren, nicht Antworten zu ersinnen – diese liegen im Leben selbst verborgen. Fragende Verwunderung hat mit Heiligkeit zu tun, die Seele ist so standfest, dass sie die Unsicherheit des Nicht-Wissens aushalten kann. Sie hat sich bis an den Rand des Wissens begeben und steht da voller Gottvertrauen: *‚Zum Erstaunen bin ich da.'* *

Er hatte einen Termin mit seinem deutschen Herausgeber. Er hatte nie nach einem Herausgeber seiner Bücher suchen müssen, sie erschienen einfach auf seinem Weg. Diesem Mann war er während eines Urlaubs in Ascona begegnet, einfach so in einem Restaurant. Er sah einer Begegnung mit ihm immer mit ein wenig Befürchtung entgegen... Paul Hartmann war ein Mann mit einer großen Liebe zur Macht, er hatte eine jähzornige, sogar aggressive Art – und doch ... war da diese andere Seite, die als Metamorphose seines Machtstrebens sehr vorsichtig aufzublühen schien. Es war die Macht der Selbstüberwindung, der Selbstbeherrschung, der Selbsterkenntnis. Paul war ein außergewöhnlich intelligenter und tüchtiger Mensch mit einem ebenso mächtigen Gewissen, das ihn jedes Mal aus seinem Machtstreben zurückrief. Das machte ihn zu einer interessanten und

* Goethe, Naturwissenschaftliche Schriften.

wertvollen Persönlichkeit. So hatte er beschlossen, Johannes' Bücher in deutscher Sprache herauszugeben, weil er fand, dass es geschehen müsse, allen Stimmungen und Konventionen der Mitarbeiter seines großen Verlages zum Trotz. So etwas war so außergewöhnlich, dass Johannes sein kleines bisschen Antipathie dafür gern in Kauf nahm. Menschen mit einer starken persönlichen Meinung sind im Umgang nicht angenehm – außer wenn die Meinungen übereinstimmen. Falls nicht, hat man Kritik zu verdauen – ob sie ausgesprochen wird oder nicht –, und je geistreicher man ist, desto stärker spürt man die giftigen Pfeile, die auf einen losgeschickt werden. Nun hatte er von Paul Hartmann zwar nichts zu befürchten, Paul hatte eine tiefe Bewunderung für sein geistiges Streben, sein ganzes Sein... Aber er fühlte, er ‚sah' dennoch, dass Paul einen sehr gemischten Charakter hatte.

Der große BMW stand schon auf dem Parkplatz, Paul würde nie auch nur eine Minute zu spät kommen. Er hatte immer seine zwanzig Jahre jüngere zweite Frau bei sich, die die Übersetzung ins Deutsche machte. Sie standen am Empfang in der Halle. Ein forscher, blonder Mann und eine zarte, ebenso blonde Schönheit an seiner Seite.

Er ging auf sie zu und klopfte Paul auf den Rücken.

Von Helena bekam er drei Küsse und von Paul einen festen Händedruck. Die Wirklichkeit war glücklicherweise etwas besser als seine Gedanken vorhin. Pauls Herzlichkeit und seine aufrichtige Freude, ihn zu sehen, rührten ihn.

‚Wie war die Reise?'

‚Schön. Wir haben die immer schöner werdende Landschaft sehr genossen.'

‚Erst einmal einen Kaffee?'

‚Gerne.'

Er hielt sein persönliches und sein geschäftliches Leben strikt getrennt. Selten empfing er jemanden in seinem eigenen Haus, zu Verabredungen kam er immer ins Hauptgebäude... Er ging ihnen voraus zum Speisesaal, wählte einen Tisch am Fenster und bestellte den Kaffee. Er wandte sich Helena zu.

‚Wie geht es den Kindern?'

‚Sie sind bei meinem Vater. Er erlebt eine zweite Chance, sagt er immer. Er kann wunderbar spielen, während er für uns früher nie Zeit hatte.'

Johannes lächelte und fragte mit zwinkernden Augen:

‚Und wie ist es mit dem Vater deiner Kinder? Kann der auch so gut mit ihnen spielen?'

Paul brummte:

‚Meine zweite Chance muss erst noch kommen. Ich bin der unbeholfenste Vater, den es gibt. Ich weiß nie recht, was ich mit dem Unerwarteten, mit dieser kindlichen Fantasie anfangen soll. Du wirst wohl auch darin ein Meister sein, aber ich bin immer wieder froh, wenn sie im Bett liegen – während ich natürlich auch verrückt nach ihnen bin.'

‚Es ist der abstrakte Verstand, Paul. Dieser hat absolut keine Verwandtschaft mit dem Leben. Er fühlt sich in den Gesetzen der leblosen Natur zuhause.'

‚Ich dachte, ich wäre dennoch nicht nur ein ‚Abstraktling', bei mir geht das schon…'

‚Der Gegenpol des abstrakten Verstandes ist die Wunsch-Natur, das Triebleben. Dieses ist zu egoistisch, um sich in das noch unverdorbene Kind einleben zu können.'

‚Du steckst wieder voller Komplimente. Ich fühle mich wirklich wie zuhause.', schimpfte Paul, jedoch mit leichter Selbstironie. ‚Wo liegt dann meine Verwandtschaft mit der Unschuld? Wie komme ich damit in Kontakt?'

Johannes legte seine Hand auf seine Brust.

‚Da. Im Gleichgewicht zwischen beiden Polen. Dein großer Schiller – über ihn ging doch deine Dissertation – hat so ergreifend darauf hingewiesen. Das ästhetische Element, die Kunst.'

‚Das bleibt für mich auch abstrakt, Johannes. Malereien sagen mir nichts, Musik kann mich manchmal ein bisschen rühren.'

‚Als Herausgeber wirst du doch wohl Poesie und Prosa lieben?'

Paul nickte.

‚Ja, soweit es das noch gibt.'

‚Nun, du weißt, dass ich eine Methode gefunden habe, unter Gebrauch des Verstandes und der Willenskraft in ein neues ästhetisches

Element hineinzukommen, in eine künstlerische Lebenshaltung. Da findet man auch seine Verwandtschaft mit dem Kind. Wenn ihr nicht werdet wie die Kinder...'

‚Okay, ich habe verstanden, Johannes. Einfach an die Arbeit gehen und nie klagen... So geht es also dem Vater von Helenas Kindern. Und du, Johannes? Wie geht es dir?'

Johannes nickte bedächtig.

‚Ich bin zufrieden. Das Leben in Amsterdam liegt weit hinter mir, es erscheint wie ein anderes Leben. Es war ein einziger großer Kampf mit dem Zeitgeist, dem Anti-Zeitgeist, meine ich. Sowohl mein inneres Leben als auch mein Körper, meine Gesundheit, waren bedroht. Ich habe genau zur rechten Zeit aufgehört. Hier aber sitzt man gleichsam auf der anderen Seite der Wippe. Hierher kommen Menschen, die dem Leben entfliehen wollen, damit führe ich nun einen neuen Kampf. Jetzt ist es ziemlich ruhig, aber im Sommer ist es hier übervoll von allerlei Geistessuchern. Und sie wissen alles besser als ich, verstehst du?'

Hartmann hatte in jedem Fall *eine* große Qualität auf diesem Gebiet des Ästhetischen: sein Mitgefühl. Dieses Mitgefühl feuerte sein Temperament zu Taten an. Er sagte:

‚Ich werde alle deine Bücher herausgeben, Johannes. *Das* wenigstens kann ich für dich tun. Und wie geht es hier finanziell?'

‚Früher sehr gut. Es gibt viel Interesse für die östliche Spiritualität des Meisters. Aber seitdem er zur Mitte, zur echt christlichen Spiritualität ‚umgeschwenkt' ist, geht es mühsam. Der Erlös der Sommer-Aktivitäten muss das Institut ein Jahr lang am Laufen halten. Die Klinik kostet vorläufig mehr, als sie einbringt ... aber es klappt schon.'

‚Du weißt...', sagte Paul bedeutsam. ‚Geld verdienen kann man nur dank der Lust und der Wünsche der Massen. Damit bin ich leider beschäftigt, das Vermögen wächst und wächst. Ich habe das immer genossen, aber es fängt an, mir zuwider zu sein.'

‚Es ist trotzdem auch ein Glück.', sagte Johannes. ‚Gehen wir an die Arbeit?'

*

‚*Magnificat anima mea.** Weit wird meine Seele...

Wenn man die Verwunderung im Herzen trägt, erweitert sich die Wahrnehmung der Seele, über die Grenzen der Haut hinaus, immer weiter und weiter ... bis sie den ganzen Makrokosmos umfasst. Die Seele ist so groß wie das All, sie ist Maria, Stern des Meeres ... doch im Körper wird sie auf das persönliche Erleben beschränkt. Die Entwicklung des reinen Denkens macht sie bereit, die kosmischen Gedanken – den Heiligen Geist – zu empfangen, und damit wird sie weit, so weit, wie sie eigentlich ist. Das Magnifikat ist nicht einfach eine Lobpreisung, von einem unschuldigen Menschen gesprochen ... es ist ein *Geschehen*, die Seele wird wirklich groß gemacht, steigt über sich selbst hinaus, wodurch sie Gott aus sich gebären kann.

Zugleich ist da der Wegbereiter, der dazu aufruft, den Weg zu bahnen. Es ist die Stimme des Rufers in der Einsamkeit, der Einsamkeit der Individualität.

*Benedictus.*** Gepriesen sei der Herr... Die Seele, die sich noch in der Verstandesentwicklung bewegt, kann nicht weit werden, sie kann sich jedoch in einer Lobpreisung erheben. Ach ... welch verschiedene Welten offenbaren sich in dem Magnifikat und dem Benediktus... Maria und Zacharias, Bewusstseinsseele und Verstandesseele...'

Der Meister hatte Johannes ununterbrochen angeschaut. Er trank seine Worte, seine Gedanken, wie einen köstlichen Trank. Als Johannes ausgesprochen hatte, sagte er:

‚Durch deine tiefe Einsicht wird das Evangelium von den traditionellen Banden befreit. Was du nun aussprichst, macht auf mich einen ganz anderen Eindruck als das, was ich heute Morgen gelesen habe – und doch ist es exakt dasselbe. Wie ist das möglich?'

‚Ich finde im Geist erst die Einsicht ... die, wie sich dann herausstellt, mit dem Text in Übereinstimmung steht. Das habe ich gestern schon gesagt. Der Text ist für mich wie die Partitur eines Musikstückes, das ich längst kenne. Natürlich ist es in Übereinstimmung mit dem geschrieben, was ich gehört habe, denn der Schreiber hat dasselbe

---

* Lukas 1,46.

** Lukas 1,67.

vernommen ... nicht *erdacht*, verstehst du, sondern *vernommen*. Nur bleibt – wenn man nicht *vernehmen* kann – vom Geschriebenen aus die Freiheit der Interpretation bestehen, wodurch es letztlich völlig anders klingen kann. Natürlich würde ich mit allen traditionellen Interpretationen in Konflikt geraten, wenn ich dies offenbaren wollte.'

Der Meister nickte.

‚Wir werden noch eine Menge erleben, dessen bin ich mir stets bewusst gewesen. Dieser alte Buddhist ... das geht noch, aber dieser junge, sehr talentierte Gelehrte ... bedroht den ganzen etablierten Kram. Er beschäftigt sich als Laie mit Texten, die dem Klerus vorbehalten sind.'

Johannes brach in Lachen aus.

‚Du drückst dich nett aus. Während ich immer die Harmonie gesucht und mich auch wirklich weitgehend angepasst habe.'

‚Das ist nun vorbei.', sagte der Meister zufrieden. ‚Niemand wird jetzt mehr Ruhe darin finden, dass du ein Diener des Anti-Zeitgeistes wärst. Du kommst jetzt ganz zu deinem Recht, Junge. Kein Wasser mehr zum Wein...'

Und dann, schließlich, brach der Abend an. Ein Vater, eine Mutter und drei Kinder saßen am Tisch und dankten Gott für das Essen, das auf dem Tisch stand. Sie waren modern gekleidet, saßen an einem zeitgemäßen Tisch und freuten sich auf gutes, herrlich warmes Essen. Aber die Intensität, mit der der Vater das Gebet sprach, die Andächtigkeit, mit der die Kinder schwiegen, die Hingabe, die die Mutter im Zuhören zeigte, erinnerten an ein religiöses Leben, das nicht mehr existiert. Es war auch wirklich nicht die alte, innige Frömmigkeit aus vergangenen Jahrhunderten. Die Frömmigkeit war neu, jung, geisteskräftig und bewusst. Sie blüht auf aus einem reinen Denken, aus einer bewusst erkannten Wahrheit, nicht aus einem überlieferten Glauben. Es war ein neues Credo, das hier erklang, bedroht von einer Welt, die kein Credo *will*. Wie die Juden im Ghetto treu ihren Glauben bekannten, so erzog dieser neue Christophor seine Kinder zu einer unerschütterlichen Innigkeit.

Die Nacht war hereingebrochen, die Menschen schliefen, aber Christophor war noch auf. Er hatte nach dem strahlenden Nachthimmel geschaut, er hatte die Sonne um Mitternacht geschaut. Er hatte noch einige Stunden Arbeit vor sich, innere Arbeit, in einem bewussten Schlaf ... auf seinem Meditationsstuhl, dem mächtigen Makrokosmos hingegeben. Niemand wusste von seinen geheimen Reisen, er sprach nicht darüber, selbst mit Eva nicht, selbst mit dem Meister nicht. Seine Schüler unterwies er in der Fähigkeit des reinen Denkens, doch die Offenbarungen, die er selbst darin empfing, konnte er nicht in Worte bringen, noch nicht. Wie trägt man Gott in eine gottlose Welt, die nichts davon wissen will? Die zu rasen und zu toben beginnt, wenn sie auch nur *etwas* in dieser Richtung vermutet?

Er trug seine Frage zu seinem Herrn hinauf, die Antwort würde kommen: *Schweigen oder Sprechen...*

DIE GEBURT

Lange bevor das winterliche Sonnenlicht erschien, war er schon wieder auf. Als Kind hatte er stets den Tag begrüßt, vor dem Fenster seines Schlafzimmers stehend. Jahrelang war diese Gewohnheit vergessen gewesen und durch ein Übermaß an Arbeit unmöglich geworden. Hier, in den Bergen, war die Sehnsucht nach einem Mitleben mit den Rhythmen der Natur erneut erwacht. Sein Körper war gesund, weil die Seele, die während des Wachens darin lebte, so rein war, dass sie in der göttlichen Ordnung des physischen Leibes keinen Schaden anrichtete. Eine einzige Stunde, ein paar Stunden Schlaf waren ausreichend, um im Älterwerden die Jugend zu bewahren...

Die Kindheit... Er dachte an die heilige Messe in der Christnacht. Eine lebendige Weihnachtskrippe, Maria, Josef, ein Baby in der Krippe, ein echter Ochse und ein Esel und Schafe ... Hirten ... und die Blaskapelle aus dem Dorf, die Weihnachtslieder blies. So in der Zeit zurückwandernd, geriet er von neuem in das innige kindliche Erleben des Wunders der Geburt. Die manchmal falschen Fanfarenklänge hatten für ihn den Wert himmlischer Harmonie, die verkleideten Dorfmenschen waren *wirklich* die heilige Maria und Josef, das schreiende Baby war die Verkörperung des großen Gottes selbst... Die Weihnachtsgeschichte ... ein ausgetretener Pfad einerseits, andererseits absolut unverwüstlich in ihrer Größe und Innigkeit. Was war davon noch übrig? Kitsch-Christbäume und goldener Flitter ... Weihnachtsessen aus der Mikrowelle und Pseudo-Friede für einen Tag.

Ich fühle wie entzaubert
Das Geisteskind im Seelenschoß *

---

* Aus dem *Seelenkalender* von Rudolf Steiner.

Seine Seele war in der Verehrung Marias, im Magnifikat, weit geworden... Indem sie größer und größer wurde, kam darin eine Verdichtung zustande, ein Wesenskern, das göttliche Kind im Schoß der Seele. Als Junge hatte er eine Vorverkündigung dessen erlebt, im Schauen der Jungfrau ... seiner erwachenden Seele.* Später, als sich sein abstrakter Verstand entwickelte, hatte er gesehen, wie sie zu Grabe getragen wurde. Er selbst hatte sie von neuem auferweckt, dank der Anweisungen seines großen Meisters... Und in ihr, in jeder Menschenseele, die vom Tode erweckt wird, kann der neue Mensch geboren werden, das göttliche Kind...

Es hat in Herzenshelligkeit
Gezeugt das heilige Weltenwort
Der Hoffnung Himmelsfrucht. **

In der absoluten Wende der Menschheitsentwicklung hat sich dieses Geschehen äußerlich abgespielt. Ein Abbild davon kann jeder strebenden Seele geschenkt werden.

Die Größe dieses Geschehens stand in vollem Umfang vor ihm, weil er stark genug war, um bis in seine Grundfesten erschüttert zu werden – und doch stehenzubleiben, aufrecht, aber in Hingabe.

Es wurde an der Tür geklopft, und auf sein ‚Ja' hin kam sein ältester Sohn scheu herein. Die Kinder hatten eine große Ehrfurcht vor ihrem Vater, vor dem, was er stets so still in seinem Zimmer tat. Vielleicht würde sich das in der Pubertät ändern, dachte er. Möglicherweise kämen dann Widerstand oder Zweifel. Jetzt jedenfalls fühlte er noch immer die kindliche aufrichtige Ehrfurcht vor der Wahrheit.

‚Papa, kommst du zum Frühstück? Mama sagte, ich soll dich rufen.'

Die Anwesenheit der Kinder erfüllte ihn immer mit großer Dankbarkeit. Sie waren das verkörperte Vertrauen, dass der Mensch in der Entwicklung immer weiterschreitet, von Geschlecht zu Geschlecht. Er hatte gewöhnliche Kinder, gesund, mit einem guten

---

* Siehe ‚Mutter eines Königs'.

** Aus dem *Seelenkalender* von Rudolf Steiner.

Verstand begabt, von Zeit zu Zeit voller Unfug, dann wieder lieb und gehorsam. Er wusste, dass andere ihn für einen strengen Vater hielten, weil er keine Frechheit duldete und Respekt verlangte. Aber in dieser Hinsicht war er immer schon falsch verstanden worden, von fast jedem, sogar von seiner Liebsten, seiner Freundin ... seiner Frau. Erst im Laufe von Jahren war das Verständnis in ihr gewachsen, hatte sie ihn in seinem Streben nach Meisterschaft über sich selbst – und absolut nicht nach Herrschaft über andere – wirklich ganz kennengelernt. Seine Kinder, ja ... sie mussten in ihm und auch ihr eine Autorität anerkennen. Aber im Umgang mit allen anderen Menschen fühlte er sich nicht als Autorität, außer wenn er die Herrschaft über seine eigene Seele hatte... Diese Beherrschtheit wurde mit Herrschsucht verwechselt.

Er legte seine Hand auf den Kopf seines Sohnes und sagte:

‚Ich komme mit, Junge.'

Er fühlte das Kind neben sich, dem Leibe nach so sehr mit ihm verwandt, doch als Individualität durchaus auf sich selbst beruhend. Ist es nicht eine unglaubliche Geste der Liebe, dass so ein Kind sich gerade *diesen* Menschen, der man selbst war, als Vater oder Mutter gewünscht? Man wollte sein ganzes Leben der Antwort auf diese Kinderliebe widmen...

Nach dem Frühstück wurden die Kinder von Peter zur Schule gebracht. Johannes blieb mit Eva zurück.

‚Komm, setz dich noch kurz zu mir.', bat er.

Es hatte in seinem Leben einen Moment großer Umkehr gegeben, dieser Moment hatte einige Monate oder letztlich vielleicht sogar Jahre gedauert. Eva hatte dabei eine wichtige Rolle gespielt.

Durch sie hatte er die Schönheit des Daseins wiedergefunden. Er hatte diese durch Kummer, Einsamkeit und Pflicht verloren. Sie *war* die Schönheit, nicht nur äußerlich, sondern auch als Mensch, als Freundin, schließlich als sein Mädchen, seine Frau. Er hatte gefühlt, wie stark sie im *Erleben* war, im Gewahrwerden des Wertes von Dingen und Menschen. Gleichsam durch sie hindurch hatte er selbst das Erleben wiedergefunden. Durch ihre Augen sah er erneut den Frühling, den Sommer ... mit ihren Ohren hörte er Bach und Chopin. Ja, er erlebte sogar mit *ihrem* Herzen sich selbst, seine Geisteskraft, seine Berufung.

Sie setzte sich ihm gegenüber und fragte:

‚Ist etwas, Johannes?'

Er strich ihr mit seiner Hand lächelnd durch das Haar.

‚Ich will dir einfach ab und zu sagen, wie glücklich ich bin. Mit dir, mit den Kindern, die wir haben. Mit deinem Einsatz in deiner Arbeit, deinem tapferen Umgang mit Peter ... mit allem, was du bist, Eva.'

Sie sah ihn mit ihren großen blauen Augen an, die so jung waren wie bei einem Mädchen von achtzehn Jahren, und seufzte tief. Sie nickte.

‚Ich sehe deine Wehmut, Johannes ... ich fühle sie so tief! Dass du mit deinen hohen Qualitäten hier sitzt ... so still in den Bergen, mit nur einer Handvoll echter Schüler. Du hast so viel zu bieten! Im Krankenhaus warst du ein Segen für deine Umgebung. Hier auch, aber hier ist deine Umgebung so begrenzt. Ich genieße deine Anwesenheit, ich habe dich fast für mich. Aber es ist so falsch!'

‚Es geht, wie es gehen muss, Eva. Du weißt, im Sommer ist es hier sehr voll. Aber du hast Recht, schmerzlich ist es schon.' Er nahm ihre Hand in die seine. ‚Was steht heute auf deinem Programm?'

‚Beratung mit Peter, Visite mit dir, heute Mittag Sprechstunde. Einkaufen, Kinder aus der Schule abholen und so weiter. Auf mich wartet eine Konfrontation mit unserem lieben jungen Töchterlein. Sie will zu einer Geburtstagsfeier, wo sie Skifahren gehen. All diese Kinder fahren schon Ski, wenn sie noch Windeln tragen, aber sie hat keine Erfahrung. Ich will nicht, dass sie mitgeht. Du weißt, wie sie ist, sie wird es erzwingen! Sie muss und wird hingehen.'

‚Ruf die Eltern an und frage, wie es genau geplant ist. Du solltest lieber nicht direkt ‚nein' sagen, dann fühlt sie sich nicht verstanden...'

Sie seufzte zur Antwort verzweifelt.

‚Ich rufe an.', sagte er. ‚Und wenn sie nicht mit kann, wird sie es akzeptieren müssen.'

‚So ist jeden Tag etwas.', schimpfte sie. ‚Manchmal fragt man sich, was das Leben mit einem vorhat. Eine Prüfung nach der anderen. Mit Peter zusammenzuarbeiten, ist auch so eine Prüfung. Er versteht rasend schnell und ist so ungeduldig wie nur was. Zugleich fühle ich seine Bewunderung ... für dich, für mich, für mein Einfühlungsvermögen, meine ‚Magie', wie er es nennt. Nun ja, wir lachen darüber. Das

Schlimmste ist, dass ich deine Einsamkeit sehen muss. Du stehst allein – du hast die höchste Wahrheit in deinem Herzen, und du stehst allein.'

‚Ihr seid da.'

‚Im persönlichen Sinne stehst du nicht allein. Und du weißt, ich lebe für dein Streben, wie du selbst dafür lebst. Aber die große Welt sieht dich nicht. Nun ja, sie sehen dich nur allzu gut – und schauen schnell in eine andere Richtung.'

‚Du hast es immer schon schwer mit unserem Aufenthalt hier gehabt, schon das erste Mal, weißt du noch. Du konntest es nicht ertragen, dass die Menschen hierherkommen, um Erkenntnis zu erlangen, und dass sie dann den Träger dieser Erkenntnis verspotten, ignorieren oder erniedrigen.'

‚Ich kenne dich als einen großen Menschen, Johannes, als einen Mann mit Autorität. Natürlich finde ich es hier furchtbar. Ich finde es auch nett hier, schön, ruhig und erhaben. Nun ja, du weißt das alles.'

‚Jeder hohe Gedanke ist ein Keim für die Zukunft, Eva. Und damit ist so ein Gedanke viele Male mehr wert als äußere Anerkennung. Wenn es ab und zu jemanden gibt, der einen hohen, reinen Gedanken mitdenken will, stimmt mich das zufrieden, bin ich nicht mehr einsam. Paul Hartmann, der doch so stolz und stur ist, schenkt mir eine solche Befriedigung, weil er wirklich versucht, sich zu ändern, weil er einzusehen beginnt, was ‚der Geist' eigentlich ist. Vielleicht schlägt er zuhause seine Frau und seine Kinder, so jähzornig, wie er ist. Aber hier hat er aufrichtig mitgedacht, und diese Versuche werden aus ihm einen anderen Menschen machen. Natürlich nicht heute und nicht morgen ... aber schließlich doch.'

*

‚Wenn dann das Geisteskind geboren ist, Meister, muss es erkannt werden. Ohne erkannt zu werden, kann es nicht leben. Das Evangelium schildert die Geschehnisse, wie sie sich einst *äußerlich* abgespielt haben. Das müssen wir *wörtlich* nehmen, nicht als Metapher oder Symbol. Es hat sich wirklich so zugetragen. Aber alles im Leben von Jesus, von Christus, hat zugleich eine Bedeutung als Schritte in der inneren Entwicklung, die jeder Mensch gehen kann. *Jeder* Mensch, verstehst du. Auch der Buddhist, der Moslem, der Hindu.'

Der Meister lächelte.

,Die werden dann Sein Wesen anerkennen müssen, du wirst nicht viele Liebhaber finden.'

,Man braucht nicht *vorab* etwas anzunehmen. Im Tun findet man dieses Wesen von selbst, wenn man seinen Weg nicht durch Vorurteile verbarrikadiert.'

,Das setzt schon eine hohe innere Entwicklung voraus: Unbefangenheit. Nun ja, ich bin mit dir völlig einig. Ich bin schließlich selbst das lebende Beispiel. Ich habe den Meister in *dir* geschaut und innig liebgewonnen. Der neugeborene Mensch, das Geisteskind im Seelenschoß, muss erkannt, wiedererkannt werden. Im Evangelium erkennen die Hirten, Simeon und Anna das Kind. Wie ist es auf dem inneren Weg?'

,Am Anfang steht die Frömmigkeit des Herzens, die bei dem modernen Weg zum Denken über das Denken wird. Ohne meditative Schulung lebt der Abendländer unbewusst im Denken, das gerade das Bewusstsein schenkt.'

,Was meinst du?'

,Als denkender Mensch ist man wach, bewusst, Aber man ist sich nicht des Denkens *selbst* bewusst. Man kann die Geburt des Geistes nicht gewahr werden, wenn man nicht das Vermögen zum Schauen im Denken entwickelt hat. Das Denken, das Verstehen, sieht sich selbst und wird so zum Auge, zum Geistesauge. Aber dann muss sich das Geistesauge von *allen* Bildern und Begriffen dieser Inkarnation befreien. Es muss von allen Sinneseindrücken, allen begangenen Wegen, allen bereits gebildeten Gedanken absehen lernen. Dann wird es zum Geistesauge, das von der vorigen Inkarnation aus schaut, ungetrübt durch das Heute, durch die Beschränktheit des verstandesmäßigen Urteils. Das ist Simeon. Und Anna ... sie ist das Geistesauge der Zukunft. Mit diesem Geistesauge sieht man nicht, wie man *geworden* ist, sondern wie man *werden* wird, wenn man dem Pfad der Vervollkommnung weiter folgt.

Man könnte auch sagen: Simeon ist das Geistesauge in der Zeit, während Anna das Geistesauge im Raum, dem Makrokosmos ist, wo in dem Gott des Makrokosmos, den wir Christus nennen, der vollkommene Mensch geschaut werden kann.'

‚Wie hast du diese Einsichten erworben, lieber Freund?'

‚Ich kenne den Pfad durch und durch, weil ich ihn betreten und den Weg gefunden habe. Ich habe die Schritte gesetzt, die jeder Schüler der Geistesschulung unausweichlich setzen muss. Sollte ich eine Beschreibung dieser Schritte, eine makrokosmische Beschreibung, dann nicht wiedererkennen? So kann man jedes Mal von neuem zu diesen Schriften zurückkehren, und man findet immer wieder neue Bedeutung. Man kann nicht sagen: So und so ist es und nicht mehr und nicht weniger, nicht anders. Es liegt ein Schatz von Bedeutungen im Evangelium verborgen, man findet diesen Schatz nur nicht dort, sondern im Gehen des Weges.'

‚Ich bin der Meister aus dem Osten, der den höchsten Menschheitsrepräsentanten erkannt hat. Zuerst flößte er mir unerträgliche Angst ein, weil er alles Alte zerstörte. Nicht durch Vernichtung, sondern indem er das, was *Bild* war, zur Wirklichkeit machte.

Mein Buddha war Lehrer, seine Lektionen sind Bilder, Vorbilder. Mein Christus ist *selbst* die Lektion, er ist der Inhalt *und* die Form, er ist da, wo der Denker und der Gedanke ein und dasselbe sind. Kann der Mensch darin verweilen, dann verweilt er in Ihm.'

‚Ein Gespräch wie dieses ist wie mehrstimmige Musik, Meister! Ich antworte dir: Es ist keine größere Intimität mit dem eigenen Wesen möglich, als da, wo der Gedanke der Denker selbst ist. Da hat man die Totalität, den vollen Umfang des *Seins*, und es gibt keinen Raum für die Gegenmächte. Nicht für jene Gegenmacht, die einen aus seinem *Sein* herausreißt, indem sie einen in das abstrakte Denken bannt – denn man denkt den Denker. Aber auch nicht für die Gegenmacht, die einen in Selbstlust sich verlieren lässt, denn indem man sich selbst als Denker denkt, hat man die nötige *Objektivität* in der Intimität. Man befindet sich in der goldenen Mitte, unangreifbar für alle Versuchungen. Wenn ich in Lebensstürmen Mühe habe, meine geistige Klarheit zu bewahren, ist eine kräftige Besinnung auf diese Formel jedes Mal wieder meine Rettung. Der Denker muss nicht nur geboren werden, sondern erreichen, sich selbst zu denken!'

Erquickt von dem Dialog mit dem Meister begab er sich zur Klinik. So sah jetzt sein tägliches Leben aus. Meditation, Frühstück, Nachsinnen und Schreiben, Dialog mit dem Meister, Visite in der Klinik, Gespräche mit Herausgebern, Juristen, Beratern, Schülern ... bis weit nach dem Mittagessen. Dann noch ein paar Stunden eigene Arbeiten und darauf das Abendessen mit seiner Familie. Im Sommer gab es abends noch Vorträge und Konzerte, jetzt im Winter war er am Abend ruhig zuhause.

Die Winterstille gab wieder dieses innige Gefühl von Frieden, von Zufriedenheit. Alles, was er tat, verrichtete er gern. Jeder Moment in seinem Leben war ihm teuer, auch wenn der Moment ihm Einsamkeit oder Traurigkeit brachte. Er hatte nicht die Aufsässigkeit, die Eva jedes Mal empfand. Zugleich aber wusste er, dass sie damit viel Unruhe von ihm fernhielt. Sie nahm dies gleichsam für ihn in sich auf und litt darunter. Sein Gemüt blieb auf diese Weise frei, um dem Pfad mit aller Energie, die er hatte, zu folgen. Früher war er manchmal böse über ihre Negativität geworden, damit hatte er ihr Unrecht getan.

Sein weißer Kittel begann, immer mehr ein fremder Mantel zu werden, er gab ihm ein ungewohntes Gefühl von Distanz. Dennoch zog er ihn an, es gehört sich nun einmal so und hat auch eine Funktion. Man ist dadurch nicht so verletzbar ... denn das ist man als Arzt, wenn man sich seinen Patienten hingibt. Auf der anderen Seite gab ein solcher Rundgang entlang der Betten nicht genügend Ruhe, um den Patienten wirklich in sich aufzunehmen – während dies für eine wirkliche Heilkunst gerade notwendig ist. Doch vorläufig war die Heilkunst Evas Aufgabe. Sie widmete ihr den größten Teil ihres Tages, und sie erreichte viel. Er fühlte, wie er selbst weit, weit außerhalb der Grenzen des Körpers mit dem Geist verkehrte, während sie eine grandiose intuitive Verbindung mit dem Körper hatte. *Er* würde soweit kommen, vollkommen bewusst seinen Geist aus dem Umkreis zusammenziehen zu können, um den Körper als Prozess von innen zu schauen. *Sie* hatte eine natürliche Fühlung damit, und anhand seiner Anweisungen befreite sie sich von dem subjektiven Anteil und erreichte auf geradem Wege die Objektivität.

Nach der Visite tranken sie in ihrem Sprechzimmer noch eine Tasse Kaffee.

Sie sagte:
‚Du musst doch einmal mit Peter sprechen. Es geht ihm nicht gut. Er ist launisch und trübselig. Meiner Meinung nach vermisst er Amsterdam. Oder er vermisst dich.'

Er suchte Peter unmittelbar auf. In Amsterdam war dieser ungefähr zehn Jahre lang seine rechte Hand gewesen. Er hätte ihm als Professor nachfolgen können, aber er hatte den Abschied von ihm nicht gewollt und sich dafür entschieden, mit in die Berge zu gehen. Johannes hatte sich nicht widersetzt, doch erst jetzt, wo sie hier arbeiteten, wurde deutlich, welch ein Segen es war, dass Peter da war. Mit seiner großen klinischen Erfahrung fing er alle anfallende Arbeit auf, wodurch Johannes frei blieb, seine geistige Arbeit zu verrichten. Sie sahen einander täglich, aber es gab wenig Gelegenheit für ein persönliches Gespräch.

Peter war ein Mann, der vor Lebenslust und Vitalität platzte. Er hatte einen unstillbaren Durst nach *Macht* gehabt, hatte diesen jedoch im Lauf der Jahre in eine ebenso leidenschaftliche Liebe zur Tat umgewandelt. Das machte ihn zu einem besonderen Arzt, gerade diese Umstellung gab ihm seinen Wert, doch ein Temperament ist nun einmal schwer zu ändern, es will sich den Versuchen der Selbsterziehung nur mühsam fügen. Und so ging Peters cholerisches Temperament noch immer regelmäßig wie ein Stier mit ihm durch...

Johannes lächelte, als er ihn sah, er entließ gerade einen Patienten aus seiner Tür. Seine Augen leuchteten auf.

‚Ha, Johannes. Komm rein.'

‚Es ist nicht so hektisch heute.'

‚Nein, zum ersten Mal seit Wochen! Setz dich. Hast du kurz Zeit?'

Johannes setzte sich ihm gegenüber, wie ein Patient am Schreibtisch des Arztes.

‚Wie geht es, Peter?'

Seine Frage war vielsagend. Peter nahm den Kopf in die Hände und sagte:

‚Wenn du nicht dort säßest, würde ich ein grobes Wort in den Mund nehmen. Alles läuft schief. Und dich sehe ich nie, zumindest nicht wirklich. Warum bin ich hier? Gestern habe ich zwei Töchter vom

Rande des Abgrunds gepflückt. Ich kam zufällig vorbei, sie waren beim Gleiten im Schnee. Obwohl ich es so sehr verboten habe! Deine Kinder machen so etwas nicht. Ich packe sie also beim Schlafittchen, schleppe sie nach Hause und gebe ihnen nacheinander ... du weißt schon. Dann Zeter und Mordio, nach Mama rufen, Mama wütend auf Papa und so weiter. Ich war Stunden damit beschäftigt, es wieder in Ordnung zu kriegen. Sie begreifen auch nicht, dass ich mich kaputt arbeiten muss. Und dann noch neben deiner Schönheit, die in allem ein Vorbild ist, auch wenn sie manchmal wenig von innerer Medizin weiß. Kurzum, ich verbrenne in meinem eigenen Feuer. Und du, für den dies alles doch geschieht, du bist nicht da. Ich brauche dich, Johannes!'

‚Was kann ich für dich tun?'

‚Mir ein Vorbild sein, mich deine ruhige Würde, deine Übersicht, deine Liebe fühlen lassen ... kosten lassen. Dann habe ich wieder Vertrauen ... ich habe es *jetzt* schon wieder, wenn ich dir nur kurz mein Herz ausschütten kann.'

‚Und Elisabeth?'

Er atmete lange aus.

‚Sie ist eine strenge Frau, meine Wut läuft bei ihr ins Leere. Sie braucht mich nur mit ihren grünen Augen anzuschauen, und ich weiß mir schon keinen Rat mehr. Frauen! Sie findet es hier herrlich. Sie liebt das Land, die Sprache, sie hat ihre Philosophie und Mathematik, ihre vier Schätze – die Kinder –, ihre beste Freundin Eva, ihren Lehrer Johannes und dann natürlich noch diesen Doktor-Kerl, diesen Peter. Wenn die Kinder dabei sind, fällt sie mir nie in den Rücken, das muss ich sagen. Sie wartet, bis wir allein zusammen sind, aber dann! Ach Johannes, es tut mir leid, dass ich dich so mit meiner Ohnmacht zuschütte. Entschuldige bitte. Wie geht es dir?'

‚Du unterschätzt dich, Peter. Du leistest hier eine großartige Arbeit, und die kleinen Rabauken werden einen solchen Vater wohl brauchen. Du bist trotzdem ein netter Kerl, nicht wahr?'

‚Hm.', brummte Peter. ‚Wie geht es dir, Johannes? Was macht ein Eingeweihter in einem Wintersportgebiet?'

‚Nachsinnen.', lächelte Johannes. ‚Tiefer und tiefer eindringen in das, was den Geist in die Anschauung bringt.'

‚Hören wir darüber einmal etwas?'
Johannes schüttelte schweigend den Kopf.
‚Warum nicht?'
‚Im Offenbaren der Methode, wie ich es schon jahrelang tue, liegt bereits ein Teil der geistigen Welt. Alles muss vor allem sehr langsam gehen, das ist ein Kennzeichen der modernen Einweihung. Geduld ist vielleicht die wichtigste Eigenschaft.'
‚Dann bin ich ungeeignet.'
‚Feuer, Enthusiasmus, ist vielleicht ebenso wichtig, Peter. Du bist reich, weißt du das?'
‚Du siehst in jedem das Beste.'
‚Versuch das auch einmal.', lachte Johannes. ‚Es macht das Leben sehr angenehm.'
Peter lehnte sich zurück und sagte:
‚Du bist ein Wunder, Johannes, eine Wohltat. Schenk mir davon doch bitte etwas mehr!'
Johannes stand auf und nickte.
‚Ich komme ab und zu bei dir vorbei, in Ordnung?'
Er klopfte ihm ermutigend auf die Schulter und ging den Gang hoch, aus der Klinik hinaus.
Sein Herz war warm geworden, aber auch unruhig. Er trug Peters Unruhe mit sich. Er hatte noch über eine halbe Stunde bis zu seinen nächsten Terminen und lenkte seine Schritte zu dem Haus von Peter und Elisabeth. Vielleicht war sie zuhause...

Wenn es *etwas* gab, was Peters menschlichen Wert bewies, war es Elisabeths Entwicklung seit ihrer Beziehung mit ihm. Sie hatte immer schon ein starkes inneres Selbstbewusstsein gehabt, doch Peter hatte ihr etwas von seinem Mut geschenkt, indem er sie unerschütterlich liebte. Dadurch war ihre physische Schönheit sichtbar geworden. Sie hatte schöne, sehnsüchtige grüne Augen, ein weises Gesicht, umrahmt von dichtem, kastanienbraunem Haar. Die Kleider, die sie trug, wurden sorgfältig von Peter ausgewählt.
Sie öffnete schwungvoll die Vordertür und sagte strahlend:
‚Johannes! Komm herein.'
Dankbar wurde er sich bewusst, wieviel Freude ihm von den

Menschen um ihn herum immer entgegenkam. Sie waren froh, wenn er kam...

‚Störe ich nicht?', fragte er dennoch zögernd.

‚Ich bin dabei, Vorlesungen für diesen Sommer zu ‚komponieren'. Aber dein Kommen kann nur inspirieren, Johannes.'

Sie setzten sich ins Wohnzimmer. Auch hier hatte man eine fantastische Aussicht über die Berge. Sie sah seinen Blick.

‚Ich bin so glücklich hier! Ich genieße die Schönheit der Berge.'

‚Und Peter?'

Sie brach in Lachen aus.

‚Er ist ein Nörgler. Früher erschrak ich davor. Nun weiß ich, dass alles relativ ist. Er genießt andere Dinge als ich. Am Wochenende geht er mit Doctor Stern, unserem Doctor philosophicus, Skifahren. Manchmal dürfen die Kinder mit ... ich bleibe lieber hier. Je mehr Wagnisse er anstellen kann, desto besser kann man mit ihm leben.' Aus ihren Worten klang keine Kritik, sie beschrieb ihn einfach, wie er nun einmal war. ‚Aber wenn er dieselbe Abenteuersucht bei seinen Kindern entdeckt ... dann bewahre!'

‚Wie geht es ihm in der Klinik?'

‚Es ist anstrengend. Und er muss viel deutsch und französisch sprechen, was er nicht so gut kann. Er bereut es nicht, Johannes ... das solltest du nicht denken. Sein Verständnis für dich ist groß – und dafür lebt er, auch wenn es manchmal anders aussieht. Mit all seiner Leidenschaft lebt er dafür.'

Johannes nickte gerührt.

‚Wie geht es den Kindern, wie machen sie sich in der Schule?'

‚Sie gewöhnen sich ein, alles ist hier viel strenger. Unsere drei Mädchen sind freche Racker, der Junge ist ein Engel. Er verehrt seinen Vater für seine Kraft, ich genieße es, die zwei zusammen zu sehen. In der Schule? Sie müssen noch Anschluss finden. Glücklicherweise haben sie deine Kinder als Freunde.' Sie schwieg eine Weile, dann sagte sie leise fragend: ‚Johannes?'

‚Ja.'

‚Darf ich dir eine Frage stellen?'

Er nickte.

‚Wenn man in der Meditation so weit ist, dass man das Denken in der Anschauung hat, wenn man keinen Inhalt des Denkens mehr nötig hat, weil das darunter lebende *formende* Denken anschaulich geworden ist, wie geht man dann weiter?'

‚Der moderne innere Weg besteht jedes Mal von neuem daraus, mit all seiner Kraft einen Prozess zu verstärken, um ihn dann auslöschen zu können, so dass Raum für die geistige Welt entsteht. Wenn man seine eigene Denkaktivität so verstärkt hat, dass sie sich einem gleichsam als Objekt gegenüberstellt, dann ist der nächste Schritt, nachdem man gelernt hat, in der Anschauung auszuhalten, das selbst erweckte Objekt aus seinem Bewusstsein zu löschen, es zu unterdrücken – zu *entspannen*, wenn du diesen Ausdruck besser findest. Das Denken als Objekt wird Leere. Das auszuhalten, ist der nächste Schritt. Man kehrt seine Kraft gleichsam um: Das von dir Ausströmende wird Einstrom. Man *stülpt* sich um und wird von innen bewegt, gedacht und gefühlt.'

‚Woher holst du die Kraft, dann noch standzuhalten? In dieser doppelten Leere?'

‚Aus dem Ertragen der Schicksalsschläge, Elisabeth. Der Weg ist zwar innerlich, aber er wird durch die Art des äußeren Lebens getragen.'

‚Wie, glaubst du, kannst du in dieser Zeit des Luxus und der Faulheit jemals Menschen finden, die das alles fertigbringen wollen?'

‚Und du?', fragte Johannes mit einem Lächeln. ‚Du bringst es doch fertig?'

‚Ich ... ja. Aber all die Menschen, die hierherkommen und meditieren wollen? Sie suchen Ruhe, inneren Frieden, Glückseligkeit, wie auch immer man es nennen will.'

Johannes schüttelte den Kopf.

‚Das ist selbstsüchtige Religion, das weißt du ebenso gut wie ich. Man braucht natürlich eine gesunde Portion Selbstsucht, um zu meditieren, man kann anfangs nichts anderes hinstellen als seine eigenen Gedanken oder besser gesagt sich selbst als Denker eines gewählten Gedankens. Man kann Lust an seiner Arbeit, am Verstärken seiner Meisterschaft erleben. Aber Ruhe? Nein, das gibt es nicht. Inneren Frieden, das wohl, den erwirbt man und behält man, was auch geschieht. Glückseligkeit? Ja, wenn der Geist sich in einen ausgießt – schließlich, nach einem langen Weg der Entbehrung.'

‚Warum sollten wir damit beginnen?'

‚Einmal *muss* man doch, Elisabeth. Für Jeden, ohne Ausnahme, ist das Ende des Erdenlebens der Tod. Dahinter liegt das, was Dante den Läuterungsberg genannt hat. Da gibt es nichts mehr zu wählen, der Weg muss gegangen werden.'

‚Hier auf Erden kann man komfortabel hoffen, dass es nicht so schlimm werden wird, dass man ein anständiger Mensch mit einem guten Charakter ist: Man kommt von selbst in den Himmel, man hat doch guten Willen...'

‚Wille ist Aktivität. Guter Wille ohne Aktivität *ist* kein Wille.'

‚Du bist streng, Johannes.'

‚Ich bin nicht streng. Ich gebe nur die Gesetze des Geistes wieder. Tatsachen kann man nicht verformen. Aber es ist jedermanns Freiheit und Recht, woanders hinzuschauen. Ich weiß, dass du nicht so bist, Elisabeth. Du stellst diese Fragen, damit wir unsere Schwerter schärfen können. Inneren Frieden können wir wohl finden, aber in der Welt muss gekämpft werden. Mit dem Wort, so scharf wie ein Schwert. Für die Wahrheit muss in der heutigen Zeit ein Weg bereitet werden, es ist, als müssten wir einen Pfad in den Urwald schlagen.'

‚Ich frage mich: Erkennst du, wie groß der Unterschied zwischen deiner inneren Aktivität und der anderer Menschen ist? Sie schlafen, während du hellwach bist. Sie beneiden dich darum und verachten dich dafür.'

‚Verachten?'

‚Ja. Hinter deinem Rücken werden ganz andere Dinge gesagt als von Angesicht zu Angesicht.'

‚Von Peter?'

Entrüstet rief sie aus:

‚Nein! Er ist ein Ritter, Johannes. Dein Beschützer. Er verprügelt sozusagen jeden, der es nur wagt, ein schiefes Gesicht zu ziehen. Nein ... ich meine all diese Faulen hier, im Sommer.'

Johannes schüttelte den Kopf.

‚Ich kann nicht anfangen, all diese Negativität zuzulassen. Ich richte mich auf das Positive, das ist schließlich auch da. Eva leidet auch so unter all den Kritikern. Für mich ist das verschwendete Energie. Vielleicht habe ich darum eine so große innere Energie – weil ich wenig davon verschwende.'

‚Wie ist es, Johannes zu sein – das würde ich gern einmal wissen.'

Johannes stand lächelnd auf und sagte:

‚Ebenso schön, wie Elisabeth zu sein, glaub mir. Aber natürlich schon ganz anders. Johannes ist ein Wegbereiter, ein Rufer in der Einsamkeit. In gewissem Sinne wird er das immer sein. Er ist nicht selbst der König, er ebnet den Weg. Jedes Mal wieder ist dieser Weg uneben, Berge und Täler durchkreuzt er, doch er muss für den rechten, gut begehbaren Weg sorgen. Ein Führer ist Johannes, aber einer, der nicht nur den Weg weist, sondern der Brücken über den Abgrund baut und diese Brücken selbst als erster ausprobiert. Hinter dem Abgrund scheint ein unwirtliches Gebiet zu liegen, doch der Nebel wird sich lichten, und Shamballa wird sichtbar werden. *So* ist es, Johannes zu sein.'

DER RUF IN DER EINSAMKEIT

Der Schnee war vergessen, der Frühling in vollem Gange. Die Wiese hinter dem Arbeitszimmer verwandelte sich langsam in ein Blumenmeer. Er pflückte jeden Tag einen Blumenstrauß und schmückte das Haus damit. Blumen pflücken ist eine Wohltat für die Erde, es stimuliert das Wachstum und die Blühkräfte...

In der Blumenwiese sah er den nächtlichen Sternenhimmel, in dem von Sternen übersäten Nachthimmel die Farbenpracht der Blumenvielfalt. Amsterdam lag weit, weit in der Vergangenheit.

Warum seine Eltern ihn Johannes genannt hatten, war ihm unbekannt. In der Familie kam der Name nicht vor, aber er war der Jüngste von acht Kindern, da spielte vielleicht etwas anderes mit als nur die Familie. Jede strebende Menschenseele, die in der Einsamkeit ruft, ist Johannes. Es ist die Individualität, die Entelechie, die sich *durchsetzen* will, die sich so vollständig wie möglich in der Totalität der irdischen Umstände ausdrücken will. Es sind keine zwei Menschen dieselben, jede äußere Übereinstimmung muss überwunden werden. Das ist Einsamkeit, ein einsamer Kampf. Die Individualität besitzt die Freiheit, sich selbst zu bestimmen, doch die Erde bietet Widerstand, das Schicksal ebenso. Gerade an diesem Widerstand entwickelt man die Kraft, sich aus allen Fesseln zu lösen.

‚Macht seine Pfade gerade. Jedes Tal soll ausgefüllt werden, jeder Berg und Hügel soll erniedrigt werden; das Krumme soll gerade werden, und was uneben ist, soll ebener Weg werden.'

Das ist die Arbeit, die jeder Mensch an seiner Seele zu verrichten hat, damit der König, der Gekrönte, eintreten kann. Ungehindert entlang des geraden Weges des reinen Denken, geradewegs in das nach Ihm sich sehnende Herz. Der Verstand trägt den Tod in sich, das reine, zur Kraft gewordene Denken die Auferstehung. Wenn dann der Mensch gekrönt ist, ist seine Einsamkeit vorbei, denn die Krone wird aus der Hand der Liebe geschenkt, aus der wir alle geboren sind. Brüder und Schwestern sind wir, Kinder desselben Vaters allesamt ... ohne Unterschied nach Rasse, Milieu, Volk, Religion.

Johannes tauft mit *Wasser*, er kann nur Anweisungen geben, die Pfade gerade zu machen, ja er kann schaufeln und graben helfen, tragen und erleuchten... Das Taufen mit *Geist* ist kein Menschenwerk. Der Mensch ist die Krone der Schöpfung, aber der gekrönte Mensch ist das Werk Gottes...

Einmal, vor Jahren, hatte er geahnt: Wenn die Frucht meines Baumes völlig verschmelzen wird, werde ich erwachen ... und Mutter eines Königs sein. Hier, in den sonnenüberfluteten Bergen, war seine Seele zur Mutter geworden, sie war die Weisheit selbst. Und diese Weisheit gebar den König, der auf den geebneten Pfaden glorreich einziehen kann.

In Amsterdam war seine Seele rein, aber zu einem Punkt zusammengepresst gewesen. Hier wurde der Punkt zum Umkreis...

‚Was sind deine Überlegungen über den ‚Rufer in der Einsamkeit', Meister?'

Der Meister sah in die Ferne, seine sanften braunen Augen waren weit.

‚Mir wird warm von diesem ersten Teil des Lukas-Evangeliums. Es glüht von Buddhismus, der mir so innig eigen ist. Es hat eine *so* andere Atmosphäre als das Johannes-Evangelium, das die Strenge des Geistes, des Wortes offenbart. Milde Strenge, das schon. Hier, bei Lukas, empfindet man die Reinigung der Seele durch den achtgliedrigen Pfad. Der Sturm der Begierde hat sich gelegt, aller Hang nach dem Fleische – in jeder Hinsicht – ist überwunden, und an dessen Stelle tritt strahlende Harmonie und große, die allergrößte Weisheit. Doch dann kommt der Rufer in der Einsamkeit. Ihn gab es zur Zeit Buddhas nicht, er verkündet die Ankunft des Menschensohnes, des eigentlichen Menschen – wie ein *Gott* Mensch sein kann. Damit erscheint etwas Neues in der Entwicklung, Johannes. So bist du als Johannes in meinem Leben erschienen, genau so. Du hast in mir Verwirrung gestiftet, weil du nicht in meinen Buddhismus passtest. Ich meinte, mich von allem gelöst zu haben – und hängte mich mit meinem ganzen Sein an *dich*. Du warst ein Einsamer, das Haupt und die Schultern über all deine Mitmenschen erhoben, ohne es zu wissen.

Du hattest alles, was ein Mensch meiner Ansicht nach *nicht* haben durfte – aber du warst vollkommen rein. Du warst ein Rätsel. Du hattest Kraft, wo ich fand, dass ein Mensch in Hingabe zu leben hatte, und du hattest Hingabe in deiner Kraft. Hinter dir sah ich deine Inkarnationen, und ich sah, dass du von einem Lehrer geführt wirst, der viel größer ist als der meine. Den Allerhöchsten sah ich, und ich kannte ihn nicht. Ich interpretierte alles verkehrt, so dass du abreisen musstest – bis der Meister die Bescheidenheit kennenlernte. Deine Einsamkeit zeigte mir, wie du Teil einer kosmischen Einsamkeit bist, einer triumphierenden Einsamkeit, die in ihrer äußersten Form die totale Vereinigung mit allen Menschen bringt. Paradoxe hast du mich erfahren lassen, einfach durch dein *Sein*. Und so sind die Zeilen in der Bibel für mich keine Abstraktionen. Ich habe sie *erlebt* und erlebe sie im Umgang mit dir jedes Mal von neuem.'

Johannes sagte:

‚Der Begegnung mit dir verdanke ich die Bewusstwerdung all dessen. Ich hatte schließlich vollkommen ‚vergessen', wofür ich eigentlich lebte. Ich suchte verzweifelt in der Wissenschaft, konnte da aber natürlich keine Antworten finden – es wurden da nicht einmal *Fragen* gestellt. Du hast mich zurückgerufen und hast immer weiter gerufen, bis ich sah, dass die Zeit gekommen war, mich ganz dem ‚Rufen in der Einsamkeit' zu widmen.'

‚Die Einsamkeit ist dasjenige, was über das Physische hinausgeht, was vom Körper in unserer Zeit eigentlich nur daran gehindert wird, sich auszudrücken. Es ist der Geist selbst, das individuelle Ich, das von Inkarnation zu Inkarnation geht. Im Buddhismus existiert keine Individualität. Es sind gleichsam Umstände, Geschehnisse, Erfahrungen, die *erlebt* sind – die Summe dessen bildet das Karma, es formt sich zu neuen Umständen, Geschehnissen und so weiter.

Der Rufer in der Einsamkeit ist dagegen die zusammenhaltende Kraft, der Träger und Impulsator all dieser Umstände und Erfahrungen.

Du kennst die Erzählung von König Milinda. Er wird von dem weisen Nagasena belehrt und lernt von ihm, dass sein Wagen aus nichts anderem besteht als aus Teilen: Räder, Achse, Sitz und so weiter. Der Wagen hat also keine Individualität, das Wort ‚Wagen' ist nur ein leeres Wort, nur eine Zusammenfassung der Teile. So sieht der

Buddhist das Karma, es ist keine Individualität, die sich immer wieder inkarniert, es sind die Folgen der Taten – sie führen zu einem neuen Leben auf Erden... Doch ein Wagen besteht nicht nur aus Teilen. Aus den Teilen kann man auch etwas ganz anderes bauen. Kleine Jungen im Westen tun das mit ihren Legosteinen. So ein Junge hat einen *Plan*, er trägt in seiner Vorstellung die zusammenhaltende Kraft dessen, was er machen will. Das ist der *Begriff*. So liegt jedem Menschenkind ebenfalls ein Begriff zugrunde, und das ist die Individualität. Das *Ich* ist es, es ist vollkommen real, und es inkarniert sich immer wieder und wieder als neue Persönlichkeit. Einsam auf sich selbst beruhend, im Kampf mit der Erbanlage, der Nationalität und allem, was das äußere Leben ihm anbietet. All das Äußere lenkt es von seiner Mission ab: der Selbstverwirklichung. Das Selbst ist ursprünglich sozial, denn es ist mit allen anderen ‚Selbsten' zusammen aus *einem* Vater geboren. Gibt es zwei Menschen auf der Welt, die verschiedener sind als du und ich, Johannes? Und gibt es irgendwo größere Einheit als zwischen uns?' Der Meister brach in sein herzliches Lachen aus und verbesserte: ‚Nun, du hast mit vielen so eine Einheit ... ich nur mit dir.'

Johannes lachte auch und fragte:

‚Wie ist denn dein Verhältnis zu anderen?'

‚Autoritär, Junge. Das weißt du doch?! Ein Meister ist autoritär, er ist für seine Schüler wie ein guter, aber strenger Vater. Er erwartet totale Hingabe an seine spirituelle Autorität. Ich weiß inzwischen, dass es *Freiheit* gibt und dass diese Freiheit die Grundlage für spirituelle Entwicklung sein muss. Ich *weiß* das, aber es bleibt vorläufig Theorie. Ich sehe zu viel Albernheit, um in die Freiheit Vertrauen haben zu können. Außer bei dir.'

‚Und bei Eva, bei Elisabeth, bei deiner Freundin Marie? Bei deinem Freund Stern, bei Peter?'

Der Meister begann, sauer zu schauen. Er konnte sein ganzes Gemüt in seinem Gesicht zum Ausdruck bringen, aber auch mit voller Absicht ausdruckslos bleiben. Johannes lachte vorsichtig, während der Meister antwortete:

‚Mmm. Eva ... ist ein unschuldiges Kind, manchmal ein bisschen kühn, aber doch ein Kind. Du weißt, dass ich immer schon sehr viel in ihr gesehen habe. Neben dir ist sie in der Tat zu selbstbewusster, tiefsinniger Freiheit gekommen. Aber ohne dich? Ich weiß nicht.

Elisabeth. Sie war zu bescheiden, um frei sein zu können. Und wiederum ist sie dank dir stark und also frei geworden.'

‚Auch dank Peter.'

‚Nein, nein. Er gibt ihr physisches Selbstbewusstsein. Nicht unwichtig, aber du weißt auch, dass das eher eine Bremse als eine Förderung der inneren Freiheit ist.

Marie? Sie haftet viel zu sehr an allerlei Regeln, die ganz unwesentlich sind. Ich lebe mit ihr, Tag und Nacht, als Partner ohne Sexualleben. Ich kenne sie durch und durch. Außerhalb des Gespenstes der Regeln ist sie der fantastischste freie Mensch ... aber dieses Gespenst bannt sie in die Bürgerlichkeit. Ich stoße es um, dieses Gespenst. Sie wagt immer mehr, zu lachen, und so wird sie endlich, wie sie ist. Ganz und gar Licht und Leben, das wird sie!

Stern? Er *ist* das Gesetz, die Regulierung. Ich habe immer dankbar Gebrauch davon gemacht, dank ihm brauchte ich selbst mich darauf überhaupt nicht einzulassen. Er ist ein Schreiber, ein Buchhalter erster Güte, auch wenn er seinen Doktortitel in der Philosophie hat. Er ist immer ergeben gewesen, wie ein Mond seinem Planeten ... nein, er kennt die Freiheit nicht. Aber ich liebe ihn, wie er ist. Es wird mit diesem alten Stern schon alles gut werden!

Peter...' Der Meister lachte breit. ‚Nun, der kennt die Freiheit sehr wohl! Da sehe ich einiges; wenn er seine schwarze Seite überwunden hat, können wir noch so manches erwarten! Aber es hängt noch eine Gewitterwolke vor der Sonne. Trotzdem mag ich ihn gern, immer mehr. Er ist ehrlich, das ist eine besondere Qualität. Er stellt sich nie anders dar, als er ist. Böse ist böse, fröhlich ist fröhlich. Wenn er seinen Weg gehen könnte, würde er das Unrecht aus der Welt schlagen. Schön, so eine zusammengeballte Kraft, so eine Zurückhaltung von Herrschsucht.'

‚Siehst du. Du hast mit vielen ein Liebesband. Du verstehst den *Menschen* im Menschen. Das ist doch das Brüderliche, Meister. Nicht das Väterliche.'

Der Meister sah ihn treu an, aber etwas blitzte in seinen braunen Augen.

‚Das kommt durch dich, jetzt in diesem Moment. Ich rufe das

Beste in mir auf. Wenn ich deine Anwesenheit jetzt einmal außer Betracht lasse, dann habe ich dir etwas ganz anderes mitzuteilen. Nur Eva bleibt dann verschont, sie ist authentisch, das war sie immer schon. Und empfänglich, aufrichtig. Ja, das ist wohl doch Freiheit. Ganz aus ihr selbst, weil sie den Mut hat, unvollkommen zu sein, unerbittlich sie selbst zu sein. Was auch geschehe. Diese Freiheit hat neben dir eine Metamorphose durchgemacht, eine Umwandlung zur Selbstlosigkeit. Sie ist noch immer sie selbst, aber geläutert. Du hast früher gefürchtet, du würdest in ihre Freiheit eingreifen, aber ich habe es nicht so gesehen. Neben dir *muss* ihre Freiheit einen anderen Charakter annehmen – und das geht immer mit Schmerz einher. Seelenschmerz ist Entbehrungsschmerz, aber dieser bewirkt gerade die Läuterung. In jedem Fall steht sie für mich sehr hoch, weit über den anderen. Aus meinem eigenen Urteil heraus finde ich, dass Elisabeth ein intellektueller Angsthase ist. Marie ... sie ist ein Schatz, aber ein Erzphilister, genau wie unser Freund Stern. Und Peter ist ein unverschämter Flegel, dem man besser aus dem Weg geht. Das ist das Urteil des Meisters, wenn er Johannes nicht neben sich hat!'

'Was hieltest du von Johannes, als du ihn zum ersten Mal sahst?'

'Ich sah deine Aura eher als deine Gestalt.* Das ganze Zimmer war davon erfüllt, von einer vollkommen strahlenden Farbenharmonie. Später habe ich mir trotzdem noch allerlei 'meisterliche' Urteile erlaubt, etwa: Johannes ist ein echter Abendländer, ein abstrakter Intellektueller, ein stolzer Denker und so weiter... Aber das war aus Selbstverteidigung, um noch etwas an Selbstachtung übrigzubehalten.'

'Wie ist es denn mit den Auren von Elisabeth und den anderen? Dein Urteil, worauf beruht es eigentlich? Auf deinem subjektiven Gefühl, deinem objektiven Gefühl, deiner Wahrnehmung, deinem Schauen ... worauf, Meister?'

Der Meister grinste.

'Du weisst ja selbst die Antwort, aber nur zu. Mein Urteil beruht vornehmlich auf meinem Schauen, aber das 'Ich', die wahre Individualität, kann ich mit meinem Schauen nicht erreichen. Ich sehe die Astralität, den Ätherleib und die physischen Kraftfelder. Ich

---

* Siehe 'Lotus und Lilie', noch nicht übersetzt.

sehe also den intellektuellen Angsthasen in Elisabeth und brauche dich neben mir, um ihr wachsendes Selbstbewusstsein wertschätzen zu können. Nur bei dir sind deine niederen Wesensglieder vollkommen Ausdruck deiner Individualität. Es geht vielleicht noch vollkommener, aber ich habe nie etwas geschaut, was vollkommener wäre. Bei dir geht alle Menschenkenntnis gerade von der Individualität aus, in Bezug auf dich selbst und den Anderen. Darum bist du ein positiver Optimist, du siehst, was alles werden kann, wenn wir unser Bestes tun. Das ist eine Gnade, aber stellt an uns zugleich hohe Anforderungen. ‚Komm runter von deinen Lorbeeren, auf denen du dich so herrlich ausruhst! Werde, wie du sein kannst! Arbeite!' Das ruft dein Wesen uns zu, auch mir. Aber was für dich ein gerades Fortschreiten auf einem geebneten Pfad ist, ist für uns mehr oder weniger ein Vorwärtsstrampeln im Schlamm, über Berge und Täler, über kurvenreiche Pfade.'

‚Du weißt, mein teurer Meister, dass wir im Westen ein Zeichen auf unser Auto kleben, welches uns als Mitglied des Ärztestandes ausweist? Es ist der Äskulap, der Merkurstab, das Zeichen des heilenden Geistes. Kein Mensch geht einen geraden Weg. Die bewusst erlebten Teile des Lebens werden jedes Mal – in der Nacht – von unbewussten Stunden abgelöst, in denen eine moralische Beurteilung stattfindet. Obwohl meine nächtlichen Stunden weniger finster sind als die eines Menschen, der keine innere Entwicklung sucht, kann ich doch in aller Ehrlichkeit nicht sagen, dass ich einen geraden Weg gehe, der nie abbiegen würde. Der gerade Weg ist der des Herrn, ohne Sünden, ohne Schuld, ohne einen einzigen Punkt von Unklarheit. Allen Sterblichen jedoch haftet ohne Ausnahme die ‚Erbsünde' an, wodurch sich der Weg wie eine Schlange um den geraden Weg des Herrn windet.'

Kopfschüttelnd antwortete der Meister:

‚Deine Bescheidenheit ziert dich, Johannes.'

Eva hatte einen freien Mittag, und zusammen gingen sie auf dem Wanderpfad in Richtung des tiefer gelegenen Dorfes, um dort zu essen. Wo der Pfad breit genug war, um nebeneinander zu gehen, legte er seinen Arm um ihre zarten Schultern. Hier lagen ihre ersten gemeinsamen Erinnerungen, als sie beide sehr vorsichtig die Nähe des anderen suchten, ohne Erotik und doch begleitet von Eros. Nun war da die große Liebe selbst, die sie verband. Sie brauchten die Erotik nicht mehr, um einander zu lieben. Ihre Liebe war so rein wie die von zwei Kindern, die den Sex noch nicht kennen – auch wenn bei ihnen die Tatsache, dass sie drei Kinder hatten, bewies, dass sie das Eheleben durchaus kennengelernt hatten.

‚Das Schönste sind die Stunden mit dir!', seufzte sie. ‚Alles andere scheint darauf gerichtet, diese Momente mit dir zu verdienen.'

Er drückte sie an sich.

‚Musst du zu hart arbeiten, Eva? Fällt es dir schwer?'

‚Nein, nein! Ich meine es, wie ich es sage. Das Leben mit dir ist so fantastisch – dem muss wohl Arbeit gegenüberstehen. Sieh nur, wie wir hier gehen! Die Natur jauchzt uns entgegen, hast du je so etwas Schönes gesehen? Ich tue meine Arbeit gerne. Natürlich fällt es auch schwer, Menschen fallen nun einmal immer schwer, sie schütten ihr ganzes Elend über einem aus und erwarten von einem eine Zauberformel. Und mein Kollege ist auch nicht einfach, das weißt du ja. Auf der anderen Seite setzt er sich zu zweihundert Prozent ein, und ich wüsste nicht, was ich ohne ihn machen sollte. Nur steht unsere alte Liebe noch immer zwischen uns.* Er tut sein Bestes und ich auch, aber es ist nun einmal so. Wir sind nie entspannt. Wenn er gereizt ist, geht es noch am besten, aber wenn er eine gute Laune hat ... dann fühle ich sein Wohlgefallen an meiner Erscheinung. Er weiß es nicht einmal, er ist dir absolut treu. Aber ich fühle dann, dass ich einen Körper habe. Sehr unangenehm!'

Es hatte eine Zeit gegeben, wo Johannes unsicher gewesen war, ob diese beiden, nach einer stürmischen Verliebtheit, in der Nähe des jeweils anderen ‚sicher' sein konnten. Er hatte sich gewehrt, sich dagegen widersetzt – bis Peter und er Liebe zueinander gefasst hatten. Damit war die Gefahr definitiv vorbei, und sie konnten sogar zusammenarbeiten. Aber die Schicksalsverbundenheit zwischen diesen beiden wirkte natürlich sehr wohl, bei jedem von beiden auf eigene Weise. Eva fuhr fort:

‚Nun ja, diesen Effekt gibt es mit Männern so oft. Bevor man es

---

* Siehe ‚Gardevias', noch nicht übersetzt.

weiß, steht man mit einem Kerl in einem Machtkampf. Vielleicht hört das auf, wenn ich eine alte Dame bin.'

Johannes lachte.

‚Du bleibst immer ein Mädchen, auch wenn du achtzig bist.'

‚Es ist nicht leicht, in einem Frauenkörper zu wohnen. Man wird nicht ernst genommen, aller Emanzipation zum Trotz. Man kann noch so viel Autorität über sich selbst gewonnen haben, man bleibt eine Frau. Natürlich wird es dann besser, aber wirkliche Überlegenheit hat man nie.'

‚Es scheint mir ein Auftrag zu sein, Eva. Nicht als ein Mann zu leben, sondern als eine Frau mit allen Qualitäten, die das Weibliche dir doch auch schenkt. Du bringst deine Individualität zum Ausdruck, und du machst diesmal von dem Weiblichen als Material Gebrauch. Du weißt, dass auch ich oft über meine Männlichkeit geklagt habe, über die Wirkungen, die davon ausgehen und die den freien Ausdruck hemmen, beschränken, mitbestimmen. Viele Menschen finden es schwierig, sich mir zu nähern, gerade weil ich ein Mann bin. Von anderen werde ich nicht ernst genommen, weil sie finden, ich sei ein weiblicher Typ, zu sanft und verständnisvoll. Es ist doch nie gut. Das Einzige, was man tun kann, ist: seinen Geist zu finden und ihn mit dem zu erfüllen, was nun einmal unendlich viel größer ist als man selbst. Von dem Moment an ist alles, was man denkt, spricht, tut, nicht mehr von einem selbst, sondern von einer höheren Ordnung. Aus der Persönlichkeit heraus geht das niemals – und doch ist es die Persönlichkeit, die sich dem Höheren zuwenden muss, ob man nun eine Frau ist oder ein Mann. Frauen können das sogar im Allgemeinen besser, weil sie sich hingeben können, sie stecken weniger im Materialismus fest, sind auch weiser, weil sie weniger intellektuell urteilen.'

Eva seufzte.

‚Du bist so lieb, Johannes. Du verstehst mich immer wieder zu trösten. Wo sollen wir essen gehen? Im Hotel?'

Ohne weiter zu sprechen, waren sie zum Hotel gelaufen. Als sie dann am Tisch einander gegenübersaßen und ein leichtes, warmes Essen bestellt hatten, fragte Johannes:

‚Eva ... habe ich dich immer frei gelassen? Kannst du dich frei entfalten?'

Ihre blauen Augen wurden groß.
,Das weißt du doch?'
,Heute Morgen erzählte der Meister, was er so an Menschen erlebt, und dabei ging es auch um die Bedeutung deiner Freiheit. Natürlich weiß ich, wie wir miteinander umgehen und wie wir uns darin entwickelt haben. Dennoch will ich dich fragen...'
Sie legte ihre Hand auf die seine. Sie hatte ihn einst aus seiner Einsamkeit befreit. Sie hatte nicht aufgegeben, ihn zu lieben – auch als er sie abwies. Schließlich hatte er sich selbst seine große Liebe zu ihr bekannt und ihr nachgegeben. Er hatte sein Herz, mit allem was er hatte, an sie gehängt, sie war sein großer Trost. Sowohl innerlich als auch im Leben war er mit ihr eins, sie vertrauten einander vollkommen. Natürlich wusste er genau, wie ihr Verhältnis war, aber er wollte es von ihr hören. Sie drückte seine Hand und antwortete:
,Ich war nicht erwachsen, war unselbständig, als wir einander kennenlernten. Autoritär erzogen und dadurch unsicher. Endlich ist man frei – denkt man – und will tun, worauf man *Lust* hat. Und dann tritt da doch wieder ein viel älterer, weiserer, gelehrter Mann ins eigene Leben. Man bewundert ihn ... und doch will man nicht wieder ein Joch auf den Schultern. Das Urteilsvermögen ist nicht unbefangen, sondern gefärbt. Überempfindlich gegen Beherrschung, während man diese auch sucht, denn man ist es so gewohnt. Nichtsahnend hast du mir die volle Freiheit gelassen, du hättest nicht anders gekonnt. Ich *wollte* diese Freiheit und wollte sie auch wieder nicht. Ich suchte dennoch die Bequemlichkeit der Autorität, in deren Hände man alles legen konnte. Und zugleich wollte ich tun, worauf ich Lust hatte. Einfach *Lust*, verstehst du. Das irritierte dich, und ich bekam genau das Umgekehrte: Was ich wollte, durfte ich bei dir nicht – du sagtest einfach ,nein'! Und wo ich deine Führung erwartete, gab es diese nicht – du hast mich schließlich frei gelassen. So habe ich allmählich eingesehen, was Freiheit wirklich ist: Man gibt sich selbst seine Bestimmung, insoweit es in der eigenen Macht liegt, aber man tut das nicht aus Lust, aus ,ich habe Lust dazu' – man tut es aus einem Willen, der frei ist von allem leiblichen Einfluss, von Vererbung, Milieu, Nationalität, Erziehung, Regeln ... was auch immer. Das alles spielt in der Selbstbestimmung keine Rolle. Für mich lag anfangs jedoch

gerade da das Gebiet, wo ich frei sein wollte. Das ergab Konflikte, auch mit dir – vor allem mit dir. Dennoch war es gut, dass ich Mut hatte, sonst wäre ich nie aus der Sphäre der Autorität herausgekommen. In wesentlichen Dingen hast du mich nie in meiner Freiheit beeinflusst – absolut nie. Wohl aber in Fragen wie der, ob ich nach einem langen Arbeitstag Tennisspielen gehen soll, während du dann allein zuhause sitzt und ich mich erschöpft auf dem Tennisplatz beweise. Ich hatte keine Ahnung davon, was es heißt, sich zu fragen, ob die eigenen Taten wohl ins Ganze passen, auch in das Leben des anderen. Nein, man tut einfach, wozu man Lust hat; man ist schließlich frei!'

,Und was du jetzt alles tust? Deine Arbeit in der Klinik, das Vorbereiten eines Kurses im Sommer, die Sorge für die Kinder...'

,Das ist die Unfreiheit, die jeder Mensch kennt, weil es nun einmal Pflichten gibt. Aber darunter habe ich nie gelitten. Was sein muss, kann ich sehr gut mit Freude tun. So bin ich wiederum auch erzogen. In einer großen Betriebsamkeit, wo jeder aktiv und meist fröhlich war. Es war immer eine gesellige Hektik, viel Besuch, viel Haushaltsarbeit. Wir machten alles zusammen, und es gab viel Spaß. Nur wenn man ungezogen gewesen war, musste man allein abwaschen. Aber dann machte ich das Radio an, und dann war das auch wieder nett. So mache ich es noch immer. Ich darf gar nicht daran denken, dass ich widerstrebend mit den Kindern ein Spiel spielen würde. Dann tue ich es gar nicht, verstehst du.'

Er kannte keinen Menschen mit so viel *Leben* in sich wie Eva. Sie schäumte vor Leben, es bildete einen wichtigen Teil ihrer Schönheit. Es ließ ihr Haar glänzen, ihre Augen strahlen. Ihre Intelligenz lebte in Bildern statt in abstrakten Formeln – dadurch war sie eine so gute Ärztin. Seine Liebe zu ihr konnte so intensiv sein, dass es wehtat. Er seufzte tief.

,Ich wollte, ich könnte *noch* intensiver mit dir zusammen sein, Eva. Man meint dann, diese Intensität des Zusammenlebens müsse im Sexualleben gesucht werden. Aber es bleibt immer die Haut, der Körper, der die Trennung verursacht. *Innerlich* sind wir eins. Die Sexualität sorgte nur für Entfremdung, weil ihre Basis nun einmal die Lust an Macht und Ohnmacht ist. Dennoch muss jeder das mit sich selbst ausmachen, es käme mir nie in den Sinn, auf diesem Gebiet moralisierende Aussagen zu machen.'

‚Seit dem allerersten Beginn sehne ich mich nach Zusammenarbeit, Johannes. Deine Entwicklung ist ein Vorbild, und es gibt genug Menschen, die dir nachfolgen wollen. Ich aber habe immer das Gefühl, ein Recht auf mehr als das zu haben, und bekomme ja auch mehr – trotzdem ist es noch immer nicht genug.'

‚Was fehlt denn?'

‚Zusammenarbeit. Nicht nur zusammen die Visite machen, sondern die Prinzipien der spirituellen Heilkunst ausarbeiten. Ich habe viele Einsichten, aber mir fehlt die Systematik, die Möglichkeit, sie auf Prinzipien zurückzuführen. Dafür brauche ich dein übersichtliches Denken, den König auf dem Thron, der alles überschaut.'

‚Du weißt, ich vertiefe mich mit dem Meister in das Lukas-Evangelium. Ich kann meine Betrachtungen, meine Einsichten, auch mit dir teilen.'

‚Wann? Das ist die große Frage!'

‚Nach der Visite.'

Sie lachte ihm zu, drückte wieder seine Hand und sagte:

‚Sagst du auch einmal ‚nein' zu jemandem, Johannes? Auch dein Tag hat nur vierundzwanzig Stunden.'

Johannes zwinkerte mit den Augen.

‚Wenn ich je anfangen würde, zu *dir* ‚nein' zu sagen ... dann würde ganz grundsätzlich etwas nicht stimmen, meine liebste Eva!'

DIE VERSUCHUNG

Er meditierte die Epiphanie. Es ist der Beginn der offenbaren Wirksamkeit von Christus, auch der Beginn seines Werkes als Heiland, als Heiler.

Johannes war als Kind mit diesen Bildern aufgewachsen. Später hatte er sie ‚vergessen', sie waren durch die abstrakten Gedanken verdrängt worden, die er für sein Studium nun einmal denken musste. Doch sie hatten in die Tiefe gewirkt und lebten als eine intensive Sehnsucht nach Realität weiter. Es hatte eine Zeit gegeben, in der der Tod die einzige Realität zu sein schien, die übrigblieb. Alles Übrige war Schein... In gewisser Hinsicht war er ein Internist wie alle anderen gewesen, vielleicht mit einem schärferen Verstand und einem kräftigeren Willen, wodurch er die Spitze erreicht hatte. Innerlich aber war seine Intelligenz stets von moralischen Impulsen durchwebt gewesen. Er war nicht nur klug und geschickt, er wollte vor allem ein *guter* Mensch sein. Vor allem für die Kranken, die ihm anvertraut wurden, wollte er *gut* sein. Dieser Impuls hatte in ihm – unbewusst – den Christusimpuls lebendig gehalten. Er hatte ihn auf all seinen Wegen begleitet, bis der Moment nahte, wo er sich der Natur dieses moralischen Impulses bewusst werden musste. Seit dieser Zeit wusste er, dass neben der wissenschaftlichen Medizin eine andere Heilkunst existiert, die auf der Epiphanie beruht. Manchmal konnten beide Formen zusammengehen, dann wiederum überhaupt nicht. Diese beiden Formen wurden in Johannes zu einem persönlichen Kampf, einem immer bewussteren Wissen darüber, wann er gezwungen war, von seinem Meister abzuweichen.

Oh, es waren keine abstrakten Prinzipien, denen er folgte. Sie waren in keinem Buch zu finden, in keinem Glauben, in keiner Kirche. Sie beruhten völlig auf dieser von ihm so leidenschaftlich gesuchten Realität. Letztlich erwies es sich, dass nur *eine* Realität existiert – die sich in eine unendliche Vielfalt differenziert –, und diese Realität ist Christus selbst. Wo andere die absolute Irrealität sehen, an die man glauben kann oder nicht, fand er die erschütternde Wirklichkeit.

Diese Wirklichkeit nahm er in sich auf, und seine Wirksamkeit stand unter *diesem* Siegeszeichen. Schmerzlich fühlte er, wie er sich von Ihm entfernte, wenn er ein abstrakt verstandenes Rezept ausschrieb, und wie er sich in Seine Nähe brachte, wenn er vollkommen durchschauen konnte, was er tat. Die alternative Medizin erregte in ihm noch mehr Widerwillen als die universitäre, weil darin überhaupt kein klarer Begriff verwendet wurde. Wenn man eine Heilkunde mit Hilfe übersinnlicher Kräfte entwickeln wollte, musste man diese *zuerst* in seinem Denken, in seinem Begriffsvermögen entwickelt haben. Seine Kollegen im Krankenhaus konnten ihm hierin nicht folgen, doch die spirituellen Heiler ebenso wenig. Und so stand er allein, mit nur zwei wirklichen Freunden auf dem Weg: Eva und der Meister.

Man wird von Minute zu Minute, von Stunde zu Stunde in seiner Durchdringung mit diesem allergrößten Impuls geprüft. Man wird in seiner ganzen Lebenseinstellung geprüft, wodurch man die Kraft bekommt, immer mehr in der Nachfolge zu leben. Johannes erlebte die Prüfungen aber auch als Versuchungen, als Versuche, ihn vom rechten Pfad der Heilkunst abzubringen.

Jedes Mal wieder war da die Verführung, den Körper nur als ein materielles, physisch-chemisches Geschehen zu betrachten. ‚*Der Mensch lebt nicht vom Brot allein!*', erklang dann die innere Antwort. Heilen ist nicht nur ein Regulieren chemischer Prozesse oder ein mechanisches Umbauen der Anatomie. Man muss als Arzt eine Art Berührung mit der krankmachenden Tendenz bekommen, die immer vom Geistigen her verstanden werden muss. Kein materieller Prozess ohne geistige Ursache, weder in der Gesundheit, noch in der Krankheit.

Vom materiellen, aber auch vom spirituellen Standpunkt aus droht die Versuchung, sich als Arzt mächtig zu wähnen, im Besitz der Macht über Krankheit und Gesundheit, über Leben und Tod. ‚*Keine andere Macht sollst du anerkennen als die von Gott allein.*' Was man vermag, das vermag man in Seiner Kraft. Darum wird man als Arzt niemals nur Erfolg haben können, denn gegen die Kräfte des Schicksals kann man nichts erreichen.

Die dritte Versuchung liegt im Übermut. Man darf nicht meinen, Gesundheit wiederherstellen zu können, wenn ihr durch Leichtsinn geschadet wurde. Eines der Hauptprinzipien in der Gesundheit ist Maß in jeder Hinsicht. Auch wenn man die Prozesse derart beherrscht, dass man die Folgen von Unmäßigkeit wieder beheben könnte, gilt: ‚*Du sollst den heilenden Geist nicht auf die Probe stellen.*'

Johannes wehrte sich gegen diese Verführungen, indem er sich ihrer bewusst war, indem er in der Meditation wieder und wieder den richtigen Standpunkt einnahm, wodurch es eine so innere Gewohnheit wurde, dass sie in allen seinen medizinischen Handlungen lebte. Er hatte ihn schließlich aus Amsterdam vertrieben, dieser richtige Standpunkt. Er sehnte sich danach, sein Können in ein wirklich geistdurchdrungenes Arzt-Sein umzuwandeln, aber vorerst fehlte ihm dazu die Gelegenheit.

Vielleicht würde die Arbeit mit dem Meister und mit Eva nun eine Veränderung bringen.

Johannes' Einweihung verlief nach den Gesetzen der modernen Zeit. Früher, in jenen Zeiten, wo Einweihung zur Entwicklung des Priesters und des Arztes gehörte, musste man sich an einen Mysterienort begeben, wo man als auserwählter Schüler die Einweihung in die geistigen Geheimnisse erhalten konnte. Man musste sich dann ganz dem Meister fügen, der gleichsam den Platz des eigenen persönlichen *Willens* einnahm. Der moderne selbstbewusste Mensch könnte eine derart weitgehende Hingabe an einen Meister nicht mehr akzeptieren. Die Freiheit von Denken, Fühlen und Wollen ist in unserer Zeit absolut zentral, darum ist die moderne Einweihung immer eine *Selbsteinweihung*, wobei der Meister im Inneren gefunden werden muss. Natürlich gibt es Lehrer, die einem vorausgegangen sind und die dadurch Ratschläge oder Erklärungen geben können. Aber es gibt niemanden, der etwas im eigenen Inneren zu bewirken vermag – das kann man nur selbst.

So hatte Johannes einmal in einer Kapelle bei einem Kloster an drei aufeinanderfolgenden Tagen Gespräche mit einem unbekannten Fremden gehabt.* Die Anweisungen, die er damals empfangen hatte, wirkten bis zum heutigen Tage, doch er selbst musste sie durch

---

* Siehe ‚Mutter eines Königs'.

die Meditation in sich *lebendig* halten. Er hatte darin eine strenge Disziplin, wodurch er schnell zur Meisterschaft kam. Alles in ihm war dazu bereit, auch wenn die Ablenkungen noch so groß waren...

‚Meister, du bist kein Arzt, kein Heiler – und doch stellst du Diagnosen, die zutreffend sind. Du kannst sogar bis zu einem gewissen Grade Therapien angeben. Erzähle mir noch einmal, wie du dabei vorgehst.'

‚Du willst immer wieder von neuem überlegen, nachsinnen, mein Freund. Darin bist du absolut kein Abendländer. Sie wollen *einmal* etwas wissen und meinen, damit fertig zu sein. Das nächste Mal langweilen sie sich schon. Wir Morgenländer wissen, dass die Kraft der Weisheit aus der Wiederholung hervorgeht. Darum werde ich deine Frage gerne beantworten, auch wenn es das soundsovielte Mal ist.

Schau, mein Junge ... für mich ist es nicht schwer, zu glauben, dass ein Mensch mehr ist als ein Berg von Atomen und Molekülen, denn ich ‚sehe' die zusammenhaltende Kraft, die organisierende Vitalität, du nennst es den Ätherleib. Dass ein Mensch nicht fortwährend zum Leichnam verfällt, verdankt er diesem Architekten, der lebendigen Kraft, dem lebendigen Plan, der dem Körper zugrunde liegt. Mein ‚Wissen' beruht auf dem Wahrnehmen dessen. Das geht ohne viel Anstrengung; je mehr Mühe ich mir gebe, desto mehr entzieht er sich meiner Wahrnehmung. Zuerst werde ich in meinem Gefühl ‚etwas' gewahr, was zum Bild wird. Das Bild ist meine Diagnose. Durch die Zusammenarbeit mit dir wurde meine Gabe auf diesem Gebiet eher verdunkelt als erleuchtet. Durch dich habe ich angefangen, meinen Verstand zu gebrauchen, und das ist Gift für die spirituelle Wahrnehmung. Die gewöhnliche sinnliche Wahrnehmung und die Gedanken darüber haben begonnen zu dominieren. Du weißt, wie sehr ich mich dagegen widersetzt habe, und nur die Tatsache, dass ich deine Entwicklung sah – sah, wie du deinen prächtigen Verstand überwunden, überstiegen hast und wie du dadurch zu einem Wahrnehmen desselben Ätherleibes gekommen bist –, hat mich davon überzeugt, dass ich auf meinem Weg *doch* weitergekommen bin. Aber ganz dunkel ist das Geistige nicht, ich werde es noch immer gewahr, und so kommt meine Diagnostik zustande. Dass ich darin wenig Fehler mache, verdanke ich meiner strengen Erziehung zur Selbstlosigkeit, die Teil meiner Einweihung ist, die dort im fernen Osten erlangt wurde...'

‚Und die Therapie?'

‚Da mache ich nicht viel, wie du weißt. Ich könnte Handauflegungen machen, wie ich das einmal bei dir tat, als du krank warst. Ich könnte auch bestimmte wirksame Substanzen aus der Natur holen. Aber neben dir fühle ich mich darin nicht qualifiziert, eher ein wenig als Dilettant. Nein, das überlasse ich euch. Du hast das Vermögen, die spirituelle Heilkunst zur Wissenschaft zu erheben. Das wirst du tun müssen, mein Junge ... und der Meister sieht zu, in Verwunderung und in Erwartung deiner Fragen, die ich immer mit Liebe beantworten werde.'

‚Ich habe eine.', lächelte Johannes. ‚Wie soll ich mit dieser Aufgabe beginnen?'

‚Beginnen!', polterte der Meister lachend. ‚Mach mir nichts weis, du hast längst begonnen! Schon vor Jahren. Und du hast deine Resultate, die du mit niemandem teilst, auch nicht mit mir. Aber praktische Anweisungen will ich dir schon geben. Eure Wahrnehmung ist ganz nach außen gerichtet, man ist mit seinem Wesen auf seine Sinne und seinen Verstand gerichtet. Da hat man sein Bewusstsein, seine Wahrnehmungen. Der physische Leib ist das Instrument. Du weißt das alles besser als ich, aber um des Dialoges willen sage ich es dir noch einmal. Meine Art des Schauens lasse ich außer Betracht und spreche über deinen Weg, wie ich ihn sehe. Du bist den Weg vom *Inhalt* deines Verstandes zu dessen *Form* gegangen, und du hast durch intensive Meditation dieser Form *Kraft* verliehen. Alles, was aus den Sinnen kam, ist gleichsam vergessen, das Einzige, was bleibt, ist Kraft gewordene Form. Formkraft, wenn du willst. Da liegt der Übergang vom Physischen zum Ätherischen ... und im Ätherischen lebt die Heilkunst. Nun ist das in der Meditation alles gut zu unterscheiden. In der Unruhe des Kontaktes mit einem Patienten – da geschieht dann alles Mögliche, was für Diagnose und Therapie nicht im geringsten von Belang ist – kommt es darauf an, mit seinem inneren Ohr auf dasjenige lauschen zu können, was man in dieser Ätherwelt infolge der Untersuchung des Patienten erlebt. Bei mir geht das von selbst – du musst sehr genau unterscheiden zwischen dem, was aus deinen Sinnen und deinem Verstand kommt, und dem, was der Ätherleib zu dir spricht. Da liegt die Schwierigkeit. Darum gab der Meister des Abendlandes Übungen, um Fühlung mit dem Aufblühen und Verwelken in der Pflanzenwelt zu bekommen. Das sind schließlich die Grundkräfte des Ätherleibes: Aufblühen und Verwelken, Leben und Sterben. Mit physischen Augen sieht man diese nicht, man sieht nur das Resultat: eine blühende oder eine verwelkende Pflanze. Mit dem inneren Auge sieht man sie sehr wohl ... und das ist der erste Schritt in der Diagnostik. Nun kommt es natürlich nie vor, dass nur eines von beiden da ist – außer beim Tod. Es ist immer ein komplexes Zusammenwirken, ganz verschieden in den einzelnen Organen. Aber man beginnt mit einem Gesamteindruck, einer Art größtem gemeinsamem Nenner. Später lernt man, immer feiner zu differenzieren. Es ist nicht das physische Auge, das sieht ... es ist die verstärkte Denkkraft, die zum Auge wird – und zugleich zum Wahrnehmungsgebiet.'

Johannes nickte zufrieden. Der Meister fragte grinsend:

,Habe ich bestanden, Professor?'

,Ich vermisse einen Aspekt, Meister – du hast ihn zumindest nicht erwähnt. Diese ganze entwickelte Denkkraft wird nie zum Wahrnehmungsorgan werden, wenn die Seele nicht ganz und gar zu Ehrfurcht vor dem Wahrgenommenen umgeformt ist. Alle nüchterne Selbstverständlichkeit muss einer ehrfürchtigen Verwunderung Platz gemacht haben. Sonst sieht die Seele im Ätherleib sich selbst statt das Andere. Das ist ja die Sünde der modernen Wissenschaft: der Verlust von Ehrfurcht und Verwunderung. Wann ist die Seele *unschuldig*? Dann, wenn sie für und nach sich selbst keine andere Begierde hat als allein die nach immer weitergehender *Entwicklung*. Das Letztere ist berechtigte Begierde. So eine unschuldige Seele lebt in Verwunderung, in Demut. Sie vermag es, mit dem Ätherleib in Kontakt zu treten, und in diesem Kontakt blüht der Herr auf... *Er* zeigt dann das Blühen und das Verwelken und die weitergehende Differenzierung. Es ist der Gral, Meister, der mich unterweist – wenn ich nur die richtige fragende Haltung zu finden weiß.'

Der Meister hatte den letzten Worten mit gebeugtem Haupt zugehört. Nun sah er auf und sagte:

‚Die Rollen haben sich im Lauf der Jahre umgekehrt, mein Freund. Einst hielt ich dir deine Rationalität vor, deinen Mangel an Freude, an reichen Gefühlen. Nun, das war damals schon unberechtigt. Jetzt aber fühle *ich* mich wie ein abstrakter Denker in Bezug auf den Geistesweg, während du in dessen voller Realität lebst. Was fragst du mich nur immer wieder nach dem dir bekannten Weg! Soll ich jedes Mal wieder spüren, wie steif meine Geistes-Gliedmaßen sind?!'

‚Ich frage nicht nach dem bekannten Weg.', antwortete Johannes kopfschüttelnd. ‚Ich frage auch nicht, weil ich selbst keine Antworten hätte. Ich frage, weil mir der Dialog mit dir so teuer ist. Wir brauchen einander nichts zu lehren. Im Sprechen lehrt uns der Geist.'

Sie saßen noch einige Zeit schweigend beieinander, während der Urgrund des Seins mitten unter ihnen war.

Er saß mit Eva in seinem Sprechzimmer in der Klinik. Modern, einfach und hell, das waren die Prinzipien, nach denen Doktor Stern den Neubau hatte errichten lassen. Es war angenehm, hier zu sein, auch für die aufgenommenen Patienten.

‚Wie gehst du vor, Eva, wenn du die Diagnose stellst und die Therapie festlegst?'

Eva schaute verwundert.

‚Das weißt du doch, Johannes!'

‚Ich brauche deine Antwort.', sagte er einfach.

Sie brauchte Zeit, um sich zu besinnen; danach begann sie zögernd zu sprechen.

‚Es ist ein komplexer Prozess und bei weitem nicht immer derselbe. Ein Teil ist, einfach mit den Augen und den Ohren wahrzunehmen und den Verstand zu gebrauchen. Ich habe inzwischen ein ganz schönes Wissen von der spezifischen Natur bestimmter homöopathischer Mittel. Dieses Wissen spielt in mein verstandesmäßiges Erkennen hinein, und ich lerne zu unterscheiden, was einfach auf Routine und Wissen beruht und was intuitiv darin schlummert. *Da* nämlich liegt das Gold, und ich weiß: Wenn ich so eine Idee zu fassen bekomme, habe ich *Gold*, pures Gold. Oft scheint jedoch alles trocken zu liegen, dann wirkt weder der Verstand, noch die Intuition, und dann stehe ich mit leeren Händen da. Dann frage ich Peter nach der regulären Therapie – oder ich bitte dich um Rat. Gegenüber einem Wissenschaftler könnte ich mich nicht verteidigen, ich habe keine wohlumrissene Methode. Ich weiß nur, dass mir Menschen sehr am Herzen liegen, dass sie mir leid tun, wenn sie schlimm leiden müssen, und dass ich daraus Mut schöpfe, etwas zu *tun*, und dann *weiß* ich auch, was ich tun muss. Es ist, als ob man mit seinem Bewusstsein ganz kurz in den Nöten des Anderen lebt und da dann schnell wahrnimmt, was nötig ist. Ich habe auch Tage, wo ich zu müde bin, dann falle ich in eine Art Routine zurück – und fühle mich dann schuldig deswegen. Ich wollte, ich hätte deine Kontinuität, deine Standhaftigkeit. Ich schaue dich an und denke: Das muss man doch nachmachen können?! Aber nein ... so geht es nicht.'

‚Du weißt doch, dass es so nicht geht, du weißt, wie man diese Standhaftigkeit erreicht, und du *hast* auf diesem Gebiet schon viel erreicht! Kontinuität im Willen findet ihren Ursprung in einer Standhaftigkeit im Denken. Wenn man da die Meisterschaft erworben hat – in dem: ich denke, was ich will, was ich in mir zulasse –, hat man eigentlich auch seinen Willen unter Kontrolle.'

‚Was siehst du denn, wenn du mich auf diesem Gebiet anschaust, mein liebster Johannes?'

‚Du hast immer schon einen starken Willen gehabt, nur war der Unterschied zwischen Egoismus und Selbstlosigkeit nicht immer klar. Schon solange ich dich kenne, umspielt dein Wille als Lebendigkeit dein Denken, er lässt das Denken wachsen und blühen, statt es in Schemata verlaufen zu lassen. Das ist bei dir bis in deine physische Schönheit hinein sichtbar, das *ist* deine Schönheit. Es ist auch dein Wille, zu heilen, dein Mut, hier Ideen zu fassen, auch wenn du sie nicht in einer solchen Übersicht hast wie ich. Wenn ich in der spirituellen Heilkunst eine Aufgabe habe, dann besteht sie in dem Entwickeln einer Methode, die übertragbar ist, lehrbar ist. Du wendest deine kreativen Ideen direkt an, darin bist du groß, Eva. Wenn du nur nicht durch Ermüdung deinen immer mehr denkenden Willen verlierst!'

Sie schüttelte ihren Kopf und sagte:

‚Nein, das geht schon. Aber wie heilt ein Arzt sich selbst?'

'Alle Ärzte stehen der Krankheit anders gegenüber als der Laie, auch die meisten materialistischen Ärzte entziehen sich oft der Behandlung, die sie für andere so einfach festlegen. Aber wir mit unserer anderen Sicht auf das, was ein *Mensch* nach Körper und Geist eigentlich ist, wir müssen uns ein Verhältnis zur Heilung unserer selbst bewusst erwerben. Eigentlich können wir uns nicht derselben Therapie unterziehen, die wir unseren Patienten geben. Ich glaube, dass *das* die tiefere Bedeutung für die Heilkunst ist, wenn es im Lukas-Evangelium* heißt, dass ein Arzt sich nicht selbst heilt bzw. dass ein Prophet im eigenen Lande nichts vermag. Das sind Zeilen für die Meditation des Arztes, liebste Eva. In diesem Sinne müsste man als Arzt die Hilfe des Heilandes selbst suchen, des Heilers des Makrokosmos, aus dem *alles*, auch jeder heilende Impuls, geworden und entstanden ist.'

'Dem kann doch niemand gerecht werden! Ich *will* schon. Aber für dich ist das alles selbstverständlich. Für uns ist es eine Lebensaufgabe, vielleicht eine für mehrere Leben.'

Johannes fühlte einen großen Schmerz in sich aufsteigen, und er sagte:

'Eva, Eva. Dein Zweifel am Menschen ist schmerzlich.'

Sie erschauerte innerlich und wurde still. Sie fühlte auf einmal, wie *profan* ihre Reaktion war und wie schmerzlich dies für ihren liebsten Freund war. Sie fühlte, wie ihre Kraft unzureichend war, um ihm zu folgen ... und ermahnte sich unmittelbar. Wer sonst würde ihm folgen können! Sie schlug ihre Augen auf und sagte tapfer:

'Ach, Johannes! Wie schnell vergesse ich doch, dass im Moment die Ewigkeit verborgen liegt! In dieser Ewigkeit liegt auch für mich die Nähe deines Heilers, meines Heilers. Ich weiß das so gut, und doch spreche ich zweifelnde Worte. Ich will an die Bedeutung meiner Arbeit glauben – und für meine eigene Gesundheit Kraft aus der Meditation schöpfen. Das ist es doch, was du meinst?'

Er nickte und sagte:

'Natürlich ist es schwer, das absolute Vertrauen in die heilende Wirkung der inneren Arbeit zu haben, und vieles in einem widersetzt sich diesem Vertrauen. Aber geh mitten durch diesen Widerstand in dir hindurch und lasse ihn hinter dir!'*

* Lukas 4,30.

*

‚Wie gehst du als Arzt vor, Peter? Wie bildest du deine Diagnose und entschließt dich zur Therapie?'

Peter sah ihn fassungslos an.

‚Was wird das jetzt? Der Lehrer weiß doch wohl, wie der Schüler sein Fach gelernt hat? Was fragst du jetzt bloß, Johannes!'

Johannes lachte. Der Dritte, der ihm vorwarf, nach dem bekannten Weg zu fragen. Er sagte:

‚Sag es mir. Ich will es gern in deinen Worten hören.'

‚Mit welchem Ziel?' Peters Augen schauten misstrauisch. ‚Das jüngste Gericht?'

‚Wie kommst du zu einer Diagnose und Therapie, Peter?'

‚Tja ... ich habe so das eine oder andere gelernt, und das wende ich an. Ein Patient präsentiert einem eine Reihe von Puzzlestückchen, und die legt man auf die richtige Weise zusammen. Das Bild wird deutlich – und dann hat man für die Therapie so seine gewisse Politik, nicht wahr.' Er grinste. ‚Außerdem habe ich ein bisschen gelernt, nicht zu vergessen, dass man es mit einem *Menschen* zu tun hat, einem denkenden, fühlenden und handelnden Subjekt, mit einer Biografie, Familie und so weiter. Man muss also nett und verständnisvoll sein, stimmt's? Ich hatte früher Unterricht bei einem Professor, der darauf ziemlich viel Wert legte. Ich muss sagen, dass die Arbeit dadurch tatsächlich sinnvoller ist, mehr Tiefe hat. Es wird mehr als Verstandeswerk, es kommt ein Stück Mysterium hinzu. Was ist ein Mensch? Sehr viel mehr als Anatomie, Physiologie und Pathologie.'

‚Hat diese Erkenntnis für dich auch eine Bedeutung im Auffinden der Diagnose? Oder ist es mehr eine Bereicherung im Kontakt mit dem Patienten?'

Peter blies seinen Atem langsam aus, als ob er pfiff.

‚Ich bin geneigt zu sagen: Nein, kein Effekt auf die Diagnostik. Aber wenn ich etwas länger dabei verweile... Oft schießt in so ein Gespräch vorher oder nachher schon etwas hinein. Man denkt, es habe nichts damit zu tun, aber man fühlt auf einmal eine Warnung: Pass auf! Hier ist mehr los! Auf einmal sieht man die fahle Gesichtsfarbe, die einem zuerst nicht aufgefallen war – und man entschließt sich doch zu einer zusätzlichen Untersuchung. Solche Dinge geschehen, und durch all die Denkübungen, die ich schon jahrlang mache, gehe ich bewusst damit um. Manchmal etwas widerwillig, aber doch in der Überzeugung, dass ich mich selbst in die Hand nehmen muss. Aber wenn ich dann sehe, wie Eva das macht! Sie hat eine unvergleichliche Kreativität darin, zu verstehen, was los ist. Du kannst ruhig wissen, dass ich mich mit all meiner Gelehrtheit dann winzig klein fühle. Was sie alles sieht und hört und schlussfolgert! Es ist, als ob ich für große Teile des Menschen taub und blind wäre. Es ist nicht einfach, so eine Kollegin zu haben. Es ist natürlich einfach, sie auszulachen und so ... aber ich weiß es besser. Ist dies eine Antwort auf deine Frage?'

Johannes nickte.

‚Würdest du mir noch einmal erzählen, warum du dich am Anfang gegen mich gewendet hattest? Als du gerade erst Assistent geworden warst?'

‚Leidest du an Gedächtnisverlust? Das wirst du doch nicht einfach so vergessen?'

‚Na los, Peter.'

‚Okay. Nun, äh ... sieh mal. Ich bin in der Bibel nicht so zuhause, aber manche Passagen lassen mir trotzdem ein Licht aufgehen. Der erste Mensch, der nach Johannes dem Täufer Jesus als den Sohn Gottes erkennt, ist ein Besessener. Es sind die Dämonen in ihm, die Jesus als Gott erkennen. Ich will mich nun nicht als einen Besessenen hinstellen – und dich nicht als einen Gott –, aber ich weiß sehr gut, wie das Böse in mir das Hohe in dir erkannte ... und zurückwies. *Lächerlich* fand das Böse in mir das Hohe, Edle in dir. Ich habe eine gute Zeit gehabt, als ich mit Eva umging. Sie hatte an mir viel Kritik, aber sie rief dennoch das Beste in mir auf. Nachdem ich mit ihr gebrochen hatte, war ich verzweifelt und verlassen, doch ich wollte das nicht zugeben. Statt es zuzugeben, habe ich meine Verzweiflung an meinen nächsten Freundinnen ausgelebt, davon wird man *schlecht*, Johannes. Und das Schlechte erschrak vor dir zu Tode. Ich konnte nun zwei Dinge tun: kapitulieren oder dir den Krieg erklären. Ich bewunderte dich durchaus, aber ich konnte nichts mit dieser Bewunderung anfangen. Du warst streng, absolut der Boss – und ich konnte das nicht ausstehen. Ich hatte keine Ahnung, dass du Evas Ehemann warst

– als ich dahinter kam, hätte ich dich ermorden können. Doch du hast dich mit mir eingelassen, und das kleine bisschen Adel, das ich trotz allem *auch* in mir habe, fühlte die Verwandtschaft. So etwas hatte ich noch nie empfunden, Johannes! Das ist doch das, wonach jeder Mensch sich sehnt ... Verständnis für sein wahres Wesen. Zum ersten Mal in meinem Leben bekam ich von jemandem die Leviten gelesen, und ich konnte nichts dagegen tun. Es war deine Liebe, mit der du mir die Wahrheit sagtest. Die Wahrheit tat weh und war heilsam zugleich. Die Dämonen sind vielleicht noch immer nicht ganz verschwunden, aber sie haben nicht mehr viel zu sagen. Das kleine Fünkchen Adel wuchs stetig zu einer Flamme, vielleicht einem Feuer. Dennoch waren es die Dämonen, die dich in deiner Größe zuerst erkannt haben.

Weißt du, Johannes ... man erkennt einen Eingeweihten an seinen Augen. Darin lebt der ‚Weltschmerz'. Ein Spötter *hasst* das. Aber ich bin nicht so oberflächlich, dass ich das nicht sehen würde, diesen Weltschmerz in deinen Augen. Als ich mich in der allergrößten Not befand, hast du diese Augen auf mir ruhen lassen. Mein ‚Schmerz' wurde Teil dieses allumfassenden Leides. Dieser Moment hat mich geläutert, er wirkt weiter bis zum heutigen Tag. Ich habe noch dasselbe große Mundwerk, dieselbe Bravour wie damals, aber sie werden durch eine vollkommen andere Kraft angefeuert.

Am Anfang ließ mich das Wort ‚Moralität' in Gelächter ausbrechen. Nun weiß ich, dass das Wort ein Synonym für ‚Wunder' ist. Das Leben kann voller Wunder sein, wenn man sie selbst hineinlegt. Meinen Jähzorn habe ich nicht in der Hand – nicht immer zumindest –, aber die *Lust* daran sehr wohl. Diese ist vollkommen überwunden. Ich werde den Rest meiner Tage so hart wie nur möglich arbeiten, um dir meinen Dank zu bezeugen, dass du mich aus einem schlechten und nutzlosen Dasein in ein sinnvolles Leben voller Wunder zurückgerufen hast.'

Es war einer der besten Momente, die er mit Peter je gehabt hatte. Natürlich war er nicht immer so voller Selbsterkenntnis und Vertrauen. Er konnte sich in Ärger und Zorn völlig verlieren. Aber ein Gespräch wie dieses brachte sein eigentliches Wesen ans Licht, und Johannes empfand es als eine Gnade, dass er solche Menschen um sich hatte.

Es war ein heller, klarer Frühlingstag, und die Wanderung durch den Park in den Bergen ließ ihn sich an seine Kindheit erinnern. Er hatte in Hingabe an die Natur gelebt und diese Hingabe später dem kräftigen Selbstbewusstsein geopfert, das so bezeichnend für ihn war. In dieses Selbstbewusstsein passt zunächst keine Natur. Es geht darum, dass das Selbstbewusstsein so verstärkt und erlebt wird, dass es ein reales Erlebnis des eigenen Geistes erreicht. Erst danach kann es sich zu einem erneuten Erleben des Geistes außerhalb des eigenen Geistes erweitern. Es beginnt alles im Gedankenleben. Er hatte darin immer eine starke Kontrolle gehabt, er dachte, was er wollte – und wenn die Gedanken von mehr träumender Art waren, begleitete er sie mit dem klaren Selbstbewusstsein. Dass das Gedankenleben bei anderen mehr oder weniger automatisch, ohne Kontrolle, ablief ... das hatte er erst allmählich erfahren. Darum war er so ‚streng' gewesen, er erwartete, dieselbe innere Klarheit und Disziplin auch bei anderen anzutreffen. Doch zugleich war er dadurch auch so milde gewesen, denn er dachte, jeder war mit denselben guten Absichten geboren worden wie er... Die Erweiterung des Selbstbewusstseins brachte ihn mit dem wahren Inneren von anderen in Kontakt – aber er blieb behutsam in seinem Urteil, denn er glaubte an die Heiligkeit, die Unantastbarkeit der menschlichen Freiheit.

BEWUSSTSEIN UND LEBEN

Eine der Grundregeln für Gesundheit – insoweit es einem Menschen gegeben ist, diese bewusst zu erhalten – ist der Pendelschlag, der *Rhythmus* zwischen bewusster Aufmerksamkeit und liebevoller Hingabe an das, was durch diese Aufmerksamkeit innerlich erfahren wird. Unsere Hast-Kultur verlangt eine verschärfte Aufmerksamkeit, aber das *Erleben* dessen kommt zu kurz, und das ist ein krankmachender Faktor. Anstelle eines klaren Erlebens gerät man in einen ungesunden Traumzustand, in dem man anfällig für allerlei unbewusst wirkende Impulse ist, die einen ergreifen und einen Dinge denken und tun lassen, welche überhaupt nicht von einem selbst stammen.

Man könnte in den Evangelien, wie in allen alten spirituellen Schriften, Symbole finden und zu einer Deutung kommen. Wenn geschrieben steht, dass Jesus in einem Fischerboot ein Stück auf das Meer fuhr, um von dort zum Volk zu sprechen, kann man sagen: Er geht auf das Wasser; Wasser ist Symbol für den Lebensleib; er verlässt also seinen Körper...

So ging das bei Johannes nicht. Er hatte nun einen Anfang gemacht, sich systematisch auf die spirituellen Prinzipien von Gesundheit und Krankheit zu besinnen. Er empfand, wie in diesem Besinnen seine lebendigen Gedanken, die er mit vollem Bewusstsein anschaute, in einer notwendigen Art und Weise fortbewegt wurden. Was er dann gewahr wurde, stimmte vollkommen mit dem Lauf der Ereignisse im Lukas-Evangelium überein.

So zeigte ihm sein Denken, das durch die jahrelange Schulung ein lebendiger Organismus geworden war, diesen Pendelschlag des gesunden Abbaus und Aufbaus: die Aufmerksamkeit und die Hingabe, das Bewusstsein und das Leben.

Er hatte die Gabe einer guten Gesundheit, die ihn nur einmal im Stich gelassen hatte. Im Lauf der Zeit hatte er die Prozesse von Gesundheit und Krankheit in ihrer Realität kennengelernt, in seinem eigenen Lebensorganismus hatte er schauen gelernt und damit die Heilkunst besser verstanden, als er es als Universitätsprofessor je gekonnt hätte.

Jeder Mensch trägt einen *Krankmacher* und einen *Heiler* in sich, und die Gesundheit besteht aus dem richtigen Gleichgewicht zwischen beiden. Es gibt keine Gesundheit, die als statischer Prozess Eigentum eines Menschen sein könnte, es ist immer eine *Balance* zwischen zwei Extremen, und Gleichgewichte schwanken nun einmal, Gleichgewicht gibt es durch die Beweglichkeit beider Pole. Es war keine Überlegung oder Hypothese, die er aufstellte. Er *fühlte* die beiden Kräfte in ihren Wirkungen wirklich in sich selbst.

‚Wir haben dir nun beschrieben, wie wir in der Heilkunst vorgehen, mein Junge. Ich habe gehört, dass du auch Eva und Peter ausgefragt hast. Erzähle mir nun von deiner Arbeitsweise, damit ich erneut die Gnade der Anwesenheit eines modernen Geistesforschers kosten kann!'

Johannes beugte seinen Kopf im Nachsinnen, richtete sich dann auf und sprach:

‚Es ist schwer, von der einen Welt, in der man ein Meister war, die andere zu betreten, in der man der Allergeringste ist. Auch als gewöhnlicher Arzt besaß ich schon zwei Eigenschaften, die notwendig sind, um ein ‚außergewöhnlicher Arzt' zu werden. Es sind die Ehrfurcht vor dem Wunderbau des physischen Leibes und dem darin wohnenden Menschen und das Vermögen, die Lebens- und Sterbeprozesse wahrzunehmen. Ich war bekannt dafür, dass ich das Sterben voraussah. So war es nicht, ich sah es im Gange, bevor man es mit physischen Augen sehen konnte. Wenn man mich damals gefragt hätte: Wie machst du das? ... dann hätte ich keine Antwort darauf gehabt, es ging von selbst. Später habe ich dank der Anweisungen eines unbekannten Meisters entdeckt, dass das Denken ... das, was wir ‚Verstand' nennen ... ein Teil des Lebens selbst ist. Das heißt, es gehört zu demselben Kraftleib, der dem lebenden physischen Körper zugrunde liegt, es ist *der bewusst gewordene Teil* dessen. Es hat sich vom unbewussten Teil des Ätherleibes losgelöst, ist in das Bewusstsein getreten, hat zugleich damit aber das Leben verloren. Darum kann man so viel gegen das Denken einwenden und ist es fast eine Beleidigung, wenn einem gesagt wird, man ‚stecke zu sehr im Kopf'. Das Denken ist ein Bild für den Tod und darum gefürchtet – aber es ist zugleich das bewusste *Überbleibsel* von dem, was das Leben eigentlich ist. Du wirst zugeben müssen: Hierbei hat man es schon sehr mit Gesundheit und Krankheit, mit Leben und Tod zu tun.'

‚Ich hatte nicht vor, dir zu widersprechen, Junge. Diese Zeit haben wir hinter uns.', lächelte der Meister. ‚Fahre fort.'

‚Man bewegt sich also in einer Sackgasse: Das Denken *kommt* aus dem Leben, aber es *ist* tot. Und etwas anderes als das Denken haben wir nicht, um mit dem wahren *Leben* in Kontakt zu treten. Doch wie eine unendliche Linie an den Ausgangspunkt zurückkehrt, wie der unendlich große Kreis ein Punkt ist ... so ist der bis ins Unendliche weitergeführte Tod das Leben. Das ist keine Abstraktion, sondern ein wirklich ausführbarer Prozess. Ich habe mit dem aufmerksamen *Verstärken* des Denkens – dessen, was in uns tot ist – begonnen. Es kann dann nicht tot bleiben, es verleugnet seinen lebendigen Ursprung schließlich nicht mehr und *wird Leben*. Das ist das Wesen der modernen meditativen Konzentration, Meister. Was noch an das Leben erinnerte, wird durch die Konzentration auf *einen* Gedanken zum Sterben gebracht, und tritt einem gleichsam von der anderen Seite, wo man es nicht erwartet, von neuem als Leben entgegen. Dann aber kennt man Tod und Leben auch durch und durch.

Das, was man im Medizinstudium gerade ganz und gar umschifft und was doch die Grenzen von Gesundheit und Krankheit sind – die Prinzipien Leben und Tod –, wird hier als erstes Prinzip durch und durch erkannt. An einem bestimmten Punkt müsste im Studium des Arztes genau daran gearbeitet werden, so wie es früher in den Mysterien der Fall war. Wissenschaft dürfte nicht allein auf Wissen beruhen, sondern es müsste ein Erleben der *Realität* hinzukommen. Leben und Tod sind die Wirklichkeit, mit der der Arzt arbeitet. Und so, wie die Begegnung von Licht und Finsternis das Farbenspektrum ergibt, entsteht aus der Berührung von Leben und Tod die ganze Skala von Krankheit und Gesundheit.

Der Punkt, wo die Begegnung völlig harmonisch sein müsste, wo also die *Gesundheit an sich* sitzt, ist das Herz. Alle Unregelmäßigkeiten werden aufgefangen und die Gesundheit wird behütet, solange das Herz imstande ist, die eigene Kraft zu behüten. Dazu vielleicht später, Meister. Der erste Schritt ist: Gewahr werden, wie Leben und Tod oder

Erleben und Bewusstsein bei einem Patienten im Gleichgewicht sind, *ob* sie im Gleichgewicht sind, und wenn nicht, wo dann das Übergewicht liegt... Das ist meine erste Wahrnehmung in der spirituellen Diagnostik.

Am Anfang bewegt man sich in einer fortwährenden Ohnmacht. Man *weiß* exakt, worauf man seine Wahrnehmung richten will, aber es gelingt einem nicht, von dieser gewohnten Art, zu sehen und zu hören, loszukommen. Der einzige Lehrer, den man hat, ist die eigene Ausdauer und das Bewusstsein der Ohnmacht. Allmählich kommt man weiter. Ein Mensch bietet einem in einem einzigen Augenblick eine so wunderbare Welt von Details und Zusammenhang! Man darf vor allem nicht in verstandesmäßige Interpretationen verfallen, sie lähmen jede Sicht auf die Wirklichkeit. Der Inbegriff verstandesmäßiger Interpretation ist das Urteil. So weit darf die Wahrnehmung nicht geführt werden.

Wenn man dann zur Therapie kommen will, muss man ‚sein Examen in der Natur machen'. Was man beim Menschen erkennen lernte, muss man auch in der Natur – und hier meine ich zunächst die Pflanzenwelt – erkennen lernen: die Signatur. In der Pflanzenwelt findet man ebenfalls das Leben und den Tod, das Aufblühen und Absterben, auch wenn es isoliert ist, ohne jede Einwirkung eines Seelenlebens. *Nur* Leben und Tod ... Aufblühen und Absterben, aber zugleich findet man im Heranwachsen das Zusammenziehen und Lösen, die Konzentration und die Hingabe – ohne Seelenleben wohlgemerkt. Die Art und Weise, das Maß, in der die Pflanze dies zeigt und mischt, ergibt die Signatur, die ‚Unterschrift'. Nach dem Prinzip, Gleiches mit Gleichem zu heilen, dem *similia similibus curentur*, kann man dann zu einer wunderbaren Diagnostik und Therapie kommen.' Johannes seufzte tief und sah den Meister durchdringend an. ‚Ich habe dafür nie Zeit gehabt! Hier, in den Bergwiesen, könnte ich dieses Examen in der Natur machen ... dann erst könnte ich zu derjenigen Therapie kommen, die wirklich ganz und gar verantwortbar ist.'

‚Wir können Wandern gehen, wie früher, mein Junge. Dann zeigst du mir, was du in den Blumen an Menschentypen wiederfindest.'

Johannes nickte und sagte langsam:

‚Das, Meister ... ist es, was ich in dem wunderbaren Fischzug lese ... ich finde da das Übermaß der ätherischen Kräfte des Lebensleibes der Erde – und des Menschen. Ein Überfluss an Heilkraft, die Netze sind bis zum Bersten gefüllt ... wenn wir Seiner Anweisung folgen und die Netze auswerfen, während sie ohne Ihn stets leer bleiben...'

*

,Du bist wie eine Rose, meine liebste Eva. Als ich dich kennenlernte, dachte ich sogar, ich rieche Rosenduft! In der Rose sind alle Gegensätze in absoluter Harmonie, darum ist sie die Blume unseres Herzens...'

,Dein Talent, Johannes, ist, in jedem das Allerbeste zu sehen.'

Johannes streichelte ihre Wange und sagte:

,Nun ... ich habe dich doch auch oft mit meiner Kritik ,verehrt'!'

,Nicht wirklich ... es war Verwunderung über die Tatsache, dass etwas so Schönes, das du in mir fandest, dennoch auch eine so problematische Seite hatte. Ich versank vor Scham im Boden, wenn ich sah, dass du es sahst! Ich bin froh, dass wir diesen ganzen Prozess hinter uns haben. Erzählst du mir jetzt einmal, wie du eigentlich deine Diagnostik und Therapie betreibst?'

Johannes brach in Lachen aus.

,Ist dies ein Komplott mit dem Meister? Heute Morgen habe ich schon einmal so eine Frage beantwortet. Aber natürlich werde ich antworten. Du weißt, meine größte Freundin, dass mein ganzer Weg auf dem basiert, was man nennen könnte: Anthroposophia. Nicht als *Lehre*, sondern als *Wesen*, das sich in einem *Prozess* äußert. Wenn du mich dann fragst: was ist eigentlich dein Ausgangspunkt? dann antworte ich: Es ist das Mysterium des Punktes und des Kreises. Die Gedanken sind der Umkreis, der Denker ist der Punkt. Durch die meditative Konzentration wird der Wille, der Denker selbst, mit dem Gedanken, mit dem Umkreis eins.

Der Denker, der *Wille*, gewinnt die Herrschaft über den Gedanken, das Denken. Der Punkt sammelt Kraft, die zur Strahlung wird zum Umkreis hin, und der Umkreis wird zum Punkt gebündelt. Der Denker ,sieht' auf die Gedanken, der Mittelpunkt schaut den Umkreis an und hat diesen in der Hand. ,Wenn der Denker und der Gedanke ein und dasselbe sind, dann ist das Wort der Begriff und ein Abbild des Geistes, aus dem es hervorgeht.'* Oder noch früher ausgesprochen:

* Thomas von Aquino

‚Der denkende Geist denkt sich selbst kraft seiner Teilnahme an dem, was gedacht wird.'* Aber dann kommt der Meister des Abendlandes mit einem *neuen Schritt,* das ist die Anschauung des Prozesses von Punkt und Kreis. Zu dem, was in der Vereinigung von Denker und Gedanke schon da war, wird etwas hinzugefügt, nämlich dass sich der ‚denkende Denker' im *Anschauen* aus sich selbst löst. Was sich zuerst kraftvoll vereinigt hat – Denker und Denken –, löst sich und tritt aus sich selbst heraus. Was Punkt war, stülpt sich zum Umkreis um, was Umkreis war, stülpt sich zum Punkt um. In dem, was Punkt war, liegt die ganze geistige Welt hineinverwoben, und sie kann durch das, was Umkreis war – aber durch die Bündelung punktförmig geworden ist –, angeschaut werden.'

‚So hast du es noch nie in Worte gefasst. Ist das der Anfang der Heilkunst?'

‚Der Anfang der Heilkunst liegt in der Anschauung. Was ich früher ‚Denken über das Denken' nannte, ist Vorübung für das, was ich jetzt meine. Wenn man eine Gewohnheit daraus macht, Gedanken über das Denken selbst zu bilden, wenn man immer wieder und wieder Abstand vom Denken nimmt, um darüber nachzudenken, dann übt man die innere Bewegung, die man machen muss, um zum Anschauen zu kommen. Im *Denken über das Denken* betrachtet man den Inhalt und die Art und Weise des Denkens. Durch die *Konzentration und Meditation* sammelt man Kraft, das Denken wird eine Wirklichkeit, eine vereinigte Kraft von Denker und Gedanke. Das *Anschauen* dieser Kraft führt zu ihrer Umstülpung: Die Denkkraft ist noch das eigene Produkt, aber wenn in der Anschauung dessen das Anschauen *selbst* Kraft zu werden beginnt, hat man sich selbst ‚entäußert', man ist außerhalb seiner selbst getreten, man ist Umkreis geworden und webt *von der Peripherie zum Zentrum hin* auf der anschauenden Kraft mit. Dann aber ist man wirklich mit dem kosmischen Ursprung des Leibes vereinigt. Wenn Gott selbst einen an die Hand nimmt und einem die Wunder des Ätherleibes zeigt ... ja, dann ist das der Anfang der Heilkunst.'

‚Aber ... wie steht man dann dem Patienten gegenüber?'

---

* Aristoteles

‚Das kann ich noch nicht, Eva. Vergiss nicht, dass ich jahrein, jahraus mit dem gewöhnlichen Bewusstsein Arzt gewesen bin. Zwar mit Hingabe und Aufmerksamkeit, aber ohne höheres Bewusstsein. Diese Gewohnheit fordert ihr Recht, sobald ich einem Patienten gegenüberstehe ... vorläufig kann ich die geistige Anatomie und Physiologie nur in der Selbst-Anschauung üben. Aber ich weiß, dass ich schnell vorankomme, und hier habe ich endlich die Gelegenheit, dem einen großen Teil meiner Energie zu widmen.'

Eva erschauerte und sagte:

‚Ich kann mir nicht vorstellen, dass du sagst: Ich kann das noch nicht. Ich sehe doch jedes Mal, wie *anders* als *alle* anderen Ärzte du mit einem Patienten umgehst! Außerdem hast du immer wieder Einsichten, die wir nicht haben!'

‚Du weißt, dass ich erst sage, ich *könne* etwas, wenn ich es in meiner Herrschaft habe, wenn ich den Weg dahin und wieder zurück exakt kenne und ihn stets wieder zurücklegen kann. Bis dahin empfange ich natürlich Gaben aus dem Geist, tiefe, beeindruckende Einsichten. Ich bin sehr dankbar dafür, das weißt du, Eva. Aber wir haben als moderne Menschen die Aufgabe, im Erkennen ein vollkommen klares Bewusstsein zu entwickeln. Erst wenn mein medizinisch-spiritueller Erkenntnisprozess so vollkommen klar vor dem Geist steht, werde ich sagen, ich ‚kann' es.'

Eva seufzte.

‚Ich bin froh, dass ich die Gabe habe, mit Verwunderung zum Höheren aufzuschauen... Sonst würde ich völlig verzweifeln, wenn ich die Strenge und Ausdauer sehe, mit der du deinen Weg gehst. Wer kann dir je gleichen? Wenn *das* mein Streben wäre – dir jetzt unmittelbar gleich zu sein –, würde ich dich hassen!'

Er streckte seine Hand nach ihr aus, sie ergriff sie fest mit der ihren.

Er sagte:

‚Als Christus auf Erden wandelte, setzte er jeden Schritt bewusst in Übereinstimmung mit dem Gang der Planeten und dem Stand der Sterne... Wer wird Ihm je gleichen können? Wir werden es können, Eva, wir alle, wenn wir nur mit all unserer Energie streben und vor allem nicht vergessen, dass menschliches Streben *Zeit* und also Geduld verlangt, Bereitschaft, zu warten, was einem als Antwort auf das Streben gegeben wird.'

Evas große, verwunderte blaue Augen schienen ihn zu umarmen, als sie sagte:

'Johannes ... ich liebe dich innig!'

*

'Johannes, erzählst du mir jetzt einmal, was du genau machst, wodurch du so ein genialer Arzt bist?'

Peter stellte die Frage mit einem breiten Grinsen auf seinem Gesicht.

'Ihr habt ein Komplott gegen mich geschmiedet! Nun gut, ich werde auch dir antworten, aber jede Antwort macht mir ihre Beschränktheit bewusst. Unsere Worte sind armselige Träger unserer Gedanken – und unsere Gedanken mühsame Übersetzer unseres Geistes. Ein genialer Arzt? Ich fühle mehr Ohnmacht, als du denkst, Peter. Die Großartigkeit des Leibes und seiner Lebensprozesse ist überwältigend beeindruckend, und ich nähere mich ihm nur mit behutsamer Ehrfurcht.'

'Ich meine ... einfach als Arzt, wie du es in Amsterdam warst. Ich habe dich doch so oft bei der Arbeit gesehen? Du hast ganz mit der regulären Diagnostik und Therapie gearbeitet, aber du warst darin genial. Bei dir gab es keine Standard-Methoden, und jede Arznei wurde in deinen Händen ein individuelles Wesen. Das darf man doch wohl genial nennen!'

'Was ich immer gefühlt habe, Peter, das ist, dass ein Kranker eine leidende Seele hat, aber auf andere Weise als 'an einem Schicksal leidend'. Die Seele leidet an sich selbst, an der eigenen Unvollkommenheit, und *braucht* die Krankheit, um zu größerer Vollkommenheit zu kommen. Das will natürlich nicht jeder hören, es scheint einfacher zu sein, das Schicksal als eine willkürliche Macht außerhalb seiner selbst zu sehen: sie erfasst einen, auch wenn man es nicht verdient hat. Das *erscheint* einfacher, doch hat man gerade dadurch Mühe, sein Schicksal hinzunehmen. Es fehlt einem die Gelassenheit und die Geduld, die ein Kranker braucht, um die Krankheit 'nutzen' zu können. Doch auch wenn ich das stets gewusst und gesehen habe ... nun, es hat gerade mein Mitgefühl verstärkt, weil man mit aller

Macht helfen will, den Sinn des Krankseins auch wahrzumachen. Die regulären Medikamente sind eine Art Blitzableiter, Ablenkmanöver. Eigentlich geht man damit am Sinn des Krankseins vorbei. Wenn aber die Hand, die sie verabreichen muss, eine *gute* Hand ist ... dann können es dennoch Heilbringer sein, sofern man nur weiß, was man tut. Dahinein habe ich meine ganze Energie gesteckt, Peter ... in das *Wissen*, was ich tat, was ich tue.'

‚Du bist begabt, Johannes. Du hast ein fantastisches Gedächtnis, eine grenzenlose Energie und Willenskraft, eine große Intelligenz, ein mildes Herz und so weiter. Du bist unnachahmlich.'

Johannes schaute böse und sagte:

‚Damit stellst du mich auf ein Podest und gehst selbst auf Distanz. So, der steht da schön weit oben über uns, wir können ja doch nie so sein. Von all den Begabungen, die du gerade nanntest, zählt nur der *Wille*, und den kann jeder Mensch sich selbst geben. Der Mensch *kann*, was er *will* – und was er nicht kann, das *will* er nicht.'

‚Das geht mir zu weit. Man kann eine Behinderung haben und wirklich nicht können.'

‚Der Wille muss auch seine Beschränkungen kennen. *In der Beschränkung zeigt sich der Meister.* Ein Mensch ist schließlich auch mit Vernunft begabt!'

‚Du bist böse.'

‚Ich kann es nicht leiden, dass du einfach so etwas dahinsagst, weil dir etwas nicht gefällt. Du weißt sehr gut, was ich meine, Peter. Sehr gut.'

Peter seufzte.

‚Gut, gut. Sprich weiter, Meister.'

‚In biblischer Sprache: Der Mensch ist krank durch die Sünde. Nur muss man das in einer erhabenen Perspektive sehen. Man hat nicht heute gesündigt und wird dann morgen krank –'

‚Nein, dann wäre ich bestimmt schon gestorben!'

‚Peter! Ich will also sagen: Die Quelle der Unvollkommenheit kann schon Inkarnationen zurückliegen. Man kann es der Krankheit, die man *jetzt* vor sich hat, nicht ansehen. Das darf man übrigens auch niemals. Je mehr man an tiefer Einsicht sammelt, desto zurückhaltender muss das Urteil werden. Umgekehrt erwirbt ein

Mensch, der immer nur urteilt, kein tiefes Wissen. Vielleicht ist das die wichtigste Gesetzmäßigkeit in der Entwicklung – sowohl der Person als auch des Arztes.'

‚Darin warst du auch immer sehr strikt. Wenn du merktest, dass über Patienten geklatscht wurde, dann gab es in der Klinik eine Sonnenfinsternis!'

Johannes lächelte und sagte:

‚Jawohl.'

‚Wie stellst du deine Diagnose, Meister?'

‚Ich gebrauche die Kategorien von Aristoteles.'

‚Du tust *was*?!'

‚Du wirst mit mir einig sein, dass wir von Natur aus eine ziemlich globale Art zu sehen haben. Wir picken das eine oder andere heraus, machen unsere Untersuchung, lassen noch etwas nachschauen und so weiter. Dann wissen wir meistens irgendetwas und tun irgendetwas.'

‚Klingt interessant. Global vorgehen. Aber so ist es, das muss ich zugeben.'

‚Das Globale habe ich überwunden, indem ich mich selbst verpflichtet habe, mich hinterher, nach der Konsultation, noch einmal darauf zu besinnen, wen und was ich nun eigentlich wahrgenommen und gedacht habe. Später ging das von selbst, während des Gesprächs.'

‚Und die Kategorien?'

‚Die sind das Heilmittel gegen die Globalität. Man hat jemanden in der Sprechstunde gehabt, und man fragt sich: *Wen* habe ich vor mir gehabt? Das ist gar nicht so selbstverständlich. Man muss sich bekennen, dass man zunächst eine Gesamtheit von Eindrücken vor sich hat, eine Erscheinungsform, und anhand dieser müsste man zum *Wesen* kommen.'

‚Je besser man jemanden kennt, desto leichter ist das. Wenn ich mich frage, wer *du* eigentlich bist, in deinem Wesen ... dann habe ich natürlich nur eine Antwort: *Johannes*. Aber dahinter wohnt dein Wesen, das ich so gut kenne ... und auch so liebe. Dessen muss man sich in der Tat nach jeder Begegnung – besser noch währenddessen – bewusst werden. Sonst lebt man an der Intensität und der Schönheit des Daseins vorbei. Vor allem lebt man an der Liebe vorbei, die man empfindet.'

Auf diese Weise, mein bester Peter, haben wir bisher drei Kategorien

gehabt. Substanz, Erscheinung und Wesen. Es gibt zwölf Kategorien.'
‚Mach bitte weiter.'
‚Dann bedenkt man die *Eigenschaften*: die Qualität, die Vorzüge und die Mängel.'
‚Dann ist man *doch* am Urteilen.'
‚Nein, man konstatiert nur. Und mit Mängeln meine ich natürlich vor allem die Krankheitssymptome. Wenn man sich auf dies alles noch einmal besinnt, wird man sehen, wie viele Details man eigentlich hat, die man sonst verschlafen hätte. Daraufhin vertieft man sich in die Kategorie ‚Quantität'. Sie ist in unserer modernen Medizin übermächtig. Alle Laborwerte, aber auch Größe, Gewicht, Ausbreitung der Erkrankung und so weiter fallen darunter.'
‚Mir ist schwindlig.'
‚Morgen machen wir weiter, es sind noch sieben Begriffe übrig.'
‚Dafür hat man doch keine *Zeit*, Johannes, in der Sprechstunde geht so etwas nicht!'
‚Alles eine Frage der Übung. Zuerst Fingerübungen, später eine Sonate.'
‚Gib mir besser nur eine Ballade.', grinste Peter.

Johannes hatte vor dem Mittagessen keine Verabredung mehr, und so lief er ruhig nach Hause. Das Licht streichelte seine Sinne, es wurde nicht nur Farbe, sondern vertiefte sich weiter zum Ton. Die Wärme gab ihm ein Gefühl von Wohlbehagen. Dennoch war durch sie hindurch eine tiefe Wehmut spürbar. Wehmut und Einsamkeit unter den Menschen. Ein Mann wie Peter trug ihn auf Händen, aber das brauchte er überhaupt nicht. Viel lieber sah er es, wenn Peter seine eigene Entwicklung in die Hand nahm. Es ist so einfach, aber wie schwer ist das Einfache! Peter war ein sehr begabter Mann mit einer scharfen Intelligenz und einem starken Willen. Was er einmal anerkannt hatte, liebte er auch, mit seiner ganzen Kraft. Dennoch tat er nur wenig an sich selbst, es war ihm zu anstrengend. Seine Kinder bekamen noch immer Schläge, wenn sie ungezogen waren, auch wenn er jedes Mal tiefe Zerknirschung darüber empfand. Er änderte nichts. Johannes wusste nicht genau, wie es in der Beziehung mit Elisabeth war. Sie war eine bescheidene Frau, aber doch sehr eigensinnig. Sie kannte wahrscheinlich das richtige Gleichgewicht zwischen ihrem Frau-Sein und dem Mensch-Sein. Peter würde es nicht wagen, ihr auch nur ein Haar zu krümmen. Sie hatte eine innige Freundschaft mit dem Meister, mit dem sie Geometrie studierte. Doch Peter hatte mit dem Meister immer noch Mühe, er fürchtete seinen durchdringenden Blick – das, was er alles von einem wusste, ohne dass man es ahnte.

Er lief an seinem Haus vorbei und setzte seine Wanderung in Richtung des Hauses des Meisters fort. Man konnte auf diesem Gelände stundenlang laufen, ohne einen Fuß aus dem Park hinauszusetzen.

Der Meister saß draußen auf der Terrasse bei einem frühen Mittagessen.

‚Ein willkommener Wanderer!', rief er ihm winkend zu. ‚Komm und iss etwas mit mir. Marie ist wieder einmal mit Stern beschäftigt.'

Johannes setzte sich.

‚Du kommst ganz sicher mit einer Absicht.', sagte der Meister, während er mit schöner Geste ein Brötchen schmierte. ‚Nur zu, nimm auch etwas. Zusammen zu Mittag zu essen, ist etwas Außergewöhnliches.'

Johannes nahm ein Brötchen, und der Meister legte sein Messer nieder, um seinem Freund die Gelegenheit zu einem Gebet zu geben. Danach sah Johannes auf und sagte:

‚Ach ... ich wollte dich bitten, Peter noch einmal etwas Aufmerksamkeit zu widmen. Ich spreche täglich mit ihm, aber heute fühlte ich seine Verlassenheit, seine Wehmut. Er hat eine glänzende Karriere verweigert, um hier bei uns sein zu können, aber er weiß sich keinen Rat.'

‚Er will wie du sein, Junge. Das ist er aber nun einmal nicht.'

‚Er will sich entwickeln, und es gelingt ihm nicht.'

‚Wer kann ihm besser raten als du?'

‚Du, Meister. Ich stelle das Streben dar, du kannst ihn etwas anderes lehren: das Aufgeben der Begierde, im weitesten Sinne. Begierde *kann* eine gute Grundlage für das Streben sein ... doch bei ihm ist es ein Hindernis.'

‚Du findest, er sollte den Buddhismus in sich aufnehmen?'

‚Er soll natürlich nichts ... ich gehe mit meiner Bitte an dich vielleicht zu weit. Also dränge ihm nichts auf ... aber ich habe seine Bitte so stark gefühlt...'

‚Es ist gar nicht so leicht zwischen ihm und mir.'
‚Vielleicht ist meine Sorge unberechtigt.'
‚Bestimmt nicht. Sein Kern ist dabei zu platzen – und kann keimen oder vergehen. Ich werde ihn heute Mittag einmal aufsuchen...

BEGEGNUNG

Er saß an seinem Schreibtisch und schaute einige Akten an. Sein Arztkittel hing an einem Haken an der Wand, er saß im Hemd da, hatte die Krawatte etwas gelockert, das Haar war in leichter Unordnung.

‚Zu schwer belastet', dachte der Meister, als er ihn so sitzen sah. Er tat ihm leid, Johannes hatte Recht. Peter musste knochenhart arbeiten – für ein kleines Gehalt und keinerlei Ruhm.

‚Ha, der Meister!', sagte er heiter. ‚Ich wurde ein bisschen nervös, als Sie mir am Telefon sagten, dass Sie kommen würden. Sind Sie krank? Oder bin ich krank?'

Der Meister lachte und setzte sich ihm gegenüber.

‚Ich kenne nur einen, der wirklich gesund ist. Du weißt schon, wen. Alle Menschen, auch du und ich, sind krank ... manchmal in den Sinnen, manchmal im Leib. Nein, Johannes hat mich auf meine Verantwortung hingewiesen. Du bist hier nun etwa ein Dreivierteljahr im Dienst – eigentlich bei mir, nicht wahr –, und es wird Zeit, dass wir das einmal evaluieren.'

‚Oh, Hilfe – doch kein Personalgespräch?'

‚Ich weiß nicht, was das ist. Nein, Spaß beiseite, Peter. Wie geht es dir hier?'

‚Sehr gut. Keine Klagen.'

Der Meister schüttelte den Kopf.

‚Komm einmal runter, Junge.'

‚Ich bin auf dem Boden, Meister – nun ja, auf einem Stuhl.'

‚Warum wehrst du dich so?'

‚Tue ich das?' Peter wurde ernst. ‚Vielleicht ist das so. Ein Mensch hat zwei Seelen, davon wusste schon Goethe zu berichten. Die eine sucht Geld und Ruhm, die andere die Ewigkeit. Ich habe mich für die andere entschieden, aber es gelingt nicht wirklich. Ich will mich geltend machen.'

‚Was hast du erwartet, als du hierherkamst?'

Peters Augen wurden sanft. Er sagte nachdenklich:

‚Wissen Sie, Meister ... vor Jahren kam ich zum ersten Mal hierher. Johannes und ich hatten gerade erst Freundschaft geschlossen, und ich bin nur ein einfacher Junge, Sohn eines Gemüsemannes. Ich kam her und wurde von der Schönheit der Landschaft und der Erhabenheit der Atmosphäre überwältigt. Vor Ihnen hatte ich eine Todesangst. Diese Emotionen waren so stark, dass ich stundenlang geheult habe ... wegen meiner Unvollkommenheit, wegen all dem Schlechten in mir. Das habe ich danach nie mehr erlebt, und ich glaube, ich sehne mich danach zurück. Es war sehr, sehr schmerzlich ... aber die realste Erfahrung, die ich je gehabt habe. Ich liebe Johannes mit meinem ganzen Herzen – und vor Ihnen ist mir noch immer bange, wenn auch nicht mehr mit Todesangst. Es war damals echte Selbsterkenntnis, Meister. Aber es gelingt mir nicht, diesem Weg zu folgen.'

Der Meister genoss Peters Milde und sagte:

‚Es ist auch nicht leicht, wenn man so hart arbeiten muss.'

‚Johannes hat noch viel härter gearbeitet. Und er konnte es sehr wohl.'

‚Wenn man im äußeren Leben aufgeht, verliert man allmählich jeden Kontakt mit seinem Geist. Man muss sich täglich kurz herausreißen, Peter.'

‚Meditieren?'

‚Ja, im Sinne von Selbsterziehung. Du bist eine kräftige Persönlichkeit. Du kannst sehr viel –'

‚Wenn du nur willst! Ich weiß. Ich habe schon viel versucht, aber ich halte nichts durch. Ich bin kein Typ, der liest und stillsitzt. Ich stürze durch das Leben, und wenn ich irgendwo anstoße, federe ich wieder weg. Wo kommt so ein Gummiball zur Ruhe, Meister?'

‚Achte auf die Momente, in denen er ausgerollt ist, wo er keine Geschwindigkeit mehr hat. Wann ist das, Peter?'

‚Wenn ich alt und grau bin? Ach ... manchmal bin ich müde, vielleicht ist das so ein Moment. Aber dann will ich verwöhnt werden und nicht wieder etwas *müssen*.'

‚Was ist der *Sinn* deines Lebens?'

Ohne einen Moment zu zögern, sagte Peter:

‚Johannes, Elisabeth und die Kinder.'

‚Erkläre mir einmal, wie Johannes der Sinn deines Lebens sein kann?'

‚Das Vorbild. Weisheit, Liebe und Kraft. Ein weises Haupt, ein reines, liebevolles Herz und ein starker Wille. Das Letztere habe ich auch, aber in Bezug auf mich selbst. Ich sehne mich nach der Weisheit und der Liebe. Nach all diesen Jahren, die ich euch zugehört und zugeschaut habe, weiß ich, dass Weisheit aus Wissen besteht, welches nicht auf sich selbst bezogen ist, und Liebe ist Willenseinsatz, aber nicht für sich. Man muss sich selbst aus dem Spiel lassen. An Johannes kann man sehen, dass er trotzdem noch immer er selbst ist, sogar noch stärker als wir. Es ist also keine Selbstverleugnung, sondern eine Selbstverwirklichung und trotzdem eine völlige Abrechnung mit dem Egoismus. Ich verstehe das alles sehr gut, wie Sie sehen.'

‚Was hältst du an dir selbst für *gut*?'

‚Ehrlichkeit und Treue. Einen schönen Körper und einen guten Verstand. Sehen Sie noch etwas anderes, Meister?'

‚Was ist dein Talent?'

‚Ich kann für die Gerechtigkeit kämpfen. Radikal und hartnäckig.'

‚Und deine Schwäche?'

‚Egoismus. Begierde. Geltungsdrang. Mit derselben Kraft wie bei meinem Talent.'

Der Meister sah ihn bedächtig an. Hier konnte man nicht mit dem achtfachen Pfad von Buddha ankommen. Dieser Mann besaß nicht die Ruhe, sich auf seine Meinungen, seine Beschlüsse, seine Worte, seine Taten zu besinnen... Auf einmal ging ihm ein Licht auf.

‚Peter ... kannst du deinen Drang zur Gerechtigkeit nicht einmal auf das Unrecht richten, das du *selbst* um dich herum verbreitest? Das Unrecht, das durch deinen Geltungsdrang, deine Begierde verursacht wird? Aber nicht von Zeit zu Zeit und von Schuldgefühl begleitet ... sondern besser ist es, das systematisch anzugehen, in einem Rückblick auf den Tag.'

‚Ich bilde mir ein, gerecht zu sein.'

‚Wenn du dem kleinen Mädchen ein paar auf den Hintern gegeben hast?'

‚Das ist immer verdient.', protestierte Peter und sagte dann: ‚Nun ja, es ist zugleich immer unrecht, das ist schon wahr. Ach, was für eine unangenehme Aufgabe. Welches Unrecht verbreite ich sonst noch?'

‚Neid auf deine Frau, auf ihre Freundschaft mit Johannes und mit mir.'

‚Ist das Unrecht? Vielleicht. Ich trieze sie oft, das ist auch unrecht. Welch ein widerlicher Kerl, dieser Peter. Hat den Mund voller Gerechtigkeit und vermag selbst nichts von alledem.' Er sah den Meister geradeheraus an. ‚Sie würden mir wirklich einen Dienst erweisen, wenn Sie systematisch so mit mir sprechen würden. Ich kann es nicht allein, denn dann mache ich mir selbst etwas vor, und außerdem kommt es nicht einmal dazu. Sie würden mein Spiegel sein.'

‚Solange hier keine Hochsaison ist, werde ich gern dein Spiegel sein, wenn du das wirklich willst.'

‚Aber ... was mache ich mit meinem Unrecht? Ich gebe gegenüber mir selbst ja zu, dass man die armen Kinderchen nicht schlagen darf. Aber was dann? Glauben Sie, ich würde es dann nie wieder tun? Jähzorn ist Gewalt, Meister!'

‚Forme ein *Bild* von dem, was du getan hast...'

Peter erschauerte, während ihm das Bild vor Augen trat.

‚Nur zu, lass es zu dir durchdringen, Peter.'

Langsam sah Peter auf und sagte:

‚So ist es gut, Meister.'

‚Das Problem dieses Jungen ist, dass er auf der einen Seite ein aufrichtiges Verlangen hat, sich in deine Richtung zu entwickeln – aber andererseits hat er keine Geduld und keine Ruhe, um zu warten. Das ist eine gefährliche Kombination, wie du weißt, Johannes. Klingsor ist in der Geschichte das große Beispiel einer solchen Kombination von Kräften. Es besteht die Möglichkeit, dass er nach der Kraft der Gegenmächte greift, damit sie ihm helfen. Ein anderes Beispiel ist Faust ... doch dieser wird durch die Liebe gerettet. Darum denke ich, dass Peter sehr wohl gerettet werden kann, denn die Liebe kennt er ganz sicher. Es ist interessant, jemanden wie ihn in unserer Mitte zu haben. Es gibt uns eine große Verantwortung. Schau, diese Schnecke da auf dem Boden! Sie bewegt sich, aber man sieht nicht, dass sie vorwärtskommt. Erst wenn man nach einiger Zeit wieder hinschaut, sieht man, dass sie ein Stück weiter gekrochen ist. So geht es auch mit unserer inneren Entwicklung. Man hat das Gefühl, man bleibt stecken, wo man ist – aber nach einigen Jahren zeigt sich, dass man sich ordentlich vorwärts bewegt hat. Bei Menschen wie Peter ist es immer so seltsam, dass sie sich einerseits überschätzen und andererseits sehr gut wissen, wo ihre Schwäche liegt. Das Sich-Überschätzen führt dazu, unmittelbar etwas erreichen zu wollen, was zu weit weg liegt...'

‚Du meinst, dass man nun einmal die Bescheidenheit braucht, da anzufangen, wo man tatsächlich ist. Weil man *das* nicht will, fängt man überhaupt nicht an, oder man wählt einen schnellen Weg, der – sagen wir es ruhig – die schwarze Magie benutzt.'

‚Jemand, der ohnehin dazu neigt, anderen Schmerz zuzufügen ... läuft große Gefahr.'

‚Es geht um die Frage: Wird bei dem Zufügen von Schmerz Lust oder Reue erlebt? Das macht den Unterschied, da liegt der Umschlagspunkt. Peter ist ein Hitzkopf, aber er empfindet hinterher Reue. Er wird aus Ohnmacht böse. Vor Jahren war ich in Bezug darauf besorgter, hatte sogar meine Zweifel. Aber *seine* Entwicklung zeigt sich gerade an dieser Umwandlung von Lust zu Reue. Für ihn ist das Physische vorläufig die einzige Realität, und gerade damit hängt nun das *Gewissen* zusammen. Dieses kommt bei ihm immer mehr zur Entwicklung. Sei ihm ein Spiegel, Meister, wie er es erbittet. Mach dir keine Sorgen!'

DIE FREIHEIT

Das Streben nach moralischer Freiheit ist die Aufgabe unserer Zeit. Was aber ist moralische Freiheit? Früher wurde die Moralität durch Gebote und Gesetze festgesetzt und gehandhabt. Das ist eigentlich überholt. Jeder Mensch verfügt individuell über ein *Gewissen*. Bei dem einen scheint dies stärker zu sprechen als bei dem anderen, und dieses ‚Sprechen' muss in der Erziehung durchaus geweckt werden. Es darf nur nicht mehr so vollständig inhaltlich gefüllt werden, wie das aus der religiösen Tradition heraus der Fall war. Christus gibt uns das Vorbild der zukünftigen freien Moralität, wenn seine Schüler am Sabbat Ähren lesen oder wenn er selbst an diesem Tage Heilungen vollbringt. Ein Mensch, der in Freiheit moralisch sein kann, *urteilt* auch selbst über seine Moralität, da hat kein anderer mitzusprechen. Er kann von der äußeren Norm abweichen und doch in voller Übereinstimmung mit der Moralität handeln. Freiheit bedeutet hier nicht, seine moralischen Prinzipien ganz nach Gutdünken selbst schaffen zu können. Freiheit heißt vielmehr: Handhabe die Prinzipien in Freiheit, denn du *weißt* durch und durch, wann du dich für das Gute entscheidest und wann für das Böse.

Johannes überdachte die moralische Freiheit in seiner Meditation. Er fühlte, wie gerade diese moralische Freiheit eine heilende Kraft besitzt. ‚Heilend' ist dabei wirklich wörtlich gemeint, wiederherstellend wirksam bis in die physischen Strukturen hinein. Je freier und beweglicher die Seele in ihrer Liebe und Güte sein kann, desto kräftiger ist auch die ‚darunter' liegende Formkraft, die gestaltgebende Kraft, die Lebenskraft des Wachstums-Leibes. Ein physischer Körper allein lebt nicht, er ist ein Mineral, oder er ist eine Leiche. Der physische Körper *lebt* dank des Kraftkörpers, der ihn in seiner Form erhält, der sein Wachstum und seine Blüte regelt. Natürlich ist die Macht des Schicksals in Krankheit und Gesundheit groß. Doch die Hand, die dem Menschen gereicht ist, um ihm zu helfen, sich aufzurichten, so dass er *frei* wird, hat genau dieselbe Macht wie das Schicksal – weil es dieselbe göttliche Person ist, die da wirkt. Es ist also kein Hochmut, wenn der Mensch meint, sich aus diesem Bewusstsein heraus selbst in die Hand nehmen zu dürfen: *Es ist an der Zeit!*

Johannes fragte sich, wie er derartige Einsichten in Worte bringen sollte, damit Kollegen davon etwas haben würden. Er war sich des scheinbar abstrakten Charakters seiner Gedanken bewusst. Dennoch gab es nichts, was konkreter war als seine Gedanken. Nicht nur dem Inhalt nach, sondern vor allem, weil seine Gedanken sich als lebendige Wesen offenbarten, seit er imstande war, sich selbst als Denker inmitten seiner Gedanken aufrecht zu halten. Man kann damit nach zwei Seiten gehen: Vom alltäglichen Bewusstsein aus erlebt man sich als Körper mit Gedanken, Gefühlen und Wünschen. Das Entzünden des höheren Bewusstseins lässt einen den Körper ‚vergessen', stattdessen wird man seiner selbst *als Denker bewusst*, der Gedanken formt. Wenn Denker und Gedanke daraufhin eins werden, verschmelzen, dann erleuchtet der Gedanke den Denker, und der Denker erlebt den Gedanken. Zwei Seiten gibt es also: Wenn der Gedanke den Denker erleuchtet, entsteht ein großartiges Erlebnis des eigenen Ich – grandios, was die Intensität betrifft, nicht in Bezug auf die Vollkommenheit! Wenn der Denker dagegen Gedanken, die von außerhalb seiner selbst zu ihm kommen, in Hingabe empfängt, dann leuchtet die ‚äußere' Welt auf, erwacht zu Leben, beginnt zu sprechen und zu klingen wie nie zuvor. Das war Johannes' ‚Weg zur Erkenntnis'. Ein Weg, der tatsächlich in *einen* Satz zusammengefasst werden konnte und der durch viele Jahrhunderte hindurch geprüft worden war. Schon Aristoteles und Thomas von Aquino sprachen den Satz aus, Christian Rosenkreutz legte ihn dem Streben der Rosenkreuzer zugrunde.

Der Meister des Abendlandes errichtete auf diesem in die Praxis gebrachten Satz sein ganzes spirituelles Wissen. Wenn die aus der Welt kommenden Gedanken den Denker befruchten, ist das die *chymische Hochzeit* ... wenn die Gedanken den Denker zum Bewusstsein bringen, ist das die *mystische Hochzeit*. Das eine grenzt an das andere und geht in dieses über, aber der Gleichgewichtspunkt ist stets der Denker, der mit dem Gedanken eins ist. *‚Wenn das Denkende und das Gedachte ein und dasselbe ist, dann ist das Wort Begriff und Abbild des Geistes, aus dem es hervorgeht.'* Mehr braucht der Geistessucher tatsächlich nicht, um in der Meditation zu einer Entwicklung der Seele zu kommen, es ist der Keim und zugleich der Entwicklungsplan dafür.

Das Zusammengehen von Denker und Gedanke muss dann immer intensiver werden, sich in die Höhe und Tiefe, aber auch in die Weiten ausbreiten – oder es muss aus der Höhe, der Tiefe und der Weite empfangen, immer mehr und mehr. Im gegenwärtigen *Moment* kann es sich verstärken, und daneben breitet es sich mehr und mehr über *Tag* und *Nacht* aus, so dass es Lebensgewohnheit wird, neben dem Bewusstsein, das wir geschenkt bekommen haben. Sobald der Denker im Gedanken lebt, der Gedanke den Denker beleuchtet, gibt es Freiheit. Weil nun der Denker, zwar losgelöst vom physischen Leib, aber doch in Reinheit *aus diesem* auferstanden, ein Wesen mit einem Gewissen ist, ist der denkende Gedanke, der erleuchtete Denker, eine moralische Persönlichkeit, eine *freie moralische Individualität.* Kein geschriebenes Gesetz wird ihn je zwingen oder auch nur beeinflussen können, und doch werden seine Taten damit in Übereinstimmung stehen.

‚Sobald man ‚mit den Füßen vom Boden loskommt', sobald man es gewagt hat, den festen, vertrauten Untergrund des physischen Leibes loszulassen, kehren sich die Gesetze um. Armut wird Reichtum, Qual wird Gnade, zentrifugal wird zentripetal. In diesem neuen Gebiet, wo einem der feste Grund unter den Füßen fehlt, muss man dennoch ein festes Fundament bauen, Meister. Dieses Fundament in der Meditation entsteht, wenn man im *Leben* seine moralischen, freien Impulse nicht nur denkt und fühlt, sondern auch *ausführt.* Es kommt auf die moralische Handlung an, damit baut man das Fundament seiner neuen Wohnung.'

Der Meister sah ihn lächelnd an und hörte ihm zu. Er antwortete:

‚Wie du weißt, gebe ich mir sehr viel Mühe, diese irdische, physische Wirklichkeit mehr und mehr zu betreten, mein Junge. Dein Unterricht im logischen abstrakten Denken ohne Bilder, ist für mich wie eine Hölle. Ich verlasse dann die Seligkeit der Bilderwelt und tausche sie gegen ein Schema ein. Ich weiß, dass hinter diesem Schema eine neue Bilderwelt liegt, die von der Freiheit getragen wird. Ich habe mich geirrt, als ich dachte, auf dem Wege viel weiter zu sein als du, weil du das Schema hattest und ich die Bilder. Ich wusste nichts von der Existenz der Freiheit und einer imaginativen Bilderwelt, wie sie durch ein reines Denken erlangt werden können. Dennoch *sah* ich sie – an deiner Gestalt, deinem erhobenen Haupt, deiner hohen Stirn, deinen ungewöhnlich klaren Augen, die doch so viel Wärme in ihrem Blick tragen. Durch das, was du jetzt sagst, verstehe ich dich wiederum besser. Wir müssen den Erdenwiderstand kennenlernen, ihn aber danach doch wieder bewusst ‚übersehen lernen', vergessen lernen. Die *Sicherheit* aber, die man durch diesen *festen Standpunkt* gewonnen hat, darf man auf die Reise in den Geist mitnehmen. Diese Sicherheit bewirkt, dass die geistige Wohnung auf einen festen Felsen gebaut wird – und nicht auf Sand.'

‚Du hast intensiv studiert, wie ich merke. Wenn ich diese Dinge innerlich durchdenke, fürchte ich, *zu* abstrakt zu werden, wodurch die Großartigkeit des Weges nicht zum Ausdruck kommen würde. Dennoch will ich auch nicht in Gleichnissen sprechen, denn ich bin der Meinung, dass der Mensch in der heutigen Zeit wirklich durch und durch *verstehen* will, was von ihm verlangt wird.'

‚Es ist deutlich genug, was du sagst. Wer Ohren hat zu hören...!'

‚Dennoch muss der Denker die Rationalität, an die er im gewöhnlichen Denken gewöhnt ist, vollkommen loslassen, wenn er zum Schauen des Geistes kommen will. Aber dazu muss man diese Rationalität zuerst ganz und gar gewahr werden. Das ist mein Ringen vor vielen Jahren gewesen, als wir einander kennenlernten. Du wolltest mich *vor* der Ratio halten, ich wollte hindurch – ich war schließlich sehr damit verwoben. Aber die geistige Realität *ist* nicht rational, man muss sich stets fragen: Was hält mich nur so stark im irdischen Erleben ohne wirklich geistigen Inhalt? Das ist die Ratio. Andererseits braucht man gerade diese Ratio als *Struktur* in seiner Seele, um nicht in Fantastereien zu geraten. Jeder Durchgang zur Spiritualität ist ein wackliger Gleichgewichtspunkt, wo man schnell den Moment fassen können muss, sonst ist er wieder weg. Hat man den Durchgang einmal passiert, ist der Moment plötzlich Ewigkeit... Die Nüchternheit und das Nützlichkeitsprinzip, die Neigung, alles Mystische zu relativieren ... das sind die größten Hindernisse, um zur Spiritualität durchzustoßen.'

‚Dennoch habe ich immer mehr gelernt, deine Rationalität als durchdrungen von Moralität zu sehen. Du weißt sicher noch ... wie gerade deine Rationalität Evas Launenhaftigkeit gegenüberstand. Oberflächlich gesehen konnte man denken, du wärst solch ein Kerl wie alle anderen gewesen, die meinen, den Verstand zu haben, der der Frau nun einmal fehle. Es kam dir jedoch viel mehr auf die Moralität an, das war dein wichtiger Punkt, immer wieder. Das ist noch immer so. Darin liegt auch etwas Rationales, etwas Vernünftiges – nur nicht abstrakt, sondern vollkommen mit der Wirklichkeit verwoben.'

'Die Umstülpung aller Prinzipien von Glück ... das ist die Bergrede*, Meister.'

'Was meinst du?'

'Was wir hier auf Erden Glück nennen, ist es im Geiste nicht. Man muss an *anderen* Werten Glück und Befriedigung erleben lernen. Dann beginnt der Quell der Moralität zu fließen. In der heutigen Zeit hat man dafür das Hilfsmittel der Übung im sinnlichkeitsfreien Denken. Sobald man sein Denken aus der Gebundenheit an den Sinnesinhalt losreißt, hat man es von dem Hang nach irdischem Glück befreit. Die Richtung kehrt sich um. Der Meister des Abendlandes hat das 'moralische Intuition' genannt. Wenn dieser Quelle fließt, ist das nicht nur für die Umgebung heilsam, es ist auch heilend für den eigenen Leib und die eigene Seele... Nun werden Manche solche Worte abstrakt nehmen. Das Abstrakte liegt aber in ihnen selbst. Holz beginnt erst zu brennen, wenn man es anzündet. Das Anzünden wird man selbst tun müssen – mit einem Streichholz.'

Der Meister machte eine abwehrende Gebärde.

'Hoho. Ich würde es nicht wagen, deine Worte je abstrakt zu nehmen!'

Lachend sagte Johannes:

'Du hast deine Taschen voller Streichhölzer. Ich spreche natürlich nicht von dir, sondern von dem abstrakten intellektuellen Denker, der sich nach dem Konkreten sehnt, aber keine Ahnung von dem Weg hat, das Abstrakte konkret zu machen. Ich wundere mich darüber, dass das heutzutage oft Frauen sind. Sie wollen so gerne männlich sein, dass sie die spezifisch weiblichen Tugenden fortwerfen.'

'Was sind denn diese Tugenden?'

---

* Lukas 6.

‚Enthusiasmus und Hingabe. Diese nun muss man gerade haben, um das Abstrakte zu konkretisieren. Liest man oder hört man dagegen mit Vorbehalt und Lauheit, dann wird der Sommerhimmel zu einer blauen Gardine mit einer Glühlampe als Sonne...'

‚Wie kann ein solcher Mensch das Brennholz der abstrakten Worte anstecken? Wie geht das?'

‚Für jemanden, wie ich ihn gerade beschreibe, ist das schwer, weil der *Wille* fehlt. Er wünscht sich, alles auf einem Präsentierteller serviert zu bekommen. Die Worte müssen schon flambiert sein. Das geht mit dieser modernen Geisteswissenschaft nicht, weil sie das *Verständnis* ansprechen muss, nicht das Gefühl. Das Gefühl muss *durch* das Verständnis *warm* werden – und das muss man immer selbst tun. Das Beste wäre noch, wenn so jemand sich in aller Ehrlichkeit selbst eingestehen könnte, dass er zu *schwach* ist, um das Abstrakte konkret zu machen. Das wird nicht so leicht geschehen, weil dies gerade Menschen sind, die sich *stark* fühlen. Stark durch ihre Intelligenz oder durch den Mangel daran – je nachdem, wie man es anschaut.'

‚Was natürlich letztlich das Problem ist ... ist der Materialismus. Nicht als Ansicht, sondern als durch alles hindurch wirkende Lebenshaltung. Man hört dann zwar die Worte, denn die sind ja für jedes gesunde Ohr hörbar – aber man sieht den Gedanken nicht, der den Worten zugrunde liegt. Wirkliches Verständnis bedeutet, dass man die Gedanken des Anderen wahrnimmt, ob man nun zuhört oder liest. Kann man das nicht, dann nimmt man lebenslang ausschließlich seine eigenen Gedanken wahr. Was Jan über Piet sagt, hat mit Piet nichts zu tun, sondern allein mit Jan. Das ist erst Einsamkeit! Kann man also nichts machen? Sind solche Menschen aus ihrem abstrakten Gefängnis nicht zu befreien?'

‚Nein. Das ist auch Freiheit, verstehst du. Man muss selbst entkommen wollen. In einem Gefängnis kommt wirklich keiner, um für einen die Tür zu öffnen! So hat man auch die Freiheit, dieses Eingesperrtsein beizubehalten.'

‚Hm ... ich bin doch sehr dankbar für meine östliche Herkunft. Ich habe dich mindestens erkannt, trotz aller Vorbehalte, die auch ich hatte. Dem, was mir abstrakt vorkam, widersprachen die Strahlung und der Glanz deiner Augen – und deine fast Widerwillen erweckende

Selbstbeherrschung!'

,Wie bitte ... Widerwillen erweckend?'

,Das fand ich damals. Ich bat dich, einmal deine Gedanken anzuschauen. Was war deine Antwort? ,Da sind keine Gedanken, außer wenn ich sie zulasse.' Ich konnte es nicht glauben! Blieben dir all diese lebendigen Wesen, die ihr *Gedanken* nennt, fern, wenn du das wolltest? Warst du ein Dompteur für deine Gedanken, so wie im Zirkus der Dompteur die Löwen zähmt?

,Freiheit, Meister. Auch das ist Freiheit!'

*

,Du denkst doch nicht, dass ich nach *einem* Gespräch über die Heilkunst schon zufrieden wäre, Johannes?'

,Warum sollte ich das denken, liebste Eva. Was mich betrifft, können wir den ganzen Rest unseres Lebens weiter darüber sprechen. Der Dialog mit dir ist sehr inspirierend.'

,Gut.', sagte Eva befriedigt.

,Aber ich sagte dir ja schon, dass ich darin erst am Anfang stehe. Ich habe mich immer mit der exakten Verwirklichung der moralisch-religiösen Ideen beschäftigt.'

,Was meinst du? Ich weiß es natürlich, aber erklärst du es mir noch einmal?'

,Als Jüngling war ich in Berührung mit der Göttin Natura, mit Persephone. Ich *wusste* das natürlich nicht, aber es *war* so. Ich lebte intensiv mit dem mit, was in der Natur geschah, nicht von außen, sondern von innen. Ich lebte *in* den Bildern, die meine Augen sahen... Gerade im Medizinstudium habe ich das völlig verloren. Das ging nicht anders, ich musste die intellektuelle Seite meiner Veranlagung vollkommen ansprechen, aber damit musste ich den Verlust dessen hinnehmen, was eigentlich Heilkunst hätte sein können – das Leben *in* der Natur, auch *im* menschlichen Körper. Das eine ging mit dem anderen nicht zusammen. Wie du weißt, habe ich es sehr gründlich angepackt. Ich habe mich mit der intellektuellen Medizin sehr stark auseinandergesetzt – auch wenn immer eine tiefe Sehnsucht nach *mehr* bestehen blieb. Die letzten Jahre in der Klinik waren eine Qual, weil dieses ‚Mehr' jedes Mal die Oberhand gewann und nicht sprechen durfte. Ich habe all meine innere Kraft eingesetzt, um dieses ‚Mehr' in eine Spiritualisierung des Intellekts umzusetzen. Den Intellekt, der gerade alle Spiritualität auslöscht, habe ich von innen aus zum Geist entflammt ... das ist mein Weg. Nun lasse ich die Medizin los, sie ist in Amsterdam zurückgeblieben. Der entflammte Intellekt ist hierher in die Berge mitgekommen. Der Durchgang zu einer spirituellen Heilkunst wird sehr behutsam sein müssen, wie zwischen Skylla und Charybdis. Denn die rational-abstrakte Seite der Heilkunst ist sehr stark mit mir verbunden, das verstehst du sicher. Ich muss also die Fackel im Intellekt brennend halten, keinen Augenblick lang darf sie verlöschen. Wenn das einmal erreicht ist, kann ihre Wärme und ihr Licht auf die medizinischen Prozesse fallen, die der heutige Arzt nicht kennt. Mein altes Fach, Eva, ist mein Gegner – und muss zum Bundesgenossen werden, aber metamorphosiert. Du hast das Problem nicht. Deine Heilkunst ist nie so abstrakt rational geworden.'

‚Aber dadurch werde ich auch nicht so selbstbewusst und klar wie du wissen, was ich tue.'

‚Wenn ich einmal gefunden haben werde, was ich suche, eine ‚erleuchtete Heilkunst', dann werde ich wissen, wie der Weg von deinem zu meinem Standpunkt führt. Du weißt, dass ich dir dann die Hand reichen werde.'

‚Wie gehst du jetzt vor?'

‚Es lebt ein Denken in einem, das nichts Körperliches an sich hat. Der Weg, den wir gehen müssen, führt – wie auch immer – zu *diesem* Denken. Es ist Licht, das dort zu strahlen beginnt, wo der Verstand an die Grenze dessen gekommen ist, was er vermag. Es ist in dem reinen, sinnlichkeitsfreien Denken zu finden, ist ihm aber nicht gleich. Das reine Denken ist noch aus dem physischen Denken entwickelt. Dieses *Lichtdenken* kommt dagegen von der anderen Seite, man könnte sagen ‚von oben'. Man kann darin nicht mehr selbst Gedanken bilden, es ist Ausdrucksmittel der geistigen Welt. Ich habe dieses Denken erst ‚beziehen' lernen müssen, wie einen zweiten Leib. Es ist nicht so einfach, Eva. Du kennst meine Strenge, die ich nicht mehr nach außen hin entfalte, sondern nur noch in der Selbstdisziplin. Diese brauche ich, um durch alle Schwere der heutigen Zeit hindurch jedes

Mal wieder das Lichtelement zu erreichen und darin zu verweilen und zu empfangen.'

,Und wie wirkt das dann?'

,Wann fandest du mich in Bezug auf dich oder andere streng?'

,Du bist es noch immer. Es ist immer dann, wenn du mit extremer Passivität konfrontiert wirst – in all ihren Formen.'

,Richtig. So verhalte ich mich auch mir selbst gegenüber. Ich verlange eine fortwährende innere Aktivität von mir selbst, sogar eine zunehmende. Eigentlich ist dann das Lichtdenken mehr *Wille* als Denken, aber mit einem klaren Bewusstsein. Natürlich habe ich, wenn ich am Bett eines Kranken stehe, von diesem Kranken Eindrücke, die weit über das physisch Wahrnehmbare hinausgehen. Aber dieselbe Strenge verbietet mir, allzu bequem darauf zu vertrauen.'

,Bist du nicht *zu* streng, Johannes? Mir scheint, dass du auf diese Weise den wissenschaftlichen Geist zu weit führst.'

Johannes lächelte ihr zu.

,Wenn man etwas erklären will, klingt es immer sehr extrem, weil es sonst nicht deutlich wird. Ich lasse den wissenschaftlichen Geist los, insoweit er physisch wirkt. Als *Vorgehensweise* bleibt er meine Festigkeit, meine Zuverlässigkeit.'

Eva seufzte:

,Natürlich. Bei dir ist immer alles in einem ruhigen Gleichgewicht.'

,Du bist mir noch eine Erklärung schuldig, Eva. Sag mir einmal, warum du findest, ich sei noch immer streng – jenes Urteil, das mir immer wieder auferlegt wird.'

Eva brach in ein fröhliches Lachen aus.

,Es ist sicher ein verkehrtes Wort. Wenn man sieht, wie wir als Familie leben, dann sieht man, dass es anders ist als bei anderen. Wir sind immer aktiv, auch wenn wir nicht arbeiten ... wir trinken keinen Alkohol, wir gehen nicht ins Kino... Die Kinder dürfen sehr viel, sie bekommen voll und ganz die Gelegenheit, das moderne Leben kennenzulernen, einschließlich DVDs, Computer und so weiter. Aber wir machen nicht mit. Wir essen meist vegetarisch, schlicht. Wir haben kurze Nächte, wir gehen nur auf Reisen, wenn du Vorträge halten musst. Würden wir es nicht so machen, dann würde der Geist sehr schnell in der Materie ertrinken, wie bei jedem. Wohlgemerkt, ich klage nicht, Johannes, das Zusammensein mit dir wiegt allen eventuellen Mangel so sehr auf! Außerdem ist die Natur hier so reich, in materiellem Sinne braucht man eigentlich nichts mehr.'

‚Das nennst du streng?'

‚Ja. Als ich dich gerade erst kannte, fand ich das sehr sonderbar. Du siehst aus wie ein Mann von Welt, der das Leben genießt, wenn auch ernst. Nun, das bist du letztlich auch, nur genießt du das Leben in höherem Sinne. Das war damals schon so. Genau wie jetzt unsere Kinder konnte ich neben dir einfach meinen Weg gehen, wie ich es gewohnt war. Aber das passte recht schnell überhaupt nicht mehr, mein Lebensstil stand in furchtbarer Dissonanz zu deinem. Du bist kein Asket, Johannes. Du bist ein voller, wirklicher Mensch. Aber du brauchst nicht viel, um glücklich zu sein.'

‚Ist das denn ‚streng'?', fragte Johannes wieder.

‚Es ist der gerade Weg, dem du folgst, er *wirkt* streng. Wir streben nach links, biegen dann doch wieder nach rechts, kreuzen den rechten Weg und verlassen ihn, um irgendwo parallel dazu ein Stück voranzukommen. Du nicht. Du schreitest ruhig und gleichgewichtig mit erhobenem Schwert vorwärts, was zeigt, dass du deine niedere Natur, die immer abweichen will, längst überwunden hast. Das Vorbild ist die Strenge selbst, im höchsten Sinne. So wirkst du auch in der Erziehung, als Vorbild. Denkst du, deine Kinder würden es wagen, ungehorsam zu sein?'

‚Ich hoffe nicht, dass sie in einer Zwangsjacke stecken!'

‚Du weißt es besser. Du hilfst ihnen, sie selbst zu werden, ohne durch allerlei Prinzipien gestört zu werden. Streng bedeutet bei dir nicht ‚prinzipiell', sondern es bedeutet *Mut*, geradewegs das individuelle Selbst zu sein, ohne Egoismus, aber mit Selbstbewusstsein.'

‚Danke für deine Lektion.', lächelte Johannes.

‚Du willst mich necken.'

‚Nein, nein! Ich liebe die Art und Weise, in der du auf mich schaust. Was ist schöner als Selbsterkenntnis, die durch den Liebesblick des Nächsten erworben ist?'

‚Ich liebe dich so, Johannes!'

*

‚Warum finden Menschen mich streng, Peter?'

Er saß an Peters Schreibtisch in seinem Sprechzimmer. Peter gab nicht direkt Antwort, er dachte nach. Dann sagte er:

‚Sieh mal, Johannes. Ich bin ein schlauer Kerl, das wirst du wohl bestätigen. Ich habe meine Intelligenz immer kräftig genossen. Je mehr Menschen es bemerkten, dass ich furchtbar tüchtig bin, desto lieber war ... *ist* es mir. Ich habe ordentlich und hart gearbeitet und gestrebt, und es gab natürlich keine andere Triebfeder, als dass Peter sich unbedingt offenbaren wollte. Ich bin aus keinem anderen Grunde Arzt geworden... Es war wirklich keine Berufung, Menschen zu helfen. Dann aber begegnete ich dir auf meinem Weg. Du standest da, du gingst nicht aus dem Weg, und du zeigtest mir etwas völlig anderes. Ich fand dein Geschwätz über Ethik und so weiter lächerlich. Aber du warst zufällig mein höchster Vorgesetzter, ich konnte dich nicht ignorieren. Ich begann zu sehen, dass deine Intelligenz unendlich viel reicher, schmiegsamer, umfassender als meine war. Das ruft *Hass* hervor, aber doch auch Bewunderung. Ich fühlte mich zum ersten Mal wie ein neugeborenes Baby, das noch nichts kann, verglichen mit dir. Aber am meisten Widerwillen erweckte in mir die Art und Weise, wie du mit deinen Qualitäten umgingst. Du trugst sie, wie man eine Jacke trägt. Du machtest von ihnen Gebrauch, aber du betrachtetest sie nicht als dein Verdienst. Du warst kein Aufschneider wie ich. Obwohl du *soviel* reicher warst, warst du zugleich die Bescheidenheit selbst. Das empfand ich als deine Strenge, Johannes, und so ist es noch immer. Es ist Unschuld, das auch. Und ich empfinde es längst nicht mehr mit Widerwillen, sondern als ein Vorbild, dem man nachfolgen muss, auch wenn ich nicht wüsste wie. Du setzt all deine Talente für die Liebe ein, ohne daran Genuss zu erleben – außer am Lieben selbst, sonst wäre es kein Lieben.'

‚Wenn du so schlecht wärst, wie du mich glauben machen willst, Peter, könntest du dies alles nicht so ausdrücken. Dann wäre dein Hass geblieben und hätte noch zugenommen. Doch du vermagst es, einen Schritt zurück zu machen und die Objektivität gelten zu lassen. Deine viel gerühmte Intelligenz entfaltet sich dann im objektiven

Anschauen. Das aber ist *wirklich* der Beginn des reinen Denkens, Junge. Wenn du diese Seite in dir immer weiter zunehmen lassen kannst, findest du *selbst* diese reiche, schmiegsame, umfassende, aber nicht mit Egoismus verbundene Intelligenz. Die Beschränktheit deines Intellekts hängt mit dem Mangel an dessen Selbstbewusstheit zusammen.'

‚Na, so was! Ich kann dem letzten Schritt nicht mehr folgen, Meister. Die Objektivierung ist mir noch sonnenklar, aber dann verliere ich den Faden.'

‚Wenn man sich selbst anschaut, in Objektivität, wovon hat man dann ein Bewusstsein?'

‚Von sich selbst. Aber es verläuft immer im Nachhinein, man läuft den Fakten hinterher. Ich habe nur selten ein Bewusstsein von mir – objektiv –, *während* ich aktiv bin.'

‚Die Objektivierung ist der erste Schritt. Du hast wirklich Veranlagung dazu, nur die Eigensinnigkeit widerstrebt.'

Peter machte eine hilflose Gebärde.

‚Ich genieße deinen Unterricht, Meister ... auch wenn du im Geben von Komplimenten nicht gerade begabt bist.'

Johannes stand lachend auf und verfolgte weiter seinen Weg...

SPRICH NUR EIN WORT

Mit dem Aufblühen des Selbstbewusstseins verblasste in gleichem Maße das Bewusstsein des Göttlichen, bis es ganz verschwand, wie es in unserer Zeit der Fall ist. Man kann noch einen Glauben haben, aber das ist etwas anderes als die selbstverständliche Wahrnehmung der Anwesenheit des Göttlichen, des Geistigen. Es wäre gut, wenn wir uns darauf etwas öfter klar besinnen würden. Wenn man einen Glauben an Gott hat, bedeutet das nicht, dass Gott als ein lebendiges Wesen bei einem ist. Man muss an Ihn glauben, während Er sich auf keinerlei Weise offenbart. Es wird dann auch unmöglich, Seine Wirkung in der Medizin zu Hilfe zu rufen. Wissenschaft basiert auf sinnlich wahrnehmbaren Fakten. Geht man darüber hinaus, begibt man sich auf das Gebiet der Quacksalberei, wie gut die Absichten auch seien.

Der Meister des Abendlandes hat einen heldenhaften Versuch unternommen, hier eine Veränderung zu bringen. Er hat die Prinzipien, die für die Naturwissenschaft kennzeichnend sind, so in das Bewusstsein geholt, dass sie als Grundfesten für die Wissenschaft des Geistes anwendbar geworden sind. Von da aus kann die Natur – also auch der Leib – exakt als geist-durchdrungen erkannt, geschaut werden. Dann ist auch eine neue Heilkunst möglich, die die wissenschaftlichen Prinzipien handhabt, aber das Arbeitsgebiet erweitert.

So dachte Johannes...

Doch dem voraus geht eine Form von Heilkunst, die der Kranke selbst anwenden könnte, ohne Gebrauch von Heilmitteln. Es ist ein Übergangsgebiet – ein Gebiet des Überganges von dem alten Glauben, wie er in der Gebetsheilung angewendet wurde, zu einer neuen spirituellen Heilkunst, die einen wissenschaftlichen Charakter hat.

Man braucht den Glauben, dass der Körper eine Schöpfung Gottes ist, daneben aber zugleich die Überzeugung, dass *Christus* seit seiner Auferstehung auch wirklich *in* der Schöpfung lebt und wirkt ... ‚bis an das Ende der Zeit'. Diese Überzeugung gehört nicht zum traditionellen Glauben. In diesem steht Gott *über* dem Menschen, den er nach seinem Willen begnadet oder nicht. Für die Selbstheilung ist die Einsicht, das Vertrauen nötig, dass Er *im* Menschen lebt, und zwar wirklich *lebendig* bis in das Wachstum und die Struktur des Körpers hinein – und darin eingreifend, *wenn man darum bittet*.

Das ist für den modernen Menschen außergewöhnlich schwer zu glauben. Wir sind indoktriniert von Ansichten, deren wir uns nicht einmal bewusst sind. Eine solche Doktrin ist zum Beispiel: Der Körper ist ein Produkt der Natur, hervorgegangen aus Erbinformation, die in den Genen liegt, und modifiziert durch äußere Faktoren. Dass dies die *Hälfte* der Wahrheit sein kann, dass noch eine andere Wirkung hinzukommt, die für die Sinne nur in ihren Effekten wahrnehmbar ist ... das wird ins Reich der Fabeln verwiesen.

Ein Gott, der der Baumeister des Körpers ist und der darüber hinaus bis ins Kleinste hinein darin *wohnt* – sollte dieser nicht imstande sein, bis in diese allerkleinste Einheit, die Zelle, den Zellkern, das *Gen*, verwandelnd einzugreifen, *wenn er das will*? Aber er muss darum gebeten werden, und man muss sich der Antwort, die nicht in Worten, sondern in Schöpfungstaten gegeben wird, so hingeben können, dass man nicht einerseits bittet und andererseits sich dem Erhören der Bitte widersetzt...

Manchmal kommen solche Selbstheilungen vor, unter besonderen Umständen auch ohne Glauben. Johannes dachte an Tom in Amsterdam, für den er der ‚Mann im Vondelpark'* gewesen war. Er hatte neben ihm auf einer Bank im Rosengarten gesessen und hatte einen dieser Augenblicke klarer intuitiver Einsicht in die Leibesprozesse erlebt. Er hatte ‚gefühlt', wie er neben einem Mann mit einer hohen Begabung saß, sowohl intellektuell als auch moralisch gesehen ... aber die Talente waren unbenutzt geblieben – jedenfalls nicht kultiviert worden. Er fühlte, wie dieser Mann durch seine rein materialistische Sicht nach unten gezogen wurde. In seinem Körper

---

*Siehe ‚De man in het Vondelpark', noch nicht übersetzt.

hatte die Wachstumskraft wie Unkraut auf einem brachliegenden Gelände zu wuchern begonnen. Im Krankenhaus hatten sie ihm gesagt, dass es keine Aussicht auf Gesundung gäbe. Genau in diesem Moment, an diesem Tag, saßen sie da nebeneinander auf einer Bank im Vondelpark. Vorsichtig hatte er ihm eine Anweisung gegeben, und in dem Mann war Interesse erwacht. Er *hatte* keinen Glauben, weder an einen Gott, noch an Christus ... darauf konnte er ihn nicht ansprechen. Tom war energisch ans Werk gegangen, um seinen Geist aus dem Grab seines Körpers zu befreien – ohne Glauben, nur in Begleitung der Logik. Vielleicht war er sein bester Schüler ... nach einem Jahr lebte er nicht nur immer noch, sondern die Harmonie begann sich wiederherzustellen, Stück für Stück. So *entstand* der Glaube, aber nun aufgrund der realen Wahrnehmung der Kraft des bis *in* den Körper hinein auferstandenen Logos. Er hatte bewiesen, dass man ohne jeglichen Glauben zu einer Selbstheilung kommen kann, wenn man zu innerlicher Arbeit bereit ist. Wenn man den Glauben *hat*, hat man es einfacher, aber zugleich schwerer – man muss schließlich alle möglichen Vorurteile dieses Glaubens überwinden.

Durch den Materialismus, mit dem *jeder* in unserer Kultur beschmutzt ist, leben wir in härteren, unflexibleren Körpern als zu Beginn unserer Zeitrechnung. Selbstheilung heute kostet *Zeit*, es ist kein Prozess, der augenblicklich Ergebnisse zeitigt. Dennoch ist noch immer *alles* möglich, und es braucht nur *ein* Wort...

‚Es ist schwer, mit einem Blinden über Farben zu reden, mein Junge. Glaube mir, die Menschen nehmen keine Notiz vom Geist, überhaupt keine. Um dir zu folgen, müssen sie sehr konzentriert aufmerksam sein, es darf kein Wort versäumt werden, denn dann hat man den Faden schon verloren. Und was bekommt man dann? Sie fassen es kurz zusammen, banalisieren es zu finsterer Mystik und haben es auf diese Weise völlig verloren. Darum ist der Buddhismus hier so populär, damit braucht man sich nicht so schwer zu tun. Man setzt sich mit gekreuzten Beinen hin und döst ein bisschen, starrt nett vor sich hin und nennt das dann Meditation. Man bekommt ein Gefühl des Wohlbehagens, das zur Faulheit gehört, und das nennt man dann Liebe ... aber was man letztlich wirklich hat, ist der reinste Materialismus, man schwelgt in einem strukturlosen Meer von Atomen, man wird selbst eines. Es ist eine Beleidigung für *Buddha und* für *Christus*, für mich und für dich als ihre treuen Jünger.'

'Was ist geschehen, was dich solche bitteren Worte sprechen lässt?'

'Ich brauche mich nur zu besinnen, und solche Worte sprechen sich selbst aus. Dennoch gibt es viele gute Menschen mit einem positiven und reinen Gemüt, aber sie sind innerlich nicht bereit, aktiv zu werden. Was erwartet man auch, sie sind es gewohnt, alles serviert zu bekommen. Jeden Abend eine DVD, oder sogar zwei oder drei. Eintausend Filme pro Jahr – pro Person. Wie soll man da noch jemals einen eigenen inneren Inhalt finden? Es scheint mir deine Aufgabe zu sein, sie zu dieser Nadel im Heuhaufen zu führen.'

'Du siehst es sehr düster. Diese Nadel bringt sich im Leben doch ziemlich zur Geltung. Wenn sie studieren müssen, bekommt die Nadel zeitweise die Oberhand. In schweren Zeiten im Leben auch. Es geht darum, zu *wissen*, wo man ansetzen muss. *Langeweile* kann auch so ein Impuls sein. Wenn man zehnmal eintausend Filme gesehen hat, wird es doch etwas langweilig...'

'Aber man ist inzwischen doch ein geistiger Automat geworden. Wie kommt man dann zurück zur 'Handbedienung'?'

'Studium ist das Beste – vorausgesetzt, das Studieren läuft nicht automatisch ab. Die meisten Menschen müssen sich doch Mühe geben – und um diese Mühe geht es.'

'Nun...', schimpfte der Meister weiter, 'ich sehe trotzdem überall Leichen um mich herum. Innere Leichen. Der Leib *tut* es zwar, er läuft, macht eine Menge Hektik. Aber von innen sind es *Leichen*. Tot ist tot, würde man sagen.'

'Hast du, mein bester buddhistischer Meister, jetzt das Allerwichtigste vergessen?'

'Vergessen, was meinen Buddhismus noch übersteigt? Meinst du das? Vergessen, dass Auferstehung aus dem Tod möglich ist?'

Johannes nickte.

Kopfschüttelnd sagte der Meister:

'Nein, Johannes. Das habe ich nicht vergessen. Du kennst mich. Ich schimpfe ein wenig. Es ist kein Zorn oder Ärger, sondern Sorge. Manchmal sehe ich wirklich nicht mehr, wie es weitergehen soll. Ein

Toter steht nicht aus sich selbst heraus auf, dafür ist er zu tot.'

‚Ein Mensch besteht nicht nur aus dieser ‚Leiche', du meinst natürlich den Verstand. Wir haben auch noch Gefühl und Wille.'

‚Der Verstand ist zumindest noch ein bisschen selbstlos, universell. Das Gefühl und der Wille sind Orte des Egoismus. Wo sie selbstlos sein *könnten*, sind sie mausetot – und wo etwas Leben ist, lebt nur der Egoismus.'

‚Wenn sich nun dieser tote Verstand einmal mit selbstlosem Inhalt füllen würde, zum Beispiel mit Geisteswissenschaft ... und durch die Willensanstrengung, die nun einmal nötig ist, um diese Wissenschaft zu *verstehen* und sie zu *fühlen*, in Flammen gesetzt werden würde, wäre das Problem dann nicht gelöst? Innerhalb ein und desselben Menschen?'

‚Ja. Aber das tut niemand. Zumindest diese Leichen nicht.'

‚Es gibt genug Menschen, die Geisteswissenschaft lesen.'

‚Lesen ja. Weißt du, was sie tun? Sie ziehen diesen feurig lebendigen Inhalt in ihre tote Alltäglichkeit. *Sie* kommen nicht zum Leben, sondern sie töten die Geisteswissenschaft. Ich *sehe* es doch! Das hat wirklich keinen Sinn. Sie können dann vielleicht sogar alles tadellos aufsagen – und es ist *Nichts*.'

‚Dann haben sie nur mit ihrem Verstand gelesen, sich nicht wirklich Mühe gegeben zu verstehen. Lesen kann man ohne Wille und Gefühl – verstehen nicht.'

‚Wer liest noch mit Verständnis?'

‚Heute ist mit dir nichts anzufangen. Ich gehe jetzt mal besser in die Klinik.'

Johannes stand auf.

‚Bleib noch kurz!'

Er setzte sich wieder und sagte:

‚Wenn wir den Mut verlieren, Meister... Wir sind doch Gralsritter, nicht wahr? Wir haben den Auftrag, dasjenige, was Menschen in ihrem Gemüt sehr wohl wissen, *bewusst* zu machen. Wir wollen unser eigenes Gemüt dabei nicht vergessen. Enthusiasmus, Meister. *Rasend* enthusiastisch muss man sein, dass wir diese Aufgabe haben. Dass wir so *stark* sein dürfen!'

Der Meister nickte.

‚Diese Kampfeslust von dir war für meine östliche Gelassenheit eine unbegreifliche Eigenschaft.'

‚Es ist keine Kampfeslust, es ist Mut und Optimismus.'

Der Meister nahm den Kopf in die Hände.

‚Du bist schon auferstanden, mein Junge. Ich noch nicht, ich bin erst am Sterben. Und alles widersetzt sich in mir – und doch will ich dir folgen. Ich bin inzwischen ein Europäer reinsten Blutes, der Osten sitzt nur noch in meiner Erinnerung und meinem Temperament. Ich nehme es jedem übel, wenn er dir nicht folgt – und zaudere selbst noch immer.'

‚Hier im Westen, Meister, steht ein Wesen hinter uns, das mit uns zusammen den Kampf in uns führt. Wir sehen ihn als Erzengel im Kampf mit dem Drachen abgebildet. Denke nicht, das sei nur ein Symbol, es ist eine *Wirklichkeit*. Wer mir folgen will, folgt ihm – aber ihm folgt dann der Ernst, die Strenge, der Mut, die nie nachlassende Liebe zur Pflicht. Das ist die Hand, die man braucht, Meister. Diese wird einem nur hier, im Westen, gereicht. Gerade da, wo das natürliche Licht untergeht, findet man den Aufgang des Geisteslichtes.'

‚Ist die Hand auch für einen geborenen Morgenländer, einen Fremdling im Westen da?'

‚Wenn er das will. Ja.'

Der Meister schwieg eine geraume Zeit, das Haupt noch immer in den Händen. Dann sah er auf, seine großen braunen Augen fragend.

‚Ich will. Das weißt du, Johannes. Aber all diese Menschen, die sich jetzt aufmachen, um hierher zu kommen... Ich lehre sie den achtgliedrigen Pfad, der aus Buddhas Erleuchtung hervorgegangen ist. Es ist ein vorbereitender Übungsweg, um Christus zu finden, darüber sind wir beide uns einig. Aber nimm einmal die erste Übung, die man ‚die richtige Meinung' nennt. Aus früheren Leben nimmt man ein *Un*vermögen mit, die Dinge im richtigen Licht zu sehen – oder das Vermögen, sie *doch* im richtigen Licht zu sehen, das ist von der eigenen Reinheit abhängig. Jetzt ist man hier geboren und kann die Dinge nicht im richtigen Licht sehen, weil man nun einmal seine Wünsche, seinen Drang, seinen Trieb in seine Meinungen hineinlegt. Diese Meinung sagt dann nichts über die Dinge, um so mehr aber über einen selbst. Wenn man liest, liest man, was man daraus macht.

Wenn man hört, hört man etwas, wovon man meint, es sei gesagt worden. Wenn man schaut, sieht man, was man erwartet. Das ist der Balken im eigenen Auge! So jemanden kann man nicht einmal lehren, was die ‚richtige Meinung' eigentlich bedeutet, denn auch da herrscht ein Vorurteil, welcher Art auch immer. Da rauft man sich als Meister doch vor Verzweiflung die Haare?'

Johannes konnte es nicht lassen zu sagen:

‚Du hast noch viele übrig!'

‚Ich habe einen Überschuss. Sieh mal, früher wurde das Problem mit Disziplin angegangen. Das hier war ein Kloster, jeder machte gemeinsam die erste Übung. Es durfte nicht übereinander geredet werden, jeder Satz, der ausgesprochen wurde und eine Meinung enthielt, wurde unter die Lupe genommen. Es gab kein Entrinnen, und wenn man dennoch entkommen wollte – schwänzen oder trotzdem übereinander lästern –, dann stand darauf Strafe. Körperliche Arbeit, je schwerer, desto besser. Einen Tag den Garten umgraben, tat Wunder – und wir sparten uns einen zusätzlichen Gärtner. Du weißt, in meiner eigenen Klosterzeit wurde schnell geschlagen, dadurch lernte man die Disziplin. Man bekam Schläge, wenn man Fehler machte, aber auch, wenn man brav war, denn das wurde als Feigheit betrachtet. Aus der Art und Weise, wie man reagierte, wurde abgelesen, ob man für eine höhere Ausbildung geeignet war. Man musste inmitten völliger Unvernunft zeigen, dass man zum Bilden der richtigen Meinung imstande war. Die Mönche, die schlugen, waren geringere Brüder, die nie weiter gekommen waren als bis zur Unvernunft. Man selbst musste darüber hinauskommen. Das war hart, mein Junge. Keine Eltern in der Nähe, denen man auf den Schoß krabbeln konnte, wenn man einmal schwach war. Hier müssen die Leute jahrelang zum Psychologen, wenn sie früher von ihrem Vater Schläge bekommen haben, alles ist hier auf Komfort ausgerichtet. Warum sollte jemand die richtige Meinung formen wollen?'

‚Ich drehe das Problem um, Meister. Nur jemand, der in *Freiheit* die richtige Meinung formen will, der allein mit sich selbst ausmacht, dass er das *will*, ist geeignet. Und wenn es *Wille* gibt, gibt es auch Vermögen. Das Beste ist dann, sich selbst eine Zeitlang zu verbieten, *irgendeine* Meinung zu haben, und nur in der Erwartung zu leben,

was die Dinge und Menschen zu erzählen haben.'
‚Dennoch lieben die Menschen solch eine disziplinarische Vorgehensweise. Sie fanden es früher prima hier.'
‚Es ist bequemer. Man kann sich selbst aus der Hand geben – man denkt, man lernt die Bescheidenheit und die Hingabe, den Gehorsam.'
‚Sind das keine Tugenden?"
‚Sicher. Wenn sie freiwillig gegeben werden. Nicht unter Zwang.'
Der Meister nickte.
‚Danke für deine Geduld, mein Junge. Nun weiß ich es wieder: das Opfer *eines* freien Menschen ist mehr wert als das von zehntausend Sklaven.'

Auch Eva war in einer traurigen Stimmung. Er sah in große blaue Augen, die ihn wehmütig anschauten. Sie sagte:
‚Weißt du, was ich so schlimm finde ... es gibt keine Ehrfurcht mehr, keine Devotion, keine Bescheidenheit. Als katholische Mädchen bekamen wir diese noch beigebracht. Man wurde etwas weich davon, aber trotzdem... Man lernte doch, zu Maria und Unserem Lieben Herrn aufzuschauen, zu Vater und Mutter, der Frau Lehrerin in der Schule, dem Pastor in der Kirche... Abends musste man buchstäblich auf die Knie, Hände falten, den Kopf senken. Fromm musste man sein Gebet sagen. In dieser Haltung fühlte man seine Schuld, seine Scham. Das wird nun alles als unnötige Last angesehen, als Machtausübung der Institution Kirche und als väterliche Autorität. Das ist auch wahr ... aber nun haben wir *alles* verloren. Ich empfinde es als einen Verlust, wenn man sich nicht mehr zu schämen vermag; wenn man keine Schuld fühlt, sobald man sich schlecht benimmt; wenn man nicht zum Höheren aufschauen kann. Wenn ich zu dir nicht hätte aufschauen können, wäre ich noch dieselbe Eva wie mit zwanzig Jahren. Dein Vorbild hat mich zu mir selbst erhoben, ich wachse dir entgegen. Ich habe mich *so* oft wie ein *Niemand* gefühlt ... neben dir. Ein törichtes Mädchen, voller Lust auf viel zu viele Dinge. Aber *dich* habe ich vom allerersten Augenblick an erkannt. Ich habe gewusst, dass ich dir folgen muss – und dass ich Ehrfurcht vor deinem *hohen* Charakter haben muss. Alle fanden das verrückt. Altmodisch, untertänig. Das war es aber nicht, denn ich *wollte* dich in deiner vollen Würde sehen.

Ich habe mich deinem gesünderen Urteil wirklich oft beugen müssen – und ich habe das *gern* getan! Ich habe dich nicht verehrt oder auf einen Sockel gehoben. Das liegt mir nämlich überhaupt nicht. Aber wie soll man sich je weiterentwickeln, wenn man schon meint, ganz oben zu stehen? Wenn man den Geist suchen will, braucht man eine Stimmung der Ehrfurcht, der Devotion. Wie soll das in unserer prosaischen Kultur gehen, Johannes?'

Er legte liebkosend seine Hand auf ihre Wange und sah sie an, der Blick in seinen Augen schien den ihren zu berühren, zu streicheln.

‚Liebste ... vergiss nicht, dass gerade die Ehrfurcht auf die Größe *deines* Charakters weist. Doch die Grundlage dafür muss in der Erziehung gelegt werden. Man wird sehen, dass unsere Kinder später sehr wohl zur Ehrfurcht imstande sein werden, weil sie in ihrer Jugend gelernt haben, Autorität hinzunehmen. In der Pubertät muss an deren Stelle das echte Gespräch treten. Aber du, Eva, hast ein von Natur aus ehrfürchtiges Gemüt – wie ich übrigens auch, das weißt du. In der Regel hat man als Erwachsener nicht viel Veranlassung, seinem Mitmenschen auf diese Weise gegenüberzutreten – obwohl man vor jedem Menschen Achtung haben müsste, insoweit es um den Geist des anderen geht. Sobald die Ehrfurcht physisch wird, liegt man falsch.'

‚Und deine Schüler, Johannes? Kennen sie die Devotion?'

‚Wir beide sind uns einig, dass alles *profan* ist. Nirgendwo gibt es Heiligkeit, also gibt es nichts zu verehren. Und langsam wird diese Tugend atrophisch, so wie alles abstirbt, wenn es nicht gebraucht wird. Verachtung in Gedanken und im Gefühl, Achtlosigkeit in der Handlung ... sie müssen als erstes geheilt werden, das ist ganz sicher so.'

‚Aber wie, Johannes?'

‚Nichts kann mehr äußerlich beigebracht werden – alles muss vom *inneren Willen* her geschehen. Es kann Jahre dauern, bevor etwas, was man völlig eingesehen hat, auch zur Fähigkeit geworden ist. Aber diese Fähigkeit hat man dann für die Ewigkeit – während sie mit dem Tod verlorengeht, wenn sie unter Zwang entwickelt wurde.'

‚Du bist so geduldig, Johannes...'

‚Ich habe kein Recht, ungeduldig zu sein. Ich bin ein Meister der Freiheit...'

*

‚Ich rechne mit allem Alten ab, Johannes. Heute noch.'

Peter sah ihn mit seinen pechschwarzen Augen fest entschlossen an.

‚Möchtest du etwas deutlicher werden...? *Allem* Alten?'

‚Nun, es ist so, Meister. Wir alle nörgeln hier gerade ein bisschen. Du natürlich nicht, aber die anderen – und ich am meisten. Wir tun unsere Arbeit aus Pflicht, wir rebellieren gegen all diese Leute, die hierherkommen und dich belästigen und doch eigentlich nicht wollen – wir fühlen uns unglaublich viel besser, und unterdessen tun wir selbst auch nichts. Nun ja, der Meister ist natürlich ein großartiger Kerl, und Eva hat Qualitäten, die *ich* nie in ihr vermutet hätte. Aber wir verdoppeln unsere Talente nicht, wir stehen nicht *auf*, wir wollen sitzend oder liegend vorwärtskommen. Damit mache ich heute Schluss. Du sollst sehen, dass auch ein Choleriker meditieren und verinnerlichen kann, ich werde es dir beweisen. Franziskus wird mein Vorbild: Mit meinem Willen kehre ich um, hundertachtzig Grad um!'

Johannes nahm ihn ernst, belächelte seinen Übermut nicht. Er kannte Peters Willenskraft, davor musste man Respekt haben. Er sagte:

‚Heute fiel mir bei Anderen eine gewisse Mutlosigkeit auf. Woher der Mut, Peter?'

‚Ich habe mich selbst einmal eine Weile beobachtet, und ich sehe wirklich einen Nörgelfritzen! Er denkt, er ist ein flotter Junge, fröhlich und so. Aber er grämt sich nur, will alles, tut letztlich trotzdem nichts und wird dann auch noch neidisch. Zugleich aber fühle ich soviel Kraft in mir, die sich aber immer wieder nur gegen mich richtet, weil ich faul bin. Und das alles, während ich *dich* als Freund neben mir habe, den ich nur zu fragen brauche, was ich tun muss.' Er sah Johannes direkt an, wartete kurz und fragte dann mit bebender Stimme: ‚Was muss ich tun, Johannes? Wie soll ich meditieren?'

‚Ich würde dir zwei Dinge raten. Erstens eine Konzentration im Denken, indem du *einen* Gedanken denkst und so lange wie möglich dabeibleibst. Das ist das eine. Das andere ist eine Willensübung: Ändere radikal *eine* Gewohnheit.'

Peter sah ihn noch immer an und sagte:

‚Gut. Nach einer Weile werde ich dir erzählen, wie es geht.'

Nachdenklich lief er nach Hause. Er war von Peters Vorhaben überrascht, und er wollte das volle Vertrauen haben. Seine Augen richteten sich auf einen Seitenweg, der bergabwärts führte. In der Ferne sah er zwei Kinder, die spielten, wo sie absolut nicht sein durften. Er sah auf seine Armbanduhr. Noch keine zwölf Uhr! Sie müssten in der Schule sein... Er lief den Pfad hinab, die Kinder machten einen vergeblichen Versuch, sich zu verstecken. Er erkannte die zwei ältesten Mädchen von Peter.

‚Kommt nur heraus!', sagte er streng. ‚Jetzt kann euch nichts mehr helfen!'

Er fühlte sich wie ein Polizist, ihm fehlte nur das Dienstfahrrad, das er an einer Hand mitführte... Innerlich lächelte er über die Sehnsucht der beiden Mädchen nach Abenteuer und verwegenen Aktionen. Man sollte meinen, sie wären ein bisschen vorsichtiger, wenn sie einen so jähzornigen Mann als Papa hatten. Das letzte Mal hatten sie etwas auf den Hintern bekommen, das hatten sie doch nicht vergessen?

Sie krochen aus dem Gebüsch hervor und erhoben sich, mit roten Wangen und gesenkten Köpfen standen sie vor ihm.

‚Warum seid ihr nicht in der Schule?' Er tat sein Bestes, um seine Stimme streng klingen zu lassen.

‚Wir hatten frei, denn die Lehrerin hatte Kopfschmerzen. Wir sind mit dem Bus gekommen.', sagte die Ältere.

‚Nicht schwindeln, Mädchen. Ich verwette meinen Kopf, dass ihr gerade schwänzt. Du willst doch nicht, dass ich meinen Kopf verliere?'

Sie schwiegen.

‚Was macht euer Papa nachher, wenn er hiervon hört?'

Die Jüngere begann zu weinen.

‚Nicht Papa sagen!', schluchzte sie.

‚Das wird nicht gehen. Was ist in euch gefahren, dass ihr so gefährliche Sachen macht?'

Die Jüngere weinte weiter, die Ältere hob die Schultern:

‚Ich weiß nicht. Es ist spannend.'

‚Wenn es nur spannend wäre ... kommt einmal mit, na los.'

Er streckte seine Hände aus, sie ergriffen jeder eine und gingen neben ihm, weiter den Pfad hinab.

‚Nun schaut einmal sehr gut nach rechts, durch die Sträucher.' Er blieb stehen. ‚Sie stehen sehr dicht, aber ihr seht, dass hier ein steiler Abgrund ist. Einmal kurz nicht aufgepasst, und man liegt unten. Davor haben wir Angst, seht genau hin! Es gibt so viele sichere Plätze, wo man spielen kann, warum seid ihr gerade hier, an dem gefährlichsten Punkt des ganzen Gebiets? Du bist doch groß genug, um schon ein bisschen Verstand zu haben! Elf Jahre, zehn Jahre ... wenn ihr meine Kinder wärt, dürftet ihr nicht mehr allein nach draußen! Sehr lange nicht!'

‚Nicht Papa sagen!', begann die Jüngere wieder zu jammern.

Er seufzte. Peter kannte kein Mitleid, er würde rasend werden. Was nun? Er hielt die kleinen Händchen fest und wollte umkehren, aber das weinende Kind begann, sich zu widersetzen, und rief weiter: ‚Nicht Papa sagen!', während die Ältere totenstill blieb. Sie war immer wirklich frech, die Schwester ließ sich schneller einschüchtern. Er sagte:

‚Ich komme gerade von Papa, er war mit der Sprechstunde fertig. Wollen wir zu ihm gehen – dann werde ich fragen ob er ... euch auf eine andere Weise bestrafen will. Denn eine Strafe bekommt ihr, das geht nicht anders.'

Er fühlte die Angst der Kinder, und sie taten ihm leid. Ungezogen sein ist schön, solange man nicht ertappt wird, aber die Aussicht auf harte Schläge ist beängstigend. Er fühlte ihre pochenden Herzen, ihre feuchten Hände ... zu welch einer *Macht* ist ein Mann fähig!

‚Was gibt das jetzt?!', rief Peter erstaunt, als er Johannes auf der Schwelle sah, an jeder Seite eine seiner Töchter. Er wusste unmittelbar, was los war, und seine Augen blitzten und funkelten. Kurz war Johannes selbst sein Kind, er empfand die Drohung, die Kraft seiner Schläge auf der bloßen Haut ... dann sagte er ruhig:

‚Ich komme, um für sie zu sprechen, Peter. Sie sind schrecklich verwegen und haben kein Gefühl für Gefahr, aber ich bitte dich trotzdem, sie milde zu bestrafen.'

‚Waren sie wieder dort? Jetzt, während der Schulzeit?' Peter schlug fassungslos auf seinen Schreibtisch, die Mädchen fuhren hoch vor

Schreck. ‚Das vorige Mal bin ich noch milde gewesen, diesmal ist das nicht drin.', sagte er wütend.

‚Ich hätte es dir auch *nicht* sagen können.'

‚Dann wärst du kein Freund – und das bist du nun einmal.'

‚Und wenn ein Freund dich um etwas bittet? Um Gnade für zwei kleine Mädchen?'

Er sagte es mit einem Lächeln.

Peter schlug nochmals auf seinen Schreibtisch und rief:

‚Verdammt! Eine radikale Gewohnheitsveränderung, hm?'

Er stand auf und sagte zu den Mädchen:

‚Sucht euch eine schöne Ecke im Zimmer und stellt euch dann mit der Nase da hin. Überlegt euch einmal sehr genau, warum Papa jetzt *wütend* ist! Ich habe hier noch einen ganzen Stapel Papier, den arbeite ich ab und danach ... höre ich mir an, was ihr euch überlegt habt. Dann folgt ein langer Stubenarrest. Hättet ihr es nicht doch lieber, dass ich euch jetzt kurz übers Knie lege?'

Das Letzte wurde mit Spott ausgesprochen. Johannes erschauerte. Für manche Kinder beginnt das Leben schon hart ... aber es wird wohl nötig sein. Er ließ die Händchen los und klopfte ihnen kurz ermutigend auf den Rücken.

‚Tut nur, was Papa sagt, schnell!', flüsterte er.

Sie huschten fort, Peter stand ihm direkt gegenüber.

Sie sahen einander an, zwei Väter.

‚Was würdest du tun, wenn du solche gottvergessenen Gören als Kinder hättest?', schnaubte Peter.

Johannes sah zu den Mädchen in der Ecke. Zwei zarte Kinderleiber in verschmutzten Kleidern, durch die die Konturen des Körpers zu sehen waren. Unschuldig, verletzlich, noch ein bisschen himmlisch, ein letzter Rest... Er sah Peter an und sagte sanft:

‚Ich würde etwas mehr Humor haben, und etwas mehr Verständnis. Ich würde auf das Zarte, das Verletzliche achten ... und ihnen kein Haar krümmen können, wirklich nicht. Trotzdem würden sie es mit mir kein zweites Mal machen, das wäre unmöglich. Eine Strafe bekämen sie mit Sicherheit.'

Peter drehte sich um und schaute nach seinen Töchtern, auf ihre leicht gesenkten Köpfe, die geraden Rücken und die auf dem Rücken

ineinander verschlungenen Hände. Ein Bild aus vergangenen Zeiten...
Er setzte sich und stützte den Kopf in die Hände. Er sagte:
‚Ab heute wird alles anders, Meister. Radikal.'

Spätabends bekam er einen Anruf von Peter.
‚Es ist ungehörig, zu fragen, aber kann ich ein Viertelstündchen vorbeikommen?'
‚Natürlich.', sagte Johannes und legte auf.
‚Ich setze mich mit ihm ins Arbeitszimmer. Heute Morgen habe ich wieder dieses blitzende Eisen in ihm gesehen, nun kommt er, um sich dafür zu entschuldigen.', sagte er zu Eva.
Peter war etwas verlegen. Er setzte sich Johannes gegenüber, kratzte sich am Hals und sagte:
‚Du kennst mich zum Glück. Du weißt, dass ich mich jetzt zu Tode schäme. Wenn ich sie geschlagen hätte, wäre es noch viel schlimmer gewesen, aber wenn ich daran denke, dass du gesehen hast, wie ich mich benommen habe... Du selbst standest da wie ein Kind auf der Schwelle, fragend ... mit diesen zwei Kleinen an der Hand. Das Bild kommt immer wieder zu mir zurück und macht mich...'
Klangen Tränen in seiner Stimme mit, heftige Emotionen?
‚Es ist ein abscheulicher Moment von Selbsterkenntnis. *So* grob bin ich, so egoistisch in meiner Bosheit. Klar, dass sie nie gehorchen!'
‚Was hast du mit ihnen gemacht?'
‚Sie eine Weile stehen lassen, nicht so lange. Dann habe ich sie an meinen Schreibtisch gerufen. Was waren sie da ängstlich! Noch immer todesbang vor den erwarteten Schlägen, sie sind noch nie ohne Schläge davongekommen. Und so jemand denkt dann, etwas wert zu sein, solch ein Vater! Glühend heiß war mir vor Scham, denn ich sah ihre Angst. Nie zuvor wirklich gesehen, verstehst du? Sehr unbeholfen habe ich dann ein kleines Gespräch mit ihnen geführt. Über Gefahr und so weiter. Sie sagten kein Wort, sahen mich nicht an, saßen nur da und zitterten. Dann sieht man sich selbst, Johannes! Ich sah meine Macht wie ein grauenvolles Monster über diesen Köpfchen schweben. Ich halte es fast nicht aus, verstehst du das! Immer wieder kommen diese Bilder hoch und verzehren mich. Sie haben mir gelobt, es nie mehr zu tun, und ich habe sie gehen lassen, zu ihrer Mutter. Ich hätte

sie hochheben und knuddeln wollen ... und konnte es nicht. Sie schlichen davon, und heute Abend bei Tisch waren sie noch immer ängstlich. Es scheint, als hätte ich sie noch härter getroffen, indem ich meine Hände im Zaum hielt. Ich liebe meine Kinder wirklich sehr, aber ich bin so furchtbar unbeholfen. Es ist schon so viel passiert ... und nun falle ich dir zur Last, während du auch nichts machen kannst.'

‚Es ist gut, Peter. Du bist ein gefühlvoller Mensch, nur dein Jähzorn macht dich blind.'

‚Vielleicht ist es doch heilsam, sich einmal so sehr, sehr klein zu fühlen. So total ungeschickt in Bezug auf das Leben und die Liebe. Es ist ein brennendes Feuer der Scham, aber es wird wohl läutern.' Er beugte seinen Kopf. ‚Weißt du, ich kannte keine Bescheidenheit, doch jetzt schon. Es ist nicht einmal unangenehm, wenn man einmal hindurch ist.'

‚Und Elisabeth? Was sagt sie?'

‚Sie ist streng zu mir, wie du weißt. Sie ist eine vollkommene Frau, die sich nun mit einem halbschwarzen Ritter herumschlagen muss. Über sie habe ich keine Macht. Diesmal hat sie mich wegen meiner Beherrschung gelobt. Es gibt ihr die Gelegenheit, den Kindern auch noch einmal ernsthaft zuzureden. Sie musste immer ein gutes Wort für sie einlegen, verstehst du. Es ist gut ... ich kann mich nur selbst nicht ertragen. Darum bin ich gekommen.'

‚Ein gesunder Erwachsener straft sich selbst durch Selbsterkenntnis. Ehrliche Selbsterkenntnis ist eine Strafe, wenn man Fehler begeht. Man sieht und fühlt, was man anderen antut. Es ist leicht, darüber hinwegzusehen und sich zu rechtfertigen. Das machst du jetzt nicht, du konfrontierst dich mit dir selbst. Das tut mehr weh als alles andere. Es kommt dann auf das Ertragen dieses Schmerzes an. Schließlich wird er schwächer und verschwindet – und man ist auf dem Weg ein ganzes Stück weiter.'

‚Ein sanfter Chirurg bist du nie gewesen. Keine Schmerzmittel oder Pflaster. Einfach leiden.'

‚Eine große Qualität von dir ist die Treue. Bleibe nun auch dir selbst treu, Peter.'

Peter nickte, stand auf und gab seinem Freund fest die Hand. Mit zitternder Stimme sagte er:

‚Das Leben mit dir ist einfach grandios!'

Mit einem Ruck drehte er sich um und verließ das Zimmer.

Ergriffen blieb Johannes zurück.

DAS WORT TUN

Wodurch ist es eigentlich möglich geworden, Gott zu leugnen, seine Realität zu verspotten und die ganze Seele vollkommen auf das Materiell-Sinnliche zu richten? Dadurch, dass im Laufe der Zeit Gedanken zu Worten geworden sind. Sie sind nicht einmal mehr Bild. Im Bild lebte noch etwas von den göttlichen Formen in der Natur. Das Wort trägt den göttlichen Klang und die Bedeutung zwar in sich, aber es wird zu schnell abstrakt, als dass man diese darin noch erleben könnte. Man schaue nur einmal genau, was geschieht! Wenn man sich eine Rose in ihrem Wachstum, ihrer Blüte, Farbe und Form vorstellt, hat man noch einen gewissen Reichtum in seiner Seele. Wenn die Vorstellung verblasst und zu dem Wort ‚Rose' abstrahiert ist, hat man höchstens noch ein kurzes Aufblitzen des Bildes oder eine Erinnerung – nicht mehr die volle Glorie des Bildes selbst.

In den letzten Jahrzehnten kam dann noch die durch das abstrakt denkende Menschenhirn erdachte Computersprache hinzu. Eingebürgerte Worte sind es, die keine Worte mehr sind, die nicht mehr aus dem Logos geboren sind, sondern aus dem Intellekt, der sich aus diesem Logos abgesondert und einen Bund mit der *schematischen Abstraktion selbst* geschlossen hat, einem real geistigen Wesen, das nicht als solches erkannt wird, wodurch es die freie Macht hat, immer mehr und mehr Menschenköpfe in seinen Besitz zu bekommen.

Besessene im modernen Sinne des Wortes sind es, hochbegabte intelligente Köpfe, die automatisch analysieren und kombinieren, genau wie ihr Geisteskind, der Computer. Ein lebendiges Wesen, begabt mit Moralität und künstlerischem Empfinden, läuft Gefahr, an diesem schematischen Automatismus zu sterben – es sei denn, es leistet die Titanenarbeit, das Schema bis an seine Grenzen zu durchdringen und dann unter die vollkommene Herrschaft der moralischen, künstlerischen Intelligenz zu stellen, zu der der Mensch *eigentlich* berufen ist.

Im Denken führte Johannes einen realen Geisteskampf mit dem

kalten Wesen des gegen die menschliche Freiheit gerichteten Hasses. Einst hatte dasselbe Wesen auch *ihn* lenken wollen, es hatte ihm den Glanz einer wissenschaftlichen Karriere versprochen. Der Preis war die Aufgabe des Enthusiasmus für die moralische Würde des Menschen. Er hatte sich geweigert, diesen Preis zu bezahlen, und er hatte sich dennoch ‚durchgesetzt', war durch seinen nie nachlassenden Einsatz Hochschullehrer geworden. Doch jeder Schritt auf seinem Weg wurde durch dieses hohe geistige Wesen behindert, das weder die Liebe noch die Wärme kennt, das in der eisigen Kälte des Hasses lebt. Ein Mensch kann sich davon nicht befreien, denn dieses Wesen hat zugleich eine rechtmäßige Aufgabe. Er ist die Macht des Todes, die von Gott gerufen wurde, um im menschlichen Leib für Altern und Sterben zu sorgen, wodurch jedes Mal von neuem – nach dem Tod – eine Geburt in der geistigen Welt möglich ist. Man muss ihn an seiner Seite ertragen können, man muss ihn erkennen und jedes Mal wieder *wieder*erkennen. Er lässt einen sich auf Erden ‚zuhause' fühlen, sich an alles gewöhnen, was hart und undurchdringlich ist. Er lehrt einen die starren Prinzipien der Logik, wo keine Ausnahme von der Regel möglich ist. Er liebt die Intelligenz, begehrt sie und will sie haben und zum mechanischen Intellekt machen...

Johannes musste sich in der Meditation immer wieder mit diesem hohen geistigen Wesen auseinandersetzen, das auf Eigeninteresse aus ist. Es unternimmt alles, um die geistige Welt im Unsichtbaren, Unfühlbaren, Unhörbaren zu halten – damit allein *seine* Macht wirksam ist.

Zu Beginn jeder Meditation stand Johannes vor *ihm*, er musste den Kampf mit ihm aufnehmen, um an ihm vorbeizukommen. Er hatte dafür eine erprobte Waffe, die *immer* ihr Ziel traf.

‚Was ist denn diese Waffe, mein Junge?', fragte der Meister, der immer miterlebte, woran Johannes arbeitete, obwohl dieser nur seine *Methode* preisgab und noch keinen Inhalt...

‚Solange das Denken von selbst abläuft, hat dieser Geist freien Zugang zum menschlichen Intellekt. Erst wenn man wieder und wieder, in einem lebendigen Rhythmus, zwischen dem Gedanken und dem bewusstem *Erleben* dessen abwechselt, verwendet man die unüberwindliche Waffe. *Erleben* ist eine Qualität, die dieser Geist nicht hat, man begibt sich real in ein freies inneres Gebiet hinein, sobald man das Denken, die Ideen und daraufhin die *Kraft* des Denkens erlebt. Um das zu können, muss *Wille* in das Denken hineingebracht werden, damit es gleichsam im Bewusstsein ‚stehen' und dann erlebt werden kann. *Schein* kann man nicht erleben.'

‚Ich lebe von Natur aus fast nur im Erleben, aber ohne Denken.'

‚Von einem derartigen Erleben aus muss man sich erst zu einem klaren und reinen, starken und kräftigen *Denken* emporarbeiten – und dann lernen, *dieses* zu erleben. Man löst sich daraus, und man erlebt es, wie man etwas außerhalb seiner selbst erleben kann. So, wie man die Schönheit der Natur erleben kann, kann man die Schönheit des Denkens erleben, nachdem es Objekt geworden ist. Es ist eine unüberwindliche Waffe, aber zugleich eine schwere Prüfung für die Seele.'

‚Warum?'

‚Weil das Erleben mit den intensivsten Gefühlen einhergeht, die ein Mensch durchmachen kann und die größtenteils aus schmerzlicher Entbehrung bestehen.'

‚Entbehrung von was?'

‚Der irdischen Realität. *Todeskampf* während des Lebens, könnte man dies nennen – aber man geht nicht zugrunde, im Gegenteil, man erlebt die Auferstehung! Nur geht dieses Auferstehen nicht ohne die allertiefsten Gefühle. *Entbehrungsschmerz*, indem man von allem *absieht*, woran das Selbst sich in irdischem Sinne ergötzen kann. Nach der Meditation kann man wieder voll und ganz am Erdenleben teilnehmen, zumindest insoweit es in Reinheit geschieht.'

‚Menschen bekommen davor Angst.'

‚Sie haben doch schon Angst. Am Ende jedes Menschenlebens steht der Tod, unwiderruflich. Kein Mensch entgeht dem, und kein Mensch vergisst, dass das so ist, auch wenn man zeitweise nicht daran denkt. Sich mit diesem Tod zu konfrontieren, bevor er einen ruft, also in voller Freiheit, nimmt letztlich alle *Angst* von einem. Nicht allen Schmerz, der mit dem irdischen Scheiden zusammenhängt, aber alle Angst. Als ein befreiter Mensch lebt man sein Leben in voller Intensität, aber man muss sicher auch Prüfungen durchstehen.'

‚In einer Zeit, in der alles auf Komfort und Luxus ausgerichtet ist, will ein Mensch keinen Schmerz fühlen. Die halbe Welt nimmt Antidepressiva. Warum, was meinst du? Um keinen Kummer fühlen zu müssen.'

‚Verdrängtes Gefühl drängt letztlich doch wieder herauf. Gesünder ist es, alles so tief wie möglich zu erleben und zu versuchen, herauszufinden, worauf der Kummer beruht. Auf dem meditativen Weg überkommt Kummer einen als eine notwendige Prüfung, aber dahinter liegt die Befreiung.'

‚Es gibt Tage, an denen ich unter dem Gedanken leide, dass ich hier die Einfältigste unter uns bin. Mein Verdienst ist, mit dir verheiratet zu sein, aber was bin *ich* nun eigentlich? Äußerlich noch immer ein Mädchen, keine achtbare Dame. Schau Elisabeth an, sie ist das sehr wohl, sie hat Würde. Heute Morgen habe ich mit Peter einige Patienten besucht. Ich staune über sein Wissen! Mit ihm verglichen, weiß ich überhaupt nichts... Leer fühle ich mich. Von dir und dem Meister brauche ich gar nicht erst reden.'

Er stand auf und setzte sich dicht bei ihr auf den Rand des Schreibtisches. Sie sagte:

‚Früher wurdest du böse, wenn ich mich so fühlte. Du fandest das unwahrhaftig, weil du mich so großartig findest. Schau nur einmal auf unsere Gespräche! Ich sehne mich nach dem höchsten Inhalt ... und bleibe am Boden kleben. Gut, ich verstehe die Kunst der Bescheidenheit, aber manchmal schießt sie über das Ziel hinaus und wird zu Unfähigkeit in Bezug auf die Selbstachtung.'

‚Wie geht es mit deiner Meditation?'

‚Gut ... aber gerade darin sehe ich meinen Mangel. Das muss so sein, ich weiß. Man kann die Schwelle zur geistigen Welt nicht betreten, ohne sich selbst aufrichtig in aller Hässlichkeit anzuschauen ... auch in aller Schönheit, aber die macht sehr viel weniger Eindruck. Man sieht sich selbst fortwährend als Hemmnis. Ein Hindernis für sich selbst.'

Sie ergriff seine ausgestreckte Hand. Er fragte:

‚Wo ist dein Mut, meine liebste Eva? Der Mut, so stark zu sein, wie du es nun einmal bist?'

Sie senkte ihren Kopf und seufzte tief.

‚So unterwegs im Leben verliert man doch ziemlich viel. Alte Talente, die verloren gehen. Mein Mut? Was hat Mut für einen Sinn, wenn er nicht auf reinen Gedanken beruht? Du weißt, dass ich als Kind schon für meinen ‚Mut' büßen musste. Und du hast ja auch viel getadelt, seien wir ehrlich. Wie ich war – war es nicht gut. Ich habe hart daran gearbeitet, all diese egoistischen Impulse abzuwerfen – aber damit habe ich auch den Mut abgeworfen. Verstehst du mich?'

‚Sicher.', sagte er ruhig, während er versuchte, ihren Blick aufzufangen. ‚Aber der Mut sitzt trotzdem noch in deiner Heilkunst, im Umgang mit deinen Kindern, mit mir ... in deinem Klavierspiel, in deiner Duldsamkeit.'

‚Ich könnte heulen, wie ein kleines unglückliches Mädchen.'

‚Heute Morgen habe ich noch mit dem Meister darüber gesprochen. Es gibt auf dem Entwicklungsweg eine bestimmte Phase, die von Schmerz erfüllt ist. Man lässt alles los, dem man Wert beigemessen hatte, während noch nichts Neues da zu sein scheint. Was ich schlimm finde, ist, dass du dich selbst so gering achtest. Das darf nicht sein, Eva! Das braucht auch nicht sein.'

Sie streckte ihren Rücken und sah ihn an. Ein bisschen böse sagte sie:

‚Ich komme nicht zur Geltung. Eva ist ein braves Mädchen geworden, aber sonst...'

Johannes sagte kopfschüttelnd:

‚Was sind deine Talente? *Was* kommt nicht zur Geltung?'

Sie seufzte wieder tief, senkte erneut ihren Kopf und dachte nach. Dann sagte sie:

‚Ich kenne die Liebe – und nicht nur die körperliche. In den Dingen, die ich höre und sehe, kann ich sehr oft schnell ein Gleichnis sehen, ich sehe Urbilder dahinter, sie helfen mir bei der Diagnostik. Das ist wohl ein Talent, das haben die meisten Menschen nicht. So spiele ich auch Klavier, ich höre etwas darin, und dieses ‚etwas' *muss* zum Ausdruck kommen, eher ruhe ich nicht. Ich kann meine Kinder mit einer gewissen Objektivität großziehen, ich verfalle nicht in den Fehler, sie anzubeten. Meine Liebe zu ihnen beruht auf *ihrem* Wesen, nicht auf der Tatsache, dass sie aus meinem Leib geboren sind. Ich glaube, dass ich dadurch auch Autorität habe. Ich bin fröhlich und voller Mut – nur heute nicht und gestern auch schon nicht. Du bist mein Ehemann, das ist auch ein Talent von mir, denn niemand anders hat das geschafft.' Sie lachte nun und sah ihn frei an. ‚Das ist wohl der beste Beweis meines Mutes und meiner Selbstachtung, dass ich glaubte, dass du den Rest deines Lebens an meiner Seite verbringen wolltest, mit allem, was dazugehört. Ich finde es auch ein Talent, dass ich dich erkannt habe. Das war so ein Moment, wo ich in deiner Haltung, deiner Gestalt, ein Urbild sah. Ich habe das oft mit Menschen ... in Peter habe ich auch gesehen, wie er sein könnte, und mich dann an der Tatsache geärgert, dass er sich keine Mühe gab, das auch wirklich zu sein. Also gut, dann will ich nun nicht selbst in diesen Fehler verfallen, sondern versuchen zu sein, wie ich bin, allen Unvollkommenheiten zum Trotz. Ich meditiere schon mehr als zehn Jahre, ich fühle die Entwicklung – ich bin deine treue Schülerin. Das Vermögen, zu *erleben*, was ich denke, ist meine große Kraft. Dass Gefühle nun einmal nicht immer positiv sein können, muss ich einfach hinnehmen.'

Er nahm ihre Hände in seine und fühlte ihre Liebe *eins* mit der seinigen. Sie hatten einen Bund geschlossen, alles, was sie zusammen aufbringen konnten, für *ein* Ziel einzusetzen: Dass in der modernen Kultur die *echte Menschlichkeit* zu finden sei, für jeden in sich selbst zugänglich. Dass es möglich ist, von Mensch zu Mensch die Liebe zu kennen, welche frei von Erotik und Sexualität ist, aber voller Willen zum Guten. Dass dieser Wille zum Guten im abstrakten Denken leben kann, welches dadurch zum Leben erwacht...

Zusammen hatten sie dies erkannt, und zusammen hatten sie beschlossen, ihr Streben hier in den Bergen fortzusetzen, damit es irgendwo auf der Welt einen Ort gäbe, von wo aus ein noch ungeborener Kulturimpuls erweckt werden konnte, bis dieser stark und gesund die bestehende dekadente Kultur umwandeln können würde. Sie brachten dafür das Opfer ihrer Reputation, aber auch ihrer persönlichen, körperlichen Liebe. Diese Kräfte wollten sie nicht für ihre eigene Lust gebrauchen, sondern ausschließlich für die hohe Aufgabe, die sie sich gestellt hatten.

Sie drückte seine Hände und sagte:

‚Es ist gut, so zusammen zu sprechen, Johannes. Undankbarkeit passt ganz und gar nicht, wir haben es so gut hier. Wohin man den Blick auch richtet, alles ist Schönheit. Majestät der Natur, inmitten davon unser Streben nach echter geistiger Selbsterkenntnis. In diesem ‚Selbst' lebt eine Welt, mit der man in der Natur niemals so ohne weiteres in Kontakt kommen könnte, aber wenn man es einmal gefunden hat, erleuchtet es auch die Natur zur Erkenntnis des darin lebenden Geistes. Oft begegnet mir jene Gegenmacht, die einem einreden will, dass alles von selbst gehen müsse, aus angeborener Begabung, ohne Anstrengung. Er verweist mich auf mein Triebleben und sagt: ‚Du bist nicht weit genug, um meinen zu können, du könntest in geistiger Hinsicht etwas erreichen. Überlass deine Entwicklung nur mir, ich werde dich leiten und beschützen.' Er ist der Geist der Schönheit und des blendenden Lichtes. Man kann nicht ohne ihn, aber man darf ihm nicht folgen. Er will keinen Fortschritt. Mit ihm habe ich meinen heftigsten inneren Kampf zu führen, er löst einen, um einen zu binden ... wenn man Christus folgt, ist er sein Bruder – folgt man ihm selbst, dann ist er der Teufel. *Luzifer...*'

Sie schwieg eine Weile und fuhr dann fort:

‚In einigen Wochen beginnt die Hochsaison. Ich muss dich dann an allerlei Menschen abtreten, die dich brauchen. Du verstehst die Kunst, dich selbst zu metamorphosieren, so dass der Andere in dir seinem höheren Selbst begegnet. Das ist *an sich* heilsam, ohne dass noch weiteres geschehen müsse. Man weiß, wer man eigentlich ist, auch wenn man es nicht konkretisieren kann. Nach einer Begegnung mit dir *weiß* man es auf einmal ganz bewusst – kurz oder für längere Zeit. Das weckt die Sehnsucht, mehr und mehr zu werden, wer man ist. Es ist schön, bei dir zu sein, Johannes, und ich verzichte nur schwer auf dich.'

Johannes lachte ihr zu.

‚Wir haben doch noch immer die Nächte zusammen, da kommt niemand dazwischen.'

‚Dann schlafe ich.'

‚Ich nicht...'

Peter sah wirklich anders aus. Es schien, als sei er länger geworden, weniger kantig. Sein Gesicht war entspannt, die Augen schienen zu lachen, obwohl der Mund nicht mitmachte.

‚Setz dich, Kollege.' Er machte eine breite Willkommensgebärde. ‚Es ist schön, jeden Tag zu sprechen, heute siehst du einen anderen Peter.'

‚Ich sehe es.'

Die Augenbrauen gingen hoch.

‚*Was* siehst du?'

‚Einen anderen Peter. Erwachsen, fröhlich, ernst und voller Mut.'

‚Ich habe gestern Abend meditiert. Nicht zum ersten Mal, wohl aber zum ersten Mal mit der Sicherheit, jetzt nie mehr damit aufzuhören. Das erste Mal geht es immer wieder gut, die Konzentration war vollkommen, und ich konnte meine Kraft in einem Punkt über den Augen gebündelt fühlen. Ich weiß, dass es heute schon wieder schwieriger sein wird, aber ich gebe nicht mehr auf. Du wirst in mir einen eifrigen Schüler haben. Was natürlich auch half, war die Scham über mein Verhalten. Scham bringt einen auf seinen richtigen Platz. Schamlosigkeit ist ein Merkmal unserer Zeit, ich kenne sie nur zu gut. Gestern erlebte ich eine Hölle von Scham.

Nun, ich spreche schon wieder zu viel. Ich wollte deinen Rat zu einem Jungen, der hierher überwiesen wurde, Gott mag wissen, warum hierher! Er ist etwa neun und schläft seit ein paar Monaten sehr schlecht. Die Eltern wissen von keiner Ursache, es hat einfach auf einmal angefangen. Er schläft nicht ein, die Mutter muss dabeibleiben, und nachts wird er wach und kann dann wiederum nicht einschlafen. Was soll ich als Internist da machen? Er muss zu einem Kinderarzt oder einem Psychologen – aber die Eltern wollen partout, dass das Kind hier behandelt wird, wahrscheinlich nicht von mir, sondern von dir oder Eva. Ich habe das Kind untersucht, es ist kerngesund und auch psychisch in Ordnung, soweit ich es beurteilen kann. Mein Rat wäre natürlich gewesen: Einmal täglich vor dem Schlafengehen ordentlich eins auf den Hintern. Die Krankheit ist dann schnell geheilt, glaub mir. Aber seit gestern sehe ich von einem solchen Ansatz völlig ab, betrachte ihn als unmenschlich, als asozial. Nein, das meine ich wirklich, Johannes, ich spotte nicht. Also habe ich ein ernsthaftes Gespräch angefangen, und es ergab nichts anderes als den Eindruck einer überbesorgten Mutter, eines gleichgültigen Vaters und eines hochbegabten Kerlchens, viel zu wach und zu intelligent. Das Kind macht sich Sorgen, kann sich nicht dem Vergessen des Schlafes hingeben. Was soll ich da machen?'

‚Die Mutter behandeln, sie ist das Problem – sie *hat* ein Problem. Wenn das gelöst ist, hat der Junge wieder Ruhe. Was wir in unserer Schulmedizin nicht lernen, ist, wie stark die Schicksalsverbundenheit zwischen Menschen sein kann, auch in Bezug auf Krankheit. In psychologischem Sinne glaubt man so etwas noch – zu starke Mutterbindung zum Beispiel –, aber dass es eine konkrete gegenseitige Abhängigkeit gäbe, was die physische Gesundheit betrifft... Du musst die Mutter einmal gründlich untersuchen, konsultiere auch Eva, wegen ihrer spirituellen Sicht. Du wirst sehen, dass sich eine Verbesserung im Schlafproblem des Kindes zeigen wird.'

‚Ist die Mutter physisch krank? Oder denkst du an ihre Überbesorgtheit?'

Johannes lächelte.

‚Ich habe diesen Menschen nicht gesehen. Ich habe eine gewisse ‚Sehergabe', aber nicht ungesehen. So geht das nicht.'

‚Willst du mir dann nicht helfen? Eine Konsultation bei dir? Dann *hast* du sie gesehen.'

‚Nein. Du findest mich vielleicht hart, aber du musst es selbst tun. Zusammen mit Eva. Du wirst es sehr gut machen.'

Peter war unsicher geworden.

‚Wie soll ich dieser Frau klarmachen, dass ich sie untersuchen will? Sie kommt wegen ihres Kindes. Ich halte mehr von Medizin ohne Firlefanz.'

‚Erkläre es ihr ruhig.'

Peter seufzte.

‚So wird einem die Arbeit wirklich schwer!'

‚Ich wollte dir noch etwas sagen.'

Peter machte eine fragende Gebärde.

‚Du weißt, dass der Mensch nicht nur aus einem Körper besteht. Er ist vor allem *Geist*, Individualität. Dieser Geist formt sich während des Lebens auf Erden in eine körperliche Erscheinung um und hat dafür zwei Vermittler: Einen, der mehr dem Physischen zuneigt und ihm das *Leben* schenkt. Die andere ist ‚Schwester' des Geistes und Träger unseres Denkens, Fühlens und Wollens, wobei das Fühlen ihr am meisten eigen ist, während das Denken nach dem Geiste neigt, das

Wollen nach dem lebenden Körper. In der Medizin hat man es mit allen vieren zu tun, sie präsentieren sich einem in einer gegenseitigen Durchdringung und erscheinen einem so in der komplexen Totalität als der *eine* lebende Mensch, der vor einem steht. Es ist auch für die eigene Selbsterkenntnis von größter Wichtigkeit, dies nicht nur zu *wissen*, sondern immer mehr und mehr zu *erleben*. Einer der Vier trägt die krankmachende Komponente, das ist die Seele. Diese ist einerseits Träger der absoluten Selbstsucht, andererseits der erhabensten Liebe. Wenn du die Bhagavad Gita liest, findest du darin die schönste Beschreibung dieser zwei Seiten der Seele. Die Seele macht nicht krank, wenn sie rein ist; sie kennt dann aus sich heraus das Maß und den Rhythmus von Verbinden und Loslassen, von Zusammenziehen und Ausdehnen. Gerade in dem Moment, wo die Verbindung mit dem Physisch-Ätherischen so stark werden würde, dass sie krankmachend wird, zieht sie sich zurück, um dem Lebensleib die Gelegenheit zu einer Selbstheilung zu geben. Die Seele neigt jedoch auch zur Aufregung, erst der Geist entwickelt die volle Herrschaft darüber. Er steht aufrecht und gebietet der Aufregung, zum Stillstand zu kommen. So muss der Arzt mit seiner Gesundheit – und seiner Krankheit – umgehen lernen. Ein Magier in seinem eigenen Körper muss er werden. Daraus strömen ihm dann die Kräfte der Einsicht in Bezug auf die Diagnose des Patienten und das Ergreifen der notwendigen therapeutischen Maßnahmen zu. Das ist ein Ideal, Peter, und Ideale brauchen Zeit, um verwirklicht zu werden. Inzwischen behelfen wir uns ... aber wir dürfen nicht aus dem Auge verlieren, was wir in der Zukunft sein wollen.'

Peter hatte andächtig zugehört und sagte nun:

‚Es tut mir leid, dass ich mich immer so banal verhalte. Ich hoffe, du kannst in der Tatsache, dass ich dir folgen kann, meine eigentliche Tiefe sehen. Es ist schwer, gegenüber solch einer Größe standzuhalten, Johannes – und dem nicht mit Späßen und Witzen entkommen zu wollen. Dennoch suche ich das, was du eben geschildert hast, mit meinem ganzen, eigentlichen Herzen. Das wird dann wohl die reine Liebe in mir sein – während die Selbstsucht haushohe Wellen schlägt. Du weißt, dass ich dir folgen will, Johannes?'

‚Du bist mir schon gefolgt.', sagte Johannes ruhig. ‚Ich sehe es wirklich nicht als eine Kleinigkeit an, dass du eine so konkrete Konsequenz gezogen und deine Arbeit in der Klinik in Amsterdam gekündigt hast, um mir zu folgen...'

‚Ich will dir auch innerlich folgen.'

‚Das wirst du auch.'

Auf der Wiese am Weg zu seinem Haus saßen zwei Mädchen und picknickten. Sie hatten ein Geschirrtuch ins Gras gelegt und aßen Brötchen, die sie in einem Korb mitgebracht hatten. Die Töchter von Peter...

‚So, schon wieder nicht in der Schule?'

‚Es sind doch Ferien!', rief die Ältere entrüstet.

Er setzte sich zu ihnen ins Gras.

‚Dürft ihr schon wieder nach draußen?', fragte er.

Die Ältere sah ihn keck an.

‚Wir haben überhaupt keine Strafe bekommen. Wir haben versprochen, nie mehr dort zu spielen, und das werden wir auch wirklich nicht mehr machen.'

Sie wollte ihm zeigen, dass sie es mit ihrem Vater gut getroffen hatten. Er, Johannes, hatte schließlich gesagt, dass ihr Vater sie für sehr lange Zeit nicht mehr allein nach draußen lassen würde. Er lächelte und fragte:

‚Wer hat euch denn gestern gerettet? Vor ein paar blauen Flecken am Hintern? War das nicht irgendein Herr?'

Das Schwesterchen rief lachend:

‚Das warst du! Das weißt du doch wohl noch?!'

Die Ältere hatte rote Wangen und Ohren bekommen, die Jüngere fragte:

‚Willst du auch ein Brötchen, Onkel Johannes?'

Er setzte sich bequem hin und nahm ein Brötchen mit Käse...

MEDITATION

Wenn ein Mensch sich innerlich umkehrt – von den Sinnen zum Geist –, dann ist der erste Schritt ein Erleben des Denkens. Man kann darüber denken, wie das Denken genau vorgeht, damit denkt man übersinnlich. Dieses Denken kann, wenn es stark genug ist, erlebt werden, und in dem Moment hat man sich ganz und gar vom Körper gelöst. Will man vollkommen exakt und besonnen den Geist erkunden, liegt da erst der Anfang der Meditation. Man befindet sich auf der Schwelle der geistigen Welt, und hier wird von einem verlangt, dass man ohne jedes ‚Gepäck' den Zugang sucht. Alles muss man vor der Schwelle zurücklassen. Nicht nur allen Inhalt seiner Erinnerungen, seines Denkens, Fühlens und Wollens; selbst die Denk*weise* muss zurückgelassen werden. Das kann man nicht ohne weiteres, selbst wenn man meint, es mit ganzem Herzen zu wollen. Es ist lange, strenge Übung nötig, um so weit zu kommen. Der Einsatz ist viele Male größer als für ein Universitätsstudium – wobei es in der meditativen Arbeit vor allem um den Willen geht, der die Intelligenz zu befeuern lernt, eine Intelligenz, die nicht intellektuell ist. Der Intellekt ist durch den Hochmut, den er nun einmal mit sich bringt, oft das größte Hindernis auf dem Weg zum Geist. Intelligenz ist eine Qualität, die davon verschieden ist; es ist die Kunst des Fragens und des geduldigen Wartens auf die Gnade der Antwort.

‚Gesundheit und meditatives Leben hängen eng miteinander zusammen. Man kann natürlich nicht sagen: Wer nicht meditiert, bleibt nicht gesund ... und ebenso wenig: wer meditiert, wird nie krank. Aber ein geordnetes, konsequent durchgeführtes meditatives Leben erhebt einen durchaus über sein Schicksal, auch insoweit es Gesundheit und Krankheit betrifft. Man wird gesünder, auch wenn es vielleicht nicht absolut ist. Im Lukas-Evangelium finde ich diese meditative Haltung in Bildern wieder, im neunten Kapitel. Das Erleben der Ideen bringt einen bis an die Schwelle zur geistigen Welt.

Da beginnt die eigentliche Meditation, wodurch man seine Seele ganz der Wirkenskraft und der Wesensmacht des heilenden Geistes übergibt. Dieser heilende Geist ist kein abstraktes Prinzip, sondern ein Wesen. Dieses Wesen *existiert*, so wie du und ich existieren. Mit diesem Wesen kann man eine Beziehung eingehen, wie du und ich sie miteinander eingegangen sind – aber auf einem unendlich höheren Niveau. Auch die Hingabe der Seele ist kein abstraktes Prinzip. Doch da liegt eine Schwierigkeit. Wie vermittelt man anderen die erschütternde *Realität* dessen, was eigentlich nur als ein abstraktes Prinzip bekannt ist, an das man glauben kann oder nicht?'

'Es ist nicht nur eine Frage richtiger Vermittlung, mein Junge. Der Hörer oder Leser muss selbst aktiv werden, um die Realität in den scheinbar abstrakten Worten zu finden. *Wenn* jemand das Vermögen des Menschen unterschätzt hat, dann bin ich das. Ich hielt alles Abstrakte für überflüssige Kopfarbeit. Man schalte den Verstand nur ab, dann erst ist man *Mensch*, so dachte ich. Du hast mir gezeigt, dass unter diesem Verstand ein *alter* Mensch zum Vorschein kommt, einer, der durch den Kopf, dank des Kopfes, gerade überstiegen werden muss. Überdies findet man dann erneut einen Herzensmenschen, aber unter Erhalt der vollen Klarheit des Denkens. Das ist eine Sache jedes Schülers selbst, Johannes. Du bist deutlich genug, sowohl in deinen Worten als auch in deinem Handeln.'

Johannes seufzte.

'Jetzt, wo hier wieder so viel Betrieb ist, frage ich mich: Wie weit soll ich gehen in dem, was ich offenbare? Es ist *meine* Freiheit, zu schweigen oder zu sprechen.'

'Ist mehr zu sagen, als du bis jetzt aussprichst, mein Junge?'

'Natürlich. Ich beschränke mich auf die Methode der Geisteswissenschaft. Aber wer die Methode hat, hat auch bereits geisteswissenschaftlichen Inhalt. Das Offenbaren dessen würde den Menschen viel Befriedigung schenken, das weiß ich. Aber es würde sie vielleicht auch daran hindern, *selbst* aktiv zu werden. Man liebt das 'Paranormale', will selbst auch gern etwas davon können – aber den regulären Weg zu gehen, ist trotzdem schnell zu mühsam. Das wäre *dann* noch nicht schlimm, wenn der Schüler mit dem zufrieden sein könnte, was der Geisteswissenschaftler offenbaren kann. Dies zu erforschen, kann an sich schon Befriedigung geben. Weil ich aber *diese* Zufriedenheit nicht wahrnehme, beschränke ich mich auf das Offenbaren der Methode. Das ist ja das Anliegen der Menschen: Sie wollen selbst etwas ‚sehen'.'

‚Im klassischen Buddhismus geht es überhaupt nicht um das ‚Sehen', sondern um die Katharsis. Das ist es, was wir beide zu bieten haben: vorbereitende Katharsis, keine Erleuchtung oder Einweihung. Aber, mein Junge ... du könntest doch deinem alten vertrauten Freund, dem Meister, das eine oder andere anvertrauen? Oder deiner allerliebsten Freundin, deiner Frau?'

Johannes schüttelte den Kopf.

‚Wohl in Bezug auf das *Wie*, nicht auf das *Was*, Meister. Das sinnliche *Was* liegt vor dem *Wie*, das innere *Wie* liegt vor dem geistigen *Was*.'

Der Meister blies hörbar seinen Atem aus.

‚Das ist wieder so eine typische Denkschwierigkeit, dem muss ich einmal eine Meditation widmen.'

‚Es ist einfacher, darüber hinweg zu lesen oder zu hören.'

‚Heute scheinst du sehr entmutigt, mein großer Lehrer! Du enthüllst mir, dass du geistigen Inhalt in dir trägst, und doch willst du nur über den Weg dahin sprechen. Denke nicht, dass es unpassende Neugierde ist, die mich dazu bringt, dies zu sagen. Die Zeit ist gekommen, Johannes!'

‚Bis jetzt war ich der rationale Geistesforscher, der Wissenschaftler, der den Geist gefunden hat, der jedoch in abstrakten Termini darüber spricht. Ihr werdet einen anderen Johannes kennenlernen. Er ist nicht mehr der Professor...'

‚Ich habe dich hier in die Berge gerufen, um diesen anderen Johannes zum Vorschein kommen zu sehen.'

‚In der Meditation wird das Ich im Denken so verstärkt, dass es schließlich zurücktritt. Auf den Wellen dieses Zurücktretens erscheint die Geisteswelt. Der alte Johannes nimmt ab, Christus erscheint mit seinem ganzen Gefolge himmlischer Hierarchien und den Taten und Wirkungen jenes Reiches. Es ist die Apokalypse, die in jedem Menschenwesen vollzogen werden kann, wenn das Ich zu absoluter Stärke geführt worden ist, um dann abzunehmen. Aber dieses Geschehen steht nicht in *einem* Moment in voller Glorie in der

Anschauung. Es ist in einem fortdauernden *Werden* und fällt in eine unendliche Zahl ‚kleiner' Wahrnehmungen auseinander. In diesem ‚Kleinen' wird begonnen, allmählich fügt sich alles zu der Majestät des Herrn zusammen. Nochmals, diesem Geschehen gehen viele Erfahrungen voran. Ein Mensch lebt sein Leben, hat seine Erfahrungen und darauf beruhend seine Erinnerungen. Das alles wird durch das Verstandesbewusstsein ‚abgekühlt', ernüchtert. Der erste Schritt in der übersinnlichen Erfahrung – nach der ‚Methode' – ist, dass ins Bewusstsein tritt, was man in seinem Leben *wirklich* erfahren hat. Eine andere Form des Erinnerns entsteht, nenne es ruhig ein Erinnern in ‚Sphären'. Die wirkliche Bedeutung, die grandiose Majestät des Lebens tritt in die Erfahrung. Das ist deine Welt, Meister, diese hast du mir zurückgeben wollen, als ich zum ersten Mal hier zu dir in die Berge kam, noch als Schüler.* Ich sollte meinen Verstand opfern. Ich bin damals meinen eigenen Weg gegangen, habe den Verstand bis an seine Grenzen durchforscht und habe ihn überwunden, statt ihn zu opfern. Dahinter, als Frucht der Überwindung, fand ich deine Welt, dein Leben in grandiosen Sphären wieder; ich fand meine Kindheit wieder. Die Frucht meines Baumes der Erkenntnis war völlig ‚verschmolzen', und ich erwachte als ‚Mutter eines Königs', als gereinigte Seele, die Gott empfangen kann.'

‚Du weißt, mein lieber Freund, dass ich dich seit dem ersten Moment, als ich dich sah, erkannt habe. Und so weiß ich jetzt, dass ich dich bitten darf: Lass diesen anderen Johannes zum Vorschein kommen – es wird auf ihn gewartet!'

‚Es geht darum, die im Inneren erlangten Geist-Eindrücke in Ideen-Zusammenhänge umzusetzen, die für das heutige Denken begreiflich sind. Nichts darf aus dem Unbewussten geschöpft oder in das Unbewusste hineingebracht werden. Solche Ideen-Zusammenhänge sind in meiner Seele reif geworden, aber ich kann nicht anders, als einen sehr vorsichtigen Beginn damit zu machen, sie zu offenbaren. Sei nicht enttäuscht, wenn du das Gefühl hast, dass sich noch nicht so viel ändert. Ich werde jedes Mal erleben müssen, wie meine Worte empfangen werden, bevor ich weitergehen kann. Aber deine Bitte

---

* Siehe ‚Mutter eines Königs'.

wird beantwortet werden, darauf kannst du vertrauen.'

*

Er fuhr in den Ferienort hinunter. Eva war für ein Gespräch mit einem Kollegen dort, der wissen wollte, was sie genau machte. Sie wollte diese Aufgabe selbst übernehmen, aber er fuhr sie abholen, er hatte sie auch gebracht.

Er war zu früh und ging zu einem Hotel auf dem Platz in der Ortsmitte, das eine große Terrasse hatte. Ein einziger Stuhl neben einer jungen Frau, die Zeitung las, war noch unbesetzt. Kurz zögerte er, dann sah er, dass es ‚De Telegraaf'* war. Er ging zu ihr und fragte, ob er sich neben ihr setzen dürfte. Es war seltsam, wie eine Person auf einer vollen Terrasse so auffallen konnte, und dies nicht nur durch den freien Stuhl neben ihr. So jung war sie nicht, etwa vierzig, ihre Figur hatte ihn getäuscht. Seine Mannesaugen sahen, dass sie schön war, vortrefflich gebaut und ausgezeichnet gekleidet. Sie trug das dichte blonde Haar in einem gut fallenden Zopf und hatte ein ungewöhnliches Gesicht. Sie nickte zur Zustimmung, und er setzte sich, bestellte Kaffee und sah zu den gegenüberliegenden Bergen hinüber. So war Urlaub ... er hatte schon lange keinen Urlaub mehr gehabt – oder er hatte immer Urlaub, je nachdem, wie man es betrachtete.

Er kannte den Ober und hielt mit ihm ein kleines Schwätzchen über das Wetter. Als er weg war, seufzte die Frau neben ihm tief. Er lachte und sagte in seiner Muttersprache:

‚Die Zeitung fesselt sie glaube ich nicht sehr.'

Sie sah ihn an, in ihren Augen blickte ihn eine lange Vergangenheit an. Sie sagte:

‚All diese Sensationen. Ich habe eine gründliche Abneigung dagegen. Aber es gibt keine andere Zeitung zu kaufen, man muss sich hiermit begnügen.'

Eine gemeinsame Vergangenheit fühlte er, vage noch. Nachher, in der Meditation, würde er seine Gewahrwerdungen genau untersuchen. Sie fühlte es auch, es machte sie nervös.

---

* Eine niederländische Zeitung

‚Sind Sie schon lange hier im Urlaub?', fragte er.
‚Für einen Urlaub ist es lange, ein paar Wochen. Morgen reisen wir ab.'
Sie stand an einem Wendepunkt, und das war ihr hier deutlich geworden. Er fühlte den Ruf des Geistes in ihr, den sie in der Turbulenz eines Lebens im zwanzigsten Jahrhundert vergessen hatte. Nun, nach der Geburt eines neuen Jahrtausends, hatte ihr Geist sie kräftig gerufen. Er ‚sah' das alles in einem flüchtigen Bild, das ihm durch seine große Geistesgegenwart nicht entglitt. Sie sagte:
‚Warum kann ein Mensch nicht ganz sein, wie er ist? Man fühlt die Realität wie eine riesenhafte Wirkung in einem und um einen herum – und doch spricht man nur oberflächlich über dies und jenes. Ich wollte, ich wäre imstande, aus dieser Realität heraus zu sprechen – und doch glaube ich, dass diese Realität nicht existiert, sondern nur eine Sehnsucht danach.'
Er schüttelte den Kopf.
‚Eine dann doch berechtigte Sehnsucht.'
‚Ich versuche schon zwanzig Jahre lang verzweifelt, etwas von Wirklichkeit zu finden – und ich finde immer nur mich selbst, als ob das so interessant wäre.'
Er überdachte ihre Worte. Wenn man diesen Standpunkt einnimmt, bedeutet das, dass man innerlich zu viel ergänzt, dass man die Dinge nicht sprechen lässt, sondern jedes Mal selbst das Wort hat. Er sagte:
‚Sie sind zu aktiv.'
Sie schwieg eine Weile, er fühlte ihren Ärger.
‚Was meinen Sie?', fragte sie verärgert.
‚Ein Künstler stellt die Wirklichkeit erst dar, nachdem er sie *in sich zugelassen* hat.'
‚Nein, Mein Herr! Das geht überhaupt nicht! Er stellt sich selbst dar, das gerade ist Kunst. Aber es gibt keine Möglichkeit, zusammenzukommen. Jeder lebt in Einsamkeit!'
Er musste zu Eva und sagte:
‚Das ist eine elende Sicht auf das Leben! Dieses Gespräch müssen wir fortsetzen, aber ich muss leider weg. Können wir hier nachher zusammen essen?'
Nach einem kurzen Zögern nickte sie zustimmend.

,Dann um ein Uhr.' Er stand auf und ging die Terrasse hinunter, ihre Augen brannten in seinem Rücken, warm von ihrem Urteil über ihn.

Eva wartete schon auf ihn, ihr Anblick war eine Erleichterung. Sie war auch eigensinnig, aber ihre Liebe war größer, viel größer als ihr Eigensinn. Mit dieser Liebe nahm sie die Welt in sich auf und zweifelte nicht an ihrer Realität. Danach drückte sie mit derselben Liebe die Realität aus, sei es in der Wahl eines Heilmittels, sei es, indem sie eine Klaviersonate erklingen ließ. Erkennen war für sie wie Atmen, man nahm die Luft, die von anderen kam, unbefangen in sich auf, verarbeitete sie und gab sie wieder an die Welt zurück. Die Frau auf der Terrasse lebte in selbstgemachten Bildern, und sie fand nicht den Weg, sich selbst zum Schweigen zu bringen. Dennoch lebte in ihr ein großer Mensch, das hatte er gefühlt und erkannt. Doch große Menschen kommen in unserer Zeit nur mit großer Mühe zum Vorschein, weil die Welt nicht zu ihnen passt...

Er umarmte seine Frau innig und fragte:

,Wie ist das Gespräch gelaufen?'

,Gut. Es ist ein Mann mit Interesse an der anderen Seite der Medizin, obwohl er diese nicht selbst ausübt.'

,Warum wollte er dich sprechen?'

,Um mich einmal kennenzulernen, mehr nicht.'

Er dachte an die Frau auf der Terrasse. Außer einer Vergangenheit sah er nun, dass er ihr schon einmal begegnet war, vor ein, zwei Wochen. Er war ihr auf dem Gang des Hauptgebäudes entgegengekommen und hatte sie gefragt, nach wem sie auf der Suche wäre. Er erzählte Eva von der Begegnung und der Verabredung zum Essen.

,Na ja!', schimpfte sie. ,Ich muss dich ständig mit allen möglichen schönen Frauen teilen. Weißt du, wer sie ist?'

Sie gingen zum Auto. Er legt seinen Arm um ihre Hüfte.

,Ja ... sie ist eine Frau, die ganz auf sich selbst gestellt zu sein scheint, selbstbewusst, selbständig. In dem Hotel, in dem sie wohnt, ist sie Jakob begegnet – du weißt, dem deutschen Gynäkologen, der schon seit Jahren jeden Sommer einige Wochen zu uns kommt.'

,Ich meine, weißt du, wer sie wirklich ist?'

,Sie ist mir sehr vertraut, aber ich muss mich besinnen. So einfach ist

es nicht, zu ergründen, wer jemand *wirklich* ist.'
‚Hm. Sie wird es wohl mühsam finden werden, mit dir zu sprechen.'
‚Wieso?'
‚Weil sie so selbstbewusst ist... Du weißt immer alles besser.' Sie brach in Lachen aus. ‚*Wirklich*, meine ich. Sie wird nicht nachgeben können.'
Er öffnete ihr die Autotür.
‚Ich habe noch nie von jemandem erwartet, mir nachzugeben.'
‚Dennoch muss das sein. Sonst kann man nichts lernen.', sagte sie dickköpfig und schlug die Tür zu.

Er musste ein paar Minuten auf sie warten. Sie kam gehetzt in das Hotelrestaurant, gab ihm die Hand und nahm Platz.
‚Entschuldigen Sie bitte. Ich habe mich kurz hingelegt und bin leider eingeschlafen.'
Er empfand eine starke Emotion beim Anblick dieser Frau. Was für eine Kraft! Man sah, wie ein großer Mensch versuchte, den Faden früherer Inkarnationen aufzunehmen, wie jedoch die moderne Zeit immer wieder Hindernisse aufwarf. Hier in den Bergen war sie wachgerüttelt worden, wusste aber jetzt nicht, wo sie genau stand. Er schaute ihre innere Verwirrung, die einen scharfen Kontrast zu ihrem gleichgewichtigen Äußeren und ihrer Geste bildete...
‚Sie wollten mir mit meiner ‚elenden Weltsicht' weiterhelfen, wissen Sie noch? Was ist eigentlich Ihr Beruf? Priester? Doktor? Psychologe?'
Er wich der Frage mit einem Lachen aus und sagte:
‚Von allem ein bisschen.'
‚Wissen Sie, ich suche Wahrheit und finde immer wieder, dass ein Mensch die Wahrheit entbehren muss. Ich habe meinen Mann und mein Kind verlassen, weil ich ihn – meinen Mann – nicht finden konnte. Er ist nicht, wie ich dachte, aber warum sollte er auch? Ich habe ihn in meiner Fantasie zum Traumprinzen geformt – und konnte es mit dem Menschen, als der er sich wirklich herausstellte, nicht aushalten. Oder ist auch das meine Fantasie?'
‚Sie sind zu passiv.', sagte er.
Ihre Augen blitzten vor Ärger.
‚Was bin ich denn nun? Heute Morgen war ich zu aktiv, jetzt zu passiv.'

‚Wenn man die Wahrheit sucht, muss die Fantasie passiv werden, die Wahrnehmung und das vernünftige Denken dagegen aktiv.'

Er fühlte ihren Widerstand. Eva hatte es richtig vorausgesehen, diese Frau war außergewöhnlich stolz. Er fand das schön, kräftig – wenn auch für sie selbst bestimmt sehr schwer. Sie konnte es nicht ertragen, dass er alles zu wissen schien und ihr erklären wollte, wie sie die Wahrheit finden konnte – trotzdem wollte sie es hören. Er sah, wie sie alles *allein* können wollte, und ihr Wesen nahm in einem Bild Gestalt an: Ein Mensch, der eine Bergspitze erklimmt und selbst den Weg finden will, der nicht auf die Wegweiser achtet, die von erfahrenen Vorgängern gesetzt wurden, um Nachfolgende zu warnen...

Er sagte:

‚Wenn Sie die Wegweiser nicht sehen wollen, können Sie unerwartet an den Rand des Abgrundes geraten. Wenn dann niemand da ist, der ‚Halt!' ruft...'*

Sie wurde blass, *zu* blass. Ihre Augen verloren den Glanz, und sie glitt zur Seite, von ihrem Stuhl. Er sprang auf und fing sie auf. Er legte sie auf den Boden und untersuchte sie schnell mit seinen Augen und seinen Händen. Ein vasovagaler Kollaps ... durch einen Schreck ohnmächtig geworden. Die Ober waren herbeigeeilt, die anderen Gäste reagierten erschrocken. Einer der Ober wusste, dass er Arzt war. Er sagte:

‚Es ist nichts Ernstes. Wir tragen sie nach oben, in ihr Zimmer.'

Kurz schlug sie ihre Augen auf und sackte wieder weg.

‚Sie wird bald wieder zu sich kommen. Ich bleibe kurz hier.'

Sie lag wie Schneewittchen auf dem Bett. Blass... Es dauerte lange, bis sie zu sich kam! Hätte er nur ein Blutdruckmessgerät ... sie atmete ruhig, er legte sein Ohr auf ihre Brust, das Herz schlug gut. Obwohl er sich keine Sorgen machte, rief er die Rezeption an, doch einen Arzt zu rufen, er habe keine Instrumente bei sich. Als der Arzt eintraf, kam sie zu sich, und er verließ das Hotel. Er lief zum Rande des Städtchens und setzte sich auf eine Bank. Der Vorfall hatte ihn gerührt. Hätte er bei ihr bleiben sollen? Sie kannte seinen Namen nicht einmal. Das Bild des Abgrundes hatte sie erschrecken lassen. Morgen fuhr sie mit Jakob

---

* Siehe ‚Huis zonder vensters', noch nicht übersetzt.

nach Hause ... er musste noch kurz Kontakt mit ihm aufnehmen.

Seine Sekretärin hatte ihm eine lange Liste mit Terminen für den Mittag hingelegt. Jeden Mittag hatte er Sprechstunde, aber normalerweise wurde er nicht mit medizinischen Problemen konfrontiert. Eine Reihe von Menschen mit einem Interesse für Spiritualität wartete auf ein Gespräch mit ihm. Er fand das jedes Mal wieder seltsam, weil er sich selbst immer als einen Schüler in der Geistesschulung sah, während alle anderen ihn als Meister betrachteten. Und wenn dann jemand zu bemerken glaubte, er selbst würde sich als Meister sehen, wurde er plötzlich mitleidlos als Schüler hingestellt. Nun aber musste der Schüler sich heute Mittag wieder zum Meister machen...

Die meisten Menschen kamen, um einen deutlichen Auftrag zu bekommen. Obwohl niemand tun will, was ein anderer sagt, liebt jeder die Autorität. Das ist ein ziemliches Paradox. Als ‚Meister' muss man einen Auftrag geben, den der Schüler dann *nicht* ausführt. Er lächelte. Seine Gedanken kamen ihm negativ vor, und doch stellten sie die Wahrheit dar. Wenn er dann in seinem Zimmer jemandem gegenübersaß, vergaß er all diese Überlegungen und ging in der spezifischen Frage dieses vor ihm sitzenden Menschen auf. Das größte Hindernis im Kontakt war die Scheu, mit der sie ihm gegenübertraten. Es brachte ihm große Einsamkeit, obwohl diese stets durch die innere Erfüllung und das absolute Vertrauen in den Menschen kompensiert wurde...

‚Sie sprechen immer über das Denken – aber was meinen Sie damit eigentlich? Warum sollte ausgerechnet das *Denken* den Zugang zum Geist verschaffen?'

Vor ihm saß ein Mädchen von ungefähr fünfundzwanzig Jahren. Sie besuchte schon zum dritten Mal einen Sommerkurs und hatte zum ersten Mal um ein Gespräch gebeten. Sie studierte in Berlin und hatte einen klaren Blick, der sowohl die Welt um sie herum beleuchtete, als auch das, was innerlich in ihr lebte.

Er antwortete:

‚Wenn man mit seinen Sinnen feststellen will, dass etwas so oder so *ist*, muss man sehen, hören, fühlen und so weiter. Wenn man morgen wissen will, ob sich etwas verändert hat, muss man seine Wahrnehmungen wiederholen, nicht wahr? Sobald man das Objekt aus dem Auge verliert, kann es sich verändern, und man hat kein Wissen davon. Das ist im Denken ganz anders. Wenn man heute eingesehen hat, wie der Satz von Pythagoras bewiesen werden kann, und auf diese Weise seine Wahrheit, seine Gültigkeit festgestellt hat, braucht man nicht morgen erneut ‚nachschauen', ob er noch wahr ist. Das Wissen gilt weiter, auch wenn man sich nicht mehr darum kümmert. Das ist der bleibende Charakter der Ideen. Wenn man auf diese Weise sein eigenes ‚Ich' als bleibende Idee erkennen kann, weiß man, dass es schon vor der Geburt da war und dass es nach dem Tod noch immer da sein wird. Das Denken ist der Träger *des Bleibenden.* Ein Erleben des Denkens entspringt ganz und gar einem Erleben des bleibenden Geistes.

‚Wie finde ich dieses Denken dann? Es ist etwas anderes als das Gedankenleben.'

‚Das Beste ist, idealistische Philosophie oder geisteswissenschaftliche Literatur zu lesen und dann zu denken. Man lebt dann in Begriffen, die so frei von der Wirkung der Sinne sind, dass man unmittelbar erlebend in die geistige Welt eintritt, auch wenn es Zeit und Anstrengung erfordert, dieses Erleben auch ganz konkret in das Bewusstsein zu bringen.'

‚Wie soll das gehen, wenn man das Studieren nicht gewohnt ist? Dann kann man den Geist also nicht finden.'

Er lächelte und sagte:

‚Doch, es gibt andere Wege. Aber für Sie ist dieser der nächstliegende.'

‚Bin ich nicht zu jung, Herr Professor?'

Die deutschen Besucher sprachen ihn immer formell mit seinem Titel an. Er sagte:

‚Nein. Ihre Generation wird es tun müssen, die meine hat diese Aufgabe nicht ergriffen.'

Das Telefon ging. Seine Sekretärin sagte:

‚Ich habe Herrn Doktor Schulze am Telefon. Können Sie ihn sprechen?'

‚Ja.'

‚Jakob Schulze, Johannes. Sie haben heute Mittag mit Anna gegessen

und ihr geholfen, als sie ohnmächtig wurde?'
‚Ja, ich wollte Sie noch anrufen. Sie sind mir zuvorgekommen.'
‚Morgen reisen wir ab. Haben Sie heute Mittag noch kurz Zeit für sie? Sie will mit Ihnen gerne noch sprechen.'
Sie machten eine Zeit aus, und er legte auf. Das Mädchen stand auf und gab ihm die Hand.
‚Sie haben viel zu tun. Ich danke Ihnen für Ihre Erklärung. Es ist etwas ganz Besonderes, was Sie tun, Herr Professor.'
Als sie weg war, legte er den Kopf in seine Hände. ‚Mein Gott...', seufzte er. ‚Gib mir die Kraft, für all diese Menschen das zu sein, was sie erwarten, was sie brauchen. Sie finden Dich nicht mehr direkt, lass mich Dein Dolmetscher sein, aber lass mich dann auch deutliche Worte finden, wieder und wieder...'

Jakob war etwas kleiner als Anna, stand jedoch breit und forsch neben ihr. Er hatte einen üppigen, grau gelockten, nach hinten gekämmten Haarschopf. Seine Augen verrieten eine innig mystische Lebenshaltung. Anna stand etwas verlegen neben ihm, sie war noch blass und etwas zittrig. Johannes empfand immer, wie der Andere sich fühlte, und wusste dies von seinen eigenen Gefühlen zu trennen. Er begrüßte sie herzlich und bot ihnen Stühle an.
Anna begann zu weinen, und ihre Blässe bereitete ihm Sorgen. Er fühlte ihren Puls, doch dieser war in Ordnung. Er wollte sie trösten, aber sie hatte eine Aura von Unantastbarkeit. Er setzte sich und sagte vorsichtig:
‚Wissen Sie...'
‚Sagen Sie doch bitte Anna!'
‚Weißt du, Anna ... dieser Kollaps von heute Mittag hat mit der Krisis zu tun, in der du dich bewegst. Du bist eine entwickelte Frau, und es kommt zu wenig von dir zum Vorschein. Das schlägt schließlich auf dich zurück.'
Sie lachte selbstironisch.
‚Entwickelt! Ich setze schon jahrelang nur Punkte und Kommas, als Redakteurin von Stücken, die ich selbst nicht geschrieben habe. Ich stehe davor, mich von meinem Mann zu trennen. Ein schönes Leben ist das... Sie haben mir heute Morgen gesagt, dass ich den Wegweisern folgen

soll. Ich halte nichts von Zwang, ich will meinen Weg selbst finden.'
Johannes brach in ein fröhliches Lachen aus.
‚Von Zwang ist keine Rede. Ein Wegweiser zwingt doch nicht?'
Er kam nicht durch. Er fühlte ihre Sehnsucht und ihren Widerstand. Sie war ehrgeizig, diese Anna. Und sie fühlte sich als Frau schnell unterdrückt. Sie hatte diese Unterdrückung vermutlich in reichem Maße erfahren und vermutete sie jetzt immer noch überall. So aber nahmen sie unbefriedigt Abschied, weil der Widerstand über ihre Sehnsucht siegte...

Zuhause fing er seine Kinder nacheinander in seinen ausgebreiteten Armen auf. Sein Inneres trug stets gleichzeitig die Farbenpracht der Gnade der Geistes-Berührung und einen bis in unerträgliche Tiefe gehenden Weltschmerz – einen Schmerz, den er erlebte, weil er eine Welt voller Menschen sah, die ihren Geist verleugneten. Trost war dann immer die rührende Liebe seiner Kinder, die auf sein Kommen warteten. Er nahm sie in seine Arme, drückte auch den Zwölfjährigen, seinen ältesten Sohn, der dies froh zuließ.
Am Tisch sagte der Junge:
‚Warum gehen wir nie in die Ferien? Jeder ist weg, nur wir nicht.'
Johannes antwortete:
‚Findest du nicht, dass hier *immer* Ferien sind? Wir wohnen in einem schönen Haus in den Bergen, die Sonne scheint fast immer ... wohin sollte man wollen?'
‚Ans Meer – oder in eine große Stadt. Amsterdam, Paris, Wien. Oder Rom.'
Johannes schaute ihn nachdenklich an. Sie hatten einen ungewöhnlichen Vater, seine Kinder. Einst hatte er allein bleiben wollen ... weil er wusste, wie sein Leben sein würde. Das hatte sich als Abstraktion erwiesen, seine Freundschaft mit Eva war dazu bestimmt, eine große Liebe zu sein, gemeinsam Kinder zu haben. Sie gehörten ebensosehr zu seinem Leben wie sein Geistesweg. Doch der Letztere stand im Zentrum, auch im Leben der Kinder.
Eva antwortete:
‚Papa muss in den Sommerferien am meisten arbeiten, weil jeder dann Urlaub und Zeit hat, an seinem Unterricht teilzunehmen. Vielleicht

können wir im Herbst oder im Frühling einmal auf Reisen gehen.'
Sie sah Johannes fragend an. Er antwortete:
‚Natürlich werde ich euch etwas von der Welt zeigen! Ich muss hier nur zuerst einmal sehen, wie das Jahr verläuft. Der Meister ist im Winter jahrelang nicht hier gewesen, sondern in Amsterdam, bei uns, weißt du noch?* Nun bleiben wir das ganze Jahr hier, weil ihr zur Schule müsst. Wenn wir uns hier erst einmal ganz eingewöhnt haben, fahren wir in die Ferien, das verspreche ich.'
‚Dann will ich zuerst nach Rom!', rief seine Jüngste, das Mädchen, aus. ‚Wir haben in der Schule die Römer gehabt, die Kaiser und die Pferderennen und so!'
‚Wien ist auch schön.', wandte der jüngere der beiden Brüder ein. ‚Da kann man in die Oper oder die Operette, und da gab es auch Kaiser.'
Es tat Johannes immer wieder leid, sich von seiner Familie losreißen zu müssen – aber er musste um acht Uhr im großen Saal vortragen, für alle Anwesenden. Er stand also auf und sagte:
‚Macht nur einen schönen Plan zusammen, dann versuchen wir, im Frühling zu verreisen. Eva, kommst du auch zum Vortrag?'
‚Ja, natürlich. Das Kindermädchen aus dem Dorf kommt gleich. Geh nur schon, du musst dich ruhig vorbereiten.'
Er küsste seine Kinder und betrat eine andere Welt...

Wenn er dann so einen übervollen Tag und noch einen anstrengenden Abend hinter sich hatte, wog die Pflicht, aber auch das Bedürfnis der Meditation besonders schwer. Obwohl er müde war, würde er nie einfach so ins Bett gehen. Immer musste zuerst intensiv meditiert werden. Er hatte das Glück, dass Eva das nicht nur verstand, sondern dass sie selbst dieses Bedürfnis hatte.
Was ist das Wesen von Meditation? Diese Frage stellte er sich immer wieder, um nicht auf den Wogen physischer Müdigkeit in assoziative Gedankenströme hineinzugeraten. In der Meditation geht es darum, zu einem völligen Vergessen des eigenen Selbst zu kommen – aber nicht einfach so, sondern nachdem man dieses Selbst zuerst zur

---

* Siehe, 'Lotus en Lelie'.

allergrößten Stärke gebracht hat. Das geschieht durch eine eigene Initiative im Denken, indem man das Gedankenleben nicht durch all das führen lässt, was aus den Sinnen, aus dem Leben kommt, sondern ihm vollkommen frei einen kräftigen Anfang gibt, indem man einen *sinnlichkeitsfreien* Inhalt denkt. Man ist frei, denn niemand kann einen zwingen oder kontrollieren. Man gibt einen kräftigen Ruck zum Denken, weil der Gedanke nicht spontan in einem aufkommt. Man *will* diesen Gedanken denken, ohne den eigenen Willen kommt er nicht in einem auf. Man denkt auch nicht vage oder halbbewusst, man denkt den Gedanken in der vollen Klarheit seines Bewusstseins. Langsam kommt man dann in die Lage, seinen inneren Blick vom Inhalt des Gedankens abzuwenden und der Willensinitiative zuzuwenden, die dem zugrunde liegt. Hier, im Festhalten dieser Willensinitiative im Bewusstsein, liegt der Anfang der Meditation. Seinen Schülern dies zu vermitteln, verständlich zu machen, hatte er sich zur Aufgabe gesetzt. Das war schwer, denn die Menschen, die eine Sehnsucht nach Spiritualität haben, suchen meist nicht den Schmerz der inneren Entbehrung. Trotzdem muss man diese suchen, wenn man zum wahren Wesen der Meditation vordringen will. Hinter der Entbehrung liegt die Gnade. Das konzentrierte *Anschauen* dieser einfachen Willensinitiative über einige Zeit hinweg, den ursprünglichen Denkinhalt nicht mehr beachtend, führt schließlich dazu, dass diese Initiative sich auf die Gesamtheit an Willensinitiativen des bisherigen Lebens ausbreitet. Man schaut dann alles an, was man in seinem Willen getragen hat...

Als er zu Bett ging, war Eva noch wach. Sie wartete auf einem der Stühle ihres Schlafzimmers auf ihn. Sie sagte:

‚Komm, setz dich noch kurz zu mir. Ich habe bemerkt, dass wir doch wieder abgehalten wurden, über die spirituelle Heilkunde zu sprechen. Warum ist es nur so schwer, diese Gespräche durchzuhalten, um so zu einer Entwicklung dieses Gebietes zu kommen?'

‚Wir haben uns eine schwere Aufgabe gestellt, Eva. Wir wollen nicht nur anwenden, was schon da ist, sondern wir wollen weiter, weiter, weiter. Wir wollen unsere Seele bereit machen, die spirituellen Prinzipien von Gesundheit, Krankheit und Therapie zu untersuchen und anzuwenden. Das geht nicht mit dem zunächst anwesenden Intellekt, das muss mit einem Denken geschehen, welches dafür entwickelt wurde. Was ich sagen will, ist: Die Meditation ist die *Grundlage* der spirituellen Heilkunde. Wenn man die Willensinitiative im Denken als Realität anschauen kann, hat man den *Ätherleib* – Träger der heilenden Kraft – in der Anschauung und hat in sich selbst die Möglichkeit einer spirituellen Heilkunde geschaffen. Vor dieser Anschauung liegt eine starke Entbehrung, dahinter Gnade.'

‚Du hast das alles durchgemacht, du bist unser Lehrer. Ich will von dir lernen, meine Intuitionen für die Therapie nicht als Einfälle in meinem gewöhnlichen Denken zu haben, sondern im vollen Bewusstsein eine echte Anschauung der geistigen Heilkräfte zu haben.'

‚Man muss ohne Ungeduld fortwährend innerlich aktiv sein. So bereitet man sich als Arzt am besten auf eine Erweiterung seiner therapeutischen Möglichkeiten vor.'

Sie seufzte tief.

‚Du willst immer nur über den *Weg* sprechen, Johannes. Wann enthüllst du uns, *was* du schaust?'

‚Der Weg *ist* schon das ‚Was', meine liebe Eva.'

‚Du hast viel tiefere Einsichten als das, was du nach außen trägst. Ich *weiß* es doch, ich kenne dich schließlich.'

Er schüttelte seinen Kopf und sah ziemlich traurig aus. Er sagte, während er sie intensiv anschaute:

‚Die Zeit ist noch nicht gekommen...'

Sie hatte seinen Blick einige Zeit ausgehalten, gab aber dennoch nicht auf. Sie sagte:

‚Kannst du mir dann in einem Bild, einem Gleichnis, andeuten, wie wir sein müssen, um für die Offenbarungen des Geistes würdig zu werden? Was fehlt mir, dass du selbst *mir* nichts enthüllen willst?'

‚Es hat nichts mit dir zu tun, sondern ausschließlich mit mir selbst. Ich will so rein sein wie ein Kind, sicher sein, dass keine Spur von Ehrgeiz oder dergleichen mehr in mir lebt, nicht einmal tief, tief unter der Oberfläche. Der Geist schwillt an und verbrennt die Selbstsucht in einem versengenden Feuer. Erst wenn in der Meditation von dem Alltags-Johannes nichts mehr übrig ist, werde ich mir erlauben zu sprechen.'

Sie senkte ihren Kopf und sagte leise:

‚Du weißt, dass Christian Rosenkreuz noch bis kurz vor seiner vollen Einweihung die feste Überzeugung hatte, zu gering zu sein?'

‚Warum senkst du deinen Kopf, Eva?'

‚Weil ich von deinem *Sein* getroffen bin, Johannes. Du bist größer als alle und achtest dich selbst geringer. Ich bitte dich, mein großer Lehrer: Sprich für uns!'

Johannes nickte und sagte langsam:

‚Heute wurde mir zweimal diese Frage gestellt...'

WENN ICH DIE LIEBE NICHT HÄTTE...

Schon früh saß Johannes für die Morgenmeditation auf seinem Stuhl. Die Sonne ging auf, es wurde heller und heller. Für ihn hätte die Meditation keinen Sinn, wenn sie keine Kraft wäre, die im *Leben* zu immer größerer und größerer Liebe führte. Er schöpfte aus der Meditation die Kraft, mit wachsendem Verständnis seinen Mitmenschen gegenüberzutreten und zu *wissen*, wann konkrete Taten notwendig waren. In seinem Berufsleben als Arzt hatte er voll und ganz darinnen gestanden – im Verständnis für Patient und Krankheit einerseits, für die richtige Therapie andererseits. Hier in den Bergen hatte er vorläufig Abstand davon genommen, er überließ die Arbeit anderen. Dennoch wurde er wegen seines Verständnisvermögens intensiv um Rat gefragt. Um halb neun kam Anna. Sie befand sich in einer Lebenskrise und suchte trotz allem seine Hand, seine leitende Hilfe. So gab es Viele, die ihn jeden Tag um Rat fragten, und er musste die allergrößte Geschmeidigkeit im Verständnis aufbringen. Er musste sogar Verständnis für einen Mangel an Moralität aufbringen, wenn ein solcher seinen Weg kreuzte. Verständnis bedeutet nicht, etwas gutzuheißen, es bedeutet, dass man *Anteil an dem nimmt*, was geschieht, und es in den *Zusammenhang* stellt. Verurteilen ist kein Verständnis, etwas gutreden ebensowenig. Indem man dem Anderen in seinen Äußerungen folgt, miterlebt, wie er sich präsentiert, und sieht, wie die Dinge zusammenhängen – gut oder nicht so gut –, übt man die Liebe. Man braucht sich nie auf die Schulter zu klopfen, dass man so viel besser als der andere sei, wenn man den Zusammenhang im Leben sieht. Johannes war ein Mann, der in *allem* besser zu sein schien als seine Mitmenschen, aber seine Größe lag in seiner unendlichen Bescheidenheit und Sorgfalt. Gestern war er zweimal gebeten worden, seine inneren Erfahrungen zu enthüllen. Heute wusste er, dass er zustimmen würde ... aber auf eine sehr zurückhaltende Weise. Er würde zeigen, wie er Schritt für Schritt zu höherer Einsicht gekommen war, wie er seine Sicherheit darin erworben hatte. Von dem einmal eingeschlagenen Weg, die Methode zu offenbaren, würde er nicht abweichen, doch er würde auf die Tiefen dieser Methode hinweisen, die bereits Enthüllungen des Geistes sind. Er wollte streng an das anschließen, was in den Menschen als Möglichkeit lebte, aber er würde weiter gehen, als er bis jetzt gegangen war.

‚Ich habe über deine Frage nachgedacht, mein Freund. Deinem Verlangen nachzugeben, ist nicht so einfach. Wenn ich wirklich offenbar mache, was sich in mir an Einsichten formt, fürchte ich, die allergrößte Missgunst hervorzurufen.'

‚Doch nicht meine! Oder Evas!', rief der Meister entrüstet aus.

‚Täusche dich nicht, mein lieber Meister. Höhere Einsicht ist das Begehrenswerteste, was es gibt, wenn sie offenbart wird. Man will selbst die Fähigkeit dazu haben – doch was absolut nicht eingesehen wird, ist, dass der Eingeweihte Entbehrungen durchgemacht hat, um so weit zu kommen. Entbehrungen, die man im gewöhnlichen Leben gar nicht kennt.'

‚Das weiß ich doch? Deine Worte verletzen mich.'

‚Das sollte nicht sein. Da beginnt der Streit schon...' Er setzte sich aufrecht hin, sah den Meister direkt an und sagte: ‚Aber du hast schon Recht. All diese Erwägungen dürften mich nicht länger abhalten. Die Zeit, in der höhere Einsicht geheim bleiben musste, liegt *vor* der Ankunft des Meisters des Abendlandes. Er hat als Erster die Geisteswelt für jeden in Worte gebracht, der hören oder lesen will. Meine Aufgabe aber wird es sein, zu zeigen, dass der Weg *selbst* schon Offenbarungsinhalt ist.'

‚Was meinst du, mein Junge?'

‚Man könnte meinen, dass der Weg nur *Weg* irgendwohin ist, kein anderes Ziel hat, als irgendwohin zu führen. Zuerst legt man den Weg zurück, dann kommt man an und befindet sich in der geistigen Welt. So ist es nicht, es macht einen sogar blind, wenn man einer solchen Idee anhängt. Man richtet seinen Geistesblick auf ein weit voraus liegendes Ziel – und sieht immer über die geistige Realität *hinweg*. Natürlich gibt es eine Periode der Vorbereitung, die man ‚Weg' in der eben beschriebenen Form nennen könnte. Aber von einem ganz bestimmten Punkt an sind Weg und Geist eins. Im Gehen muss man lernen, zu sehen, *wie* man geht, und darin liegt die Einweihung.'

‚Das bedeutet, dass sich an deiner Art und Weise des Enthüllens nicht viel ändern wird.', sagte der Meister enttäuscht.

‚Doch, es wird sich sehr viel ändern. Zunächst werde ich mich in der Besprechung der *Voraussetzungen* einer inneren Entwicklung nicht mehr zurückhalten. Du und Eva sollen meine ersten Zuhörer sein. Jeder für sich.'

Er sah den Meister an. Vor Jahren war ihre Freundschaft und Zusammenarbeit entstanden. Zu Anfang war der Meister der Überlegene und Johannes der Schüler – bis sich ihnen beiden das wirkliche Verhältnis gezeigt hatte. Das war für den Meister manchmal schwer gewesen, obwohl er durch die Liebe für Johannes immer wieder imstande gewesen war, sich aufzuraffen. Es hatte sich gezeigt, dass Johannes kein Schüler war... Nun musste er ihm zeigen, wie sein inneres Leben eigentlich aussah. Es würde eine Art Wiederholung der Offenbarung von Krishna an Arjuna* werden, in einer modernen Form. Würde der Meister ihn ertragen können? Er ergriff von neuem das Wort:

‚Das Erste, was du wissen musst, mein geliebter Freund, ist, dass der Willenseinsatz, der in der Meditation geleistet werden muss, gar nicht groß und kräftig genug vorgestellt werden kann. Das Denken des Verstandes ist gelähmt, das Denken des alten Eingeweihten – wie du es bist – ist zwar bildreich, aber doch nur Bild. Beide Formen des Denkens sind in unserer Zeit ungeeignet, um den Geist aufzunehmen. Und das bisschen Willenskraft, was in der Konzentration eingesetzt wird, um zu meditieren, ist bei weitem nicht genug, um sich über den Körper zu erheben. Man braucht *jenen* Willen, den ein Mensch aufbringen muss, wenn er unter schwersten Schicksalsschlägen trotzdem weitergehen und durchhalten muss – und *noch* größer. Ein Willenseinsatz, mit dem man einen Berg versetzen könnte, die Kraft des allerallergrößten Enthusiasmus.'

Johannes' Augen waren groß und strahlend geworden, seine Geste war majestätisch. Der Meister dagegen sank ein wenig in sich zusammen. Der Anblick seines Freundes, der Klang seiner Stimme, der Inhalt seiner Worte, drohten, ihn zu überwältigen und zu entmutigen.

* Bhagavad Gita

Plötzlich dachte er an Arjuna, und ein Schauer durchzog ihn. Er richtete seinen Rücken auf und sah seinem Freund in die strahlenden blauen Augen. Er sagte:

‚Sprich weiter, mein Freund.'

‚Ich kann dir diesen Willen nicht zeigen, weil er innerlich bleibt und auch bleiben *muss*. Äußerlich entfaltet würde er zu einer Kraft werden, mit der man die Welt erobern oder ein unvorstellbares Vermögen machen könnte. Man kann diese Zunahme an Willenskraft nicht groß genug denken… Aber diese Willenskraft muss eine ganz bestimmte *Qualität* besitzen, nicht nur einen quantitativen Gehalt. Sie muss nicht glühen, sondern brennen, wie ein nie erlöschendes Feuer von Moralität. Der Wille, der allergrößte Einsatz, muss für das *Gute* enthusiastisch sein, wiederum in einem Maße, von dem sich unsere lauen Zeitgenossen keine Vorstellung machen können. Dieser Wille entsteht durch das Meditieren und muss der Meditation zugleich ihre Form geben. Es ist ein sich selbst verstärkender Prozess, nur macht niemand sich die richtige Vorstellung von der bis ins Unendliche auszudehnenden Quantität und Qualität: von der Kraft und der Moralität. Schon der Gedanke daran bringt Entmutigung, und so kommt man nie zu einem Anfang.'

Nun konnte der Meister es nicht mehr aushalten und sagte:

‚Deine Worte sind hart, mein Freund. Sehr hart.'

‚Ich weiß.'

‚Dennoch ist es gerade dieser brennende Wille in dir, der mich auf dich aufmerksam gemacht hat. Du hättest für mich auch ein gewöhnlicher Arzt sein können, zwar einer, der meinem Todeskampf beigewohnt hat*, sonst jedoch ein vorübergehender Mensch in meinem Leben. Ich sah deinen feurigen Willen, der Raum war davon erfüllt. Du meditiertest noch nicht. Dennoch hattest du bereits diesen Willen, Frucht vieler geist-erfüllter Inkarnationen. Mach also weiter, mein Junge. Das heißt: mein Freund … mein Meister!'

Johannes lächelte kurz und fuhr dann ernst fort:

‚Das Gefühl *hängt* am Leben, an allem, was man mit seinen Sinnen erlebt hat. Du als Buddhist kennst diesen Hang nach dem irdischen

---

* Siehe ‚Lotus en Lilie'

Dasein als Ursprung allen Leidens. Der moderne Eingeweihte, der in Christus eingeweiht ist, muss sich in der Meditation ebenso von allem Hang nach dem Leben auf Erden befreien, obwohl er *nicht* nach einer letzten vollkommenen Inkarnation strebt, sondern nach einer Vollkommenheit, die er in vielen folgenden Inkarnationen für das Heil der Menschheit einsetzen will, solange es Leiden auf Erden gibt. In der Meditation muss das Gefühlsleben ganz der Kraft und der Moralität des Willens und andererseits dem Formen der Vorstellung gewidmet werden. Es muss sich an eine nicht-sinnliche Welt gewöhnen und für diese enthusiastisch werden, Lust daran erleben. Aus sich selbst heraus darf das Gefühl nichts hineinbringen – dies würde die Gefahr der Fantasie mit sich bringen, der Fantasterei. Aber es darf auch nicht ausgeschlossen werden – dann bliebe es in sich mit dem heutigen Leben beschäftigt und würde wie ein Störsender fortwährend assoziative Vorstellungen produzieren. Das Gefühlsleben muss Willen und Denken *folgen*, sich durch sie erfüllen lassen. Ganz abgewendet vom sinnlichen Dasein muss es still werden und von den Wirkungen der Meditation *erfüllt werden*. Auch das ist ein sich selbst verstärkender Prozess, aber man muss ein *Wissen* davon haben, um es mit der nötigen Kraft und Ausdauer durchhalten zu können.'

‚Auch davon habe ich ein Wissen, weil ich dich kenne, mein Freund. Wäre dies nicht so, dann wäre mir das Maß an Einsatz, das in der westlichen Meditation aufgebracht werden muss, nicht nur unbekannt – ich hätte mich dagegen gewendet, weil ich es als Äußerung einer nicht hinnehmbaren Selbstentfaltung angesehen hätte.

Nun kenne ich dich aber, und ich liebe dich unter anderem wegen deines Gemüts, das wie das eines Kindes ist, welches noch keine Lebenseindrücke hat, die es an seinen Körper fesseln könnten... Es macht dich unbefangen, alles ist möglich, du bist großmütig und friedfertig. Die Strenge kommt dann, wenn du über das Denken sprichst. Deine Bedingung für das Fühlen ist, wie du schon sagtest, für mich als Buddhist eine bekannte Aufgabe, vertraut und in mir bereits vervollkommnet. Für deine Schüler muss es eine Aufgabe sein, mit der sie nur langsam vertraut werden können – von einigen wenigen begabten Geistessuchern abgesehen.'

‚Die Kraftquellen im Menschen sind unerschöpflich. Man muss die

Quelle nur finden, und man kann seine Kräfte bis ins Unendliche verstärken – wo auch immer der Ausgangspunkt liegen mag!'

‚Aber, Johannes ... die Meditation darf doch nicht gefühlsarm sein?'

‚Im Gegenteil, Meister. Nirgendwo kann das Gefühlsleben so stark sein wie in der Meditation. Doch die *Richtung* ist wichtig. Das Gefühl *muss durch die Idee entstehen*, dann kann man sogar Gefühlsmeditationen machen. Man kann zum Beispiel gründlich die Idee einer Tugend durchdenken und diese Idee dann im Gefühl wirken lassen. Im Gemüt lebt die Keimkraft des Geistes, Gemütsmeditationen sind von größter Wichtigkeit. Nur wird der heutige Mensch oft Mühe haben, für etwas, was nicht ihn selbst betrifft, in Feuer und Flamme zu geraten. Wir leben in einer Zeit der Gefühlsarmut. Der Mensch fühlt sich selbst, aber nicht das andere. In einer Kultur der Hast und Nüchternheit scheint das Gefühl erfüllt zu sein von Lust an sich selbst und Hass oder Ärger gegen den Anderen. Man sieht die ersten Symptome eines Kampfes Aller gegen Alle.'

‚Ein Hassender ist nie glücklich, mein Junge. Er gerät in völlige Einsamkeit. Aber erzähle mir nun vom Denken!'

‚Die Meditation beginnt im Denken, aber alle Übungen sind darauf gerichtet, frei von den Sinneseindrücken und der Wirkung des Verstandes zu werden. Nun hast du deine Schüler gelehrt, wie sie ihre Sinne ohne den Einsatz des Verstandes gebrauchen lernen können. Aber wie du weißt, lässt sich der Verstand des Abendländers, der hier geschult worden ist, nicht ohne weiteres ‚ausschalten'. Selbst wenn man *meint*, nicht zu denken, ist der Verstand *als* Verstand noch immer voll und ganz am Werk. Darum ist der Weg lang, und es ist ein großer Einsatz nötig, um die Gewohnheitswirkung des Verstandes, der, wenn man wach ist, *immer* da ist, völlig in das *Anschauen* der Denk*prozesse* umzusetzen. Man muss eine andere Kraft als den Verstand derart verstärken, dass sie die Oberhand gewinnt, wodurch der Verstand ‚vergessen' wird. Das geht wirklich nur, indem man etwas anderes verstärkt. Dieses Andere ist die *Kraft der Konzentration*. Das Konzentrieren *selbst* wird schließlich zum Gegenstand der Meditation. Konzentration ist eine verschärfte Aufmerksamkeit für eine innere Vorstellung. Diese Aufmerksamkeit wird, wenn sie stark genug ist, auf ihre eigene Kraftentfaltung gelenkt. In dem Moment befindet man sich außerhalb der Wirkung seiner Sinne, aber auch vollkommen außerhalb der Wirkung seines Verstandes.

Die *Konzentration* ist die Aufmerksamkeit, die *Meditation* die Hingabe an das, was innerlich an Kraftentfaltung entsteht. Das Konzentrieren auf einen Inhalt hat keine andere Bedeutung, als die Denkkraft derart zu verstärken, dass diese wahrnehmbar wird. Dann hat man die erste Gewahrwerdung des wirklichen Geistes, Meister!'

,*Was* wird man dann genau gewahr? Was wirst du gewahr?'

,Die Konzentrationskraft ist so groß geworden, dass die Aufmerksamkeit sich völlig vom Rhythmus des Atems löst. Im gewöhnlichen Bewusstsein denkt man auf den Rhythmen des Atems. Wenn man mit dem Meditieren beginnt, ist das noch immer so. Doch der grandiose Willenseinsatz reißt die Aufmerksamkeitskraft vom Atemrhythmus los, sie wird frei. Dann wird die Denkkraft – die Aufmerksamkeit – in sich selbst elastisch und beweglich. Denke an ein Neugeborenes, Meister ... an die rhythmischen Bewegungen der Ärmchen und Beinchen, an die Reflexe. Hier hat man im *Leben* ein Gleichnis der Bewegungen, die das Denken annimmt, wenn es von der Atmung frei geworden ist. Auf Erden findet man ein derartiges Bewegungsmuster nirgendwo, außer bei neugeborenen Lebewesen und ganz besonders beim Menschen. Man fühlt: Dies ist keine irdische Bewegung – dies ist *kosmische* Bewegung! Zu Anfang ist man wie ein Punkt in Bewegung, von hier nach da gehend, mächtige kosmische Formen zeichnend, die man in eine Architektur bringen möchte ... langsam erwirbt man das Vermögen, in der ganzen komplizierten Beweglichkeit gleichzeitig zu sein, an allen Punkten zugleich, diese gleichsam umfassend, durchdringend. Bewegung sprüht aus einem hervor, aber man ist es auch wiederum selbst, man kehrt als Bewegung aus dem Umkreis zurück.'

,Ich kenne dies als Bild, nicht als Kraft.'

,Durch den Willenseinsatz in der Aufmerksamkeit wird das Bild Kraft, Meister. Man ,sieht' die Welt der Gedanken, wie sie als Kräfte wirksam sind, zunächst farblos, allein als *sich bewegende* Formen, das heißt, die Formen sind durch die Bewegung in einer fortwährenden *Metamorphose*. Die Formen bleiben nicht, sie lösen sich zu immer wieder neuen Formen auf. Es ist ganz und gar nicht einfach, völlig darin aufzugehen, die Erde zieht enorm am Menschen. Aber allmählich entsteht eine andere Form des Vorstellens, der Verstand ist nicht mehr aktiv, die *imaginative* Form des Vorstellens – ein bewegliches Form-Vorstellen – ist zustande gekommen.'

Der Meister sagte nachdenklich:

‚So ist es mit dem Blutkreislauf, den Schlägen des Herzens, der Peristaltik des Magen-Darm-Kanals, aber auch dem Wachstum der Organe, dem Erhalt ihrer Formen... Du hast soeben das Leben selbst geschildert, Johannes. Der physische Leib besteht aus festgehaltenen Momenten dessen, aus Inseln in einem sich bewegenden Welt-Meer von Leben... Aber wie findet man darin seinen Weg? Wie lernt man unterscheiden? Wie wird das alles *mehr* als wahrnehmbare Form und Bewegung und Kraft?'

‚Ich muss jetzt zur Klinik, Meister. Morgen sprechen wir weiter.'

*

Im Kontakt mit Eva betrat er eine andere Welt. Mit dem Meister hatte er eine Freundschaft, die zwischen Menschen nur selten vorkommt. Es ist das Ideal aller menschlichen Beziehungen, aber die liebende Hingabe an den Anderen, die für eine solche Freundschaft nötig ist, wird im allgemeinen nicht aufgebracht. Sie brachten sie auf, einer für den anderen, wechselseitig. Der Meister hatte immer ein strenges Urteil, und sein Urteil war gerechtfertigt. Gegenüber Johannes hielt er sein Urteil zurück, wenn auch manchmal mit Mühe. Johannes wartete immer ab, sein Urteil formte sich allmählich, anhand der Ereignisse – so kannte er seinen Freund, den Meister, nach Jahren durch und durch...

Bei Eva betrat er eine andere Welt...

Mit ihr fühlte er sich so intensiv verbunden, dass sie eine Einheit bildeten. Urteile wurden schon seit Jahren nicht mehr geformt, ihre Gedanken und Gefühle waren restlos die seinigen. Er *kannte* sie nicht nur durch und durch, auch mit ihrem Gefühlsleben und mit ihrem *Willen* war er eins. Aber wie ein Mensch sein eigenes unbewusstes Leben nicht kennt, so kannte sie einen Teil seines Wesens nicht, auch wenn sie eins waren. Sie wusste, dass er schon seit Jahren ein Eingeweihter war, ein Mann, der von den höchsten geistigen Wesen berührt wurde – vollkommen bewusst. Aber ihr Wissen war abstrakt, sie hatte keinen Kontakt zu dieser inneren Welt, die bei ihm so unendlich viel weiter und umfassender war als bei seinen Mitmenschen.

'Indem ich mein Leben mit dir teile, habe ich eine Entwicklung durchgemacht, die sonst verborgen geblieben wäre, Johannes! Als wir einander kennenlernten, trug ich noch ein ganzes Stück Frivolität in meiner Seele, während du vollkommen im Gleichgewicht warst. Ich habe oft über die harte Hand meines Vaters geklagt ... aber im Lauf der Jahre bin ich im Anschauen meiner eigenen Rolle darin ehrlicher geworden. Ich sehe, wie ich als aufwachsendes Mädchen eine gewisse unsichtbare Grenze spürte, bis zu der ich gehen konnte. Er liebte mich irrsinnig und hätte mir nichts Böses getan, wenn ich diese Grenze respektiert hätte.' Sie seufzte. 'Es ist beschämend, im Rückblick zu erleben, wie ich diese Grenze mit Absicht überschritt, um ihn herauszufordern. Manchmal war er mit anderen Dingen beschäftigt und merkte es nicht ... bei anderen Malen schlug der Jähzorn zu, und ich bekam ihn gnadenlos zu spüren – wie du weißt. Ich habe ihn provoziert, Johannes. Dann kamst du, und ich dachte, du hättest dieselben Grenzen, die ich in deinem Fall nicht übertreten wollte. Aber deine Grenzen waren schnell erreicht, dein Jähzorn entflammte, lange bevor ich selbst die Grenze erreicht hatte ... ich wurde von deiner Heftigkeit überrascht, jedes Mal wieder. So ein ruhiger, gleichgewichtiger, hoch entwickelter Mann mit einem solchen Temperament!'

'Ich wollte überhaupt keine Grenzen setzen, Eva ... es überkam mich, das weißt du ja sicher noch. Ich schaute mit Grausen auf mich selbst – und konnte doch nicht anders. Wir haben uns aus diesem Prozess befreit, wir leben *in*einander statt nebeneinander oder gegenüber einander.'

Eva nickte und sagte:

'Grausen oder nicht, du hast ein Heer von Dämonen ausgetrieben. Ich war mit meinem Lustleben doch auf einem sehr verkehrten Wege – während ich die Läuterung suchte.' Gardevias*, weißt du noch...?'

---

* Siehe 'Gardevias'.

‚Ich hatte mich durch das abstrakte Denken innerlich versteift. Du hast mir geholfen, davon loszukommen, durch deinen Künstlerblick, dein musikalisches Gehör, deine atemberaubende Schönheit... Um wirklich zur Einweihung zu kommen, musste ich das abstrakte Denken aus dem Sehen und dem Hören verbannen, ohne es jedoch zu verlieren. Die innere Berührung deines Wesens gab mir die Einsicht und die Kraft dazu. Die Liebe ist eine Realität, sie bringt eine Berührung unserer Seelen zustande.'

‚Ich wollte, ich könnte dem mit mehr Bewusstsein folgen, Johannes. Ich erlebe die Wirkung, sehe aber den Ursprung nicht. So kann ich mir nur ausmalen, wie sich dein inneres Leben immer mehr erweitert, obwohl ich daran teilhabe. Anschauen kann ich es nicht. Deshalb habe ich dich darum gebeten, mir etwas davon zu enthüllen ... wenn das sein darf.'

‚Ich bin frei darin, Eva. *Mein* Urteil darüber ist maßgebend. Mein Grundsatz dabei ist streng: Trage ich zur positiven Entwicklung der Menschheit im Ganzen etwas bei, wenn ich meine inneren Erfahrungen offenbar mache?'

‚Auch meine Grundsätze untersuche ich sehr streng. Warum stelle ich diese Frage? Wenn es aus Neugier ist, habe ich zu schweigen. Es darf auch keine Frage sein, wie sie Elsa an Lohengrin stellt, aus Misstrauen oder als Bitte, mich ins Vertrauen zu ziehen. Das sind persönliche Motive, diese haben hier nichts zu suchen. Ich darf die Frage auch nicht deshalb stellen, weil wir nun einmal eins sind. Meine Frage und deine Antwort müssen einem größeren Ganzen dienen, sie müssen heilende Impulse für unsere Kultur sein, im Dienste der Entwicklung insgesamt. Ich glaube aufrichtig, dass meine Frage so rein ist, Johannes.'

Er liebte ihren Ernst ebensosehr wie ihre Freude. Sie trug ein großartiges Wesen in ihrer Seele, das ganz allmählich zum Vorschein kam. Dann verblasste ihre Persönlichkeit – die doch auch schon großartig war –, um ihr eigentliches Wesen erstrahlen zu lassen. Das war so ein Moment ... nicht die Offenbarung Krishnas an Arjuna, sondern das Erklingen echter Brüderlichkeit in der Einweihung. Sie war keine Frau mehr, er kein Mann ... er nicht der Lehrer, sie nicht der Schüler... Sie waren *eine Seele*, zusammen seit Urbeginn... Er nickte ihr zu und sagte ernst:

,Wir sind eins in der Seele, aber zwei im Geiste, obwohl der Geist alle umfasst ... ist er doch individuell geworden. Mein innerer Weg, Eva, hat mich zuerst zu *dieser* Erkenntnis geführt, mit derselben ruhigen Sicherheit, mit der man ein Problem in der Algebra oder Geometrie löst. Manchmal kann der Fortschritt stocken, weil man nicht versteht, wie man weitergehen soll – doch dann fällt das Licht darauf, und der nächste Schritt kann gemacht werden. Es gibt dort keine Unruhe, keinen Jähzorn, keine Lust ... nur ruhige Überlegung. Nach meiner Begegnung mit dem Meister in der Kapelle* fiel mein Seelenauge direkt auf den Geist, der ich bin, der meine Seele führt und beschützt, der jeden Schritt durch und durch kennt – und auch die ,Technik', diese Schritte setzen zu können. Der Aufruf, mein Denken anzuschauen und zu ergründen, führte mich fast unmittelbar zum Anschauen meines Geistes. Es war, als ob alles schon vorbereitet war, als ob ich nur das Licht anders richten musste. Ich sah, wer ich bin, nicht meine niedere Natur, die war wie durchsichtig, ich sah durch sie hindurch unmittelbar auf meinen ewigen Wesenskern, der von Inkarnation zu Inkarnation geht. Und obwohl ich mich darin ganz wiedererkannte, hatte ich *keinen Namen* ... diesen habe ich erst nach langem Warten mit Sicherheit erfahren.'

,Du kennst deinen Namen, Johannes? Du weißt, wer du warst, bist und sein wirst?'

,Ja. Wie gesagt, es war meine erste Erfahrung – ganz im *Widerspruch* zu dem Weg, wie ihn der Meister des Abendlandes beschreibt ... und doch in völliger Übereinstimmung mit diesem. Meine *erste Stufe* der Einweihung war die *Intuition*, die höchste Stufe.'

,Das erstaunt mich nicht. So muss es bei dir verlaufen. Selbst als du überhaupt noch nicht meditiert hast, als ich dich zum ersten Mal sah, warst du schon ein Eingeweihter. Ich sah es an deiner Haltung ... an deinem ganzen *Sein*.'

,Es ist sehr wichtig gewesen, dass du das damals schon gesehen hast, Eva. Es hat mir die Kraft und den Mut gegeben, durchzuhalten und auf das geistige Wissen, das ich erwarb, zu vertrauen. Die Sicherheit

* Siehe ,Mutter eines Königs'.

meines Erkenntnisprozesses gab mir die Sicherheit in der Intuition, gestärkt durch dein Vertrauen – dein absolutes Vertrauen, ohne Wanken. Oh, Eva ... du bist keine Elsa!'

Eine lange Stille umhüllte sie. Sie konnte nicht fragen, *wer* er war, sie konnte nicht nach seinem Namen fragen, das durfte sie nicht. Und er konnte nicht sagen, was er geschaut hatte, dafür war die Zeit noch nicht gekommen. Aber sie hegte ihre Ahnung...

Er sagte:

‚Was sich mir als erste Erfahrung zeigte, war die *moralische Intuition* – wie der Meister des Abendlandes diese Erfahrung nannte. Es ist ein Gewahrwerden des eigenen Geistes, der als Willenskraft das Seelenleben zu immer höheren Stufen der Entwicklung führt. Der Weg, der mir von dem Meister in der Kapelle gewiesen wurde, führt direkt zu dem Punkt in der Seele, wo der moralische Wille einströmt. Das ist kein allgemeines System von Sitten und Bräuchen, sondern eine vollkommen individuelle Erfahrung eines vollkommen individuellen Geistes. Dieser Geist – man selbst in seinem höheren Wesen – hat zu Anfang keinen anderen Inhalt als absolute Moralität, Wille zur Vervollkommnung. Das ist nicht nur eine Sehnsucht, sondern zugleich das volle Wissen darüber, *wie* diese Vervollkommnung zustande kommen muss. Das bedeutet nicht, dass man dann auf einmal alles *weiß*, man könnte kein Buch darüber schreiben ... doch man kann von diesem Punkt aus Schritt für Schritt mit vollem Bewusstsein und in ruhiger Sicherheit fortschreiten. Das ist die eine Richtung in der Entwicklung. Die andere ist, dass ich mit meinem verstärkten Denken meine geistige Individualität schauen konnte. Zuerst nur als eine innerliche Bewegung, eine Willenstätigkeit. Ich musste lernen, mich in dieser Willens-Wirklichkeit, die fortwährend alle innere Aktivität leitet und hält, schauend aufrechtzuerhalten. Ich musste intensive Gefühle von Ohnmacht ertragen lernen, Eva, weil ich fühlte, wie ich mich von der Stabilität des Körpers als Untergrund des Bewusstseins trennte. Mit dem Betreten meiner geistigen Willenswelt entstieg ich meinem Körper – und das ist einfach gesagt, aber schwer zu ertragen, wenn man es durchmachen muss. Es war, als würde mein gewohntes *Leibes*erleben bebend ins Wanken geraten, um dann unter Blitz und Donner gänzlich *unwahrnehmbar* zu werden. Ich lernte, mich an meiner moralischen Intuition festzuhalten, wissend, dass ich sie nicht in *Gedanken* umsetzen durfte, sondern dass das Denken in mein *Geistwesen* vordringen musste.'

‚Du hast das alles ohne Hilfe getan, Johannes?'

‚Ich hatte die Anweisungen des Meisters in der Kapelle, die Bücher des Meisters des Abendlandes und ... die Fähigkeit, innerlich Fragen zu stellen. Diese Fragen wurden ohne jede Ausnahme in Antworten verwandelt. Eigentlich ist die Anstrengung, die man aufbringt, wenn man meditiert, bereits eine vollkommene Geisteserfahrung – wenn man nur weiß, dass das Licht auf die Anstrengung fallen muss. In dieser Anstrengung leben auch alle Antworten auf die eigenen Fragen, vorausgesetzt, diese Fragen stehen in Übereinstimmung mit dem eigenen Vermögen zu antworten.'

Eva fragte:

‚Wo findet man dann die geistige Welt, Johannes? Im Denken oder im Willen?'

‚Wenn das *Denken* bis zum Äußersten angespannt ist, kann es sich umkehren und das *Licht* auf die Anstrengung fallen lassen – *auf den Willen.* Zuerst ist da dann nur der individuelle Geist fühlbar, aber dieser erweitert sich schließlich zum gesamten Umfang der geistigen Welt, wie sie den Körper formt, die Seele führt und den Geist erkennt...'

‚Wo finde ich Gott – wo finde ich Christus?'

‚Erlebe immer wieder und wieder die *Ohnmacht*, dich aus dem Körper zu befreien, und erlebe, wie du mehr und mehr *Macht* bekommst, außerhalb deines Körpers bewusst zu sein. In der Umwandlung von Ohnmacht zu Macht findest du Christus, meine liebste Eva.'

‚Wie war die Begegnung mit Anna heute Morgen?', fragte sie später.

‚Besser. Es war deutlich, dass sie sich vorgenommen hatte, anders mit der Situation umzugehen. Ich habe sie wiederum auf die Tatsache hingewiesen, dass sie in Jakob einen Mann mit einer reichen inneren Erfahrung an ihrer Seite hat; dass sie sich durch diese Erfahrung belehren lassen kann. Sie wurde nun nicht mehr böse. Wir werden noch viel von ihr hören, Eva, sie hat eine strebende Seele, sie ist aufrichtig. Ich erwarte viel von ihr.'

‚Das sagst du nicht oft, Johannes. Ich werde fast eifersüchtig!'
Er lachte ihr zu.
‚Das meinst du doch nicht wirklich?'
Sie hob ihre Schultern.
‚Meine Gefühle sind nicht immer erhaben. Manchmal will ich dich einfach für mich selbst haben. Exklusiv. Keine anderen wichtigen Menschen in deinem Leben. Aber die andere Eva weiß es natürlich besser. Das Glück, dich als Mann zu ‚haben', bezahle ich mit dem Ertragen vieler anderer wichtiger Menschen um dich herum, mit denen ich selbst teilweise auch eine, teilweise aber überhaupt keine Verbindung habe. Ich weiß, dass es nicht anders sein kann – davon abgesehen kann niemand einen Anderen ganz für sich beanspruchen.'
Ihre Augen waren groß, und sie errötete leicht. Eigentlich war sie jemand, der keine Kompromisse mochte. Das Leben auf Erden war ihr zu flach, und sie setzte sich mit ihrem ganzen Willen ein, um alles, womit sie zu tun hatte, erstrahlen zu lassen. Es gab nicht viele Menschen, die das verstanden. Vielleicht sogar nur der Meister und er. Andere sahen es als Selbstsucht oder Geltungsdrang, und sie hatte als Mädchen viele Schläge hinnehmen müssen, weil sie radikal war und einen außergewöhnlich großen Mut besaß. Sie hatte Eigenschaften, die zu einem *Mann* gehören, und den Körper eines schönen, verletzbaren Mädchens. Diese Kombination war eine *Aufgabe* für sie. Sie lernte, ihren Mut und ihren Willen im inneren Leben einzusetzen, wodurch sie ruhig und weise wurde. In einem Moment wie diesem flackerte ihre alte Streitlust kurz auf. Er streichelte ihre Wange, fühlte die zarte, warme Haut und die Intimität, mit der Mann und Frau zusammenleben, auch wenn die Sexualität nicht mehr von Belang ist. Sie nahm seine Hand in ihre und seufzte.
‚Du weißt, Johannes, dass meine Liebe für dich so tief ist, dass ich mir manchmal zu klein dafür vorkomme. Ich wandle sie um in ... Entwicklung, in Arbeitslust, in Erziehungskraft. Alles, was ich fertig bringe, findet darin seinen Ursprung. Es ist Liebe für dich als Person und für das, was in dir lebt... Diese Liebe geht weit über uns als Mann und Frau hinaus. Sie ist mein Lehrer, mein Führer.'
Sie drückte seine Hand und sagte:
‚Obwohl ich am liebsten so sitzen bleiben wollte, muss ich dir doch

sagen, dass Peter auf dich wartet. Er ist sehr lieb in letzter Zeit, aber du siehst, dass ihm das Leben dadurch viel schwerer fällt. Er braucht dich...'

Peter verlor etwas von seiner alten, kräftigen Ausstrahlung. Nicht, dass er alt zu werden begann, aber er hatte sich radikal von den Antipathiekräften zur Sympathie umgewandt – das kostet Energie. Wenn man mit Anderen mitfühlen will, wiegt das Leben schwer ... man kann sich nicht einfach so vor dem verschließen, was um einen herum geschieht – man nimmt es in sich auf. Die Fähigkeit, dann bewusst wieder ins Gleichgewicht zu bringen, was ins Chaos geraten ist, muss langsam entwickelt werden. Darum war Peter müde – etwas, was er vorher nie gekannt hatte.

‚Ich bin froh, dass du in dieser sommerlichen Hektik noch Zeit für deinen alten Freund hast, Johannes. Woher nimmst du nur die Kraft, so viel zu tun und doch fit zu bleiben!'

‚Bist du müde?'

‚Schwer ... ich fühle mich schwer. Vom Leben gebeugt. Zuhause ist es furchtbar hektisch mit diesen vier Kindern. Ich lasse sie nun ein bisschen mehr machen, führe nicht mehr so ein strenges Regiment. Dann wollen sie zu einem auf den Schoß, Geschichten hören, mit einem nach draußen und so. Es ist großartig, aber nicht einfach. Ich muss ehrlich zugeben, wie hoch entwickelt Elisabeth in ihrer Seele ist ... immer ruhig, wohlüberlegt und doch bestimmt. Sehr begabt im Meditieren – obwohl ich sie da natürlich nicht in Tätigkeit sehen kann. Sie kennt deine Bücher von vorne bis hinten und kann es auch noch ausführen. Früher wurde ich davon fuchsteufelswild, nun sehe ich es an – und fühle meine Schwere. Aber ich will nicht klagen, das Leben hat enorm an Wert gewonnen. Ich lerne die Liebe kennen, Johannes. Wenn ich die Liebe nicht hätte...'

Peter hatte eine rührende Gelassenheit entwickelt. Man fühlte eine gewisse Wehmut, sogar Trauer. Johannes hatte diese Seite seines Wesens immer schon gefühlt, aber Peter hatte sie stets übertönt. Nun war er schweigsam geworden, und so konnte die unterdrückte Wehmut aufblühen. Peter fragte:

‚Was ist das nur, Johannes? Dieses Gefühl von Sehnsucht ohne eine mögliche Befriedigung, von Heimweh ohne ein Vaterland, in das man zurückkehren könnte? Ich erinnere mich an dieses Gefühl aus meiner Kindheit. Damals konnte man noch bei Mama auf den Schoß ... nun ist man stark und erwachsen – und es gibt keinen Trost. Obwohl das Gefühl selbst dennoch etwas Tröstendes hat...'

‚Es ist die Wahrheit, Peter. Du bist imstande gewesen, alle Selbsttäuschung radikal abzuwerfen, du bist zu dir selbst gekommen. Du hast die Glorie in deiner eigenen Person gesucht, nun weißt du, dass eine viel größere Glorie existiert – und diese kannst du noch nicht erreichen, obwohl du Ihn manchmal kurz empfindest.'

‚Manchmal denke ich, dass ich depressiv bin – und vorher manisch war.', sagte er nachdenklich.

‚Nein!', sagte Johannes energisch. ‚Bei dir kann von einer psychiatrischen Störung keine Rede sein! Du bewegst dich in einer Entwicklungsproblematik, das sind vollkommen gesunde Prozesse, Peter! Du fühlst dich selbst inmitten des *Weltschmerzes*. So wie man beim Hören der Ballade in g-Moll vor Rührung weinen könnte. *So* musst du deine Trauer deuten. Du fühlst eine leichte Berührung mit jenem *Wesen der Wahrheit*, das uns als Repräsentant dessen, was ein Mensch werden kann, vor Augen stehen kann. Du fühlst den unnennbaren Abstand zwischen dir und Ihm. Schöpfe daraus den Mut, mit all deiner Kraft – und die ist groß! – durchzuhalten.'

Peter nickte.

‚Ich lese viel, ganz gegen meine Gewohnheit. Ich brauche das jetzt, als Balsam für meine schmerzende Seele. Ich muss auch mit der Scham kämpfen. Wenn ich mein Leben überblicke ... was habe ich alles getan, Johannes! Ich bin mit Elisabeth in Beaune gewesen, wir haben da das prächtige Gemälde dieses flämischen Malers gesehen ... van der Weijden oder so. Das jüngste Gericht. Michael wiegt die auferstandenen Menschen, und Christus schickt die Guten nach rechts, die Bösen in die Hölle. Ich bekam Angst, dass Elisabeth und ich uns trennen müssen, sie nach rechts, ich nach links...'

Johannes sagte kopfschüttelnd:

‚Du hast noch keine Ahnung von Gottes Barmherzigkeit. Du hast keine Vorstellung von dem *wirklichen* Bösen, Peter. Du bist ein strebender Mensch, du kämpfst mit dem Bösen und suchst das Gute.

Denkst du, dass das verurteilt wird? Außerdem ... man bekommt als Mensch noch viele Male die Gelegenheit, das Gleichgewicht zu vervollkommnen. Natürlich werden die bösen Gedanken, Gefühle und Handlungen durch Ereignisse und Taten in einem nächsten Leben gutgemacht werden müssen ... aber man bekommt immer wieder und wieder die Gelegenheit dazu. Erst wenn man aus *vollem Bewusstsein und voller Übersicht* trotzdem das Böse wählt ... hat man das jüngste Gericht zu fürchten.'

Peter seufzte und sagte:

'Mein alter Mut muss einen neuen Ansatz finden. Nochmals – das Leben ist viel reicher geworden, aber auch viel schwerer.'

'Wie geht es mit der Meditation?'

'Zwei Wege... Ich habe einen guten Verstand, ich kann schnell begreifen. So lese ich komplizierte Texte, ich erfasse sie leicht und durchdenke sie dann in der Meditation. Ich glaube aber, ich bringe nicht genug Einsatz auf, denn es bleibt gewöhnliche Lehre. Der andere Weg ist die Gefühlsmeditation. Ich versuche, bei dem, was ich lese, ein *Gefühl* zu bekommen und dieses dann festzuhalten. Das geht mühsam, ich fühle nur wenig. Der Verstand dominiert. Ich habe schon Gefühle, aber nicht anhand dessen, was ich denke.'

'*Wer immer strebend sich bemüht...*', lächelte Johannes.

'Weißt du, Johannes ... ich habe meine Kraft immer aus dem *Tun* geschöpft, aus dem Aktivsein, in welcher Weise auch immer. Es gab keinen Gegenpol – außer den Schlaf natürlich. Ich bin noch immer nicht gerade ruhig, doch ich nehme mir nun die Zeit für Besinnung. Davon werde ich dann traurig. Es überkam mich schon, als ich das erste Mal hier war. Ich wurde mit dieser immensen Schönheit der Natur konfrontiert, mit der Sphäre der Besinnung ... und ich habe geweint, bis ich einschlief. Danach bin ich wieder in den Sattel geklettert und losgaloppiert. Nun bin ich nach Hause gekommen, das Pferd wird im Stall versorgt, und ich komme zu mir selbst. *Traurig* stimmt mich diese Ruhe, diese Besinnung.'

'Du musst nun *innerlich* das Pferd besteigen, Peter, *da* deine Standfestigkeit finden. Sonst ist so eine radikale Umkehr nicht zu ertragen. Du musst dich von Martha in Maria verwandeln. Später kannst du dann auf neue Weise in die Welt eingreifen.'

‚Ich bin nicht so bibelfest, Freund. Es ist schon sehr viel, dass ich weiß, dass Martha und Maria Bibelgestalten sind.'

‚Du kannst es nachlesen. Kapitel zehn im Lukasevangelium, nach dem ‚barmherzigen Samariter'.'

‚Soviel weiß ich noch: das bist du. Wir alle liegen verarmt und verletzt am Wegesrand, und du nimmst uns einen nach dem anderen auf, versorgst uns und heilst uns – während du ebensogut hättest weiterlaufen können.'

‚Diese Bilder haben eine tiefe Bedeutung für den Arzt, Peter. Ein echter Arzt *fühlt* den Schmerz seines Nächsten, des Patienten.'

‚Auch darum bin ich so traurig, Johannes. Das Leben des Menschen ist so voller Leiden.'

‚Nochmals, Peter: Stärke dich innerlich durch die Meditation, damit du mit*fühlen* und doch heiter bleiben kannst.'

‚Ich bin sehr darum bemüht. Aber meine Gedanken sind ohne Disziplin, sie springen wie ein Hase nach links und nach rechts, reihen sich ohne meinen Willen aneinander, und ich stehe vor meiner eigenen Machtlosigkeit.'

‚Peter – ich habe noch nie zuvor erlebt, dass jemand eine so *radikale* Veränderung zustande gebracht hat, einfach durch einen Entschluss. Versuche, *diese* Willenskraft in der Meditation wiederzufinden, dann wirst du sehr schnell vorwärtskommen und dich nicht mehr als machtlos betrachten.'

‚Soll ich mich darauf besinnen, wie ich das gemacht habe?'

‚Versuche, eine Art Erinnerungsvorstellung davon zu bilden, wie du diesen Entschluss gefasst hast und vor allem, wie du es schaffst, dich daran zu halten.'

‚Gut. Ich danke dir, Johannes.'

Johannes stand auf, legte kurz seine Hand auf Peters Oberarm, drehte sich gerührt um und ging aus dem Zimmer, den Gang entlang, nach draußen, wo sich Wolken zu einem Unwetter zusammengeballt hatten...

DIE RICHTIGE FRAGE

Er hatte in seinem Tag eine feste Struktur, an die er sich so weit wie möglich hielt, auch wenn die Sommerhektik sein Programm bedrohte. Jeden Tag gab es da den Dialog mit dem Meister, mit Eva, mit Peter. Er lief dadurch immer ein ganzes Stück, vom einen Ende des Geländes, wo das Chalet des Meisters lag, zu dem von da aus entferntesten Gebäude, der neuen Klinik. Die übrigen Stunden waren mit Kursen, Vorträgen und Gesprächen in seinem Sprechzimmer mehr als belegt. Er liebte die Menschen und gab, was er hatte, obwohl er dennoch auch reserviert blieb. Die Menschen liebten ihn ebenfalls, doch er hielt die Liebe strikt geistig. Es war ein Kampf, der gekämpft werden musste, um die Beziehungen im Gleichgewicht zu halten. Wenn sich dann jemand abgewiesen fühlte, weil die mehr physisch gerichtete Liebe verweigert wurde, dann konnte die Liebe in Hass umschlagen. So war er fortwährend wach und strebte nach der Mitte zwischen Intimität und Reserve. Der Meister hatte dieses Problem nicht, er war eine väterliche, ‚meisterliche' Natur, und die Menschen verehrten ihn oder spotteten über ihn. Johannes wollte kein Vater sein, auch kein Meister, kein Führer – sondern ein Bruder, ein Lehrer, ein Freund. Freiheit und Gleichwertigkeit, ja, und auch Brüderlichkeit ... diese drei Qualitäten suchte er in der Beziehung mit dem Anderen. Er gab immer sein volles Vertrauen, bis es wirklich unmöglich war.

Der Tagesanbruch war für ihn die Zeit, wo er innerlich am aktivsten war, in seiner Meditation. Da hatte er seine geistigen ‚Beziehungen', verkehrte er mit Gott, der eine Vielzahl geistiger Hierarchien umfasste. Hier war sein eigentliches Zuhause, hier schöpfte er die Kraft und den Inhalt, um seine schwere Lebensaufgabe zu erfüllen. In Peters Traurigkeit erkannte er das Heimweh nach diesem geistigen Zuhause, von dem jeder Mensch ausgegangen ist, ob er gläubig oder ungläubig ist. Und er, Johannes, dankte innig dafür, dass er in seiner Meditation jedes Mal wieder mit vollem Bewusstsein ‚nach Hause' kommen durfte.

Was er davon bis jetzt in Worte gebracht hatte, kam manch einem abstrakt vor. Es schien dann, als würden seine Beschreibungen des Weges nicht weiter reichen als abstrakte, theoretische Überlegungen. Er aber fand, dass ein moderner Geistessucher die Energie aufbringen muss, diese scheinbare Theorie mit seinem Denken zu durchdringen, um daraufhin *selbst* die volle Konkretheit der inneren Erfahrung zu gewinnen. *Alles* in seinem Unterricht war darauf gerichtet, deutlich zu machen, dass man den Geist nicht mit jenem Bewusstsein finden konnte, das an die Leibesprozesse gebunden war. Er wollte seine Schüler erleben lassen, dass das vertraute Alltagsbewusstsein sehr wohl an den Körper gebunden ist. Man muss bereit sein, systematisch und diszipliniert an dem Betreten eines *anderen* Bewusstseins zu arbeiten, welches *leibfrei* ist. Er vermied es sorgfältig, den Eindruck zu erwecken, der Geist sei auf eine andere Weise zu finden als durch das In-die-Hand-Nehmen des eigenen Denkens und eine Umwandlung des Verhältnisses zu diesem Denken.

‚Es hat lange gedauert, bis ich die volle Überzeugung erlangt hatte, dass ich meinen inneren Erfahrungen ebensosehr vertrauen konnte wie einer medizinischen Doppelblindstudie. Wenn ich einem anderen Menschen gegenübersitze oder wenn ich einen Vortrag des Meisters des Abendlandes lese, werde ich mächtige Bewegungen in meinem Inneren gewahr. Anfangs habe ich diese als subjektiv angesehen – und das war auch gut. Man kann nicht vorsichtig genug darin sein, mögliche Illusionen sorgfältig zu vermeiden. Im Lauf der Zeit lernte ich, zwischen den durch das Subjekt hervorgerufenen Wirbeln und den objektiven Wirkungen einer Wahrnehmung immer feiner zu unterscheiden. Aber wenn ich dann wusste: dies sind objektive Gewahrwerdungen ... musste ich zugleich erkennen, dass ich kein Vermögen hatte, sie zu deuten, zu ‚lesen'. Ich musste ein Studium meiner Gewahrwerdungen, meines ‚Schauens', und dessen, was die Gewahrwerdung hervorrief, betreiben. Wenn ich dann rein innerlich arbeitete, hatte ich ausschließlich diese mächtige Bewegung in mir, die ich nicht verstand. Ich fühlte, wie ich Geduld haben musste, bis sich mein Verständnisvermögen, aber auch mein Wahrnehmungsvermögen an diese Geistwelt gewöhnten, auf die ja irdische Begriffe und Wahrnehmungen nicht anwendbar sind. Die ganze religiöse und alte

Einweihungstradition meint, dass das, was ich dir jetzt erzählt habe, unmöglich sei. Dass ein Mensch nicht *wissend* in der Geisteswelt sein könne. Gerade *weil* seine irdische Form ungeeignet dafür sei. Nun, Meister, diese Überzeugung beruht auf einem dramatischen Irrtum. Ein Mensch *vermag* es nicht nur, sein Erkenntnisvermögen durch Gewöhnung dafür tauglich zu machen, die Geistwelt zu erkennen – *er ist dazu berufen!*

Dass ein Blinder keine Farben sieht, bedeutet nicht, dass das Farbensehen unmöglich ist. Ich will es viele Male wiederholen: Das Erkenntnisvermögen kann so kultiviert und in Entwicklung gebracht werden, dass es die Geisteswelt erkennen kann – in ihrer umfassenden Vielfältigkeit. Kein Pantheismus, kein Polytheismus, sondern eine göttliche Welt, die reicher an Erscheinungsformen, Äußerungen und Wesen ist als unsere bekannte und vertraute Erdenwelt.'

Der Meister sah ihn mit weit offenen Augen an. Er sagte:

‚Das sind andere Geistwahrnehmungen als die, die mir vertraut sind, mein Junge ... mein Freund. Für mich ist die sinnliche Wahrnehmung Bild, und *in* dem Bild, durch dieses hindurch, werde ich ein Stück Wahrheit gewahr. So sehe ich in dir den erhabensten Menschen, dem ich je begegnet bin. Ich *denke* nicht, dass du das bist, ich *sehe* es, in Bildern. Es ist kein Denken, kein Erkennen, es sind nur Bilder. Dein geistiges Schauen ist ganz frei von den Sinnen, vom Körper – das verstehe ich sehr genau, auch wenn ich das Vermögen nicht habe. Bei mir ist das Denken ausgeschaltet, bei dir ist es weiterentwickelt und zum Geistesorgan geworden.'

‚Meine liebste Eva, heute werde ich dir erzählen, wie sich das allgemeine Gewahrwerden einer geistigen Welt im Lauf der Jahre zu einer Fülle und einem Reichtum differenzierte, die die Fülle und den Reichtum der Natur weit übersteigen. Ich habe mich in der Meditation lange Zeit im Anschauen dieser sich bewegenden *nicht-körperlichen* Welt geübt, die aus der bewussten Entwicklung des Denkens hervorgegangen ist. Ich erwartete trotz allem noch, in dieser allgemeinen Beweglichkeit würden von selbst Farbe und Ton, Offenbarung und Wesen erscheinen.

Man ist das durch die Wahrnehmung mit den Sinnen gewöhnt, alles zeigt sich einem einfach, ganz ohne eigenes Zutun. Ich hatte keinen Lehrer, zu dem ich gehen konnte, um zu fragen, wie ich weiterkommen sollte – bis ich plötzlich verstand, dass auch dieses Verlangen aus den gewohnten Alltagsstandpunkten hervorgeht.

Man liest die Bücher des Meisters des Abendlandes, aber man kann nicht zu ihm, denn er ist schon vor etwa achtzig Jahren gestorben. Natürlich kann man *wohl* zu ihm, nur nicht mit dem Körper! Das begriff ich eines Tages ... und ich begann, Fragen zu stellen, innerlich, in der Meditation. Nicht so sehr an ihn, sondern an mein höheres Wesen, das mich leitet, das – wie ich dir gestern sagte – in meinem inneren *Willen* lebt. Mir wurde deutlich, dass *alle* Einsichten, die man in der Einweihung erlangt, *Antworten* sind. Es kommt keine Einsicht, wenn man nicht *fragt*. Eine Kreativität im *Fragen*, das ist es, was man braucht. Aber ich bin ein Wissenschaftler, und ich verlangte nach einer gewissen ... sagen wir ‚Struktur' im Fragen. Man will im Geiste lesen lernen, aber man kennt nicht einmal die Buchstaben, ja mehr noch, man weiß sogar nicht einmal von ihrer Existenz. Man schaut die Geisteswelt an, in der vollen Glorie und Fülle, aber man kann nicht unterscheiden, es ist, als sähe ein Analphabet eine vollgeschriebene Seite an. Ich wurde zu folgender Frage geführt: Was hat man eigentlich in seinem *Denken*, dass man damit die Wahrnehmungen, die man mit seinen Sinnen gemacht hat, ‚lesen' kann? Warum ist in der Natur das, was man anschaut, ein geordnetes Ganzes? Was ist der Anteil des *Denkens* an dieser Ordnung?'

Er atmete tief ein und wieder aus. Eva hörte intensiv zu, er wusste, dass sie kein Wort, kein Komma versäumte. Natürlich kannte sie die Antwort auf die soeben gestellte Frage, darum ging es nicht. Es ging um die *Übereinstimmung* zwischen dem ‚Denken in der Natur' und dem ‚Denken im Geist'. Er sprach weiter:

‚Der große Irrtum in den modernen Auffassungen über das Denken ist, dass *Vorstellen* und *Denken* als dasselbe betrachtet werden. Im Vorstellen forme ich ein Abbild der sinnlichen Wahrnehmung oder eine Erinnerung oder eine Phantasie. Es ist ein Teil des Denkens, aber nicht das Denken als Ganzes. Denken hat noch eine weitreichende andere Seite, nämlich das Durchdringen der Wahrnehmung mit dem Begreifen. Es kann so scheinen, als nähme man mit seinen Sinnen die

Welt wahr, komplett mit dem Verständnis. Wenn man aber präzise verfolgt, was man im Wahrnehmen und Denken genau macht, merkt man, dass das Ordnen, das Verstehen, das Einfügen der Details in das große Ganze, durch das Denken geschieht. Man verfügt über ein ‚Instrumentarium' dafür, man gebraucht es in einer vollkommenen Weise, ohne es zu erkennen. Es ist die *eigene* Initiative, dieses Verstehen ... man kann auch gedankenlos an allem vorübergehen. Das Instrumentarium aber lebt in einem, ganz losgelöst von dem, was man mit seinen Sinnen wahrnimmt, man fügt es dem selbst hinzu. Das heißt *nicht*, dass das, was man tut, *subjektiv* ist. Nur die eigene Initiative ist subjektiv, der Gebrauch des Instrumentariums beruht auf objektiven Gesetzen, die man vollkommen beherrscht, Eva, es ist eine *Gnade*, erleben zu dürfen, dass jeder Mensch eine solche Vollkommenheit zur Verfügung hat. Es gibt Mut und Vertrauen!

Nun, dieses Instrumentarium besteht aus zehn oder zwölf verschiedenen Lichtern, mit denen man seine Wahrnehmungen durchdringt, sie vervollständigt, sie versteht. Sie alle sind *Licht*, aber verschiedener Art. Zu der Zeit, als der Mensch selbständig zu denken begann – einige Jahrhunderte vor Christus –, wurden diese Lichter ganz direkt von jenem Mann benannt und beschrieben, dessen Denken so intelligent war, dass er für mehr als ein Jahrtausend bestimmend gewesen ist: der griechische Denker Aristoteles. Er hat das Licht des Denkens beschrieben, als wäre es ein vielfarbiges Spektrum. Kein Einheitslicht, sondern Licht gegliedert in zehn verschiedene Formen, die das *Verstehen* sind. Den fundamentalen Begriff, den Hauptbegriff, bildet das *Sein*. Man *weiß*, wann ein Ding oder ein Wesen *ist*, wann es nicht *ist*, oder wann man das *Sein* bezweifelt. Ein lebender Mensch *ist*, das *Sein* eines gestorbenen Menschen bezweifeln viele. Ein Haus *ist*, ein abgebranntes Haus *ist nicht mehr*, ein zu bauendes Haus *ist noch nicht*. Die Begriffskategorie des *Seins* wird ‚Substanz' genannt, es ist das *positiv Seiende*. Ein Ding, ein lebendes Wesen, etwas, was ganz auf sich gestellt *ist*, nicht als ein Teil von etwas anderem. So ist ein Ast keine Substanz, ein Baum schon.

Der Verstand ist natürlich imstande, zu bezweifeln, ob das *Sein* existiert. Die Intelligenz bezweifelt dies nicht, sie nimmt das Sein hin und erkennt es da, wo es *ist*, und erkennt zugleich, dass es Grenzgebiete gibt, wo sie nicht sicher ist – wie im Gebiet des Todes... Die übrigen Kategorien beleuchten die *Art* des Seins: die Eigenschaften, das Wo und Wann, die Menge oder das Maß, das Verhältnis zum anderen, die Lage, das Haben, Tun und Leiden.'

‚Du sprachst von zwölf Begriffen.'

‚Zwei Kategorien sind bei Aristoteles noch nicht zu finden: *Wesen und Erscheinung*. Diese zwei haben mit der Entwicklung der freien Intelligenz zu tun, die erst seit dem Ende des Mittelalters in Gang gekommen ist – also lange nach Aristoteles. Wenn man sich als Mensch noch nicht ganz in seine individuelle Intelligenz zurückgezogen hat, lebt man noch mit der Welt, mit der Natur, den Sternen, den Jahreszeiten, den Tieren und Pflanzen und den Menschen mit. Wenn man in sich selbst noch keinen Unterschied zwischen dem macht, wer man seinem *Wesen* nach ist, und dem, wie man anderen erscheint, sind diese zwei Kategorien noch nicht in Gebrauch. Sobald man aber diesen Unterschied zwischen *Ich* und *Welt*, zwischen Selbst und Körper zu machen beginnt, verwendet man unbewusst diese beiden Kategorien. Begriffe wie Wahrheit und Lüge haben ebenfalls mit diesen Kategorien zu tun. Wenn das, was man *sagt* – die Erscheinung – etwas anderes ist als das, was man *weiß*, was man *denkt* – das Wesen –, erzählt man eine Lüge.

So habe ich im Denken fortwährend geforscht. Nenne es ruhig ‚Denken über das Denken'. Wenn man einmal das Licht auf das Denken selbst fallen lässt, entdeckt man eine geistige Welt, die noch ganz im gewöhnlichen Bewusstsein zu finden ist: die Welt der Kategorien, das *reine* Denken. Doch indem man sich dem gegenüberstellt, weil man es untersucht, betritt man ein Bewusstsein, das geeignet ist, die volle geistige Welt wahrzunehmen. In diesem höheren Bewusstsein findet man *noch* eine neue Kategorie: die *dreizehnte*. Es ist die Kategorie des Denkens selbst, mit der man das Denken verstehen kann. Wenn es einem gelingt, diese dreizehnte Kategorie auf die wahre geistige Welt zu richten, vermag man damit, zum Schauen zu kommen. Morgen werde ich dir weiter darüber erzählen. Es ist einfach, doch in der Beschreibung erscheint es so kompliziert.'

Sie sah ihn lange an und fragte dann:

‚Geht das bei dir alles ohne Hindernisse? Du beschreibst es, als könntest du ungehindert arbeiten.'

‚Du weißt, dass es nicht so ist, meine liebste Eva! Von dem Augenblick an, als ich die dreizehnte Kategorie fand, wandte sich ein Heer von Gegenmächten gegen mich, sowohl in der Meditation als auch im Leben. Ich erfuhr Gegenwirkungen in meiner Arbeit, ich wurde krank ... und in der Meditation fühlte ich, wie ich jedes Mal von meiner Aufgabe weggeführt wurde – zumindest wurde ich gewahr, wie Schleier über meine Arbeit geworfen wurden, wie ich innerlich beschränkt, ja sogar gefangen zu werden drohte. Aber die Kunst des *Fragens* hat mich immer wieder gerettet, befreit, auch wenn ich unbeschreibliche Hemmnisse erfahren habe. Ich weiß außerdem, dass ich jetzt, da ich angefangen habe, dir und dem Meister zu enthüllen, was ich erlebe, erneut Widerstand heraufbeschwöre. Wir müssen wachsam sein, du auch. Sorge dafür, dass du *fit* bleibst, Eva. Meide alle Erschöpfung. Unser Leben ist nun einmal wie ein Märchen – im Guten wie im Bösen. Wir haben eine märchenhafte Liebe, aber auch märchenhafte Widersacher.'

Sie nickte und fragte:

‚Willst du mir noch von deiner ‚Kunst des Fragens' erzählen?'

Johannes strich sich mit den Händen durch das Haar, lehnte sich zurück und sagte:

‚Obwohl ich in meinem geistigen Streben begnadet bin, habe ich als Hintergrund nun einmal die innere Medizin. Du weißt, dass ich mich etwa fünfzehn Jahre lang ausschließlich damit beschäftigt habe. Fünfzehn Jahre Denken in den Schablonen der exakten Naturwissenschaft. Physik, Chemie, Physiologie. Ich war darin gut, und ich liebte es in gewissem Sinne auch, obwohl ich fortwährend den Tod darin erlebte. Die Schönheit des Todes, könnte man sagen. Ich hatte fortwährend Fragen in Bezug auf das Leben und fand keine Antworten. Sobald ich dem Leben auf der Spur zu sein schien, entglitt es mir wieder und zerfiel in tote Moleküle und Atome, in Laborwerte. Ich weiß sehr gut, dass ich mich damit identifiziert habe, und auch, dass ich dessen Züge angenommen habe, obwohl ich durch und durch *wusste*, dass ich mein Denken im Reich des Leblosen bewegte. Du hast mich am Ende dieses Zeitraums kennengelernt, du weißt, wie ich damals war. Ein strenger abstrakter Denker, sehr diszipliniert – aber mit einem ebenso maßlosen Verlangen nach Erkenntnis in Bezug auf das Leben und nach *freier Moralität*, losgelöst von aller Religion oder Juristerei.

Diese Zeit hat Spuren hinterlassen, die anfänglich schwer zu löschen waren. Ich glaubte intensiv an das Unsichtbare, weil ich im Denken über das Denken in diesem Unsichtbaren *lebte* – aber es wollte keine differenzierte *Form* annehmen, und es zeigte sich, dass ich in meinem Glauben dennoch geprüft wurde. Ich musste lernen, die unsichtbare und doch wahrnehmbare geistige Welt als eine *solche* Realität zu erfahren, dass ich Fragen an sie stellen konnte. Keine Fragen, die laut ausgesprochen wurden, sondern in Begriffen formulierte Fragen, ganz innerlich, in der Meditation, *Erkenntnisfragen*.

Dann, meine liebe Eva, stellt sich heraus, dass es nicht nur eine Kunst des Fragens gibt, sondern auch eine Kunst des ‚Erlauschens der Antwort'. Wenn es um Fragen geht, die mit dem meditativen Weg selbst zusammenhängen, wird die Antwort außergewöhnlich real und direkt gegeben – vorausgesetzt, die Fragen schließen dort an, wo man in seiner Entwicklung steht. Nehmen wir an, ich frage: Wie erhalte ich meine Konzentration stark, wo ich jetzt durch die Stürme in meinem Leben so abgelenkt bin? Ich musste dann sehr wachsam sein, denn *während* des Stellens der Frage wurde ich innerlich schon zu der richtigen Form von Konzentration geführt, die ungestört durchgehalten werden kann. Anders ist es mit Fragen, die einen mehr inhaltlichen Charakter haben. Antworten auf solche Fragen lassen manchmal sehr lange auf sich warten, keine Minuten, sondern Tage, Wochen ... manchmal Jahre. Im Lauf der Jahre hat das Wesen, dem ich meine Fragen stelle – das aber lange Zeit nur fühlbar, nicht sichtbar war –, ein ‚Gesicht' bekommen. Später habe ich sogar verschiedene ‚Gesichter' kennengelernt, an die ich mich richten kann.'

‚Du stellst also wirklich Fragen an *jemanden*?'

‚In der geistigen Welt ist alles *Wesen*. Auf Erden unterscheiden wir zwischen Dingen und Wesen, zwischen Zuständen und Prozessen. Im Geist gibt es keine Dinge oder Zustände. Sogar die Prozesse sind immer Wirkungen von Wesen. Richtet man sich an den Geist, so richtet man sich also nicht an ein Allwesen, sondern an eine unendliche Vielfalt von Wesen, Offenbarungen von Wesen und Wirkungen von Wesen.'

‚Wir haben gelernt, dass nach dem Tod – also in der geistigen Welt – ewige Ruhe und Frieden herrscht.'

‚Ja, was die materiellen Bedürfnisse, die Habsucht, die Begierde betrifft... Was aber die Entwicklung betrifft, herrscht dort die größtmögliche Regsamkeit, unbehindert von der Schwere der Materie.'

Durch das lange Gespräch mit Eva traf er Peter erst kurz vor seiner Mittagspause. Sie gingen zusammen nach draußen. Johannes fühlte Peters Kraft, die nun immer mehr zum Fundament wurde, zu Zuverlässigkeit. Man konnte ihm alles mit ruhigem Herzen überlassen.

‚Wir gehören wirklich nirgendwohin.', begann Peter. ‚Nicht zur regulären Medizin, aber auch nicht zu einer spirituellen Strömung, die in dieser Welt von Bedeutung wäre.'

Johannes war selten verärgert, doch nun fühlte er, wie sich ihm die Haare sträubten. Er fragte:

‚Was meinst du, in Gottesnamen?'

‚Was ich meine? Dass wir verachtet werden – von so ungefähr allen Gruppierungen, die es gibt.'

‚Suchst du Achtung, Peter?'

Sie liefen in Richtung des Hauptgebäudes. Peter sah ihn nicht an, als er antwortete:

‚Du wirst doch nicht der einzige Eingeweihte auf Erden sein? Warum schließen wir uns nicht den anderen an?'

‚*Den* anderen? Welche sind das? Was ist in dich gefahren? Wir setzen uns einmal ruhig einander gegenüber in mein Zimmer, so dass ich dich anschauen kann. Komm mit.'

Peter wehrte sich.

‚Ich muss nach Hause. Elisabeth wartet.'

‚Dann ruf sie nur an. Du kannst nicht solche Dinge sagen und dann keine Zeit mehr haben!'

Peter nahm sein Handy und rief seine Frau an. Dann gingen sie in das Hauptgebäude zu Johannes' Zimmer.

Johannes dachte: Hier hast du also den ersten Widerstand – und das sogar noch von Peter. Streng sagte er:

‚Setz dich, da direkt gegenüber von mir. Wer sind ‚die anderen'?'

Peters schwarze Augen blitzten vor Streitlust. Er ließ sich durch keine Strenge einschüchtern! Er sagte:

‚Theosophen, Anthroposophen, Rosenkreuzer, TM-Anhänger, Buddhisten, Zenbuddhisten. Denkst du, du bist besser als alle von denen?'

Johannes sagte kopfschüttelnd:

‚Jedes Reich, das in sich geteilt ist, zerfällt.'

‚Genau. Darum denke ich an Vereinigung.'

‚Peter, was ist geschehen? Wie *kommst* du dazu?'

‚Es stimmt für mich nicht mehr. Versteckt auf einem Berg, den Rest meines Lebens!'

‚Warum bist du mitgegangen? Du hättest mein Nachfolger werden können, weißt du noch?'

Peter sackte ein wenig in sich zusammen.

‚Wegen dir. Aus Liebe. Aber du bist auch nicht Gott, du kannst dich auch irren!'

‚Da sagst du mir nichts Neues.'

‚Wer sagt, dass du so besonders bist?'

‚Ich nicht, Peter.'

‚Warum schließt du dich dann nicht woanders an?'

Johannes seufzte tief, sehr tief, beugte seinen Kopf und begann ruhig zu sprechen.

‚Es geht um den Unterschied zwischen der äußeren Form und der inneren Bewegung, Junge. Natürlich gibt es Gruppen von Menschen, die die äußere Form der Spiritualität durch und durch kennen, die sie zu handhaben wissen und ihr sogar eine gewisse Macht entlehnen. Du hast in deiner Aufzählung noch die Freimaurer vergessen. Eigentlich gehören auch die Kirchen dazu. Die äußere Form – und damit meine ich Kultus, Symbolik, Mantren, aber auch alles spirituelle Wissen – kann das Innere in Bewegung bringen, enthusiasmieren. Das ist schön, aber es bleibt ein *an den Verstand gebundenes* Bewegt-Sein. Es ist *Tradition*, Peter, auch wenn sie noch so reich ist. Äußere Form muss in unserer Zeit aus innerer Bewegung *hervorgehen* – und nicht andersherum.'

‚Und du bist der Einzige, der so weit ist?'

‚Warum kehrst du dich gegen mich?'

‚Ich bin nicht gegen dich, nur auch nicht ganz dafür.'

‚Es gibt hier kein 'halbes Dafür'. Pack deinen Kram dann nur zusammen, deine Sachen, deine Frau und deine Kinder, und hau ab!'

Peter fuhr auf seinem Stuhl zurück. Er war nur etwas aufsässig, ein bisschen quer, mürrisch... Erschrocken sagte er:

‚Ich meine es nicht so, Johannes. Entschuldige bitte.'

‚Dann erkläre mir mal, *was* du meinst.'

‚Ich hatte eine Zeitschrift von den Anthroposophen in die Hände bekommen. Die sagen genau dasselbe wie du. Warum gehst du nicht zu ihnen?'

‚Sagen sie genau dasselbe wie ich? Wirklich?'

‚Nun ja ... dem Inhalt nach doch schon?'

‚Liest du nur den *Inhalt*, wenn du liest, Peter?'

‚Nein. Nun ja, sie schwatzen natürlich ganz schön. Aber es geht um dasselbe.'

‚Die Pharisäer sprachen auch über dasselbe wie Christus.'

‚Willst du sagen, dass du –'

‚Ja, Peter! Das will ich sagen. Und wenn du das nicht ertragen kannst, dann verschwinde einfach von hier.' Er sah auf seine Armbanduhr. ‚Du hast noch fünf Minuten, um zu verschwinden.'

Die Gegenmacht wich, und Peter nahm den Kopf in die Hände.

‚Was ist nur in mich gefahren, Johannes? Ich habe das oft – dann bezweifle ich alles, was mir heilig ist. Kannst du mir verzeihen? Wie kannst du mir das verzeihen? Ich bin dir immer so treu gewesen. Durchs Feuer würde ich für dich gehen ... und nun dies.'

‚Ich kann es dir verzeihen. Du musst dich nur einmal sehr tief besinnen. Was ist das genau für eine Meinung, die du soeben vertreten hast – und warum nimmst du davon jetzt wieder Abstand? Warum beschuldigst du mich der Exklusivität, des Sektierertums ... und hörst nun wieder damit auf? Morgen will ich darauf eine klare Antwort.'

‚Ist das die Strafe?'

‚Einer meiner besten Freunde hat mich tief beleidigt. Ich verstehe es, und kann es auch schon ertragen. Aber wir müssen dadurch weiser werden, Peter.'

‚Ich liebe dich und diesen Berg. Selbst wenn wir zu zweit fünfzig Jahre lang hier sitzen würden. Verzeih mir, Johannes.'

‚Es ist schon gut. Beantworte morgen meine Fragen, willst du das tun?'

‚Ja.'

Sie gaben einander die Hand, und Peter verließ entmutigt den Raum. Johannes fühlte sich nicht gut. Das *Wesen des Zweifels* wollte auch ihn ergreifen und verspotten: Wer denkst du denn, dass du bist?! Er kämpfte mit diesem Wesen, brachte mit einer großen Willensanstrengung sein höheres Wesen in sein Denken hinein, fügte beide zu einer Einheit zusammen, wo kein Zweifel mehr dazwischentreten kann.

Doch Schmerz erfüllte sein Gemüt.

Als er zum Abendessen nach Hause kam, fand er nicht Eva bei den Kindern, sondern Marie.

‚Ich bin geblieben, bis du kamst, Johannes. Eva liegt im Bett, sie ist krank. Sie hat ein paar Mal erbrochen und hat hohes Fieber. Sie wird wohl eine Sommergrippe haben.' Sie lachte. ‚Hör mich nur an! Ich gebe dem Professor auch mal die Diagnose!'

Johannes war erschrocken. Er hatte nach dem Gespräch mit Peter einen schweren Nachmittag gehabt. Gleich musste er wieder einen Vortrag halten. Und nun ... Eva krank.

‚Soll ich bleiben?', fragte Marie.

‚Wenn du willst, gerne. Ich gehe kurz zu Eva.'

Sie hatte vom Fieber rote Wangen und glänzende Augen. Er setzte sich an den Rand des Bettes und fühlte den Puls.

Schnell, nervös und zu kräftig.

‚Das kann ich nicht gebrauchen!', stöhnte sie. ‚Wie ist das jetzt bloß gekommen?'

‚Ich gebe dir eine Silberkur, mein Liebling, dann geht es dir bald wieder besser. Ich fürchte, du hast zu viel zu tun. Es ist höchste Zeit, dass ein dritter Arzt dazukommt.'

‚Nun muss Peter alles allein machen ... und er ist auch müde.'

‚Ich werde helfen, andere Dinge müssen erst einmal liegen bleiben. Schüttele du nur alles von dir ab und ruh dich ein paar Tage gut aus.'

Sie zitterte.

‚Ich glühe überall, und doch ist mir eisig kalt...'

Er gab ihr das Heilmittel und blieb bei ihr sitzen, bis sie schlief.

Als der Vortrag vorbei war und er noch mit einem Grüppchen von Menschen sprach, kam der Meister auf ihn zu.

‚Johannes, man hat mir gesagt, dass Elisabeth angerufen hat. Sie wollte dich sprechen, denn Peter geht es nicht gut. Was für ein Desaster, dass beide gleichzeitig krank werden!'

‚Wann hat sie angerufen? Was ist los?'

‚Gerade eben ... ich weiß nicht, was los ist, aber sie klang nervös. Geh nur schnell hin.'

Johannes hatte nicht so schnell das Gefühl, dass das Leben ihm schwer fiel ... aber dieser Tag wog wie Blei. Er sehnte sich nach Hause und musste nun wieder zu Peter. Er zog seine Jacke an, klopfte dem Meister auf die Schulter und sagte:

‚Du wirst morgen meine ganze Arbeit machen müssen. Es sieht so aus, als müsste ich morgen als Arzt in einer Klinik arbeiten.'

‚Ich warte dein Bericht ab.', sagte der Meister beruhigend. ‚Nimm nur das Auto von Marie, es steht vor der Tür. Sonst brauchst du eine Viertelstunde.' Er warf ihm die Schlüssel zu, und Johannes lief schnell nach draußen.

‚Ein Glück! Gott sei Dank, dass du da bist. Komm schnell. Es geht ihm nicht gut!'

Elisabeth brachte ihn zum Schlafzimmer, wo Peter am Rand des Bettes saß, das Hemd ausgezogen, schwer atmend, aschgrau und schwitzend. Johannes sah unmittelbar, was los war, und fragte:

‚Was ist geschehen, Junge?'

Peter sah zu ihm auf, sein Gesicht von Angst verzerrt.

‚Ich habe mich zu sehr aufgeregt. Wegen dieser Sache mit dir. Du wirst immer gleich so unglaublich böse! Ich ertrinke in Schuld ... ich ersticke fast darin.'

Johannes setzte sich neben ihn und legte seine Hand zwischen seine Schulterblätter.

‚Nur ruhig, mein Junge. Du hyperventilierst fürchterlich.'

Er wurde etwas ruhiger, sagte aber:

‚Warum wurdest du so wütend? ‚Hau nur ab mit deinem ganzen Kram!' Was glaubst du, was das mit mir macht? Ich hatte einen schwachen Moment...'

‚Nun, nun...' Er fühlte die Spannung in seiner Hand. Peter wurde ruhiger, Johannes nahm die Spannung in sich auf. ‚Wenn wir einander gerade erst kennen würden, Peter ... aber du kennst mich schon mehr als zwölf Jahre. Ohne gegenseitiges Vertrauen geht es nicht. Wirklich nicht.'

‚Gott sei Dank, es geht vorbei.', stöhnte Peter. ‚Kann ich mich kurz hinlegen?'

Johannes stand auf und nahm sich einen Stuhl ans Bett.

‚Wenn du wüsstest, wie schlimm es ist, wenn du böse wirst. Schrecklich. Ich habe mich zu Tode erschrocken – und musste dann noch den ganzen Nachmittag mit all diesen plappernden Patienten durchstehen. Ich habe mir fortwährend Vorwürfe gemacht. Ich schäme mich zu Tode. Es war ein Unsinn, was ich sagte. Natürlich weißt du auch, dass du nicht der Einzige bist. Du behauptest das gar nicht. Und natürlich weiß ich, dass in all diesen Klubs keiner zu finden ist wie du.'

Johannes legte seine Hand auf Peters Arm.

‚Still nun. Es ist gut. Es tut mir leid, dass du es derart schwer genommen hast.'

‚Du weißt nicht, wie hart du sein kannst ... du kennst deine Kraft nicht. Ach, du kennst sie natürlich genau, aber sie richtet sich nicht gegen dich. ‚Verschwinde! Du hast noch fünf Minuten!' Aus *deinem* Mund, Johannes! Ich weiß nicht, wie ich diesen Eindruck wieder vergessen soll. Wirklich nicht.'

‚Nimm ein paar Tage Pause, Junge. Du arbeitest zu hart.'

Peter war eine Weile still, er starrte an die Decke.

Dann sagte er:

‚Du willst mich loswerden. Du bestrafst mich.'

Er erhob sich und setzte sich wieder an den Rand des Bettes. Er sagte:

‚Ich sollte besser weiterarbeiten, sonst werde ich verrückt von meiner Grübelei. Was soll ich hier? Mit den Kindern spielen? Schlafen? Nein, Pflicht ist für mich das Beste – und ich tue es auch noch gern.'

‚Gut. Für mich wäre es wirklich besser, Eva ist auch schon krank.'

‚Hat sie etwa auch ein Donnerwetter bekommen?'

Johannes brach in Lachen aus. Peter lachte etwas säuerlich mit.

‚Muss ich morgen ihre Arbeit übernehmen?'

‚Nein, ich komme.'

‚Auch das noch. Der Chef ist zurück.' Er sah auf, schaute Johannes an. Seine Augen waren sanft und warm. ‚Es tut mir leid, Johannes. Wirklich. Lass es mich anders formulieren als heute Morgen: Ich verstehe nicht, dass all diese spirituellen Bewegungen sich nicht an die deine anschließen, mir ist bewusst, dass du der Eingeweihte der neuen Zeit bist. Wenn es andere geben sollte, dann arbeiten sie im Verborgenen. Du stehst in der Öffentlichkeit, und du stehst allein – und das liegt nicht an dir. Verzeihst du mir?'

‚Das habe ich schon unmittelbar getan, als du deine Worte zurücknahmst.'

‚Musstest du nun wirklich so böse werden? Ich hätte es doch eingesehen, später.'

Johannes sah ihn mit großen fragenden Augen an. Er sagte nichts.

Peter erschauerte und sagte:

‚Vielleicht wäre ich tatsächlich dabei geblieben. Solche Dinge können sich festsetzen und eine sogenannte Wahrheit werden. Aber wo ist dann meine Freiheit? Meine freie Einsicht?'

‚Peter ... ich will dir die Wahrheit sagen, ohne Umschweife. Jeder Mensch hat zwei Seiten, aber dein Inneres hat das sehr stark. Du hast eine große Sehnsucht, aber auch wenig Geduld und nicht so viel Lust an der mühsamen inneren Arbeit. Wenn du nun mit Spiritualität in Berührung kommst, ist das gefährlicher, als wenn du das *gewöhnliche* Leben gelebt hättest. Du hättest deine Fehler gemacht, vielleicht auch ernste, aber doch schuldig-unschuldig. Nun bist du mir begegnet, und das hat deine Sehnsucht nach Spiritualität geweckt, du arbeitest daran, und dein Bewusstsein nimmt zu. Ich will dir ehrlich sagen, dass das bei dir wirklich in zwei Richtungen ausgehen kann, Peter. Ich bin mit verantwortlich für deine Entwicklung, so liegt es in unserer Schicksalsverbundenheit. Ich *muss* dich zurückrufen, aber du bleibst frei, nicht zurückkommen zu wollen, nicht wahr. Du hättest auch aufstehen und abreisen können.'

‚Unmöglich. Wirklich unmöglich.'

‚Dann ist es gut. Wenn unsere Verbindung so stark ist, kann es nicht schiefgehen.'

‚Meinst du, ich könnte die schwarze Seite wählen? Um mit dir wetteifern zu können?' Er erschauerte wieder. ‚Vielleicht ist es so. Aber einst, vor Jahren, sah ich deinen milden Blick auf mir ruhen. Ich sah dich als Vater, aber auch als echten Bruder, als Kampfgefährten. Das werde ich nie aufgeben, nicht aus mir heraus. Das Leben würde allen Sinn verlieren. Und vergiss nicht, dass dein Vorbild sich immer mehr in mir selbst verinnerlicht, dass ich mein eigenes höheres Wesen darin vermuten kann. Das gibt Hoffnung. Aber ich habe mich gestern und heute gehenlassen. Ich muss dir also sogar danken, dass du so scharf gewesen bist. So weit geht man nicht mit irgendwem. Deine Kinder, deine Frau, der Meister ... und dieser schwarze Peter, der schon ein bisschen weniger schwarz ist. Ich *wollte* früher auch schwarz sein. Und dann strahlen! Weißt du, wie viel ich schon aufgegeben habe? Die große Welt betrachtet mich als einen Narren bei zwei Gurus auf einem Berg. Auch noch *zwei*. Es verlangt ziemliches Selbstvertrauen, um sich ganz auf sich zu stellen und auf den Glanz der positiven öffentlichen Meinung zu verzichten. Manchmal tut das weh. Aber das darf ich dir nicht vorwerfen, du verzichtest auf noch viel mehr.' Er seufzte. ‚Nun, es ist wieder alles in Ordnung. *Was* für eine Spannung das war...'

Zuhause fand er Eva in einem tiefen, heilsamen Schlaf. Er zog die Gardine ein wenig auf, um die Sterne sehen zu können.

Er setzte sich auf seinen Stuhl und schaute...

Zuerst fühlte er eine überwältigende Ehrfurcht vor diesem klaren Nachthimmel, dann nahm sein Geist Abstand von seinem Verstand und drang in seine Augen, so dass er mit dem Geist nur noch Auge war, das sieht, was der Verstand verschleiert...

WO DEIN SCHATZ IST, IST AUCH DEIN HERZ

Der goldene Tagesrhythmus wurde durch die unerwartete Krankheit von Eva durchbrochen. Johannes musste Himmel und Erde in Bewegung setzen, um sie im Bett zu halten. Sie fühlte sich fit, es ging ihr besser, sie konnte wieder arbeiten. Er dagegen fühlte ihre Verletzlichkeit, und als er ihr schließlich beweisen konnte, dass sie noch Fieber hatte, gab sie nach.

Nach der Meditation frühstückte er mit den Kindern, empfing Marie und eilte danach zur Klinik. Es war seltsam, wieder in seinen Beruf zu ‚steigen'. Er machte mit Eva zwar jeden Tag die Runde entlang der Betten, aber das war nur eine Art Supervision, er hatte keinen aktiven Anteil an der Arbeit. Nun zog er seinen weißen Kittel an, füllte seine Taschen mit den kleinen Instrumenten und ging zu Evas Zimmer. Sie hatte ihre eigene Arbeitsweise, und er empfand einen großen Respekt, als er in ihren Terminkalender sah und in die Papiere auf ihrem Schreibtisch Einblick nahm. Alles lag für den Tag bereit, einschließlich einer Liste zu erledigender Dinge. Er erschauerte, denn er fühlte ihr Wesen in ihrer Abwesenheit...

Es waren zwölf Einbettzimmer, doch bei großem Andrang wurden die geräumigen Zimmer für zwei Personen benutzt. Es war viel Wert auf Schönheit gelegt worden: Gebohnerte hölzerne Flure, hell getönte Wände, große Fenster mit Aussicht auf die Berge oder die Felder, schöne Beleuchtung – und die Technik so wenig wie möglich betont. Obwohl sie die regulären Untersuchungs- und Behandlungsmethoden zur Verfügung hatten, waren diese nur für Notfälle reserviert. Fast alle Menschen, die aufgenommen wurden, waren Opfer der modernen Gesellschaft. Manchmal waren sie schwer krank, aber immer sah man, wie jahrelange Angst und Stress die eigentlichen Krankheitskeime waren. Daneben waren immer ein paar Urlauber aus der weiteren Umgebung aufgenommen, meist in Zusammenhang mit Infektionskrankheiten.

Es gab zwei Pflegekräfte, eine auf der Poliklinik, eine auf der Abteilung. Heute hatte ein sehr junges Mädchen Dienst, das aus einem Nachbardorf kam. Sie atmete frische Bergluft und packte gerne zu. Sie versprühte eine Atmosphäre von Arbeitsfreude, die auf alles und jeden in ihrer Umgebung anregend wirkte.

‚Guten Morgen, Herr Professor!', sang sie ihm fröhlich entgegen. ‚Heute Nacht ist alles ruhig gewesen. Frau Doktor soll sich nur gut ausruhen, sie ist schon eine Weile ein bisschen müde, finden Sie nicht? Haben Sie noch Fragen vorab, Herr Professor?'

‚Wir machen einfach wie gewohnt weiter, wir werden dann schon sehen.'

Im ersten Zimmer war ein Niederländer, sechzig Jahre alt, mit Prostatakrebs und Metastasen in den Knochen. In Holland hatte man ihm keine Hoffnung mehr gemacht, aber seine Frau hatte ihn in einem verzweifelten Versuch, ihn länger bei sich haben zu können als das halbe Jahr, das die Ärzte ihm noch gaben, hierhergebracht. Eva hatte eine Behandlung begonnen, die größtenteils auf die Förderung der Lebenslust des schwermütigen Mannes gerichtet war. Neben anregenden Injektionen erhielt er Begleitung bei Wahrnehmungsübungen in der Natur, beim Hören von Musik, dem Erleben von Rhythmus und Klang in berühmten Gedichten. Seine Frau durfte nach Belieben bei ihm bleiben.

Er saß allein an seinem großen Tisch am Fenster und las in einem kleinen, dicken Buch. Er stand auf und gab Johannes die Hand.

‚Guten Morgen, Herr Doktor. Wo ist Ihre Frau?'

‚Ein bisschen krank. Sie wird bald wieder da sein.'

‚Setzen Sie sich kurz zu mir, Herr Doktor?'

Johannes gab der Schwester ein Zeichen, dass sie gehen könne, und setzte sich an den Tisch. Er fragte:

‚Wie geht es mit den Schmerzen?'

‚Es geht schon, Doktor. Ich nehme keine Schmerztabletten, und es geht. Aber ich bin abgelenkt, wenn ich lesen will oder so.' Er wies auf das Buch. ‚Ich bin damit aufgewachsen, mit der Bibel. Sie lag schon vierzig Jahre unter einer Staubschicht. Nun habe ich sie auf den Rat Ihrer Frau hin vom Staub befreit und aufgeschlagen. Einfach so auf gut Glück. Ich sitze hier am Fenster, und es scheint, als sähe ich zum ersten Mal die *Sonne*, Herr Doktor ... und dann lese ich hier über Christus, und dann denke ich: Hier *lese* ich auf einmal zum ersten

Mal über die Sonne. Ein finsteres Leben habe ich, Herr Doktor ... so schwarz wie die Nacht. Immer nur arbeiten und, um sich zu trösten, allerlei Schweinereien. Mit anderen Frauen und so. Und sogar mit Männern ... um das auch einmal zu probieren. Ihrer Frau sage ich das nicht, ich würde sie nur schockieren, es ist ein liebes Kind, gutgläubig. Sie sieht das Beste in mir, glaube ich – und darüber bin ich auch dankbar. Heute Morgen begriff ich auf einmal, dass die Sonne für jeden scheint, auch für einen Schuft wie mich. Ich beichte Ihnen meine Sünden, bevor ich sterbe. Einen Pfarrer brauche ich nicht, verstehen Sie. Und katholisch bin ich nicht ... also sage ich es Ihnen als Arzt. Ich habe meine Kräfte an den Sex verspielt, diese Krankheit ist die Strafe.'

Die Abneigung, die Johannes in sich aufsteigen fühlte, hatte einen objektiven Charakter. Es waren die Antipathiekräfte des Mannes, der da mit ihm am Tisch saß. Der Mann fuhr fort:

‚Meine Frau wusste, dass ich sie betrogen habe, aber sie kannte das Ausmaß nicht. Sie hat mir vergeben, aber sie weiß nicht *was*... Seit ich diese Krankheit habe, beginnt das Schuldgefühl aufzusteigen, es quält mich, und ich will ihr alles beichten – nun sage ich es Ihnen. Ich bin ein fürchterlicher Kerl, misstrauisch und kritisch und ein echter Nörgler. Über Kleinigkeiten herfallen, einfach weil man Lust dazu hat. Weil es einen Kick gibt, zu sehen, wie der andere unsicher wird und sich zu winden beginnt. Dann *noch* einmal zuschlagen, härter. Die meisten Menschen sind dann völlig am Boden. Wer trotzdem noch aufrecht bleibt, den versuche ich, ins Bett zu kriegen. Mann oder Frau, das ist egal.'

Johannes fragte:

‚Es gibt auch Menschen, die solche Dinge erzählen, um den anderen unsicher zu machen. Wie ist das bei Ihnen?'

Der Mann lachte laut.

‚Sie sind so einer, der nie aus der Fassung gerät, den man auch nicht ins Bett kriegt. Ich habe Menschenkenntnis genug, Herr Doktor. Nein, was ich Ihnen erzähle, ist die Wahrheit, auch das Schuldgefühl. Dann vergisst man das Lachen! Ich schlafe keine Nacht mehr. Dennoch bin ich froh, dass sie mich hierher geschleppt hat. Es ist hier besser als zuhause, ich habe weniger Schmerzen. Und die andere

Ärztin, Ihre Frau, lehrt mich, die Sonne zu sehen, buchstäblich. Das ist doch schön, dass man vor seinem Tod noch die Sonne sieht. Es ist auch nett, dass hier Rosen stehen, entlang der Wiese dort. Ich soll sie zeichnen, hat sie gesagt, man *muss* dann einfach hinsehen. Sie sagt: So eine Rose begehrt nichts, sie steht nur da, um schön zu sein. Rosenrot ist sie, diese Rose. Ich habe sie oft zu meinen Liebchen mitgenommen, aber ich habe sie nie betrachtet. Und wenn sie ausgeblüht hat – ich habe schon eine ganze Reihe verwelken sehen –, gibt sie sich ohne weiteres ihrem Tod hin. Sie begehrt nicht einmal das Leben... Diese Ärztin ist ein Wunder, wissen Sie. Sie sagt nur, dass ich die Rose einmal zeichnen soll, weil sie nichts begehrt ... und daraufhin kommen all diese schönen Gedanken in mir auf. Es ist doch schön, noch eine Rose *gesehen* zu haben, bevor man stirbt, ohne sie pflücken zu wollen, um sie seinem Liebchen zu geben, sondern sie einfach nur anzusehen. Ich weiß nicht, was passiert, wenn man in der Kiste liegt. Ja, man wird von den Würmern aufgefressen, das ist sicher. Ist man selbst dann irgendwo anders? In der Hölle? In meinem Fall, sozusagen... Dann hofft man wohl am besten, dass es einfach ‚gelaufen' ist, die Hölle lockt mich nicht so.'

‚Haben Sie Angst?'

‚Ich verrecke vor Angst. Natürlich. Sie müssen die Bibel einmal lesen. Es wird doch nicht alles wahr sein?'

‚Wenn es wahr ist, ist auch die göttliche Barmherzigkeit wahr.'

‚Sie glauben doch selbst nicht, dass es Mitleid mit so einer Kreatur wie mir gibt?'

‚Sie bringen Ihre Dinge in Ordnung. Moralisch, meine ich. Das Gewissen, das in Ihnen spricht, wird sich als wichtiger erweisen als all Ihre Fehler zusammen.'

‚Woher wissen Sie das?'

‚Sie fragen mich etwas, ich gebe Ihnen Antwort. Wenn Sie nicht meinen würden, dass ich eine Antwort hätte, hätte die Frage keinen Sinn.'

‚Sie sind mir einer, Herr Doktor.'

Johannes stand auf. Wenn er so weitermachte, dauerte die Visite einen ganzen Tag...

*

‚Wie geht es, Junge?', fragte er Peter, als er ihn in seinem Raum besuchte.

‚Gut, Meister. Ich fühle mich wieder pudelwohl. Nur verstehe ich noch immer nicht, dass du *so* böse wurdest.'

Johannes seufzte tief und setzte sich. Der Morgen war außergewöhnlich schwer gewesen, zwölf Gespräche... Er sagte:

‚Wenn jemand anders solche Fragen stellen würde wie du gestern ... jemand, der mich gerade erst kennt oder der nicht viel von meiner Arbeit weiß ... dann würde ich einen Versuch machen, zu erklären, warum ich hier bei dem Meister bin und nicht bei irgendeiner spirituellen Bewegung. Aber du, Peter, musst es besser wissen. Du *weißt* es auch besser, oder nicht?'

Peter schlug die Augen nieder und sagte:

‚Ja.'

‚Darum wurde ich so böse. Wenn man die Einsicht *hat*, darf man nie mehr zweifeln. Wenn man etwas *glaubt*, kann der Zweifel einen quälen. Wirkliche Einsicht ist nun einmal die Überwindung des Zweifels. Ich finde es einen großen Fehler, wenn du dir selber dann noch erlaubst, diese Art Gedanken zu hegen.'

‚Du hattest mir verziehen...'

‚Du hast selbst danach gefragt, Peter. Wenn du bei deinem Zweifel geblieben wärst, dann könnte ich mit dir nicht weiter arbeiten.'

‚Okay. Ich verstehe dich. Ich gelobe dir mehr Standhaftigkeit. Manchmal finde ich mich selbst jämmerlich. Nun bin ich wieder zufrieden, ich werde mich wieder voll einsetzen. Wie geht es Eva?'

‚Eva ist eine sehr gute Ärztin, das habe ich heute Morgen wieder gesehen. Sie fühlt genau, bei wem sie was tun muss, sowohl medikamentös, als auch in der künstlerischen und psychischen Begleitung. Ich habe davor großen Respekt und bin dankbar, dass ich das heute einmal so intensiv erleben konnte. Sie hatte heute Morgen noch Fieber, also musste sie im Bett bleiben – unter großem Protest, wie du dir vorstellen kannst. Ich gehe jetzt nach Hause Mittag essen, ich hoffe, dass es ihr schon wieder besser geht. Heute Mittag halte ich hier Sprechstunde. Wir sehen uns wieder...'

‚Johannes ... ich sollte dir noch erklären, warum ich solche Dinge zu dir gesagt habe.'

Johannes lächelte und antwortete:

‚Wir schieben das noch etwas auf, ich habe jetzt nicht die Ruhe dafür. Morgen oder übermorgen. Wenn Eva wieder da ist.'

Er stand auf und drückte Peters warme Hand.

Eva saß im Wohnzimmer vor dem Fenster und las, während die Kinder mit Marie in der Küche am Tisch saßen. Sie sah blass aus, das Fieber war offensichtlich gesunken. Das stets glänzende schwarze Haar war matt, ihre blauen Augen schauten müde. Johannes küsste sie auf die Stirn und ließ ihre Ausstrahlung ruhig auf sich einwirken, bevor er sagte:

‚Warum liegst du denn nicht im Bett, Eva? Du bist noch lange nicht gesund.'

Beide dachten sie an früher – wie Johannes sie immer hatte ermahnen müssen, weil sie nicht zur Ruhe kam.

Sie lachte verlegen.

‚Ich wollte noch schnell zu unserem Schlafzimmer huschen, als du kamst, aber das ist lächerlich. Ich werde das Liegen schnell müde, wie du weißt. Wofür ist das gut? Ich kann ebensogut ruhig hier sitzen.'

‚Heute Morgen habe ich Gelegenheit gehabt, dein fachliches Können zu sehen ... in Bezug auf dich selbst wirkt es offenbar nicht. Komm, ich bringe dich ins Bett.'

Er nahm sie in seine Arme und war besorgt. Sie fühlte sich schlaff und wie verwelkt an. Sie arbeitete ganz bestimmt zu hart. Sie ließ sich zu Bett bringen und seufzte, als sie lag.

‚Darf ich nicht mehr hinaus, Herr Doktor? Das ist auch gut ... setzt du dich noch kurz zu mir?'

‚Ich hole etwas zu essen, willst du auch etwas?'

Sie verzog das Gesicht und schüttelte den Kopf.

Als er mit einem Brötchen und einem Glas Milch neben dem Bett saß, sagte er:

‚Liebste, du musst damit rechnen, dass es auch morgen noch nicht vorbei ist. Ein paar Tage, eine Woche ... du brauchst Ruhe, gib dich dem jetzt einfach hin.'

‚Wie soll das nur gehen! Du kannst doch nicht jeden Tag meine Arbeit machen? Und Peter kann es nicht allein.'

‚Es ist gut, Eva, so ist es nun einmal. Es tut mir gut, meinen Beruf noch einmal so ganz anders auszuüben. Überlass es nur uns, bis es dir besser geht.'

‚Du bist immer so gelassen... Und unsere Gespräche? Über die Kategorien?'

‚So ist es mir in der inneren Entwicklung auch ergangen. Man wird immer wieder in der freien Entfaltung gehemmt, in seiner Ausdauer geprüft. Sobald es dir besser geht, machen wir weiter, wir werden es nicht vergessen!'

Sie nahm seine Hand und gab sich seiner Ruhe hin. Nach ein paar Minuten lag sie in tiefem Schlaf...

In der Pause der Mittagssprechstunde suchte ihn der Meister in seinem Sprechzimmer auf.

‚Weißt du noch, Meister, worüber wir gestern sprachen? Es scheint schon so lange her!'

‚Ich habe mich ordentlich vorbereitet, mein Junge. Wir sprachen über die Gewöhnung des Verstandesdenkens an die geistige Offenbarung, an die mächtigen Wirbel, die du in deinem Geistdenken gewahr wurdest, gewahr *wirst*.'

‚Glaub mir, Meister, ein ganzes Heer von Dämonen steht in voller Schlachtordnung bereit, um diesen Prozess zu verhindern. Wir leben in einer Zeit, in der die innere Passivität die Hauptrolle spielt und zugleich der *einzige* Spieler zu sein scheint. Alles in unserer Kultur ist darauf gerichtet, dass man sich willig dem Äußeren hingibt: Filme, Computer, Internet... Das Streben ist nicht, sich innerlich davon loszureißen und *aufzustehen*, sondern gerade, sich vom Strom der mechanischen Eindrücke mitführen zu lassen. Nun habe ich immer die strenge, selbständige Denkdisziplin des Wissenschaftlers gehabt, wodurch mir das innere Aktivwerden und Aufstehen leichter fällt. Aber *wenn* man dann durch immer größere Aktivität im Denken innerlich aufrecht steht, dann steht man – ob bewusst oder nicht – Auge in Auge einem Heer von Dämonen gegenüber. Man steht scheinbar allein, noch wankend in seiner beginnenden Selbständigkeit

– und man wird umgeworfen, niedergetrampelt. *Bewusst* äußert sich das in einem Verlust an Konzentrationskraft: Man fällt wieder zurück in seine Erinnerungen, in die gewohnte Alltags-Gedankenwelt. In der nächsten Meditation rafft man sich wieder auf, man ist etwas stärker geworden, aber das Heer gegenüber ist gewiefter, geschickter, angepasster an das eigene Vermögen. So lernt man erkennen, dass diese dämonische Macht tatsächlich die eigene Ohnmacht ist. Man wird sich selbst gewahr, in seinem Unwillen, seiner Ohnmacht, seiner Angst. Wenn man nun den Mut und die Durchhaltekraft hat, in jeder Meditation erneut den Kampf aufzunehmen, fühlt man, wie die Zunahme an Kraft und diese mächtige Geistbewegung, über die ich sprach, einzustrahlen beginnt. Es ist das *Leben selbst*, was man da gewahr wird. Alles wird *Geschehen, Prozess, Werden*. Nichts steht mehr still oder kristallisiert aus ... alles ist im Werden. Der Verstand kann nur auskristallisierte Begriffe denken, nüchtern und wohlumrissen. Dieser Geistbewegung jedoch kann das Denken nur *folgen*, zwar mit der allergrößten Aufmerksamkeit, aber ohne die gebräuchlichen Begriffe.'

‚Dennoch sprichst du immer über die zwölf Kategorien?'

‚Diese sind so, wie sie für den Verstand brauchbar sind, nicht geeignet, um dem Geist zu folgen. Gerade *sie* müssen spiritualisiert werden, zu geistigen Wesen umgeformt – die sie in Wirklichkeit ja *sind*.'

Der Meister stieß einen Seufzer aus.

‚Junge! Wer soll dir noch folgen können?'

‚Du. Eva. Elisabeth. Vielleicht auch Peter. Aber auch jeder andere, der nur *will*. Wenn man nur enthusiastisch wird, in Feuer und Flamme gerät für die Möglichkeit, die volle Wirklichkeit zu finden. Wer kann denn mit der abgeschwächten, vagen, farblosen Welt, die vom Verstand hervorgezaubert wird, zufrieden sein? Es gab nach dem Weltkrieg deutsche Philosophen, die gesagt haben, die Erlebniswelt sei entzaubert, ihres bezaubernden Charmes beraubt. Ich würde lieber sagen, die Erlebniswelt ist *verzaubert*, in ein nüchternes und starres System von Atomen, Molekülen und genetischer Information verwandelt. Die farbige Welt zerfällt in ein farbloses Licht, als hätten wir ein umgekehrtes Prisma dazwischengesetzt, das allen Charme in Farblosigkeit verwandelt. Wer würde diese Verzauberung nicht lösen wollen?! Ich habe *dazu* den Zauberstab gefunden, und ich werde ihn bis zu meinem letzten Atemzug in die Welt tragen!'

Der Meister lächelte ihm voller Liebe zu und sagte:

'Ich habe dich immer schon für ein märchenhaftes Wesen gehalten, Johannes! Johannes ... allein schon der *Name*. Auch *ich* habe gekämpft, um den Abendländer zu lehren, die Verzauberung zu durchbrechen ... aber ich hatte nur den *Weg zurück* zu bieten. Nun ist mein Herz von Stolz erfüllt, dass ich den Meister des spiritualisierten Intellekts beherbergen durfte und ihm Gelegenheit geben kann, seinen Zauberstab bekannt zu machen, indem er ihn jedem gibt, der das will.

In Feuer und Flamme dafür geraten, Johannes ... oft bin ich dafür noch zu schwach. Aber Augenblicke wie diese entflammen auch mich...!'

'Ich bin von irgendetwas todmüde geworden, Johannes. Ich bin nicht von dieser Magen-Darm-Grippe so müde, das ist Unsinn. Es ist umgekehrt. Wovon bin ich so müde?'

'Ich habe heute deine Arbeit gemacht, Eva. Ich habe schwerkranke Menschen gesehen und gesprochen, auf eine viel intensivere Weise als früher. Man kann so etwas nicht tagein, tagaus leisten, wenn man nicht die volle Geistesgegenwart hat. Umgürte deine Lenden und halte deine Lampe am Brennen! Damit ist es gesagt! Man kann seine Geistesklarheit, seine Wachheit keinen Augenblick erschlaffen lassen. Tut man es doch, muss man sich tief, tief schämen!'

Auch zu Eva sprach er mit kräftiger Stimme, so wie er heute Mittag zum Meister gesprochen hatte. Sie sah ihn erschrocken an und fragte:

'Ist das eine Ermahnung?'

'Eine allgemeine, ja. Nicht jetzt in diesem Moment gegen dich gerichtet. Wohl aber als Antwort auf deine Frage, warum du so müde bist. Du arbeitest enorm hart, und du verlierst dich ab und zu darin. Das darf dir nicht geschehen, Liebste.'

Es kam etwas Farbe in ihre blassen Wangen. Er war kein sanfter Chirurg, und er wusste, was er tat.

'Wieso *verliere* ich mich darin? Ich gebe mich hin, das ist etwas anderes.'

'Auch in der Hingabe muss man *bewusst* mit seiner Hingabe

mitgehen, nicht sich darin verlieren.'

Sie fasste seine Hand.

,Ich sehe auf einmal, was du meinst. Was du von uns verlangst, ist so ungewohnt. Man hat nie mehr Ruhe, man muss fortwährend aktiv bleiben, auch wenn man sich an das hingibt, was man hört und sieht. Dagegen lehnt sich die Faulheit auf. Man will doch auch einmal kurz einfach mitschwimmen auf dem, was gegeben ist?'

Johannes hörte derartige Worte täglich, nur von Eva erwartete er sie nicht, sie machten ihn einsam. Er sagte:

,Wir können uns eine solche Haltung nicht erlauben. Wir müssen wachen, bis unser Herr zu uns kommen will – und er kommt wie ein Dieb in der Nacht, unerwartet, unangekündigt. Darum muss man wach sein, Eva, immer wieder. Davon wird man nicht müde, sondern energisch. Wir haben kein Leben von Ruhe und Frieden, sondern von Arbeit und Kampf. Es ist nun einmal nicht anders.'

Eva lachte.

,Wann darf ich dann endlich aus dem Bett, Herr Doktor? Ich habe genug Ruhe gehabt.'

,Wenn man krank ist, muss man ruhen. Es ging gerade um die gesunden Tage in unserem Leben – und wie man gesund *bleiben* kann.'

,Wie lange bin ich denn noch krank?'

Er fühlte ihre Wange und sagte:

,Wie lange, glaubst du selbst?'

,Morgen noch zuhause und dann wieder an die Arbeit.'

,Wir werden sehen, vielleicht...'

,Aber Johannes? Wenn man so im Gespräch ist, *verliert* man sich doch immer? Man kann seine Besonnenheit doch nicht fortwährend kräftig aufrechterhalten?'

,Das geht *wohl*. Das ist gerade die Einweihung, von der du so gerne mehr hören willst.'

,Bist du *immer* besonnen, Johannes?'

,Ja. Aber was in dieser Besonnenheit erscheint, ist eine zunehmende geistige Welt *in* der physischen. Sie erscheint nicht fertig, in Gänze, sondern wächst aus einem Keim hervor. Diesen Keim legt man selbst durch die Besonnenheit in den richtigen Boden – und man bietet ihm dann die richtigen Wachstumsbedingungen und Schutz, auch dies wieder durch die Besonnenheit, die bis ins Unendliche zunehmen kann.'

‚Du lässt also nie los, du versinkst nie in Träumerei?'

‚Doch, aber *besonnen*.'

‚Hast du denn eine Methode, um dahin zu kommen?'

„‚Wenn der Denker und das Gedachte ein und dasselbe sind...' – danach muss man in der Meditation streben. Kennt man diese Einheit einmal, dann kann man sie nach Belieben zustande bringen, dann hat man die Besonnenheit auch außerhalb der Meditation.'

‚Durch fortwährende Vereinigung von Denker und Gedachtem?'

Johannes nickte.

‚Man lernt, mit seinem *Willen* – dem Denker – zu sehen und zu hören. Man sieht und hört dann die geistige Realität – man verliert sich nicht mehr.'

Er streichelte ihre rosafarbene Wange und lachte ihr zu:

‚Du wirst jetzt noch ein bisschen unbesonnen ruhen, Liebes. Der Vater hier geht jetzt einmal nach seinen Kindern sehen.'

‚Musst du heute Abend noch weg?'

‚Nein, der Meister übernimmt alles.'

Sie legte sich wieder hin, und er fühlte ihre Zufriedenheit, als er die Tür hinter sich schloss.

Als er ins Schlafzimmer zurückkam, schlief sie tief und fest. Er sah sie einige Zeit an und fühlte schmerzlich ihre Wehmut. Sie hatte eine schwierige Aufgabe. Er war nie einem anderem Menschen begegnet, der eine so intensive Lebenslust hatte wie sie. Er hatte sie nicht an sein ernstes Schicksal binden wollen – aber sie hatte mit derselben Lebenslust darauf gedrängt, und er hatte sie schließlich voll und ganz umarmt... Aber damit war auch ihr Schicksal ernst geworden, wie sie es ja auch wollte. Oh, sie hatte ihre Lenden umgürtet, und mit der bezähmten Lebenslust hielt sie ihre Lampe am Brennen, wenn auch nicht kontinuierlich. Wegen ihres Ernstes und ihrer Position neben ihm wurde sie verspottet und beneidet. Das alles fühlte er sehr intensiv, jetzt, wo er sie so schlafend sah. Eine große Seele in einem mädchenhaften Körper, eine mächtige gebündelte Kraft, die sich weit entfaltete, sobald sie den Körper im Schlaf verließ... Es hatte auch nicht anders sein können, sie waren durch die Jahrhunderte, ja durch die Jahrtausende hindurch verbunden – in einer Intensität, die beim allerersten Anblick wieder zu einem großartigen inneren Feuer entflammt war.

Das Licht des Vollmondes erleuchtete das Zimmer, und er setzte sich auf seinen Stuhl am Fenster. Die Sommernacht war so weit oben in den Bergen stets kühl und klar. Er wandte sich vom Fenster ab, faltete seine Hände und senkte leicht den Kopf.

Einst war der Denker in ihm ausschließlich in seinen Gedanken zur Erscheinung gekommen. Von Natur aus hatte er seine Gedanken in einer wissenschaftlichen Disziplin in der Hand. Durch das Denken über das Denken – nicht nur über seine Gedanken, sondern auch darüber, *wie* man eigentlich denkt, was die Bedeutung und der Sinn des Denkens ist – war er tiefer eingedrungen, immer tiefer, bis er in dessen Ursprung sich selbst als denkender Geist gefunden hatte. Da hatte sich das Denken – das in den wissenschaftlichen Gedanken *universell* erschienen war – als eine vollkommen individuelle Aktivität erwiesen. Nicht der Inhalt des Denkens ist individuell, aber die *Art* zu denken, die auf den denkenden Geist, die *Individualität* zurückgeht. Das war für ihn keine Philosophie, sondern ein Leben in der Wirklichkeit seines eigenen *Seins*. Er rührte da an seinen ewigen Wesenskern, an alle vorangegangenen Inkarnationen, an seinen eigentlichen *Namen*.

Im Lauf der Zeit war dieser Kern aufgegangen, ‚verschmolzen', und er war in dem erwacht, der er eigentlich war. Er war damit allein, konnte die volle Realität kaum in Worte fassen, geschweige denn darüber sprechen. In diesem lebendigen, geistigen Wesenskern schaute er nicht nur sich selbst in vollem Umfang, sondern zugleich den Verlauf der Zeit und die Ausbreitung des Kosmos. Er konnte mit der Zeit den Raum betreten, aber auch Raum in die Zeit bringen. Das alles geschah nicht in einem Augenblick, sondern war beständig gewachsen. Da, in seinem Wesenskern, war er größer, als er es mit dem Verstand je fassen könnte – und doch machte diese Selbsterkenntnis bescheiden, weil er sich von Wesen mit einer immer höheren Entwicklung umgeben sah. Seine körperliche Gestalt, sitzend mit gefalteten Händen und leicht gebeugtem Kopf, war vergessen... Stattdessen blühte eine kosmische Erinnerung an die Schöpfung des Menschen auf...

WIEDERHOLUNG IST DIE POTENZIERUNG DES BEGRIFFS

Der Wille wird sehend und hörend ... nach einer langen inneren Übung. Mit dem schwachen Denken ist es nicht möglich, den Willen zu bewusster Wahrnehmung zu erwecken – es muss durch Konzentration und Meditation verstärkt werden. Dann wird es zum dritten Auge, das sich mit dem Willen vereinigen kann und so die geistige Welt sichtbar macht. Das mag abstrakt klingen und viele Menschen irritieren. Der Beweis wird einfach dadurch geliefert, dass man irgendwann einmal damit beginnt und geduldig ist. Wenn man seine Schulzeit beginnt, muss man auch jahrelang Geduld haben und arbeiten, bevor man etwas erreicht hat. Von einem geistigen Lernen erwartet man, dass es morgen, oder am liebsten noch heute, jetzt, zum Endresultat führt ... dass man nur ein Tor zu öffnen und die Schwelle zu überschreiten braucht.

Wenn man beginnt, ist da noch nichts Großartiges und Gewaltiges, es ist klein und unscheinbar wie ein Senfkorn – aber der Beginn umfasst dieselbe Keimkraft. Der ‚Beginn' ist das Denken, es umfasst bereits das Königreich Gottes, aber es muss noch in den richtigen Boden – die Konzentration und die Meditation – gelegt werden. Dann zeigt sich, dass es in der Vereinigung mit der *Willenskraft* so groß wie der Kosmos und so umfassend wie die Ewigkeit werden kann.

So muss es in vielen auf Erden lebenden Menschenseelen aufblühen, wenn die Dekadenz nicht die Oberhand bekommen soll. Über Moralität zu *sprechen*, hat keinen einzigen Sinn mehr. Die Welt der Moralität muss als *Wirklichkeit* in den Menschen zum Vorschein kommen. Dann werden sie das Gesetz nicht mehr übertreten. Dieses steht schließlich nicht außer und über ihnen, sondern ist eins mit ihrem eigenen Wesen. Das Gesetz zu übertreten, bedeutet dann Selbstverleugnung...

Nach einigen Stunden Schlaf, der immer von Wellen des Bewusstseins durchzogen war, erhob Johannes seinen Leib und brachte ihn zu seinem Meditationssessel. Dort setzte er den Schlaf fort, nun aber *völlig* bewusst, von Sekunde zu Sekunde. Er war Bürger zweier

Welten, nur Einzelne wurden dies an ihm gewahr. Viele wiesen ihn sogar auf die Toleranz gegenüber anderen Wegen zum Geist hin, die ihm ihrer Meinung nach fehlte. Sie fühlten nichts von der Weisheit seines Wesens, von dem Umfang seiner geistigen Aura, und meinten, ihn belehren und ermahnen zu können...

Er ertrug das schweigend, wissend, dass Diskussion keinerlei Sinn hatte. Er hatte auch kein Bedürfnis nach Anerkennung – nur der Fortschritt der Entwicklung *aller* lag ihm am Herzen. Weil Selbsterkenntnis nun einmal der Weg zur Erkenntnis der Welt ist, saß er hier in tiefer Meditation, das dritte Auge in die Willenswelt seiner Individualität gerichtet und versenkt...

Er hielt die Visite kurz und ging schon in der Kaffeepause zu Peter.

‚Du weißt es anzupacken!', grinste dieser.

‚Liebe muss dosiert werden, Peter. Heute habe ich nur nach Besonderheiten geschaut. Die gab es nicht.'

‚Was meinst du mit dem Dosieren von Liebe?'

‚Dass zuviel Aufmerksamkeit auch nicht nötig ist. Man gibt einen Impuls, und jeder muss damit weitermachen ... zumindest für einige Zeit.'

‚Ja, ja.', grinste Peter. ‚Das weiß ich alles. Du hast mir sogar die Ehre deines Zornes erwiesen.'

‚Du kommst nicht darüber hinweg, wie?'

‚Ein leichter Narzisst wie ich verbringt schon einige Tage mit der Verarbeitung von Verletzungen seines hochverehrten Selbsts. Kann ich dir jetzt erklären, warum ich diese Dinge zu dir sagte, die dich in Wut entflammen ließen?'

‚Nur zu.'

‚Ich lese ab und zu die Bibel, das Neue Testament. Das ist sehr lehrreich, ich muss es zugeben. Man lernt dadurch, wie das Leben auf Erden eine Art Negativ zu dem Leben mit Gott ist. Man muss alles umkehren. Ist man hier auf Erden der Erste, wird man da der Letzte sein. Ehre *hier* ist überhaupt kein Hinweis auf Ehre *dort*. Du weißt, wie ehrgeizig ich eigentlich bin, Johannes. Vielleicht habe ich hier doch mehr Ruhm, mehr öffentlichen Erfolg erwartet. Ich verdiene hier nur mäßig, werde von vielen als Quacksalber betrachtet und arbeite mich kaputt, und das eigentlich gratis. Manchmal komme ich da nicht mehr heraus, aus diesen Gefühlen. Und da dachte ich: Johannes könnte doch sehr gut Anschluss bei einer großen Organisation finden? So kam der Ball ins Rollen, wurde immer dicker und dicker ... ich konnte mich dagegen nicht mehr wehren, bis du riefst: Hau ab! Verschwinde! Denn worum geht es eigentlich? Ich bin hier glücklich, wir haben ein prächtiges Leben in einer wunderschönen Umgebung. Ich lerne jeden Tag, und darüber hinaus habe ich meinen besten Freund ganz nah bei mir. Dich. Ich kann jeden Tag mit dir sprechen ... und die Patienten beweisen mir genug Respekt. Es scheint nun wieder ein anderes, gesünderes Licht auf meine Situation. Aber du verstehst mich doch, Johannes?'

‚Wenn das gesunde Licht nur immer wiederkehrt, Peter. Lass uns den Vorfall vergessen, ich verstehe es gut – kann es nur in dem Moment nicht akzeptieren.'

‚Hast du noch Zeit für eine Frage?'

Johannes nickte.

‚Ich bin während des Kontakts mit den Patienten immer rege und betriebsam und suche nach Diagnose und Therapie. Immer mehr aber merke ich, dass mir der eigentliche Kontakt entgeht. Ich glaube, ich habe keine Lust auf die sich nach Aufmerksamkeit sehnenden Leute. Ich mache meinen Job und mache ihn gut, ich bin ein Fachmann, mehr nicht.'

‚Was würdest du gerne wollen?'

‚In dieser Hinsicht wird meinem Willen Einsicht vorausgehen müssen. Ich fühle vage, dass ich den wichtigsten Teil der Untersuchung unterlasse, und das fängt an, ein elendes Gefühl zu werden, eine Art Schuldgefühl. Ich meditiere regelmäßig und versuche, mich selbst zu sehen und zu fühlen, da kommt es dann kräftig zur Erscheinung. Wie öffnet man sich für etwas, was einen maßlos ärgert?'

‚Das Gefühlsleben eines Eingeweihten zeichnet sich nicht durch das Fehlen negativer Gefühle wie Gereiztheit und Antipathie aus, sondern dadurch, dass diese als übersinnliche Organe gebraucht werden.'

Johannes kannte die Gereiztheit sehr gut, nur lebte er diese nicht ohne weiteres aus. Wenn er seine Gereiztheit dennoch zeigte, dann war es aus einer bewussten Absicht. Daneben erinnerte er sich noch sehr gut an die Zeit, als sein Ärger ihn mitreißen und ihn zu Äußerungen treiben konnte, die er bald danach bereute. Diese Erfahrung rief er sich nun in die Erinnerung zurück, und er fühlte, wie die Gereiztheit einen durchziehen kann, als unerträgliches Gefühl, das zu Jähzorn, zu Wut treibt. Er sagte:

‚Du hast auf diesem Gebiet schon viel erreicht, Peter. Du hältst deine Hände im Zaum, das ist schon ein Ertragen des Ärgers. Denn darauf kommt es an: dass man seinen eigenen Ärger erträgt. Man muss also eigentlich *sich selbst* ertragen, insofern man auf einen anderen reagiert. Der Ärger kann berechtigt oder unberechtigt sein – das ist erst zu unterscheiden, wenn man lernt, das Gefühl zu ertragen, ohne loszuschießen oder davor zu flüchten. Wenn man dann *trotzdem* böse wird, hat man das selbst gewollt.'

‚Wie du auf mich?'

‚Ja.'

Peter sah auf seine Hände, drehte nachdenklich an seinem Ehering und sagte:

‚Nun ja, darum ist deine Wut auch so schlimm, weil es berechtigter Zorn ist. Man hat keine Verteidigung – zumindest nicht, sofern man noch einen Rest Ehrlichkeit in den Knochen hat. Wenn ich hier also sitze, als Arzt hinter meinem Schreibtisch, muss ich meine Gefühle ein bisschen zulassen und sie ertragen – und bekomme dann Kontakt mit dem, der mich so reizt?'

‚Ja. Man kann sich auch noch fragen, wodurch dieser Ärger erweckt wird, das wird nicht immer auf demselben Grund beruhen.'

‚Meistens ist es das Selbstmitleid des Patienten. *Schwach* finde ich das.'

‚Vielleicht hört das auf, wenn du Mitleid empfindest?'

Peter lachte spöttisch.

‚So weit kommt es doch gar nicht! Nun, du hast wohl recht, zweifellos. Dir gegenüber sind die meisten Menschen heiterer, weniger hysterisch. Es wird wohl eine Wechselwirkung sein.'

Johannes stand auf und sagte:

‚Die moderne Methode, dem Ärger zu entkommen, ist ein Computer auf dem Schreibtisch. Man schaue auf den Bildschirm statt auf den Patienten...'

Er hob seine Hand zum Gruß und ging zu seinem Sprechzimmer, um seinen weißen Kittel aufzuhängen. Er ging nach Hause, zu Eva.

‚Du wolltest mir von der dreizehnten Kategorie erzählen.'

‚Wir haben gestern über die Besonnenheit gesprochen, die entsteht, wenn man seinen *Willen*, den Denker, in allem *bewusst* mitnimmt. Das ist eine Umformung des Willens. Von Natur aus lebt sich der Wille unbewusst in der Handlung aus, aber auch im Wunsch, im Trieb, der Begierde. Nun richtet man den Willen bewusst auf das Wahrnehmen und Denken, dieses wird dadurch von Begierde und Selbstsucht *geläutert*. Physiologisch bedeutet das, dass man den Abbau des Körpers, der durch die bewussten Prozesse zustande kommt – Ermüdung –, mit Aufbau durchwebt. Man wird energischer, gesünder und behält eine gewisse Jugend.

Nun muss auch eine Umwandlung des Denkens stattfinden. Im Denken fühlt man sich von der wahrgenommenen Welt losgelöst, aber eins mit sich selbst. Man hat das Gefühl, dass man dem, was man sieht und hört, subjektiv Gedanken hinzufügt – darum kann man sich vergessen. In Wirklichkeit gehört der Gedanke – der Begriff – zum Wahrgenommenen natürlich dazu, bilden beide eine Einheit, doch in unserem Erkenntnisprozess sind sie in zwei Welten getrennt – die Wahrnehmungswelt und die Begriffswelt.

Die Planeten beschreiben bestimmte Bahnen um die Sonne. Ihren Bewegungen liegt die jeweilige Form und Gesetzmäßigkeit natürlich zugrunde. In der Astronomie nehmen wir die Bahn wahr und finden dazu den Begriff der ihr zugrundeliegenden Gesetzmäßigkeit. Das *Sehen* der Bahn liefert nicht zugleich den Begriff, der Letztere wird innerlich gefunden. Wenn wir dann *beides* haben – Wahrnehmung und Begriff –, sind wir zufrieden, wir haben die Wirklichkeit zu fassen bekommen.

Wodurch sind diese zwei Welten in unserem Bewusstsein nun geschieden? Wie kommt es, dass wir mit der Wahrnehmung nicht zugleich den Begriff aufnehmen – der doch wirklich mit der Wahrnehmung eins ist?'

Nehmen wir an, ich komme nach Hause und finde dich in der Küche, um ein ‚häusliches' Beispiel zu nehmen. Du bist mit den

Zutaten für das Essen beschäftigt und hast natürlich eine deutliche Vorstellung von dem, was du machen willst, sonst kannst du es nicht machen. Ich aber, der ich gerade nach Hause komme, sehe dich mit alledem beschäftigt. Das ist es, was ich wahrnehme. Was ich *nicht* wahrnehmen kann, ist dein Plan, ich kann ihn höchstens aus dem ableiten, was ich dich tun sehe. In der Wirklichkeit – du und deine Tätigkeit – sind Wahrnehmung und Begriff eins. Für mich sind sie geschieden; für dich nicht, denn du bist die Wirklichkeit. Wie kommt das?'

Eva lächelte. Er sprach mit ihr nicht, um sie zu belehren, sondern um gemeinsam das Bewusstsein der Kernpunkte des Einweihungsweges zu haben. Es war nicht das erste Mal, dass sie hierüber sprachen, und es würden noch viele Gespräche mit ähnlichem Inhalt folgen. Sie antwortete:

‚Weil es keine Wahrnehmung des Denkens gibt – oder kein Denken des Denkens. Weil die dreizehnte Kategorie nicht da ist. Sie ist in dir natürlich schon da, aber nicht während dieser Situation, die du beschreibst.'

‚Willst du mir das bitte noch einmal genauer erklären?'

‚Ich muss es exakt ausdrücken. Wenn man meditiert, entsteht nach einer gewissen Zeit ein so verstärktes Denken, dass man es wahrnehmen kann. Man denkt konzentriert, und man konzentriert sich auf den Gedanken. Dieser verstärkte Prozess wird schließlich innerlich wahrnehmbar, das Licht der Meditation fällt auf das Denken. Man befindet sich dann innerlich in einem Denkprozess, der zwar im Körper erweckt wurde, sich aber dennoch in gewissem Sinne daraus befreit hat und zu reinem Geist, reinem Denken geworden ist, wahrnehmbar als innere Kraft, die mit dem geistigen Auge ‚sichtbar' ist. Das Denken wird wahrgenommen, und Denker und Gedanke sind eins. Dennoch ist das Denken noch immer von derselben Art wie immer, es strahlt vom Denker, dem Mittelpunkt, zum Umkreis aus.

Bis hierhin erlebe ich dies alles. Danach wird es für mich abstraktes *Wissen*. Ich *weiß*, dass es eine *dreizehnte Kategorie* gibt, die das Denken nicht nur bescheint, sondern es auch verstehen kann. Ich weiß, dass durch *dieses* Verstehen ein freies Denken möglich wird, und ich weiß zugleich, dass die Trennung zwischen Außen und Innen aufgehoben ist. *Erleben* kann ich das jedoch noch nicht, es ist nicht *meine* Erfahrung, sondern ein Verständnis von dem, was du mich lehrst. Würdest du mich noch einmal von deiner Erfahrung aus etwas über die dreizehnte Kategorie lehren?'

Johannes stimmte zu und begann zu sprechen.

‚Es ist der Übergang vom Wahrnehmen des Denkens zum Denken über das Denken. Mit ebensoviel Recht kann man sagen: Es ist der Übergang von der Erleuchtung zur Einweihung. Du hast die *Erleuchtung* ausführlich beschrieben, woran deutlich wird, dass du sie erreicht hast. Der Denkprozess, der ohne Erleuchtung unbemerkt verläuft, ist wahrnehmbar geworden, weil dein inneres Licht ihn bescheint. *Besonnenheit* wird einem dadurch geschenkt, man besitzt sie während der Meditation vollkommen.

Die *Einweihung* erlangt man, indem man nicht nur wahrnimmt, sondern auch versteht. Das Licht des Denkens *scheint* nicht nur auf das Denken, es wird *selbst* zu Denken, es beginnt, aktiv zu werden, es wird fähig, zu untersuchen, Fragen zu stellen, Antworten zu erhalten. *Vor* dieser Zeit ging das nur mit dem Denken, welches auf dem Fundament des Leibes ruht, auch wenn es noch so rein geworden ist. Das Licht, mit dem das reine Denken erleuchtet wurde, womit es zur Erscheinung kam, war nicht imstande, *selbst* zu denken. Dieses Vermögen kann man sich natürlich nicht selbst geben, *wohl* aber kann man immer üben, sich dafür vorzubereiten. Das Licht, das das Denken erleuchtet, kommt *nicht* wiederum aus dem Körper, es kommt aus dem *freien geistigen Teil*, es kommt von außen. Man kann jeden Gedanken, den man formt, jeden Satz, den man spricht oder während des Lesens eines Textes denkt, mit Hilfe dieses freien Lichtes der dreizehnten Kategorie einer Untersuchung unterziehen. Das mag anfangs sehr abstrakt erscheinen, doch es führt einen direkt zur Wirklichkeit – es gibt nichts, was konkreter ist! Nehmen wir an, man meditiert den Satz: ‚Die Weisheit lebt im Lichte'. Man hat diesen Satz schon lange Zeit als Meditationsstoff gehabt. Nun untersucht man ihn mit seiner dreizehnten Kategorie. Man fragt sich denkend: Ist Weisheit eine Substanz oder eine Qualität? Hat sie einen Umfang? Ist sie an *Zeit* gebunden, an *Raum*? Die Weisheit *lebt*: ist dieses Leben ein ‚Tun' oder eine ‚Qualität'? Man wird nicht aufhören, über die

Vertiefung zu staunen, die der Satz hierdurch bekommt. Man fühlt, wie man von den Worten und den gewohnten Begriffen zu deren geistiger Realität geführt wird. Aber im Lauf der Zeit erfährt man zugleich, wie man *frei* in der dreizehnten Kategorie leben kann. Kurzum, wie man *frei von seinem ursprünglichen Denken* denken kann, also vollkommen frei von allem, was mit dieser Inkarnation zu tun hat, das heißt, auch vollkommen frei von seinem Körper.'

‚Ist *das* die dreizehnte Kategorie? Die Untersuchung des Gedanken, des Begriffs?'

‚Das ist ein Teil davon. Die Kategorie umfasst viel mehr, nämlich die völlige Erkenntnis des Erkenntnisprozesses. Man stellt auch Fragen wie: Woher kommen im Erkenntnisprozess die Begriffe? Und man findet die Antworten auf solche Fragen. Diese Antworten führen einen tiefer und tiefer in die Geistwelt hinein.'

‚Dennoch kann man diese Fragen auch schon beantworten, wenn man ausschließlich Licht auf das Denken fallen lässt, wie du es uns stets gelehrt hast.'

‚Worauf ich im ‚Unterricht' alle Energie lege, Eva, ist, die Menschen zu einer Vereinigung von *Denker* und *Gedachtem* zu führen.* Durch diese Vereinigung erlangt man einerseits ein klares Bewusstsein von dem, was Denken ist, und andererseits von dem *eigenen Sein*, dem ‚ich bin'. Das ist geistige *Sicherheit*, jedoch noch auf dem Fundament des physischen Leibes. Wenn das Denkerlicht auf das Denken fällt, wie es vom Denker gedacht wird, findet man den reinen Geist, wie er in der physischen Realität zu finden ist. Es erscheint wie eine abstrakte philosophische Liebhaberei, doch in mystischem Sinne ist es die *Anbetung des Lamms Gottes*. Zögernd, bittend, suchend, tastend nähert man sich der dreizehnten Kategorie, die ebensowenig eine abstrakte philosophische Kategorie ist. Man hat ihr Licht im Wahrnehmen des Denkens und des Denkers gefunden, aber man kann noch nicht mit diesem Licht *hinaustreten*, sich noch nicht in Freiheit *außerhalb* des eigenen Denkprozesses aufstellen.

Es ist eine neue Gabe, die einem geschenkt werden *muss*, wenn man Denker und Gedachtes stärker und stärker macht, bis man an eine

---

* Siehe Thomas von Aquino, Über den Prolog des Evangeliums nach Johannes.

Grenze kommt, wo man umkehren muss. An dieser *Grenze* wird das Licht frei, es löst sich aus Denker und Gedachtem und scheint von außen, empfängt aber dadurch zugleich die Fähigkeit, *mehr* als scheinendes Licht zu sein, nämlich untersuchendes und verstehendes Licht zu werden, völlig unabhängig vom physischen Leib. Im *Denken* darf man dies die Einweihung nennen, weil das, was zuerst nur erleuchtet war, nun *verstanden* werden kann. In diesem neuen Gebiet, welches man nicht mehr ‚Denken' nennen kann, sondern besser ‚anschauende Urteilskraft', beginnt es jetzt erst, hell zu werden.'

Er traf den Meister erst spätabends, nach dem Vortrag.

‚Wir sind völlig aus dem Rhythmus.', schimpfte der Meister. ‚Ich musste den ganzen Tag auf dich warten. Ich habe eine brennende Frage!'

‚Dann stelle sie nun, Meister!'

‚Du hast mir gestern zu beschreiben versucht, wie man in sich eine mächtige Geistbewegung gewahr wird, der man *folgen* lernen muss, standhaft und besonnen, ohne die Konzentration zu verlieren. Ich verstehe das nicht. Denker und Gedanke sind eins in der Konzentration, das Ganze ist von Bewusstsein durchdrungen. Durch die Konzentration und die Aktivität beginnt der Geist, sich zu bewegen und wahrnehmbar zu werden. Das verstehe ich. Aber es ist doch das *gewöhnliche* Denken, was da durch die Reinigung zu Geist geworden ist? Wie kann das jemals eine wirkliche mystische Erfahrung werden? Auch wenn es Denkkraft ohne Inhalt ist, geht das Ganze doch aus einer Verstärkung des gewöhnlichen Denkens hervor?'

‚Du hast vollkommen recht, Meister.'

‚Wie wird die innere Erfahrung dann mehr als das?'

‚Durch ein Hinaustreten aus der Denkkraft.'

‚Hinaustreten?'

‚Solange man als Denker mit dem Denken verbunden ist, entwickelt man *Seinskraft* im Denken. Diese Seinskraft wird so stark, dass sie bestehen bleibt, wenn der Denker hinausschlüpft, sich daraus löst – und sich ‚gegenüber' aufstellt. Dann aber ändert sich *alles*, Meister, es gerät in eine Metamorphose und wird zum mystischen Erleben, hell und klar wie die von der Sonne beschienene Natur...'

‚Ich weiß...', seufzte der Meister. ‚Und ich weiß es leider auch nicht. Ich sehe, dass dein Denken sich hoch über deine eigene Natur erhoben hat und dass es sich frei bewegen kann. Es kann als Auge für die geistige Welt dienen, aber auch in den Leib untertauchen und da die Mystik der Leibesprozesse und der Organe erforschen. Ich ‚sehe' das an deiner Natur, an deiner Haltung ... ich ‚höre' es im Klang deiner Stimme, in der Formung des gesprochenen Wortes, in der Komposition der Begriffe. Ich habe davor den allergrößten Respekt, weil ich in dir die Nachfolge Christi sehe, ja *mehr* als das: ich erahne vorsichtig, wie dein frei gewordenes ‚Ich' von dem ebenso *frei* lebenden Christusimpuls durchdrungen ist, der lebendigen Kraft, die eine *Realität* ist, nicht eine *Vorstellung*. Ich lebe nicht in Vorstellungen, ich schaue Realitäten – und diese Wirklichkeit geht über alles hinaus, was ich je gesehen habe. Was du kannst, kannst du nicht durch dich selbst, sondern dank *dieses* Impulses – und doch ist dieser Impuls so eins mit dir, dass du es bist, der denkt, spricht, handelt. Nun hast du mir mehr Verständnis für das gegeben, was ich sehe.

Das gewöhnliche und sei es auch das reine Denken kann an sich keine andere Erfahrung geben, als nur immer wieder *Denken* – bis man die Kraft und die Möglichkeit findet, hinauszutreten, um als Zuschauer des Denkprozesses außerhalb zu bleiben, standzuhalten. Dann ist Denken nicht mehr Denken ... was es dann *ist*, kann ich mir nur vorstellen, aus Erfahrung kenne ich es nicht.'

Johannes schwieg. Die Worte seines Freundes hatten ihn zu dem freien Teil seines Geistes geführt, wo ihn dieser Impuls immer stärker, immer kräftiger durchdrang. Durch ihn fand er das Vermögen, jedes Detail des Lebens voll zu erleben und als Instrument für die weitere Entwicklung einzusetzen. Nachdenklich sagte er:

‚Der Gral, Meister. Du hast soeben das Finden des Grals beschrieben. Man fragt den Verstand: ‚Was fehlt dir eigentlich?' Außerhalb des Verstandes findet man den Gral, aber nur dann, wenn man den Verstand nach seinem Leiden gefragt hat...'

DAS OPFER DER PERSÖNLICHKEIT

Es war Herbst, und er besuchte mit Eva Amsterdam. Er würde drei Vorträge geben und hatte außerdem Verabredungen für einige Begegnungen getroffen. Tom, der Mann, der auf so wunderbare Weise von einer sehr ernsten Krankheit genesen war*, organisierte alle Aktivitäten in einer perfekten Weise.

Von dem Hotel, in dem sie logierten, machten sie durch den Nieselregen eine Wanderung zu dem Haus, in dem sie so lange Zeit zusammen gewohnt hatten, in dem die Kinder geboren waren.

‚Davon wird man wehmütig, nicht wahr?', sagte Eva, während sie seinen Arm festhielt. ‚Es ist so schlimm, dass beide Welten getrennt sein müssen. Du hast *so* nach Einheit gestrebt, nach der Vereinigung deiner äußeren Funktion als Professor und deines inneren Auftrags als Meister ... es ging letztlich nicht. Du musstest deinen inneren Auftrag opfern, oder deine äußere Aufgabe. Dennoch haben wir es hier so *gut* gehabt, Johannes!'

Wehmut war in der Tat das richtige Wort. Hier hatten sie gemeinsam ihr Leben aufgebaut, aber auch den Kampf der inneren Entwicklung gekämpft. Diese Stadt war voller Menschen, die das Vermögen zur Entwicklung hatten, die jedoch lieber einfach so weiterlebten. Hier hatte er so gerne bleiben wollen ... aber es war nicht gegangen. Die Form, die er seiner Arbeit hier hatte geben müssen, war nicht mehr mit dem Leben im Geiste zu vereinen gewesen – und sie waren umgezogen. Natürlich, es war gut. Doch eine Rückkehr in diese Stadt, in das brausende Leben, brachte tiefe Wehmut. Sie blieben vor dem Haus, in dem sie gewohnt hatten, kurz stehen. Breit und hoch war es, stattlich. Es war ein Büro geworden, weil es als zu groß zum Wohnen erachtet worden war. Ein vornehmer Bankier hatte hier sein Büro, und alle Fenster waren voll erleuchtet.

Sie gingen schnell weiter.

‚Du warst hier anders. Du bist jetzt viel weniger zurückhaltend.',

---

* Siehe ‚Der Mann im Vondelpark'.

sagte Eva, als wollte sie ihn trösten. ‚Wir arbeiten jetzt auch hart, aber hier habe ich wirklich meine Ausbildung bekommen, wie in einem Kloster. Eiserner Rhythmus und Disziplin, gemildert durch einen dennoch sehr lieben Abt.' Sie legte ihren Kopf auf seine Schulter, und er blieb lachend stehen.

‚Das ist etwas Besonderes, eine Schwester und ein Abt... Es ist gut, Eva. Wir sind im richtigen Moment weggegangen. Doch Wehmut ... ja, die ist schon da.'

Sie legte ihren Arm um seine Hüfte, und während sie weiterliefen, zog sie ihn dicht an sich. Er beantwortete ihre Gebärde, und schweigend wanderten sie zum Hotel zurück.

Sie aßen im Restaurant ein Brötchen.

‚Wie schweigsam du bist.', sagte Eva.

Er lächelte.

‚Ich mache eine Selbstbetrachtung. Ich fühle mich nicht anders oder weniger zurückhaltend als früher. Ich fühle mich eigentlich überhaupt nicht streng, wie du es immer sagst. Ich frage mich in der Selbstbetrachtung, was du meinst. Ich weiß natürlich, worauf du abzielst. Ich versuche, es nun auch zu *fühlen*. Wie kann eiserne Disziplin von einem lieben Abt ausgehen? Ich habe dich nie unterdrücken oder über dich herrschen wollen – und habe es doch getan.'

Eva legte ihre Hand auf die seine.

‚Als wir uns einander versprochen haben, Johannes, haben wir unausgesprochen verabredet, dass ich mich an dein Leben und deine Aufgabe anpassen würde. Nicht weil du der Mann bist, sondern weil deine Aufgabe nun einmal so groß ist. Du hast mich trotz aller Überlastung nie vernachlässigt oder mir das Gefühl gegeben, dass ich nur Nebensache wäre. Du hast wirklich alles getan, um dein anstrengendes Berufsleben in der Hand zu behalten und zum Beispiel abends pünktlich zuhause zu sein. Du hattest dann auch das Recht, dieselbe Gewissenhaftigkeit von mir zu erwarten – während ich es gewohnt war, genau das zu tun, wozu ich Lust hatte. Ich fand das ‚streng', während du natürlich überhaupt nicht das Gefühl hattest, du nahmst fortwährend Rücksicht auf mich. Es hat mir nur gut getan ... aber in dem Moment fand ich es oft schwer, hatte ich Angst vor deiner Rechtschaffenheit und deiner Besonnenheit. Aber auch wenn ich damals ‚ein Mädchen' war, ich habe im Lauf der Jahre dieselbe Kraft gefunden. Unüberwindlich wird man durch diese Kraft, was auch geschieht. Du hattest sie schon, ich habe sie dank deines Vorbildes langsam erworben.'

‚Bist du dann jetzt auch streng geworden?'

‚Ja, in gewisser Hinsicht schon. Ich merke das zum Beispiel in der Zusammenarbeit mit Peter. Er war für mich immer der Chef, mit seinem nüchternen Intellekt und seiner männlichen Kraft. Davon kann keine Rede mehr sein. Er macht zwar bisweilen noch einen Versuch, doch der bleibt in der Luft hängen, weil es kein Ziel mehr gibt. Meistens ist die Zusammenarbeit vollkommen gleichwertig. Er erkennt meine Qualitäten an, ich erkenne die seinen an. Ich weiche nicht mehr, Johannes.'

‚Darf ich dir dann die rhetorische Frage stellen, woher diese Kraft kommt? Es gibt schließlich keine ‚freien' Kräfte, sie sind immer Wirkung eines *Wesens*, physisch oder übersinnlich. Wer schenkt dir diese Kraft?'

‚Ich habe dieses Wesen immer hinter dir stehen sehen, Johannes. Nicht wirklich *gesehen* habe ich ihn, aber *gefühlt*. Was an dir streng und ernst ist, was deinen Mut impulsiert, zu sein, wer du bist, ist Wirkung dieses Wesens in deiner Seele. Ich hatte davor ängstlichen Respekt, denn ich stand dem gegenüber und fühlte mich schwach und ohnmächtig. Doch du lehrtest mich, dass dieses Wesen auch hinter *mir* steht, dass ich seinen Mut, seine unüberwindliche Kraft auch in *meiner* Seele zulassen kann – dass jeder das könnte, wenn es nur ausreichend Verständnis und Bewusstsein dafür gäbe. Aber es dürfen keine Worte sein, kein Name, nicht einmal ein Bild ... es muss eine reale Verwandtschaft mit diesem Wesen sein. Man muss ihn wirklich hinter sich fühlen, als Beschützer, als Überwinder des Bösen; er hat den Satan unter seinen Füßen und kann das auch für einen selbst tun, vorausgesetzt, man lässt ihn in sich bewusst zu. Er ist die streitende Macht im Kosmos, hat für sich den Drachen überwunden ... aber wartet, ob der Mensch ihn fragt. Man *selbst* hat seine böse Seite natürlich nicht so ohne weiteres in seiner Macht, man braucht dabei *seine* Hilfe. Man findet ihn in den Kirchen, in Kathedralen, in Basiliken abgebildet. Doch ich verdanke es dem Meister des

Abendlandes, dass ich ihn als lebendige Macht zu erfahren vermag, nicht nur als Bild. Und du, Johannes, hast mir diese lebendige Macht gezeigt, mich empfinden lassen, wer er seinem Wesen nach ist, bis ins Einzelne. All diese Abbildungen aus meiner katholischen Jugend strömen zu einer großartigen Realität zusammen, zu einer fühlbaren Kraft, die Mut und Unüberwindlichkeit schenkt.'

‚Und wer ist diese großartige Realität?'

‚Warum ist es noch schwieriger, seinen Namen auszusprechen, als den Namen Christus?'

‚Dämonen wollen nicht, dass sein Name erklingt. Was ist sein Name?'

‚Er ist – der Erzengel Michael.'

‚Was mir so große Zufriedenheit gebracht hat, ist, dass eigentlich alle religiösen Wahrheiten, welchen Glaubens auch immer, auf Realität beruhen.', sagte Johannes einige Zeit später. ‚Ob es nun Krishna oder Buddha ist, Michael oder Christus, ob es Reinkarnation und Karma, Hölle und Fegefeuer, Engel und Dämonen betrifft. Durch die spirituelle Entwicklung kann man mit jeder Tatsache, jedem Wesen real in Kontakt kommen. Aller Glaube hört dann auf, aber auch die Bedeutung der verschiedenen Religionen.'

Eva fragte:

‚Aber diese Wahrheiten haben doch nicht immer dieselbe Gültigkeit? Im Buddhismus wird Christus nicht berücksichtigt, sondern Buddha ist der große Lehrer. Dass Christus höher stehen würde als Buddha, dass er ein Wesen einer ganz anderen Rangordnung ist, würde ein Buddhist doch nicht akzeptieren – und ein Christ auch nicht, denn dieser glaubt überhaupt nicht an Buddha als ... einen Heiligen.'

Johannes antwortete:

‚Darin hast du natürlich recht. Man darf eigentlich keinerlei fanatische Verbindung mit irgendeiner Religion haben – dann kann man alle Religionen in ihrem Zusammenhang anschauen. Dass es dann eine Hierarchie unter den Propheten gibt und dass Christus der Führer nicht nur aller Propheten sondern auch der Gesamtheit himmlischer und irdischer Wesen ist – das ist für viele Menschen dann unannehmbar. Aber *Glaube*, Eva, existiert nur für den Verstand. Wenn der Verstand in ein höheres Erkenntnisvermögen umgewandelt worden ist, ist Glaube nicht mehr nötig, weil man die geistige Realität *sieht* – wenn auch auf eine andere Weise als mit seinen Augen.'

,Menschen, die noch streng katholisch sind, oder reformiert, oder Buddhisten oder Mohammedaner, werden diese neuen Einsichten niemals annehmen. Und Menschen, die sich kritisch verhalten, sind froh, dass sie all diese alten Werte los sind. Aber auch diejenigen, die nach einer neuen Spiritualität suchen, erwarten etwas anderes als alte religiöse Wahrheiten. Eine schwere Position, Johannes!'

,Unbefangenheit und Wirklichkeitssinn braucht man nun einmal. Es geht nicht um Lieblingsvorstellungen und -gefühle. Man kann meinen, es wäre besser, sich nicht jedes Mal wieder auf Erden inkarnieren zu müssen ... wenn es aber nun einmal so *ist*, hört alle Diskussion auf. Was ich *glaube*, ist nur für mich selbst von Bedeutung, für die Wirklichkeit ist mein Glaube unwesentlich.'

,Ich möchte in meinen Vorträgen betonen, wie *groß* der Unterscheid zwischen der nüchtern-prosaischen Klarheit des Erlebens mit dem Verstand und der märchenhaften Magie des imaginativen Erlebens ist – während die Zuverlässigkeit ebenso groß ist wie im wissenschaftlichen Erkenntnisprozess. Mehr noch: Imagination *ist* ein wissenschaftlicher Erkenntnisprozess, die Klarheit des Bewusstseins, die Besonnenheit ist größer als die Klarheit des Verstandes. Aber was durch Imagination als Inhalt im Bewusstsein empfangen wird, ist poetisch, symphonisch, majestätisch bildreich – im Guten wie im Bösen. Die Schwierigkeit ist, dass dieser Inhalt anderen nicht wiederum als Imagination vermittelt werden kann. Der Geisteswissenschaftler muss diesen grandiosen Inhalt in Verstandesbegriffe übersetzen, damit diese mit dem gesunden, unbefangenen Verstand aufgenommen, verstanden und *durch* das Verstehen geprüft werden können. So muss es nun einmal vermittelt werden, aber in dieser Vermittlung verliert man gerade das imaginative Element. Das würde ich gerne deutlich machen.'

Ihr Aufenthalt in Amsterdam war für Johannes und Eva ein einzigartiges Zusammensein, aber auch jetzt waren ihre Gespräche voller spirituellem Austausch. Sie saßen zum Abendessen an einem Tisch in einem alten Amsterdamer Restaurant. Nachher hatte Johannes die Aufgabe, einen Vortrag zu halten. Nun besprach er ihn mit Eva. Sie antwortete:

‚Ich finde es sehr deutlich, was du gerade gesagt hast. Ist das nicht ausreichend?'

‚Nein. Die Menschen haben *Angst* vor der imaginativen Wirklichkeit und sehnen sich doch danach. Sie geben sich gerne mit Pseudo-Magie zufrieden, weil diese nicht echt ist und doch auf jene andere Realität verweist. Man kann dann einfach nicht daran glauben und trotzdem seine Sehnsucht befriedigen. Ich bin der Meinung, dass darauf der Erfolg von ‚Harry Potter' und so weiter beruht. Das ist Imagination in der fantastischen Bedeutung des Wortes. Die klassischen Märchen haben noch alten, *wirklichen* imaginativen Inhalt. Was gegenwärtig gemacht wird, ist Fantasie – darum bleibt auch alles sehr komfortabel, bequem. Du weißt, dass ich als Kind sehr lange im Erleben des *Geistes* in der Natur verweilen durfte. Später, als ich gerade sehr stark in die prosaische Nüchternheit des Verstandes eintauchte, behielt ich trotzdem zumindest noch die Erinnerung an und die Sehnsucht nach meinen Kindheitserfahrungen. Wenn ich nun in mein Leben untertauche, finde ich in *allen* Erinnerungen diese imaginative Realität – auch in Erinnerungen aus meiner Verstandesphase. Die imaginative Realität *ist* also immer da, nur wird sie vom Verstand in das *Unwesentlichste* verwandelt, was das Leben zu bieten hat. Nun gut, ich werde gleich versuchen, dies in Worte zu fassen. Lass uns gehen, dann haben wir noch etwas Zeit, um mit Tom zu sprechen.'

Er war ein großer Mann, ein Fünfziger. Durch seine ernste Krankheit war er mager geworden, doch er hatte ganz deutlich schon wieder ein paar Kilo zugenommen. Er war ein bescheidener Mensch, empfand sich nun einmal nicht als Intellektueller – er besaß eine große Anzahl von Restaurants im ganzen Land, hatte aber in einer Frittenbude angefangen –, und hatte sich erst recht nicht zu einem geistigen Entwicklungsweg aufgerufen gefühlt. Das Schicksal jedoch hatte es gewollt, dass er ‚zufällig' Johannes begegnete, als er gerade erfahren hatte, dass seine Krankheit unheilbar sei. Er war dadurch vollkommen offen und empfänglich für die Ratschläge gewesen, die Johannes ihm hatte geben können. Sie hatten beide keine Genesung vor Augen gehabt, damals auf jener Bank im Rosengarten des Amsterdamer

Vondelparks. Doch während Hunderte, vielleicht Tausende von talentierten Geistessuchern auf der Erde herumlaufen, die keinen Rat annehmen wollen, hatte dieser Mann, der weder an Gott noch Geist glaubte, jedes Wort von Johannes sehr genau überdacht und daraufhin angenommen und zur Ausführung gebracht. Wie auch immer, es ging ihm besser und besser, er nahm an Gewicht zu, und an den Geist brauchte er nicht zu glauben, denn er wurde ihn gewahr. Seine Frau führte die Geschäfte weiter, und er entfaltete Schritt für Schritt sein Geistesvermögen.

Nun stand er da und empfing ihn buchstäblich mit offenen Armen.

‚Guten Tag, liebe, liebe Menschen!', sagte er warm. ‚Ich bin froh, dass ich einmal kurz die Verantwortung an euch abgeben kann. Ich habe noch immer das Gefühl, weit über meinem geistigen Stand zu leben!'

Er ging ihnen voraus zu einem Versammlungsraum, half ihnen aus den Jacken und lud sie ein, sich zu setzen.

‚Ich erwarte etwa vierzig Menschen heute Abend. Viel zu wenig in so einer großen Stadt, aber es sind trotzdem viel mehr als sonst.'

‚Wie geht es dir, Tom?', fragte Johannes.

‚Das Leben ist nicht leichter geworden. Ich sehe nun, wie die Gesellschaft nach wahrhaftigem *Geist* ruft, aber sie hört ihren eigenen Ruf nicht – wie auch ich ihn nicht hörte. Man kann nichts anderes tun, als selbst so aktiv wie möglich zu sein und in Vorträgen zu betonen, dass der Geist in der heutigen Zeit nur durch innere *Aktivität* gefunden werden kann. Durch Passivität findet man nur Antigeist. Aber ich kann es nicht einmal meiner eigenen Frau klarmachen. Sie sieht natürlich, wie ich mich erholt habe, doch sie geht lieber im äußeren Leben auf. Sie lässt mich ... und ich lasse sie, aber in Bezug auf das Wesentlichste im Dasein fehlt mir doch der Kontakt mit ihr. Das ist keine Klage, Johannes ... es sind Tatsachen. Es geht mir gut, ich bin ein dankbarer Mensch. Gott hat sich über das kleinste seiner Geschöpfe erbarmt und ihm die Gnade geschenkt. Jede Woche, am Dienstagabend, stehe ich hier und lehre Geisteswissenschaft. Die Menschen empfinden die Echtheit dessen und kommen gerne wieder. Aber ich bin ein Neugeborener, der schon Lehrer sein muss.'

Johannes lächelte und sagte:

‚Die Erwachsenen haben zu viel mit anderen Dingen zu tun. Die Ersten werden die Letzten sein, Tom.'

‚Dennoch brauche ich dich ab und zu, Johannes. Ich will nicht viel fragen, aber du *bist* schließlich der Lehrer – und der Arzt.'

‚Wann immer du willst, Tom. In den kommenden Tagen, aber auch bei uns in den Bergen, bist du immer willkommen.'

Johannes spürte in dem robusten Mann jedes Mal eine große Zärtlichkeit. Außerdem war er durch und durch aufrichtig, wahrheitsliebend.

Sie trafen sich bei Tom zuhause. Er empfing Johannes in seiner klassischen Suite in einem Haus in der Valeriusstraat. Sie setzten sich an den Tisch, tranken erst einmal eine Tasse Kaffee und sprachen ein wenig über allgemeine Dinge. Dann fragte Tom:

‚Johannes ... kannst du etwas über meinen körperlichen Zustand sagen? Ich habe keine Untersuchung mehr machen lassen, aber ich bin natürlich trotzdem etwas ängstlich.'

Johannes schwieg eine Weile, während er ihn genau beobachtete. Dann schenkte er der körperlichen Erscheinung von Tom keine Beachtung mehr, sondern konzentrierte sich auf das, was an Erleben in ihm aufstieg. Nach einiger Zeit sagte er:

‚Mach dir keine Sorgen, Tom. Du hast eine großartige Umkehr hinter dir, die bis in die physischen Prozesse durchgedrungen ist. Deine Entwicklung ist wirklich beeindruckend. Keine Angst, Tom. Angst ist dein Feind.'

Tom seufzte tief und nickte.

‚Dann habe ich noch mehrere Fragen über die Meditation. Für mich kam diese große Umkehr, als ich begriff – und dann gewahr wurde –, dass ein Mensch nicht nur *denken* kann, sondern dass er auch sein eigenes Denken kennenlernen kann. Zuerst *verstand* ich, dass man dann außerhalb seines Leibes sein *muss*, danach *fühlte* ich dies immer stärker. So habe ich die Freiheit kennengelernt, die echte Befreiung. Seitdem bin ich nicht mehr so stark mit mir selbst verwachsen, und ich glaube, dass *diese* Befreiung gesundend wirkt. Ich habe kein Streben nach Hellsichtigkeit, ich will eigentlich versuchen, ein immer besserer Mensch zu werden. Wenn diese Läuterung Hellsichtigkeit mit sich bringt, gut. Aber es geht mir um die Läuterung. Was kann ich tun?'

‚Läuterung bedeutet eine vollkommen bewusste Herrschaft über die Prozesse der eigenen Seele. Von großer Wichtigkeit ist es, die Sinneseindrücke vollkommen in der Hand zu haben. Man sieht, hört, denkt – und so weiter – nur das, was man *will*, und man nimmt dann auch vollkommen wahr. Was man nicht wahrnehmen will, schließt man ganz und gar aus, bewusst. Du bist auf dem Wege, richte all deine Aufmerksamkeit auf diesen Teil der Läuterung.'

Tom war nie ein großer Redner gewesen, und auch jetzt machte er wenig Worte. Er nickte nur zustimmend. Johannes wusste, dass seine Zustimmung bedeutete, dass er mit aller Macht danach streben würde, diesen Punkt in seiner Entwicklung zu erreichen. Dann sagte er dennoch:

‚Wie geht es dir, Johannes? Kannst du dich da eingewöhnen? Hast du da befriedigende Kontakte?'

‚Einsamkeit ist mir unbekannt, Tom. Ich trage den großartigsten Freund in meinem Herzen ... und dadurch habe ich auch die Personen, die mir lieb sind, in Frieden bei mir. Aber dasselbe Herz bricht, wenn es die Dekadenz überall wahrnimmt. Ob ich nun hier in Amsterdam bin, oder hoch oben in den Bergen. Auch da gibt es kein Entkommen vor der zunehmenden inneren Leere. Und doch ist die Erdenatmosphäre voll von Geist. Aber wie die Schleusen öffnen ... das ist die Frage.'

‚Ein Weg ist in jedem Fall der des Schicksals. Wenn ich nicht den Tod vor Augen gehabt hätte, hätte ich dir nie, *nie* zugehört. Es wäre da nur Gleichgültigkeit gewesen.'

‚Ich hoffe trotzdem nicht, dass es diesen Weg nehmen muss, Tom. In der Not geht alle Energie im Überleben auf. Auf die Dauer erzieht das die Seele zwar, aber wir brauchen *jetzt* einen Umbruch.'

‚Dennoch muss man aus seinem glückseligen Luxusleben, in dem keine Fragen nötig sind, aufgeschreckt werden, Johannes. Sagt man nicht: ‚Das Leiden ist der kürzeste Weg zu Christus'? Ich sollte damals bald sterben und hätte mich wohl auch damit abgefunden. Ich war überhaupt nicht auf der Suche nach Rettung. Aber ich war *offen*, deine Worte wirklich aufzunehmen. Ich hätte mich auch dem trostlosen Gedanken hingegeben, dass es kein Leben nach dem Tod gäbe. Aber vergiss nicht: Auch diese Sicht ist komfortabel. Man ist ein Blinder, weswegen niemand von einem erwartet, dass man *sieht.* Nun ist das Dasein nach dem Tod kein Grab mehr, kein schwarzes Loch ... sondern ein *Weiterleben* in einer womöglich noch größeren Aktivität als jetzt. So sind auch alle Menschen, die je gelebt haben, auf einmal Wirklichkeiten, die einem ohne weiteres begegnen können. In einem Körper oder als ein Wesen, das einen inspiriert. Ovid ist noch immer da, auch wenn dieser Name nicht mehr sein Name ist. Er kann auf Erden sein, aber auch in der geistigen Welt, doch er *ist* da. Oder Aristoteles und Plato ... Augustinus und Thomas von Aquin. *Was* für ein anderes Lebensgefühl gibt das! Man beginnt zu begreifen, dass all diese Gefühle und Gedanken in einem selbst einen großartigen Ursprung haben. Sie werden nicht von den Hirnzellen produziert, sondern sie werden einem dank seines Gehirns *bewusst.* Je größer die Idee, desto grandioser das Wesen, von dem man die Idee empfängt. Das Leben war früher ausgesprochen simpel, Johannes. An dieser Einfalt festzuhalten, ist erst echte *Dummheit.* Vielleicht muss man intellektuell sein, um *so* dumm zu sein.'

‚Erlebst du diese Dinge auch wirklich, Tom? Ich meine: Ist das ein tiefgehendes Verständnis, oder ist es Erfahrung?'

‚Das eine geht in das andere über, wie du weißt. Wenn man etwas tiefgehend begreift – zum Beispiel die Idee der Reinkarnation – und dieses Verständnis meditativ zu sich durchdringen lässt, immer tiefer und tiefer, dann *erlebt* man das Verständnis. Das grenzt an die reale Erfahrung. Ich lese gern Abschnitte aus dem Werk von Thomas von Aquin. So ein Satz tröpfelt in meinen Organismus hinein, und ich *fühle* den Schreiber, er wird allmählich ein Wesen, man kann ihn in seiner Anwesenheit fühlen, auch wenn er nicht mehr nur Thomas ist, sondern schon wieder durch eine nächste Inkarnation gegangen ist – und vielleicht auch *jetzt* auf Erden ist. Ich glaube, dass ich eine große Willenskraft habe und dass diese meine Gedanken in Wirklichkeiten verzaubert. Ich meine ... ich mache mit der Idee nichts anderes, als sie zu konzentrieren und zu erleben – aber das ist doch *Wille,* nicht wahr?'

‚Aber ... sag mir noch einmal, Tom ... *siehst* du Thomas dann? Wie er war oder ist?'

‚Nein, ich *fühle* ihn. Ich fühle seine Gedanken, oder eigentlich, besser gesagt, ich fühle seine so sehr spezifische Denkweise. Ich würde sie jetzt unter dutzenden wiedererkennen. Und ich *erkenne* sie auch wirklich. Auch wenn diese Individualität jene so sehr spezifische Denkweise in einer anderen Zeit, unter einem anderen Namen, in einer anderen Entwicklung entfaltet hat. Du weißt das alles besser als ich, doch ich sage es dir, weil du danach fragst. Aber es gibt auch keinen anderen Denker, zu dem ich eine *so* große Verwandtschaft fühle, so eine innere Nähe, so einen Zusammenklang in der Art und Weise zu denken. Wenn ich anderen im Denken zu folgen versuche, bekomme ich nicht so leicht ein so starkes Erleben. Es bleibt dann mehr Vorstellung und wird keine Wirklichkeit. Ich muss viel lesen, um diese Vorstellungen reicher und reicher zu machen.'

‚Du bist sehr aktiv.', stellte Johannes zufrieden fest.

Tom lächelte ihm zu.

‚Und ich bin meiner Umgebung entwachsen. Das merken sie nicht, aber ich. Man könnte das Einsamkeit nennen, aber ich schließe mich deinen Worten an: Innere Freunde heben die äußere Einsamkeit auf. Das Leben nach dem Tod muss etwas Grandioses sein!'

‚Warum liest du Thomas?'

Tom begann zu lachen, antwortete dann aber doch ernst:

‚Ich machte meinem Namen als ungläubiger Thomas alle Ehre. Bei Thomas von Aquin finde ich einen Glauben, der *verstanden* werden kann. Das kann noch weiter gehen: Das Verständnis *selbst* kann, indem man es erlebt, zur Quelle des Glaubens werden. Glaube durch Wissen, mit derselben Sicherheit wie bei dem Glauben an die Gültigkeit des Satzes von Pythagoras. Warum glaubt man daran? Weil man durch das Verständnis den Beweis liefern kann. Darum lese ich Thomas, auch wenn ich weiß, dass bei ihm alles schon längst wieder weiterentwickelt ist.'

‚Komm doch einmal etwas öfter zu uns in die Berge! Du hast doch die Zeit, und wir genießen beide so sehr das Gespräch!'

Tom nickte ein bisschen verlegen.

‚Es gibt kein anderes Hindernis als meine Scheu, Johannes. Ich wüsste nicht, warum du gerade *mich* empfangen wolltest – und du hast bestimmt keine Zeit übrig.'

Johannes hielt nichts von falscher Bescheidenheit, Toms Scheu jedoch beruhte auf wahrer Vorsichtigkeit. Er sagte:
‚Dann lass meine ausdrückliche Einladung den Beweis sein, dass ich gerade dich so gern empfangen würde!'

‚Er kommt schon nächsten Monat.', sagte Johannes später zu Eva. ‚Es ist herrlich, mit diesem Mann zu sprechen. Damals reichten ihm ein paar Sätze von mir, um seine innere Entwicklung in Gang zu setzen. Und wenn man sieht, was er daraus geschöpft hat, völlig selbständig...!'
‚Ich werde immer ein bisschen eifersüchtig, wenn du jemanden so überschwänglich preist, Johannes. Wirklich ... so sprichst du nie über mich.'
Er sah sie an, fühlte ihr Gemüt und sagte dann:
‚Von dir erwarte ich doch viel mehr ... und ich werde nie enttäuscht. Das kann man nicht miteinander vergleichen.'
‚Ich weiß.', seufzte sie. ‚Besser als jeder andere weiß ich, dass man wirklich alles loslassen können muss, ohne gleichgültig zu werden. Und Sehnsucht nach Lob gehört schon gar nicht zu den richtigen Gefühlen. Aber es scheint, als wärst du für mich ein echter Lehrer, für Tom dagegen ein geachteter Kollege.'
‚Das siehst du nicht richtig, Liebling. Tom schämt sich sogar, Schüler zu sein – noch dafür fühlt er sich zu gering.'
‚Aber er arbeitet hier in Amsterdam als dein Stellvertreter!'
‚So empfindet er das nicht. Wenn du schon einen Vergleich zwischen euch beiden machen willst: Ihr beide betrachtet euch selbst eher als zu gering, aber das ist eine Qualität, nicht eine Schwäche, Eva.'
‚Es gibt nur eine Auflösung für all diese doch persönlichen Gefühle. Man muss sich außerhalb seiner eigenen Seele stellen und sie objektiv machen. Dann erst hat man den richtigen Standpunkt in Bezug auf sich selbst. Komm, Johannes. Wir gehen an die Arbeit!'

Später sagte Eva zu ihm:
‚Ich bedaure, was ich zu dir gesagt habe – über meine Gefühle von Missgunst. Statt froh über einen aufrichtigen und aktiven Schüler zu sein, klage ich. Ich *will* überhaupt nicht so sein, verstehst du?'

Johannes strich ihr kurz über das Haar und zwinkerte mit den Augen. ‚Ich kenne dich doch so gut, Eva!'

‚Du musst alles immer nur ertragen, über allem stehen, nicht verurteilen. Und wenn du dann einmal froh bist über ein gutes Gespräch, nehme ich dir die Freude, weil es nicht um *mich* geht!'

‚Du hattest doch danach den richtigen Standpunkt eingenommen?'

‚Das hätte *davor* passieren müssen.' Sie ergriff seine Hand und sagte sehnsüchtig: ‚Es ist nun einmal so *herrlich*, während dieser Tage mit dir zusammen zu sein! Wir haben so viel Zeit zusammen ... und ich will *alles* haben.'

Er umarmte sie kräftig, bis sie fühlte, dass es *gut* war.

VERLORENER SOHN

Der Meister zählte die Tage bis zu Johannes' Rückkehr. Wenn er verreiste, war es, als ob die Sonne aus seinem Leben verschwand. Alles wurde grau und farblos, wie die Herbstluft und die kahler werdenden Bäume. In seiner Freundschaft mit Johannes hatte er die *Sehnsucht* kennengelernt. Sehnsucht nach der Anwesenheit einer geliebten Person bedeutete zugleich Einsamkeit bei deren Abwesenheit. Vierzehn Tage erschienen wie eine unabsehbare Zahl von Sekunden.

Er besuchte Peter in der Klinik, obwohl dieser keine *Sonne* zu bieten hatte. Nun, vielleicht einige wenige Male die Mittagssonne einer süditalienischen Stadt, aber nicht die lichte Wärme, die Johannes bei sich hatte.

Dennoch leuchteten Peters Augen überrascht auf, als er hereinkam.

‚Hoher Besuch!', grinste er, während er aufstand und ihn mit festem Händedruck begrüßte. Der Meister sagte abwehrend:

‚Der Arzt im weißen Kittel ist doch immer noch am wichtigsten, Junge. Du sitzt hier als eine Autorität, mächtig in dem Wissen über Leben und Tod.'

‚Davon weiß ich nicht viel. Aber was führt Sie zu diesem schwarzen Jungen?'

Der Meister setzte sich lachend.

‚Ich vermisse unseren Freund, unseren Lehrer. Du nicht?'

‚Doch. Es ist alles nichts ohne die beiden. Ich frage mich, wie ich das Leben erlebt hätte, wenn ich ihm nicht begegnet wäre.'

‚Großteils unbewusst, Junge. Wie in einem Traum. Du hättest nicht gewusst, was dir fehlt.'

‚Und Sie, Meister?'

‚Es ist nicht zu beschreiben, Junge, wirklich nicht. Als Buddhist strebte ich von der Erde fort. Durch Johannes habe ich gelernt, den Sinn, die Bedeutung des Lebens auf Erden einzusehen. Nicht als eine Idee oder als etwas Ersonnenes, sondern weil ich *Ihn* erlebt habe. Er ist ein Mensch, aber er empfängt die Inspiration des wahren Zeitgeistes und des Geistes des Makrokosmos selbst. Dieser Geist hat sich mit der

Erde verbunden, und ich fühlte Ihn in Johannes, ohne Ihn zu kennen. Du, Peter, hast Ihn auch gefühlt, fühlst Ihn noch immer. Darum bist du hier und bleibst hier und sehnst dich nach seiner Rückkehr, weil du ohne Johannes nicht imstande bist, den Geist zu erfahren. Obwohl du ganz gewiss auf dem Wege bist. Und du hast ihn erkannt, das spricht für dich.'

Peter beugte seinen Kopf und sagte nachdenklich:

‚Johannes will mich neben sich haben, das hat mich erstaunt. Als ich ihn danach fragte, sagte er: ‚Gerade die Tatsache, dass in dir die Möglichkeit stark ist, den schwarzen oder vielleicht den ‚grauen' Weg zu wählen, macht es so wertvoll, dass du mein nächster Mitarbeiter sein willst. Es ist *deine* Wahlfreiheit, Peter!' Darüber denke ich oft nach, Meister. Ich muss die Entscheidung bewusst erneuern, immer wieder. Sonst falle ich zurück in alte schlechte Gewohnheiten, ungezügelten Jähzorn, Missgunst und Spott. Wenn er dann weg ist, fühle ich mich ganz besonders verpflichtet, seines Vertrauens wert zu sein. Es geht nicht um seine Person, sondern um das, was in ihm lebt. Sie haben recht, ich habe das vom allerersten Tag an gefühlt, auch wenn mein Widerstand anfangs groß war.' Er seufzte. ‚Und dann Eva. Sie ist die größte Prüfung. Wir hatten eine Liebesbeziehung gehabt, ich habe sie verloren und begegnete ihr dann als Frau von Johannes wieder. Meine Liebe zu ihr ist unvermindert, und die Prüfung ist, in ihr die Individualität zu sehen und nicht das wahnsinnig schöne Mädchen ... das sie schließlich auch ist. Ich muss wirklich mit Gewalt versuchen, ihre äußere Erscheinung *nicht* zu sehen und darauf zu achten, wie sie ihre Arbeit macht. Das nämlich ist erst wirklich grandios. Durch ihre vollkommen originelle Sicht auf die Krankheit vollbringt sie ein Wunder nach dem anderen. Sie ist ein Meister darin, Meister – ich ein unbeholfener Gelehrter. Ich brauche Ihnen nicht zu erzählen, was in einem gesunden Mann wie mir alles aufsteigt ... aber davon werde ich stark und weise. Manchmal nehme ich etwas von dieser weisen Haltung mit nach Hause – und bin dann sogar Elisabeth gewachsen. Oh, diese Frauen! Wenn man nicht den Knüppel gebrauchen will, bleibt nur *eine* Schlussfolgerung übrig: Verglichen mit einer Frau ist ein Mann ein grober Holzklotz. Außer wenn man der Meister oder Johannes ist!'

Der Meister spazierte zu seinem Chalet zurück. Die Kinder von Johannes wohnten in diesen Tagen bei ihm. Er kannte sie sehr gut, in Amsterdam hatte er jahrelang im Winter auf sie aufgepasst, als Eva studierte, und später, als sie Patienten behandelte. Er liebte sie, als wären es seine eigenen Kinder, und sie waren verrückt nach ihm. Er dachte zurück an die Zeit, als der Älteste ein Baby gewesen war. Unbeholfen hatte er ihn versorgt und herumgetragen, wenn er weinte. Und auf einmal ... war da ein vorsichtiges Lächeln gewesen, das zu einem vollen Lachen heranwuchs. Tief war es damals zu ihm durchgedrungen, dass ein Menschenkind die *Sonne* in sich trägt, dass es sich von dem Instinkt freimachen kann, dass es sich über die Erde, das Leben, ja, über sich selbst erheben kann.

Sie waren alle drei in der Schule, Marie war mit Doktor Stern bei der Arbeit, und sein Haus war verlassen. Er empfand eine eigenartige Stimmung, die ihn veranlasste, sein Meditationszimmer zu betreten. Er erschauerte und setzte sich auf seinen Stuhl. Die Gedanken an das Lachen eines Babys hatten diese seltsamen Gefühle in ihn erweckt. Er fühlte sich seiner Meisterschaft entfremdet, seinen Gedanken entfremdet, ja sogar seinem Buddhismus entfremdet. Er fühlte, wie das Erleben seines Körpers verschwamm. Kurz stieg der Gedanke an das Sterben in ihm auf, aber er gab sich der Entfremdung dennoch hin. Dann sollte es so sein...

Der Raum um ihn war wie die Nacht ... und doch hatte die Finsternis eine Grenze. Hoch stiegen die Mauern auf ... doch er sah Licht, vielfarbig in den Raum einströmend, in grandiosen, sich metamorphosierenden Formen. Er versuchte, zu denken, sich zu orientieren, aber er konnte nur anschauen und darin ein gewisses Verständnis empfangen.

Er war auf den Knien, in Anbetung ... scheinbar allein in diesem immensen, finsteren Raum mit dem vielfarbigen Licht. Johannes ... er fühlte Johannes, und doch war er nicht da. Mächtige Eindrücke empfing er, sie hatten etwas mit Johannes zu tun.

Anbetung... Er betete den Herrn an, den allumfassenden makrokosmischen Gott, der sich der Erde genähert, sich in einen Menschenleib ausgegossen hatte und sich durch diesen hindurch nun als Christus über die ganze Erde hinweg offenbarte. Er kniete und betete Christus an, er war ein Christ, ein tief, tief gläubiger Christ ... ein Priester, ein Lehrer.

Langsam trat die Entfremdung zurück, fühlte er sich wieder mit seiner jetzigen Inkarnation vertraut werden – die ihn nun befremdete. Warum, *warum* kam ein christlicher Lehrer aus dem Mittelalter als Buddhist, als östlicher Meister wieder?! Warum hatte er keine Erinnerungen an seine durch und durch christliche Vergangenheit, seine europäische Inkarnation? Oh, er hatte Johannes wiedererkannt, das verstand er nun. Und Johannes erkannte *ihn*. Wusste *er*, wer er war?

Der Meister, der sich nicht mehr als Meister empfand, erschauerte wieder und wieder. Eine wesentliche Vergangenheit wollte hinauf, ins Bewusstsein aufsteigen. Sein Verhältnis zu sich selbst nahm ganz andere Formen an. Er spürte die Essenz in all seinen Gedanken, Gefühlen, Meditationen, Kursen ... in jeder Faser seines Leibes. Er fühlte eine tiefe Rührung aufsteigen, eine innige Dankbarkeit. Seine Verwandtschaft mit Johannes war viel, viel größer, als er je zu hoffen gewagt hatte. Er bewahrte eine mächtige kosmische Erinnerung an diese Verwandtschaft ... wovon ihm ein kleiner Teil in der Entfremdung bewusst geworden war. Durch die Essenz, die er nun gewahr wurde, hatte alles einen goldenen Glanz... Diesen goldenen Glanz hatte er in Johannes erkannt, nicht weil dieser ihm fremd war, sondern weil er durch und durch damit verwandt war.

Er war alt geworden, nur noch ein paar Jahre und er würde siebzig sein. Sollte er jetzt, wo sein Schicksal eigentlich vollbracht war, noch eine völlige Umkehr vollziehen? Warum so spät? Warum lebte er schon vierzehn Jahre mit Johannes als Freund an seiner Seite und hatte in ihm immer einen Vertreter eines anderen Gottes gesehen? Er hatte sich mit dem Christentum zwar vertraut gemacht, hatte sogar seine vorsichtigen Erfahrungen darin, aber es war doch ein fremdes Terrain geblieben. Nun, in seiner Entfremdung, hatte sich alles umgekehrt. Fünfundsechzig Jahre schienen nun eine Kleinigkeit, ein belangloses, obgleich zweifellos notwendiges Intermezzo in seiner christlichen Innerlichkeit. Unvorbereitet könnte man durch eine derartige Entfremdung wahnsinnig werden, weil die Persönlichkeit an Kraft verliert. Doch er *war* vorbereitet... Lange blieb er regungslos sitzen. Die Entfremdung kam in Wellen herauf, trug tiefe Erinnerungen mit sich ... und ebbte wieder fort, kam wieder herauf, nahm wieder ab. Der Meister sah den Lehrer, der Lehrer trat in den Meister ein... durchdrang ihn und wies ihn auf seine Aufgabe, jetzt noch... Es war noch eine Aufgabe zu erfüllen, und die Zeit drängte!

Alles in seiner Umgebung war östlich, vor allem in seinem Meditationszimmer. Die Farben, die Teppiche, die Kissen, die Düfte, alles. Nur das Sonnenlicht umfasste alle Himmelsrichtungen... Nun waren Eindrücke in seiner Seele heraufgekommen, die überhaupt nicht östlich waren. Die Finsternis einer Kathedrale, die weiß verputzten Mauern einer ... Klosterzelle? Die Bibel, die ihm so fremd erschienen war, fühlte sich in seiner Hand vertraut an. Oh, beschränkter Inhalt des menschlichen Bewusstseins! Wirklich, all das Wesentliche entgeht einem, das Vorübergehende nimmt Ausmaße einer Lebensnotwendigkeit an. Äußere Umstände verdrängen das Wesen. Sein Körper, sein Blut, seine Erziehung ... alles war östlich, und er fühlte eine tiefe Dankbarkeit dafür. Er hatte ein ganzes Leben in inniger religiöser Hingabe verbracht und nur nicht gewusst, wie groß die Rolle, die reale Wirksamkeit jenes *Herrn* war, der noch größer als Buddha ist. Er trug diesen Impuls in sich und erkannte ihn nicht – wie so viele Menschen. In seiner Liebe für Johannes lebte dieser Impuls auf, vom allerersten Tag an. Es bräuchte in den Religionen keine Uneinigkeit mehr zu geben, wenn die Menschen den Namen des Impulses kennen würden, der in ihnen lebt. Ein Buddhist kann ein Christ sein, ein Christ aber kann in der Tiefe durch und durch *un*christlich sein. Das Bewusstsein tritt nicht aus dem Rahmen des heutigen Lebens seit der Geburt hinaus, und der Mensch hat überhaupt kein Wissen, wer er eigentlich ist. Der Buddhismus, seine östliche Herkunft, sie waren ihm durch diese Erfahrung nicht weniger wert, sie standen nur in einem anderen Licht, begannen, von innen her zu glänzen und zu strahlen.

Als er schließlich aufstand und sein Zimmer verließ, fühlte er *sich* neben sich. Er ging in seinem heutigen Körper zum Esszimmer, wo Marie den Tisch gedeckt hatte. Er war ein östlicher Meister, durch und für Autorität erzogen. Zu diesem Meister war nun der Zuschauer hinzugekommen, der ein Wissen von unendlich viel mehr hatte, als die heutige Inkarnation umfasste. Dieser Zuschauer war weder östlich noch westlich, sondern von einem goldenen Impuls durchdrungen: Der *Rettung* der *Intelligenz* auf Erden, auf dass diese zu einer spirituellen Intelligenz, einer von Gott durchdrungenen Intelligenz umgewandelt werde. Er hatte seine Intelligenz von dem Intellekt ferngehalten. Er kannte den Intellekt von außen, nur in geringem Maße von innen. Er begann, seine Aufgabe zu sehen...

Marie sah ihn aufmerksam an, als er am Tisch Platz nahm.

‚Ist etwas?', fragte sie.

Er lachte.

‚Dir entgeht wirklich nichts. Ich bin glücklich, Marie.'

Sie sah ihn weiter an. Sie sagte:

‚Du weißt, dass ich dich bewundere und hoch achte, dass ich dich innig liebe ... aber so wie jetzt habe ich dich nie zuvor gesehen. Ich weiß nicht, was es ist, du weißt es. Es ist, als hättest du deine *Krone* gefunden, Meister.'

Er legte seine dunkle Hand auf die ihre, sah sie an und sagte:

‚Das, meine liebste Marie, ist genau das, was geschehen ist.'

Wer von ihnen beiden war der verlorene Sohn? Nicht der Meister, sondern Johannes. Der Meister hatte die Verbindung mit dem Göttlichen sein Leben lang *nicht* verloren, weil es sich ihm als eine Wirklichkeit zeigte, mit der man ebensosehr zu rechnen hatte wie mit dem Physischen. Er war beim Vater geblieben.

Johannes jedoch hatte die Reise in den Verstand unternommen. Der Verstand schloss sich innerhalb der sichtbaren Realität ein, ernüchterte diese ... und man hat die Verbindung mit dem Göttlichen zumindest im Bewusstsein verloren. Er hatte sich auf den Weg gemacht, fort vom Vater, um selbständig zu werden, frei und ungebunden. Dass er sich nicht verirrt hatte, hatte mit seinem starken Willen zum Guten zu tun, der ihn auf all seinen Reisen begleitet hatte. Schließlich war alles, was er noch an Erfüllung gehabt hatte, zur Neige gegangen, und einsam und verarmt hatte er den Weg zurück gesucht ... und war bei seiner Rückkehr mit Ehren und Freuden empfangen worden.

Johannes holte die Kinder ab und war mit seiner Aufmerksamkeit ganz bei ihnen. Sie sprangen ihm nacheinander in die Arme, und er drückte sie herzlich, auch der Älteste gab sich froh hin.

'Mama wartet zuhause auf uns. Kommt, wir gehen schnell. Meister, wir sehen uns morgen zu unserer festen Zeit, in Ordnung?'

Er sah den Meister an und sah etwas. Er blieb noch kurz stehen und fragte:

'Es ist doch alles gut gegangen? Ich bin euch sehr dankbar für die liebe Betreuung der Kinder.'

Der Meister nickte beruhigend.

'Es war herrlich, sie bei mir zu haben. Geh ruhig, wir sehen einander morgen.'

Johannes stellte die Taschen ins Auto, ließ die Kinder einsteigen, den Ältesten neben sich, und fuhr das kleine Stück nach Hause.

'Wie war es?', fragte er.

'Der Meister ist lustig!', rief seine Tochter. 'Er erzählt die allerschönsten Geschichten von allen, Papa! Er ist echt lieb.'

'Na, aber er ist auch streng.', sagte der Älteste neben ihm. 'Man darf ihm wirklich überhaupt nicht widersprechen oder ein böses Gesicht machen. Er hat immer recht.'

'Warst du mit ihm öfters nicht einig?', fragte Johannes.

Der Junge schüttelte den Kopf.

'Er *hat* auch immer recht ... genau wie du, aber anders. Du erklärst, was du meinst, oder ... nein, das ist es nicht. Ich weiß nicht genau.'

Er war zu jung, um den Unterschied in Worte zu fassen, und Johannes verstand ihn auch so. Die Autorität des Meisters war absolut, es gab keinen Raum für gemeinsame Überlegung. Bei kleinen Kindern kam das nicht in Frage, aber der Älteste begann, in eine andere Lebensphase zu kommen, in der die Autorität nicht mehr ohne weiteres hingenommen wurde. Johannes parkte das Auto und legte eine Hand auf das Knie seines Sohnes.

'Komm, Junge, du bist wieder zuhause. Geh schnell zu Mama.'

Das Kind sah ihn an, unbefriedigt. Johannes sagte leise:

‚Ich verstehe dich ... du hast recht. Jetzt geh nur rasch!'
Erleichtert sprang er aus dem Auto und rannte nach drinnen, seinem Bruder und seiner Schwester hinterher.

Johannes brachte die Taschen in die Zimmer und versuchte, die Atmosphäre des Hauses zu erleben, obwohl die Reise lang und ermüdend gewesen war. Er empfand Freude, wieder zuhause zu sein. Amsterdam war nicht mehr ‚zuhause'... Hier, in der Ruhe und Schönheit der Berglandschaft, entspannte sich sein Herz. Morgen würde er die Arbeit mit dem Meister wieder aufnehmen, und er freute sich darauf. Sie hatten noch zehn, zwanzig, vielleicht fünfundzwanzig Jahre – wenn Gott es wollte. In dieser Zeit musste noch viel zustande gebracht werden, was äußerlich scheinbar bedeutungslos ist, in der Tiefe der menschlichen Entwicklung aber den Niedergang verhindern muss.

Einst wollte Kaiser Julian der Abtrünnige die griechischen Mysterien wieder zu Ehren bringen, während Rom schon das Christentum aufgenommen hatte. Äußerlich missglückte dieser Versuch jämmerlich und schien ganz ohne Sinn gewesen zu sein. Doch in der Tiefe der Entwicklung bedeutete es den Erhalt des poetischen hellenischen Elements inmitten der Zeit der prosaischen römischen Gesetzesentwicklung.

So stand Johannes nun zwischen Ost und West, mit der Aufgabe, die menschliche Intelligenz für das Spirituelle zu bewahren. Mochte das äußerlich vielleicht missglücken, in der Tiefe der Entwicklung würde die Aufgabe dieses Zeitalters erfüllt werden.

WIE IM KLEINEN, SO AUCH IM GROẞEN...

Auch als er wach wurde, fühlte er sich von Freude erfüllt. Es war früh, und die Natur lag noch in tiefer Dunkelheit. Es gab auch keinen Mond, obwohl der Himmel klar war. Johannes fühlte die intensive Stille, die so kennzeichnend für den November ist und die im Dezember immer tiefer wird, bis es Weihnachten wird und in den dreizehn heiligen Nächten die Welt den Atem anhält.

In Amsterdam hatte er noch einmal tief gefühlt, dass man nicht zwei Herren dienen kann. Er hatte das in gewissem Sinne versucht. Er war ein Diener der medizinischen Wissenschaft gewesen. Bis zu einer bestimmten Grenze war das gut ... aber diese Grenze wurde mehr und mehr überschritten, und er war damit in einen Konflikt gekommen. Es war kein unmittelbar äußerer Konflikt, es hatte sich *in* ihm abgespielt. Er liebte die Medizin, auch wie sie an der Universität gelehrt wurde. Er liebte auch das Unterrichten, das Vermitteln von Wissen und Erfahrung. Alledem hatte er Lebewohl gesagt, und es hatte ihn wehmütig gestimmt. Aber diese Wehmut war nun verschwunden, an ihre Stelle war Freude über den richtigen Entschluss getreten.

Er setzte sich und konzentrierte sich...

Im Meditationszimmer des Meisters hatte sich nichts verändert, und doch schaute sich Johannes verwundert um.

‚Was hast du hier gemacht? Ich fühle mich ganz anders...'

Der Meister setzte sich ihm gegenüber und sagte unmittelbar:

‚Johannes, ich hatte einen Rückblick. Einen erschütternden Rückblick – wie es immer zu sein scheint. Selbst mit der wildesten Fantasie kann man die *Realität* einer früheren Inkarnation nicht ersinnen. Man bleibt immer zu dicht bei seinem heutigen *Sein*, bei den Merkmalen des Jetzt. Ich habe keinerlei Zweifel in Bezug auf die Echtheit der Erfahrung, unter anderem weil man sich diese wirklich nicht ausdenken kann. Weißt du, wer ich einst war?'

‚Nicht genau. Wohl weiß ich, dass das Verständnis zwischen uns auf einer großen Verwandtschaft in der Vergangenheit beruht. Du bist nicht immer ein Buddhist gewesen. Die Tibetaner blicken auf eine ganze Reihe buddhistischer Inkarnationen zurück. So ist das bei dir nicht. Wir sind gleich gestimmt, trotz des großen inhaltlichen Unterschieds jetzt.'

,Was willst du damit sagen?'

,Dass wir beide mindestens eine intensive, innige christliche Inkarnation hinter uns haben, in der wir beide Lehrer waren, auch wenn es vielleicht nicht gleichzeitig und nicht in demselben Orden war. Unsere Verwandtschaft stammt mehr aus dem Himmel als von der Erde, Meister. Wir sind schon sehr lange nicht mehr zusammen auf Erden gewesen.'

,Warum ein Buddhist, Johannes? Ich beklage mich nicht, ich bin stolz darauf und dankbar dafür, aber ich habe doch auch etwas in meinem Leben vermisst – zumindest scheint es so.'

,Was hast du vermisst, Meister?'

,Das, was du durchgemacht hast. Die – nimm es mir nicht übel – Verirrung in das Gebiet des Verstandes, die Freiheit darin und seine Spiritualisierung. Das alles ist mir auf *meinem* Weg nicht begegnet, auch wenn ich den ganzen Prozess in dir angeschaut habe.'

,Wie, mein lieber Freund, hätte ich nach meiner Abirrung in den Verstand je den rechten Weg zurückgefunden, wenn ich dich nicht auf meinem Pfad gefunden hätte? Den Mann, der alles noch hatte, was ich verloren hatte, und der mir zum Vorbild wurde?'

,Der große Meister in der Kapelle hätte dich auch dann in der Spiritualisierung der Intelligenz unterwiesen.'

Doch Johannes schüttelte sehr bestimmt den Kopf.

,Die Begegnung mit ihm konnte nur nach meinen Erfahrungen mit dir hier stattfinden. *Wenn* ich ihm begegnet wäre, hätten sich unsere Wege in Schweigsamkeit gekreuzt. Es wäre nicht mehr als ein flüchtiger Augenkontakt gewesen, den ich nicht einmal in der Erinnerung wiedergefunden hätte. Der Meister des Abendlandes hatte noch *selbst* die Hellsichtigkeit. *Ich* habe sie bei dir wiedergesehen, als eine Reminiszenz an die Erfahrungen in meiner Jugend. Unsere Wege sind verflochten, Meister. Hier in dieser Wüste des Erdenlebens warst *du* meine Oase. Ohne dich wäre ich ausgetrocknet und verschrumpelt. Du trugst die grandiose Spiritualität der Vergangenheit, und diese kam mir entgegen. Ich durfte nicht dahin zurück, und doch sah ich, dass ich etwas Derartiges erneut erreichen konnte. Du hattest außerdem die Liebe, Meister. Die Liebe, die aus einer Seele entspringt, die in den Christusimpuls getaucht ist. *Bewusst* konnte ich das damals noch nicht wahrnehmen, aber die *Wirkung* war da. In *diesem* Impuls haben wir einander schließlich wiedergefunden? Der Name ist zunächst nicht das, worum es geht, das *Wesen* ist wichtig – und dieses Wesen trugst du mir entgegen. Eine Oase warst du, Meister!'

Die großen braunen Augen des Meisters waren feucht geworden. Er kniff in die braune Haut seiner Hände.

‚Sieh doch, Johannes! Ich bin ein echter östlicher Meister, du kannst das an *allem* sehen. Weißt du, wie seltsam dies alles wirkt? Und doch ... du hast recht, so wie du es beschreibst, so war es. In der Tiefe liegen andere Details als in dem Äußeren von Gestalt und Leben. Es geht um diese tiefen Details. Aber dann ist jeder Rassismus der größte Unsinn.'

‚Was sich äußerlich abspielt, ist bestimmt keine getreue Wiedergabe der geistigen Tiefe. Unsere Aufgabe ist unter anderem, diese Kluft zu überbrücken und unser äußeres Leben so zu gestalten, dass es die Tiefe so vollkommen wie möglich wiedergibt. Daneben muss man sehr genau wissen, wer hinter dieser äußeren Verzerrung steht, welcher Geist da wirkt. Es ist der Fürst des *Unrechts*, der eine Welt nach seinem Ebenbild schaffen will, eine Welt von Unrecht. Wenn man einmal seinen tiefsten Impuls gefunden hat, kommt es darauf an, jedes Detail soviel wie möglich *nach diesem* zu gestalten. Man kann nicht am Sonntag Heiligkeit vortäuschen, indem man in der Kirche betet, und sich den Rest der Woche wie ein Schurke verhalten. Das Gebet des Sonntags muss das Leben der ganzen Woche heiligen.'

Der Meister lächelte.

‚Nun, bestimmte äußerliche Details wie die Farbe meiner Haut sind nicht veränderbar.'

‚Du weißt, dass ich solche Details nicht meine. Was du vom Schöpfer erhalten hast, ist *immer* gut. Es geht darum, wie man sich das Empfangene zueigen macht und zurückgibt. Die Erde ist unser Arbeitsgebiet, Meister.'

Der Meister nickte.

‚Ich muss mich besinnen, Junge. Welche Möglichkeiten, noch einige

Jahre fruchtbare Arbeit zu verrichten, gibt mir diese erschütternde Selbsterkenntnis? Was ist nun meine Aufgabe? Ich weiß, dass ich diese *selbst* entfalten muss, ich kann nicht dich fragen, was ich zu tun habe. Ich gehe ans Werk, mein Junge, und werde dir Bescheid sagen, wenn ich bereit bin!'

Der nüchterne Verstand kennt keine Gnade für diese tieferen Einsichten, die der Meister und er miteinander geteilt hatten. Sie würden zu wilden Fantasien erklärt werden. Manchmal hatte er derartige Angriffe zu ertragen. Dann lag ein Brief zwischen der übrigen Post, eine Reaktion auf eines seiner Bücher oder auf einen Vortrag. So ein Brief war dann voll von Lästereien, von Schimpftiraden. Dann wurde sogar seine Gleichmütigkeit angetastet. Nicht weil er sich verletzt fühlte, sondern wegen des Unrechts. Er konnte sogar eine Art Mitleid mit dem Seelenleben seiner Angreifer empfinden, und er wusste nur allzu gut, dass er die Gnade einer guten Jugend, einer sorgfältigen Erziehung und unbesorgter Umstände gehabt hatte. Dennoch war der messerscharfe Schmerz, der durch so einen Angriff hervorgerufen wurde, nicht zu vermeiden. Man musste ihn einfach ertragen, aushalten, bis er wieder abnahm, und durfte vor allem nicht an der Richtigkeit des eigenen Weges zweifeln. Nun war dieser mögliche Zweifel bei Johannes inzwischen eine Unmöglichkeit geworden, weil die Wirklichkeit seiner geistigen Erfahrungen die Realität der Erlebnisse im Leibe noch übertraf. Wie ein gesunder Mensch seine eigenen Erinnerungen nicht bezweifelt, so bezweifelte Johannes nicht seine vielen Rückblicke in frühere Inkarnationen. Die Wirklichkeit von Erinnerungen findet ihren Ursprung in der Wirklichkeit der einmal erlebten Geschehnisse. So ist es auch mit ‚Erinnerungen' an frühere Inkarnationen. Die Möglichkeit dazu liegt zwar in gewissem Sinne am Ende eines langen inneren Entwicklungsweges, aber dann ist das Vermögen zu *wirklichem* Erinnern auch tatsächlich erwacht. Alle möglichen modernen Methoden, ein Bewusstsein früherer Inkarnationen zu erhalten – wie zum Beispiel Hypnose –, sind *vollkommen* unzuverlässig. Mit diesen grandiosen Geistesinhalten darf nicht gespielt werden, es ist dafür tiefer Ernst nötig, der auf dem Boden jahrelanger strenger Geistesarbeit gewachsen sein muss. ‚Fühlen' kann man so etwas selten, sich ausdenken schon gar nicht. Innere Bilder sind irreführend, und ein anderer Mensch kann sich überhaupt nicht über das innere, individuelle Vergangene aussprechen. Erinnerungen an frühere Erdenleben liegen im Kern des eigenen Wesens verborgen, sie werden erst gefunden, wenn man seine heutige Persönlichkeit bis in die kleinsten Details, die feinsten Fasern *vergessen* kann.

Johannes war durch das Gespräch mit seinem größten Freund tief gerührt. Mit einem Schirm lief er gegen Wind und Regen zur Klinik. Und wie der Regen trotzdem in Tropfen auf sein Gesicht und seine Schultern fiel und ihn benetzte, so tröpfelten seine Gefühle der Rührung in sein Erleben, er wurde von ihnen durchzogen, ganz erfüllt. Die Glückseligkeit, die der innere Weg einem schenkt, liegt in einer unendlichen Vertiefung des Gefühlslebens. Was einen immer nur flüchtig durchzog, wie ein Traum, der im Moment des Aufwachens vergessen ist, das wird zu intensiver Lebenserfahrung. Gefühle werden Schicksalserlebnisse, Zeichen, mit denen sich einem das Lebensrätsel offenbart.

Der Leib kalt und nass, die Seele wie eine goldene Sonne, betrat er die Klinik. Er zog seinen Mantel aus, ging zu seinem Zimmer und trocknete seine Haare mit einem Handtuch. Er kämmte sich und sah in den Spiegel. Er sah einen Mann von etwa fünfzig Jahren, der keine Probleme mit ergrauendem Haar oder einem kahler werdenden Kopf hatte. Klare blaue Augen ... nun, man konnte sich selbst nicht wirklich anschauen... Er wandte sich ab und erschauerte.

Die Verletzlichkeit des physischen Leibes rührte ihn. Der Mensch ist so stark und, ach, so verletzlich; so groß und zugleich so hilflos. Seine Mitmenschen sahen zu ihm auf oder verachteten ihn, selten ließ er jemanden gleichgültig. In einer großen Disziplin hatte er allmählich seine ganze, umfassende Qualität in den Dienst von Christus gestellt. Wenn er sah, dann fühlte er Seinen Blick in dem eigenen; wenn er sprach, Sein Wort. Er hatte gelernt, was es heißt, zu sprechen, zu denken, zu fühlen und zu handeln wie Paulus. Die Persönlichkeit wird dann nicht geopfert, sondern sie wird Fahrzeug, Werkzeug des Herrn. Die Größe seiner Gedanken beruhte auf ... nicht auf einem Wort, auf einem Gebet. Das Grandiose in seinem inneren Leben fand seinen Ursprung in einer inneren Handlung, die Paulus in den Worten ausdrückte ... nicht ich, sondern Christus in mir...

Dennoch macht sich die Persönlichkeit noch geltend, wenn sie sich in das gewöhnliche Leben begibt – auch wenn die Entwicklung hoch ist.

Eva war nirgendwo zu finden, obwohl sie ihre tägliche Verabredung für die Visite hatten. Johannes ging zu ihrem Zimmer, lief durch die Abteilung, fragte die Krankenschwester. Sie war da gewesen, aber niemand wusste, wo sie war. Er rief Peter an, auch er hatte keine Idee. Eine Mischung von Ärger und Unruhe drohte, sich seiner zu bemächtigen. Unruhe, weil sie unauffindbar war, und Ärger, weil sie zweifellos mit etwas Unwichtigem beschäftigt war und die Zeit vergaß. Er schüttelte beide Gefühle von sich ab. Früher hätte er sich über diese plötzlich auftretende Launenhaftigkeit entsetzlich geärgert. Er hatte ihr völlig die Freiheit lassen wollen, war aber schnell dahintergekommen, dass er dann kein Leben mit ihr hatte. Unberechenbar und unbesonnen war sie gewesen, und er musste von Zeit zu Zeit eingreifen.

Nun war sie besonnen und zuverlässig geworden und trotzdem noch immer ebenso fröhlich und enthusiastisch.

Wo war Eva?

Sie hatte ein Mobiltelefon, aber das war während der Arbeit nie an. Johannes empfand die Ohnmacht der Unsicherheit. Er ging in sein Zimmer, um zu warten, die Schwester würde ihn verständigen, wenn sie da wäre.

Nun konnte man einen noch so großen Gleichmut haben, ein noch so großes Vertrauen in den Lauf des Schicksals ... es gelang ihm dennoch nicht, jetzt ruhig etwas zu lesen. Er rief den Meister an.

‚Eva ist nicht da, ich werde unruhig und böse.'

Es war kurz still auf der anderen Seite.

‚Vielleicht ist sie zuhause? Oder ein Kind von der Schule abholen?'

Die Tür seines Zimmers flog auf, und Eva stürmte herein, die Haare nass, die Wangen rot.

‚Da ist sie.', sagte er durch das Telefon. ‚Ich entscheide mich nun für den Ärger.' Er legte auf.

‚Entschuldigung, Johannes! Meine Planung ging schief.'
Er warf ihr ein Handtuch zu, damit sie sich abtrocknen konnte.
‚Was für eine Planung?', fragte er sauer. ‚Wo bist du gewesen?'
Sie rieb ihr Gesicht und ihr Haar trocken. Die Wangen wurden noch roter.
‚Hast du einen Kamm?', fragte sie und kämmte ihr Haar mit seinem Kamm. Sie sah in den Spiegel und sagte:
‚An meinen roten Wangen kannst du sehen, dass ich mich schäme. Warst du beunruhigt?'
Er hob die Schultern.
‚Du weißt, wie so etwas ist, man wird hin und her geworfen zwischen Unruhe und Ärger. Man weiß, dass nichts los ist, aber stellt es sich nun einmal vor... Ich sitze nur hier und warte.' Er wies auf seine Armbanduhr. ‚Eine halbe Stunde zu spät, weißt du, wie lang eine halbe Stunde dauert?'
‚Als ich sah, wie spät es war, bin ich hierher gerannt, sogar ohne Schirm.'
Er lächelte.
‚Wo warst du nun?'
‚Kurz zuhause, ich hatte ein paar Statusberichte vergessen. Dann ging das Telefon, und ich sah alles, was noch aufgeräumt werden musste. Alles Unsinn, entschuldige bitte.' Sie setzte sich gegenüber von ihm. ‚Bist du böse, Johannes?'
‚Vorhin. Es ist schon wieder vorbei. Wir lassen die Visite und unser Gespräch aus, sonst läuft meine Planung auch noch schief.'
‚Das finde ich schlimm.'
‚Es muss doch eine ruhige Vorbereitung geben, Eva. Nicht dieses Gehetze. Die Themen, die wir besprechen, verdienen volle Hingabe.'
Sie stand auf und setzte sich dicht bei ihm auf den Rand seines Schreibtisches. Sie nahm seine Hand in ihre beiden Hände und sagte:
‚Du bist doch böse.'
‚Nein, nein. Es steckt ein Kind in dir, ein liebes, entwaffnendes Kind. Halte es bitte so lebendig anwesend wie jetzt, Liebste. Es ist dein Genie. Ich warte gerne ab und zu eine halbe Stunde unruhig auf dich, wenn du nur deine Genialität lebendig hältst. Ich liebe dich innig, Eva. Wenn du jemals eine gepflegte Dame wirst – ist *alles* verloren!'
Er wollte zu Peter gehen, aber sie hielt ihn auf.

‚Bleib doch noch kurz! Du hast noch eine halbe Stunde übrig, und ich vermisse dich nach all diesen herrlichen gemeinsamen Tagen.'

Er sah sich um und setzte sich in einen Sessel beim Fenster. Er machte eine einladende Gebärde.

‚Du bist lieb, Johannes.', seufzte sie, während sie sich setzte. ‚Wir haben unsere Gespräche über die Heilkunst und über die Einweihung unterbrochen. Ich will so gerne weiter mit dir sprechen.'

Er nickte und sagte:

‚Was immer wieder aufs Neue geweckt werden muss, ist die *Andacht*. Das ist kein neues Prinzip. Wenn man die alten Einweihungsschriften liest, wird sie darin bereits in aller Glorie besungen. Nimm die Bhagavad Gita, und du hast einen Lobgesang auf die Andacht. Die Seele genießt Zerstreuung, sie treibt gerne auf dem, was kommt. Andacht ist die volle Beherrschung der Seele, sowohl was das Aufnehmen von Sinneseindrücken betrifft, als auch was die Regungen des Inneren betrifft – wie die Gedanken und Gefühle. Ohne eine Schulung der Andacht ist Einweihung nicht möglich.'

Sie machte ein bedenkliches Gesicht und sagte:

‚Ich dachte, ich käme in Bezug auf meine Unbedachtheit von vorhin mit heiler Haut davon. Nun kriege ich doch noch die Leviten gelesen! Pass auf, Eva! Entweder du kriegst die Strafe, dass du heute ohne deinen Geliebten auskommen musst, oder du kriegst eine Lektion.'

Johannes lachte fröhlich.

‚Das Leben ist ein organisches Ganzes, meine Gedanken und Gefühle wachsen und blühen in diesem Organismus. Dass das eine mit dem anderen zusammenhängt, ist doch kein Problem? Ich weise dich auf das Mysterium der Andacht hin, ich weise auch mich selbst darauf hin. Wenn man in der Meditation geübt ist – und das bist du –, dann beginnt man die Andacht als eine richtunggebende Kraft zu fühlen, als ein bewusstes Richten des eigenen Wesens, als ein In-die-Hand-Nehmen seiner Seele. Man kommt dadurch innerlich in Bewegung, und man beginnt, diese Bewegung wahrzunehmen. Es schießt *Wille* in das Denken, auch tagsüber, im Seelenleben des Alltags.'

‚Entschuldige, Johannes ... ich kann mich von dem ermahnenden Charakter deiner Worte nicht lösen. Willst du sagen, dass ich nicht andächtig genug bin?'

‚Das will ich überhaupt nicht sagen. Sondern es gibt eine Unendlichkeit in der Zunahme der Andacht, sie ist nie groß genug, auch nicht bei mir. Das Geschehen von vorhin ist zwar Anlass, aber *keine* Ermahnung. Aber auch wenn es eine Ermahnung wäre, ist das so schlimm?'

‚Ja. Sehr schlimm. Ich will *selbst* Meisterschaft über meine Entwicklung, verstehst du. Ich tue mein Bestes, auch in der Andacht.'

Johannes schüttelte den Kopf.

‚Lass nur, Kind. Ich will dich nicht belehren, sondern Gedanken mit dir austauschen. Das wolltest du doch auch, als du mich hier festhieltest?'

Sie entspannte sich und fragte:

‚Unterweist du mich dann bitte weiter im Mysterium der Andacht?'

‚Die Seele ist umherirrend, sie schweift Pfade und Wege entlang, einmal an diesem, dann an jenem interessiert. So lebt sie ihr eigenes Leben, außerhalb von sich sieht sie, was sie bereits interessiert, sich selbst kennt sie, insoweit sie sich bereits kennt. Nun nimmt sie das Wesen der Andacht in sich auf, und sie beginnt, sich zu metamorphosieren.'

‚Was genau ist denn Andacht? Man würde sagen, Andacht ist dasselbe wie Konzentration, aber zugleich weiß man, dass es doch eine davon verschiedene Essenz ist. Konzentration scheint mehr Technik zu sein, während Andacht eine moralische Essenz hat.'

‚Das empfindest du – wie immer – sehr genau, meine liebe Eva. Natürlich ist für Andacht auch die Konzentration notwendig. Aber Konzentration ist nicht dasselbe wie Andacht. So ist Andacht für Verwunderung nötig, aber Verwunderung ist weiter als Andacht. Es ist deutlich, dass Andacht etwas mit dem Denken zu tun hat, man sieht es schon an dem Wort. Aber sie ist weiter als das Denken, sie ist gerade der Richtunggeber des Denkens. Andacht gibt dem Denken keinen *Inhalt*, auch keine *Form*, es ist die Wahrnehmungskraft des Denkens. So, wie man sich irgendwohin wenden muss, um wahrnehmen zu können, was man wahrnehmen will, muss man auch sein inneres Auge – das Denken – richten, um die richtigen Gedanken zu finden. Das ist Andacht. Es ist kein *Er*denken, es ist *ein Richtunggeben* des Denkens als *Wahrnehmungsorgan* für die Begriffe. Der Mensch handhabt die Andacht von selbst, ohne sie zu kennen. Das wachsende

Selbstbewusstsein verlangt nach Erkenntnis solcher Prozesse wie der Andacht.'

,Wenn Andacht kein Denken ist, sondern Denken als Wahrnehmung der Begriffe, woraus besteht sie dann? Sie ist kein gewöhnliches Denken, sondern eine Art freies Gelenkt-Sein ... so paradox das auch scheint. Andacht kann man für den ganzen Kosmos haben, nicht auf ein Detail gerichtet und doch *an sich* gerichtet. Woraus besteht Andacht?'

,Sie ist das Zusammenfließen von zwei Strömen, zusammen bilden sie Andacht. Eine ganz bestimmte Qualität des *Willens* vereint mit einer ganz bestimmten Qualität des *Gefühls* ergibt zusammen die Andacht. Eigentlich ist es unmöglich, ohne die *Andacht* irgendetwas wirklich kennenzulernen. Sie macht, dass Erkenntnis nicht abstrakt ist, sondern voll-wirklich. Sie kann sehr unvollkommen sein und doch mehr Wirklichkeitscharakter haben als vollständige, übersichtliche abstrakte Kenntnis. Du, meine Eva, bist groß in solcher Erkenntnis. Es ist ein *wirkliches* Erkennen, kein vages Fühlen, nur absolut nicht abstrakt.'

,Dann muss ich also doch in der Andacht begabt sein, und meine Angst vor Ermahnung war grundlos. Aber was sind die Qualitäten des Willens und des Gefühls, die zusammen die Andacht bilden?'

,Liebe ist die Qualität des Gefühls. Wenn man etwas kennenlernen will – und man will keine abstrakte Kenntnis erwerben –, dann ist Liebe zu dem zu erkennenden Objekt die Gefühlsqualität. Das Gefühl umfasst nichts anderes als Neigung zu dem Unbekannten. Das ist die eine Strömung in der Andacht. Die Qualität des Willens ist die Hingabe. Der eigene Wille schweigt und richtet sich ganz auf das Unbekannte, das man kennenlernen will. Der Wille vergisst sich selbst und will nur noch das Andere, es bleibt nur noch ein Selbstbewusstsein *als* Selbstbewusstsein übrig. Man *weiß*, dass man Wille und Gefühl hat, aber sie sind an das Andere hingegeben. Hingabe und Liebe sind die zwei Ströme in der Andacht.'

Eva sah ihn nachdenklich an und sagte:

,Dann haben wir von Beginn an echte Andacht füreinander gehabt und haben sie noch immer.'

,Die Liebe zwischen Menschen ist die Schule für die Liebe zum

Göttlichen... In einem geliebten Menschen hat man auch einen großen Unbekannten vor sich, den man durch die Andacht immer besser kennenlernt. Gott lieben verlangt eine unendlich größere Andacht, weil er sich in seiner Unbekanntheit einem nicht einmal zeigt. Man scheint ihn nicht in Wirklichkeit bei sich zu haben. Die Andacht muss dann derart wachsen, dass sie sich gegenüber einer scheinbaren Leere, einem unsichtbaren, unwahrnehmbaren Unbekannten, aufrechterhalten kann.

Die Andacht ist die Bitte an Gott, sich zu zeigen, wahrnehmbar zu werden...'

Die andächtige Stimmung blieb bei ihm, als er Peter besuchte. Er sah einen außergewöhnlich hübschen Mann mit schwarzen Augen und schwarzem Haar in einem schneeweißen Arztkittel. Seine Augen glänzten ihm entgegen.

'Ha, Meister! Ich danke Gott, dass du wieder da bist. Ich verstehe nicht, wie all diese Milliarden von Leuten überall auf der Erde es ohne dich schaffen. Es ist keine Sonne da, auch wenn die Sonne scheint. Alles liegt darnieder, der ganze Haufen ist passiv – ich auch. Du bist die richtunggebende Kraft, Johannes. Ich hoffe, dass ich mir am Ende unseres Lebens soviel davon zueigen gemacht habe, dass auch ich ein Segen für meine Umgebung sein kann.'

'Nur ruhig.', grinste Johannes. 'Du machst mich verlegen.'

'Du kennst keine Verlegenheit. Aber Spaß beiseite ... ich bin mir sehr bewusst, dass ich eine gewaltige *Chance* in meinem Leben habe. Ich hätte ebenso leicht alles wegwerfen und in meiner Schwärze verharren können. Es geht doch darum, dass man gebotene Gelegenheiten ergreift?'

Johannes nickte, fragte aber:

'Welche Chance ergreifst du?'

'Die Chance, die mir die Freundschaft mit dir bietet. Ich tue immer mehr mein Bestes, um hier wirklich für den Patienten zu sitzen, und nicht für mein eigenes großartiges Doktor-Sein. Es gibt doch einen Kick, so ein weißer Kittel mit einem Stethoskop – sogar in dieser einfachen Klinik in den Bergen. Von diesem Kick nehme ich Abstand, ich versuche, mich in das Elend der Menschen einzuleben, und ich glaube, dass ich letztlich auch selbst gut dabei fahre. Auch zuhause mit den Kindern geht es nun ganz anders. Sie kriegen nicht nur nie mehr Schläge, ich beginne, sie wirklich zu *sehen*. Wie sehr sie uns ähneln und wie sehr doch auch überhaupt nicht. Es ist, als ob der nicht-genetische Teil meiner Kinder seine Chance bekommt, oder ich sehe diesen Teil auf einmal viel besser. Sie sind sehr sie selbst, und das ist schön. Das muss man nicht unterdrücken wollen, das muss man *sehen* wollen. Dann können sie das auch freier entfalten. Ich bin viel zurückhaltender, als ich es je gewesen bin, und es scheint, als beginne die Umgebung, zu wachsen und zu blühen.'

‚Wo ist denn dein Ärger? Den hattest du doch reichlich?'

‚Der scheint in etwas anderes umgeformt zu werden. Eine Art ruhige Gerechtigkeit. Ich urteile noch, aber das Urteil enthält nicht mehr so viel von meinen eigenen Emotionen. Elisabeth sagte neulich, sie findet, ich fange an, eine kräftige Weisheit zu bekommen. Nun, wenn *sie* das sagt ... sie *ist* schließlich die Weisheit?'

‚Was ist noch negativ, Peter?'

‚Genug. Dass ich dich nicht entbehren kann. Ich würde langsam zurückfallen. Darüber ärgere ich mich noch. Dass ich ein Vorbild brauche, dass ich es selbst nicht kann – und also bevorzugt bin.'

Johannes hob seine Schultern.

‚Du hast dir dieses Vorrecht selbst verschafft. Durch deine Treue. Andere gehen nicht so weit. Du bist radikal, auch in deiner Treue.'

SIEH DICH NICHT UM...

Das große Problem in der Meditation ist das Sich-Umschauen nach dem gewohnten Leben, nach allem, woran man mit seinem Körper hängt. Im Leben darf das sein, in der Meditation wird man andächtig gegenüber einer Welt, die außerhalb des Leibes liegt. Aber dann darf auch wirklich keine Faser des Leiblichen mehr festgehalten werden. Gerade wenn das große Unbekannte, dem gegenüber man andächtig ist, wahrnehmbar zu werden beginnt, will der Körper einen zurückrufen, die Andacht erschlafft.

Für Johannes war der Weg zum Geist frei, das Ringen um das Freiwerden vom Körper lag hinter ihm. Er kannte den Weg durch und durch, kannte die Hindernisse ebensogut und wusste sie zu umschiffen, zu entspannen oder zu überwinden, je nach Art des Hindernisses. Hindernisse sind *Wesen*, die ein Interesse daran haben, den Weg zum Geist zu versperren. Man nährt diese Wesen selbst, und es ist unmöglich, sich freizumachen, ohne diese Verwandtschaft seiner selbst mit diesen Hindernis-Wesen in die innere Anschauung zu heben. Wer tapfer anschauen kann, findet auch die Kraft, die eigene Natur umzuformen. Wer sich selbst zu sehr schätzt, dem fehlt diese Tapferkeit. Er kehrt um, sobald sich die eigene Niedrigkeit zu zeigen beginnt. Johannes hatte beim Anschauen seiner niederen Natur kaum Grauen gefühlt. Sein Realitätssinn war immer größer als seine Selbstliebe. Namentlich dadurch war er den anderen weit voraus, ohne auch nur einen Schimmer von Hochmut zu besitzen.

Es war kurz vor Weihnachten, und der Schnee war reichlich gefallen. In den Bergen schien die Welt ein Kristall geworden zu sein, totenstill, weiß, während drinnen das Licht an war und das Feuer brannte. Je stiller und kälter es draußen war, desto lebendiger und wärmer brannte das Feuer des Geistes in Johannes' Seele. Ein gefühlvoller Mitmensch wurde dieses Feuer gewahr, aber für die meisten war nichts davon wahrzunehmen. Johannes schien ein ruhiger, beherrschter und andächtiger Mann zu sein...

‚Ich habe nun einige Wochen nachgedacht und mich besonnen und will nun mit dir besprechen, was meine Einsichten sind, mein Junge.'

Es gab nur einen Menschen auf der Welt, der ‚mein Junge' zu ihm sagte, und das war der Meister. Es war eine Äußerung der innigen Intimität ihrer Freundschaft, und Johannes fühlte die von ihm ausgehende Wärme sogar physisch. An diesem sehr dunklen Tag mit schwerem Schneefall saßen sie gegenüber voneinander im Meditationszimmer des Meisters, das immer mehr den Charakter eines Arbeitszimmers annahm. Johannes schaute fragend. Der Meister begann zu sprechen.

‚Schau, wir haben nun fast ein Jahr das Lukas-Evangelium *gelebt* – und wir sind noch nicht an seinem Ende. Wir haben es nicht gelesen, nur ab und zu besprochen, aber es hat uns in all unseren gemeinsamen Überlegungen und sogar in den Ereignissen unseres Lebens begleitet. Ich vermute, dass ich ihm auch meine letzten Einsichten in meine christliche Vergangenheit verdanke. Seitdem habe ich zwei Erlebniswelten. Die eine, vertraute, ist in östliche Sphären getaucht, die hier ‚verwestlicht' sind, vor allem durch die jahrelange Zusammenarbeit mit dir, meinem professoralen Freund. In der allertiefsten Tiefe davon lebt ein Kern, der in dem Zuschauer des Ganzen seine volle Realität hat: es ist die wesenhaft christliche Durchtränkung meiner Seele. Das ist die zweite Erlebniswelt, die sich als Zuschauer gleichsam ‚neben' der ersten befindet, in der Tiefe aber doch ‚darinnen' lebt.

Ich versuche nun, in der Meditation von meinem heutigen Leben völlig Abstand zu nehmen und ausschließlich in dem Zuschauer zu leben. Aber dabei brauche ich Hilfe. Ich muss eine mir aus dem Geiste gereichte Hand finden, durch die ich von meinem Leben loskomme. Ich weiß, dass dein Weg in diesem Loskommen *beginnt*. Der meine *endet* darin, ich habe mich in diesem Leben nie damit beschäftigt. Will ich nun, nach meinem fünfundsechzigsten Lebensjahr, noch etwas beginnen, dann werde ich diese Hand finden und ergreifen müssen. Äußerlich habe ich sie mir gegenüber, deine Hand. Innerlich ist etwas anderes nötig, etwas, was bei mir bleibt, wenn ich mich in die Meditation begebe. Ich muss eine vollkommen andere Form des Meditierens anwenden. Es ist, als ob man alles, aber auch *alles* andersherum tun muss. Ich habe diese Hand gefunden, und ich würde in Zukunft, wenn wir das Lukas-Evangelium durchlebt haben, gerne zusammen mit dir lernen, diese Hand zu ergreifen.

Wenn ein Mensch wie ich *nichts* anderes hat als den Geist, wie er im *Leibe* wirkt, und er dennoch den Geist *als Geist*, frei vom Körperlichen, sucht ... dann vermag er es nicht, den Geist durch den Verstand zu finden, wie du das getan hast. Der Verstand ist nicht klar, nicht *licht* genug. Auf diesem Weg kann ich mich nicht mehr befreien, ich bin zu alt dafür. Mein Ätherleib ist zu sehr nach dem physischen Leib gerichtet, darin schaue ich – nicht in dem freien Teil. Nun will ich meinen Ätherleib mit meiner Seele verbinden, und das gelingt nicht. Die Ohnmacht, die ich erfahre, ist fast unerträglich. Es ist, als ob der Kopf zur Erde gebeugt bleibt, als ob man sich nicht frei zum Himmel, zu den Sternen aufrichten kann. Der kosmische Teil des Ätherleibes ist für mich hinter einem hohen, geschlossenen Tor verborgen. Vor Jahren stand ich schon davor, und ich stehe noch immer dort. Aber nun weiß ich, wo der Schlüssel liegt, mein Junge. Er ist natürlich nicht zu greifen. Er liegt in Worten verborgen, und diese Worte wirken erst, wenn sie keine Worte mehr sind. Dennoch ist mein Leben innerlich erleuchtet, seit ich weiß, dass der Schlüssel existiert, auch für einen Meister wie mich. Ich lese nun die Worte und fühle ihre Wirkung – dank meines gebrechlichen Verstandes fühle ich ihre majestätische, grandiose Wirkung. Verborgen in einem zerlesenen Buch, zu finden auf platt getretenen Pfaden, lebt diese Majestät, unangetastet von aller schwachen menschlichen Andacht, unangetastet von den Anklägern, Lästerern, Philologen und Historikern. Wort für Wort finde ich die Hand aus dem Geiste und die Kraft, sie zu ergreifen: Ich finde das alles in der Schrift, die beginnt mit: *Im Anfang war das Wort.*'

Johannes hatte erschauernd zugehört und geschaut. Das Wesen des Meisters, das sich in seiner Gestalt, seinem Gang, seiner Gebärde, seinem Augenaufschlag, dem Klang seiner Stimme zeigte ... erschien nun zum ersten Mal in seinem gesprochenen Wort, in dem vollen Inhalt seiner Worte, seiner Gedanken. Ein Mensch zeigt in *allem*, wer er ist, aber am wenigsten in seinen Gedanken und Worten. Wenn er sich darin auszudrücken beginnt, ist das allergrößte Hindernis auf dem inneren Weg überwunden: das Wesen der *Täuschung*.

*

Die täglichen Gespräche mit Eva und Peter mussten heute einer Begegnung mit Tom aus Amsterdam weichen. Er war mit dem Zug gekommen und logierte in dem besten Zimmer des Hauptgebäudes. Johannes lief durch den hohen Schnee dorthin, tauschte in seinem Zimmer die hohen Schneestiefel gegen Schuhe und ging zum Speisesaal, wo Tom schon mit einem Kaffee auf ihn wartete. Das Charmante an dem Amsterdamer war seine Verlegenheit, die auf einer aufrichtigen Bescheidenheit basierte. Seine Krankheit war ein Ruf des Geistes gewesen, und er hatte ihn gehört und beantwortet. Vom Kern seiner ehrlichen Moralität aus war der innere Weg schnell zu gehen, und er *ging* ihn auch wirklich. Er fühlte sich jedoch nicht als ein Meister, sondern ein Knecht ... der selbstverständlich die schwere Arbeit tut, die ihm aufgetragen ist, ohne Dank oder Lob dafür zu erwarten.

Er stand auf und reichte Johannes seine große warme Hand.

‚Ich habe es mit diesem Schnee hier gut getroffen. Es ist atemberaubend schön.'

‚Warte nur, bis heute oder morgen die Sonne scheint. Dann fühlt man Gottes Anwesenheit hier oben, so hoch über der gewöhnlichen Welt. Wie geht es Leonie? Wollte sie nicht mit?'

‚Ja und nein. Sie hat geschäftlich zu tun, gerade jetzt. Weihnachts- und Neujahrsmenüs vorbereiten und so. Außerdem graut es ihr nun einmal vor dem Geist – es ist nichts zu machen. Sie sucht leidenschaftlich das äußere Leben – und in ihrem Fall muss das vielleicht so sein. Was denkst du?'

Sie setzten sich, und Johannes antwortete:

‚Du musst ihr erzählen, womit du dich beschäftigt, aber ihr die Freiheit lassen. Sie liebt dich sehr, und sie wird aus dieser Liebe heraus alles mit Interesse aufnehmen. Im Übrigen musst du sie lassen, wie du es jetzt auch tust. Wie geht es deiner Gesundheit?'

‚Beschwerdefrei. Ich muss sogar ein bisschen für meine Linie tun, um nicht eine Riesengestalt zu entwickeln. Ich habe volles Vertrauen in den Lauf meines Schicksals, Johannes. Ich setze meine ganze Person für den inneren Weg ein und warte ab, wie viel Zeit ich noch bekomme. Ich backe keine Fritten mehr, kontrolliere die Bücher nicht mehr ... nicht weil mir das zu *gering* ist, sondern weil die Zeit, die dafür verfügbar war, *um* ist. Ich lebe in geliehener Zeit*, und die Dankbarkeit dafür verpflichtet mich. Ich war ein Mann von Welt, und der bleibe ich. Aber meine ganze Lebenserfahrung opfere ich, sie bildet die Brücke zum Geist. Und glaube mir, ich wundere mich täglich darüber, dass diese Brücke *stark* genug ist, mich über den Abgrund zu tragen.'

Johannes nickte und sagte leise:

‚Es ist dein goldenes Herz, Tom. Das ist deine Kraft.'

Sie tranken still ihren Kaffee. In der Ferne war etwas Geklapper aus der Küche zu hören, draußen schneite es unaufhörlich weiter.

‚Lass uns in mein Zimmer gehen, da ist die Atmosphäre etwas weniger profan.', sagte Johannes lächelnd.

‚Wie verläuft die Arbeit in Amsterdam?'

‚Ich finde es schlimm für die Menschen dort, dass sie dich nicht mehr haben. Ich bin schließlich ein Anfänger, und sei es einer, der ordentlich begnadet ist. Wir kommen wöchentlich zu Vorträgen und Gesprächen zusammen. Aber jeder hat so sein eigenes spirituelles ‚Hobby', das finde ich sehr ermüdend. Menschen können nur für das enthusiastisch werden, was sie selbst schon fanden, darauf beruht ihre Teilnahme. Du und ich müssen eine Bestätigung ihrer eigenen Ideen sein. Es gibt keine Bescheidenheit, keine Hingabe – zumindest nicht genug. Jeder weiß selbst alles am besten, *oder* sie sind so unselbständig, dass man aufpassen muss, keine ‚Jünger' heranzuziehen. Alles in allem muss man froh sein mit den Wenigen, die still und andächtig mitmachen und dadurch in eine Metamorphose kommen. Menschen, die mit sich selbst sehr zufrieden sind, *wollen* das nicht einmal. Wie ist es hier? Erlebst du das auch so?'

‚Du hast in jedem Fall völlig recht. Deine Charakteristik ist messerscharf. Es kommt dann die Frage auf: Wieviel Freiheit kann man geben? Als ich Professor war, gab ich meinen Schülern wenig Freiheit. Ich fand, dass ich ein Lehrer war, und ein Lehrer muss

---

* Siehe ‚De man in het Vondelpark'.

erzieherisch vorgehen. Ich hatte keine Mühe mit Ermahnungen, nicht einmal mit dem Auferlegen bestimmter Maßregeln.

So, wie ich *jetzt* Lehrer bin, habe ich ein völlig anderes Verhältnis zur Freiheit meiner Schüler. Alles, was auferlegt wird, ist vollkommen sinnlos. Man kann nur über die Einsicht wirken. Ein Mensch mit *Einsicht* ist frei – es gibt keinerlei Form von Zwang oder Macht. Wer Macht will, enthält dem Schüler Einsicht vor. Aber Einsicht wird oft durch das Vorurteil gefärbt. Sie ist nur *dann* zuverlässig, wenn sie mit dem reinen Denken gefunden wird.

Darum liegt mein ganzes Streben darin, den Menschen deutlich zu machen, was die Bedeutung des reinen Denkens ist und wie man dieses entwickeln kann. Es gibt *nichts*, was so auf Widerstände stößt wie dieser Aufruf zum reinen Denken – und doch muss dem alle Energie gewidmet werden. Jeder will gerne meine höheren Einsichten erfahren, das ist spannend und erhaben. Aber das hat alles keinen Sinn, wenn nicht das reine Denken als Wahrnehmungsorgan entwickelt ist. Darum bleibe ich dabei, dies streng zu betonen, wieder und wieder. Befriedigung kenne ich nur, wenn jemand den Sinn des reinen Denkens einsieht und sich damit ans Werk macht – jemand wie du.'

‚Ich widme der Entwicklung und Stabilisierung dieses reinen Denkens täglich eine Stunde. Ich verstehe die Widerstände nicht, es gibt kein größeres Glück als das Tätigsein im reinen Denken, das sich von der Lebenslast und von der Schwere der Materie befreit hat.'

‚Im reinen Denken findet man die Freiheit. Die Freiheit kommt von Christus. Wie ein Blitz das ganze Weltall erleuchtet, so wird sein Kommen an *Seinem Tag* sein. Zuvor muss er jedoch leiden und verworfen werden, und seine Schüler mit ihm, aber auch alles, was von ihm kommt, wird verworfen. Das ist der Widerstand gegen das reine Denken. Wenn wir eine Handvoll Menschen versammeln können, die diesen Widerstand nicht haben oder die ihn überwinden, dann dürfen wir tiefe Befriedigung empfinden. Es ist keine Geisteswissenschaft möglich, die nicht das reine Denken als *Fundament* hat. Es ist nur das Fundament, aber was ist wichtiger als ein Fundament? Dieses Fundament baut nicht von unten nach oben, sondern von oben nach unten. Es steht *oberhalb* des Leibes und beginnt von da aus, den Leib *un*wahrnehmbar zu machen. In demselben Maße, wie der Leib unwahrnehmbar wird, wird die Geisteswelt wahrnehmbar. Sie befindet sich an der Stelle des Leibes, wird aber dadurch unsichtbar gehalten. Die Leibeswahrnehmung ist der Wächter an der Schwelle, der das Tor zur Geisteswelt verschlossen hält. Er wird nie und nimmer weichen, außer vor dem *reinen* Denken, das die Leibeswahrnehmung ätherisiert.'

Die blauen Augen von Tom trafen die so ganz anderen blauen Augen von Johannes. Ein Blitzstrahl erleuchtete den ganzen Raum...

‚Warum heißt du Johannes?', fragte Tom, als sie zum Mittagessen wieder im Speisesaal saßen.

‚Warum heißt du Tom?', fragte Johannes mit einem Lachen.

‚Weil ich bis über mein fünfzigstes Lebensjahr hinaus ungläubig war und erst glaubte, als ich ‚sah'. Aber der Name Johannes ... deutet entweder auf den Wegbereiter des Herrn oder den Jünger, den Er liebhatte. Haben deine Eltern von deiner Berufung, von deiner späteren Aufgabe gewusst?'

‚Ich bin der Jüngste von wohlgemerkt acht Kindern einer traditionell katholischen Familie, nicht allzu fanatisch, aber doch katholisch. Du kennst vielleicht den Dialog zwischen Sokrates und Kratylos, in dem über die Frage gesprochen wird: Ist die Namensgebung immer richtig oder nicht? Da geht es nicht um die Benennung eines Kindes, sondern um das Wort im Allgemeinen. Haben die Dinge den richtigen Namen? Nach Kratylos ist das der Fall, Sokrates versucht, ihn auf seine bekannte Argumentationsweise von seinem Standpunkt abzubringen. Es ist eine tiefsinnige Frage. Nun ist es in unserer Zeit sicher so, dass Namen losgelöst vom Wesen gegeben werden. Denk nur an die Computersprache, aber auch an das Namengeben von Kindern. Ich habe meine Mutter einst gefragt, warum sie für mich den Namen Johannes gewählt haben und auch bei dem vollen Namen geblieben sind und mich nicht Hans oder Jan oder Johann genannt haben. Sie antwortete damals, dass der Vorrat von Familiennamen bei dem achten Kind aufgebraucht war, dass meine Ankunft für sie ein großes Geschenk war, weil das Baby vor mir gestorben war. Sie haben sehr lange gezweifelt, ob sie mich nicht nach dem gestorbenen Kind benennen sollten, und haben es nicht getan. Sie sagte, mein Name sei in ihr gewachsen, zuerst als eine namenlose Ahnung, die langsam, sehr langsam deutlich wurde. Für sie war meine Geburt zugleich die Geburt des Namens ... und mein Vater folgte ihr ohne Widerstand. Ich denke dann auch, dass in meinem Fall die Überzeugung von Kratylos zutrifft: Der Name gehört ganz und gar zum Wesen. Aber das bedeutet noch nicht, dass damit auch der ‚Mysterienname' gegeben ist. Verbinde also mit dem, was ich soeben gesagt habe, keine Schlussfolgerungen. Du darfst dir immer Fragen stellen – du darfst sie auch mir stellen –, aber lass die Antworten sich bilden, wie die Rosenknospe sich aus dem Rosenzweig bildet...'

Er lief durch den frischen Schnee nach Hause und dachte an seine Kinder. Es war ein Wunder, dass er sie bekommen hatte, als junger Mann hatte er nie danach gestrebt, sein Beruf war alles für ihn gewesen, später sein innerer Weg. Aber Eva hatte sich mit ihm verbunden, und mit ihr waren auch Kinder gekommen. Er liebte Kinder, auch als er selbst noch keine hatte, war das schon so gewesen. Er verwunderte sich immer über das Göttliche, das noch so deutlich schaffend wirksam war – und er fühlte die Wehmut, wenn er sah, wie dieses Göttliche mit den Jahren immer mehr dem Menschlichen weichen musste. Ein Mensch wächst als Kind aus dem Himmel in die Erdenwelt hinein, sehr allmählich, aber unvermeidlich – und notwendig.

So sah er, wie seine Kinder immer mehr sie selbst wurden, mit allen besonderen, großartigen und auch unvollkommenen, ungleichgewichtigen Eigenschaften. Er sah den Kampf, den das Kind sich mit der Vererbung liefert, um dadurch es selbst zu werden. Er bestrafte seine Kinder äußerst selten, weil er diesen Kampf so durch und durch verstand. Nur wenn ein Kind wirklich zu weit ging, griff er ein...

Seine Gedanken waren ein Vorbote von dem, was er zuhause antraf. Er spürte es schon, als er die Vordertür öffnete. Es war, als kämen die Stresswolken ihm entgegen. Die Atmosphäre war zum Schneiden, und er fand Eva verzweifelt in der Küche. Ihr Gesicht war erhitzt, ihre Haare durcheinander, ihre Augen funkelten böse. Sie warf sich in seine Arme.

‚Dieses Mädchen macht mich wild!', stöhnte sie. ‚Ich schaffe es wirklich nicht mehr, Johannes! Immer mehr Quengelei und immer über dasselbe! Peter geht morgen mit den Jungs Skifahren, und sie ‚muss und wird mitgehen'. Das geht natürlich nicht, sie ist zu jung, und Peter kann nicht ständig auf sie aufpassen, das traue ich ihm nicht zu!'

Er fühlte ihre Erregung und fuhr ihr über den Rücken, streichelte ihre Haare.

‚Das Kind ist wirklich verrückt, weißt du! Sie hat mich hier beschimpft, mit Worten, die sie nur in Amsterdam gelernt haben kann. So was kommt hier nicht vor, glaub mir.'

‚Kannst du nicht darüber stehen, Eva?', fragte er vorsichtig. ‚Es ist nur ein Mädchen von gerade zehn Jahren. Sie kann dich doch nicht einfach so beschimpfen?'

‚Das geht auch nicht, aber es passiert – scheinbar verlange ich keinen Respekt. Bei dir würde sie das nicht wagen. Ich bin davon wirklich getroffen, und ich bin wütend!'

‚Was hast du mit ihr gemacht?'

Sie löste sich aus seinen Armen und sah ihn an.

‚Was hätte ich tun sollen?'

‚Du hast doch wohl etwas gemacht? Du lässt dich doch nicht beschimpfen?'

‚Ich habe sie weggeschickt – mit viel Mühe ging sie dann, schimpfend. Sie ist auf ihrem Zimmer, noch immer wild und ihrer Sache sicher.'

‚Sie verdient verdammt noch mal ein paar um die Ohren oder etwas auf den Hintern! Warum lässt du dich beschimpfen, Eva?!'

Sie setzte sich, den Kopf in den Händen.

‚Ich bin wie gelähmt, Liebster. Ich habe selbst zu viele Schläge gehabt, um mich wehren zu können – ich will nicht so sein wie mein Vater.'

Er hatte ihre Verzweiflung in seine Seele aufgenommen, sie tat ihm leid. Ihre Tochter hatte *ihr* Temperament, aber nicht ihre Hingabe. Die Kleine war ihrer Mutter überlegen, weil sie bei weitem nicht so vollkommen war wie Eva. So konnte es nicht bleiben, das Kind musste lernen, sich der Mutter zu beugen... Er fragte:

‚Greifst du selbst ein, oder soll ich es tun? Kommst du gegen sie an?'

Sie schüttelte ihren Kopf, sagte jedoch:

‚Nein ... aber ich kann auch nicht den Vater auf sie losschicken.'

Er sah sich in der Küche um. Im Backofen stand eine Lasagne-Schüssel, auf der Anrichte lagen Zutaten für einen Salat. Er ging an die Arbeit, vor seiner Ehe hatte er jahrelang für sich selbst gesorgt, die Routine war noch immer da.

Inzwischen lauschte er den Geräuschen im Haus. Er hörte einen der Jungen nach Hause kommen, Stimmen im Wohnzimmer. Von den Damen hörte er nichts...

Nach einer halben Stunde ging er doch einmal kurz nachsehen, das Essen war fertig.

Er fand sie in einer innigen Versöhnung. Das kleine Mädchen saß bei Eva auf dem Schoß, nachschluchzend. Eva erzählte eine Geschichte, und sie hörte zu, das Köpfchen gegen ihre Brust gelehnt. Eva zwinkerte ihm zu, und er setzte sich auf den Bettrand.

Als sie zuende erzählt hatte, rührte sich das kleine Mädchen noch immer nicht.

‚Und?', fragte er.

‚Sie hat Angst vor dir.', sagte Eva.

‚Das wird wohl seinen Grund haben.', sagte er und stand auf.

‚Es tut ihr sehr leid.'

Er legte seine Hand um das Gesichtchen seiner Tochter und versuchte, ihren Blick aufzufangen, aber sie sah ihn nicht an. Er zog kurz an ihrem Ohr und sagte:

‚Nun, komm nur rasch essen, ich habe den Backofen ausgemacht, und die Jungen warten.'

Sie rührten sich, und das Mädchen ließ sich das Haar kämmen und wusch sein Gesicht und die Hände.

Johannes stand da und sah zu. Er war nicht ganz zufrieden, es ging ihm alles etwas *zu* einfach. Nachher würde er Eva fragen.

Während des Essens war die Atmosphäre etwas gespannt. Die Jungen machten Späße, das Mädchen aß fast nichts und saß mit gesenktem Kopf, als wollte sie sich verstecken. Angst vor Papa?

Nach dem Essen sagte er zu ihr:

‚Geh du nur in dein Zimmer, ich will kurz mit Mama sprechen. Die

Jungen waschen ab.'

Als sie allein waren, sagte Eva:

‚Pfui, wie bist du streng, Johannes! Das arme Kind zittert richtig.'

Er machte eine abwehrende Gebärde und fragte:

‚Was hast du mit ihr gemacht?'

‚Nichts. Sie flog in meine Arme, und es tat ihr sehr leid. Dann ist es doch gut?'

‚Natürlich ist es dann gut. Du weißt, dass ich finde, dass man in diesem Alter mit einem Kind nicht argumentieren oder moralisieren kann. Man muss darüber stehen und durch sein Handeln eingreifen, wie auch immer. Das braucht keine Strafe zu sein, wohlgemerkt. Aber ihr Verhalten gefällt mir dennoch nicht, Eva. Zuerst gegen dich außer Rand und Band geraten und dann das ängstliche Vögelchen spielen.'

‚Sie spielt es nicht, sie *ist* es.'

‚Es ist nicht ganz aufrichtig, Eva. Ich werde ihr nichts tun, das weißt du. Aber du musst mich kurz mit ihr machen lassen. Ich werde sie ins Bett bringen, ich bin mit ihr noch nicht im Reinen.'

‚Es ist erst sieben Uhr!'

‚Eine Stunde früher ins Bett scheint mir eine außergewöhnlich milde Strafe zu sein. Komm schon, Liebling, sie kann wohl ein bisschen vertragen. Ein Kind mit so viel Mumm muss auch Folgen spüren.'

‚Ist das Empfinden von Reue nicht ausreichend?'

‚Es ist nicht ganz aufrichtig.'

Eva seufzte und fasste seine Hand.

‚Okay, Vater. Liebe kann auch Zucht bedeuten, ich weiß. Ich vertraue auf deine Milde.'

‚Wo hängt der Teppichklopfer?', grinste er neckend. ‚Ich werde einmal etwas Staub aufwirbeln.'

Sie war von ihrem Bett aufgesprungen und saß auf dem Rand, als er hereinkam. Unmittelbar sah er, dass die Angst vor Strafe der Ehrfurcht gewichen war, die ein Kind vor den Eltern haben muss.

Er setzte sich auf den Stuhl und winkte ihr. Sie kam, und er nahm sie auf seinen Schoß. Sie schmiegte sich an ihn, und er fühlte ihren zarten, warmen Körper.

‚Ich wollte nur so gerne mit Peter Skifahren.', sagte sie.

‚Das darfst du sehr wohl wollen, Kindchen, darum geht es überhaupt nicht, weißt du?'

Sie nickte und schwieg.

Er kannte seine Kraft und wusste, sie vor seinem Kind zurückzuhalten, dennoch musste sie ihre Erziehung von ihm bekommen. Er sagte:

‚Du weißt, warum ich böse auf dich war. Deine Mutter ist so gut zu euch, und du darfst dich nicht so benehmen. Aber wir begraben es nun und vergessen es, Mädchen. Wenn du willst, gehen wir morgen zusammen los, ein paar Stunden nach draußen in den Schnee...'

Sie nickte kurz und seufzte tief. Er drückte sie an sich und sagte:

‚Dann zieh dich jetzt aus. Ich komme gleich zurück, um dich ins Bett zu bringen.'

Sie zögerte kurz, wollte protestieren, weil es noch so früh war, aber besann sich.

Er stellte sie auf ihre Füße und sagte:

‚Ein bisschen Strafe sollte schon noch sein, nicht wahr...'

Als er zurückkam, lag sie schon im Bett.

‚Was machen wir denn morgen, Papa?', fragte sie aufgeweckt.

‚Ich kann nicht so gut Skifahren wie Peter, aber wir können von dem Hügel beim Haus des Meisters hinunterfahren, oder wir fahren mit dem Schlitten – was du willst.'

‚Skifahren mit dir.', sagte sie zufrieden. ‚Das ist viel schöner als mit Peter.'

Er setzte sich auf das Bett und streichelte sanft ihr Haar.

‚Bist du nicht mehr böse?', fragte sie leise.

‚Nein, Mädchen. Wenn du es nur nie wieder tust.'

‚Wir müssen noch beten.', sagte sie.

Er schlug das Deckbett zurück und sagte:

‚Heute gehen wir auf unsere Knie.'

Er gab das Vorbild, und sie kniete neben ihm. Ihr helles Stimmchen sprach das vertraute Abendgebet:

Vom Kopf bis zum Fuß
Bin ich Gottes Bild,
Vom Herzen bis in die Hände
Fühl ich Gottes Hauch.

Sprech ich mit dem Mund,
Folg ich Gottes Willen.
Wenn ich Gott erblick'
Überall, in Mutter, Vater,
In allen lieben Menschen,
In Tier und Blume,
In Baum und Stein,
Gibt Furcht mir nichts,
Nur Liebe zu allem,
*Was um mich ist.**

* Gebet für das Kind von Rudolf Steiner.

AUSDAUER

Dreizehn heilige Nächte, in denen die Menschenseele Gott am nächsten steht, lagen vor ihm. In den Bergen war eine weiße Weihnacht keine Besonderheit, und es versprach außerdem, strahlend schönes Wetter zu werden. Der Morgenhimmel war noch schwarz wie die Nacht, die Sterne funkelten, und der Herr zog in das Herz von Johannes ein, mit seinem ganzen Gefolge...

Nachdem er seine Meditation beendet hatte, bereitete er sich auf einen anstrengenden Tag vor. Seine Schwiegereltern würden kommen. Dafür mussten die nötigen Vorbereitungen getroffen werden. Die Kinder hatten schon frei, Eva musste noch in der Klinik arbeiten: Gerade in den Tagen, in denen die Verinnerlichung die Hauptsache sein sollte, beanspruchte ihn das äußere Leben...

Dennoch ging er zum Meister, für ihr tägliches Gespräch.

‚Ich habe auf das abgelaufene Jahr zurückgeblickt, mein Junge.', sagte dieser. ‚Und ich habe gesehen, wie du bereit warst, mir einige Enthüllungen über deine inneren Erfahrungen zu machen. Zugleich sehe ich aber auch, dass sie sparsam geblieben sind. Echte Offenbarungen habe ich von dir nicht empfangen dürfen, du hast dich noch immer auf das deutliche, immer deutlichere Beschreiben des Weges beschränkt.'

Johannes nickte.

‚Ich halte mich daran, Meister. Ich bin dazu gehalten. Solange mir nicht viele auf diesem Wege folgen, werde ich vorläufig keine weiteren Offenbarungen geben. Es gibt sie schließlich in Fülle in den Werken des Meisters des Abendlandes. Jetzt, in unserer Zeit, kommt es darauf an, ob genügend Menschen zu finden sind, die auch wirklich *selbst* innerlich aktiv werden wollen, die bereit sind, dafür ihre Gebetskräfte zu geben, ihren Hochmut zu opfern – und schließlich ihr ganzes persönliches Leben. Äußerlich können sie bleiben, wer sie sind, doch innerlich muss *alles* auf dem Altar der inneren Aktivität geopfert werden können. Du, mein Meister, siehst das ein. Eva und Tom sehen das ein. Elisabeth sieht das ein. Es scheint, dass Anna und Jakob es einsehen. Dieser Einsicht muss dann gefolgt werden, indem man sie verwirklicht. Bis dahin muss ich schweigen, außer über den Weg selbst, der bereits eine Offenbarung ist.'

Der Meister sagte kopfschüttelnd:

‚Deine Strenge bleibt erschütternd, mein Junge.'

‚Ich halte mich an das, was der Geist offenbart. Diese Gesetze sind anders, als wir es hier gewohnt sind. Dennoch ist die Strenge mild, Meister. Es hat schließlich keinen Sinn, unsere Schwäche zu honorieren? Der Mensch ist ‚am Zug', frei, wie er ist. Er kann den zeitlichen Luxus des Erdenlebens wählen, ihn über die grandiose *aktive* Glückseligkeit des ewigen Lebens stellen. Diese ist nur durch innere Arbeit zu erwerben, auf dem Fundament des aus Einsicht freien Entschlusses. Ich kann nichts anderes tun, als an dieser Einsicht mitzuwirken und den Weg zu bahnen.'

Nach einem langen Schweigen sagte der Meister:

‚Oft weiß ich nicht, wer du bist. Manchmal scheint es deutlich, dann wiederum sehe ich eine andere Individualität in dir. Wer ist Johannes *selbst*, das ist die Frage.'

‚Der Geisteswissenschaftler erwirbt das Vermögen, sein eigenes Ich mit dem Ich hoher Individualitäten zu identifizieren, die dann in ihm wirksam sind. Wer Johannes *selbst* ist, zeigt sich in den Details seiner heutigen Erscheinung.'

‚Weiß Johannes selbst, wer er ist?'

‚Ja, das weiß er.'

Der Meister nickte bestätigend. Auch *diese* Offenbarung würde er nicht von Johannes empfangen. Er musste durch innere Forschung, durch immer neues Fragen in der Meditation, durch das detaillierte Formen des Bildes seiner Erscheinung auf Antwort hoffen...

Das Leben eines Eingeweihten verläuft zu einem großen Teil außerhalb des unmittelbaren persönlichen Interesses dessen, der die Einweihung trägt. Das heißt nicht, dass sein persönliches Leben nicht von Belang wäre. Johannes wusste seine Aufgabe als Geisteswissenschaftler und sein Leben als Ehepartner und Vater einerseits völlig miteinander zu verweben, andererseits sind diese beiden Lebenselemente für

Außenstehende ganz getrennt. In diesem Buch darf der Leser einen Blick auf das Nachsinnen und die Einsichten von Johannes werfen. Wie nun wirklich seine Persönlichkeit ist, wie er als echter Mensch aus Fleisch und Blut ist, das bleibt für den Leser in gewissem Sinne verborgen und kommt nur hier und da in den kleinen Lebensbildern zur Erscheinung. Mit anderen Worten: Der Geist von Johannes offenbart sich in seinen Überlegungen und Begegnungen; seine Seele zeigt sich nicht, *ist* aber natürlich sehr wohl da.

Nun ist es Weihnachten, und in den dreizehn heiligen Nächten sind die Fenster der Seele am weitesten geöffnet, und es ist uns nun auch erlaubt, einen vorsichtigen Blick in das Seelenleben von Johannes zu werfen, in das Leben von Johannes als Person.

Er trug seine Geliebten immer in seinem Gemüt. Auch wenn er mit ganz anderen Dingen beschäftigt war, blieb er von der Liebe für Eva, für seine Kinder, für seine Freunde erfüllt. Aus dieser Liebe heraus wusste er immer genau, was im Leben des anderen vor sich ging, und darauf beruhte seine Verbundenheit. Sein ältester Sohn war ein intelligenter, aber sehr verlegener, stiller Junge. Er passte nicht ganz in seine Umgebung, er war zu still, nicht spontan, sondern betrachtend. Er sah lieber zu, als mit den anderen mitzumachen. Nun war er dreizehn, und er kam immer öfter unerwartet vorbei, wenn sein Vater in seinem Arbeitszimmer saß und arbeitete. Dann legte Johannes seine Arbeit zur Seite und hörte den Fragen zu, die der heranwachsende Junge ihm stellte. Er dachte jetzt schon über Leben und Sterben nach, über Gott und den Teufel, über Glauben und Zweifeln.

Johannes gab seine Antworten sehr behutsam, vor allem in Bildern, denn er fand den Jungen schon zu weise...

Obwohl er still war, war er auch stolz. Nie würde er seine Eltern für irgendetwas um Zustimmung bitten. Er kündigte einfach an, was er wollte, und sorgte dafür, dass er keine unmöglichen Dinge tat. Auch Ermahnungen oder Kritik an seinem Verhalten konnte er nicht ertragen, er vermied sie, indem er sich gut benahm. So kann Gehorsam eine ganz andere Grundlage haben als Folgsamkeit. Johannes hatte große Achtung vor der Art und Weise, auf die ein Kind sich manifestierte. Er würde nicht so schnell darin eingreifen und tat das nur, wenn Grenzen überschritten wurden, wie neulich bei seiner Tochter. Eva war impulsiver und hatte außerdem wenig Ähnlichkeit mit dem Stolz ihres ältesten Sohnes. Sie hatte auch ihr Selbstbewusstsein, aber sie war Kritik nie aus dem Weg gegangen. So konnte es zwischen ihnen beiden schon einmal zu Zusammenstößen kommen, bei denen Johannes dann als Friedensrichter dazwischentrat. Er machte sich keine Sorgen um seinen Ältesten, denn er sah, dass dieser einen starken Mittelpunkt hatte, von dem aus er der Welt schließlich kräftig gegenübertreten können würde.

Der zweite Sohn war mehr ein Gefühlsmensch, er lebte in Sympathie und Antipathie, in Glück und Unglück, sowohl mit sich selbst, als auch mit den Menschen um ihn herum. Ihm musste man still zuhören, und das tat Johannes dann auch. Er stellte noch keine Fragen, er äußerte sich vor allem. Für ihn war die Existenz Gottes eine feststehende Tatsache, in Momenten von Kummer und Leid schöpfte er seinen Trost daraus. Den Umzug von Amsterdam in die Berge hatte er sehr schlimm gefunden, aber es war ihm letztlich ebenso leicht gefallen. Er hatte eine ganze Reihe von Freunden gefunden, war in verschiedenen Sportvereinen und sah sich mit den braunen Augen seines Großvaters aufgeweckt um ... bis ein Gegenschlag kam, dann war der Kummer darüber außergewöhnlich groß. Johannes brachte ihn oft zu Freunden und holte ihn wieder ab, und unterwegs hörte er den kindlichen Bekenntnissen intensiv zu. Obwohl der Junge im Grunde drauflos lebte, geriet er selten in Konflikt mit seinen Eltern, weil er nun einmal eine natürliche Harmonie besaß. Er äußerte sich, wenn es möglich war, und war besinnlich, wenn es sein musste. Vor dem Schlafengehen wollte er immer gern eine Legende oder eine Bibelgeschichte hören, danach warf er sich für das Abendgebet spontan auf die Knie. Es war, als zeige eine lebenslange Hingabe an den Herrn aus einem früheren Leben nun ihre letzten Spuren, um danach erfüllt mit der neuen Lebensaufgabe zu beginnen. Ein sprühendes Glückskind war es, auch im allertiefsten Kummer.

Mit seiner Tochter hatte er am meisten zu tun. Sie hatte einen außergewöhnlich starken Willen, der kein Gebundensein duldete, dies aber doch sehr nötig hatte. Sie konnte absolut nicht selbst entscheiden und wollte es dennoch mit aller Gewalt. Sie war unbeherrscht, oft frech und gegenüber einer Ermahnung zunächst ganz unempfindlich. Sehr schnell hatte sie das Gefühl, zu kurz gekommen zu sein.

Johannes versuchte immer, die Mitte zwischen geduldigem Verständnis und einer harten Hand zu finden. Wenn er hart sein musste, tat es ihm gewiss ebenso weh wie ihr... Er wusste, dass er das Schiff durch heftige Stürme in den Hafen lotsen musste, und er wusste auch, dass ein prächtiger Mensch zum Vorschein kommen würde, wenn dies gelingen würde. Doch es kostete ihn oft viel Energie, und ihre Unwetter brachen immer in den ungelegensten Momenten los, als wollte sie seine Geduld und Beherrschung bis zum Äußersten auf die Probe stellen. Es schien, als hätte sie keine Ruhe, bis sie ein paar kräftige Klapse bekäme – die sie übrigens nie bekam, auch wenn sie nachdrücklich danach ‚fragte'. Noch nie hatten seine Hände einem Menschen wehgetan, und er würde dafür sorgen, dass dies auch nie geschehen würde, obwohl es ihm manchmal sehr schwer gemacht wurde.

Die intimste, innigste Liebe galt Eva, seiner Frau, seiner Freundin, seiner Gefährtin in wirklich allem, was das Leben ihnen brachte. Sie hatte sich für ihn entschieden, ganz ausdrücklich hatte sie sich an seine Seite gestellt. Ihr erster Blick war für sie das Ja-Wort gewesen, obwohl er sich nicht ohne weiteres hatte entschließen können, nachzugeben. Oh, auch er hatte unmittelbar Liebe zu ihr gefasst, sie war durch ihre Fröhlichkeit und Hingabe ihm gegenüber unwiderstehlich schön und vor allem erfrischend. Doch er wollte wie ein Mönch leben, ungestört von dem geweckten Lustleben ... Askese, sowohl im wissenschaftlichen Denken, wo er sich kein Gefühl zugestand, als auch im täglichen Leben. Aber empfindsam war er dennoch, sogar sehr tief und intensiv. Sie hatte ihn so gerührt, dass er es zuließ, dass sein Lustleben durch sie geweckt wurde, mit allen Folgen, die das für ihn hatte. Er lernte sich selbst als *Mann* kennen, als ganz gewöhnlichen ‚Kerl' mit einer Freundin, während die Liebe zwischen ihnen eigentlich überhaupt keinen Sex brauchte. Er hatte nachgegeben, sie hatten geheiratet und hatten Kinder bekommen, und erst danach war ihre Liebe in die ursprüngliche Reinheit zurückgekehrt. Nicht, dass er die Ehe und das

Kinderkriegen als etwas Banales ansah, er sah es als eine hohe Aufgabe ... dennoch lag darin eine Prüfung, weil die ursprüngliche Verbindung zwischen ihnen von einem sexuellen Verhältnis überschattet wurde – so gut dieses auch war...

Doch sie hatte mehr als nur sein Lustleben geweckt, sie hatte ihn zum Leben erweckt, er war aus den starren Schemata seines wissenschaftlichen Denkens erwacht, er hatte die volle Kraft des positiven Egoismus kennengelernt, der Empfindung, eine Persönlichkeit zu sein, in einem männlichen Körper, der eine Frau mit seinem ganzen Herzen lieben kann. Er hatte entdeckt, dass Askese kein gutes Fundament für eine geistige Entwicklung ist, dass die Persönlichkeit da sein darf, vorausgesetzt, es gibt ein wachsendes Interesse für alles, was die Welt, die Menschheit, der Kosmos zu bieten hat.

Dieses Interesse war ihre starke Seite, mit ihrem Gefühl lebte sie mit allem um sich herum mit, aber am meisten mit ihm. Seine Aufgabe war auch die ihre, und mühelos setzte sie ihr Leben dafür ein, mit all der Energie, die ihr eigen war. So war die Wichtigkeit ihrer Entwicklung zugleich *sein* Interesse, und er sorgte dafür, dass sie sich Zeit dafür nehmen konnte, dass sie ihre täglichen Gespräche haben konnten, dass er die Offenheit hatte, ihre Seele zu empfinden, als wäre es seine eigene. Kein Mensch in seiner Umgebung hatte eine solche Entwicklung durchgemacht wie sie, aber es gab auch keinen Menschen, mit dem er so zusammenlebte wie mit ihr...

Er empfand für viele Menschen Freundschaft, es ist jedoch nicht so vielen Menschen gegeben, zu wissen, was ein *Freund* eigentlich ist. Die vier Menschen um ihn, Peter, Elisabeth, Eva und der Meister, gaben ihm Freundschaft zurück, aber darüber hinaus?

Tom war mehr ein ergebener Schüler; er hatte noch einige Freunde und Freundinnen in Amsterdam, die sich an seiner Freundschaft labten. Doch wer war eigentlich wirklich ein Freund für *ihn*? Sein deutscher Herausgeber, Paul Hartmann, war es. Er war eine kritische, jähzornige Person, bei der der Egoismus eine starke Rolle spielte. Ein Herrscher par excellence, jemand, der eigentlich keine Menschen um sich ertrug. Seine Frau und seine zwei Kinder konnte er gerade so ertragen, am liebsten aber war er bei sich selbst, für sich selbst, mit sich selbst. Was anders als er selbst war, schlug er mit seiner Kritik, seiner scharfen Zunge fort. Doch in Johannes hatte er jemanden gefunden, der war, wie ein Mensch seiner Meinung nach sein musste. Die Begegnung mit ihm war eine Gnade für ihn gewesen, hatte seinen Zynismus lahmgelegt, seine Kritik überflüssig gemacht. Konsequent, wie er war, schenkte er ihm seine volle Zuneigung, die ganze Kraft seiner persönlichen Freundschaft. Die Hitze seines Temperaments wurde zu warmer Liebe, die Kälte seiner Antipathie wurde zu aufrichtigem Kummer über seine Einsamkeit. Johannes wirkte auf ihn als ein läuterndes Vorbild, ohne dass er etwas dafür tat – und im Gegenzug empfing er eine Freundschaft von seltener Intensität. Ja, Paul Hartmann war sein geliebter Freund, was er auch sonst auf dem Kerbholz haben mochte. Paul würde sein ganzes Vermögen hingeben, wenn Johannes darum bitten würde – was er natürlich nicht tat. ‚Du hast mir bewiesen, dass das Königreich Gottes unter uns ist!', hatte der Gottlose gesagt, und er hatte sich bekehrt, ganz allein, ohne Hilfe eines Priesters. ‚Ein Mensch wird sich zweifellos noch viel weiter vervollkommnen können als du, aber du zeigst mir, wie ein Mensch das Kind Gottes werden kann, geboren aus Gott, aufgewachsen aus Gott, mitten in der grauenhaften Disharmonie dieser Welt!'

Er wurde von Paul nicht verehrt, nicht auf einen Sockel gestellt, er ließ ihn sein, wer er war, doch Paul liebte ihn, und er verstand ihn, das war seine Freundschaft.

Er holte seine Schwiegereltern ab, sie waren mit dem Zug angekommen. Sein Schwiegervater war Hausarzt gewesen und inzwischen schon einige Jahre in Pension, seine Schwiegermutter hatte ihrem Mann immer assistiert. Er war ein ziemlich kleiner, dicker Mann mit einem ausgesprochen cholerischen Temperament, sie eine kleine, schlanke, vorsichtige Dame, die sich völlig hatte beherrschen lassen, auch wenn die Beherrschung bestimmt von Liebe begleitet war. So war auch Eva aufgewachsen, sie hatte wirklich nichts zu sagen gehabt; der Vater hatte sie leidenschaftlich geliebt, leidenschaftlich gezüchtigt und immer wieder vergessen, es wieder gutzumachen. Inzwischen war seine Tochter vierzig Jahre alt, und noch immer war sie das Kind und er der Vater, das würde sich nicht mehr ändern. Darum sahen sie ihrer Ankunft immer mit ein wenig Befürchtung entgegen, obwohl es dann immer weniger schlimm war als erwartet, denn Papa war ein geselliger Gast, voller farbenfroher Geschichten und mit einem Humor, der mit seinem dröhnenden Gelächter einherging. Die Kinder waren ganz verrückt nach ihm, konnten sich nicht vorstellen, dass ihre Mutter je Angst vor ihm gehabt hatte...

Als er sie aussteigen sah, war er gerührt. Eva hatte ihnen doch viel zu verdanken, den Mut und die Lebenslust des Vaters, die Hingabe der Mutter. Er umarmte sie, nahm die Tasche und brachte sie zum Auto.

‚Du wagst es, in diesem Schnee zu fahren?', fragte Mama ängstlich.

‚Der Weg ist geräumt. Und wenn es sein muss, haben wir Schneeketten. Setz dich nur hinein, und mach dir keine Sorgen.'

Papa stieg vorne ein und schimpfte:

‚Ich begreife nicht, was du hier suchst. Du hattest eine so feine Stelle in Amsterdam. Was *bist* du hier jetzt noch...'

Johannes grinste. Er sagte jedes Mal genau dasselbe. Er startete den Motor und sagte:

‚Du findest es doch schön, zu uns zum Wintersport zu kommen? Sieh mal, wie prächtig es hier ist!'

‚Mit Schönheit allein kann ein Mann seine Familie nicht unterhalten. Aber gut, du bist kein Grünling, du wirst schon wissen, was du tust. Und Eva folgt dir, so gehört sich das auch.' Er schwieg kurz und sagte dann: ‚Schön ist es, da hast du recht. Ist Eva zuhause?'

‚Sie arbeitet bis vier Uhr. Die Kinder sind da.'

Papa wollte noch fragen: ‚Warum arbeitet sie und nicht du?', doch er schwieg, und Johannes beantwortete die unausgesprochene Frage lachend:

‚Sie ist ein fantastischer Arzt.'

‚Doch sicher nicht besser als du?'

Johannes lachte und parkte das Auto vor dem Haus...

Später, im Wohnzimmer, rieb Papa sich vergnügt die Hände und sagte:

‚Gemütlich ist es, Junge. Alles ist richtig gut hier.'

Seine Enkelin kletterte ihm auf den Schoß, die Jungen setzten sich bei Oma hin. Johannes ließ sie allein, um das festliche Abendessen vorzubereiten. Als Eva kam, stand schon alles bereit. Sie küsste ihn und sagte:

‚Du bist ein Schatz, Johannes! Was für ein Unterschied zu Papa ... er sieht mich und beginnt sofort zu dirigieren. Was ist es nur in so einem Vater, was sich so benimmt?'

‚Macht, mein Liebling. Wenn er dich wirklich ansehen würde, würde er machtlos werden.'

‚Ich lasse ihn ja, er ist trotzdem ein Lieber. Ich muss nur mit der Aufsässigkeit kämpfen, die in mir hochkommt. Darum landete ich früher jedes Mal über dem Knie, wegen dieser offenen Aufsässigkeit. Nun versuche ich, darüber zu stehen, doch mein Gefühl spricht eine deutliche Sprache. Schade, dass wir nicht einfach unsere Liebe füreinander empfinden und äußern können, dass es so kompliziert ist.'

‚Du bist seine Tochter, sein Mädchen – und auch eine schöne Frau. Glaub mir nur, dass *er* das alles auch fühlt!'

‚Mit unserer Tochter scheint er all das nicht zu haben. Sie sitzt fortwährend auf seinem Schoß, und er ist wirklich sehr lieb zu ihr.'

Johannes lachte.

‚Opas bekommen eine zweite Chance. Komm, wir gehen ins Wohnzimmer...'

Tief in der Winternacht saß er am Fenster und bereitete sich auf seine Meditation der ersten heiligen Nacht vor. Sie hatten eine katholische Mitternachtsmesse besucht, an der er nicht viel mehr als bloß Entbehrung erlebt hatte. Das Unvermögen des Priesters, die Anwesenheit Gottes mit den Gläubigen zu teilen, hatte in ihm Entbehrungsgefühle hervorgerufen. In der heutigen Zeit muss man alles *selbst* zustande bringen, es gibt keine Hilfe eines Geistlichen mehr, man muss es selbst sein ... gelassen hatte er nachher den Lobgesang seines Schwiegervaters in Bezug auf die Messe ertragen. Pa wollte ihm damit zeigen, dass er, Johannes, besser einfach Arzt bleiben und das Geistliche nur dem Priester überlassen sollte, der das schließlich gelernt hätte.

Nun war er endlich allein und konnte sich mit seiner ganzen Seele seiner Lebensaufgabe widmen, wofür er keine Zustimmung oder Anerkennung irgendeiner Instanz brauchte; nur wohlwollende Zuneigung des geistigen Vaterlandes zählte hier noch...

Er schloss leise die Gardine, schob seinen Stuhl mit dem Rücken zum Fenster, setzte sich und fing an...

Ausdauer, Devotion, Opferbereitschaft und ein Denken, das zu Glaubenskraft umgeformt worden ist, sind die vorbereitenden Eigenschaften, die der Geisteswissenschaftler braucht, um seine Seele für den wahrhaftigen Geist zu öffnen. Jede Meditation ist eine Frage, und die Anzahl und Wiederholung dieser Fragen darf unendlich sein. Keinerlei Selbstachtung kann mitgenommen werden, sogar die Persönlichkeit muss in vollem Umfang außerhalb der Meditation bleiben, wird zurückgelassen. In der dann entstandenen Offenheit der Seele, die eine kräftige Denkleere ist, kann der Geist ‚sich denken', das ist der neue Glaube.

Johannes ist ein Wegbereiter. Er kennt den Weg, indem er ihn *geht*, und er wird ihn jedem weisen, der ihm treu folgen will.

TALENT

Die Tage im Jahr, die am meisten für die Innigkeit geeignet sind, werden am meisten von Veräußerlichung bedroht. Familienhektik, ausgedehnte Mahlzeiten, Wanderungen durch den Schnee, erhitzte Gespräche. Andererseits ist die Kraft, sich in der Meditation daraus zu lösen, am allerstärksten.

So zog Johannes' Seele jubelnd aus seinem Leib, in die Weiten des Kosmos hinein. Sein Schlaf war wach, und wenn er wieder seine Sinne bezog und seinen Verstand in Gang setzte, bewahrte er Momente großer Erfüllung und Erinnerung an die Erlebnisse seiner leibfreien Seele.

Seine Augen strahlten, seine Wärme erstreckte sich weit in die Umgebung hinein. Sogar sein Schwiegervater wurde ab und zu still dadurch, dann sah er ihn aufmerksam an und erschauerte vor der Kraft, die von seinem Schwiegersohn ausging.

Johannes behielt seine Gewohnheit bei, jeden Morgen ein Gespräch mit dem Meister zu haben. Da war es ebenfalls betriebsam, die Kinder von Marie waren mit ihren Kindern zu Besuch, das Haus war mehr als voll. Doch das Meditationszimmer war das Heiligtum des Meisters, die Stille dort wurde von jedem respektiert und gewahrt.

‚Allmächtiger! Vergib mir das Wort.', begrüßte der Meister ihn. ‚Sag mal, ihr Abendländer habt doch ein total verkehrtes Verhältnis zu religiösen Festen! Oh, sicher ist es gesellig, und wir dürfen glaube ich alle froh sein, dass keine Streitigkeiten ausbrechen. Aber dieser abscheuliche Kitschbaum im Wohnzimmer, der übervolle Magen und die dumpfe Atmosphäre verbrauchter Luft bei all diesen Gästen. Pfui!'

‚Heute kommt Anna aus München. Du weißt, ich habe sie im Sommer aufgefangen, als sie ohnmächtig wurde. Weißt du noch? Die Frau von Jakob.'

Der Meister brach in Lachen aus.

‚Du denkst: Lass diesen Alten nur quatschen und klagen! Aber es ist meine erste echte Weihnacht, ich will das fühlen, erleben ... in Stille.'

‚Du *hast* hier doch Stille?', lächelte Johannes. ‚Bei mir wagen sie es sogar manchmal, in mein Zimmer zu kommen.'

‚Die Kinder? Das musst du ihnen abgewöhnen. Im Kloster bekamen wir für jede Unverschämtheit Schläge, ich bin davon stark geworden.'

‚Als ob du es ertragen könntest, wenn meine Kinder geschlagen würden. Wenn *irgendjemand* sie verwöhnt hat...'

Der Meister streckte seine Hand aus, Johannes ergriff sie. Der Meister sagte:

‚Gut, gut. Alles ist gut. Ich bin es gewohnt, dass das ganze Leben für die Meditation eingerichtet wird, während du die Meditation so einrichtest, dass sie dem Leben dient. Der Himmel auf Erden, inmitten des Kampfgetümmels – das ist das wahre Christentum. Aber fehlt dir die Ruhe und die Innigkeit nicht?'

‚Sicher. Aber ich versuche tatsächlich, die Bewegung umzukehren. Wie geht es deiner Meditation, Meister?'

‚Sobald ich meine Augen schließe, ist da ein Reichtum an Bildern. Was bei dir assoziative Gedanken wären, sind bei mir Bilder. Ich muss sie von einem konzentrierten Gedanken überstrahlen lassen, und das geht manchmal, und manchmal nicht. Während ich mich früher von dem Strom der Bilder mitführen ließ, muss ich mich nun dagegenstemmen, verstehst du?'

‚Ja.'

Der Meister lachte.

‚Schön, dass du so ausführlich darauf eingehst. Nun, was dabei sehr interessant ist ... wenn die Konzentration gelingt, dann sehe ich diese auch im Bild. Ich sehe sie *buchstäblich*, denn mein Wesen tritt aus der Fülle, aus dem Reichtum der farbigen Bilder heraus, kommt gleichsam in zu immer enger werdenden Kreisen, bis ich zu einem *Punkt* reduziert bin. Es ist wirklich nichts anderes übrig als ein Punkt, und ich weiß durch deinen Unterricht, dass dieser Punkt das *Ich* ist. Hätte ich deinen Unterricht nicht gehabt, würde ich denken, die ursprüngliche reiche Bilderwelt stünde höher als dieser einsame Punkt. Nun weiß ich, dass das Bewusstwerden dessen das ist, was man ‚Bewusstseinsseele' nennt; ihre Entwicklung ist die Aufgabe des Menschen unserer Zeit. Und dann stimmt es mich zufrieden, dass ich durch eine verstandesmäßige Entwicklung, wie ich sie durch meiner Plackerei mit der Mathematik und so weiter durchgemacht habe, von einem mehr im Gewahrwerden lebenden Menschen zu einem modernen Mann geworden bin, jawohl! Reduziert zu einem Punkt in der Meditation, aber zu dem *einzigen* Punkt, in dem der Mensch mit Recht beschließen kann: diesen Punkt opfere ich demjenigen, der die Fülle hat, wo ich ein Punkt bin. Aus diesem Pleroma haben wir genommen Gnade um Gnade, nicht wahr, Johannes? Und wenn ich meinen Punkt ihm, der eine Versammlung von Punkten ist, zur Verfügung stelle, dann kann ich mit Recht sagen: Nicht ich, sondern Christus in mir.'

Das Hauptgebäude war wegen Malerarbeiten geschlossen, und Anna besuchte ihn in seiner Wohnung. Sie wartete in seinem Arbeitszimmer auf ihn. Unmittelbar sah er die Metamorphose, die sie durchgemacht hatte. Als er ihr im Sommer begegnet war, hatte sie sich stark gewehrt, mehr gegen seine Männlichkeit, als gegen seine Person, vielleicht gegen Autorität an sich. Er verstand das sehr gut, denn sie war selbst ein hochstehender Mensch mit einem klaren Selbstbewusstsein und einer hohen moralischen Würde. Nur hatte sie sich selbst noch nicht in die Hand genommen, ihre Qualitäten waren das Geschenk einer Vergangenheit, das Heute sprach noch nicht so sehr. Nun war das sehr wohl der Fall, sie hatte ein fruchtbares halbes Jahr innerer Übung hinter sich, und sie war jetzt schon ein anderer Mensch. Ihre Abwehr war gewichen, weil sie nicht mehr nötig war; sie hatte in sich selbst einen realen Mittelpunkt gefunden, von wo aus sie ihm frei und entspannt gegenübertrat. Er gab ihr die Hand und setzte sich zu ihr.

‚Ich habe wieder mit Singen angefangen.', sagte sie nach einem einleitenden Gespräch über die Reise von München hierher. ‚Und weil wir neben einem Mann wohnen, der in der Musikwelt viele Beziehungen hat, bekomme ich eine Einladung nach der anderen, vor Publikum zu singen. Ich bekomme viel Lob, aber noch mehr scharfe Kritik.'

‚Weswegen?'

‚Natürlich wegen Mangel an Professionalität. Ich war nicht am Konservatorium. Aber auch wegen meiner Art, mit einem Lied oder einer Arie umzugehen. Ich lebe mehr im Ton und im Klang als im Wort, obwohl ich das natürlich sehr wohl singe. Verstehst du? Ich bin fasziniert von den qualitativen Unterschieden der Töne und Intervalle, ich vertiefe mich meditativ da hinein, und das wird in der Aufführung der Musik wohl weiterwirken. Ich *will* keine Abstraktionen, keinen Abstand, ich will in die Musik untertauchen, die Musik von innen durchdringen und ausführen. Damit habe ich viel Erfolg, erlebe aber auch schmerzlichen Widerstand. Darum bin ich hier, Johannes: um zu fragen, wie ich damit umgehen soll. Ich habe jahrelang im Büro gesessen, um Manuskripte zu redigieren. Der Kontrast könnte nicht größer sein!'

Johannes hatte voller Verwunderung geschaut und zugehört. Dass das Leben ihm einen solchen Menschen sandte! Er empfand eine große Dankbarkeit dafür. Er sagte:

‚Wenn du den gebahnten Pfad verlässt, Anna, und selbst beginnst, dir einen Weg zu bahnen, erfährst du jede nur denkbare Gegenwirkung. Du bekommst Prüfungen auferlegt – durch jene Mächte in der Welt, die gegen die rechtmäßige Entwicklung sind, aber auch durch jene Mächte, die dafür sind. Diese legen dir Prüfungen auf, um dich stärker zu machen, *so* stark, dass du unerschütterlich inmitten von Gegenwirkungen von Orkankraft stehen kannst!'

‚An sich kann ich schon damit fertig werden, aber ich frage mich natürlich immer: haben sie nicht doch recht? Soll ich nicht lieber zuhause am Klavier sitzen bleiben und bescheiden nur für meine Familie singen? Du verstehst schon...'

‚Nun ja, das ist gerade eine von diesen Prüfungen. Stehst du stark genug in dem Selbstbewusstsein deines Könnens? Bist du frei in deinen Impulsen, um gerade so zu arbeiten, wie du das tust? Weißt du so genau, was du zustande bringen willst, dass keine Kritik dich treffen kann? Natürlich ist man trotzdem offen für Kritik, wenn sie wahrhaftig und aufbauend ist. Nur dann will man seine Arbeit dadurch beeinflussen lassen, oder besser gesagt, man übt dann selbst Kritik, um es noch besser zu machen. Die meisten Menschen brauchen dafür Jahre, man kann nicht von heute auf morgen so stark sein. Ich finde, du vollbringst eine Leistung von hohem Niveau – nur habe ich dich natürlich noch nicht singen hören. Würdest du für uns hier singen wollen? Für die Familie und Freunde, die gerade hier sind? Meine Frau ist Pianistin, sie wird gern mit dir musizieren, es gibt hier wenig

Gelegenheit.'

Anna zögerte leicht, sagte dann jedoch:

‚Gut, aber dann muss ich proben.'

Er nahm das Telefon und rief Eva an.

‚Nach dem Mittagessen kann sie mit dir spielen. Bleibst du zum Essen?'

Während des Essens war sie still, aber es war auch sehr lebendig. Opa war in bester Gesprächsstimmung, er lebte auf, wenn er die Aufmerksamkeit so vieler Menschen erhielt. Johannes wachte über die Ehrfurcht seiner Kinder vor dem Essen und Trinken und ließ sie ansonsten lachen und sprechen...

Abends, nachdem jeder ins Bett gegangen war, saß er mit Eva noch zusammen, um über den Tag zu sprechen.

‚Während Tagen wie diesem stoße ich auf meine schlechten Eigenschaften.', sagte sie. ‚Ich ärgere mich so, Johannes. Vor allem über meinen eigenen Vater. Und ich bin eifersüchtig auf jeden, der etwas mit dir hat – wie diese Anna, obwohl sie sehr nett ist und unglaublich gut singt. Die Schauer laufen einem über den Rücken, wenn man sie hört. Aber es ist so hektisch hier, und ich bin müde.'

Er nickte.

‚Es wird auch viel von dir verlangt, zu viel. Sieh lieber auf deine guten Eigenschaften, sie sind so übermäßig anwesend, aus ihnen heraus lebst du doch vor allem.'

‚Ich wollte, ich könnte sie überwinden, diese Gefühle von Ärger und Missgunst. Mich davon abwenden.'

‚Das wirkt nicht. Sie würden sich nur verstärkt offenbaren, aus unerwarteten Ecken...'

‚Was wirkt dann?'

‚Positiver Einsatz, wie du ihn immer gibst. Und innere Übung, wie du es schon machst. Es geht zweifellos immer besser, aber du gibst doch wirklich, was du kannst. Von der Positivität aus kannst du deinen Ärger in etwas anderes verwandeln. '

‚Was soll das dann werden, frage ich mich. Was ist die Metamorphose von Ärger? Und von Eifersucht?'

‚Was spielt sich in einem Menschen ab, wenn er sich ärgert?'

‚Hochmut. Das weiß ich sofort. Man glaubt, alles besser zu wissen und zu können. Alles besser zu können als der andere. Man ärgert sich auch, wenn jemand einem zu nahe kommt, wenn er anfängt, in das Eigene einzudringen. Das macht mein Vater. Ärger hält den anderen auf Abstand.'

‚Das ist also manchmal pure Notwendigkeit.'

‚Und trotzdem nicht gut! Es muss auch anders gehen. Wie?'

‚Die Metamorphose von Ärger. Was ist die positive Wirkung von Ärger?'

Sie dachte nach und schüttelte den Kopf.

‚Ich sehe nichts Positives.'

‚Du sagst: Ärger hält den anderen auf Abstand.'

‚Man bildet ganz aus sich heraus seine Meinung und sein Urteil, und weil der andere da nicht hineinpasst, ärgert man sich.'

‚Wann ist eine so starke, ich-gerichtete Denkbewegung eine Qualität statt eine Schwäche?'

‚Nie. Außer im inneren Leben, in der Meditation. Dann muss man mit dieser Ich-Kraft den meditativen Gedanken ‚hinstellen'. Es kann nicht stark genug sein. Man muss da ohne *irgendeine* Aufmerksamkeit für etwas anderes sich selbst als Denker hinstellen. Das ist in der Tat eine Metamorphose dessen, was Ärger eigentlich ist. Wenn man das optimal tun würde, müsste man sich vielleicht nicht mehr ärgern...'

‚Es ist eine Wechselwirkung. Diese positive Kraft in der Meditation wird verstärkt durch Gelassenheit und Hingabe am Tage, indem man sich gerade *nicht* ärgert – und umgekehrt. Tagsüber nimmt man intensiv die Umgebung auf, in der Meditation stellt man sich selbst hin.'

‚Aber wenn man die Umgebung einfach so in sich aufnimmt, werden die Wirkungen aus der Umgebung so stark, dass man sich dadurch wieder ärgern muss, um durchhalten zu können.'

‚Nicht, wenn das Gefühlsleben Sinnesorgan für die Umgebung geworden ist. Dann empfängt man aus ihr objektive Eindrücke, die einem Weisheit verschaffen und einen erleben lassen, dass man kein Zuschauer, sondern unentbehrlicher Teil des Weltprozesses ist.'

‚Ich habe immer eine starke Anlage zur Hingabe gehabt, wie du weißt. Nun kommt Papa und behandelt mich wie ein Mädchen von zehn Jahren. Ich wehre mich durch den Ärger, halte ihn damit von mir ab. Wo ist da mein Gefühl als Sinnesorgan?'

‚Dein Ärger ist eine Wirkung deines Vaters und sagt nicht nur etwas über dich, sondern vor allem über ihn. Du könntest als ein Zuschauer diesen Ärger wahrnehmen und darin sowohl ihn, als auch dich selbst kennenlernen.'

‚Ich halte ihn einfach nicht aus – obwohl er ein lieber Kerl ist, das trotz allem auch. Weißt du, die Erniedrigungen, die er mich als Kind hat fühlen lassen, nehme ich ihm nicht übel. Ich war ein Wildfang und er ein Potentat. Aber nun bin ich vierzig, ich bin ruhig geworden, erwachsen, und außerdem bin ich verheiratet.'

‚Ich verstehe das, Eva. Es ist sehr schwer, weil er ein so heftig emotionaler Mensch ist. Seine Liebe ist fast greifbar und sicherlich nicht freilassend. Versuche trotzdem, aus deinem Gefühl hinauszuschlüpfen und es als Wahrnehmung gelten zu lassen...'

Sie stand auf und lachte.

‚So, Sokrates.', sagte sie. ‚Nun haben wir noch keinen Dialog über die Metamorphose von Eifersucht haben können. Darf dieser Schüler auf eine neue Gelegenheit hoffen, zum Beispiel morgen Abend?'

Johannes lächelte und sah sie lange an.

‚Dann muss Sokrates dich bitten, selbst Gedanken darüber zu bilden, so dass wir auch wirklich einen Dialog haben werden. Zu Sokrates kommt man nicht unvorbereitet...'

‚Abgemacht. Du wirst morgen verwundert sein.'

‚Die Metamorphose von Eifersucht.', sagte Johannes und wartete ab.

Sie antwortete bedächtig:

‚Ich habe entdeckt, dass man so etwas nicht mit dem Denken an sich finden kann, man weiß dann schließlich nie, ob es stimmt, was man denkt. Man muss zur Anschauung des Problems kommen können, dann offenbart sich die Antwort wie von selbst. Nur ist das Anschauen nicht so einfach, es ist eine Technik für sich. Ich stelle mir dann lebendig vor, dass ich eifersüchtig auf eine Eigenschaft oder irgendeine Sache des anderen bin, und schaue daraufhin an, *was* das genau für eine Seelenbewegung ist und wo diese sehr *wohl* zu Recht vorhanden ist. Ich kann dann nicht anders, als aus der Anschauung heraus die Schlussfolgerung zu ziehen, dass das in der Bewunderung, der Verehrung, der Devotion ist. Es ist dieselbe Seelenbewegung, ins Selbstlose umgewandelt.'

‚Hervorragend, Liebste. Wirklich vortrefflich. Aber nun hast du erst *eine* Form von Eifersucht besprochen. Weißt du noch mehr zu sagen?'

Eva lachte und sagte:

‚Sicher. Eifersucht kann auch die Form annehmen, dass man ein Objekt oder eine Person ganz exklusiv für sich haben will. Nichts oder niemand sonst darf Anspruch darauf erheben oder gar nur in seine Nähe kommen. Ich schaue das an und erkenne die Seelenbewegung als positive meditative Arbeit wieder. Mit der Metamorphose des Ärgers stellt man einen Gedanken sehr stark hin, mit der Metamorphose der Eifersucht macht man diesen zu einer Exklusivität. Man lässt nichts, aber auch wirklich nichts anderes zu als *diesen* Inhalt, und man wehrt *alles* ab, was nur in die Nähe kommen will. Man identifiziert sich völlig damit.'

‚Ich bin sehr, *sehr* beeindruckt.', sagte Johannes jetzt ernst. ‚Nun musst du mich noch über die Missgunst unterweisen, ein weiterer Aspekt der Eifersucht.'

Eva nickte bedachtsam und sagte:

‚Auch darüber habe ich meine Anschauung entwickelt. Wenn man jemandem etwas missgönnt, dann bedeutet das eigentlich, dass man dessen Besitz oder vortreffliche Eigenschaft *negiert*, man tut so, als existiere sie nicht. Wenn jemand auf mein musikalisches Talent neidisch ist, dann negiert er das vollkommen. Das ist die unschuldigste Form von Missgunst. Schließlich kann diese so stark werden, dass der Drang entsteht, den Träger der beneideten Eigenschaft zu vernichten, so dass man nicht mehr mit dem eigenen Mangel an Talent oder Besitz konfrontiert wird. Es ist also eigentlich eine Negation, sei es psychisch, sei es – im schlimmsten Fall – physisch. Nun, das Negieren einer Eigenschaft ist an der richtigen Stelle, wenn man es im Hinblick auf die *Schwächen* eines anderen vermag. Gott selbst hat in seiner Inkarnation als Mensch gezeigt, dass er das Böse im Menschen *negieren* will, wenn nur auch gute Eigenschaften da sind. Schwäche und schlechte Eigenschaften darf man dem Mitmenschen von Herzen ‚missgönnen', mit der ganzen Kraft der Missgunst. Nun, ich glaube, es ist noch eine ganze Welt in den Kräften des Neides und der Eifersucht zu entdecken, aber das ist es, was ich nach einem Versuch der Anschauung gefunden habe.'

Johannes lächelte zärtlich und sagte:

,So, Diotima. Du stehst Sokrates nicht nach, im Gegenteil, dies war ein vortrefflicher Dialog einer Seelenkundigen. Lass uns diese Einsichten vor allem in die Praxis umsetzen!'

,Du hast mir eine deiner spärlichen Lobreden geschenkt, Johannes!', sagte sie später. ,Wenn diese heiligen Nächte eine Vorschau des kommenden Jahres sind, dann erwartet mich ein außergewöhnlich reiches Jahr.'

Johannes hob erstaunt seine Augenbrauen. Er fand nicht, dass er seine Bewunderung nur so selten zeigen würde.

,Meine Bewunderung für dich ist ein Kontinuum, liebste Eva. Ich glaube, ich empfinde noch immer nicht richtig mit, wie du mich erlebst. Es gibt doch keinen Abstand zwischen uns?'

,Im persönlichen Leben nicht, überhaupt nicht. Am Anfang gab es ihn schon, weil ich mich wie ein klitzekleines Mädchen fühlte, verglichen mit diesem großen, gleichgewichtigen Professor. Du warst auch nicht so geschickt darin, mich zu beruhigen, und durch den Altersunterschied und den Unterschied im inneren Gleichgewicht wurde alles nur noch verstärkt. Der Erstere ist im Lauf der Jahre verschwunden, der Letztere nicht, und das *geht* auch nicht, denn du entwickelst dich auch weiter. Für mich bist du ein lebendes, anwesendes Vorbild, das bleibt auch so. In diesem Sinne ist da ein Abstand, und ich kenne dein volles Vertrauen in meinen inneren und auch äußeren Fortschritt. Du findest das selbstverständlich, es gibt auch niemanden, der *dich* preist. Wir arbeiten intensiv zusammen, aber du sagst nicht viel über die Qualität meiner Meditation.'

Er lächelte ihr zu.

,Ich rechne auf dein Selbstbewusstsein, auf deine Selbsterkenntnis. Was macht das aus, was *ich* sage?'

,Alles. Ich denke, dass du nur ab und zu so zufrieden bist wie heute Abend.'

,Ich bin nie unzufrieden, wirklich nicht.'

‚Nicht unzufrieden, sondern nicht ganz zufrieden, nicht voll befriedigt.'

‚Strebst du danach, *mich* zufriedenzustellen?', fragte er vorsichtig.

‚Ehrlich gesagt ja. Nicht weil *du* es bist, sondern weil du nun einmal Johannes bist, der den Weg kennt und weist. Es wäre doch sehr dumm, keinen Wert auf sein Urteil zu legen, während er so nah neben einem steht. Er *ist* nicht das Licht, doch er zeugt von ihm...'

Nun nickte Johannes ernst und sprach:

‚Ein strebender Mensch darf keinen Augenblick lang sein Streben vergessen; keinen Augenblick vergessen, dass die materielle Welt um ihn herum Illusion ist, dass die Wirklichkeit *Geist* ist, schaffendes, aktives *Wort*. Ich habe immer gesagt: nicht der *Mensch* kann vollkommen sein, nur sein *Streben*. Aber selbst das sehe ich um mich nicht, und in diesem Sinne hast du natürlich vollkommen recht. Ich sehe auch dich infolge absolut harmloser Gründe aus deinem Streben herausfallen. Ja, du wirst mein Urteil dann wohl fühlen – obwohl ich nichts *ver*urteile, das weißt du. Aber wie wir heute Abend gesprochen haben ... das müsste tägliches Brot sein, Eva. *So* intensiv, so gut vorbereitet und durchdacht. Das ist *Leben* für mich, Leben mit dir, Gemeinschaft mit deinem Wesen. Dann bin ich in der Tat tief befriedigt darüber, und mein Lob ist Ausdruck dessen. Lass diese heilige Nacht also Vorschau sein, *weil wir das wollen!*'

DER VERSTAND ALS SCHRIFTGELEHRTER

Johannes betrachtete die verschiedenen Gesichter der Liebe. Gestern Abend hatte er mit Eva über eine gewisse Unzufriedenheit, oder besser gesagt einen Mangel an Zufriedenheit gesprochen. Eine oberflächliche Betrachtung könnte zu der Schlussfolgerung führen, er, Johannes, hätte nicht genug Liebe, nicht genug Verständnis für die Schwächen anderer. Johannes war in der Selbstbetrachtung geübt, und hier war kein strengerer Kritiker denkbar als er selbst. Seine Ehrlichkeit jedoch zeigte ihm, dass es die Liebe selbst war, die ihm die Unzufriedenheit brachte. Sein intensivstes Verlangen – neben der Sehnsucht nach Durchströmung seines Wesens mit der allerhöchsten Gnade – war eine reine Liebesbeziehung mit *allen* Menschen um sich und natürlich zuallererst mit Eva. Die kindliche Zärtlichkeit, die ein sehr junger Mensch für seine Mutter, seinen Vater, seine Brüder und Schwestern fühlt ... sie wollte Johannes als Erwachsener für seine Mitmenschen hegen. Er hegte diese Innigkeit, und sie wurde am intensivsten beantwortet, wenn ein echtes Gespräch stattfand, wie gestern Abend mit Eva. Kam das *nicht* zustande, fühlte er sich *verwaist*, er litt darunter, weil das eigentliche Menschsein dann nicht zu seinem Recht kam. Oh, es ging nicht einmal um den *Inhalt* des Gesprächs ... es ging um den Einsatz, die Unbefangenheit, die Hingabe, das Vertrauen. Wie die Vögel im Frühling rückhaltlos in vollem Jubel singen ... so von Freude erfüllt müssten zwei Menschen sein, die einander begegnen dürfen. Kommt *das* zustande, so ist eine Fülle an Entwicklung im menschlichen Sinne gewonnen. Ist es nicht da, dann fühlt man sich verwaist, und so sollte man sich auch fühlen – denn man kennt schließlich die Liebe.

Ein strebender Mensch lernt, in zwei Welten zu leben. Das Physische gilt für die Erdenwelt, ist da gerechtfertigt. Das Göttlich-Geistige kann nicht im Physischen gesucht und gefunden werden, es verbirgt sich darin und kann nur vom *reinen Denken* aus angeschaut werden. Es gibt nur *eine* menschliche Qualität, die im Physischen *und* im Göttlich-Geistigen Gültigkeit hat. Diese braucht keine Metamorphose, denn sie ist die metamorphosierende Kraft selbst. Sie lässt den Menschen aus dem Göttlichen heraus in das Physische geboren werden, hilft ihm jedoch durch das Sterben, sich aus dem Physischen zum Göttlichen zu erheben. Diese Qualität ist die Liebe, und je mehr ein Mensch sich mit der Liebe erfüllt, desto besser beherrscht er auch sein Leben auf Erden *und* findet seinen Weg im Königreich der Himmel.

*

‚Mit dem Verstand ausgedachte doppeldeutige Fragen stellen sie mir, Johannes! Ich bin nicht ausgekocht genug, um die richtigen Antworten zu geben – also schweige ich.'

Der Meister sah ihn abwartend an.

‚*Wer* stellt dir solche Fragen, Meister?'

‚Die Söhne von Marie. Es sind nette Kerle, aber so abstrakt wie ein Holländer nur sein kann. Und so ungläubig wie ... nun ja, wie so ein Abstraktling nun einmal ist. Ich stehe ungläubigen Schriftgelehrten gegenüber – wenn du dieses Paradox verstehst. Du bist sehr gut darin, solchen Männern Kontra zu geben.'

‚Ich wende die Homöopathie an.', grinste Johannes. ‚Ich verabreiche ihnen potenzierte Abstraktion – ich kenne den abstrakten Verstand schließlich durch und durch! Similia similibus curentur.'

‚Nun, ich bin wehrlos – und es ist äußerst schmerzlich, glaub mir.'

‚Und Marie?'

‚Du weißt, sie ist die Nüchternheit selbst, aber durchglüht von aufrichtiger Liebe. Sie vermissen sie, wo sie nun so weit weg ist, bei mir. Ich verstehe das alles gut, und ich wollte, ich könnte besser damit umgehen, aber ich bin auch nur der, der ich nun einmal bin. Ich kann nicht erwarten, dass ich mich innerhalb von wenigen Tagen ‚umschulen' könnte. Was meinst du? Was kann ich tun?'

Johannes lebte sich in die Situation ein und sagte dann:

‚Vor allem nicht mitdenken, Meister! Du bist ein so inspirierter Mensch ... wenn du dich nur nicht aufregst, fallen dir die richtigen Antworten schon ein. Ich kann mir nicht vorstellen, dass du den Nagel nicht genau auf den Kopf treffen würdest.'

‚Ich fürchte natürlich auch, dass ich zu scharf werde, ich will keine

Uneinigkeit.'
‚Keine Angst, das passt nicht zu dir. Einen kleinen Puff kann eure Beziehung doch gewiss ertragen?'
‚Gut. Nun zu Anna. Sie singt wirklich sehr gut. Können wir sie nicht bitten, in der Sommersaison bei uns mitzuarbeiten? Musikunterricht im spirituellen Sinne ... abends Konzerte ... das wäre wirklich großartig.'
Johannes nickte und fragte:
‚Was denkst du von ihr?'
Sie sprachen oft über Menschen, denen sie beide begegneten, und Ehrfurcht vor der Integrität des Anderen führte sie auf dem richtigen Weg. Der Meister sagte langsam:
‚Ich sehe eine reine Seele, Johannes. Sie kommt eigentlich völlig vorbereitet in unsere Mitte. Sie rührt mich sehr tief. Wie jede reine Seele wird sie von Menschen verletzt, die sie beneiden. Glücklicherweise ist da Jakob, der sie beschützt, der sie auf die richtige Weise verehrt. Sie sehnt sich nach Menschen um sich herum, mit denen sie in Harmonie leben kann, wie sie in der Harmonie der Musik lebt. Es ist schlimm, doch Menschen, die am meisten imstande sind, den göttlichen Impuls in sich lebendig zu halten, werden am meisten verachtet.'
‚Mach dir keine Sorgen, Meister. Es wird den Verächtern letztlich nicht gut bekommen. Auf kurze Sicht kann es anders erscheinen; sub species aeternitatis ist das Urteil hart und streng.'
‚Sie muss es inzwischen aber ertragen. Sieh mal, du und ich haben auch ziemlich viel zu verdauen, aber wir sind gewappnet. Sie ist unschuldig und wehrlos.'
‚Darum lehre ich sie nun, sich zu bewaffnen. Und sie lernt schnell, weil sie durch nichts gehindert wird.'

‚Ich hasse diese Festtage, weil ich dich an die Familie abtreten muss.', grinste Peter, als sie sich in der Klinik begegneten. ‚Nächstes Mal will ich dein Kind sein – oder dein Ehepartner oder so. Oder vielleicht dein Bruder oder deine Schwester.'
‚Glücklicherweise haben wir in Bezug darauf hier nicht das Sagen.'
‚In Bezug darauf hier? Was ist das für ein Ausdruck?'
‚In Bezug darauf, hier auf Erden.', grinste Johannes.

‚Warum ‚glücklicherweise'? Würdest du nicht gerne mit mir in einer Familie sein?'

‚Weil wir von einem illusionären Standpunkt aus urteilen, darum sagte ich ‚glücklicherweise'. Wir würden ein Chaos daraus machen.'

‚Du hast recht.', schimpfte Peter. ‚Wie immer. Was machen wir heute?'

Johannes brach in ein herzliches Lachen aus. Er fühlte, wie sehr er Peter liebte, seine Fröhlichkeit ebensosehr wie sein Gemecker.

‚Lass uns einmal ein gutes Gespräch führen.', sagte er und setzte sich an Peters Schreibtisch, auf den Stuhl des Patienten. ‚Sieh mal, von einem, ich will einmal sagen himmlischen Standpunkt aus, spielt unsere familiäre Beziehung oder welche äußere Verbindung auch immer überhaupt keine Rolle. Sie ist nur Instrument, um seine Aufgabe hier auf Erden zu vollbringen, so wie auch die Talente und Schwächen Instrument sind, und nicht Gegebenheiten an sich.'

Peter seufzte tief und sagte:

‚Ich weiß. Ich weiß es sehr wohl, aber ich vermisse deine physische Anwesenheit. Das wird wohl mein Materialismus sein, aber es ist nun mal so. Dein Vorbild stärkt mich – sonst werde ich tief melancholisch. Es ist nicht leicht, in *sich selbst* mit so einem Drecksack wie meiner niederen Natur zusammenzuwohnen. Schau nur mal auf das abgelaufene Jahr. Wie oft hast du ein Gespräch mit Elisabeth gehabt, und wie oft mit mir?'

‚Täglich mit dir, zwei- oder dreimal mit Elisabeth.'

‚Das kommt durch mich. Sie braucht dich auch, aber von mir aus darf sie nicht. So eifersüchtig bin ich! Geistiger Neid ist das, ich meine ... ich missgönne ihr deine Anwesenheit und will sie nur selbst haben. Oh, ich verbiete ihr nichts, sie lässt sich auch nichts verbieten. Aber wenn sie sich einmal mit dir verabredet hat, bin ich ein oder zwei Wochen lang nicht zu genießen. Ich habe sie nie geschlagen, und meine Kinder schlage ich auch nicht mehr ... aber damit wird meine Bosheit nun in die Länge gezogen, verstehst du. Früher kam sie zackbumm heraus ... nun werde ich für lange Zeit böse und launisch. Das ist doch nicht wirklich eine Verbesserung?'

‚Du hast sie doch auch geschlagen, Peter?'

‚Nie im Zorn, Johannes! Nur spielerisch, ein bisschen herumbalgen und so ... und dann vielleicht zu hart. So löste sich mein Groll auf, und sie kann darüber lachen. Du weißt, Johannes, sie ist sehr streng. Wirklich *sehr* streng. Sie steht so hoch, dass ich mich wie eine Null fühle, wenn ich sie nicht doch ein bisschen mit meiner männlichen Kraft unterdrücke. Aber das geht nur spielerisch, denn wenn sie wirklich böse wird ... dann bin ich im Erdboden versunken. Ich liebe sie nämlich wirklich, und ich lege großen Wert auf ihr Wohlwollen.'

Johannes sah ihn streng an und sagte:

'Ich würde gerne öfter mit ihr sprechen, Peter!'

Peter schlug seine Augen nieder und sagte:

'Darum bringe ich die Sache zur Sprache. Es ist falsch. Weißt du, durch die Meditation bin ich doch ein Stückchen über mich selbst hinausgewachsen. Ich meine, ich bin in einen alten und einen neuen Peter gespalten – nicht zerspalten. Der neue schaut bestürzt auf das Böse im alten. Wirklich bestürzt. Solange man eins damit ist, findet man sein Benehmen noch gerechtfertigt. Steht man ab und zu außerhalb, dann sieht man erst den gottvergessenen Drecksack. Nimm es mir nicht übel... Sie, Elisabeth, hat so viel Geduld. Sie kann warten, warten, warten. Sie weiß, dass ein guter Peter existiert, und den bösen weist sie streng ab, obwohl sie seine Existenz voll hinnimmt. Ich weiß nicht, was *das* für eine Frau ist.'

'Es ist eine Frau, die die Liebe durch und durch kennt, Junge.'

Peter nahm den Kopf in die Hände und begann, heftig zu schluchzen.

'Ich leide so unter meinen Gefühlen der Reue, Johannes! Und ich mache einfach weiter damit, mich schlecht zu benehmen. Weniger schlecht als früher ... das schon. Weniger schlecht. Sprich mit ihr, soviel du willst, jeden Tag, jede Stunde! Es tut mir leid!'

Johannes schwieg. Peters Entwicklung verlief in Sprüngen, sehr heftig – so wie er nun einmal war. Er stand auf und legte seine Hand zwischen die zuckenden Schultern. Er gab ihm sein Taschentuch. Peter putzte sich die Nase, trocknete seine Tränen und beruhigte sich. Ein Lachen brach durch, und etwas nachschluchzend sagte er:

'Ich bin noch immer kein echter Arzt, der trösten kann. Ich habe nicht einmal ein Taschentuch...'

Johannes überdachte seine Gefühle. Peters Kampf rührte ihn immer wieder. Er selbst war schließlich auch ein Mann, der Gefühle der Sorge um seine Frau, um sein Verhältnis zu ihr, nur allzu gut kannte. Nur war sein Gefühlsleben frei von Hass, von Angst, von Zweifel ... von Missgunst. Er dachte an die Anfangszeit seiner Ehe zurück. Auch er hatte damals in eine Beziehung eingegriffen, nämlich in die von Eva mit Peter.* Sie waren alte Geliebte und waren einander in der Klinik erneut begegnet, während Peter sehr deutlich gegen Johannes zu Felde zog, sowohl als Fachkollege als auch in der Position eines Rivalen. Er hatte Eva den Umgang mit Peter verboten, und er wusste sehr sicher, dass bei diesem Entschluss keine Eifersucht oder Angst im Spiel war. Er ruhte ausschließlich auf dem Fundament der Vernunft, der Lebenserfahrung. Sie hatte sein Verbot ignoriert, und er hatte sie zusammen angetroffen... Er hatte nicht anders gekonnt, als ihr die Leviten zu lesen, so streng er nur konnte. Sie hatte damals nachgegeben und den Kontakt mit Peter abgebrochen. Doch das Schicksal hatte eingegriffen. Johannes hatte anschauen müssen, wie tief Peters Verzweiflung gewesen war, weil sie nun einmal zusammenarbeiteten. Er war Zeuge der tiefsten Tiefe dieser Einsamkeit geworden, und er hatte ihn angeschaut, erfüllt von Mitleid. Das war der Beginn ihrer Freundschaft gewesen, und nun arbeiteten Eva und Peter sogar zusammen.

Peters Widerwille gegen Johannes' Freundschaft mit Elisabeth war von einer ganz anderen Art – und doch sah Johannes die Übereinstimmung, er fühlte sie intensiv – und verstand sie daher auch. Die Triebfeder war eine andere, das Resultat jedoch übereinstimmend. Solange Menschen einander nicht vollkommen Brüder und Schwestern sein können, aus einem völligen Vertrauen, ergeben sich diese Situationen unwiderruflich.

So war er einmal vor Jahren einer Frau begegnet**, nur zweimal hatte er mit ihr gesprochen. Er hatte in ihr eine Reife der Seele angeschaut, die so groß war, dass er davon tief beeindruckt gewesen war. Doch eine Fortsetzung des Kontakts erwies sich als unmöglich.

---

* Siehe ‚Mutter eines Königs'.

** Siehe ‚Die Weisheit ist eine Frau'.

Ihr Mann widersetzte sich – obwohl er ein *guter* Mann war –, und ihre Schwester widersetzte sich vielleicht noch heftiger. Johannes war mit dieser Schwester schon seit Jahren befreundet, sie kannten einander noch aus der Studienzeit. Unter keinen Umständen wollte sie ihre Freundschaft mit ihrer Schwester teilen. Und so wurde ein bedeutsamer Kontakt unmöglich gemacht, und dennoch konnte er das verstehen. Maria, die Frau mit der reifen Seele, war zu rein, um den Kampf aufzunehmen. Sie musste warten, bis das Schicksal es ihr zugestand ... und sie wartete.

Nun, das Schicksal gewährte *ihm* jetzt, Elisabeth zu besuchen. Ach, es hatte schon früher Momente gegeben, wo Peter einsah, was er unmöglich machte, dann ging es eine Weile gut... Johannes seufzte tief und schüttelte den Kopf. Er nahm sein Telefon und rief Elisabeth an.

‚Kann ich eben bei dir vorbeikommen?', fragte er.

Es trat eine kurze Stille ein. Sie sagte:

‚Weiß Peter davon?'

‚Es ist *sein* Vorschlag.'

‚Gut. Die Kinder sind nur zuhause. Nun ja, wir finden schon ein Plätzchen, wo wir ruhig sprechen können. Bis gleich.'

Schwungvoll öffnete sie die Tür. Sie hatte rote Wangen, und ihre grünen Augen schienen klarer als je zuvor. Ach, sie sahen einander oft genug, nur gab es nie Gelegenheit für ein Gespräch.

‚Komm herein, Johannes! Ich habe die Kinder ermahnt, still zu sein, wir können im Wohnzimmer sitzen.'

Er lächelte. Sie brauchte nur zu ermahnen, und ihre vier Kinder waren still? Er hing seinen Mantel auf und folgte ihr. Durch ihre Ehe mit Peter war sie *ein* Leib mit ihm, und sie war dadurch *stark* geworden. Die etwas weltfremde Mathematikerin war eine flotte, aktive Frau von Welt geworden – mit einer starken spirituellen Begabung.

‚Ich verstehe gar nichts mehr.', sagte sie direkt. ‚Du weißt, dass Peter es nicht leiden kann, wenn wir einander begegnen – und nun bittet er selbst darum?'

‚Er ringt natürlich damit. Es ist eine Art Feigheit der Seele, wenn man weiß, was das Gute ist, und es dennoch nicht aufbringen kann. Peter ist zu ehrlich, um nicht darunter zu leiden.'

‚Ich finde das eines der schwierigsten Dinge in meinem Leben. Ich will seiner Herrschsucht nicht nachgeben – und doch kann ich es ihm nicht antun, denn er wird wirklich ratlos.'

‚Du machst es gut, Elisabeth. Ich glaube nicht, dass du dich beherrschen lässt. Es ist schließlich *dein* freier Entschluss, seiner Ohnmacht nachzugeben?'

Sie nickte und sagte:

‚So kann es trotzdem nicht bleiben, denn wir müssen unbedingt über den Kurs sprechen, den wir diesen Sommer wieder geben werden. Ich kann doch nicht alles allein vorbereiten?'

‚Wie gefällt dir das Leben in den Bergen?'

‚Ich finde es herrlich, ich liebe Einsamkeit. Die reine Höhe der Mathematik findet hier ihr Bild, ihre äußere Erscheinung. Diese Bilder sind nicht so exakt wie die Gesetze der Mathematik, aber das ist gerade die Erleichterung. Ich komme hier in Bewegung, auch wenn es über ein Jahr gedauert hat, bevor die Steifheit aus meinem Denken zu verschwinden begann. Und natürlich könnte es immer besser sein. Ich habe mir mein Leben nie so vorgestellt. Ich dachte, ich würde lebenslang Lehrerin bleiben und dann sicher unverheiratet. Nun habe ich all dieses Leben um mich herum – und dann auch noch ein so widerspenstiges Leben!'

Johannes lachte.

‚Ich merke nichts von dieser Widerspenstigkeit. Vier Kinder sind mucksmäuschenstill hier im Haus.'

‚Du weißt, sie sind gedrillt – und ich muss ehrlich zugeben, es war auch nötig. Nur Johannes, unser einziger Sohn, hat darunter gelitten. Er ist edelmütig und ruhig wie sein Patenonkel, aber wenn er einmal aus Versehen ungezogen war, bekam er von seinem Vater genauso hart eine runter wie seine wilden Schwestern. Auf der anderen Seite ist Peter ein großartiger Vater, er holt diesen Jungen aus seiner Schale, bringt ihn zum Lachen, zieht mit ihm los. Freunde sind verrückt nach ihm, weil er so viel mit ihnen macht. Nein, Johannes, ich habe wirklich keinen Grund zu klagen.'

‚Findest du auch Zeit für deine innere Vertiefung?'

‚Ich arbeite nicht! Wenn die Kinder in der Schule sind, habe ich viel Zeit. Außerdem hat Peter im letzten Jahr auch sehr konsequent meditiert.' Sie lachte. ‚Er schimpft zwar, weil es ihm fürchterlich schwer fällt, aber er macht wirklich jeden Abend einen Versuch.'

‚Ich habe den Eindruck, dass es überhaupt nicht nötig ist, dass wir uns regelmäßig sprechen. Du machst selbständig große Fortschritte. Peter erweist dir einen Dienst mit seiner Zurückhaltung.'

‚Nötig ist es nicht, nein. Wünschenswert schon, Johannes! Aber trotzdem ist es Peter gegenüber nicht ganz ehrlich. Er könnte mich nicht abhalten, wenn ich es ganz *wollen* würde...'

Johannes hob fragend die Augenbrauen. Er sah natürlich selbst die Hindernisse in Elisabeth, aber er wunderte sich, als sie diese nun selbst aussprechen wollte. Sie seufzte und sah ihn direkt an, während eine Röte auf ihre Wangen trat.

‚Du, Johannes ... bist ernst und streng. Du hast die Gestalt Michaels mit dem Schwert so stark in dich aufgenommen, dass du eins damit bist. Obwohl ich sehr genau weiß, dass du das Schwert nie gegen einen Mitmenschen erheben wirst, habe ich doch Angst vor dir. Ich sage dir das ehrlich, du weißt es sicher auch ... aber ich muss es offen bekennen. Ich habe früher gesehen, wie du mit Eva umgegangen bist. Das könnte *ich* nie ertragen. Niemals.'

‚Was könntest du nicht ertragen?'

‚Dass ich deine Schülerin sein müsste, dass du der Meister wärst, der alles besser kann und weiß – und dass das auch noch wirklich *wahr* ist! Ich sage dir das, weil ich weiß, dass es ziemlich viele Menschen gibt, die sich dir gegenüber so fühlen.'

Johannes empfand einen scharfen Schmerz. Die Gewalt über sich selbst, die er sich mühevoll erworben hatte, wurde als Überwältigung erlebt? Seine Sehnsucht rief nach Eva, die ihm solche Gefühle nie entgegentrug. Niemals. Zugleich verstand er die selbstbewusste Elisabeth trotzdem sehr gut. Er sagte:

‚Nimm es mir nicht übel, dass ich auch ehrlich bin. Du erträgst einen Ehepartner, der dich unbewusst und aus unvernünftigen Gründen beherrscht – aber nicht einen Menschen, der die größte Ehrfurcht vor deiner Freiheit hat?'

Sie wandte ihren Blick ab.

‚Das Erste liegt auf dem Gebiet der niederen Natur ... das Letztere ruft unerhörte Angst hervor.'

‚Angst wovor, Elisabeth. Wovor?'
Sie dachte einige Zeit nach.
‚Vor dem scharfen Blick und dem damit zusammenhängenden wahrhaftigen Urteil. Ich will *selbst*, Johannes!'
‚Ich *schaue* nicht, außer wenn du es willst. Es *gibt* kein Urteil. Von mir selbst aus sehe ich nur auf das Schöne, Wahre und Gute. Das Übrige schaue ich nur auf deine Frage hin an.'
‚Und trotzdem ist es etwas anderes. Es ist sehr schön für mich, das so mit dir zu besprechen, ich weiß auch, dass ich dir wehtue. Es wird wohl das Vorbild sein. Ernst, Kraft, Rechtschaffenheit – und zugleich Milde. Eine Intelligenz, die die Intelligenz aller anderen übersteigt. Du bist mir wirklich sehr lieb und teuer, Johannes. Ich habe auch großen Respekt, aber mindestens ebenso stark fürchte ich dich.'
‚Was können wir denn dagegen tun?', fragte Johannes. Ein großer Kummer hatte ihn erfasst. Warum war er hier, wenn die Menschen ihn nicht ertragen konnten? Bewundern ja, auch hassen ... aber nicht ertragen. Wie sollte er als Lehrer wirken, wenn man ihm solche Gefühle entgegenbrachte?
‚Ich ... glaube, ich muss dich bitten, anzuschauen, was genau in mir rebelliert. Ich bin das nicht, aber es wirkt in mir – und auch noch sehr stark. Ich muss mich dem, wovor ich Angst habe, *selbst* aussetzen. Wenn es dann einmal geschehen ist, ist es auch wieder vorbei.'
Sie tröstete ihn mit ihren Worten. Er fragte:
‚Hast du hiermit also darum gebeten?'
Sie nickte und erschauerte.
Hoch auf dem Thron sah er eine Königin ... sie trug eine mit Diamanten und Edelsteinen besetzte Krone. Ihre Augen sahen in den weiten Umkreis, hoch erhaben über das Treiben des Pöbels da unten. Sie führte die Regentschaft zu Recht, sie war begabt und trug ihre Schönheit würdig. Aber ihr Blick war nur sich selbst zugewandt, sie sah nichts als sich selbst. Das war ihre marmorne Strenge, ihre Unerschütterlichkeit, ihre Kraft. Sie beherrschte alles, und sie besaß die Macht dazu.
Vorsichtig sagte er:
‚Aus den hohen Höhen deiner Krone ist ein Edelstein auf die Erde gefallen. Suche ihn und forme ihn um zur Schale, um das Blut des

Erlösers darin zu empfangen.'
Sie kannte die Legende gut genug, um das Bild zu verstehen. Sie fragte:
,Luzifer hat Macht über mich?'
,Über uns alle, ohne Ausnahme – ausgenommen nur die Inkarnation Gottes selbst. Lerne ihn kennen, Elisabeth. Lerne ihn durch und durch kennen und lasse ihn in dir werden, was zu sein ursprünglich seine Mission war: Christi Bruder.'
,Wie?'
,Er darf dich zum Thron führen und dich mit der höchsten Würde bekleiden, der Würde des reinen Denkens, wo nichts anderes mehr herrscht als der Einsatz des eigenen Ich. Doch da angekommen, auf dem Thron, muss der Denkerblick sanft werden, voller *Mitleid*, das reine Denken muss lernen zu sagen: *Nicht ich* bin es, der denkt, es ist Christus in mir. Dann wird das luziferische reine Denken christlich, es wird sanft und voller Liebe durch die *moralische Intuition*.'
,Ich kann das Haupt nicht beugen. Nicht physisch und ebensowenig innerlich. Was du von mir verlangst, ist gerade dieses. Er muss wachsen, ich muss abnehmen. Nur nicht wie bei dem mittelalterlichen Heiligen, der das eigene Ich durch Peinigung zum Schweigen zu bringen versuchte. Es muss sich *freiwillig* hingeben, in Demut, doch nicht in Untertänigkeit.'
Sie sah ihn an, ihre Augen waren grün und groß. Er bewunderte ihre Ehrlichkeit und den Mut, den sie gefasst hatte. Sie sagte:
,Ich werde intensiv arbeiten, und ich möchte dich aufrichtig fragen: Willst du mein Lehrer sein, Johannes?'
Es war ein ernster Moment und eine feierliche Frage.
Er antwortete mit klarer Stimme:
,Ja, Elisabeth.'

Er rief Eva in der Klinik an.
,Kannst du mit mir zusammen essen? Ich fühle mich sehr allein.'
Verwundert antwortete sie:
,Ist etwas passiert? Ich rufe Mama an, dass sie mit den Kindern essen soll, damit wir weg können. Kommst du mich abholen?'
,Ich bin gleich mit dem Auto bei dir.'

Als er sie sah, stieg er aus und schloss sie in seine Arme. ‚Meine Liebste!', seufzte er. Er fühlte ihre Gestalt, ihre Liebe, und seine Einsamkeit wurde getröstet.

‚Soll ich fahren?', fragte sie und setzte sich hinter das Steuer. ‚Was ist los?'

‚Durch ein Gespräch mit Elisabeth habe ich wieder sehr konkret anschauen müssen, wie außergewöhnlich *allein* ich in meinem Streben bin. Du kennst mich gut genug, um zu wissen, dass ich das nicht persönlich meine. Natürlich leide ich darunter mit meiner Person, das geht nicht anders, aber ich finde es so schmerzlich, dass niemand sich dazu aufwecken kann, sich im Streben selbst zu vergessen und alles, aber auch alles einzusetzen, um den Geist und auch die Seele vor dem Materialismus zu beschützen und so zu retten. Der Ernst des Augenblickes, in dem wir stehen, wird nicht deutlich genug eingesehen. Alles ist wichtiger als das Streben, diesem gewährt man nur eine kleine Ecke im Leben.'

‚Sei mir nicht böse, dass ich persönlich reagiere, Johannes, aber du sagst ‚niemand' ... und ich?'

‚Es gibt zwei Ausnahmen: du und der Meister. Aber auch du lässt oft das Leben des Alltags vorherrschen, und der Meister hängt, ohne es zu wollen, stark am Buddhismus.'

‚Und du, Johannes? Wachst du *immer*? Gibt es in deinem inneren Leben keine Momente, wo du dein Streben kurz vergisst? Ganz kurz vielleicht?'

Sie parkte das Auto vor dem Hotel. Er sagte:

‚Wir steigen hier aus, aber ich will irgendwo anders essen. Hier logieren Anna und Jakob.'

Sie stiegen aus, und sie fragte:

‚Antworte mir einmal?'

Er legte seinen Arm um ihre Hüfte und sagte:

‚Nein. Ich vergesse mein Streben nie. Auch wenn ich in meinen täglichen Pflichten aufgehe, wacht mein Streben. Ich weiß nur allzu gut, wie viel *Mut* man dafür aufbringen muss, *immer* nur aktiv zu sein. Und wenn man sieht, wie ernst der Zustand der Menschheit ist ... dann muss man diesen Mut doch schöpfen? Dein *Wille* ist zu hundert Prozent gut ... setze ihn dann auch zu hundert Prozent ein.

Aber ich wollte dir nichts vorwerfen, ich sehnte mich gerade deshalb so nach dir, weil du dich diesem meinem Streben nicht widersetzt. Das hast du auch nie getan – und dafür bin ich dir tief dankbar.'

Sie blieben vor einer Pizzeria stehen. Sie sagte:

‚Das geht wie von selbst, Johannes. Ich *habe* nun einmal keinen Widerstand. Dein höherer Wille ist auch der meine – auch wenn ich diesen Willen regelmäßig vergesse. Ich weiß auch nicht, was man dagegen tun kann. Das Leben ist so anstrengend, ich *muss* immer so viel.'

Sie gingen hinein, suchten einen Tisch aus und setzten sich. Er sagte:

‚Du musst darum *bitten*; allein vermag ein Mensch schließlich nichts. Dein *Wille*, der gehört dir allein, der ist frei. Aber das *Vermögen* ist eine Gabe, eine Gnade. *Bitte* darum, Eva, und es geschehen Wunder.'

Sie sah ihn gerührt an und sagte:

‚Nun sprechen wir doch über mich.'

‚Nein, dein Streben ist für *mich* von größtem Belang. Ich *darf* nicht allein bleiben, Eva! Ein Mensch dürfte keinen Gefallen mehr an einer bloßen Bereicherung, einer Zunahme des *Inhalts* seiner Erkenntnis finden. Es muss *Kraft* hineinkommen, *Mut*, Wachsamkeit, *Wachheit*. Ich darf darin nicht allein bleiben!'

‚Und Anna? Jakob?'

‚Sie sind begabte Menschen, gutwillige Menschen, hart arbeitende Menschen, *liebe* Menschen.'

‚Aber?'

‚Aber kein *totaler* Einsatz im Streben. Jakob ist *zu* bescheiden, Anna zu sehr eine Frau.'

‚Es erscheint hart, dein Urteil.'

‚Es ist kein Urteil. Dazu habe ich keinerlei Recht. Es ist nur Sehnsucht, meine liebste Eva. Sehnsucht nach einer Gemeinschaft von Menschen, die sich *innerlich* ganz und gar einsetzen, was auch immer sie äußerlich an Aufgaben haben. Ich bin allein, Eva.'

Sie nahm seine Hand in die ihre und streichelte sie. Sie sah ihn direkt an. Er sah etwas in ihren hellblauen Augen, was früher nicht da war. Sie sagte würdig:

‚Ich will neben dir stehen, Johannes. Nicht nur als deine Frau, sondern in deinem Streben. Von nun an *werde* ich neben dir stehen und es nicht mehr vergessen. Du darfst wirklich nicht allein bleiben. Es hat lange genug gedauert. Ich bin bei dir, Johannes – mit allem, was ich habe und bin!'

WENN DAS BÄUMCHEN GRÜNT...*

Hoch oben in den Bergen beginnt der Frühling später. Johannes hatte einige Monate intensiver innerer Vertiefung hinter sich. Zum ersten Mal war er nicht allein, Eva war innerlich bei ihm geblieben, wie sie es gelobt hatte. Ihre Treue gab ihm so viel zusätzliche Kraft... Michael stand hinter ihm und hielt mit seinem Schwert *alle* Äußerungen des Materialismus im Zaum. Mit ihm bezwang er die lähmende Wirkung des Verstandes und die schlaffe Feigheit des Gefühls. Mit ihm war er erfüllt von Geist und unerschöpflich kräftigem Mut.

In der Osterzeit erwarteten sie viele Menschen aus allen Himmelsrichtungen, die mit Fragen und mit Kritik, mit Sehnsüchten und mit Widerwillen zu ihm kommen würden. Diese Arbeit musste getan werden, er wollte schließlich nicht allein bleiben. Es war nun einmal ein fortwährender Kampf mit allen möglichen spirituellen Richtungen in Menschen, und täglich bekam er zu hören, dass doch nicht nur sein Weg der richtige wäre. Er antwortete dann immer, dass nur die Wahrheit zählt und nicht, wessen Weg es ist. Jeder Weg, der die Wahrheit ist, ist richtig und beweist seine Richtigkeit dadurch, dass *Leben* daraus geschöpft werden kann. Aber das erweist sich meist erst nach langer Zeit mühsamer Arbeit. Es geht nicht darum, wie geistreich man ist, es geht um den *Einsatz,* das Streben. Als Professor hatte man ihn *gesehen,* man ehrte ihn wegen seines Wissens und seiner harten Arbeit, wegen seines Engagements bei den Patienten und der Ausbildung junger Ärzte. Da war sein Vermögen anerkannt, weil es den regulären gesellschaftlichen Einrichtungen zugute kam.

Hier dagegen musste er erleben, wie man ihn *nicht* sah, *nicht* respektierte, ja, wie man ihn verspottete. Natürlich kamen Menschen, die ihm Respekt entgegenbrachten und die ihr Bestes taten, um zu

---

* J.W. von Goethe – Faust:
Weiß doch der Gärtner,
Wenn das Bäumchen grünt,
dass Blüt' und Frucht
die künft'gen Jahre zieren.

verstehen, was die moderne Spiritualität eigentlich ist, was dafür nötig ist. Dafür musste man seinen Verstand gebrauchen, nur damit konnte man Einsichten erwerben, doch zugleich rebelliert der Verstand gegen alles, was *wundersam* ist – und Spiritualität ist ein *Wunder*. Er, Johannes, trat ganz und gar *für* das Wunder ein, und der Verstandesmensch trieb seinen Spott damit, Spott mit ihm. Er ertrug das gelassen, denn er hatte sein großes Vorbild im Karfreitag. Gelassenheit kann jedoch nicht den Schmerz fortnehmen, im Gegenteil. Und so litt er intensiv, wenn Menschen da waren, doch er litt ebensosehr, wenn niemand da war, weil er dann verzweifeln musste, die Hoffnung auf einen Fortgang der Menschheitsentwicklung zu verlieren drohte.

Innerlich aber fühlte er den Vorboten der Auferstehung. Dann jauchzte es in ihm, und er fühlte Christus Triumphator in der vollen Glorie des bereits errungenen Sieges. *Das* Wunder schlechthin ist der Kern des Christentums: Die Überwindung dessen, was jedes Menschenleben, jedes Glück bedroht – des Todes. Aber dieser Tod ist viel weiter über das Leben verbreitet, er findet sich nicht nur in jenem allerletzten Lebensmoment. Er ist notwendig, er formt das göttliche Denken zum Verstand um, wodurch wir uns vom göttlichen Ursprung gelöst haben, wodurch wir aber zugleich in unseren Gedanken *frei* sein können. Er gibt uns die Schwere der Grablegung – doch ohne Tod *keine* Auferstehung! So lebte Johannes mit dem Sterben im Verstande mit, und zugleich mit dessen innerer Überwindung. Tiefer Schmerz und die allerhöchste Freude wechselten einander harmonisch ab, und in ihrem Rhythmus empfand er sich in der Gnade Christi. Diese Gnade gab ihm die Kraft, aufrecht zu stehen und seinen Mitmenschen treu zu dienen, ohne Urteil.

Eva stand neben ihm. Der Meister aber hatte es schwer. Er ging mit seinem Bewusstsein aus Gewohnheit mit dem Aufblühen der Natur mit, ohne innere Selbständigkeit. Er verlor *sich* in der Natur wie früher, aber er war nicht mehr zufrieden damit! Er *fühlte*, dass er sich verlor, während er inzwischen eingesehen hatte, dass er das Selbstbewusstsein behalten sollte. – Er wurde mürrisch davon, und auch darüber war er dann wieder unzufrieden.

‚Als du noch nicht hier warst, hatten wir finanziell einen blühenden Betrieb. Jetzt, wo du da bist, geht alles gerade so. Unser Freund Stern hat die Zahlen des letzten Jahres. Ich kapiere nichts davon, doch ich sehe, dass kein Gewinn gemacht wurde.'

‚Soll ich dann lieber abreisen?', fragte Johannes mit einem Augenzwinkern. Er wusste, dass der Meister nur sticheln wollte, weil er es selbst schwer hatte.

‚Als ob ich *das* meine! Ich ärgere mich, dass deine Anwesenheit so wirkt! Es müsste ein unaufhörlicher Zustrom von Menschen da sein, stattdessen nimmt die Zahl der Besucher ab, und auch die Dauer des Aufenthaltes. Und das Gejammer nimmt zu.'

‚Was sagt Stern?'

‚Der hat zum Glück keine eigene Meinung. Meine Meinung ist die seine.'

‚Die Klinik bringt doch wohl etwas ein?'

‚Dank der Klinik kommen wir nicht in die roten Zahlen.'

‚Und der Verlag?'

‚Gut, aber das war er immer schon. Die Verluste liegen im Betrieb des Instituts, in dem Verhältnis von Kosten und Einnahmen.'

Johannes musste lachen, der Meister schaute böse.

‚Du bist doch gut auf dem Laufenden. Aber wollen wir uns nicht lieber mit dem bevorstehenden Osterfest beschäftigen? Wir setzen uns zu hundert Prozent und noch mehr ein, und der Rest wird schon in Ordnung kommen.'

‚Das habe ich auch immer gedacht. Aber stell dir vor, wir müssten hier weg. Wir würden pleitegehen!'

‚Komm schon, mein lieber Freund! So etwas wirst du dir doch nicht vorstellen? Wir schaffen es schon, es kann noch genug gespart werden.'

‚Wahrscheinlich mein Haus untervermieten! Dann gehe ich lieber zurück in mein Apartment an der Amstel in Amsterdam.'

Auf einmal sah der Meister sich selbst, und er brach in ein polterndes Lachen aus.

‚Es ist nicht zu glauben, was für eine Macht diese finanziellen Dämonen haben! Was die hinkriegen! Komm, Freund, mein Junge ... ich jubele täglich, dass du da bist. Dass der Teufel mit dir nicht froh wird, das wussten wir ja.' Er setzte sich aufrecht hin und fragte: ‚Worüber willst du heute sprechen, mein Junge?'

Johannes seufzte erleichtert. Er war wieder da, der Meister. Er sagte:

‚Christus hat sich *nicht* in dem herrschenden Volk inkarniert. Dann wäre er Römer gewesen. Es ist außerordentlich sinnvoll, sich meditativ hierin zu vertiefen. Die Juden empfanden sich als das auserwählte Volk, und vom Alten Testament aus gedacht ist die Inkarnation Christi im jüdischen Volke die Inkarnation im höchsten Volk. Doch vom historischen, weltlichen Gesichtspunkt aus war es nur ein belangloses Völkchen unter der Herrschaft des römischen Kaisers. Barbaren. Und sogar von diesem Barbarenvölkchen wurde er nicht geachtet. Ein Aufrührer, so nennt Tacitus ihn glaube ich. Es ist sehr lehrreich, so von außen auf die Geschehnisse in Palästina zu schauen, vom historisch-weltlichen Standpunkt aus. Man wird dann von der Tatsache durchdrungen, dass die Inkarnation Christi in historischer Hinsicht keinerlei Bedeutung hat. Das Gefühl wird davon durchdrungen, und dann versteht man, warum die Nachfolge Christi so viele Widerstände mit sich bringt.'

Der Meister nickte.

‚Du warst als Professor wohl doch am völlig falschen Platz. Du warst ein Diener des römischen Kaisers, Freund.'

‚Paulus hat die Christen verfolgt und hat als ‚Frühgeborener' Christus als Auferstandenen geschaut. Ich bin kein Professor mehr, ich bin Johannes, mehr nicht. Was von mir berührt wird, verwandelt sich in mühsame Schwere, äußerlich gesehen.'

‚Innerlich aber in eine jauchzende Auferstehung!' Der Meister stand auf und gab Johannes kräftig die Hand. ‚Kein Mensch ist so willkommen in diesem Institut wie Johannes, der den Weg kennt und der ihn weisen kann...'

Johannes drückte seine Hand, blieb jedoch sitzen.

‚Ich bin noch nicht fertig. Meister, wir leben in einer apokalyptischen Zeit, einer Zeit schwerer Prüfungen. Doch die Menschen *erleben* das nicht. Sie *sehen* die Bilder im Fernsehen, ‚liegen' Abend für Abend davor und werden eher abgestumpft als erregt. Statt zu erwachen, trottet der Mensch im Schlaf umher, und die *große Offenbarung*, die in unserer Zeit geschieht, die wirklich *unter uns* ist, wird nicht bemerkt. Gott rüttelt die Menschen wach, aber sie öffnen nur kurz ein Auge und drehen sich wieder um, schließlich ist es nicht sehr angenehm, in dieser Zeit wach zu sein. Die Restaurants sind voll, die Fernseher sind an, der Computer ersetzt den Rest an Denken, der noch da war, und die Kultur geht zugrunde. *Denken* wollen die Menschen nicht, und *Denken* ist die Rettung. Nicht das Denken der eigenen Meinung, sondern das Denken des Meisters des Abendlandes oder das Mitdenken von dem, was ich, Johannes, zu sagen habe. Johannes aber kann kein Meister des Abendlandes sein, wenn er nicht anerkannt wird, von niemandem gesehen wird. Dann ist er ein Professor, der in den Bergen ruht und dem einen oder anderen verirrten Fremdling noch ein wenig den Weg weist.'

‚Wie dem kleinen Meister und dem Mädchen. Du hast es doch nicht aufgegeben, Johannes?'

‚Nie werde ich den Mut aufgeben, das verspreche ich. Du weißt, ich bin nicht auf *meinen* Ruhm aus, sondern auf den Fortgang der Menschheitsentwicklung in dem Sinne, wie er durch den guten Gott vorgezeichnet ist. Was mich selbst angeht, umgürte ich meine Lenden noch straffer, verstärke meine Konzentration und meine Strenge, um mich im Geiste umso stärker ausbreiten zu können. Doch die Sorge um die Zukunft des Menschen wird mir dadurch nicht genommen, sie wird nur größer.'

Johannes stand auf, streckte seinen Rücken und stellte sich vor das Fenster. Dann drehte er sich um, sah den Meister an und sagte:

‚Es geht absolut nicht um Theorie, um Einsichten. Es geht *nicht* um das Denken im *gewöhnlichen* Sinne des Wortes.' Er machte eine mächtige Gebärde und sagte: ‚Wenn das Denken nicht so umgewandelt wird, dass es *moralische Kraft* wird, wodurch man ein anderer Mensch wird; wenn der Inhalt, als Geisteswissenschaft, nicht zur *moralischen Kraft* wird, wodurch man ein anderer Mensch wird; wenn der *Wille* zu leben nicht so umgürtet wird, dass dieser in das Bilddenken, das Wortdenken hineingebracht wird, wodurch es *moralischer Impuls* wird, wodurch man ein anderer Mensch wird; dann geht die Kultur zugrunde, wird die Offenbarung verschlafen, und dann fällt der Mensch in den Abgrund, der sich als das Maul des Drachen erweisen wird.'

In Geistesverzückung hatte er gesprochen, und in Geistesverzückung begab er sich auf den Weg zur Klinik. Von nun an würde sich seine

Haltung ändern. Er würde seine Vorsichtigkeit, seine Behutsamkeit, bewusst über Bord werfen und sagen, was gesagt werden musste, unverhüllt und ohne Zurückhaltung. Die Zeit ging zur Neige, und er fühlte, dass auch seine Tage gezählt waren, wenn er nicht mit allem, was er hatte, für den Erhalt des moralischen Menschen kämpfen würde. Keine Zurückhaltung, obwohl der Mitmensch *frei* bleiben musste, entweder *nicht* zu tun, was er tun sollte, oder *doch* zu tun, was er tun sollte – je nach dem eigenen freien Willen. Zwingen konnte man nicht, die Wahrheit aussprechen sehr wohl.

Eva sah ihn andächtig an, als er sich gegenüber von ihr an seinen Schreibtisch gesetzt hatte.

‚Du hast deine alte Kraft wieder, wie du sie hattest, als ich dich kennenlernte. Nein, nicht die *alte* Kraft, du hast dich sehr verändert. Du bist milde und schweigsam geworden, voller Mitgefühl mit der Schwäche des anderen, auch mit seiner *Stärke*. Nun aber sehe ich, wie du aufstehst, und ich empfinde eine große Achtung davor. Dein Wesen steht auf, erhebt sich aus der Asche deiner Persönlichkeit. Vielleicht ist es sogar mehr als das?'

Ja, sein Wesen erhob sich aus seiner Persönlichkeit, doch zugleich wurde sein Wesen mit viel höherer Kraft durchdrungen, als ihm selbst eigen war. ‚Welt geh aus, lass Jesum ein...' Kein Mensch ist ohne die Gnade von Ihm, der den Tod überwand, zur Auferstehung imstande. In unserer Zeit kann das menschliche Ich das höhere Ich empfangen, das aber ist dann zugleich die Verwirklichung des ‚Nicht ich, sondern Christus in mir'.

Die Kirchen erheben Anspruch auf das alleinige Recht auf Christus. Aber hier in den Bergen, weit weg von aller kirchlichen Tradition, vollzog sich die Realität, die das echte Christentum geben kann. Das echte Christentum ist an keinerlei Einrichtung gebunden, nicht an irgendeine Kirche, nicht an eine Sekte ... nur an das individuelle Ich in seinem Streben, das so vollkommen wie möglich sein muss. Johannes, der Michaelit, erstand auf. *Vor* dem Sterben, lange vor dem Sterben, weil die Kraft der Auferstehung ihn, der mit seinem Streben darum gebeten hatte, durchdrungen hatte, obwohl Karfreitag erst noch kommen musste... Er sagte:

‚Während des Lebens auf Erden erwirbt sich ein Mensch nicht nur Fähigkeiten, er verliert auch, was er schon hatte – um in neuer Form wiederzufinden, was er verloren hatte, wenn er danach strebt. Ich hatte meine Talente der Medizin hingegeben, und habe jetzt anderthalb Jahre wie ein Mönch gelebt. Ich fühle mich nun imstande, nach außen zu treten, und werde im Lauf der Jahre, die uns noch gegeben sind, mit meiner verjüngten Kraft dasjenige aussprechen, worum ihr gebeten habt.'

‚Für uns, oder auch für die Menschen, die uns hier besuchen kommen?'

‚Für jeden, der es ertragen kann.'

‚Und deine Persönlichkeit, was geschieht mit ihr?'

‚Sie wird sein wie immer ... als dein Ehepartner, der Vater unserer Kinder, der Freund des Meisters.'

Sie nickte und sagte nachdenklich:

‚Ich habe immer gewusst, dass dieser Moment kommen würde. Ich habe mich danach gesehnt, und jetzt, wo er gekommen ist, erschauere ich davor. Ob wir stark genug sind, das, was bis jetzt nur in deinem Inneren lebte, anzuschauen und anzuhören? Wird nicht die vernichtende Kraft der Missgunst die Macht ergreifen? Oder die unberechtigte Verehrung, die Verherrlichung der Person?'

‚Wir werden die Menschenseele in allen Tonarten zu hören bekommen, Eva. Aber die Zeit ist gekommen, ich will nicht länger schweigen.'

‚Gut.', sagte sie. ‚Ich werde auch jetzt neben dir stehen und voller Verwunderung abwarten, was Johannes offenbart.'

*

‚Als ich dich kennenlernte, war ich erschüttert von der Gediegenheit deines medizinischen Wissens, von der Sicherheit, mit der du dich zeigtest. Ich war darauf ungeheuer eifersüchtig, und ich hasste dein Geleier über Ethik und so. Meine Bewunderung hat meine Negativität überwunden, wie du weißt. Heute sehe ich wieder etwas von dieser ursprünglichen, überwältigenden Sicherheit. Du bist derselbe und doch anders. Was ist mit dir geschehen?'

‚Du siehst die Kraft eines selbstbewusst gefassten Entschlusses, Peter. Ich schätze es sehr, dass du mich so gut kennst...'

‚Ich hoffe, du schätzt es auch, dass ich alles zu fragen wage: Welchen Entschluss hast du gefasst?'

‚Wenn ein Geisteswissenschaftler wie ich einen Entschluss fasst, ist das ein *Geschehen* und nicht ein mehr oder weniger abstraktes Vorhaben. Heute bin ich auferweckt, um zu offenbaren, was sich in meinem Wesen ausspricht. Früher war es meine medizinische Erkenntnis, die ich so vollständig wie nur möglich überblicken wollte, wofür ich hart arbeitete. Jetzt ist diese Erkenntnis transsubstantiiert und zum Schauen der geistigen Welt geworden.'

Peters schwarze Augen waren groß und verwundert.

‚Und ich, ein schwarzer Junge, darf Zeuge dessen sein?'

Johannes lächelte.

‚So schwarz ist dieser Junge nicht. Er hat schließlich die Kraft, sich zu verändern, und er *setzt* sie auch ein.'

‚Nun, das ist ja wohl das Mindeste.', murrte Peter. ‚Aber du hast wohl recht, so langsam gehöre ich wohl zu euch, und ich tue auch wirklich mein Bestes. Außerdem bin ich *gerne* hier. In den Bergen zu wohnen ist fantastisch, und hier in der Klinik bin ich wirklich in meinem Element. Ich freue mich auf deine Vorlesungen, Meister!'

Johannes brach in Lachen aus, und Peter fügte hinzu:

‚Ich glaube, wir können hier nicht dankbar genug sein, dass wir dich erleben können, auch wenn ich es nach wie vor schmerzlich finde, dass damit kein gesellschaftlicher Status verbunden ist; dass die sogenannten ‚top of the world' einen finsteren Klüngel bilden, während sich die wirkliche Spitze auf einer Bergspitze verborgen halten muss.'

‚Dass die Spitze sich auf einer Spitze befindet, ist doch nicht so abwegig, und verbergen? Nein – ich verberge mich nicht. Glaub mir, ‚jeder' weiß, dass ich hier bin.'

‚Du verstehst sehr gut, was ich meine. Nun ja, Christus hatte auch keinen gesellschaftlichen Status, und ich glaube, die Enttäuschung darüber brachte Judas zum Verrat. Ich versuche schon, im Geiste die eigentliche Bedeutung zu sehen. Aber man darf das Unrecht doch wohl *fühlen*? Ich sehe im Fernsehen den Mann, den man ‚den mächtigsten Mann der Welt' nennt, und zu meinem Entsetzen ist er nicht einmal in der Lage, seine Selbstzufriedenheit zu verbergen. Er läuft herum wie ein Hahn, der mit der Herrschaft über die Hennen zufrieden ist. Mehr sehe ich nicht, da muss man sich doch zu Tode schämen. Glaub mir also, Johannes, *ich* brauche keine Macht mehr, ich habe den Ballon angestochen und gesehen, dass das alles *Nichts* ist. Hast du heute noch eine Verabredung mit Elisabeth?'

Johannes sah auf seine Armbanduhr.

‚Ja, sie kommt um zwölf Uhr in mein Zimmer im Institut.'

‚Es ist witzig...', grinste Peter. ‚Sie muss immer zu deinem Zimmer kommen, während wir immer von dir besucht werden.'

Johannes stand auf und lachte mit:

‚Wenn es nur keine Heimsuchung ist!'

Es war klares Frühlingswetter, sein Zimmer badete im Sonnenlicht. Er ordnete den Stapel von Papieren auf seinem Schreibtisch, Briefe, Manuskripte, Programme für Kurse, noch ungeöffnete Fachzeitschriften, die Zeitung. Während der vergangenen drei Monate hatte er wöchentlich mit Elisabeth gesprochen, und er freute sich jedes Mal auf ihr Kommen. Wenn man mit ihr sprach, vergaß man das ganze äußere Leben, so stark war ihre innere Vertiefung. In der Mathematik, ihrem Fach, hatte sie das reine Denken geübt, insoweit es auf das physische Dasein Anwendung fand. Nun strebte sie nach einer Anschauung des *Lebens*. Dafür braucht man ein *verstärktes* reines Denken, ein Denken, das als *Kraft* angeschaut werden kann. Da, wo Gedanken *Kräfte* sind, ist der Ätherleib zu finden. Elisabeth war sehr präzise, und mit derselben Exaktheit, mit der sie Mathematikerin war, wollte sie auch den Geist anschauen. Das ist die richtige Haltung, aber es fiel ihr schwer, den Verstand loszulassen. Darüber sprach er mit ihr.

Sie klopfte an seine Tür, und er ließ sie herein. Er bewunderte sie in vieler Hinsicht – wie sie ihr Leben mit vier Kindern hinbekam, wie sie mit einem Mann wie Peter umzugehen wusste, doch vor allem bewunderte er ihre innere Strenge, die Disziplin im Denken, die der seinen wirklich nahekam. Ihr fehlte nur noch die Einsicht, wie sie diese Disziplin in Hingabe umwandeln konnte – etwas, wozu sie im äußeren Leben sehr gut imstande war.

‚Es gelingt nicht, Johannes. Ich kann die Konzentration im Denken sehr steigern, aber sobald ich sie loslasse, falle ich ins assoziative Denken zurück.'

‚Du darfst die Konzentration auch nicht *loslassen*, du musst sie *erleben*. Die Umformung des reinen, zur Kraft gewordenen Denkens in die Imagination liegt im *Erlebenlernen* der Vorstellungen.'

‚Ich kann die Denkkraft erleben, kurzzeitig, aber nicht die Vorstellung, die muss doch gerade verschwinden?'

‚Die Vorstellung verschwindet im Erleben, wird so zu Imagination. Wenn man diesen Schritt überspringt, kommt man direkt in die Inspiration hinein und findet keine Möglichkeit, das, was man im Geiste gewahr wird, in einen für sich und andere verständlichen Inhalt zu ‚übersetzen'. Die Imagination darf nicht übersprungen werden.'

‚Ich sehne mich schon seit Jahren sehr stark nach der Imagination, aber gerate offenbar durch meine Art immer gleich in die Inspiration.'

‚Dann musst du doch in die Natur gehen, Elisabeth, und dir mit deiner Denkkraft so intensiv wie möglich Vorstellungen von dem bilden, was du siehst und hörst, um *diese* daraufhin zu erleben. Du erlebst also nicht unmittelbar das, was du siehst und hörst, sondern du stellst deine bewussten, kräftigen Vorstellungen dazwischen, und *diese* erlebst du. Du bildest wohlgemerkt *keine* Gedanken, keine Meinungen. Du stellst exakt vor, was du hörst und siehst, mit der dir eigenen Disziplin. Du bleibst vollkommen in dem sinnlichen Bild als Vorstellung, und *das* erlebst du, so tief du kannst. Farbe, Form, Aufblühen, Absterben, Klang, Ton, Wärme, Kälte, Wind, Windstille, Licht, Dunkel, Schatten ... was du nur wahrnehmen kannst.'

‚Woher weißt du das nur alles, Johannes?'

‚Es ist mir eigen ... und im Laufe der Jahre finde ich alles wieder, was mir eigen war und was ich verloren oder vergessen hatte. Und ich habe das Werk des Meisters des Abendlandes bei der Hand, aber auch das muss man lesen *lernen*, selbst wenn es einem eigen ist. Verstehst du?'

Elisabeth nickte. Sie sagte:

‚Ich habe es wohl ganz falsch aufgefasst, Johannes!'

‚In welcher Hinsicht?'

‚Du bist überhaupt kein Mann, vor dem man *Angst* haben muss. Du musst dich sehr einsam fühlen, wenn Menschen so *dumm* sind!'

‚Ich genieße diese Gespräche.'

Sie nickte.

‚Ich dachte, ich könne es alles selbst. Aber in den vergangenen drei Monaten bin ich mehr vorwärtsgekommen als in drei Jahren. Hochmut ist ein großes Hindernis.'

‚Es ist eine Begleiterscheinung des Selbstbewusstseins, der Bewusstseinsseele, und in diesem Sinne unvermeidlich – aber ein großes Hindernis, ja.'

‚Sag es mir, wenn du so etwas in mir wahrnimmst, Johannes. Ich will das nicht mehr.'

‚Es geht wirklich sehr gut.', sagte er.

Sie saßen noch einige Zeit schweigend beieinander...

EINSAMKEIT

Alle großen Zeugnisse des Geistes sind da, um zu trösten, zur Einkehr zu mahnen, zu einem Suchen des Geistes in der Materie zu wecken. Sie sind für jeden da... Dennoch liegt es in der Natur des Menschen, bestimmte Zeugnisse und Offenbarungen durch Gruppen in Besitz zu nehmen und als exklusiv für gerade diese Gruppe zu beanspruchen. So ‚besitzt' die katholische Kirche das Evangelium, widerwillig geteilt mit den übrigen christlichen Kirchen. Der Koran gehört den Moslems, die Thora den Juden – und Rudolf Steiners Werk der Anthroposophischen Gesellschaft. Außerhalb der betreffenden Gruppe darf man von den Inhalten natürlich Kenntnis nehmen, aber man wird nie ein ‚echter' Christ, Moslem, Jude, Anthroposoph... Dass der Mensch auch in religiös-geistiger Hinsicht ein autonomes Wesen sein kann, frei von jeder Gruppierung und doch völlig eins mit dem Geist – das wird von allen Gruppen bestritten.

Johannes wusste dies wie kein anderer. Dass er sich vollkommen frei und ungebunden, aus der eigenen geistigen Entwicklung heraus, mit den Evangelien identifizierte, aber auch mit dem umfangreichen Werk des Meisters des Abendlandes, machte ihn in den Augen vieler zu einem gefährlichen Gegner, einem falschen Propheten. Darüber regte sich Peter auf, und wenn er sein eigenes Verlangen nach öffentlicher Anerkennung losließ, war diese Aufregung vollkommen berechtigt. Eva litt darunter, und der Meister sah den finanziellen Gewinn wie Schnee in der Sonne hinschwinden. Dann näherten sich Johannes bösartige Wesen, die ihn zu verspotten begannen und danach trachteten, einen Angriff auf seine Selbstsicherheit zu verüben. Dann ertrug er in aller Einsamkeit den Schmerz, den er zu erleiden hatte, innerlich aber stand er kerzengerade. Er bat sein großartiges Vorbild um Erlösung aus der Ohnmacht, aus der materiellen Gebundenheit, die immer wieder drohte – und immer wurde sein Gebet erhört und er nahm an Kraft zu. Gerade der Kontrast zu seiner früheren glorreichen Karriere machte ihn stark. Er hatte das Opfer seines äußeren Ruhmes gebracht und war zu einer gesellschaftlich etwas obskuren Figur geworden, ein

Quacksalber oder ein falscher Prophet...

Es braucht Mut, nirgends dazuzugehören. Es müsste eine neue Gruppe von Menschen entstehen, die den Mut hatten, vollkommen auf eigenen geistigen Beinen zu stehen, Menschen, die frei von jeglichem Zwang sind und die Eigenart und Freiheit des anderen völlig respektieren – einschließlich noch nicht überwundener Schwächen. Vertrauen und echte Toleranz wären dann die Pfeiler, auf denen die Gemeinschaft sich bauen würde.

Nun, eine kleine Gruppe gab es ... der Meister, Eva, Johannes, Peter, Elisabeth, in Zukunft vielleicht auch Anna und Jakob, Tom ... vielleicht einmal Paul Hartmann und noch andere. So muss es gehen ... ganz aus freiem Willen verbanden sich Menschen mit ihnen, die einzige Verbindung war Bruderschaft in Christus, in *dem* Christus, der nicht von einer Kirche oder einer Gesellschaft oder einer Rasse konfisziert ist ... sondern sich in der freien Persönlichkeit inkorporiert – und dieser Persönlichkeit die Freiheit schenkt.

Am Morgen dieses Karfreitags, des zweiten, seit er in den Bergen wohnte und arbeitete, fühlte er, wie er sich von den Banden seines äußeren Ruhmes gelöst hatte. Frei war er, endlich zu sein, wer er war, rückhaltlos. Die Angriffe der Dämonen schenkten ihm gerade jene Sicherheit, die nur gegen Widerstände entwickelt werden kann. Die Sicherheit, sich auf den guten Weg begeben zu haben, stimmte ihn voller Hoffnung. Heute wird des finstersten Tages in der Geschichte des menschlichen Geistes gedacht: Der Mensch verurteilte sein eigenes Wesen zum Tode! Doch die göttliche Kraft ist unendlich und überwindet diesen Tod...

'Ich habe in der letzten Zeit viel über meine Ohnmacht geschimpft.', sagte der Meister. ‚Aber nun habe ich doch von der göttlichen Gnade gekostet. In gewisser Hinsicht habe ich mein Kind-Sein zu bewahren gewusst und habe hier im Westen andererseits viel mehr Verstand entwickelt, als ich je gedacht hätte. Auf einmal werde ich gewahr, wie ich *in* meinem Verstand und wie ich *außerhalb* sein kann. Ich erkenne im Verstand die Höhle von Plato wieder, es ist eine Aussparung innerhalb des eigentlichen geistigen Lebens, wo vom Geist *nichts* mehr da zu sein scheint als höchstens vielleicht eine schwache Spiegelung.

Warum, mein Freund, sollte ich nicht froh sein über mein erhalten gebliebenes Kind-Sein, durch das ich außerhalb der Höhle spielen und arbeiten kann? Ich kenne nun den Weg hinein und hinaus! Wenn du dein Denken in das Gebiet des Ätherleibes führst, trittst du dann nicht genau wie ich aus deinem erwachsenen Verstand heraus in deine allerfrüheste Kindheit? Wo es noch kein Ich-Bewusstsein gab, wo Gedanken noch *Kräfte* waren?'

'Genauso ist es: Man muss gleichsam durch ein Tor, das in dem Moment geschlossen wurde, als man als Kind 'ich' zu sagen begann. Nur behalte ich dennoch das volle Bewusstsein meiner selbst, in der Anschauung. Du hast immer darüber geklagt, dich selbst zu verlieren.'

'Das meine ich mit göttlicher Gnade. Im Anschauen des Wachsens und Blühens der Natur verliere ich mich noch immer – aber im Anschauen der Gedanken als Kräfte nicht mehr! Endlich hast du in mir einen würdigen Jünger, mein Freund – mein Bruder!'

Johannes nickte, sagte aber:

'Ich kann dich nicht als einen 'Jünger' sehen, Meister. Ich will auch keine Jünger, sondern Menschen wie dich, die einer selbständigen Geistesentwicklung nachstreben – auch wenn ich den Weg weisen darf.'

'Diese Autonomie von dir fand ich anfangs so schwierig. Kein Schüler, kein Meister, sondern ein König und in seinem Gefolge nur Könige. Nun, vielleicht finde ich den Mut, in Bescheidenheit König zu sein. Für viele Menschen ist es schwerer, ein Königtum anzustreben, als das Amt eines Narren oder Dieners – oder Feindes, das ist auch möglich.'

'Mutter eines Königs, Meister. Zuerst Mutter eines Königs. Die Seele muss sich bereit machen, den König zu empfangen – dann weicht auch alle Kleinmütigkeit.'

'Sag mir noch einmal: Wie wird man Mutter eines Königs?'

'Das ist eine Kunst, mein Freund. Nenne es königliche Kunst. Es ist die Kunst des Anschauens. Wenn die Gedanken Kräfte geworden sind – was auf einer bis ins Unendliche verstärkten Aktivität des Denkens beruht –, muss man sich daraus lösen können und in die Anschauung treten, was ich oft die dreizehnte Kategorie genannt habe. Es darf dann keine Anschauung bleiben, sondern muss in voller Hingabe *erlebende* Anschauung werden. Das verlangt eine kräftige *Seele*, die mit der Aktivität fortfährt, auch wenn sie diese anschaut und sich daran hingibt. Sie ist die Mutter, sie schenkt das Vermögen, den König anzuschauen, in völliger ‚Verschmelzung' und dennoch objektiv. Da liegt der Punkt, an dem die Materie ihre Geistsubstanz zeigt. Man geht da geistig zur Kommunion, weil alles Materielle – zunächst die Wahrnehmung des eigenen physischen Leibes – in fluktuierenden Geist zerfließt. Die erste Gestalt, die der Geist annimmt, ist die des Ätherleibes, in dem Gedanken *Kräfte* sind.'

‚Ich verstehe dich nicht nur, ich *erkenne* inzwischen *wieder*, was du sagst.', sagte der Meister zufrieden.

‚Alles hängt miteinander zusammen.', sagte Johannes zu Eva. ‚Mein Entschluss, nach außen zu treten, gibt dem Meister die Kraft, einen bedeutenden inneren Schritt zu machen.'

‚Dieser Karfreitag trägt eher einen festlichen als einen schmerzlichen Charakter. Wie kann das sein?'

‚Die Auferstehung wirft ihr Licht voraus. Ist es nicht das großartigste Geschehen aller Zeiten, dessen heute gedacht wird? Ernst müssen wir dem Versagen der Menschen ins Auge sehen – wir sind schließlich ein Teil ‚der Menschen', die Christus gekreuzigt haben. Ernst müssen wir einsehen, dass der Mensch *sich selbst* nicht wollte – und oft noch immer nicht will. Aber wir haben *nicht* das Prinzip ‚der Mensch taugt für nichts Gutes und ist zu allem Übel geneigt'. Wir wissen doch, dass wir uns aus der Materie – die zum Bösen führt – befreien können, *bevor* wir sterben? ‚Wer nicht stirbt, *bevor* er stirbt, der verdirbt, wenn er stirbt'. Aber dieser Tod *vor* dem Tod führt zur Auferstehung, zur Befreiung. Mehr als je zuvor fühle ich diese Kraft nahen, und das schenkt diesem Tage eine festliche *Hoffnung*.'

‚Es ist ein so großes Glück, dass ich dir begegnet bin, Johannes. Du bist so lieb zu uns, so geduldig – so *groß*.'

Er fasste ihre Hand und sagte:

‚Ohne dich wäre ich das alles nicht ... durch dich bin ich schließlich zum Leben erweckt worden? Die Intensität, mit der du *lebst*, ist vorbildlich. Du wagst es, zu sein, wer du bist, auch wenn sich die ganze Welt gegen dich kehrt.'

‚Das wagst du doch auch?'

Er lächelte.

‚Die Welt kehrt sich erst *jetzt* gegen mich, nicht wahr? Vorher hatte ich es einfach, ich passte schließlich in die Welt? Der große Internist, der sein ganzes Talent seinem Beruf zu widmen schien.'

‚Das *schien* tatsächlich so. Währenddessen aber ging der größte Teil deines Talents in die Meditation – da aber gelten keine quantitativen Prinzipien, nur qualitative.'

‚Gerade dieses qualitative Prinzip, mein Liebling, ist deine Meisterschaft. Das Maß ist mit der Melodie vermählt ... ohne einander sind sie nichts.'

Sie errötete und sagte:

‚Du tust mir zuviel Ehre.'

‚Nein.'

Sie war eine Schönheit, ewig jung mit roten Lippen und Wangen und klarblauen Augen. Enthusiastisch, aber bescheiden, fröhlich und doch *so* ernst. Sie kannte die Ehrfurcht, die ihrer Seele Flügel verlieh ... sie sagte:

‚Dann gib meiner Melodie noch einmal Maß... Wenn ich meditiere, übe ich zuerst das strenge Denken, das Denken ohne sinnlichen Inhalt. Ich nehme dafür einen Inhalt aus dem Werk des Meisters des Abendlandes. Nach kurzer Zeit fühle ich meine Denkaktivität zur Kraft anschwellen, die ich anschauen kann. Ich *weiß*, dass ich dann mein ganzes Leben als geistige Realität schaue, aber tatsächlich schaue ich nur einen begrenzten, sich bewegenden Punkt in einem vielleicht unendlichen Zeitenstrom. Ich erkenne darin mein Leben nicht wieder, nur meinen Willen, der ohne Inhalt denkt.'

‚Die Bewegung muss sich erst umkehren. Das Denken geht, auch wenn es ohne sinnlichen Inhalt ist, noch immer von dir aus, du bist der Initiator. Versuche, deinen Willen *aus* dem Denken hinaus *in* die anschauende Kraft hineinzugeben, so dass dein ganzer Wille *Anschauung* wird – und daraufhin Hingabe an das, was dann noch als Denkbewegung da ist. Dann kommen allmählich die Gedanken als Kräfte aus dem Umkreis, und das ist erst der Ätherleib, in dem das *Lebenstableau*, das Anschauen des geistigen Teils deines Erdenlebens, erlebt werden kann. Man kann diesen Weg immer wieder auf andere Weise in Worte bringen, und man sagt dennoch immer dasselbe, aber von einem anderen Gesichtspunkt aus.'

‚Wenn ich eine solche Meisterschaft im Qualitativen habe, warum gelingt es mir dann nicht, Qualität im Gedankenleib zu erleben, warum bleibt alles Kraft, nichts anderes als Kraft?'

‚Wenn du dich als Künstlerin auf den Tönen mitführen lässt, die du auf dem Klavier erklingen lässt, hast du dieselbe innere Bewegung, die du in der Meditation brauchst, *nachdem* deine Gedanken *Kräfte* geworden sind. Dennoch hast auch du unter der Wirkung des Intellekts zu leiden, wodurch es dir schwer fällt, dich an das ‚Es denkt in mir' hinzugeben.

Zuerst muss das Denken bis zum Äußersten verstärkt werden, *dann* muss der Wille hinaustreten, und das Denken wird zum Strom der Zeit. Man muss es wagen, sich auf diesem Strom mitführen zu lassen. Die Stromrichtung kehrt sich um und wird zum Lebensstrom vom Heute zurück zur Kindheit. Man kann sich helfen, diesen rückwärts verlaufenden Zeitenstrom zu finden, indem man einen Tag, einen Monat, ein Jahr in der Zeit *rückwärts denkt*; auf diese Weise bekommt man Fühlung mit der Stromrichtung, die sich nun einmal umkehren muss. Doch das *Denken* kehrt sich von selbst um, wenn man es bis zum Äußersten *verstärkt* hat und dann frei strömen lässt, ohne noch *selbst* zu wollen.'

‚Der Weg ist viel, viel länger, als man anfangs denkt – und doch kommt man stetig vorwärts, wenn man nur nicht den Mut verliert.', sagte Eva, um sich selbst zu trösten.

‚Meine größte Hilfe ist, intensiv zu erleben, wie *ohnmächtig* man innerlich noch ist, und dann zu empfinden, wie einem von außen *Macht* verliehen wird, wodurch man weiter kommt, als man selbst es könnte.'

‚Ohnmacht? Du?'

‚Ja, ich. Der ganze Weg besteht aus einem Erlöstwerden aus der Ohnmacht, die das Leben in einem physischen Leibe nun einmal mit sich bringt. Es hängen Gewichte an Seele und Geist, Eva. Beflügelt werden sie durch das Erleben der Ohnmacht. Ist eine größere Ohnmacht denkbar, als die, derer wir heute gedenken?'

‚Kann ein Mensch selbst *überhaupt nichts*?'

‚Doch. Man ist frei, sich der Wahrheit zuzuwenden, frei, ein

Geistessucher zu werden, frei, seine Ohnmacht zu erleben. Frei, um Hilfe zu bitten, frei auch, das Denken zu verstärken. Das alles tut man *selbst.* Aber man kann sich nicht selbst erheben, wir sind als Menschheit noch zu ‚jung', um aus uns selbst heraus spirituell mächtig zu sein. Immer sind es geistige Wesen, die uns die Spiritualität zutragen. Man hat aber sehr wohl die Macht, zu wählen, welchem Wesen man sich um Hilfe zuwendet: Christus, der den langen, rechtmäßigen Weg schenkt; Satan, der den Weg *beschleunigt*, aber eine Verbindung mit ihm fordert; und Diabolos, der einen in einer uralten Spiritualität festhalten will, wo alles noch *von selbst* ging, ohne Anstrengung des Denkens.'

Peter war mit seiner Familie bei seinen Eltern in Holland. Johannes ging zu seinem Zimmer im Hauptgebäude. Es wartete immer Arbeit, Korrespondenz, Korrekturen von Druckproben, ungelesene Literatur, notwendige Telefonate. Er setzte sich hinter seinen Schreibtisch und begann, die Prioritäten festzulegen. Nach einiger Zeit wurde leise an seine Tür geklopft. Er öffnete die Tür, und da stand verlegen sein ältester Sohn.

‚Störe ich, Papa?'

‚Nein, Junge. Komm herein.'

Er setzte sich mit ihm in die Sessel am Fenster. Es durfte vor allem kein Abstand zwischen ihnen sein, der Junge war doch schon so scheu. Er wartete ab.

‚Weißt du, Papa ... es ist jetzt Karfreitag, und niemand denkt daran. Mama arbeitet, die anderen spielen ... du denkst natürlich schon daran, darum kam ich kurz.'

Johannes fand es immer schwierig, mit diesem Jungen den richtigen Mittelweg zu finden. Fühlte er sich überlegen, weil er an Karfreitag dachte? Oder war es aufrichtiges Erstaunen? Was auch immer, selbst wenn das Kind sich überlegen fühlte, er *dachte* zumindest daran. Er beugte sich ein wenig zu ihm und fragte:

‚Und, Junge? Was denkst du, wenn du an Karfreitag denkst?'

Er hatte schöne große, fragende Augen, vielleicht etwas zu ernst, aber in jedem Fall tief empfindend. Er dachte kurz nach und sagte dann:

‚Dass wir betrübt und ernst sein müssen – und nicht am Computer oder Fernseher sitzen dürfen und so.'

,Und was machst du?'

,Ich fühle mich sehr allein, darum kam ich zu dir. Ich weiß nicht, was ich tun soll, aber ich bin traurig. Ich bin etwas spazieren gegangen und so.'

,Schenkt man dem in der Schule noch Aufmerksamkeit?'

,Ja, wir sind gestern Mittag in der Kirche gewesen und mussten an den Bildern des Leidensweges entlanggehen. Daran muss ich jetzt immer denken.'

Dreizehn Jahre, lang und mager, mit der Tendenz, etwas vornüber geneigt zu laufen ... gebückt unter der Geschichte der Menschheit. Das Aufheitern eines solchen Kindes hatte überhaupt keinen Sinn, man musste das homöopathische Prinzip auch in der Erziehung gut im Auge behalten.

,Es ist auch sehr traurig. Es ist überhaupt nicht schlimm, dass du das fühlst, Junge.'

,Aber ich finde es kein schönes Gefühl – und ich verstehe es auch nicht richtig. Warum musste es so sein? Was man auf diesen Gemälden sieht, macht mir Angst.'

,Vielleicht kann es dich trösten, wenn du daran denkst, dass er sich freiwillig hingegeben hat, dass niemand ihm auch nur irgendetwas hätte antun können, wenn er es nicht selbst gewollt hätte. Es geschieht nichts, was er nicht will, wirklich nicht. Auch jetzt noch nicht. Du brauchst niemals Angst zu haben.'

,Aber ... es geschehen doch fürchterliche Dinge? *Will* er die denn? Wenn jemand misshandelt wird oder ein Kind verliert? Oder im Krieg?'

,Wir Menschen möchten gerne, dass es nur Glück gibt. Aber so läuft die Entwicklung nicht. Es geschieht nichts einfach so, und alles, was verkehrt ist, muss wieder ins Gleichgewicht gebracht werden. Wenn du sehr ungezogen bist – was du nie bist –, wirst du von mir oder von Mama geschimpft, oder du bekommst sogar eine Strafe. Wenn wir das nicht tun, wirst du eine schwache Person, die nichts aushalten kann.'

,Aber Jesus hatte doch nichts Falsches gemacht? Er hatte doch keine Strafe verdient?'

,Nein ... aber er hat einen großen Fehler, der begangen wurde, mit dem er eigentlich überhaupt nichts zu tun hatte, der ohne sein Zutun begangen wurde, freiwillig in Ordnung gebracht. Wir selbst hatten dazu nicht die Macht, ohne seine Hilfe wären wir alle verloren gewesen. Gott kannte den Tod nicht als Erfahrung, nun kennt er ihn sehr wohl.'

‚Aber er hätte doch auch im Bett sterben können, einfach mit gefalteten Händen, im Gebet? Warum musste es so grauenvoll sein?'

‚Weil Menschen nicht verstanden haben, wer in ihrer Mitte war. Nicht *alles* verstanden haben, oder auch alles *nicht*...'

‚Die Apostel auch nicht?'

‚Sie verstanden es ein bisschen, nicht ganz.'

‚Dann war Er also ganz allein.'

‚Ja. Wenn du dich also auch ein bisschen allein fühlst, dann verstehst du ihn besser.'

‚Aber das ist alles so schlimm, Papa!'

‚Sieh mal, Junge ... es ist alles nur Vorbereitung für das, worum es eigentlich geht: die Überwindung des Todes. Dies feiern wir am Sonntag. Heute ist alles sehr schlimm, ja.'

‚Warum denkt niemand daran?'

‚Weil niemand den Schmerz fühlen will. Und doch muss er gefühlt werden, sonst verstehen wir noch immer nichts. Aber du bist noch ein bisschen jung, du darfst heute durchaus spielen, oder ein Buch lesen...'

Er sah Tränen in den Augen seines Kindes. Der Junge fragte:

‚Kann ich nicht bei dir bleiben, Papa?'

‚So lange du willst, ich habe keine weiteren Verpflichtungen. Ich muss nur etwas von diesem Stapel da wegarbeiten, und heute Mittag will ich eine Stunde beten, an Karfreitag denken. Du kannst hier bei mir sitzen...'

Der Junge schnellte hoch und sagte:

‚Dann gehe ich ein Buch holen!'

Er saß mit seinem Sohn im Speisesaal. Das Gebäude füllte sich allmählich mit Gästen und begann, einem echten Hotel zu ähneln. Johannes wurde von jedem gegrüßt, aber niemand sprach ihn an.

‚Kommen alle diese Menschen für dich, Papa?'

‚Für mich? Das glaube ich nicht. Sie kommen, weil sie durch das Leben nicht befriedigt sind, Fragen haben, einsam sind... Sie hoffen, dass wir Antworten haben.'

‚Die hast du doch auch?'

‚Sicher.'

‚Wirst du mir die später auch geben? Ich will so werden wie du.'

Johannes lachte.

‚Dann musst du dich erst einmal gut umschauen, das habe ich auch getan.'

‚Hattest du keine Fragen, als du dreizehn warst?'

‚Ich war ein Junge, der gerne träumte, ich war viel unterwegs, in der Natur und so. Ich dachte nicht viel nach, das ist erst später gekommen. Mein Vater war ein bisschen verzweifelt, weil ich nicht lernen wollte. Er ging auf lange Geschäftsreisen, und dann hatte ich mehr oder weniger Ferien. Ich ging zur Schule, aber ich habe mich überhaupt nicht damit beschäftigt. Wenn er dann nach Hause kam, musste ich mit meinen Heften in sein Zimmer kommen, und dann fand ich es sehr schlimm, dass er so enttäuscht war. Dann bekam ich von ihm Schreibübungen und so... Erst als ich etwa vierzehn Jahre alt war, wurde ich wach und begann, Interesse für die Schule zu bekommen. Und dann war ich auch nicht mehr zu halten.'

‚Dann kann ich also nicht so werden wie du, ich bin ganz anders.' Er war enttäuscht.

‚Auf *deine* Weise kannst du sehr wohl so werden. Ich würde es gerne sehen, dass du ein bisschen *genießen* könntest. Siehst du, wie schön es draußen ist?'

Der Junge nickte. Johannes sagte:

‚Aber du hast in deinem Vater auch ein ernstes Vorbild. Der arbeitet immer nur mit anderen Menschen und schreibt ernste Bücher...'

‚Peter ist ein ganz anderer Vater, aber sein Sohn Johannes ist auch schon so ernst.'

‚Es ist nicht schlimm, dass man ernst ist, Junge. Ich sähe dich nur gerne froh. Das kann beides zusammengehen.'

Er fühlte eine reine Seele in dem Kind erwachen, während er merkte, dass jedes Wort schwer wog. Wieder nickte der Junge, und er sagte:

‚Darf ich oft so bei dir sein, Papa? Es ist so schön.'

Johannes empfand eine große Rührung. Das Kind musste *Mann* werden, in einer Welt, mit der er so wenig Verwandtschaft fühlte. Er würde ihm helfen, mit dieser Welt vertraut zu werden, das war schließlich seine Frage.

‚Du kannst zu mir kommen, so oft du nur willst. Es wird nicht immer gehen, es gibt oft allerlei Verpflichtungen, das weißt du ja. Aber es ist auch sehr oft *wohl* Zeit.'

Die Worte hingen in der Luft, als magere, kraftlose Äußerung aus der Welt tiefer Zuneigung und Liebe zwischen Vater und Sohn. Er ergriff die Hand des Jungen und drückte sie. Er wollte noch sehr viel sagen, aber er schwieg. Um sie herum sahen Menschen ihn an, den großen Meister, der mit einem Kind am Tisch saß. In sich selbst war er kein großer Meister, er war ein Vater, der seinen Sohn innig liebte und der ihm das Beste wünschte: ein Leben mit Gott...

Mein Gott ... warum hast du mich verlassen?

Er wollte die Einsamkeit fühlen, so tief, wie es nur möglich war. Alle großen Meister hielten in diesem Augenblick den Atem an, gemeinsam und doch jeder für sich in Einsamkeit. Diese Einsamkeit übersteigt jedes Vorstellungsvermögen ... ein Gott, der von seiner Göttlichkeit verlassen ist und als Mensch in tiefer Einsamkeit den Tod kennenlernt ... während er als Gott dennoch gegenwärtig ist, um auch als Gott den Tod zu erleben. Das menschliche Denken wird bei einem derartigen Gedanken gelähmt, es versagt. Entweder sagt man dann: Was für ein Unsinn, das glaube ich nicht – oder man findet ein anderes Denken, das sehr wohl imstande ist, mitzugehen ... ein schauendes Denken, das die Realität des Geschehens erlebt, indem es anschaut.

LEIDEN

Ein Eingeweihter ist noch immer eine Persönlichkeit, wie alle Menschen. Doch in der Meditation opfert sich diese Persönlichkeit der geistigen Welt. Um zur Fähigkeit des Opfers heranzuwachsen, ist ein harter, strenger Übungsweg nötig. Außerhalb der Meditation jedoch behält der Eingeweihte das eigene Denken und kommt so zu Betrachtungen. Mit diesen Betrachtungen hat der Leser mitdenken und mitfühlen dürfen, sie gehören noch zu dem Denken, mit dem jeder gesunde Mensch begabt ist. Der Eingeweihte aber kann sein Denken der geistigen Welt zur Verfügung stellen, indem er gleichsam innerlich bittet: Lass nicht *mich* denken, sondern Christus in mir ... Christus ist die Summe, die Umfassung aller geistigen Wesen. Der Chor der himmlischen Hierarchien *denkt* den Gedanken in dem geopferten Denken des eingeweihten Menschen. Wenn der Leser in *dieses* Denken ‚hineinschauen' dürfte, würde er nicht an menschlichen Gedanken teilhaben, sondern an göttlich-geistigen *Offenbarungen*. Vielleicht kommt noch die Zeit, dass auch ‚Offenbarungen eines Eingeweihten' geschrieben werden können. Jetzt jedoch müsste der Leser Freude am Mitdenken von reinen Gedanken erleben, welche eine Vorbereitung auf das Opfer des Denkens und dann auch auf die Offenbarung sind.

Es war totenstill. Hoch oben in den Bergen, am frühen Morgen, waren selbst die Vögel still. Karfreitag war vorbei, es war ein Tag vor Ostern, Samstag... Johannes war weit, hoch in der geistigen Welt gewesen und kehrte bewusst in seinen Körper zurück. Er kannte seinen Geist, seine Seele, sein Leben, seinen Körper – und wusste in allen Welten zu leben, auch da, wo der heutige Mensch das Bewusstsein verlieren muss. Die Menschen um ihn herum konnten ihm dahin nicht folgen, er hatte sie schlafend oder träumend um sich. Wach waren da nur die Meister mit ihm, ob sie in einem irdischen Leib wohnten oder nicht. Auch waren da die höheren Wesen – und die Widersacher der rechtmäßigen Entwicklung. Er hatte gelernt, diesen Wesen zu widerstehen, indem er stark die Erdenerinnerung an Christus in sich trug, der die Gegenmächte überwunden hatte, indem er sich mächtig zwischen sie stellte, wodurch sie nicht anders konnten, als sich ihrer rechtmäßigen Aufgabe zu widmen... Johannes trug dieses Bild so stark in sich, dass es ihn auch außerhalb des Leibes nicht verließ. In seinen Leib zurückkehrend, war er sich alles Erlebten bewusst, obwohl doch auch der Schleier des Vergessens über seine Erfahrungen im Geiste gelegt wurde. Doch er konnte jedes Mal wiederum seine Erfahrungen aufsuchen, er kannte den Weg dorthin...

‚Hast du nie Konzentrationsprobleme, mein Junge? Ich habe oft das Gefühl, eine mit Seife eingeriebene Rutsche hinaufklettern zu müssen – und denke dann: Wie macht Johannes das?'

‚Der Leib zieht, Meister – und alles, was zum physischen Dasein gehört, zieht... Wenn ich nicht unaufhörlich aktiv bleibe, verliere auch ich die Konzentrationskraft, viel schneller, als ich sie aufbauen kann. Ich hüte mich also vor der Erschlaffung, vor dem ‚lass es nur einfach gehen'. Auch im Genießen kann man aktiv sein, versteh mich richtig. Man braucht *kein* Asket zu sein, um sich gut konzentrieren zu können – obwohl ich bestimmten Gebieten des Lustlebens definitiv abgeschworen habe. Doch diese Gebiete hast du überhaupt nie betreten, Meister, da also liegt dein Problem nicht. Unaufhörlich streben, darum geht es. Sich aktiv in die Welt um einen herum einleben, das verstärkt die Konzentration. Man darf sich eigentlich nie durch etwas oder jemanden mitreißen lassen, alles selbst *wollen*, auch wenn man Widerwillen fühlt. Wenn man das, was man doch *muss*, auch selbst will ... dann verstärkt man damit die Konzentration in seiner Meditation. Da ist es schließlich nicht anders: Man stellt einen Gedanken ins Zentrum, den man denken ‚muss' – wenn man das nicht voll und ganz *will*, gelingt eine Meditation nicht, man denkt zweigleisig, den meditativen Gedanken und gleichsam darunter die eigenen Assoziationen.'

‚Ich lebe mich immer in die Welt um mich herum ein.', sagte der Meister eigensinnig.

‚Nein, du segelst auf den Wellen mit.'

‚Soll ich mich denn sträuben?'

‚Nein, du musst aktiv mittun. Das tust du auch, aber nicht fortwährend.'

‚Ich will auch einmal kurz träumen...'
Johannes lachte.
‚Ich sage nicht, dass du nicht träumen darfst, wenn du nur ganz dabeibleibst, aktiv.'
‚Du bist ein Anti-Buddhist – und doch bist du der beste, reinste Buddhist, den ich kenne. Kein Wunder, dass ich am Anfang durch dich verwirrt wurde.'
‚Ich *strebe*, um zuletzt *nicht* zu streben. Du weißt wohl:

‚Wer immer strebend sich bemüht,
den können wir erlösen.' *

und

‚Erstreben nichts, nur friedsam ruhig sein,
der Seele Innenwesen ganz Erwartung –
das ist die wahre Mystenstimmung.' **

Der Verstand denkt schwarz-weiß, in fest umrissenen Begriffen. Der *Geist* denkt in Gegensätzen, die immer beide Gültigkeit haben, nur jeweils unter anderen Umständen. Dafür ist ein bewegliches Denken nötig, wozu das abstrakte Denken nicht imstande ist. Man muss also das *Streben* bis zum *Äußersten* führen, um es zuletzt in der Erwartung aufgeben zu können.'
‚Das macht dich so streng und unschuldig zugleich – was wirklich in Verwirrung bringt, glaube mir. Ich habe gestern Abend wieder vollauf Gelegenheit gehabt, diese Verwirrung anzuschauen. Der Saal war voll, als du deinen Karfreitag-Vortrag hieltest, ich saß vorne, doch ich wurde den heftigen Geisteskampf gewahr, der sich vollzog, als du sprachst. Heere von Dämonen bemächtigten sich der sich sträubenden Gedanken der Zuhörer, deiner Schüler, und zogen gegen deine Geisteskraft zu Felde. Doch wie stark du stehst, mein Junge!'
‚Diese Stärke ist aus dem vollen Bewusstsein meiner menschlichen

---

* Aus Goethes Faust.

** Aus Rudolf Steiners Mysteriendramen.

Schwäche hervorgewachsen. Würde ich diese nicht erkennen, dann würde sie mich überwältigen, wenn die Dämonen in Schlachtordnung anrücken. Doch weil ich mich in meiner Schwäche erkannt habe und immer wieder erkenne, bekomme ich die Kraft, mich zu erheben und aufrecht zu bleiben – vorausgesetzt, ich bitte wieder und wieder darum.'

‚Du hast dich im Lauf der Jahre sehr verändert, Junge. Zuerst warst du eine starke Persönlichkeit mit einem unendlich großen Verlangen nach Wahrheit, Schönheit und Güte. Nun sind deine Wünsche in Erfüllung, in einem Prozess von Erfüllungen – deine Kraft ist nun die in dir sich verkörpernde Wahrheit, Schönheit und Güte. Deine Persönlichkeit bildet die kräftige, wunderschöne und wahrhaftige Umhüllung dafür. Es ist ein solcher Jammer, dass die Menschen so ein Wunder nicht sehen. Sie sehen nur einen schönen Mann aus Fleisch und Blut, mit großen, jungen blauen Augen, die an den Sommerhimmel denken lassen ... und dann auf einmal einen mächtigen Aufruf zu unaufhörlichem Streben! Kann Eva dich sehen, wie *ich* dich sehe? Das frage ich mich immer wieder. Wie ist es, mit dir zu leben, wenn einem die Hellsichtigkeit fehlt?'

‚Komm doch gleich mit mir mit und frage sie, Meister. Sie wird dir gerne antworten.'

‚Ja, gut.', sagte der Meister verwundert.

Sie war in der Klinik, auch wenn es der Samstag vor Ostern war. Peter war schließlich im Urlaub.

‚Ich hätte schon wieder zuhause sein können.', sagte sie ein wenig entschuldigend. ‚Aber ich wollte auf dich warten. Hallo, lieber Meister.' Sie küsste ihn auf seine Wange.

‚Findest du es nicht schlimm, dass der alte Meister dabei ist?'

Sie schüttelte ihren Kopf.

‚Natürlich nicht. Wir sprechen einander viel zu wenig!'

Sie setzten sich, und Johannes sah abwartend auf den Meister. Dieser lehnte sich zurück, faltete die Hände und begann zu sprechen.

‚Auch du hast gestern Abend dem Vortrag deines Mannes zugehört, und du bist eine empfindsame Natur... Du wirst bestimmt gewahr, was an einem solchen Abend alles geschieht. Nun frage ich mich oft –

es ist vielleicht eine etwas indiskrete Frage –, wie ist das bei einer Frau wie dir, die mit Sinnen, Verstand und Gefühl auf einen Eingeweihten als ihren Mann schaut, auf Johannes?'

‚Wie sehe ich Johannes?', fragte Eva mit einem Lächeln. ‚Das will ich dir sagen... Aber zuerst muss ich etwas anderes loswerden, was ich unbedingt sagen möchte. Ihr müsst sehr genau verstehen, dass man als Frau *nie* die Autorität ausstrahlen kann, die ein Mann hat. Alles bleibt zart und zierlich ... das ist die Schönheit der Frau – auch wenn sie physisch plump und schwer ist –, zugleich aber auch eine Last. Ich weiß, dass ihr zwei mich ernst nehmt, fühle aber trotzdem, dass das Weibliche auch euch gegenüber *wirkt*. Nicht als erotische Kraft, das meine ich nicht.'

‚Wir verstehen dich, Eva.', sagte Johannes ruhig. ‚Du hast vollkommen recht. Doch du weißt auch: Wenn du nicht mit deinen physischen Kräften denkst und die Gedanken aussprichst, sondern mit dem *lebendigen* Denken, dann hast du als Frau gerade die *männliche* Kraft und wir die weibliche.'

‚Es geht nicht darum, dass *ich* oder *du* das nicht *wüssten*. Es geht darum, wie die Wirkung einer physischen weiblichen Erscheinung ist.'

‚Wir werden nur mit unserem Geist hören, mein Kind.', sagte der Meister. ‚Und vergessen, dass es ein anmutiges Mädchen ist, das spricht.'

‚Also dann.', begann Eva. ‚Du fragst, wie ich Johannes sehe, und ich verstehe, dass du nicht meinst als Ehepartner, sondern als Mensch, als Eingeweihten. Er ist ein Mensch wie alle Menschen, er hat einen Körper, der Körper *lebt*, darin wohnt seine Seele, und diese ist von seinem Geist durchdrungen. Da beginnt der Unterschied zu anderen Menschen, Meister. Was wir Menschen ‚Ich' nennen, ist bei ihm eine vollkommen selbstbewusste, freie Kraft, mit der er seine Seele geläutert, durchdrungen hat. Ich habe keine Worte für die Erfahrung von Heiligkeit bei einer Seele, die durch die selbstbewusste Kraft des denkenden Ich geläutert ist. Kein Wunder, dass ich davor früher erschauerte und mich in Respekt davor beugte. Nun brauche ich das nicht mehr, weil ich selbst allen Einsatz im *Streben* aufbringe.

Es klingt einfach ... die Seele ist von selbstbewusster Geisteskraft durchdrungen. Die Einfachheit liegt jedoch nur in dem Abstrakten unserer Worte. Alles ist in Wirklichkeit Prozess und *Wesen*, und auf dem Weg zur Vervollkommnung hat man mit einer Welt geistiger Wesen zu tun, die sich offenbaren, einem helfen oder einen blockieren, die sich anders zeigen, als sie sind, die sich in das Kleid der eigenen Begierden und Triebe hüllen. Das Wichtigste ist, unterscheiden zu lernen zwischen dem, was von einem *selbst* ausgeht – also subjektiv ist –, und dem, was wirklich außerhalb von einem objektives Wesen ist. Das ist nun gerade Johannes' starke Kraft: sein Vermögen zu unterscheiden, welches er der bis ins Unendliche verschärften Klarheit seines Denkens verdankt. Das *ist* die geläuterte Seele. So, wie es hier auf Erden eigentlich unmöglich ist, vor seinen Augen unwahrhaftig zu sein, so ist es in der elementarischen Welt – in der Ätherwelt – für niedere Wesen ebenso unmöglich, sich in seiner Nähe zu verhüllen. Darum ist sein innerer Weg nahezu ideal – obwohl natürlich selbst auf *seinem* Pfad Hindernisse liegen. So sehe ich Johannes – und ich sehe noch mehr, aber darüber will ich jetzt nichts sagen. Morgen, wenn es Ostern ist, will ich gern darüber sprechen.'

Dem Meister war warm geworden, er öffnete den Knopf seines Kragens.

‚Ja.', sagte er leise. ‚Der alte Meister kann noch eine Menge von dieser jungen Frau lernen. Was *ich* sehe, ist wirklich abstrakt, verglichen mit dem Schauen von Eva. Morgen, mein Kind, ist der Meister erneut ganz und gar Ohr!'

Als der Meister weg war, blieb Johannes schweigend sitzen. Früher hatte Eva vor seinem Urteil Angst gehabt, nun wusste sie, dass er kein Urteil bildete, sondern *folgte* – und das, was er verfolgt hatte, in sich nachwirken ließ. Sie wartete nicht mehr nervös auf seine Reaktion, sondern ging mit in seiner Schweigsamkeit, wissend, dass es *gut* war, was sie gesagt hatte. Gut, *dass* sie es gesagt hatte; richtig, *was* sie gesagt hatte.

Johannes ließ die Wahrheit ihrer Worte dankbar zu sich zu. Dankbar für das Vermögen, das ihm einerseits geschenkt war, das er andererseits jedoch durch harte Arbeit erworben hatte. Auch für die Disziplin, die man in der Arbeit hatte, konnte man dankbar sein; es gab nur wenig, was man als Mensch zu hundert Prozent sich selbst zuschreiben konnte. Man hat ein kleines Gebiet von Freiheit im Denken, und insoweit dieses freie Denken den *Willen* erleuchtet, kann auch dieser *frei* sein. Da verdankt man die Resultate sich selbst, aber das Phänomen der Freiheit *an sich* verdankt man *nicht* sich selbst, es ist ein Geschenk ... auch wenn es die Sache jedes Einzelnen ist, ob man das Geschenk gebrauchen will. Darum ist Dankbarkeit immer das richtige Gefühl, und nicht Stolz, und gibt es noch immer genügend Gründe, sich für die Nachlässigkeit zu *schämen*, der man in einem Leben auf der Erde, wo *alles* darauf gerichtet ist, einen seiner Freiheit zu berauben, nicht entrinnen kann.

Er sah auf und sagte:

‚Du kannst so ganz ohne Missgunst meine Gaben beschreiben – *so*, dass meine Dankbarkeit dafür dadurch erneuert wird.'

‚Habe ich je Missgunst gefühlt – ich glaube nicht.'

‚Nein.'

‚Ich fand dich zu groß für mich, das wohl.'

‚Und doch hast du mich erobert.', sagte Johannes mit einem Augenzwinkern.

‚Mit dem Mut der Verzweiflung ... weil es sein *musste*. Der Drang des Schicksals war größer als meine Scheu. Da konnte von Freiheit keine Rede sein.'

Johannes nickte und fragte:

‚Wie ist es jetzt mit deiner Freiheit, meine Liebste?'

‚In der Meditation habe ich eine ‚Leiter' genommen und bin von meinem starken Gefühlsleben in das Denken geklettert. Da erlebe ich die Freiheit, manchmal nur für einige Sekunden, doch da kann eine Sekunde Ewigkeitscharakter haben. Das freie Denken ist dadurch gewachsen, und ich kann es manchmal auch außerhalb der Meditation ‚beziehen'. Dann fühle ich die unbeschreibliche Kraft der Freiheit und erlebe, dass auch *diese* Kraft von einem *Wesen* ausströmt. In der Wirklichkeit existieren keine abstrakten Begriffe, alles ist *Wesen*. Wahre Freiheit *ist* der Sohn Gottes, wie es auch die wahre Liebe ist. Einerseits bin ich zufrieden, wenn ich auch nur einen Schimmer dessen empfange, andererseits strebe ich nach dem vollen Umfang der Freiheit und der Liebe. Aber Prüfungen gibt es reichlich.

Züchtigungen auch.'
‚Züchtigungen?'
‚Sie liegen stark in meinem Schicksal, wie du weißt. Früher mein Vater, später du, nein ... das Schicksal selbst. Die Zusammenarbeit mit Peter ist für mich nicht nur eine Prüfung ... ich muss hier die Führung haben, wenn ich die spirituelle Medizin aufrechterhalten will. Versuch einmal als ‚Mädchen', einen solchen Kerl wie Peter zu führen!' Sie brach in Lachen aus. ‚Wir lachen zwar viel ... doch es gibt da in ihm eine Welt an Widerstand, die unbewusst wirkt, während er *bewusst* wirklich guten Willens ist. Manchmal ist er *so* böse! Das dauert dann eine Stunde oder so, und dann kommt er, um es wieder gutzumachen. Eigentlich geht es also sehr gut, aber mit viel Aufregung. Außerdem ist er sehr gut in seinem Fach, und ich bin auch wieder von seiner Fachkenntnis abhängig – manchmal, glücklicherweise nicht so oft. Und auch die Mannigfaltigkeit und die Mühe meiner Lebensaufgabe empfinde ich manchmal als eine Züchtigung.'
‚Brauchst du Hilfe, Eva?', fragte Johannes ernst. ‚Einen Kollegen, oder mehr Hilfe zuhause?'
Sie schüttelte den Kopf.
‚Bitte nicht – es wird nur komplizierter.'
‚Mehr Hilfe von mir?'
Sie zögerte und nickte.
‚Ich wollte, du würdest dich mehr mit der spirituellen Medizin beschäftigen, du überlässt sie ganz mir, und mir fehlt die *Sicherheit*. Ich habe viele Intuitionen, aber Mühe mit der Untermauerung. Ich habe nichts von einem Kollegen neben mir, der dann wieder angeleitet werden muss. Ich würde dich gerne für bestimmte Konsultationen bei mir haben und dein Urteil und deine untermauernden Gedanken hören. Aber du bist selbst oft überbelastet, und ganz sicher jetzt, wo wieder die anstrengende Zeit anbricht.'
Johannes sagte:
‚Meine liebste Eva, ich werde in der kommenden Zeit viel mehr nach außen treten, da passt sicher auch eine intensive Zusammenarbeit mit dir in der Klinik hinein. Nach Ostern werden wir dafür Pläne machen...'
‚Mehr nach außen treten? Du wirst doch keine Reisen machen?'

Johannes lachte.

‚Nein. Ich will von Betrachtungen zu Offenbarungen übergehen. Ich will nicht mehr nur den *Weg* beschreiben, sondern auch Resultate beschreiben, die Zeit ist gekommen.'

Eva sah ihn mit großen Augen an, schwieg aber. Sie wusste, dass damit das Kreuz, das sie zusammen trugen, nicht leichter werden würde.

Zusammen liefen sie nach Hause. Es hatte einen schweren Regen gegeben, doch die Wolken trieben auseinander, und die Sonne kam ab und zu durch. Es liefen ziemlich viele Besucher herum.

‚Heute Mittag habe ich zwei Arbeitsgruppen und etwa fünfzehn Gespräche mit verschiedenen Menschen auf der Agenda. Es wird wohl spät werden, bevor ich fertig bin.', sagte er.

‚Fünfzehn Gespräche! Das ist doch nicht zu schaffen!'

‚Es ist eine Art Sprechstunde, ich habe nicht mehr als zehn Minuten pro Gespräch. Aber in zehn Minuten kann man sehr viel sehen – und es braucht nicht viel gesagt zu werden.'

‚Du musst fünfzehn verschiedene Welten in dich aufnehmen...'

Er schwieg. Fünfzehn Welten...

Seine erste Arbeitsgruppe bestand aus zwanzig Menschen, alles Landsleute. Seine Lehrerfahrung kam ihm zugute, er kannte keine Nervosität oder Unsicherheit. Zwanzig Welten... Es ist kein Wunder, dass ein Mensch in einer Gruppe in Verwirrung gerät, sich verlegen zurückzieht oder in den Vordergrund tritt. In einer Gruppe leben divergierende Seelen für kurze Zeit zusammen, und das Zusammenleben gelingt nur, wenn für kurze Zeit gleichsam *eine* Seele entsteht. Johannes sah das als einen wichtigen Teil seiner Aufgabe in der Gruppe an: das Harmonisieren der Gegensätze und das Halten des Gleichgewichts. Schon bei der Ankunft wurde er allerlei Wirkungen gewahr, die sich teils in Bildern zeigten, teils in Tönen und in Worten offenbarten. Manche waren in eine tiefe Verehrung gegenüber seiner Erscheinung eingehüllt – was er immer streng abwies. Andere hatten schon im voraus Widerstand, gegeneinander, gegen ihn. Einige Wenige hatten das richtige Gleichgewicht von aufmerksamer Bescheidenheit, von Andacht und Hingabe. Er ließ zuerst jeden kurz über sein Motiv sprechen, zu Ostern in die Berge zu kommen, dann ergriff er das Wort.

‚Ihr kommt für ein Meditationswochenende hierher, und ich hoffe dann immer, dass der Begriff ‚Meditation', wie wir ihn hier gebrauchen, für jeden deutlich ist. Hier entspricht Meditation innerer Aktivität – und beide Teile sind sehr wichtig. ‚Innerlich' bedeutet auch wirklich *innerlich*. Es wird von jedem äußeren Einfluss abgesehen, das heißt, wir verwenden in der Meditation *keine* Kombinationen von Sinneseindrücken und Verstand, wie wir es im Denken gerade *immer* tun. Man kann also *nicht* über eine Rose meditieren, denn das ist so eine Kombination. Man kann nur *dann* über eine Rose meditieren, wenn man sie als Sinnbild für etwas anderes nimmt. Wenn ihre rote Farbe, ihr roter Pflanzensaft, Bild für das Blut ist, das von der Begierde gereinigt ist – dann darf die Rose als Meditationsinhalt genommen werden. Wir werden gleich jeden, der das will, von seinem Meditationsinhalt erzählen lassen und dann sehen, ob sie auch wirklich *innerlich* ist. – Der zweite Teil, Aktivität, bedeutet auch wirklich *aktiv sein*. Keinen Sekundenbruchteil lang darf die Aufmerksamkeit in anderen Gedanken wegträumen, und wenn sie noch so spirituell wären. Wenn die Rose als Sinnbild für das gereinigte Blut, die reine Seele, im Mittelpunkt der Meditation steht, dann ist der ganze Umfang des eigenen Wesens damit beschäftigt, und es gibt keinerlei Aufmerksamkeit für etwas anderes. Das tut der Seele *weh*, weil sie lieber ungebunden träumt. Man muss also streng zu ihr sein können, ohne sie natürlich zu unterdrücken, sie muss ihre guten Kräfte entfalten können, während sie dennoch ganz und gar geordnet bleibt. Und man weiß schließlich: Man ist es *selbst*, der da der eigenen Disziplin immer entwischen will.

Diese Erziehung des Selbst tut wirklich weh, man erfährt dadurch Schmerzen, denen man im gewöhnlichen Leben nur allzu gern entgehen will. Die Meditation, die hier, in diesem Institut, gelehrt wird, ist also keine *Entspannung*, sondern *Anstrengung*. Kein herrliches Gefühl, sondern ein Gefühl von Entbehrung. Man muss lernen, sich sehr vieles zu versagen, ja, alles zu versagen, bevor man etwas bekommt. Man gibt sich tatsächlich einem Prozess hin, wie man ihn mit dem Tode auch durchmachen muss. Man nimmt Abstand von allem Einfluss der Sinnesorgane, und man nimmt Abstand von allem Verlangen nach Faulsein – wissend: ‚*wer nicht stirbt, bevor er stirbt, der verdirbt, wenn er stirbt.*'*

Was die Mönche früher in den strengsten Orden äußerlich tun mussten: Abstand nehmen von der Welt, Verzicht üben auf allen Besitz, ausschließlich beten und arbeiten ... das wird in der Meditation *innerlich* verlangt. Beten ist Sich-Abwenden vom Leben in den Sinnen, Arbeiten ist die Aktivität der Konzentration. Wenn man eine andere Vorstellung von Meditation hat und man diese strenge Form nicht will – dann kann man sich darüber am besten gleich jetzt klar werden. Jeder ist vollkommen frei, aber wer mitarbeiten will, arbeitet an *dieser* Form von Meditation.'

Eine Frau von etwa dreißig Jahren fragte:

‚Wollen Sie sagen, dass dies die einzig richtige Form der Meditation ist?'

Eine Standardfrage, aber eine gefährliche – und ohne sinnvolle Standardantwort. Er sagte:

‚Es ist die Form der Meditation, die ich durch und durch geprüft habe und die ich vertreten kann. Ich möchte alle übrigen Formen außer Betracht lassen, sowohl was die Methode betrifft, als auch was ihren Wert betrifft. Innere Aktivität beweist ihren eigenen Wert, indem sie aufgebracht wird – ich brauche niemanden zu überzeugen. Aber es ist etwas, was man aufbringen muss. Man muss sich selbst fortwährend antreiben, und nochmals: sehr angenehm ist das zunächst nicht.'

Sie nickte und schwieg. Es gab zwei Männer unter den Zuhörern, einen jüngeren und einen älteren. Der ältere fragte:

‚Ist das nicht eine verantwortungslose Tat des Ego, diese innere Aktivität? Statt sich selbst aufzugeben, stellt man sich selbst doch ungeheuer stark ins Zentrum?'

‚Sicher. Aber man kann sich keinen einzigen Prozess denken, der überall, unter allen Umständen, nur *gut* oder nur *schlecht* ist. So ist auch der Egoismus irgendwo, auf einem bestimmten Gebiet, eine positive Kraft. Und das ist das Gebiet der inneren Aktivität. Man strebt, um schließlich das Streben aufgeben zu können – aber das

* J.W. von Goethe

Aufgeben liegt erst am Ende, oder besser gesagt, auf dem Pfad ein ganzes Ende weiter. Wenn man das Streben aufgibt, ohne es bis zum Äußersten angespannt zu haben, füllt man sich mit *unerkanntem* Egoismus: Er *ist* da, und man hat kein Wissen davon. Man meint, ego-los geworden zu sein, und ist ein größerer Egoist als je zuvor. Da ist der Egoismus eine schlechte Kraft, verstehen Sie?'

Er wollte es nicht ganz akzeptieren, wandte aber trotzdem auch nichts mehr ein. Er nickte und schwieg...

'Warum sollte man eigentlich meditieren?', fragte der junge Mann.

'Warum sind Sie gekommen?', fragte Johannes mit einem Lächeln.

Der junge Mann lachte mit und sagte:

'Weil ich nichts dran finde. Am Leben, meine ich. Ich habe schon die ganze Welt gesehen – in Wirklichkeit und im Film ... und ich finde an nichts etwas. Ich habe drei Ausbildungen abgeschlossen – und die geben mir auch nichts. Ich habe eine gute Stelle, und ich ärgere mich krank. Alles ist ineffizient und sinnlos. Ich bin gar nicht depressiv. Ich genieße auf meine Art das Essen und Trinken, die Sonne und die Frauen. Verstehen Sie?'

'Nun, darum könnte man meditieren. Alles, was flach und sinnlos ist, bekommt Kontur, Tiefe und wird von Sinn erfüllt. Nicht heute, auch nicht morgen ... aber allmählich, ganz sicher. Meditieren führt vom abstrakten Denken zum lebendigen, wirklichkeits-durchdrungenen Denken – einem Denken in Bildern, das *Seele* enthält. Bevor es soweit ist, kommt bereits Kraft und *Sinn* in das Denken, Fühlen und Wollen.'

Der Junge lachte wieder, und das Lachen gab seinem Gesicht einen goldenen Glanz. Er sagte:

'Worauf warten wir dann noch!'

Um sieben Uhr war er fertig, und obwohl er sich danach sehnte, nach Hause zu gehen, blieb er doch an seinem Schreibtisch sitzen und dachte an seine Erfahrungen dieses Mittags zurück.

Im Laufe seiner inneren Schulung hatte er absolute Toleranz und Unbefangenheit entwickelt. Er nahm den Menschen, dem er gegenüberstand, als Totalität unbefangen in sich auf und nahm *alles* hin, was sich so offenbarte. Er wusste, dass die Vollkommenheit nicht unter den *Menschen* zu suchen war, also auch nicht in ihm selbst.

Ein unaufhörliches Streben danach, *das* hatte er.

Auf dieselbe unbefangene, tolerante Art nahm er auch Publikationen von allerlei Art auf. Bücher, Artikel, philosophisch, medizinisch, materiell, spirituell, alles. Auch da fand er die Vollkommenheit nicht, doch weil Geschriebenes sich in gewisser Hinsicht vom Autor löst, hatte seine Toleranz hier eine deutliche Grenze. Der Autor blieb als Integrität unangetastet, aber das Geschriebene kam im Lichte von Johannes' Wahrheitsdenken unerbittlich zu seinem Recht – ‚auch wenn das Rechte krumm war'. Worauf Johannes' ‚Licht' schien, das zeigte sich in seinem Wahrheitsgehalt. Und Johannes musste Tag für Tag, Jahr für Jahr feststellen, dass die *halbe* Unwahrheit übermächtig zu sein schien. Halbe Wahrheit ist ein Verführer, weil der Leser ‚ja' zur Wahrheit sagt und damit auch die halbe Wahrheit umarmt. So musste er nahezu *alles*, was er las, als halbe Wahrheit abweisen, und er litt darunter.

In seine Sprechstunde kamen dann Menschen, die Anhänger dieser Halbe-Wahrheit-Schriften waren, und er sah, wie ihre Seele unter dem Einfluss der Unwahrheit verwelkte. Im Gespräch aber griff er die halbe *Wahrheit* auf, um sie zu einer ganzen, umfassenden Wahrheit umzuformen, und ging den Reibereien, die dadurch entstanden, nicht aus dem Weg. Davon war er jetzt *müde*. ‚Kannst du nicht *eine* Stunde mit mir wachen?', hatte der Herr geseufzt ... und eigentlich war dies dasselbe Problem. Ein Autor muss während des Schreibens die volle Wahrheit betrachten, sonst wird sein Stift von der Macht der halben Wahrheit ergriffen. So ist es auch mit dem Leser. Alle möglichen unbewussten Sehnsüchte verleiten zum Annehmen der halben Wahrheiten, weil sie so anziehend sind, so ‚trendy', so modern oder so uralt.

Er war müde davon. Und er wusste auch, dass die anderen durchweg nicht so tolerant waren wie er.

Es wurde viel über ihn geklatscht, gemeckert, geschimpft. Nie von Angesicht zu Angesicht, aber hinter dem Rücken... Menschen verstanden den Unterschied zwischen Kritik und dem Eintreten für die Wahrheit nicht. Sie wollten ihn auch nicht als einen Repräsentanten der Wahrheit ansehen. Jeder Mensch hat schließlich nur ein Stück davon, nie die volle Wahrheit? Doch das ist nun gerade der Kern des modernen Einweihungsweges: die Entwicklung zur Wahrheit. Keine Wahrheit, die in starre Prinzipien gegossen ist, nein ... eine lebendige Wahrheit, die sich in den verschiedensten Umständen immer wieder neu offenbart, einfach aufgrund der Gegebenheiten, wie sie sind. Man nehme die Gegebenheiten unbefangen, so vollständig wie möglich, in die Anschauung, trage das Ganze in den Geist hinauf ... und die Wahrheit offenbart sich, wieder und wieder.

Er seufzte tief und stand auf. Zuhause erwartete ihn das betriebsame Miteinander seiner Familie, er musste Mut fassen, sich wieder hineinzubegeben. Aber seine Kinder waren schließlich seine treusten Jünger? Er lächelte. Jünger aus dem Bande des Blutes; später würde sich zeigen, ob sie ihm auch *frei* folgen konnten, wenn Gott es wollte...

Er zog seinen Regenmantel an, nahm seinen Schirm und ging nach draußen, in den strömenden Regen hinein...

Abends sagte er zu Eva:

‚Das Problem ist das Unvermögen in Bezug auf das *Anschauen*. Dieses Vermögen muss wieder entwickelt werden. *Vor* unserer Verstandesentwicklung hatte der Mensch dies als natürliche Gabe, aber er lebte damit *in* den äußeren Dingen und konnte sich nicht als eine freie Persönlichkeit empfinden. Das Gefühl, eine freie, selbständige Persönlichkeit zu sein, verdanken wir unserem Verstand, der uns den Dingen *gegenüber*gestellt hat. Aber so darf es nicht bleiben. Unter Erhalt der Freiheit können wir nun einen Anfang darin machen, erneut in der *Realität* der Dinge zu leben. Dafür muss die Kunst der nicht-denkenden Anschauung entwickelt werden, und das ist nicht so einfach. Es ist relativ einfach, zu einem reinen, sinnlichkeitsfreien Denken zu kommen. Aber um *dieses* Denken daraufhin *bewusst* außerhalb der äußeren Anschauung zu halten – dafür ist lange Übung notwendig. Es geht nicht darum, das Denken einfach so auszuschalten, das ist gar nicht möglich, man taucht dann in das alte träumende Fühlen unter – wenn es überhaupt gelingt. Nein, man muss darüber hinaus, *durch* das Denken hindurch, in die Anschauung. Keinen *Sinn* mehr in den Dingen erleben, sondern *Bild*. Ich habe das Vorrecht gehabt, noch in der Pubertät in Bildern zu leben, zumindest gelegentlich, wodurch ich mich auch später daran erinnern konnte – und mich danach zurücksehnte, sehr stark. Diese Sehnsucht ist die große Triebfeder in meinem ganzen Streben gewesen. Der Mangel an Bildern und der Übergang zu einem schematischen Denken gaben mir das Gefühl, in der Seele gestorben zu sein. Das war ein Vorrecht, die meisten Menschen machen diesen Übergang, ohne ihn zu erkennen. Ich weiß sehr gut, dass ich meine Talente durch Gnade habe. Ich kann es anderen nicht übelnehmen, dass sie andere Talente haben. Aber das *Arbeiten* mit seinen Talenten und das *Lernen* von den Talenten anderer ist natürlich etwas, was in der Freiheit jedes Menschen beschlossen liegt.'

'Du fühlst dich nach so einem Tag mit Menschen einsam, nicht wahr?'

'Ach, einsam ... das ist gar nicht der Fall. Ich habe schließlich eine große innere Anwesenheit, die Einsamkeit in gewissem Sinne unmöglich macht. Es ist etwas anderes ... die eigene Entwicklung zählt in einem bestimmten Moment immer weniger ... statt dessen entfaltet sich die Sehnsucht, Entwicklung bei anderen zu sehen. Kann man in seiner eigenen Entwicklung sich selbst stets in der Hand halten – die Entwicklung des anderen muss man frei lassen, man steht machtlos davor. Man kann nur versuchen, Einsicht zu geben.'

Eva nickte verstehend. Sie sagte:

'Die Menschen halten sehr viel von dir. Ich bin diejenige, die das immer bezweifelt, aber gerade die Übung im Anschauen lehrt mich etwas ganz anderes. Ich saß heute Mittag kurz im Speisesaal, um die Atmosphäre zu spüren. Ich habe einfach etwas herumgeschaut. Nur 'bewaffnet' mit der Kraft der Anschauung. Ich sah Liebe, Johannes ... Liebe für Johannes, für dich und für denjenigen, den du vertrittst.'

Johannes antwortete:

'Du tröstest mich, meine liebste Eva. Aber mein Körper ist schwer, und ich fühle mich sehr, sehr müde...'

GEHOBEN IST DER STEIN *

Die Wolken waren fortgetrieben, und der Sternenhimmel verblasste vor der Morgendämmerung. Die Aquarellfarben des frühen Morgens schienen einen himmlischen Akkord zu spielen. Ein Dichter konnte dieses Erlebnis in Worte vertonen und schrieb: ‚*Die Sonne tönt nach alter Weise in Brudersphären Wettgesang ... Die unbegreiflich hohen Werke sind herrlich wie am ersten Tag.*'**

Johannes befand sich wirklich *in* dem kosmischen Erlebnis der Morgendämmerung. Alle Abstraktion war wie ein Leichnam von ihm abgefallen, und er erlebte die Herrlichkeit der Auferstehung, nicht als eine Erinnerung an das Ostern im Jahre 33, sondern als ein aktuelles Geschehen, hier ... jetzt.

Seine Ermüdung war gewichen, und er fühlte sich jung, frisch. Nachher würde er einen Versuch machen, anderen die Wirklichkeit der Auferstehung als Einsicht zu vermitteln. Zuerst hatte er noch geraume Zeit für seine innere Vertiefung, für die Meditation.

Er saß aufrecht, die Hände gefaltet auf dem Schoß, den Kopf leicht gebeugt. Unbeweglich wie ein Bild saß er da, doch die innere Bewegung war umso stärker. Der äußere Wille schwieg vollkommen, war stiller als still ... und kehrte sich um in innere Intuition.

Er wurde aufgenommen in das Reich, wo Gedanken *Tat* sind. Von außerhalb seines Wesens strömten mächtige Willensbewegungen auf ihn zu, in die er sich *hineinbegab*, um das Wesen, das diese Willensbewegungen hatte, kennenzulernen. Da hatte er das Bewusstsein seines wahren Wesens, wie es durch Inkarnationen ge-gangen war...

Als Arzt, als Internist, hatte er immer mit dem Drama des Sterbens gelebt, das für ihn anfangs ein Rätsel gewesen war. Nein, er hatte nicht daran vorbeigelebt, er hatte den Tod immer neben sich gefühlt,

---

* Novalis, Hymnen an die Nacht.

** J.W. von Goethe, Faust, Prolog im Himmel.

und mit allem Mut, den er aufbringen konnte, hatte er das Rätsel angeschaut. Er stand darin allein, den anderen fehlte der Mut ... und aus diesem ‚den Tod nicht anzuschauen wagen' geht alle Trivialität, ja alle Frivolität im menschlichen Dasein hervor. Halte dich an der Oberfläche des rein materiellen Daseins, denn ein Blick in die Tiefe öffnet den Abgrund des Rätsels – und damit ist man schon mit dem *Geist an sich* konfrontiert. Das zu vermeiden, ist das Streben vieler Menschen. Sogar, wenn der Tod *da* ist, wollen sie ihn noch nicht erkennen, und dieses Nicht-Wollen beruht auf einer grenzenlosen Angst vor dem Nichts. Aber wie auch immer, das Nichts ist *Geist.* Ob man nun an ein Leben nach dem Tod glauben will oder nicht, in jedem Fall hört mit dem Tod alle sinnliche Wahrnehmbarkeit auf, und was danach ist, ist nur noch *denkbar* – und *also Geist.* Auch ein Nichtsein nach dem Tod ist nur denkbar, denn Abwesenheit von sinnlicher Wahrnehmbarkeit ist in jedem Falle da, entlang dieses Weges kann sich nichts mehr zeigen, es lässt sich alles nur noch geistig erleben. Die Idee des Nichtseins nach dem Tod ruft Angst hervor, aber an ein Noch-immer-da-sein denken zu müssen, ist noch beängstigender. Denn was dann?

Johannes hatte stets den Mut gehabt, bei dieser Frage zu verweilen, ihr ins Auge zu sehen und in dem finsteren Nichts abzuwarten – bis da langsam, im Laufe vieler Jahre, *Licht* zu strahlen begann. Obwohl er mit Eva und dem Meister darüber hatte sprechen können, hatte er *allein* an der Schwelle des Todes gestanden. Er hatte gesehen, wie das Licht seines Denkens ihm langsam aus der Finsternis entgegenkam, er hatte gelernt, von der einen Welt in die andere zu schreiten, sich jedes Schrittes vollkommen bewusst. Ebenso allmählich war das Bewusstsein erwacht, dass er absolut *nicht* allein war ... dass ihn da immer ein Wesen begleitete, erst unwahrnehmbar, nur als eine Ahnung ... später als eine reale Anwesenheit. Und so hatte er gelernt, in Christus zu sterben, mit Christus die Schwelle zu überschreiten und wieder zurückzukommen. In *diesem* Zeichen siegte er, war er stark in allen geistigen Stürmen, die aufkamen, weil er den richtigen Weg beschreiten wollte. Heere geistiger Wesen stehen bereit, einem zu helfen, wenn man den *verkehrten* Weg gehen will – es wird einem leicht gemacht. Der gute Weg ist lang und schwer – und sehr einsam, weil man *frei* gelassen wird. Johannes hatte gelernt, in Christus zu *sterben – und* wieder *aufzuerstehen*, wieder und wieder.

Nicht dem Leibe nach starb er, dieser Moment erwartete ihn noch am Ende des Erdenlebens, wie es für alle Menschen ist. Er starb in Bezug auf die *Begierde*, die Begierde nach dem Erdenleben mit allen dazugehörenden Sehnsüchten. Die Lust starb in ihm, nicht die Freude ... die Begierde, nicht der Wille.

Aus dem toten Holz seiner gestorbenen begierdevollen Lust waren reine rote Rosen gewachsen. In Christo morimur, per Spiritum Sanctum reviviscimus...

Er kehrte zurück in seinen Körper und fühlte, wie die Kräfte der Auferstehung wahrlich nicht nur in der Seele wirken, sondern wie sie auch tief bis in den physischen Leib hinein lebenerweckend sind. Mit der unvollkommenen, egoistischen Seele verbraucht der Mensch seinen Körper, wodurch er schließlich abfallen muss, wenn Seele und Geist nicht in das Physische gebannt werden sollen. Dank der Überwindung des Todes jedoch wird der Körper jung und frisch ... auch wenn er noch immer dem Tode geweiht ist. Es gibt keine Verdammnis für die, die in Christus sind...*

Eine große Hoffnung für die Zukunft ist dies, für die ferne Zukunft ... in der Menschen nicht mehr durch den Tod Abschied voneinander nehmen müssen, sondern in der Liebe vereint bleiben, die es zwischen ihnen gibt. Abschied nehmen ist das Drama im Menschenleben ... dass man darüber hinwegkommt, ist ein Beweis, dass der Geliebte auch nach dem Tod noch da ist ... sonst wäre der Abschied bleibend unerträglich. Doch Johannes hatte einen derartigen Beweis nicht mehr nötig. Er konnte sich in der Meditation mit Menschen verbinden, die nicht mehr in einem Körper lebten, oder *noch* nicht ... das ist auch eine Form von Auferstehung aus dem Tod, dass einem die Gnade verliehen wird, im nachtodlichen und vorgeburtlichen Reich zu verweilen ... da, wo Gedanken *Taten* sind.

Er weckte Eva, damit sie meditieren konnte. Er selbst ging ins Wohnzimmer, um den Tisch für das Osterfrühstück zu decken. Er

---

* Paulus, Römer 8.

versteckte im Garten farbige Eier, die Eva gefärbt hatte. Der Himmel war blau, es würde ein sonniger Tag werden. Sein Herz war von Gnade erfüllt...

Um zehn Uhr empfing der Meister ihn in seinem Zimmer zu ihrem täglichen Gespräch. Seine Augen waren feucht, seine Ausstrahlung war milde und ausgesprochen sanft.

‚Heute Morgen habe ich die Vereinigung aller Religionen geschaut, mein Junge. Zwölf Bodhisattvas sah ich, die ihre Lehre von dem Wesen empfangen, das nicht lehrt, sondern *ist*. Sie brauchen Ihn nur anzuschauen, um zu *wissen*; jeder von ihnen weiß so nur ein Zwölftel von der Wirklichkeit, die Er *ist*. Ich selbst konnte Ihn nicht anschauen, dafür bin ich nicht rein genug ... wohl durfte ich Ihn *fühlen*, in seiner ganzen Macht und Herrlichkeit. Er ist kein Bodhisattva, auch kein Buddha, Er ist ebensowenig Krishna... Er ist größer als sie, weil sie nur *Teil* von Ihm sind. Er ist das Wort, das im Anfang schon *war*, aus dem alles entstanden ist, und alles, was entstanden ist, ist Teil von Ihm. Wie Johannes der Täufer sagte: Der nach mir kommt, ist vor mir gewesen, denn er war eher als ich. Ein Buddhist *ist* also eigentlich zugleich Christ, denn seine Lehre *ist* der Christus – auch wenn man mir diese Worte nicht danken wird. Und ein Christ ist eigentlich zugleich Buddhist, auch wenn ich zugeben muss, dass er in seiner Religion mehr umfasst als den Buddhismus. Für mich ist diese Anschauung *Gnade*, mein Junge. All meine Zweifel, die ich noch hatte, sind in *einem* großartigen Augenblick von mir genommen worden, weil das schlichte *Anschauen* einer Wahrheit keinen Zweifel mehr möglich macht.'

Johannes hatte bereits ein Wissen von dieser Erfahrung seines Freundes, bevor er ihm davon erzählte ... an diesem Morgen hatte er in seiner Meditation die Erfahrung miterlebt. Er sagte:

‚Wir haben nun alle Hindernisse, die von unserem gemeinsamen Schicksal aus noch bestanden, überwunden, Meister. Nun können wir ungehindert zusammenarbeiten, und unsere Zusammenarbeit wird eine große Ausstrahlung haben. Um zwölf Uhr werde ich einen Vortrag halten, in dem ich die erste Offenbarung meines Wissens geben werde.'

Der Meister richtete den Blick auf seine schlanken braunen Hände. Johannes sah, dass er tief gerührt war, und er empfand Dankbarkeit, dass er einen so tief fühlenden Freund und Bruder hatte. Der Meister sagte leise:

‚Viel habe ich in meinem Leben schauen dürfen, mein Freund, was für andere verborgen bleibt. Ich bin in gewissem Sinne immer *stolz* darauf gewesen, es schenkte mir meine Meisterschaft und ich war ... gerne Meister. Dennoch kenne ich auch die Bescheidenheit, wodurch ich in dir ein viel größeres Wissen anerkennen konnte. Was ich nur in Bruchstücken von Bildern anschaue, lebt in dir als völlig von Verständnis durchdrungene geistige Erkenntnis, Geist-Erkenntnis. Ich habe meinen Platz hier an dich abgetreten. Bis zum heutigen Tage hast du nur über die *Methode* sprechen wollen, weil du fandest, dass in dem Werk des Meisters des Abendlandes genügend *Inhalt* gegeben ist. Inhalt, der noch lange nicht gebührend aufgenommen worden ist... Hat sich dein Standpunkt nun verändert?'

‚Ja. Das geschriebene Wort ist doch ein sehr anderes Element als das direkt gesprochene Wort. Die Vermittlung von Erkenntnis ist daher über die Sprache auch ganz anders, besser. Ich habe eine bestimmte Pflicht auf mich genommen, und die Pflicht beinhaltet ab heute: Mündliche Vermittlung von ‚Geist-Erkenntnis'. Es gibt keine bessere Art, Wissen aufzunehmen, als es über das gesprochene Wort von einem anderen Menschen zu vernehmen. So wird es also von jetzt ab sein, mein Freund.'

Der Meister sah ihn an, nickte ... und schwieg.

‚Komm dann nun mit zu Eva', sagte Johannes, während er aufstand, ‚um zu hören, was sie noch weiter über Johannes zu sagen hat...'

Eva war von einer Frau, die ihr Selbstbewusstsein der Schönheit ihres physischen Leibes entlehnte, zu einer Frau geworden, die durch die Kraft der sich läuternden Seele selbstbewusst war. Dieses Selbstbewusstsein verlieh ihr eine ungewöhnliche Schönheit, die auf der Erscheinung der Idee in der Wirklichkeit beruhte. Evas Wesen war die Idee, ihre physische Anwesenheit war die Erscheinung...

‚Peter hat angerufen. Ob du ihn bei seinen Eltern zurückrufen kannst.'

‚Nach unserem Gespräch.', sagte Johannes und machte eine einladende Gebärde, sich zu setzen.

‚Wie sieht Eva Johannes...', begann Eva. ‚Der persönliche Johannes ist mein Mann, ihn werde ich außer Betracht lassen. Je weiter ich in meiner inneren Entwicklung komme, desto mehr werde ich die Individualität Johannes gewahr, wenn auch mit großer Scheu. Einst sagte ich, dass er als Mann zu groß für mich wäre – das sage ich nun nicht mehr, weil das Unsinn ist. Aber in seiner Individualität werde ich etwas gewahr, immer mehr gewahr, das ... nun, an das wir ... was weit über uns hinausgeht, weil er ebenso bewusst, wie er hier mitten unter uns verkehrt, auch in der geistigen Welt ist. Wir sind da natürlich auch, aber das Bewusstsein entfällt uns, sobald wir uns der Schwelle nähern. Er braucht keine Bücher des Meisters des Abendlandes mehr zu lesen, um deren Inhalt aufzunehmen – das *hat* er sehr wohl jahrelang getan –, sondern er schaut *selbst* in den Geist, in all seine verschiedenen Gliederungen. Wenn man seinen Anweisungen folgt, geht die Entwicklung viel schneller, als wenn man sich allein abmüht ... er ist hier, Meister, und ich verstehe nicht, dass ‚man' von seiner Anwesenheit keinen Gebrauch macht. Der Meister des Abendlandes kannte noch eine enorme Entfaltung seines Werkes und eine Anerkennung seiner Meisterschaft. Die Inkarnation von Johannes scheint nahezu unbemerkt vorüberzugehen.'

Der Meister nickte, sagte jedoch:

‚Ich vermute, dass es nun Veränderungen geben wird. Seine Wirksamkeit muss erst noch beginnen.'

‚Ja.', sagte Eva. ‚So ist es. Heute.'

‚Ist er der Meister des Abendlandes?', fragte der Meister.

Evas Augen wurden groß. Sie sagte:

‚*Ein* Meister des Abendlandes sicher.'

‚Was sagt Johannes?', fragte der Meister seinen Freund.

‚Johannes sagt: Ja.'

‚Auf *meine* Frage oder auf die Antwort von Eva?'

‚Setze deine Untersuchung fort, Meister.'

‚Gut, gut. Du darfst nichts preisgeben, das verstehe ich. Das Wundersame am Leben ist, dass ein Mensch *alles* weiß, doch das Bewusstsein ist zu klein, um es auch *wirklich* zu wissen. Ich weiß natürlich, wer du bist, und doch auch wieder nicht.'

,Mut, Meister! Es kommt auf *Mut* an. Mut, Fragen zu stellen – innerlich – und Fehler zu machen. Vertrauen, dass die Wahrheit selbst die Fehler korrigiert, wenn man nur das Schweigen kennt – und ein buddhistischer Meister kennt das Schweigen wie kein anderer. Wenn alle Begierde schweigt, kann die Wahrheit sprechen. Wenn das Feuer gelöscht ist, erhebt sich der Geist aus der Asche...'

,Findest du es schlimm, dass wir uns fragen, wer du nun eigentlich bist, Johannes?', fragte Eva, als der Meister weg war.

Johannes schüttelte den Kopf.

,Das *musst* du dich sogar fragen, es ist von größter Wichtigkeit – auch wenn du keinerlei Möglichkeit siehst, die Frage zu beantworten. Es ist an der Zeit, dass die Menschen sich fragen, wer sie sind – nur muss der Fantasie das Schweigen auferlegt werden, alle Sympathie und Antipathie muss sich legen wie der Wind... Schaurig still muss die Seele werden, stiller noch als ohne Geräusch oder Bewegung. Der Wunsch ist eine gefährliche Irreführung, er spricht ohne Zunge, unbemerkt...'

,Und doch müssen wir es uns fragen?'

,Ja. Du weißt, dass du ohne Urteil fragen kannst, ohne die Antwort unmittelbar festzulegen. Die Antwort auf eine derart tiefgehende Frage kann Jahre in Anspruch nehmen. Sie wird in kleinen Fragmenten gegeben, nicht als eine einfache Einsicht. Je vertrauter die Antwort ist, je mehr sie auf der Hand liegt – desto mehr muss man sie bezweifeln. Die Wege des Geistes sind nicht abstrakt logisch, zwar *logisch*, aber nicht einfach abstrakt – und darum sind die Antworten, die der Geist gibt, unvorhersehbar.'

,Wo ist dann die *Sicherheit*, Johannes?'

,Wie man hier auf Erden mit Sicherheit zwischen einem fantasierten Feuer und einem wirklich brennenden Feuer unterscheiden kann ... so kann man im Geiste mit Sicherheit zwischen Fantasie und Wirklichkeit unterscheiden: Darum habe ich ja so viel Nachdruck auf das klare logische Denken gelegt, denn daraus wird das geistige Unterscheidungsvermögen geboren. Darum beginne ich erst heute mit dem Preisgeben spiritueller Erkenntnis. Wir müssen gehen, Eva

... es ist halb zwölf. Ich werde Peter heute Mittag anrufen.'

Einmal hatte er am Altar auf Eva, seine Braut, gewartet. Nun stand er vor einem Saal voller Menschen und wartete auf die lebendige Wirkung des Geistes. Viele Vorträge und Vorlesungen hatte er gegeben, aber noch nie hatte er geradewegs aus dem geistigen Schauen heraus gesprochen. Es war wie eine öffentliche Hochzeit. Seine Augen sahen nicht mehr den Meister oder Eva ... in sich fühlte er den Flügelschlag des Geistes.

'Liebe, liebe Menschen ... Freunde. Viele von Ihnen kennen meine Arbeit und meine Vorträge, manche sind zum ersten Mal hier. Sie haben Erinnerungen und Erwartungen darüber, was die moderne Geisteswissenschaft für Sie bedeuten kann. Stets habe ich die Notwendigkeit der Entwicklung eines willenskräftigen, klaren, logischen Denkens als Fundament für das Aufnehmen der Geisteswissenschaft betont. Das heißt überhaupt nicht, dass Sie außergewöhnlich intelligent sein müssen, um den Geist aufnehmen zu können.

Willenskräftiges, klares, logisches Denken kann sehr gut *einfaches* Denken sein – sehr wohl aber muss es den Bedingungen genügen: *willenskräftig*, das heißt unter der Herrschaft desjenigen, der denkt; *klar*, das heißt, der Gedanke muss ganz überschaut werden und darf keine Wurzeln in der Finsternis des unbewussten Seelenlebens haben; und *logisch*, das heißt, dass der Ablauf, der Verlauf einer Reihe von Gedanken den Gesetzen der Logik folgt, dass es also kein Chaos von Einfällen sein darf. Einfache Menschen mit einer reinen Seele haben so ein Denken von Natur aus. Entwickelte Menschen 'wissen' oft viel, wodurch das Gedankenleben gerade ein solches Chaos von Einfällen wird, während sie meinen, ungeheuer intelligente Denker zu sein. Das Umgekehrte kommt natürlich auch vor. Ich sage dies, um noch einmal zu betonen, dass *Intellekt* keine Bedingung für Geisteswissenschaft ist, wohl aber aufrichtige Sehnsucht nach Reinheit.

Immer habe ich also zu der Entwicklung eines willenskräftigen, klaren, logischen Denkens aufgerufen. Daneben fand ich, dass eine Fülle von geisteswissenschaftlichem Inhalt in den Büchern des

Meisters des Abendlandes zu finden ist, aus denen noch lange nicht ausreichend geschöpft wird.

Der Mensch, der sich innerlich entwickeln will, hat *Bescheidenheit* sehr, sehr nötig. Bescheidenheit entsteht, wenn man es vermag, Geisteswissenschaft als geschriebenes Wort in sich aufzunehmen, wissend, dass das Wort von einem Meister stammt, von einem Menschen, der einem in der Entwicklung weit voraus ist und dem man vertrauen lernen muss, weil man mit seinem entwickelten willenskräftigen, klaren, logischen Denken *selbst* verfolgen kann, was geschrieben steht. Man entwickelt so kein *blindes* Vertrauen, sondern Vertrauen aufgrund von Einsicht, also *sehendes Vertrauen*. Wenn man wirklich bescheiden wird, lebt man während des Lesens nicht mehr *gegenüber* den Worten, sondern *in* den Begriffen, und das heißt, dass man den Inhalt selbst denkt, dass man sich den Inhalt wirklich *zueigen* macht. Es wird eine Form von Askese verlangt – eigentlich die *einzige* Form, die in unserer Zeit noch erlaubt ist –, nämlich eine Askese im Denken. Absehen von den eigenen Meinungen, die eigene Meinung umformen in die Begriffe, die man liest – und erst dann sehen, ob man ‚ja' zu den Begriffen sagen kann. Nun, ein derart selbstloses Denken ist eine Seltenheit, meist verlangt es viel Anstrengung, die eigene Meinung einmal kurz schweigen zu lassen – allzusehr fürchtet man, dass man beeinflusst wird. Doch Beeinflussung in diesem Gebiet existiert nicht, denn man muss immer wieder alles *selbst* denken. Das Einzige, was verlangt wird, ist, dem Gedachten zuerst zu *lauschen*, bevor man mit seiner eigenen Meinung kommt. Man könnte fast sagen: Es ist eine Form elementarster Höflichkeit, die man damit beachtet.

Nun ist im vergangenen Jahr verschiedene Male die Bitte an mich herangetragen worden: Sprich aus deiner eigenen inneren Erfahrung, wir sehnen uns nach einem direkten Zeugnis aus dem Geiste. Langsam ist in mir ein ‚Ja' auf diese Bitte gewachsen. Denn wenn *Wissen* im ursprünglichsten Sinne vermittelt werden muss, ist das beste Medium dafür das von Mensch zu Mensch *gesprochene Wort*. Was ich sprechen werde, wird inhaltlich vielleicht keinen neuen Inhalt umfassen ... die *Wirkung* dagegen ist nicht festzulegen und muss im Augenblick erfahren werden.'

Er erschauerte, schwieg einige Augenblicke und sprach weiter.
‚Nun dann ... ich nehme also an, dass in Ihnen die Bedingungen für das Aufnehmen des Geistes ausreichend entwickelt sind, dass Sie bereit sind, mit einem unbefangenen, willenskräftigen, logischen Denken zuzuhören.'
Er nahm wahr, wie sich das ganze Heer der Gegenmächte gegen ihn erhob, um seinen Geistesblick zu verfinstern, aber er hielt stand. Was auf Erden seine Strenge war, lebte im Geist als Standfestigkeit auf, stark in jeglichem Sturm, in seinem Rücken Michael, der Streiter mit dem Schwert...

‚Ich will dann hier zeugen von der Wiederkunft Christi, wie sie in dem Moment stattfand, als in der europäischen Geschichte die dunkelsten Seiten des zwanzigsten Jahrhunderts aufgeschlagen wurden, als ein großer Vertreter der Gegenmacht im Jahr 1933 an die Macht kam.
Immer wenn ein großartiges geistiges Geschehen stattfindet, lenken Dämonen die Aufmerksamkeit davon ab, indem sie Chaos und Finsternis auf Erden verbreiten, Machtlust und Angst, schwarzmagische Praktiken, um die weiße, heilige Magie zu verbergen. Und sie haben es leicht, denn sie entfalten ihre Macht, indem sie Menschenseelen mitreißen, ohne irgendeine Freiheit zu respektieren, und sie können ihr Werk bis auf den irdischen Plan *sichtbar* machen, während Christus die Menschen frei lässt und seine Wiederkunft sich nicht auf der sichtbaren irdischen Ebene abspielt, sondern eine Ebene höher, in der *Ätherwelt*, der Welt, aus der die Materie das *Leben* schöpft. Wie das *Leben* nur im *Resultat* des Wachstums sichtbar ist, so verbirgt sich Christi *Wiederkunft* vor physischen Augen.
Während also Dämonen ihr schreckliches Werk mit Hilfe unfreier Menschen sichtbar machten, erschien Christus in der Ätherwelt, nur sichtbar in der *Freiheit*. Dennoch haben viele Ihn gesehen, gerade wenn sie in der Finsternis gelitten haben, auf dem Schlachtfeld oder in den Konzentrationslagern. Ihnen erschien Er als Tröster, oft auch als Retter. Er erscheint und greift ein, doch nicht unsichtbar im Unbewussten, wie Dämonen das tun, sondern im vollen Lichte seines Wesens, für Menschen, die durch die Not hellsichtig sind.
So begann unsere apokalyptische Zeit, die Zeit der großen geistigen

Offenbarungen, wobei Sie sich vorstellen müssen, dass diese Zeit lange, sehr lange dauern wird. Aber es muss Augen geben, die innerlich schauen können, die diese Offenbarungen aufnehmen können, auch wenn die Träger dieser Augen sich *nicht* in Not und Gefahr bewegen. Es muss menschliches Verständnis geweckt werden, das offen dafür ist, das Wesen der Offenbarungen zu fassen. Die Ätherwelt ist die Welt, aus der wir unsere Gedanken schöpfen. Der Herr des Makrokosmos, der alle Gedanken umfasst und der sie schaffend in Wirklichkeit verwandeln kann, ist in dieser Welt auferstanden, um uns sein makrokosmisches Wesen zu offenbaren, wodurch wir ein *Wissen* empfangen, das makrokosmisch ist, weiter als unser Verstand, unser Gefühl und unser Wille. Jeder geisteswissenschaftliche Gedanke, den wir fassen, ist ein Tropfen aus dem makrokosmischen Meer Seines Verstehens. Darum nennt Johannes ihn ‚Wort', aber Er ist *Wort* in der reinsten Bedeutung. Er ist nicht nur Begriff, Er übersteigt alle Abstraktion. Alpha und Omega ist Er. Als *Begriff* bedeutet das Anfang und Ende. Aber es bedeutet ebenso *Klang und Mitklang*, wie es im Alphabet klingt und mitklingt. Unser gesprochenes Wort ist nicht nur *Begriff*, es ist zugleich klingendes Wort, matt gewordenes klingendes, schöpferisches, makrokosmisches Wort! Das Wort ‚Baum' drückt den *Begriff* aus, aber wenn Sie sich auf dem Klang und Mitklang des Wortes ‚Baum', B a u m, mitführen lassen ... dann haben Sie den Begriff in viel umfassenderer Form.

Aber *dann* offenbart sich das Wort auch noch als Bild, als bildender makrokosmischer Gedanke im *Licht*. Das Licht bescheint alle Dinge, macht sie sichtbar. Es ist nicht diese tote physische Qualität, über die wir uns in der Physik den Kopf zerbrechen müssen. Es ist ein ‚Körper', der beseelt und durchgeistigt ist. Im Licht nehmen wir die Welt wahr, und wir haben sogleich unsere Gedanken über unsere Wahrnehmung. Wenn wir uns mit einem geschulten, willenskräftigen, klaren, aber inhaltslosen Denken an die *Bilder* hingeben, die wir im Licht anschauen, dann *denken* wir auch, aber wir denken nicht unsere Gedanken, wir denken die *Weltgedanken*. Wenn Sie die blühende Rose voll und ganz wahrnehmen, haben Sie sie als Gedanke wahrgenommen, und dieser Gedanke ist viel umfangreicher und wahrhaftiger als das Wörtchen ‚Rose'. Nur muss Ihre Wahrnehmung dann willenskräftig und klar – und ohne eigene Gedanken sein. Weltgedanken nehmen wir wahr, wie sie im Werk des Schöpfers leben, wir nehmen das schöpferische Weltenwort wahr, nicht wie es spricht, sondern wie es anschaulich geworden ist. Wenn wir dann noch die Kraft finden, in den *Nachwirkungen* dieser Wahrnehmung zu verweilen, wenn wir in unserem kräftigen, klaren Wahrnehmungsorganismus Nachwirkungen spüren können, ohne begriffsmäßig vorgestellt zu haben, dann beginnen wir, den Heiligen Geist zu erfahren, das Denken Christi. Anschauen, während das Denken *ruht* ... darin finden wir das Licht, das uns in Freiheit zur Verfügung steht. Dann bleibt die Welt um uns herum nicht leblos, nicht seelenlos, nicht geistlos. Dann beginnt aus allem um uns herum die *Seele* zu sprechen. Die ganze Schöpfung wird *Bild*, und wir verstehen Goethes Worte erst richtig: ‚*Alles Vergängliche ist nur ein Gleichnis.*'

Gleichnis wird das Vergängliche für das, was an Ewigem darin lebt. Keine *abstrakten* Gleichnisse werden von uns erdacht, sondern wir leben mit Notwendigkeit in Gleichnissen, wodurch wir unser Erleben aus dem Physischen lösen und zum Erleben in der Ätherwelt erheben. Dann aber bekommt das Licht eine ganz andere Bedeutung, alles, was wir als Bild im Licht anschauten, erweist sich als von jenem Wesen ausgehend, welches das Licht umfasst, es ausstrahlt. Es *trägt* nicht das Licht, es *ist* das Licht, das Licht geht von Ihm aus, so wie alle Bilder Seine Gedanken sind.

Die Wiederkunft Christi ist im Laufe des vorigen Jahrhunderts eine Tatsache geworden. Er lebt in der Ätherwelt, und wir stehen da wirklich Ihm gegenüber, wenn wir im Licht der Weltgedanken denken können. Er führt uns auf dem kräftigen Strom seines makrokosmischen Denkens mit und beginnt, in uns zu denken, kräftige *Bilder* sind seine Gedanken.

Wer in diesem Licht eingeweiht wird, sieht die Aufgabe für den Menschen unserer Zeit: zu erkennen, dass es Christus selbst ist, der sich offenbart. Nicht Buddha, nicht Krishna, kein Engel oder anderes höheres Wesen, sondern Christus selbst, in dem alle übrigen Wesen ihren Ursprung haben – und ihr Recht zu Leben. Christus ‚steht' in der Ätherwelt und wartet auf ein Erkennen, auf Anerkennung, die er nicht erzwingt, auf keinerlei Weise.

Viele haben Ihn gesehen, wie auch viele Ihn in seiner irdischen Gestalt gesehen haben, als sie um Ihn herum lebten. Wenige haben Ihn damals erkannt als die wahrhaftige Inkarnation von ‚Gottes Sohn'.

Wir können Ihn suchen, aber dann müssen wir auch erkennen, dass wir Ihm wirklich Auge in Auge gegenüberstehen, dass die Weltgedanken, die wir im Lichte aufnehmen, wirklich Seine Gedanken sind.

Ich weiß, dass ich mit diesen Worten viele Menschen prüfe. Christus gehört zu den christlichen und katholischen Kirchen, und Sie suchen gerade Spiritualität, die frei von Dogmatik und Glaubensverpflichtung ist. Sie hören vielleicht lieber von Buddha oder von Krishna, oder von abstrakten Vorstellungen eines göttlichen Alls, in dem Sie in Seligkeit aufgehen können. Aber ich kann in keiner Weise dem entgegenkommen, was irgendjemand gerne hört. Jetzt, wo ich beschlossen habe, zu sprechen, spreche ich natürlich die Wirklichkeit aus, wie sie in Wahrheit ist. Natürlich können Sie nicht direkt verifizieren, was ich Ihnen sage, und ich kenne die Einwände, die gemacht werden können, aber vielleicht haben Sie dennoch einiges Vertrauen in die Wahrhaftigkeit des Geisteswissenschaftlers. Aus diesem Vertrauen heraus können Sie *selbst* den Weg betreten und erfahren, dass jeder Schritt wirklich so ist, wie es Ihnen geschildert wird. Aus diesen Erfahrungen wird neues Vertrauen aufblühen und aus dem Vertrauen stärkere Geisteskraft. *Glaube* wird von Ihnen nicht verlangt, nur Vertrauen in die Wahrhaftigkeit, weil Sie die Wahrhaftigkeit selbst wahrnehmen können. Zum Schluss möchte ich Ihnen das Folgende sagen.

Mit Ihren physischen Augen nehmen Sie die Welt um sich herum wahr, und Sie formen Ihre Gedanken darüber, wodurch Sie zur Kenntnis der Welt kommen:

Ex Deo nascimur
Aus Gott sind wir geboren.

Sie machen Ihr Denken willenskräftig, klar und logisch und bringen es daraufhin zum Schweigen, wodurch Sie Ihrem niederen Selbst das Schweigen auferlegen:

In Christo morimur
In Christus sterben wir.

Sie schauen im Lichte, während Ihr Denken schweigt, die Weltgedanken, wodurch Sie aus dem Traum des gewöhnlichen Erkenntnisprozesses in das Schauen des Heiligen Geistes erwachen:

Per Spiritum Sanctum reviviscimus
Durch den Heiligen Geist kommen wir zur Auferstehung!'

Seine Worte wirkten wie das Schwert Michaels und bewirkten eine Einheit im Denken, Fühlen und Wollen der Zuhörer, auch wenn es nur für einige Augenblicke war.

Schweigend stand er vor ihnen und wartete, bis die Nachwirkung seiner Worte verklungen war.

Er drehte sich um und verließ den Saal.

VORBLICK

Zusammen gingen sie nach Hause. Rund um das Hauptgebäude gingen viele Menschen, aber allmählich waren sie allein auf dem Weg. Die Stille umfing sie, obwohl er sich nach einem Wort von ihr sehnte.

‚Dein Mut ist groß, Johannes.', sagte sie leise.

Er nahm ihre Hand und drückte sie.

‚Ich kann nicht mehr anders.'

Sie kniff sanft in seine Hand und sagte:

‚Das verstehe ich. Wie wird es nun weitergehen?'

‚Heute habe ich einen ersten Stein gelegt. Ich hoffe, dass es mir gegeben ist, daraus einen ... Tempel zu erbauen, oder vielleicht besser gesagt eine Gralsburg, aufgebaut aus Offenbarungen. Ich kann nicht anders, als vom ersten Tag an deutlich zu sagen, wer der Inspirator ist.'

‚Ist es denn so weit gekommen, dass man sich dafür schämen muss? Dass die Menschen weglaufen, wenn sich herausstellt, dass es um Ihn geht?'

‚Als Eingeweihter hat man sich der Wahrheit selbst gegenüber zu verantworten, nicht den Menschen gegenüber. Von Scham kann also absolut keine Rede sein, wohl aber von Scheu ... ist man imstande, so zu sprechen, dass man nicht noch einmal zum Widerwillen gegen das Christentum beiträgt? Man hat also nicht nur *Mut* nötig, sondern auch Vorsicht – und das ist eine schwierige Kombination. Die Vorsicht darf absolut nicht die Oberhand bekommen.'

Sie näherten sich der Tür ihres Hauses. Sie sagte:

‚Nun musst du wieder in das Familienleben hinein ... das ist doch eine unmögliche Aufgabe!'

Er blieb stehen und sagte:

‚Nein, Eva. Die Kinder sind noch so offen und empfänglich. Sie nehmen *alles* in sich auf, auch wenn ich nichts ausspreche. Kinder geben immer wieder Hoffnung, dass alles anders werden kann. Wenn es dann auch noch die eigenen Kinder sind ... dann ist das so eine große Gnade! Ich habe mich einer großen Aufgabe gestellt, aber vergiss nicht, dass ich ein begnadeter Mensch bin – ich *muss* aus diesem Überfluss an Gnade auch zurückgeben. Meine Kinder stehen nicht außerhalb von mir, ich lebe in ihnen und sie in mir, die Realität ihres ganzen Seins ist für mich intensiv erlebbar. Ich lebe kein Routine-Dasein, alles ist lebendig und sehr intensiv. Ich bin bereit, alles, was ich habe, nun zu geben ... im gesprochenen Wort.'

‚Es ist schlimm, dass Peter nicht dabei war.'

Johannes nickte.

‚Er ist bei seinen Eltern, das ist auch gut... Es gibt noch so viel Gelegenheit für ihn, anwesend zu sein.'

‚Du hast so eine Ruhe in allem, Johannes.'

Er nahm seinen Schlüssel und öffnete die Tür.

Später saß er in seinem Zimmer, um sich zu besinnen. Zuerst wollte er Peter anrufen.

‚Ich vermisse das Osterfest mit dir, Johannes.', waren Peters erste Worte. ‚Hier ist es nichts, meine Eltern glauben nichts. Ostern ist hier Spinat mit Ei und dazu Vanillepudding.'

‚Ostern ist, was *du* daraus machst, Junge. Du vermagst doch selbst noch etwas?'

Peter lachte.

‚Fröhlich sein, das kann ich vielleicht. Ich wollte dich in jedem Fall wissen lassen, dass ich mich darauf freue, übermorgen wieder zuhause zu sein. Frisch ans Werk, mit Eva und mit dir. Ist es hektisch, sind viele Menschen da?'

‚Sehr viele. Wenn du zurück bist, werde ich dir einen Bericht dieser Tage geben.'

Als er aufgelegt hatte, wirkte das Gespräch in ihm nach. Er fühlte das Wesen von Peter in sich, und wie lieb er ihn hatte. Seine Ehrlichkeit, seine Hingabe ... seine Widerspenstigkeit. Er hatte die Gabe entwickelt, in der menschlichen Stimme die Seelenbewegung zu vernehmen, und diese war bei Peter kräftig entwickelt. Wenn ein Mensch mit viel Negativität sich dem Positiven zuwendet, entfaltet sich ein Wunder an Kraft, und das gibt mehr Güte als bei einem Menschen, der von Natur aus gut ist und sich auf den Wellen seines wohlwollenden Lebens mitführen lässt. Nun ist es für einen jähzornigen Menschen nicht einfach, sich zu verinnerlichen, denn der Wille ist sehr stark nach außen gerichtet. Aber für Peter sah er dennoch große Möglichkeiten, sie gingen aus seiner Treue hervor, durch die er Standhaftigkeit hatte. Einmal hatte er sich in *einem* Augenblick für Johannes entschieden, und diese Entscheidung wirkte fort in jedem Entschluss, den er danach fasste.

Er öffnete das Fenster und sah hinaus. Das Frühjahr spielte mit der Natur, es lag eine Verheißung in der Atmosphäre. Er schloss das Fenster und setzte sich. Tief ließ er diese Verheißung zu sich durchdringen. Sein Denken löste sich von seinem physischen Instrument, er fühlte, wie er in das Erleben der großartigen Wölbungen des Ätherleibes überging, wie er darin vom Ätherleib der Erde berührt wurde, noch weiter ... des Kosmos, des Makrokosmos. Die Kraft seines Denkens löste sich von ihm und stand vor ihm. Es wurde Wesen ... Isis-Sophia ... Stella Maris ... die Reinheit, die durch den Heiligen Geist befruchtet in der Intuition immer wieder die Begriffe empfängt, in sich wachsen lässt und hervorbringt.

Mit ihr, durch ihre Kraft sah er sein Fühlen, und sein Fühlen wurde Kosmos ... sechs Planeten in mächtiger Bewegung um die Sonne, sein Herz. Durch die Augen von Stella Maris, sein Denken, sah er den Herrn des Makrokosmos, sein Fühlen begnadend, und er schaute mit seinem denkenden, fühlenden *Willen*, mit den Füßen kräftig auf der Erde stehend, durchdrungen, durchtränkt von Güte. So wurde sein Körper Außenwelt, Makrokosmos, sein Herz die Sonne, seine Leber Jupiter...

Das Weltendenken lebte in seinen Sinnesorganen auf, die sich mit den Sternen des Tierkreises vereinigten, die Tugend lebte in seinen Gliedmaßen...

Johannes war er, der Mensch auf dem Weg.

Noch tiefer drang er in den Geist vor. Zuerst war er weit geworden wie der Makrokosmos, und er hatte sich in der Verdünnung seines Wesens behauptet. Er wankte nicht, während die Festigkeit der Erde unter ihm verschwand.

Daraufhin begann er, sich zusammenzuziehen, wurde ein Punkt und musste den unerträglichen Schmerz der Verdichtung seines Wesens durchstehen. Noch kleiner als ein Punkt wurde er und stülpte sich um in das Zeitbewusstsein. Was zuerst *Bild* war, wurde *Prozess* in der

Zeit, es wurde Wort. Er schaute nicht mehr durch die Augen von Stella Maris, sondern sprach mit dem Wort. Seine Geistesstimme wurde durch das Wort zum Aussprechen der Geschehnisse in der Zeit geführt ... zuerst sein eigenes Leben, danach das Leben vor der Geburt, er sprach es aus, ohne dass ein Wort über seine Lippen kam. Sein Schweigen war von einer Intensität, die nur der Geisteswissenschaftler kennt... All sein Sprachvermögen gab er dem Wort hin, das seine innere Stimme gebrauchte, um zu sprechen. Nicht mehr er selbst sprach sich aus, sondern der ganze Chor himmlischer Hierarchien, die die Entwicklung der Erde geleitet haben, sang in ihm, zusammen die Stimme Gottes bildend...

Musik ist ein Widerklang dieser göttlichen Sphärenharmonie, und sei es ein matter, kraftloser Widerklang. Johannes war die Stimme, mit der gesungen wurde, das Instrument, auf dem gespielt wurde.

Johannes war er, die Stimme eines Rufenden in der Einsamkeit. Eine Stimme, die nicht gehört werden kann, *bis* der Träger dieser Stimme sich entschließt, das Wort in irdische Sprache umzuschmelzen, die für jeden wohlwollenden Menschen zu verstehen ist.

Noch tiefer drang er in den Geist vor. Er kannte jede Faser seines *Willens*, der sich im Leben in jedem In-Bewegung-Kommen äußert. In der Meditation lag dieser Wille in dem In-Gang-Setzen und dann in der Hingabe des *Denkens* verborgen; dann im In-Gang-Setzen und In-Hingabe-Zurückhalten des *Sprechens*. Schließlich war es noch möglich, den *Willen selbst* zu befeuern und dann zurückzuhalten, bewegungslos zu werden bis in die allerfeinsten geistigen Verzweigungen, wodurch die Hingabe an Gott vollkommen wird. Diese absolute stille Ruhe liegt nicht am Beginn der Meditation, da ist sie eine Unmöglichkeit. Sie wird in der vollkommen gewordenen Meditation gefunden, wo das Denken ohne Inhalt geworden ist und sich mit göttlichem Bild gefüllt hat, wo auch dieses noch zurückgehalten wird, so dass das Bewusstsein Träger des göttlichen Wortes wird ... und schließlich auch dieses schweigt, um die göttliche Tat erfahrbar zu machen.

Als Johannes sein meditatives Leben begann, nach der Begegnung mit dem Meister in der Kapelle, hatte er unmittelbar gewusst, wer er war, obwohl er noch keine vollkommene Meditation kannte. Es war eine punktförmige Erinnerung an seine früheren Erdenleben. Weil er aber ein exakter Denker war, beurteilte er seine Erinnerung nicht als wahr oder als unwahr – er ließ es in der Mitte. Er vertraute darauf, dass er einst so weit in den Geist vordringen würde, dass sein wahres Wesen als eine unerschütterliche Wahrheit vor ihm stehen würde. Er rechnete mit dem tief in der menschlichen Seele verborgenen Hochmut, der den Wunsch erzeugen kann, diese oder jene bedeutsame Individualität zu sein. Jahrelang lebte er mit dem deutlichen Bewusstsein darüber, wer er als Individualität durch die Jahrhunderte hindurch *war*, ohne dennoch unverrückbar daran zu glauben. Bereits vor Jahren hatte Eva ihn gefragt, ob er genau *diese* große Individualität in sich trug, und er hatte ihr ehrlich geantwortet, dass er nur *denken* konnte, dass dies so war; dass er nicht mit Sicherheit *schauen* konnte.

Jahre waren vergegangen, in denen seine Aufrichtigkeit geprüft worden war: Einerseits *sicher wissen*, andererseits nicht als Wahrheit annehmen, weil der Weg zur Wahrheit nicht solide genug war... Er wusste, dass die absolute, zuverlässige Sicherheit in den Tiefen seines *Willens*, seiner Tatkraft verborgen lag. Er musste warten, bis er *so* tief in den Geist vordringen durfte, dass er da die Sicherheit dessen fand, was er in seinem gewöhnlichen Bewusstsein eigentlich schon wusste, worauf er aber nicht vertraute.

Der Moment, in dem der Mensch mit Sicherheit sein wahres Wesen erkennen darf, ist gekommen, wenn er imstande ist, den Willen – der im äußeren Leben *Wunsch* werden kann – in all seinen Verzweigungen *zurückzuhalten*. Auch dann bleibt das Bewusstsein nicht leer, sondern es füllt sich mit dem wahrhaftigen höheren Wesen, das sich reinkarniert, das jedes Mal von neuem einen irdischen Leib ‚anzieht', um in verschiedenen Zeiten, in verschiedenen Kulturen eine Aufgabe zu erfüllen und sich zu vervollkommnen – das jedoch für das irdische, physische Bewusstsein ganz im Verborgenen bleibt. Es impulsiert, bleibt aber völlig unwahrnehmbar. Wenn zurückgehaltenes Denken, zurückgehaltene Sprache in zurückgehaltenen Willen vordringen, tritt die volle Wirklichkeit des Wesens in Erscheinung.

Bis zu diesem Augenblick lebte Johannes in der ruhigen Sicherheit, dass kein Mensch imstande ist, durch seinen *Wunsch* – und sei dieser noch so stark – ein anderer zu sein, als er in seinem Wesen ist. Sehr wohl aber kann man versuchen, das Allerhöchste, das Allerbeste aus seinem Leben zu machen, indem man die Liebe im reinsten Sinne so kräftig wie möglich entfaltet. Das ist zugleich das beste Heilmittel gegen jede Fantasie.

Doch nun drang Johannes – nicht zum ersten Mal – tief in seine Tatkraft vor, brachte diese zu vollkommener Bewegungslosigkeit ... und schaute sein wahres Wesen, wie es von Gott *gewollt* ist.

Johannes war er, der Mensch, der seine Seele so weit entwickelt hat, dass sein wahres Wesen im Physischen zur Erscheinung kommt. Das ist seine *Schönheit*, die Erscheinung seines wahren Wesens bis in die Äußerungen seines Leibes. Das ist auch seine *Wahrhaftigkeit*, weil sein Wesen ungehindert in sein Denken und in das aus diesem Denken heraus gesprochene Wort sich offenbart. Und schließlich ist es auch seine Liebe, seine *Güte*, weil sein Wesen, voll und ganz seiner wahren Natur bewusst, bis in die Bewegung, bis in das Vollbringen von Taten vordringen kann.

Hier finden die Betrachtungen von Johannes – vorläufig – ein Ende. Wenn im Leser eine *Sehnsucht* geweckt ist, dann hat das Mitlesen mit diesem Nachsinnen in der Seele dasjenige hervorgerufen, was die Seele ebenso nötig hat, wie der Leib Sauerstoff braucht, um weiterleben zu können. Diese Sehnsucht ruft nach dem *wirklichen* Menschsein, wie es sein könnte, wenn nicht das ganze Leben bis in die kleinsten Details banalisiert wäre. Wir sind an Banalität gewöhnt, meinen, es müsse so sein, und finden sehr schnell etwas übertrieben. Aber das wahrhaftige Menschsein ist nicht banal, es übertrifft die Erwartungen wieder und wieder, und auf dem Grunde jeder Menschenseele schlummert das Wissen davon und die Sehnsucht nach Entfaltung. Diese Sehnsucht wird befriedigt, wenn man sich entschließt, *selbst Johannes zu werden*, ein Mensch auf dem Weg zum wahrhaftigen Menschsein. Johannes wird in der Zukunft wieder und wieder sprechen, doch seine Worte erreichen nur dann ihr Ziel, wenn der Zuhörer, der Leser, nicht zu ihm aufschaut, wie zu einem unerreichbaren Ziel, sondern in sich den Impuls weckt, ihm zu folgen. Man wird dann der, der man in der Tiefe der Ewigkeit wirklich *ist*, und man wird auch ein *Wissen* davon haben. Natürlich ist es ein langer, mühsamer Weg, so weit zu kommen, aber er steht jedem offen, und das Setzen der ersten Schritte schenkt der erwachten Sehnsucht eine solche Befriedigung, dass das stetige Größerwerden der Sehnsucht als *Gnade* erfahren wird. Johannes ist der Wegbereiter, und der Weg ist schon bereitet. Keine *äußere* Reise kann die erwachte Sehnsucht je befriedigen. Johannes ruft nicht dazu auf, ihn in den Bergen zu besuchen, er ruft zum inneren Weg auf, zum Ablegen jeder Form von Banalität und zum Wiederfinden der Würde des Menschseins. Jede Übertreibung ist noch zu schwach, um die Intensität des wirklichen Menschseins auszudrücken. Worte reichen nicht aus, nur der Schmerz der Sehnsucht gibt eine Ahnung von der Großartigkeit...

JOHANNES

2010

UNENDLICHE AUGEN, DIE DIE NACHT SCHENKT

Ist nicht die Entzauberung der Schöpfung die allergrößte Qual unserer Zeit? Eine Qual, die unterhalb der Schwelle des Bewusstseins am Gemüt frisst und da eine Wunde verursacht, die um so mehr Vernichtung bringt, je weniger sie bemerkt wird? Leer und kalt sind die Herzen, die sich voll und warm wähnen...

Die glutvolle Details des Weltalls treten als Fakten in das Gemüt, und man weiß nicht einmal, dass es auch anders möglich wäre – dass es eigentlich völlig anders *ist*.

Autobahnen und Büroeinheiten, Internet und Kreditkarte, ja sogar Reisen in die stille Südsee ... in dem Moment, wo wahrgenommen wird, ist die Entzauberung schon da.

Als Arzt geht man noch einige Schritte weiter. Das, was für ‚Laien' ein doch noch unergründliches Gebiet ist – der menschliche Leib –, wird zu einem scheinbar vollkommen erforschbaren Objekt. Der Wunderbau erweist sich als eine Illusion, er zerfällt in ingeniöse Bausteine, programmiert durch das, was man DNA und RNA nennt.

Die Medizin scheint eine Naturwissenschaft zu sein, die zu dem Schluss führt, dass ein Mensch eine Naturerscheinung ist, die kommt und geht – wie alles in der Natur.

Inmitten einer entzauberten Welt lebte ein Mensch, ein Mann, Johannes war sein Name. Auch *sein* Auge sah eine Welt von Dingen, auch *sein* Gemüt trug eine Wunde. Dennoch war er ein Fremdling, so war er geboren, war er aufgewachsen, hatte er Karriere gemacht, diese auch wieder aufgegeben. Ein Fremdling ... Bürger anderer Welten, wo es keine Entzauberung geben kann, weil nichts verzaubert ist. Ein Augenblick erlebter Schönheit ist ein vorübergehender Atemzug dieser Welten. Das Wort des Dichters ist eine festgehaltene Einatmung... Johannes jedoch war ein Mann, an dem der Geist nicht vorüberging, er war nicht den Augenblicken der Gnade unterworfen ... er fand in seinem Herzen während des Tages die Eindrücke der Nacht. Als

Kind hatte er die vorgeburtliche Nacht viel, viel stärker in sich gehabt als andere Kinder; die Nachwirkung war immens gewesen, hatte ihm das Lesen- und Schreibenlernen verboten ... man hatte gedacht, er sei nicht intelligent genug. Nur sein Vater hatte dies nicht glauben wollen, er hatte den Augen des Kindes vertraut. Augen, die *so* in die Welt schauten, verrieten eine Weisheit, die hervorkommen *musste.*

Für den Jungen Johannes war das Leben ein reales Märchen gewesen – und war dies lange geblieben. So lange, dass er es nicht mehr hatte vergessen können. Es war nicht gewichen, als er begonnen hatte, von sich als ‚ich' zu sprechen; es war nicht vor der Ordnung der Schulbänke gewichen, nicht vor den Buchstaben auf dem Papier oder vor der Weltkarte an der Schultafel. Es hatte sogar der sich entfaltenden Pubertät standgehalten, hatte alle gewöhnlichen Gefühle in schöne, edle Bilder gehüllt. Erst die medizinische Kenntnis des Körpers hatte schließlich den Schleier zugezogen – so schmerzlich, dass dieser junge Mann Johannes in Wehmut und Sehnsucht einsam weiterlebte. Er hatte seine ganze Begabung zusammengeballt und vollkommen in seine Sorge für den kranken menschlichen Leib hineingegeben. Man hatte den Ursprung seiner Begabung – die fortlebende vorgeburtliche Nacht – nicht wiedererkannt, und man hatte ihn bis zum Professor aufsteigen lassen. Dies war ein Amt, das nicht zu seiner eigentlichen Genialität passte – aber diese lebte in ihm nun einmal tief verborgen, wenn auch nicht unerkannt.

Er war bis zum Äußersten gegangen: äußerlich ein genialer Gelehrter, innerlich von stärkster Wehmut, heftigster Sehnsucht erfüllt. Beide Extreme hatten ihn bis zu dem allerwichtigsten Punkt seiner Entwicklung getrieben: zu der Entdeckung der menschlichen Freiheit. Keine Gene, kein Blut, kein Trieb, keine Dogmen, kein Glaube, keine Wissenschaft hatten dort noch irgendeinen Einfluss. Er hatte das Firmament des eigenen Geistes geschaut, den Ursprung der moralischen Idee, das innigste Eigentum des individuellen Geistes. Bis zu diesem Punkt fühlte er sich durch eine geistig-natürliche Notwendigkeit getrieben. Von diesem Punkte an war die Sonne der menschlichen Freiheit aufgegangen, und er konnte nun, sein Inneres schauend, exakt verfolgen, was und wer er war. In dieser Selbsterkenntnis erstrahlte die große Weisheit der Welt, die ihm eigen war, die man in ihm so sehr verehrte. Oh, er *selbst* verehrte sie in sich, wissend, dass sie kein Besitz sein konnte, dass man sie nur empfangen konnte, insoweit man sie wegschenken will. Sie ist Gnade und gibt Gnade, weil sie die Mutter eines Königs ist, die Mutter der Liebe...

Johannes saß auf einem Stuhl, an einer schattigen Stelle seines Arbeitszimmers. Die beiden Welten lebten in *einem*, er sah draußen die Welt der Dinge, innen den Urgrund des Daseins, wie er sich in unendlicher Vielfältigkeit offenbarte. Keine Trennung war dies, es war nur eine andere Blickrichtung.

In dem Maße, in dem er älter wurde, kehrten seine Jugendkräfte wieder mehr zurück, wie in einer Spiegelung. War er jemals zuvor so *alt* geworden? Die vorgeburtliche Nacht schien sich in einem alternden Leib nicht entfalten zu können, sie musste an einem bestimmten Punkt stehenbleiben, auf den Tod warten... In ihm war sie jedoch viel länger mitgegangen, das hätte nun auch zu einem frühen Tod führen können. Doch er hatte seine Wehmut und Sehnsucht so stark in seinen Beruf zusammenzuballen vermocht, dass sein Körper gesund geblieben war, ja sogar eine ganz außergewöhnliche Stärke bewahrt hatte. Nun war er so reif, dass er die Kräfte seiner Seele bewusst in der Hand hatte. Er hatte ein außergewöhnlich kräftiges Abstraktionsvermögen, gepaart mit einem ebenso kräftigen Vermögen zu geistigen Bildern; der Fähigkeit, die vielfältigen Erscheinungen des Weltalls innerlich in Bildern zu erfassen.

Alles, was er zustande brachte, beruhte auf der Kraft der wehmütigen Sehnsucht, etwas wie Heimweh... Ein fortwährendes Empfinden und Bewusstsein von Entbehrung. Vielleicht war er der begnadetste Mensch, aber er war dies durch jenes Bewusstsein der Entbehrung. Nichts konnte die Sehnsucht dauerhaft befriedigen, weil sie auf der Sehnsucht nach Vervollkommnung beruhte – und diese Vervollkommnung erscheint wie ein immer neu zu erklimmender Gipfel hinter dem bereits erklommenen, denn es ist keine Sehnsucht nach eigener Vollkommenheit. Solange es noch *einen* Menschen gibt, dessen Auge nur *Dinge* sehen, ist die Entbehrung in stärkstem Maße zu fühlen.

Dafür arbeitete Johannes: jedem Menschen, den das Schicksal auf seinen Lebensweg führte, zu helfen, zu verstehen, dass der Urgrund der Dinge sich mit diesen Dingen vereinigt hat und man so weit kommen kann, dies gewahr zu werden. Er sah in jeder Blume, in jeder Naturerscheinung die eigene Wehmut, einen unhörbaren Ruf nach Erkenntnis jenes Wesens, das ungesehen überall sichtbar ist, das ein goldenes Zeitalter des magischen Idealismus gebracht hatte – selbst wenn der Mensch nur dessen Kehrseite sieht.

Auch in seinem Leben hatte es eine Zeit gegeben, in der die äußere Sonne das innere Licht überstrahlt hatte, in der er dem Gewöhnlichen ‚verfallen' war. Zwar hatte das Feuer der Sehnsucht noch immer jenes innere Licht verbreitet, doch sein *Leben* war ein Leben des Alltags geworden, ein Leben in der Wissenschaft, im Beruf des Internisten, im Empfinden von Verantwortung und im Staunen über die Faulheit der Mitmenschen. Er hatte scharfe Kritik geübt, und man hatte ihn oft hart gefunden. Dennoch war es keine Härte gewesen, sondern die andere Seite seiner Liebe, so wie der Verstand die andere Seite des Logos ist.

Die Jahre hatten ihm große Menschen gebracht. Ihre Größe zeigte sich an dem Fehlen der Frage: wer von uns ist der Größte...

Als erstes war da ein wunderbarer buddhistischer Weiser in sein Leben getreten, der aus Liebe zu ihm ein gewöhnlicher indischer Mann geworden war, um dann als christlicher Eingeweihter erweckt zu werden. Er war noch immer sein liebster Freund, und seine einzige Sorge war ihr Altersunterschied, durch den es wahrscheinlich war, dass er ihn überleben würde... Dann war ein Mädchen in sein Leben getreten, eine Frau, die nun, über zwanzig Jahre später, noch immer ein Mädchen war, seine Frau. In diesem Mädchen wohnte ein menschliches Urbild, das Urbild der Seele. Sie hatte Kleid um Kleid abgelegt, bis sie in ihrer wahren Art erscheinen konnte – soweit dies einem Menschen überhaupt gegeben ist; denn auch sie trug die Größe des Geistes mit Mühe, konnte diese nicht ganz mit sich vereinigen. Auch sie hatte ihre Wehmut und Sehnsucht in eine Kraft zusammengeballt, die dafür sorgte, dass sie *alt* werden konnte. In *Mut* hatte sie sich gesammelt. Ach, er hatte um sie nur eine Sorge:

dass sie ihn überleben müsste. Ihr Kummer wäre ihm unerträglich; was, wenn er sie verlassen müsste? Auch zwischen ihnen gab es einen Altersunterschied. Man durfte nicht daran denken. Wie es auch komme würde, es wäre gut, in jedem Fall.

Später, viel später, hatte er seinen Lehrer gefunden, der zugleich sein Schüler war. Im Studium war er ihm bereits begegnet, hatte ihn aber nicht erkannt. Später kreuzten sich ihre Wege, und als er ihn wiedersah, stieg ein seltsames Gleichnis in ihm auf. Einst war er von Verzweiflung erfüllt gewesen, einsam und wehmütig, strebend und voller Sehnsucht, ohne Ziel. Eine lange Wanderung durch verlassene Hügel hatte ihn zu einer Kapelle geführt, die zu einem Kloster gehörte. Hier hatte in den darauffolgenden Tagen ein Meister zu ihm gesprochen. Ein Meister in der Erscheinung eines einfachen Pilgers. Ohne Alter war er, auch ohne Raum – er erschien und verschwand, ohne zu kommen oder zu gehen. Als er dann viele Jahre später die Bekanntschaft mit seinem Freund erneuert hatte, stieg dieses merkwürdige Gleichnis in ihm auf, beim allerersten Anblick – eigentlich noch davor. Kurz hatte ihn die Gewissheit durchdrungen, dass dieser jüngere Freund derselbe war wie jener zeitlose Pilger in der Kapelle. Darum sah er in ihm seinen Lehrer – und blieb dabei –, obwohl jener jetzt im Leben ganz und gar ein Schüler von ihm war. Das Zeitlose machte den Eindruck eines weisen Kindes, eines kindlichen Greises und zugleich eines reifen Erwachsenen. Alles in einem war er gewesen, in einer übermenschlichen Menschlichkeit. Nein, eine Erscheinung des Christus in der ätherischen Welt war er nicht gewesen. Er war ein Sterblicher, der nicht starb, ein Geborener, der nicht geboren wurde. Hatte dieser Freund, sein Lehrer und Schüler, die Fähigkeit, aus sich herauszugehen – dorthin, wo nach ihm verlangt wurde? Die Gedanken gingen fast zu weit, wollten das Mysterium, das nur *werden* kann, festlegen. Er ließ sie wieder gehen, die Gedanken, und behielt eine unaussprechliche Gewissheit.

Ein Vierter hatte sich ihm zugesellt, der Jüngste, etwa zwanzig Jahre jünger als er selbst. Er ließ sich am schwersten beschreiben, weil es weniger die vorgeburtliche Größe als die Entfaltung nach dem Tode war, welche er als Wesen in sich trug. Dennoch *war* er auch wirklich, doch sein Sein war nicht zu fassen. Kaum. Darum konnte man ihn den ‚Unüberwindlichen' nennen – aber auch ‚den Gleichgewichtigen'. Unüberwindlich durch das Gleichgewicht, welches darin besteht, sich fortwährend darinnen zu halten. Er war nicht in einem stabilen Gleichgewicht, denn das ist eigentlich kein Gleichgewicht. Er war der Meister im bewussten Halten der Mitte zwischen stets beweglichen Gegensätzen. Vielleicht war er, Johannes, der Mensch der Vergangenheit – und sei sie erneuert ... und dieser junge Mann der Mensch der Zukunft, Meister im Umgehen mit dem Bösen. In demselben Augenblick, in dem er diese Gedanken dachte, musste er sie auch wieder auflösen. Ein Mensch der Vergangenheit war er, aber inkorporiert in die Zukunft, das war sein Wesen, auch seine Kraft, es war *sein* Gleichgewicht. Und der Gleichgewichtige war dies, weil sein Zukunftswesen eine grandiose Vergangenheit hatte. Gedanken sind nie ausreichend, um die volle Wirklichkeit zu denken. Diese *sieht* man in *einer* Gebärde – oder man spekuliert. Es kann dann ein ganzes Leben erfordern, diese eine Gebärde in Worte zu bringen. Spekulieren über das Allerhöchste kann man dagegen in jeder alltäglichen Minute...

Die irdische Schönheit konnte kaum herrlicher sein als hier, hoch oben in den Alpen im Spätfrühling. Die Natur war überwältigend, von einer Majestät, die einen erschauern ließ. Im ersten Augenblick *sah* man dies – dann trat die Erinnerung ein, zog Schleier über das Göttliche, und aus Gewohnheit sah man nur noch das Gewohnte. Daran hatte er als junger Mann so entsetzlich gelitten – dass es ihm nicht mehr gelang, diesen ersten Augenblick festzuhalten, um ihn zum Sieg über die Gewohnheit zu führen. Mit jedem Tag wuchs die Kraft der Erinnerung, der Gewohnheit, des Gewohnten. Es blieb nur eine Erinnerung an die Geschehnisse der Kindheit und eine Erinnerung an die göttliche Natur – heute erschien sie, die Natur, nur noch als etwas sehr Gewöhnliches.

Dennoch konnte auch der Inhalt der Erinnerungen an die Kindheit etwas Göttliches in sich tragen. Sein Vater war viel auf Reisen gewesen, aber wenn er nach Hause kam, kümmerte er sich vor allem um seinen jüngsten Sohn Johannes – das Kind mit den weisen Augen und dem

Unwillen zu lernen. Er erinnerte sich an die Sonntage, an denen sein Vater ihn, ein Schulkind, zum Hochamt mit in die Kirche nahm. Mama ging mit den anderen sieben Kindern um neun Uhr, Papa ging mit Johannes um elf Uhr zur Kirche. Die Messe wurde gesungen, meistens in gregorianischen Gesängen, aber manchmal sang der Kirchenchor virtuos eine Messe von Mozart oder Haydn. Diese Erinnerungen waren bis heute von einer unbeschreiblichen Intensität. Nun, als reifer Erwachsener, wusste er, dass es die Verbindung des Kultus mit der Musik gewesen war. Die gregorianische Musik führte zum Kultischen zurück ... die klassische Musik führte eigentlich davon weg, weil es teilweise schon Verstandesschöpfungen waren. Und doch berührte gerade die klassisch gesungene Messe das Gemüt des heranwachsenden Jungen so sehr. In dieser Totalität: eine volle Kirche, drei zelebrierende Priester, die Lesung aus dem Evangelium, die Predigt, die Konsekration ... lag ein Bild verborgen, das ihn zu dem Meister des Abendlandes geführt hatte... Es war das Bild des zelebrierenden Priesters mit dem Allerheiligsten, das dieser nach der Kommunion im Tabernakel verbarg, unerreichbar für die Gläubigen in der Kirche. Man hatte das Allerheiligste empfangen, aber es gehörte zur Kirche ... das war das Bild. Er hatte in tiefer Verehrung dieses Bildes gelebt, zugleich aber auch etwas Ungereimtes darin empfunden, das später seine Wirkung entfaltet hatte.

Als er das Gymnasium besuchte, ging er mit seinem Vater noch immer zum Hochamt. Sein Verhältnis dazu veränderte sich. Er fühlte sich weniger eins mit dem Kultus, mehr mit der Kirche und den Priestern. Es kam sogar die Sehnsucht in ihm auf, Priester zu werden.

Er hatte seine Sehnsucht mit seinem Vater geteilt, auf dem Weg nach Hause. Lange Zeit hatte er diese Erinnerung verloren, bis sie in einem Gedicht wieder zum Leben erwachte. Sein Vater war ein Geschäftsmann, die Familie war keine Familie von Priestern und Gelehrten.

‚Papa, könnte ich auch Priester werden?'

Der Vater gab keine Antwort. Er nahm seine Hand, drückte sie, schwieg aber.

‚Papa?'

Sein Vater ließ seine Hand wieder los und sagte, während er, ohne ihn anzusehen, weiterging:

‚Du kannst nicht überschauen, was ein Priester in der katholischen Kirche eigentlich ist, Junge.'

Er fasste es als eine Ablehnung auf, und schweigend gingen sie nach Hause. Doch als sie zuhause waren, nahm sein Vater ihn mit in sein Arbeitszimmer und ging mit ihm zu seinem Bücherregal.

‚Schau, Johannes. Hier stehen Bücher über die katholische Theologie, dort über die Philosophie. Was du in der Kirche erlebst, ist nicht dasselbe wie das, was darin steht. Aber das, *was* darin steht, würde deine Welt werden, wenn du Priester wirst.

Dein Vater ist Freimaurer. Hier stehen Bücher über die Freimaurerei. Ich bin es wegen der Beziehungen, ich brauche diese. Aber das, was du in der Kirche erlebst, steht auch in diesen Büchern nicht. Dort, in der Ecke, stehen noch drei Bücher. In ihnen steht, was du in der Kirche erlebst und was in all diesen anderen Büchern nicht steht, was auch in all diesen Organisationen nicht lebt.'

Er nahm eines dieser Bücher, es hatte einen lichtblaugrauen Einband; er öffnete es an der Stelle, wo sich ein gelbes Lesezeichen befand. Er holte tief Atem und sprach gerührt:

‚Es lebte Christus einst auf Erden
Und dieses Lebens Folge war,
dass Er in Seelenform umschwebt
der Menschen Werden.
Er hat sich mit der Erde Geistesteil vereint.' *

Es war ein Engel gekommen und hatte ein weißes Tuch über diese Sätze gelegt, sie aus der Erinnerung des Jünglings fortgenommen, sie in Vergessenheit gebettet.

Priester wollte Johannes nicht mehr werden.

Erst als er die tiefste Tiefe seiner Einsamkeit erreicht hatte, wurde ihm die Erinnerung wiedergegeben, und die Zeilen drangen wie eine vergessene Melodie in sein Gemüt – ohne dass er ihren Ursprung kannte. Es hatte noch viele Jahre gedauert, bevor Johannes die Umgebung der Zeilen wiedergefunden hatte, bevor die Melodie

* Rudolf Steiner, Mysteriendramen.

sich wieder mit dem vergessenen Gespräch mit seinem Vater in der Bibliothek verband.

Die sonnenüberflutete Berglandschaft, die nur im ersten Augenblick das Geheimnis preisgibt, ist ein Teil der erinnerten Gewohnheit. Das Geheimnis wird durch das Alltägliche, das Nüchterne verborgen... Wo findet man diejenige Welt, die sich in dem einen Augenblick offenbart? Nicht im Gegenpol des Tages ... der Nacht. Auch die Pracht des sternenübersäten Nachthimmels, das Wunder des aufkommenden Mondes kann nur in jenem Sekundenbruchteil eingefangen werden – wird also gewöhnlich überhaupt nicht bemerkt.

Die Nacht, die nächtliche Landschaft, scheint nur noch leerer zu sein als tagsüber, und was hier an Mysterium erlebt wird, beruht eher auf der angeborenen Angst vor der Finsternis, vor dem Unübersichtlichen, vor der Leere. Wo verbirgt sich das Wesen der Dinge, der Sinn des Daseins? Ist es denkbar, dass es kein Wesen, keinen Sinn *gibt*? Dass es die Einfalt ist, die dem Kind seine göttlichen Erlebnisse schenkt? Dass die Aufklärung in einer Erlösung aus dem Mythos besteht? Oder ist das Dasein seinem Wesen nach Mythos und Magie und ist die Aufklärung zur Nüchternheit die eigentliche Illusion?

Jener zeitlose Fremdling, jener Pilger, hatte ihn darauf gewiesen, dass die geheime Offenbarung nicht im Tageslicht gefunden werde, ebenso wenig in der Finsternis der Nacht... Nicht im Licht der Augen, nicht im Licht des Denkens... Die geheime Offenbarung liegt da, wohin kein Mensch den Blick richtet. Täte er es, dann würde er wissen, dass das Geheimnis offenbar ist. Was Orpheus nicht durfte – sich nach Eurydike umzusehen, was kein Sterblicher vermag –, das Lichten des Schleiers der Isis; was Elsa Lohengrin nicht fragen durfte – seinen Namen, sein wahres Wesen –, das genau ist es, was der neue Mensch tun darf. Den Blick dorthin richten, wohin niemand je blickt, weder am Tage, noch in der Nacht.

So klar wie das Sonnenlicht ist der Blick, so finster wie die Nacht ist das, wohin er blickt. Die Augen müssen sich daran gewöhnen, im Nichts etwas zu sehen. Die Zeit kann sich selbst *nicht* umkehren, der Mensch kann den Augenblick mit dem Augenblick betrachten –

er wird zur aufgehellten Ewigkeit. ‚Himmlischer, als jene blitzenden Sterne, dünken uns die unendlichen Augen, die die Nacht in uns geöffnet...' *

Nicht die Nacht als Zeiterscheinung, sondern die Nacht als Sternenhimmel der Seele, die sich selbst als Geist zu erkennen beginnt.

Das hatte er in drei aufeinanderfolgenden Begegnungen mit dem Pilger eingesehen und auch teilweise verwirklicht.

Hoch über dem Alltäglichen fand er diese unendlichen Augen, die das eigene Sich-Bewegen der Gedanken anschauen. Wie Sterne in der Nacht waren sie, diese unendlichen Augen, aber sie waren das rein menschliche Geistesauge, das sich selbst, als geistiges Wesen, anschaut. Zunächst war da nichts als Nacht, pechschwarze Nacht. Man selbst musste der Nacht Inhalt geben – das ist die Meditation. Dafür Sorge tragen, dass da, wo ein Geheimnis offenbar ist, wo dies aber nur als *Nichts* erfahren wird, auch wirklich *etwas* anwesend ist. Unendliche Augen schauen in diese Leere, die *sich* zur Fülle umformen muss.

Johannes fühlte die tiefe Ruhe in sich, die durch eine solche Besinnung geweckt wurde. Die unendlichen Augen schauten eine unendliche Tiefe, scheinbar unbegrenzt und ohne Raum ... und durch die Unbegrenztheit ein Gleichnis des Kosmos. Die Sterne seiner Nacht schauten längst nicht mehr in eine Leere, in die Finsternis. Vor sieben Jahren hatte er beschlossen, das Geheimnis zu offenbaren – aber sieben Jahre lang hatte er geschwiegen. Noch immer sprach und schrieb er nur über das Umkehren des inneren Blickes, über das Ertragenlernen der Tatsache, dass die Nacht unendliche Augen im Menschen wecken kann – darüber, diese tiefe, finstere Nacht zu schauen, nichts als das. Doch dann wies er jedes Mal wieder darauf hin, dass diese Leere nicht der Endpunkt war, nicht das Ziel, weder Alpha noch Omega. Die Leere verwies ausschließlich auf die Ohnmacht der Seele, sich im Geiste aufrechtzuerhalten. Ein Doppelgänger des wahren Menschen ist die Leere, ein Wächter, der darauf hinweist, wie *wenig fähig* man ist, Licht in die Finsternis zu tragen; darauf, dass das eigene Licht zurückgewiesen wird, weil es alltäglich ist, nicht rein.

---

* Novalis, Hymnen an die Nacht.

Die unendlichen Augen von Johannes' Geist schauten eine ebenso unendliche Vielfältigkeit geistiger Wesen. Und er wunderte sich fortwährend über den Hochmut, der dazu führte, dass Menschen die machtlose Finsternis der eigenen Seele für den Urgrund des Daseins hielten. Dass sie meinten, das Schauen einer Vielfalt geistiger Wesen und Taten sei ein überwundener Zustand, der zu einer Vergangenheit unaufgeklärterer Menschen gehöre. Es gibt also aufgeklärte Denker, die ihre ganze Kraft der nüchternen Naturwissenschaft widmen. Und es gibt aufgeklärte Denker, die ihre ganze Kraft auf das Nichts ausgerichtet haben.

Johannes konnte erst sprechen, als es Ohren gab, zu hören, was er zu sagen hatte...

Er wandte sich dem Tageslicht zu, das herrlich durch das Fenster herein schien. Seine Kraft lag im Rhythmus, der Abwechslung zwischen äußerer und innerer Arbeit. Am schönsten wäre es gewesen, wenn er hätte Professor bleiben und dennoch Geisteswissenschaftler sein können. Er hatte es viele Jahre so gemacht, aber dann war doch eine Grenze erreicht gewesen, er hatte sich für den einen oder anderen Herren entscheiden müssen... Ruhiger war es gewiss nicht geworden, wohl aber freier. Diese Freiheit wurde mit einem ungeheuren Statusverlust bezahlt. In den Augen seiner früheren Kollegen war er nun ein Scharlatan oder Quacksalber, irgendein Kerl, der sich mit okkulten Dingen beschäftigte – was so ungefähr auf gleichem Niveau lag wie etwas Verbrecherisches, Strafbares. Vielleicht würde dereinst sogar eine Zeit kommen, wo das, was er tat, wirklich strafbar würde. Die aufgeklärte Welt hasste den wahren Okkultismus.

Er musste heute mit einigen Menschen sprechen, es mussten E-Mails beantwortet werden, und es warteten noch drei Patienten auf seine Visite. Außerdem hatte die Sekretärin eine Liste mit Telefonnummern, die er anrufen musste. Er fragte sich, ob das in acht Stunden zu machen war. So ging es jeden Tag. Er verließ das Hauptgebäude, froh, dass ihm niemand begegnete, und ging den Weg zum Chalet des Meisters, seines buddhistisch-christlichen Freundes hinauf.

Die Majestät der Natur trat ihm entgegen, seine Sinne erfüllten sich mit den Bildern. Bergweiden, tiefe Täler, hohe Gipfel. Ein blauer Himmel ohne irgendwelche Spuren von Flugzeugen. Er hatte sie wiedergefunden, die Natur. Verloren hatte er sie in der Naturwissenschaft, wiedergefunden in der belebenden Empfindsamkeit seiner Sinne.

Je länger man es vermeiden konnte, dass ein Sinneseindruck mehr wurde als eine reine Gewahrwerdung, desto tiefer drang man in das wahre Wesen der Natur ein.

Der Meister erwartete ihn; wenn er nicht auf Reisen war, besuchte er ihn täglich, morgens gegen zehn Uhr. An einem strahlenden Tag wie diesem saß er auf der Terrasse vor seinem Haus. Und unveränderlich sprang er freudig auf, wenn er Johannes kommen sah – als ob sie einander lange nicht gesehen hätten. Und auch Johannes fühlte die Freude des Wiedersehens täglich, eine große Dankbarkeit für die Geistesverwandtschaft: persönlich und auch allgemein, zwischen Ost und West...

'Mein Junge! Willst du dich hier draußen zu mir setzen?'

Er hatte den täglichen Kaffee schon bereitstehen.

'Ich habe gestern mit einem Mann gesprochen, der wegen seiner Depressionen ein paar Wochen hier ist.', sagte der Meister. 'Du kennst ihn, er ist ein Franzose. In diesem Mann 'liegt' eine Seele in völliger Indolenz, es gibt keine Spur von Aktivität. Und er kann nichts dagegen tun! Er wünscht sich nur noch mehr Ruhe, aber die gibt es nicht – und das verursacht die Depression. Alles, was er noch macht – oder eigentlich: an sich machen lässt –, verstärkt die Lähmung und zugleich die Sehnsucht nach Ruhe. Du kennst sicher das Gefühl einer Ermüdung, die sich durch Bettruhe nicht überwinden lässt: sogar zu müde, um einzuschlafen. Er schaut fern, lässt sich massieren, isst und trinkt etwas – aber auch das Verdauen ist eigentlich schon zu ermüdend – und liegt in der Sonne. Die reguläre Medizin gibt Serotonin oder etwas ähnliches, um die Aktivität anzuregen. Es ist ein typisch westliches Problem. Wie bringt man einen Menschen, der nicht will, dazu zu wollen?'

'Was ist der Unterschied zwischen diesem Nicht-Wollen und der

Hingabe des östlichen Menschen?'
Der Meister brach in sein schallendes Gelächter aus.
,Das fragt der Richtige! Es ist derselbe Unterschied wie zwischen Amerika als äußerstem Westen und Japan als äußerstem Osten – während sie doch Nachbarländer sind. Der volle Entwicklungswille des östlichen Menschen stülpt sich um zu der Ruhe in der Hingabe. Dieser depressive Mann kann nicht wollen, denn er will nicht. Er hat keinen Entwicklungswillen, er wartet, bis es vorbei ist – und kann sogar in die Lage kommen, diesen Moment selbst zu wählen. Selbstmord meine ich.'
Johannes vertiefte sich in dieses Nicht-Wollen, in die Indolenz, die Passivität.
,Gibt es nicht irgendetwas, das sein Interesse findet?'
,Nur Ruhe.'
,Was hast du gemacht, Meister? Hattest du einen Rat, eine Behandlung?'
,Ich habe mich geärgert, und das ist natürlich ganz verkehrt. Er ist einfach ein Faulpelz. Aber ich sehe natürlich auch das Drama. Denn er weiß nicht, dass er nicht will. Er genießt sein Leiden auch, das sehe ich. Seine Seele liegt in einer Hängematte, um zu faulenzen und die Faulheit zu genießen – und am Nichtstun zu leiden, was immer noch ein Tun ist. Nein, ich habe ihn an dich verwiesen, er braucht einen Arzt. Seine Galle ist schwarz, sein Phlegma zäh, die Luft verdorben.'
Johannes lächelte und nickte. Er fragte:
,Hast du noch mehr für mich?'
,Ja. Ein Mädchen. Sie hat ein ganz anderes Problem...'

Zwei Aufgaben hatte er für heute also noch hinzu bekommen. Das Mädchen konnte vielleicht bis morgen warten, der Franzose nicht, mit ihm musste er gleich sprechen.
Er fand ihn, wo er scheinbar immer zu finden war, unter einem Sonnenschirm auf der Terrasse, bei einer Tasse Kaffee vor sich hin schauend. Sonst war weiter niemand da. Er stand nicht auf, als Johannes ihm die Hand gab. Er setzte sich zu ihm und bestellte ein Glas Wasser. Der Franzose sprach glücklicherweise gut Englisch.
,Nett von Ihnen, sich zu mir zu setzen, Herr Doktor.'

Johannes nickte einladend.
‚Ich dachte, dieser östliche Meister würde schon einen Rat wissen, aber er sagte überhaupt nichts. Ich war danach noch verzweifelter.'
Johannes fühlte die Schwere mit, eine Art Saugkraft des Leibes, ein hoffnungsloser Zustand.
‚Ich würde am liebsten den ganzen Tag schlafen ... aber so viel Schlaf hat ein Mensch nicht...', sagte er vor sich hin. Johannes fühlte, wie er selbst von dieser Lähmung erfasst zu werden drohte – und richtete sich innerlich auf.
‚Gibt es etwas, was Sie sich wünschen, mein Herr? Etwas, wonach Sie sich sehnen?'
‚Sagen Sie doch ruhig Gilbert. Es ist schön hier. Schön, hier so zu sitzen.'
‚Noch etwas?'
Der Mann hob die Schultern.
‚Ich habe keine Energie.'
‚Warum sind Sie hier? Und wie sind Sie gekommen?'
‚Ich suche Ruhe. Meine Frau hat mich mit dem Auto gebracht. Froh, diesen Nörgler einmal eine Weile los zu sein.'
‚Finden Sie, was Sie suchen?'
‚Ruhe? Ja, aber es hilft nicht.'
Johannes fühlte sich machtlos. Wo konnte er anknüpfen?
‚Nehmen Sie Medikamente?'
‚Nein, das will ich nicht. Dann ist man nicht mehr man selbst.'
‚Warum sollte man man selbst sein wollen?' Es war also doch ein Wille da.
Der Mann begann zu weinen.
‚Es gibt also doch etwas, was Sie wollen.'
Gilbert nahm sein großes Taschentuch aus der Tasche, trocknete sich die Tränen, putzte sich die Nase. Er musste etwa fünfzig sein. Johannes verstand den Ärger des Meisters, er entsprang der eigenen Ohnmacht. Man empfand eine Notsituation, und man konnte nichts tun. Man konnte ihn eigentlich auch nicht allein lassen. Der Psychiater löst so etwas durch ein Rezept und vielleicht durch die Überzeugung, dass ein Suizid ja doch nicht zu vermeiden sei, wenn der Drang sehr stark ist. Es gibt immer irgendeinen unbewachten Moment. Aber Johannes

sah hier eine Art Lähmung. Keine Schwäche, sondern Ohnmacht. Erneut fühlte er diese so tief mit, dass er in die Lähmung hineingeriet. Wieder richtete er sich mit all seiner Geisteskraft daraus auf. Gilbert blickte zum ersten Mal zur Seite und sah ihn an. Er sagte:

‚Ich sollte vielleicht aufhören, Ruhe zu suchen. Ich habe genug davon gefunden. Ich werde einmal meine Frau anrufen. Wenn sie kommt, können wir uns einmal etwas umschauen. Es ist schön hier.'

Er stand auf und drückte Johannes kräftig die Hand.

Erschüttert blieb er zurück und trank sein Glas aus.

Er hatte Lust, den Garten umzugraben oder so etwas – um die Bleilast in seiner Seele loszuwerden. Aber dafür war keine Zeit, er musste weiter auf seinem Weg. Seine innere Kraft wurde genährt, indem sie immer wieder von neuem die reale Kraftlosigkeit des anderen in sich aufnahm...

Mit schwerem Gemüt, erfüllt von den Tränen eines anderen, ging er zu der kleinen Klinik, in der so viel erreicht wurde.

Er hatte eine Verabredung mit Peter, der damals aus Amsterdam mit ihm gekommen war, ein Internisten-Kollege. Auch mit ihm war er innig verbunden, auch wenn diese Freundschaft von ganz anderer Art war. Peter war etwa zehn Jahre jünger, ein gesunder, lebenslustiger Mann, der in seinen Tätigkeiten nur inhaltliche Interessen hatte. Er meditierte nicht wirklich, las wenig, besuchte jedoch alle Vorträge und war vielleicht der treueste, der herzlichste aller Freunde. Fidel, das war das richtige Wort. Er würde auf Leben und Tod für ihn kämpfen – wenn es nötig war. Einst, ganz zu Beginn, waren sie einander eine Art Gegner gewesen. Sowohl in den Auffassungen über ihren Beruf als auch persönlich: sie liebten dasselbe Mädchen. Gerade in der Überwindung dieser Rivalität lag das Großartige ihrer Freundschaft. Sagt nicht Novalis:

‚Liebe ohne Eifersucht ist nicht persönliche Liebe – man kann Vernunftliebe sagen; denn man liebt hier nicht als Person, sondern als Glied der Menschheit. Man liebt die Rivale mehr wie den Gegenstand.'

Nun, er liebte Peter sicher nicht mehr als das Mädchen, das seine Frau geworden war, aber trotzdem hatte Novalis recht. Beide, Peter und er selbst, hatten sich über die Rivalität erhoben gefühlt, ihre

Freundschaft ging in diesem Sinne wirklich weit über die Rivalität hinaus.

Peter sah ihn mit seinen pechschwarzen Augen aufmerksam an und nahm sein betrübtes Gemüt unmittelbar wahr – und von ihm fort. *Kommunion* ist die Freundschaft!

‚Was macht ein Erzengel wie du nur in einem menschlichen Körper auf Erden!', war seine Begrüßung.

Johannes lächelte.

‚Sogar Erzengel...!?'

‚Nun ja, sozusagen. Wir, gewöhnliche Sterbliche, lernen durch deine einfache Anwesenheit die Magie kennen, den Okkultismus, die Geisteswissenschaft. Du lehrst sie nicht nur, du zeigst sie durch dein ganzes Sein. Ich hätte Michael nie begriffen, wenn ich dich nicht gekannt hätte. Darum ‚Erzengel'. Es ist nicht respektlos gemeint.'

Johannes nickte und sie setzten sich in Peters Sprechzimmer. Sein Leben bestand tatsächlich aus Kommunion. Statt den Garten umzugraben, grub er sein Gemüt um. Immer wieder, zusammen mit dem Mitmenschen, dem Patienten, dem Freund, der Freundin, dem Kollegen, seiner Lebenspartnerin...

‚Was wäre mein Leben wert gewesen ohne dich? Das frage ich mich immer wieder. Du weißt, ich bin nicht so besonnen – aber bestimmte Dinge sind trotzdem sehr notwendig für mich. Zum Beispiel eine tägliche Besinnung in diesem nicht-besonnenen Dasein. Was wäre ich ohne dich gewesen, Johannes? Mein wollüstiges Gemüt hätte sich in einer Art Grausamkeit geäußert – vor allem angesichts der Langeweile des Daseins. Wie halten es Menschen in diesem Leben aus – ohne dich? Du bist die lebende Anwesenheit, das Vorbild dessen, was wir selbst nicht können oder nicht wollen. Zwischen zweierlei kann man sich entscheiden: entweder dich zu hassen oder dich zu lieben. Ich kenne beide Seiten, wie du weißt. Du bist das, was mit dem Wort ‚Genie' gemeint ist. Du bist das in allem – und ich kann nur meine Phantasie benutzen, um mir deine Genialität im *inneren* Leben vorzustellen. Wenn wir *das* sehen könnten, würden wir todsicher nur noch staunen. Ohne dich wäre das Leben ein Tag ohne Sonne. Wie eine Reise durch die Wüste, ohne Ende. Wie ein Leben voller Reichtum ohne Sehnsucht. Eine endlose Reihe von Tagen des

Überdrusses.'

Er verstummte.

,Warum sagst du das alles, Peter? Ist das nötig?'

,Natürlich ist das nötig. Jemand muss dir doch solche Dinge sagen? Man betrachtet dich doch als einen gewöhnlichen Menschen, und das ist schrecklich. Ich komme aus mir heraus nicht zu einem religiösen Erleben – durch dich komme ich dazu! Es geht nicht darum, dass ich dich ‚groß' finde, ich habe absolut keine Schmeicheleien im Sinn. Ich spreche aus, was wahr ist und was gesagt werden muss. In Amsterdam warst du der beste Internist, und das wurde auch gesehen. Hier bist du viel, viel mehr – und das sieht niemand. Außer deinen Geistesverwandten sieht es niemand. Und wer es nicht sieht, kann daraus auch keine Entwicklung schöpfen. Ohne Dankbarkeit keine Entwicklung. Man kann dreimal pro Tag devot meditieren, man wird nichts erreichen, wenn man nicht denjenigen erkennt, der einem in allem vorangeht. Das ist etwas, was ich ganz sicher weiß, und ich lebe danach. Durch dich sehe ich, dass ‚Er uns in Seelenform umschwebt.' Ohne dich ist das nicht zu erleben. Du bist die Wirkenssphäre, durch die dies möglich ist. Nur wer aus sich heraus eine solche Wirkenssphäre hat, kann aus sich selbst heraus zu Ihm kommen. Die anderen müssen dich erkennen, diese Bescheidenheit wird von einem verlangt. Kommt man als ganz gewöhnlicher Sterblicher in die Nähe deiner Lebenssphäre, dann findet man Ihn, der in ihr sein kann. Das wird auch bleiben, wenn du einmal gestorben sein wirst. Wir werden dich nicht verlieren. Aber *erkennen* müssen wir dich. Nicht als Person – obwohl ich auch diese über alles liebe –, sondern als denjenigen, der in dir wohnt. In unserer Zeit gibt es nichts, was für ein solches Erkennen geeignet ist. Nirgends kann man anknüpfen. Selbst in den okkulten Kreisen glaubt man nicht mehr an so etwas. Diese *wirken* zwar abstrakt so, als würden sie es glauben – aber aus allem, was so geschrieben wird, geht doch hervor, wie es darum steht. Nivellierung, das ist das Paradigma unserer Zeit. Der größte Trottel hat ebensoviel zu sagen wie der höchste Eingeweihte, denn die Einweihung wird nicht gesehen, es wird nicht daran geglaubt. Außer man schwatzt drauflos – das glauben die Menschen ja schon seit Menschengedenken am allerliebsten. Wenn es nur bitteschön nicht *wahr* ist! Man kann nur frei bleiben, wenn es keine Wahrheit gibt, denn die würde einen ja schließlich binden! Es geht also nicht um dich, Johannes – aber es geht doch vor allem um dich!'

‚Du bist ein Dichter, Peter!', sagte Johannes mit einem Lachen. ‚Deine Wollust hat sich nicht in Grausamkeit, sondern in Poesie umgewandelt...'

‚Dann aber ein Dichter der Wirklichkeit, nicht ‚Dichtung', sondern ‚Wahrheit'. Ich würde wirklich eine Ode an den Menschen schreiben wollen, mit dir als Vorbild. Ich führe ein ziemlich glückliches Leben, habe eine weise und liebe Frau, ein paar süße Frechdachse als Kinder ... aber das alles wäre nichts wert ohne Johannes. Weil durch ihn etwas anderes zum Leben erwacht. ‚Was wär ich ohne dich gewesen?' Für mich gilt diese Dichterzeile, ich richte sie an dich, weil du auf Ihn verweist – auch wenn du schweigst.'

Nun, sein Gemüt war durch Peters Worte wahrhaftig umgegraben. Peter *musste* sich aussprechen, er war ein leidenschaftlicher Mensch. Und Johannes war auch dankbar, dass er es tat. Es gibt schließlich keine schönere Selbsterkenntnis als die, welche in voller Wahrhaftigkeit durch einen Freund gegeben wird.

Der Rest des Gesprächs war einer gemeinsamen Besprechung medizinischer Fragen gewidmet gewesen. Nun ging Johannes nach Hause, um dort zu essen. Er hoffte, dass auch Eva Zeit haben würde; meist gelang es, zusammen etwas zu essen.

Sie war schon zuhause. Sie freuten sich beide immer wieder auf diese gemeinsamen Augenblicke, stets gab es so vieles, über das sie sprechen konnten...

Sie hatte draußen den Tisch gedeckt.

‚Was für ein Reichtum es doch ist, hier leben und arbeiten zu dürfen!', sagte sie, als sie am Tisch saßen. ‚Ich hatte den ganzen Vormittag eine gedrückte Stimmung. Alles scheint dann schief zu laufen, die Behandlungen schlagen nicht an, die Patienten klagen, Peter ist schlecht gelaunt –'

‚Schlecht gelaunt? Ich traf ihn gerade in sehr guter Stimmung.'

‚Du bist sein Trost, aber er war wirklich nicht zu genießen. Die Patientendaten waren weg, der Computer funktionierte nicht. Du

kennst das, die Dämonen tanzen auf dem Tisch.'
'Das tun sie vor allem, wenn sie eine Niederlage erlitten haben.'
'Dann sehe ich diese nicht – ich sehe nur meine eigene Niederlage. Aber jetzt ist es wieder vorbei. Sieh dir einmal diese prächtige Natur hier an! Das Gemüt bleibt doch eine rätselhafte Sache... Ich habe von der Sekretärin eine Anfrage bekommen, über die Wirkung der Metalle als Heilmittel eine Arbeitsgruppe zu geben. In Stuttgart. Soll ich darauf eingehen? Ich weiß es nicht.'
'Warum solltest du nicht darauf eingehen? Du hast sehr viel zu sagen. Ich komme gerne mit. Wann ist es?'
'Im Oktober. Gut, ich werde es tun...'
Sie musste schnell wieder weg, er räumte den Tisch ab. Hier im Haus fand er erst wirklich die innere Ruhe, um zu meditieren und zu schreiben. Dem widmete er immer die ersten Stunden des Mittags, in seinem Arbeitszimmer. Hier kam außer seiner unmittelbaren Familie niemand her. Hier wurde er nicht gestört. Das Gespräch mit Peter wirkte noch deutlich nach. Als menschliche Persönlichkeit konnte man sich vor so viel Erkenntnis nur schämen. Mit jener durfte man so etwas nicht aufnehmen, auf sie bezog es sich auch nicht. Es ging um etwas, was weit darüber hinaus reichte und wofür er selbst auch dankbar war. Er selbst webte in seiner 'Wirkenssphäre', erlebte diese als viel, viel größer als sich selbst, auch als unergründlich. Er las darin seine Verkörperungen, wurde darin gewahr, wie *schwer* eine Inkarnation seit dieser Umwälzung zu Beginn der Zeitenwende ist. Man hat die Aufgabe, sich die vorchristliche Größe ganz *zueigen* zu machen – das verlangt viele Leben größter Anspannung.
Er wurde sich dessen immer mehr bewusst – dies war *Gnade*...

GEHEIMES OPFER DER LIEBE

Das Ewig-Weibliche hatte ihn verführt, wie es alle Männer verführt – aber für ihn war es eine übersinnliche, übernatürliche Anziehungskraft gewesen. Alles, was erotisch daran war, war ihm unrein erschienen, er hatte es nicht gesucht. Ein himmlisches Bild war sie, eine heilige Jungfrau, in ihrem Herzen das Kind, sie trug es wie ein Herz in ihren Armen. Ein lebendiges Bild war sie, das ihn anzog und nie abstieß. Mal schien sie ihm die Erde zu sein, Natura – dann wieder Stella Maris, Stern im Meer der Nacht, der Himmel selbst, der Kosmos, die menschliche Gestalt, der Makrokosmos als umgestülpter Mikrokosmos – oder andersherum.

Viel, viel später, erst als er dem Mädchen begegnet war, das seine Frau werden würde, hatte er entdeckt, dass das Weibliche noch eine andere Seite in ihm entzündete. Diese sah man nicht, wenn man den Blick nach außen gerichtet hielt. Man sah sie erst, wenn man sich nach sich selbst umblickte. Da lebte sehr wohl die andere Seite der erhabenen moralischen Welt, da lebte die Wollust des ungezügelten Egoismus. Ein mächtiger Impuls von Selbstsucht lebte auch in *seiner* Natur, und er hatte geglaubt, ihn durch Enthaltsamkeit überwinden zu können. Das Mädchen hatte nicht aufgegeben, und sie hatte ihn gelehrt hindurchzugehen. Jahre des inneren Kampfes hatte er gekannt, zusammen mit ihr, aber auch *gegen* sie. Immer wusste er: Du darfst nicht *sie* bekämpfen, du musst das Wesen in dir selbst bekämpfen – aber das Wissen hatte nicht genug Kraft. Die Jungfrau war verschwunden, das Mädchen war an ihre Stelle getreten. Eine Frau aus Fleisch und Blut, mit Eigenheit, einem Charakter, einer Individualität. Nachgiebig und trotzig, ehrlich und heimlich, strebend und mutlos ... ein Mensch, nicht nur ein wundervolles weibliches Wesen. Sie war weise und kunstsinnig, gelehrt und unbefangen, zierlich und energisch. Ihr Bild hatte das Bild der heiligen Jungfrau verschleiert, sie stand davor – das musste auch so sein. Erst in den letzten Jahren hatte sich das Bild des Ewig-Weiblichen wieder aufgehellt, nun nicht draußen, als Erscheinung, sondern in seinem Inneren, durch meditative

Aktivität. In dem Maße, in dem er die natürliche Selbstsucht, die die Persönlichkeit nun einmal hat, umgewandelt hatte, erschien sie, die reine Seele. Sie hatte nichts mit seiner Geliebten zu tun, es war nicht *ihre* Schuld, dass sie die Reinheit verschleiert hatte. Er selbst war es, der diese Schleier gewoben hatte.

Gnothi seauton! Erkenne dich selbst... der nach innen gerichtete Blick hatte der Seele ihre ursprüngliche Herrlichkeit wiedergegeben, durch das läuternde Feuer der unendlichen Augen... Seitdem war seine ursprüngliche Milde zu ihm zurückgekehrt.

Er dachte an Peters Worte: Wirkenssphäre. Seine Wirkenssphäre war größer, als er selbst fassen konnte. Es schien eine noch vor ihm liegende Aufgabe zu sein, seine irdische Persönlichkeit mit dieser Sphäre zu durchdringen – soweit es nur möglich war. Zwanzig Jahre stand er nun in der lebendigen Realität der okkulten Wissenschaft. Wenn ihm noch einmal zwanzig Jahre gegeben waren...

Der Mensch kann das nicht selbst, aus eigener Kraft. Die eigene Kraft liegt ausschließlich in der Freiheit des Entschlusses, eines *wirksamen* Entschlusses. Dieser Entschluss muss dann die Gnade empfangen, sich entfalten zu können. Diese Gnade kommt von jenem Wesen, dessen Namen man nicht aussprechen kann, weil das Aussprechen ehrfurchtslos ist. Der Name ist zu hoch für den Sterblichen, und er ruft bei anderen Sterblichen zu oft das Nicht-Wesentliche auf; all das, was das Wesen gerade entkräftet. Schreibt Novalis darum so oft Xstus?

Er ist die Gnade, die Inkarnation heißt. Ein Durchdringen der irdischen Persönlichkeit mit dem individuellen Geist, so vollkommen wie möglich. Nicht ein Aufgeben der Persönlichkeit ist Xstentum, sondern ein ‚Durchfeuern' mit individuellem Geist, so vollkommen, wie es nur möglich ist, wie es einem gegeben wird. Es ist Gnade, aber sie wird nur in die reine Seele ausgegossen – und das ‚Reinigen' ist die Aufgabe der Persönlichkeit. Zwei Bewegungen gibt es also: eine aufgerichtete, aus der Persönlichkeit heraus *gewollte*: der freie, wirksame Entschluss; und eine einströmende, die Kraft der Gnade, auf deren Bahnen die eigentliche Individualität eintreten kann.

In seinem Freund Philippe, den er als den Schüler beschrieb, der sein Lehrer war, sah er eine beispiellose Vollkommenheit dieser beiden Bewegungen. In ihm konnte man – wenn man es wollte und vermochte – schauen, was der heilige Gral ist. Die Persönlichkeit, die sich zum aufgerichteten, freien Willensentschluss umgeformt hat, das ist der heilige Gral. Was in sie hinein dann als Zehrspeise ausgegossen wird, ist die Inkarnation. Xstus *ist* die Inkarnation. Die Inkarnation ist unsere Aufgabe auf Erden, nicht das Fliehen vor dem irdischen Leid, sondern die Verbindung mit diesem, seine Durchgeistigung. Et incarnatus est. Wie viele Komponisten haben diese drei dramatischen Worte in der Musik auszudrücken versucht? Je größer die Individualität, desto schwieriger ist die Inkarnation – desto umfassender ist die Aufgabe, desto umwälzender ist die Wirkung. Der Makrokosmos selbst, als vollkommenes, göttliches, umfassendes Wesen hat sich in einer Persönlichkeit *vollkommen* inkarniert. Das ist die Nachfolge von Xtus, dass Er jene Kraft entfaltet hat, die seitdem unsere Aufgabe ist.

Vielleicht war Goethe auch ein Vorbild an Inkarnation gewesen, an gleichmäßiger Entfaltung der Individualität in der Persönlichkeit. Obwohl er diesen Prozess nicht bewußt fortgeführt hatte was sich an seinem Unwillen zeigt, ‚über das Denken zu denken...'.

Und hatte sein Freund Schiller nicht den Kontrast dazu offenbart? War nicht gerade er ein Vorbild des Unvermögens der irdischen Persönlichkeit, das geistige Feuer im Leibe zu inkarnieren? Bei ihm war keine Rede von Harmonie, da gab es einen schrillen Kontrast zwischen dem lodernden Feuer des Idealismus und dem Körper, der davon verzehrt wurde. Man konnte beide großen Geister bewundern, auch lieben für ihre jeweils so eigene Weise, das ‚et incarnatus est' auszubilden, wahrzumachen. Er liebte Schiller wegen des lodernden Feuers, Goethe wegen des klaren Wirklichkeitssinnes, des gleichmäßigen ‚Da-seins'. Er fühlte beide Geister in seiner Nähe, wenn er meditierte, wenn er okkulte Erkenntnisse erwarb. Sie waren stets bei ihm.

‚Alle Menschen werden Brüder'. Dass Beethovens neunte Symphonie dieses Thema hat, ist den meisten Menschen noch bekannt. Dass der Text eine Ode von *Schiller* ist, ist längst nicht immer klar. Einmal hatte er eine Aufführung dieser Symphonie miterlebt. Erfüllt von den letzten Klängen war er nach Hause gekommen, und obwohl es spät war, war er doch seinem Gelöbnis treu gewesen und hatte meditiert. Eva, seine Frau, hatte sich auch noch ihre Zeit für die Besinnung genommen, er konnte sich in aller Ruhe in sein Inneres versenken. Da klangen die Sänger und der Gesang noch nach. Er kannte den Text sehr gut, nicht auswendig, aber der inneren Bedeutung und Wirkung nach. ‚Freude, schöner Götterfunken, Tochter aus Elysium... Alle Menschen werden Brüder, wo dein sanfter Flügel weilt...'

Schiller war da – in der vollen Glorie seines überirdischen Wesens, und seine Durchdringung der Ode, die auf Erden seinem Geist entsprungen war, erweckte Johannes' Seele in der Meditation zur Herrlichkeit. Er blickte auf seine eigene Persönlichkeit zurück, die sich aufhellte, gleichsam durchsichtig wurde, und im Mittelpunkt seines ätherischen Seins spiegelte sich die *Freude*, die Quelle, aus der alle Heiligkeit hervorquellt, auch wenn sie das, was sie wahrhaft ist, erst vor dem Hintergrund der Kraft der heiligen Betrübtheit ist...

‚Wo bist Du, lieber Jesus...' ‚Mich findet nur ein betrübter Geist...' *

Was findet die heilige Betrübtheit? Die himmlische Freude. Es war die Wiedergeburt der Jungfrau gewesen, dieser lebendigen Wirkung im Inneren, die früher in seinen Jugendjahren äußerlich das Bild der Heiligkeit gewesen war. Die edle Mischung von heiliger Betrübtheit und himmlischer Freude war sie, aber sie war mehr. Sie wurde allmählich zu einem vielgliedrigen Wesen, ausgehend von der Freude nahm sie viele Gestalten an. Sie wurde die göttliche Kehrseite des mahnenden Hüters an der Schwelle, sie wurde zu der Jungfrau, die über die Schwelle führt, weil sie die Reife für diesen Schritt *ist*. Er sah in ihr nicht sein höheres Selbst, nicht die Wirkenssphäre, in die er sich einleben musste – das war schließlich die geistige Welt *hinter* der Schwelle, die in dem Maße irdische Wirklichkeit wurde, wie er diese Sphäre verwirklichen konnte. Nein, sie war die Mittlerin, die ägyptische Isis, die griechische Sophia... Dantes Beatrice. Die heilige Seele selbst, die sich in Freude zu dreimal Drei erweitert.

‚Freude erhebt zu seinem höheren Ich...', ein Wort des Meisters des Abendlandes. Die Freude wurde weit, aber in der Erweiterung wurde sie nach oben lichter, nach unten dichter. Im Licht fand sie die Idee,

---

* Kantate 32 von Johann Sebastian Bach: ‚Liebster Jesu, mein Verlangen'.

die freudevolle Idee. Diese fasste Feuer, vergeistigte sich, blieb aber durch den betrübten Untergrund dennoch stabil, kräftig, wirklich. Die Idee, getragen von der Phantasie der Freude, wurde zum Ideal...

In demselben Maße, wie die Freude *Licht* wurde, wurde sie zugleich *dicht*, dichter. Sie machte die Entzauberung durch den Verstand vollkommen ungeschehen; alles, was gewöhnlich war, erhielt die allerhöchste Bedeutung, indem es sich sättigte. Alles, was gewohnt war, woran man sich gewöhnt hatte, empfing den Glanz des offenbaren Geheimnisses...

Was nicht mehr ansprach, weil man es schon kannte, wurde plötzlich so anziehend wie das Unbekannte ... die ganze Endlichkeit der Schöpfung wurde von dem Glanz des Unendlichen umschwebt.

So war der geistige Teil seines Herzens weit geworden, angeschwollen zu einem kosmischen Herzen, das in Idealen denken kann, in freudevoller Betrübtheit fühlen kann und in poetischer Romantik wollen kann.

Das große, weltenweite Herz war bei ihm geblieben, auch wenn dies kein Mensch ‚sah'. Er trug es durch den Tag – und in der Nacht schaute er es von der anderen Seite. Aber nicht nur ein *Herz* hatte die Jungfrau...

Johannes kannte den Lauf der Zeit, auch wenn er sich außerhalb befand. Er ließ die Kraft seiner inneren Erfüllung mit geöffneten Augen nachwirken. Er musste für seine nächste Verabredung pünktlich sein. Eine Verabredung mit ... Sophie.*

Sophie hatte ungefähr zwei Jahre bei ihnen in den Bergen verbracht. Sie kannten einander sehr gut, sie war eine begabte Musikerin, eine Geigerin, die bei einem großen Geiger im Ausland studierte. Davor hatte sie hier musikalische Abende gegeben und ihr Mädchenherz einem älteren Mann geschenkt, einem wohlhabenden Geschäftsmann, der sein Geld auf sehr zweifelhafte Weise erworben hatte. Dieser Mann, Gerrit, hatte hier seine letzten Monate verbracht, er hatte

---

* Siehe ‚Inferno'

hier das Endstadium einer schicksalhaften Krankheit durchlebt. Sie hatte ihn geliebt, auf eine sehr reine Weise, und seine ‚Bösheit' war unter anderem dadurch von ihm gewichen, einige Zeit vor seinem Tod. Für Sophie brach nach seinem Abschied eine schwere Zeit an, sie hatte eine tiefe Einsamkeit empfunden, trotz aller echten Freunde, die sie hier doch auch hatte. Sie war noch eine Zeitlang bei ihnen geblieben, ein Mädchen von Anfang Zwanzig, durchzogen von betrübtem Kummer über die Einsamkeit, das Entbehren von Gerrit – aber auch von Freude über seine Umkehr und die Erinnerung an die außergewöhnliche Liebe zu ihr.

Sie kam nun für drei Monate auf Urlaub hierher, hatte die Violine selbstverständlich mitgenommen... Johannes freute sich sehr auf das Wiedersehen, auch auf die musikalischen Sommerabende...

Sie hatte sich verändert. Gerit hatte ihr schon geholfen, ihre Verlegenheit in Selbstsicherheit umzuwandeln. Und nun stand vor Johannes eine selbstbewusste junge Frau, noch immer bescheiden, aber mit einem deutlichen Wissen von ihrem Willen. Sie war gut gekleidet und gab ihm fröhlich lachend die Hand.

‚Es geht dir gut!', stellte er fest.

Sie nickte.

‚Wien ist für mich eine herrliche Stadt. Ich habe einen fantastischen Lehrer, spiele in einem Quartett und habe viele Freundschaften geschlossen. Für mich ist das die ‚Wesenssphäre' von Gerrit, von Gérard. Nicht so sehr sein Geld, obwohl es dadurch sehr leicht ist – sondern seine ‚Weltlichkeit', die er auf mich übertragen hat. Er hilft mir damit noch immer.'

Sie setzten sich auf dieselbe Terrasse, wo er morgens mit dem depressiven Franzosen gesessen hatte. Das schien bereits ein halbes Jahr zurückzuliegen...

‚Wie geht es dir inzwischen, Johannes?'

Er nickte. In ihrer Frage lag eine ganze Welt.

‚Auch wir sind durch Gérard weitergekommen. Er bildete das Gegengewicht zu unserem spirituellen Impuls hier, es war etwas Besonderes, seinen Lebensstil miterleben zu dürfen. Aber ganz konkret hat er uns von unseren ewigen Defiziten erlöst. Nach allen steuerlichen Abrechnungen gibt es ... nun ja, du verstehst, was ich meine.'

‚Und du selbst? Wie geht es Johannes selbst?'

Er lächelte ihr zu.

‚Johannes wird noch immer *mehr Johannes*. Die Gefühle, die damit einhergehen, sind nicht so leicht zu ertragen. Der Leib widerstrebt, ist nicht ‚fügsam' genug. Man wünschte, man hätte keine Knochen und Nerven – aber auch keine Muskeln und kein Blut. Doch dann wäre man tot – und das ist auch nicht das, wonach ich strebe. Soviel wie möglich den Geist auf die Erde bringen, ohne dass er im Materiellen gefangen wird. Das ist mein Weg, für mich als Individualität und zugleich für jeden, der mir folgen will. Heute Morgen sprach Peter über meine ‚Wirkenssphäre', die für ihn den Sinn des Daseins ausmacht. Dennoch ist diese ‚Sphäre' kein Ziel an sich, sondern ein Mittel.'

‚Ich verstehe.', sagte sie, und Johannes sah, dass sie es wirklich verstand, es war keine Phrase. ‚Ich selbst mache kaum noch etwas an innerer Schulung. Ich lebe sehr äußerlich. Aber ich weiß, dass dies zu einem Ende kommen wird. Ich *muss* die Welt von Gérard kennenlernen, die gewöhnliche Welt. Später werde ich gewarnt werden – damit es nicht zu weit geht.'

Sie sah ihn geradeheraus an. ‚Du musst mich warnen. Und Beato.'

Beato war der Jüngste, derjenige, den er als ‚den Unüberwindlichen' oder ‚den Gleichgewichtigen' beschrieben hatte. Er hatte Gerrits Schicksal zu seinem eigenen Schicksal gemacht. Auch er war wieder fortgegangen, er arbeitete jetzt als Chirurg in Mailand – und kam von Zeit zu Zeit hierher zurück.

Es war gut, dass dieses Mädchen in das Leben hineinging...

‚Und die Männer?', fragte er vorsichtig.

Sie hob die Schultern.

‚Ich glaube, das wird sehr schwer werden. Wer ist noch interessant nach Gérard? Aber vielleicht ist es eine Frage der Zeit – und natürlich der richtigen Begegnung. Ich lebe in Wien sehr gesellig, aber dabei bleibt es dann, was mich betrifft. Ich brauche auch keine Beziehung, es ist schön, selbständig zu sein, niemandem verantwortlich sein zu müssen. Und nun freue ich mich auf einen langen Sommer hier. Es ist für mich eine Art Zuhause. Kommt Beato auch noch?'

Johannes hörte die Sehnsucht in ihrer Stimme. Es war keine Sehnsucht einer Frau nach einem Mann, sondern die eines Menschen nach einem Freund, mit dem sie das Wesentlichste zusammen erlebt hatte: das Leben und Sterben von Gerrit, für sie, die französisch sprechende Belgierin, Gérard...

'Ja, er wird zu Pfingsten hier sein. Er wusste noch nicht, ob Chiara und die Kinder mitkommen werden. Unsere Kinder werden immer selbständiger, haben selbst allerlei Pläne – worauf man Rücksicht nehmen muss...'

Sophie seufzte tief.

'Dann kommt er also übermorgen!'

Auf irgendeine Weise rief ihr erleichterter Seufzer doch eine gewisse Unruhe in ihm hervor. Beato war fast zwanzig Jahre älter als sie, er war verheiratet und hatte drei heranwachsende Kinder. Wenn sie nur nicht in eine hoffnungslose Liebe – die zweite – geriete. Sie las seine Gedanken und gab die Antwort:

'Mach dir keine Sorgen, Johannes. Die Ehe ist für mich heilig. Nie würde ich das entheiligen, nicht einmal mit geheimen Gefühlen. Beato ist mein Schicksalsgenosse in dem Drama meines jungen Lebens. Darum sehne ich mich danach, ihm zu begegnen. Das ist alles – und es ist *viel*!'

Er legte seine Hand auf die ihre und drückte sie. Sie sah ihn an und sagte lachend:

'Ich habe mich auch danach gesehnt, *dir* zu begegnen... Es ist, wie Peter sagt: ohne dich ist das Leben viel zu *gewöhnlich*.'

Inzwischen erlebte er einen *Tag* so wie früher einen Monat oder eine noch längere Zeit. Das fand seinen Ursprung in einem immer tieferen Eintauchen in den Augenblick, in dem schließlich die Ewigkeit ruht. So reiht sich Ewigkeit an Ewigkeit, die Lebensdauer vervielfältigt sich, auch wenn die Zeitspanne gleich bleibt. Ein Unsterblicher wird man so, weil man schon *innerhalb* der Zeit in der Ewigkeit sein kann. In der Begegnung mit Sophie hatte er sich als Zeitwesen ganz vergessen. Was ist eigentlich die Liebe? Ist der Mensch dazu imstande? Oder liebt er in allem, was er liebt, doch immer wieder sich selbst? Das war eine wichtige Frage, und die Antwort schien die ganze Erdenentwicklung zu umfassen. Kann man das ganz andere in sich aufnehmen? Oder findet man doch immer wieder ausschließlich sich selbst? Legt man seine Eigenheit über den anderen, wodurch er ‚Du' wird? Die jüdische Philosophie von Buber und Lévinas hat sich im zwanzigsten Jahrhundert mit dieser Frage auseinandergesetzt. Noch bevor sich das ungeheure Drama des zwanzigsten Jahrhunderts abspielte, wurden die Philosophien des ‚Du' und des ‚Anderen' konzipiert – also nicht als Reaktion auf jenes Drama. Was ‚sah' Peter in ihm? Johannes? Oder sah er etwas, was er sehen wollte? Was sah Sophie? Mit wem hatte sie eine Begegnung gehabt? Mit ihm oder mit sich selbst, mit einer Spiegelung ihrer selbst? Und er, Johannes? Inwieweit erfasste er wirklich Peters Wesen, Sophies Wesen? Er musste zu seinen Terminen mit den Patienten, wollte dennoch diese Gedanken noch zu Ende denken – sogleich waren da wieder andere Gedanken...

Er musste doch noch auf sein Zimmer im Hauptgebäude – dort nahm er sich noch fünf Minuten Zeit für diese Frage.

Peter hatte eine Ode auf Johannes gedichtet, es lag also auf der Hand, dass er in dieser Begegnung wirklich Johannes erlebt hatte. Und doch ... je mehr man versuchte, das Wesen des anderen außerhalb von einem selbst zu erfassen, desto mehr schien es sich hinter der äußeren Erscheinung zu verbergen. Und diese konnte man nicht anders als subjektiv aufnehmen, mit dem Wahrnehmungsvermögen, wie es sich in einem gebildet hatte. Man goss gleichsam sein ganzes Ich in die Wahrnehmung des anderen aus, floss mit ihr in Sympathie zusammen, wurde von ihr in Antipathie abgestoßen. Die eigene Erinnerung lebte darin auf, in Liebe und in Leid ... war das der andere, oder doch vor allem man selbst?

Er versuchte aus der Erinnerung an die Begegnung diese noch einmal zu erleben, und fühlte, wie er ganz Gedanke in den Sinnen geworden war. Ein Gemisch von Peter und Johannes, ihr gemeinsames Schicksal. War da auch irgendwo *nur* Peter gewesen, in seiner reinen Eigenheit, *ohne* Einmischung von Johannes? Ja, so war es ... Peters Eigenheit fand er nicht draußen, wo er sich befand. Das war eine Illusion, Maja. Die volle, ungetrübte Wirklichkeit von Peter – *ohne* Johannes – fand er in dem Nachklang in seinem eigenen Denken, Fühlen, Wollen. Konnte man *da* seinen eigenen Anteil ‚vergessen', ausschalten, ganz zur Ruhe kommen lassen, dann blieb die Bühne der eigenen Seele übrig. Das war ‚der Andere'. Da war die Feurigkeit von Peter, und sie war nicht übersetzt in die Feurigkeit von Johannes, die eine ganz andere war. Da erschien Peter in Eindrücken von Essenzen, seine Feurigkeit zeigte sich als physische und astrale Feurigkeit – aber auch als geistiges Feuer. In gewissem Sinne färbte sich dies, klang auch, wie eine Aura. Aber nicht eine Aura, in der die Essenz von Peter in Qualitäten zerfiel. Es blieb ein Totaleindruck mit einer höheren Logik.

Peters äußere Erscheinung zeigte sich als eine ‚logische Folge' seines eigentlichen Wesens – wenn auch nicht ganz kongruent. Die kräftige, muskulöse Gestalt, das schwarze Haar mit noch kaum einer grauen Strähne dazwischen, die funkelnden Augen ... die sah man draußen als Ganzes, aber Unbegreifliches. In der Nachwirkung – die doch auch gleichzeitig auftrat – wurde dies alles begreiflich, in einem nicht-verstandesmäßigen Sinne. Erst hier konnte von Liebe die Rede sein, weil der eigene Maßstab ganz wegfiel.

Alle gewöhnlichen Urteile, auch die höheren, geisteswissenschaftlich abstrakten, fielen da von Peter ab. Das gewöhnliche System von Urteilen würde zu dem Schluss kommen, dass Peters feurige Seele zu leiblich sei, dass er sich nicht lösen könne, dass er zu lustvoll sei – dass diese Lust auch ihm, Johannes, gelte. Man konnte eine komplette Persönlichkeitsbeschreibung aufstellen – was für Johannes übrigens immer ein Gräuel gewesen war. Doch *Peter* würde man auf diese Weise niemals finden. Das war jemand, der so war, wie er war, weil er so sein *musste*. Er konnte das, was er tat, nur tun, *weil* er so war.

Und dieses ‚so' war auf keinerlei Weise zu beschreiben, das musste man in einer Intuition, einer Imagination erfassen. Die reale Anwesenheit des Anderen in einem selbst, im geistigen Sinne, war nicht immer leicht zu ertragen. Man musste Wirkungen ertragen, die einem wesensfremd waren. Aber gerade darin liegt das Grandiose des ‚Anderen'.

Er nahm sein Stethoskop, sein Lämpchen und seinen Stift und ging wieder zur Klinik...

Auf dieselbe Weise kam er auch zur Diagnose und Therapie. Schaut man als Arzt ausschließlich ‚nach außen', auf den Patienten, der einem da gegenübersitzt, der auf der Untersuchungsbank liegt, der sich in Laborergebnissen offenbart, dann gewinnt man vor allem das gewöhnliche Wissen. Jeder Arzt hat etwas, was darüber hinausgeht, was man den ‚klinischen Blick' nennt – wodurch man mehr weiß, als jenes Wissen geben kann. Sein Professor damals nannte es das ‚Nicht-ganz-richtig-Gefühl', wenn man auf unerklärliche Weise spürte, dass noch weitere Untersuchungen gemacht werden müssten, auch wenn es dafür äußerlich keine Argumente gab. So hatte er, Johannes, als junger Arzt immer gewusst, wann der Kampf um das Leben des Patienten an ein Ende kam – er ‚sah' den Tod, er ‚sah' das Leben. Nun war dieses Vermögen ein gereifter, bewusster Erkenntnisprozess, der genauso verlief wie das Lieben des ‚Anderen'. Er nahm auf gewöhnliche Weise, aber mit verschärfter Andacht, die Anamnese auf, machte die körperlichen Untersuchungen, und dann ... kehrte er den forschenden Blick um und richtete ihn auf das eigene geistige Erleben, wo sich im Nachklang, der fast unmittelbar da war, ebenso unmittelbar wie ein Gedanke die Gestalt der Krankheit und der Therapie offenbarte. Bei ihm war das immer eine Intuition, die sich dann zur Imagination und Inspiration entfaltete. Ein äußerst komplizierter Prozess war es. Er wünschte sich die Zeit, es vollkommen in Worte fassen und aufschreiben zu können ... es würde eine gewaltige Unterstützung für alternative Ärzte sein. Auch für reguläre Ärzte, aber diese warteten gewiss nicht auf so etwas, sie verloren ihre Seele in Protokollen ... im Studieren dessen, was die Naturwissenschaft beweisen kann.

Seine Heilkunst beruhte darauf, den ‚Abdruck' in der eigenen Seele lesen zu können, ohne irgendetwas an diesem Abdruck verändern zu wollen. Liebevolle Hingabe an das, was auf der eigenen Seelenbühne durch die verstärkte Andachtskraft erscheint...

So aber wird man nach jeder Begegnung ein anderer Mensch. Bereichert, aber *anders*. Darum waren seine Tage Ewigkeiten: weil sie aus Begegnungen mit Ewigkeiten bestanden – mit menschlichen Individualitäten.

Er war froh, dass er heute Abend kochen musste, Eva würde erst spät fertig sein. Etwas Handarbeit schien ein notwendiges Gegengewicht in seinem täglichen Leben zu sein. Nur ihre Jüngste, ihre Tochter, wohnte noch zuhause. Die beiden Jungen studierten. Der Älteste, ein ruhiger, weiser Junge, studierte Geige am Konservatorium von Mailand. Er war seiner großen Liebe – der Tochter des Italieners Beato – nach Mailand gefolgt, hatte durch die Liebe die Sprache gelernt und war dort als Student angenommen worden, was eine große Ehre war. Der zweite wollte in Amsterdam Medizin studieren, wurde aber ausgelost und hatte nun in der Nähe sein Studium begonnen ... was für die Eltern sehr schön war.

Seine Tochter war ein flottes Mädchen, das viel mit anderen zusammen war und oft nicht zuhause war. So war es auch heute. Er würde für Eva und sich kochen...

Als junger Arzt hatte er lange allein gewohnt, und er hatte gut kochen gelernt – weil er gesundes und gutes Essen mochte. Rollenverteilungen waren für ihn etwas Lächerliches, er tat, was er konnte, und er tat es, wann immer möglich, mit Freude. Er bereitete das Essen zu, räumte den Geschirrspüler aus und deckte den Tisch. Das Telefon ging, Philippe...

‚Hallo, Johannes! Störe ich? Bist du schon beim Essen?'

‚Nein, sprich nur.'

‚Wann kann ich mit dir sprechen?'

‚Ist es dringend?'

‚Ja ... nein. Morgen ist schnell genug.'

Er ging in Gedanken seine Termine durch.

‚Morgen gegen halb elf? Bei dir?'

‚Prima. Dann störe ich dich nicht länger.'

‚Bis morgen...'

Eva zog ihren Arztkittel aus, räumte ihren Schreibtisch auf und verabschiedete sich von dem diensthabenden Krankenpfleger. Ihre Kollegen waren schon nach Hause gegangen. Sie freute sich auf das Abendessen. Was Johannes machte, war immer frisch und lecker. Sie lächelte. So war er selbst auch. Man konnte nur dann an sein Alter denken, wenn er selbst nicht da war. Fast sechzig... Seine Anwesenheit machte das unmöglich, denn er war jung und alt zugleich. Nicht alterslos, aber eine Art uralte Jugend ... das war er. Oder ein junger

Erzvater... Ach, man konnte ihn nicht in Worten beschreiben, diese waren immer viel zu beschränkt. Selbst Gedanken konnten ihn nicht fassen, er war wie Sprengstoff für jeden solchen Gedanken. Man musste schon ein höheres Erkenntnisvermögen entwickelt haben, um etwas von seinem Wesen fassen zu können. Oder es musste eine Schicksalsverbundenheit geben, so wie sie sie hatten. Darin konnte man dann ‚lesen', wer er war. Er war in jedem Fall ein Mensch, der einen sich immer auf eine Begegnung mit ihm freuen ließ. Jahrzehnte des Zusammenlebens mit ihm hatten daran nichts geändert. So, wie man die Sonne mit Freude begrüßt, so freut man sich auch auf Johannes...

Eva ging nach draußen und lief zu ihrem Haus. Es lag wie das Haus des Meisters am Rande des Grundstücks, nur auf der anderen Seite. Er sah sie kommen und kam ihr ein Stück entgegen. Lang, schlank, blond. Noch genau so wie zwanzig Jahre zuvor – als Beweis für die überwundene Abstraktion. Große blaue Augen, die wie Wetterlagen wirkten. Sonnig, bewölkt, Sturm ... Unwetter. Milder Frühling, heiße Sommer, feuchte Herbste, eiskalte Winter. Man sah sich selbst in diesen Augen – *er* machte das nicht ... man selbst tat es. Geschickte, weise Hände, immer mild.

In diesen Händen war kein Sturm ... hier war immer weise Liebe. Für jeden, nicht nur für sie und die Kinder. Diese Hände konnten *alles*. Früher hatten ihre Freunde und Freundinnen bisweilen gesagt, sie idealisiere ihn. Nun, das musste man mit seinen Mitmenschen auch machen. Er aber hatte allen bewiesen, dass es keine Illusion war, die sie empfunden hatte. Er war genau derjenige, den sie in ihm erlebt hatte, als er nach außen hin noch gar nicht so gewesen war. Nun sah jeder seine Geisteskraft, seine Milde, seine Hingabe – auch wenn man es oft nicht zugeben wollte.

Das alles durchzog sie in dem Augenblick der Begegnung, als sie ihn näherkommen sah. Sie umarmten einander...

Nach dem Essen fragte sie ihn:

‚Johannes ... nun leben wir schon so lange zusammen. Ich sehe deine Entwicklung von außen, besser als jeder andere. Wann lässt du uns an deinen Erfahrungen teilnehmen? Vor Jahren gabst du schon nach und sagtest, du würdest es tun. Aber du tust es doch nicht. Auch ich habe nur Ahnungen, kein Wissen...'

Er lehnte sich etwas zurück, einigermaßen ermüdet. Er sagte:

‚Aber ich tue das wohl! Ihr habt nur andere Erwartungen. Du denkst an den Meister des Abendlandes, an die Offenbarungen, die er gegeben hat. Und dann meinst du, dass ich das auch so tun müsste, tun könnte.'

‚Ja, das stimmt...', gab sie zu.

‚So ist es aber nicht. Ich habe eine andere Aufgabe. Ich versuche, bewusst zu machen, dass im Anschauen des sich bewegenden Denkprozesses zugleich die geistige Welt sich offenbart. Nicht unmittelbar in allen Gliederungen und Wesen, sondern umfassend – wenn auch verschleiert. Der anschauende Blick ist das Licht, das den Schleier sich heben lässt, nicht von unten nach oben, sondern indem er weniger undurchdringlich wird. Dann beginnen die Gliederungen und Wesen zu erscheinen. Das heißt: sie waren schon anwesend, der Schleier verhüllte sie. Es ist die Dichte in der eigenen Seele, die der Schleier ist.'

‚Wenn ich meditiere, sehe ich das Gedankenweben. Nicht inhaltliche Gedanken, sondern ein ‚Kräftefeld', ohne Licht, ohne Farbe, ohne Form – aber fortwährend in Bewegung. Was ist der Schleier?'

‚Der Schleier ist, dass man meint, dies könne es nicht sein. Man verlangt nach Filmbildern, oder nach Traumbildern. Was man hat, scheint ‚nichts' zu sein.'

‚Wie lichtet sich der Schleier dann?'

‚Das erste, dessen man sich bewusst werden muss, ist, dass es *Licht* ist, was man schaut, auch wenn es finster ist. Das, was das Tageslicht ist, ist sozusagen die Umkehrung dieses Lichtes, welches man ‚Nachtlicht' nennen könnte. Erkennt man nicht, dass es Licht ist, die andere Seite des Lichtes, kann man nicht weiterkommen. Der Hüter der Schwelle weist einen zurück, es ist sein Schleier, dein Schleier. Dein Auffassungsvermögen ist noch zu sehr dem gewöhnlichen Bewusstsein zugewandt.'

‚Was du also eigentlich sagst, Johannes, ist, dass die Anschauung des Denkens als ein sich bewegendes Kräftegewebe eigentlich die Offenbarung der geistigen Welt ist. Dass ich dies als ‚nichts' erfahre, ist mein eigenes Hängen an der Wahrnehmung mit den Sinnen?'

'Exakt.'

'Nun, das akzeptiere ich natürlich als eine Wahrheit, es ist selbstverständlich. Aber dann kommt die nächste Frage: Wenn ich dieses Gedankengewebe als geistige Welt, als *Licht* auffassen kann – was offenbart sich dann?'

'Noch immer 'nichts'. Man lebt in dem geistigen Licht, ist Teil dessen. Man schaut etwas an, was nichtssagend ist; man ist Teil eines unbegreiflichen Elementes, das man dennoch als 'eigen' erlebt. Dass es unbegreiflich bleibt, liegt an einem noch tieferen Festhalten am gewöhnlichen Bewusstsein.'

'Was denn für eines?'

'Es ist das gewöhnliche Denken. Eine tief eingewurzelte natürliche Gewohnheit. Man hat den Inhalt schon abgelegt, aber noch nicht die Haltung. Man lebt in diesem Lichtelement so, wie man im Tageslicht lebt. Man hat akzeptiert, dass es da keine Sinneswahrnehmungen geben kann. Aber man meint unbewusst, das Denken über dieses Nacht-Licht könne trotzdem dasselbe sein wie im Tageslicht.'

'Ja, das stimmt.'

'Es ist ziemlich schwer zu erklären ... tagsüber hat man das äußere Licht, man nimmt wahr und man denkt. Seine Gedanken schöpft man aus der Wirklichkeit, oft aus dem Gedächtnis. Das geht von selbst. Stelle dir nun einmal vor, du versuchst ohne Wahrnehmung, eine bestimmte Erinnerung heraufzuholen. Das ist etwas anderes, eine andere Aktivität als das gewöhnliche Denken, aber auch anders als das Denken mit dem Gedächtnis. Du versuchst eigentlich, dich mit etwas aus der Vergangenheit zu vereinigen. Erinnerung ist etwas anderes als Gedächtnis. Es gibt Menschen mit einem ausgesprochen schlechten Gedächtnis und einer ausgezeichneten Erinnerung – und auch das Umgekehrte kommt vor.'

'Soweit ist es klar. Und dann?'

'Nun muss man versuchen, in dem Element des 'Nacht-Lichtes', des geistigen Lichtes, so zu leben, als ob man in der Erinnerung lebt. Man erinnert sich dann nicht an Erinnerungen, sondern an etwas anderes: an die geistige Welt.'

'Aber angenommen, dass mir das gelingen würde. Was wären die

Erinnerungen?'

‚Du befindest dich dann in einem Licht, das existierte, bevor es die Erde gab. Du würdest dich an frühere Inkarnationen der Erde erinnern.'

Eva versank in Nachdenken. Johannes ebenfalls. Nach einiger Zeit sah sie auf und sagte:

‚Es gibt aber auch etwas in meinem Gedankenlicht, das mit der Gegenwart zu tun hat. Ziemlich stark scheint mir dies sogar zu sein. Nun, ich werde gleich versuchen, zu tun, was du sagst – und es dir dann morgen erzählen...'

So war selbst in seinem Eheleben das geistige Element sehr stark anwesend. Eva war ein strebender Mensch, begabt und energisch. Sie wollte ihre Gelegenheit, ihm täglich Fragen zu stellen, soviel wie möglich nutzen ... genießen.

Später an diesem Abend war ihre Tochter nach Hause gekommen, und sie hatten ihr noch ein Stündchen zugehört. Sie stand mitten im Leben der heranwachsenden Jugend, durch sie hatten sie alle Gelegenheit, zu erfahren, was in dieser Altersgruppe vor sich ging... Johannes nahm durch ihre Einwirkung auf ihn die ‚Aura' der heutigen Pubertät in sich auf. Ach, wieviel sie *wollten*! Erziehung schien aus Verzögerung zu bestehen, aus einem behutsamen Zurückhalten, damit nicht alles schon viel zu früh genossen wurde...

Er schüttelte die Welt von sich ab, um meditieren zu können. ‚Welt, geh aus... Mache dich, mein Herze, rein...' In seinem musikalischen Gemüt erklang die Arie von Bach. ‚Welt, geh aus ... lass Jesum ein.' Das war kurz gesagt das, was *vor* der Meditation geschehen musste.

Für ihn war es ein selbstverständlicher Schritt der Reinigung vor der Meditation. Viele seiner Schüler hatten damit Mühe, ihre Zeit vor der Meditation brauchten sie größtenteils für das Ringen, sich aus dem weltlichen Denken zu befreien.

Er vertiefte sich erneut in das Bild der Seele, die Jungfrau, in Sophia.

Sie hatte ihr Herz als Freude offenbart. Freude vor dem Hintergrund der Betrübtheit, sich aufhellend in Idealismus, sich verdichtend in die Romantik. Nun nahm die Großartigkeit ihres Gemüts einen anderen

Charakter an. Es waren außerordentlich flüchtige Eindrücke, die seine Geistesgegenwart erforderten, um sie gewahr zu werden. Das Bild lebte und war in einer fortwährenden Metamorphose. Es war auch eigentlich kein Bild, sondern eine Verbildlichung, eine Imagination, die auf die reine Seele, auf die Heiligkeit verwies.

Er fühlte, wie die Kraft des Herzens noch lichter wurde, nicht sich verflüchtigte, sondern sich ausdehnte, bis es kein Freude-Gefühl mehr war, sondern ein Freude-Gedanke. Ein ‚Ja!' gegenüber der ganzen Schöpfung erklang wie ein Herz im Denken. *Weit* wurde seine Seele, bis sie allumfassend war, das Gemüt groß wie das All...

Gedanke war die Freude geworden, aber kein kritischer Gedanke... Ein ausschließlich positives Gedankenlicht war diese Großmütigkeit – gegen den Hintergrund der *Wehmut*. Es verschärfte sich, das Gedankenlicht; von einem Erkennen zu einer ausschließlichen Gerichtetheit, einem denkenden Denken ohne Inhalt, einem reinen denkenden Zugewandtsein...

Johannes suchte nach dem Wort, das diese Qualität ausdrückte – und war aus dem bildenden Kräftefeld ausgeschlossen. Andacht, das war das Wort. Aber in der imaginativen Kraft konnte ein Wort nicht existieren, da sorgte es für die Entzauberung, den Rückfall in den Verstand. Man konnte beschreibend verbildlichen, in einer Art konstatierenden Denkens – das konnte neben der Imagination bestehen. Wenn die Bewegung der Seele nur aufrechterhalten werden konnte. Jedes Stillstehen ließ sie fallen... Das Finden eines Wortes *ist* Stillstehen.

Welt, geh aus! Lass die unendlichen Augen sich öffnen. Er fand sie wieder, suchte noch eine dritte Gliederung in ihrem lichten Licht. Was, wenn die Hingabe die positive Kraft der Freude sich verdichten ließ? Das ehrfurchtvolle Angesicht erkannte nur das Gute, wollte nur dies gelten lassen. Ein Wille lebte in diesem heiligen Denken, nur das Gute im anderen Ich zu würdigen.

*Wohl*wollend...

Eva fragte nach ihrer Meditation:

‚Ich habe es versucht: Nur in der Art der Erinnerung *im* Licht des Denkens, in dieser feinen Substanz, zu leben. Ich empfinde irgendwo in mir die Spur einer Möglichkeit, aber ich kann mich darin nicht halten. Dennoch stieg eine Art Ahnung, eine Art ‚Wissen' in mir auf. Ist dies nicht das Lesen in der Akasha-Chronik, Johannes? Wenn man es als strebender Mensch schaffen würde, in dieser feinen Lichtsubstanz zu ‚erinnern', würde man dann nicht in dem geistigen Buch der Zeit lesen? Ein Buch, in dem kein Sterblicher lesen darf, nur heilige, auferstandene Geister? Ich bin noch immer blind, aber ich glaube, ich verstehe es. Das scheint mir der erste Schritt zu sein. Als Mädchen habe ich diese seltsame Schrift ‚Gardevias' gelesen, über jenes Halsband des Hundes Gardevias, auf dem die Sternenweisheit geschrieben stand – eine mittelalterliche Schrift. Dabei stieg auch eine Art ‚Wissen' in mir auf, so ähnlich wie jetzt. Es waren Tugenden damit verbunden – ich habe sie leider vergessen, aber ich kann sie wieder suchen. Wahrscheinlich ist es *das*, was unsere Seele in sich tragen muss, um so weit zu kommen, dass sie in der Akasha-Chronik lesen kann. Ich studierte damals schon, war aber noch ganz und gar nicht erwachsen. Ich werde diese zwölf Tugenden von Gardevias' Halsband noch einmal aufsuchen! Ich bin neugierig, was sie mir *jetzt* zu sagen haben!'

Johannes nickte und dachte gerührt an seine Imagination der heiligen Seele. Er und Eva ... sie waren stets mit demselben beschäftigt, von verschiedenen Seiten kommend.

Eva sprang auf und holte das geliebte alte Buch aus ihrer Büchersammlung hervor.

‚Hier.', sagte sie voller Freude. ‚Hier sind sie, die zwölf Tugenden als Blumen in einem Kranz ... verbildlicht auf dem Halsband des Hundes Gardevias: Zucht, Keuschheit, Milde... Treue, Mäßigkeit und Achtsamkeit... Scham, Bescheidenheit und Ausdauer... Demut, Geduld und Liebe. Nun, damit kann man so natürlich nicht viel anfangen. Das verlangt meditative Vertiefung. Ich erinnere mich nun wieder, dass ich davon ganz unglücklich wurde. Es war in allem so ungefähr genau das, was ich *nicht* war. Aber vielleicht würde ich das jetzt anders sehen. Wie kamen wir noch mal hierauf?'

‚Die Akasha-Chronik. Nur heilige, auferstandene Geister können darin lesen.'

Eva nickte.

‚Ja, so ist es. Was haben wir für ein großartiges Leben, Johannes. Ich meine ... es ist kein Leben in *Gedanken*, wie bei einem Philosophen. Es ist ein magischer Idealismus. Ich meine das als eine Tatsache, verstehst du. Kein Gedankenschein, sondern ein Überstrahlt-Werden von der Magie des realen Geistes. Das kann in unserer heutigen Zeit also wirklich geschehen, trotz aller Nüchternheit und Intellektualität. Das muss auch geschehen, denn die Welt ist ‚ein Warenhaus ohne Notausgang'.'

Johannes brach in Lachen aus, auch wenn es ein ziemlich trauriges Bild war. Eva sagte:

‚Das sagte ein Patient heute zu mir. Er sagte ganz direkt, dass er hier den Notausgang gefunden habe, dass er jedoch jahrelang gedacht habe, es gebe einen solchen nicht – außer in Form von Selbstmord –, aber er ist überhaupt nicht depressiv.'

Es war Nacht. Johannes stand vor dem geöffneten Fenster des Schlafzimmers. Schon als Kind hatte er das getan, abends vor dem Schlafengehen, morgens beim Aufwachen.

Jahrelang hatte er diese Gewohnheit vergessen; er hatte sie wieder aufgenommen, nachdem er sich selbst als Geisteswissenschaftler erkannt hatte.

Es war eine klare Nacht, mit nur wenigen Schleierwolken. Er sah in die unendlichen Augen der Nacht, den mächtigen Sternenhimmel, und fühlte die inneren unendlichen Augen, die die Nacht in uns weckt.

Sternenweisheit, die im Menscheninnern erneuert werden muss...

DIE HÖHEN DER ALTEN SELIGKEIT

‚Es ist kein Leben in *Gedanken*' ... hatte Eva gesagt. Mit diesen Worten in seinem Gemüt wurde er wach, sie hatten seinen ganzen wachen Schlaf durchdrungen. Er vermisste oft sein tatenreiches Leben in Amsterdam. Da hatte er mitten im Leben gestanden, hatte seinen vollen Einsatz für die Patienten geben können, aber auch für junge Menschen, die Arzt werden wollten oder es schon waren. Hier gab er für die Patienten und Schüler auch seine volle Kraft. Aber die Patienten waren auf dem regulären Wege entweder ‚ausbehandelt', oder sie waren nicht ernsthaft krank. Und die Schüler ... bei ihnen fragte er sich, ob es Sinn hatte, was sie hier taten. Es waren natürlich einige sehr begabte und auch sehr aktive Menschen dabei – für sie tat er diese Arbeit. Aber viele Menschen betrachteten ihren Aufenthalt hier wie eine Art Urlaub, und das änderte sich im Verlauf der Zeit nicht wesentlich. Sie fanden es schön und interessant, sich einmal mit etwas anderem zu beschäftigen, sie lernten davon auch etwas – aber es war wie ein interessanter Besuch in der Kathedrale von Chartres ... Teil einer langen Liste interessanter Sehenswürdigkeiten. Das Mysterium wurde nicht gesucht, also auch nicht gesehen.

Zwar kam ein fester Kern echter Geistessucher hierher ... aber um diesen Kern gab es ein wechselndes Publikum, das den allergrößten Teil ausmachte. Es war die Methode der Geisteswissenschaft, die hier gelehrt wurde, aber sie waren völlig selbständig, waren kein Teil irgendeiner größeren Organisation. Das gab die Freiheit, die sie genossen – aber auch eine Beschränktheit. Man konnte es einfach nicht gut verstehen – ein buddhistischer Meister und ein Ex-Professor, der hohe geistige Ideale hatte.

Diese Überlegungen schoben sich zwischen das Erwachen und die Meditation, wodurch er sich auch jetzt, aus der durchgeistigten Nacht kommend, schon wieder von den täglichen Gedanken befreien musste.

Er schloss seine Augen, und die Sturmkraft des Geistes erhob sich unmittelbar; fort wehte das alltägliche Denken, ein Strom von Gedankenwesen, der nicht zur Gegenwart gehörte, offenbarte sich. Die heilige Jungfrau ‚stand' mehr oder weniger im Raum, im Kosmos. In diesem Moment jedoch bekam er das Buch der Zeit gereicht. Er wandte die Kraft seiner Erinnerung diesem Buche zu und sah in eine Zeit, in der die Entwicklung der Erde auch *seine* Entwicklung gewesen war, in der das Wesen Mensch sich noch nicht davon emanzipiert hatte. Träumend eins waren sie gewesen, die Erden-Mutter und der Mensch. Eine Schöpfung von Himmel und Erde war der Mensch, das ganze künftige, individualisierte Menschengeschlecht ruhte noch als Keim in diesem großen Erdenwesen. Da durfte kein Intellekt, kein Wissen hineindringen. Nur Traumbilder behüteten die Unschuld. Alles, was klarer war als der zerfließende Traum ... war das Böse. ‚Von den Höhen meiner alten Seligkeit...' nennt Novalis das.

Johannes hatte sich mit Philippe verabredet, dem Schüler, der zugleich Lehrer war. Er war ein unauffälliger Mann, dessen Schönheit man erst sah, wenn man ihm in die Augen zu blicken wagte. Da, in diesem Blick, strahlte einem sein eigentliches Wesen durch die vielen Farben seiner Augen entgegen. Johannes selbst war in seiner ganzen Erscheinung großartig. Philippe nicht, man sah einfach über ihn hinweg. Er sprach auch nur, wenn er das Wort bekam. In den letzten Jahren ‚bekam' er das Wort hier sehr regelmäßig – und dann war die Wirkung überwältigend.

Er besuchte ihn in seinem Arbeitszimmer. Das Zimmer war eine Kopie seines eigenen Zimmers, was die Lage und die Maße betraf – aber damit hörte alle Ähnlichkeit auf. In Philippes Zimmer herrschte ein geordnetes Chaos. Seine Bücher standen durcheinander im Regal, lagen auch in Stapeln auf den Brettern. Auf seinem Schreibtisch lag ein Stapel noch unbearbeiteter Korrespondenz, auf der einen Seite stand ein Laptop, ausgeschaltet. Auf dem Couchtisch lagen die aktuellen Bücher und Zeitschriften, sie offenbarten, womit Philippe sich in diesem Moment beschäftigte. Das Zimmer war blitzsauber, aber ganz durchlebt von innerlicher Aktivität.

Johannes musste an alte lederne Stühle denken, kostbar, aber durch das Alter ohne materiellen Wert, das Leder zerknittert und aufgeplatzt...

Bei Philippe war alles *echt*, wenn auch äußerlich unbedeutend. Er war in Sommerhose und Oberhemd gekleidet, informell. Sie setzten sich in die Sessel, Philippe schob ein paar Zeitschriftenstapel zur Seite, um Platz für die Kaffeetassen zu schaffen. Ab und zu brach die Sonne durch die schwere Wolkendecke, was wie das Lächeln von Philippe wirkte.

‚Ja, Johannes. Ich habe dich angerufen, weil ich mit dir über Sonntag, den ersten Pfingsttag sprechen wollte. Es ist in den letzten Jahren eine Gewohnheit geworden, dass es an solchen Festtagen meine Aufgabe ist, einen Vortrag – oder mehrere – zu halten. Das haben wir für Pfingsten auch so abgesprochen.'

Johannes nickte und fragte:

‚Willst du es nicht machen?'

‚O doch, darum, geht es nicht. Ich wollte nur mit dir zusammen überlegen – eine Art Stimmen der Instrumente vor dem Konzert. Es ist schließlich kein Gottesdienst mit einer Predigt und einem Sakrament. Die Bewegung ist ganz umgekehrt. Du weißt, ich versuche immer, dass das, was gesprochen wird, auch *geschieht*. Darüber hat man als Mensch natürlich keine Macht. Aber man hat sehr wohl die Aufgabe, so zu sprechen, dass eine Schale gebildet wird, in die sich der heilige Geist ausgießen kann. Nicht nur über Pfingsten *sprechen*, sondern im Sprechen *so* vorgehen, dass etwas von einem realen Pfingsten entsteht. Wenn wir uns bewusst sind, dass wir danach streben, kann es auch Wirklichkeit werden.'

‚Da bin ich mit dir selbstverständlich ganz einig.'

‚Wir sind hier keine Sekte, keine Interessengruppe, keine Kirche. Aber es darf auch nicht zu freibleibend sein. Ich wollte darum dieses Mal nur für uns selbst sprechen. Für diejenigen Menschen, die wirklich ernsthaft innerlich aktiv sind. Für die große Gruppe der ‚Passanten' werde ich dann einen mehr allgemeinen Vortrag geben. Also zwei verschiedene Niveaus. Das wollte ich dir vorstellen, Johannes. Die Zeit drängt. Es ist immer schon so gewesen, dass die Kraft der Menschen, die *nicht* wollen, viel größer ist, weil wir uns viel weniger bündeln. Es wird Zeit für eine inneres Bündnis.'

‚Ich habe heute Morgen ganz ähnliche Gedanken gehabt. Du hast recht, die Zeit drängt.'

‚Ich würde es dann gerne sehen, dass du am zweiten Pfingsttag das gibst, was du vertrittst. Und dass wir dann ein zweites Mal zusammenkommen und unsere Geisteskraft bündeln. Wir dienen nur *einem* Ziel: dem Reich der Himmel auf Erden. Wenn dies *außerhalb* des Bewusstseins der Menschen bleibt, geht die Erde mit dem Menschen zugrunde. Nicht gleich, aber ganz sicher...'

Das war kennzeichnend für Philippe, den Schüler, der ein Lehrer war. Einerseits war er so vorsichtig, wie sich ein Schüler seinem Lehrer nähert. Andererseits war er seiner Aufgabe absolut sicher, und er würde diese bis zu seinem letzten Herzschlag verfolgen.

‚Ein inneres Bündnis.', wiederholte Johannes. ‚Das ist schön gesagt. Das, was im Alten Testament äußerlich war, was von David mit getragen wurde, um was herum er tanzte, zur Vergrößerung von dessen Ehre ... das werden wir in Freiheit erneuern, Philippe. Du, der Meister, Eva, Beato und ich.'

‚Und Sophie.'

Johannes nickte und sagte nachdenklich, verwundert:

‚Gut. Und Sophie...'

Philippe hatte ihm damit ein Rätsel gegeben. Sophie. Ein junges Mädchen, das ihm selbst gesagt hatte, dass sie den inneren Weg nicht ging – vielleicht später, nicht jetzt. Dass Philippe sich irrte, war ausgeschlossen. Ein merkwürdiges Gefühl der Verwunderung gab das. Wer war Sophie?

Eine Erinnerung an ein fast mystisches Geschehen in seinem Leben kam herauf. Er hatte nach seinem Arztexamen eine Reise nach Südeuropa gemacht, hatte da bei Freunden gewohnt, Familie und Verwandte seiner Eltern. Er war dann ganz gemächlich zurück nach Hause gefahren, nicht auf der Autobahn, sondern durch Felder, Hügel, Berge und Dörfer. So war er in ein abgelegenes Bergdorf gelangt, auch wieder Mitglieder der Familie. Das ganze Dorf war in Trauer, weil ein achtzehnjähriges Mädchen verstorben war. Er fand sie aufgebahrt in der Kirche. Und dann geschah etwas mit ihm, was in keinerlei Verhältnis zur Logik eines jungen Erwachsenen stand. Es war ein bildschönes Mädchen, sie hatten ihr ein weißes Kleid angezogen, sie war die gestorbene Braut. Und dies traf ihn *so*, dass er sicher wusste, dass sie die Jungfrau war, nach der sein ganzes Jugendherz sich gesehnt hatte. Es war ein Bild und doch eine erschütternde Wirklichkeit. Später erst hatte er verstanden, dass es ein Bild für den Verlust des *Lebens* in seiner Seele war. Die Naturwissenschaft hatte ihm dieses genommen – er hatte es sich selbst genommen. In seinem Leben fand er ein Abbild dessen, was in der Geschichte der Übergang von Plato zu Aristoteles ist: die letzte Erscheinung der geistigen Realität im Bewusstsein verwandelt sich in die abstrakte Logik.

Er hatte da gestanden, an der Bahre seiner Seele, die gestorben war. Aber es war auch eine Wirklichkeit gewesen, und das war das Erschütternde. Da lag wirklich ein junges, unschuldiges Mädchen, sie war einer Lungenentzündung erlegen. Und ein mächtiger Eindruck machte ihn so betrübt: Sie hätte seine Braut sein sollen. Er hätte ihr hier lebend begegnen sollen... Ihr Tod nahm ihm seine Lebensfreude.

Er war nun viele Jahre älter und reifer, aber noch immer war der Rückblick auf diesen Moment voller Schmerz. Ob logisch oder nicht, es hatte so gewirkt, das war eine Tatsache. Und es hatte sein Leben danach bestimmt, bis er dem Meister, seinem Freund hier, begegnet war. Es war auch in der Erinnerung so, dass sein ganzes Kindheitserleben des Vorgeburtlichen sich in diesem Moment, beim Anblick des gestorbenen Mädchens, zusammengeballt hatte – und von ihm gewichen war, als ginge dies alles mit ihr in die geistige Welt ein. Selbst der irdische Name des Mädchens war vollkommen in Übereinstimmung mit seinem Erleben gewesen, als ob hier Geist und Erdenleben vollkommen kongruent waren. Sophia war ihr Name...

Weil Philippe das Mädchen Sophie zu einem Menschen auf seinem eigenen Niveau erhoben hatte – nun ja, er konnte sie nur erheben, weil sie erhoben sein *musste* –, stieg dieses Bild der toten Isis, der toten Sophia, wieder in ihm auf. Das gestorbene Mädchen war für ihn eine mystische Gestalt geblieben, sie blieb als Bild anwesend, mitten in seiner abstrakten Wissenschaft der inneren Medizin. Wie eine Mahnung erinnerte sie ihn mit ihrem weißen toten Licht daran, dass er einst ganz andere Erlebnisse gehabt hatte. Dass es eine Wissenschaft gab, in der *Farbe* wichtiger war als Zahlen. In der die Liebe das Instrument war, um zu Wissen zu kommen, nicht der Gehirn-Spiegel.

Dass es in Wirklichkeit keine ‚Dinge' gab, dass alles geistiges *Wesen und Werden* ist, das sich auf eine ganz andere Weise offenbart, als es die gewöhnlichen Einsichten tun.

Es war nicht so, dass er nun meinte, das Mädchen Sophie sei die wiedergekehrte Sophia – obwohl das im Prinzip möglich war. Es war ein Zusammenfallen von Gefühlen: das Rätsel Sophie, das Philippe ihm aufgab, und die Wirkung des toten Mädchens auf sein Gemüt, Jahrzehnte zuvor. Sophie hatte das Umgekehrte erlebt: Auch sie hatte ihren ‚Bräutigam' an den Tod verloren, aber dieser war gerade alt gewesen und hatte ein Leben schwerer Verbrechen bis hin zur schwarzen Magie hinter sich. So wie Sophia gestorben war, bevor sie Schuld auf sich laden konnte, war Gerrit gestorben, nachdem er die Schuldenlast abgeworfen hatte. Es war ein wundersames Gegenbild, das auf die Seelenverwandtschaft von Johannes und Sophie deutete. Das Zusammenkommen der Mysterien von Geburt und Tod, von Denken und Wille... Johannes hatte mit Sophia seine Unschuld verloren – Sophie trug mit Gerrit dessen Schuldenlast.

Er ging durch den Park, in der Atmosphäre eines nahenden Unwetters, das elektromagnetische Feld ließ sein Dasein erzittern. Er lief nachdenklich weiter – und sah plötzlich auf. Er stand Auge in Auge mit ... Sophie.

‚Hallo, Johannes! Wir müssen zusehen, dass wir hineinkommen, gleich beginnt es zu schütten!'

‚Kommst du mit mir zum Hauptgebäude?', fragte er.

Sie kehrte um und lief mit ihm dorthin zurück, wo sie herkam. Die ersten dicken Tropfen fielen. Er nahm ihre Hand, und zusammen rannten sie den Weg entlang, die Stufen hinauf, in die Halle – doch noch ordentlich nass geworden.

‚Wohin gingst du?', fragte er sie lachend.

‚Einfach so etwas herum – genau wie du?'

Er schaute auf seine Uhr und fragte:

‚Wollen wir etwas reden?'

Sie nickte, und zusammen gingen sie zum Speisesaal. Es war niemand da, noch war nicht Mittagszeit. Was wollte er eigentlich sagen? Es war die Kraft seines Gemütes, die ihn nach einem Gespräch mit ihr verlangen ließen. Sie war ein verlegenes, unauffälliges Mädchen gewesen, das nur durch ihr virtuoses Geigenspiel Eindruck machte. Gerrit hatte sie gelehrt, sich zu zeigen, was für eine Geigerin doch auch wichtig war. Dadurch, dass sie nass geworden war, kam aus dem Kleide dieser schönen jungen Frau wieder das gewöhnliche Mädchen zum Vorschein.

'Was lachst du?', fragte sie.

'Ich dachte beim Laufen sehr stark an dich – und dann warst du da.'

'Woran dachtest du denn?'

'Wer ist Sophie? fragte ich mich. Und dadurch kamen allerlei Gedanken auf.'

'Und weißt du jetzt, wer Sophie ist? Ich selbst habe keine Ahnung. Freude, hat Beato einst gesagt. Die verkörperte Freude soll ich nach ihm sein. So sehr, dass ich sogar den leibhaftigen Chagrin – Gerrit – froh gemacht habe.'

Sie sagte es mit einiger Selbstironie, aber ihre Worte berührten ihn sehr. Äußerlich sichtbar war ihre Freude nicht so sehr, unverwüstlich freudevoll aber war ihre Seele. Freude ... das Herz der Jungfrau...

Er war so gerührt, dass sein Gemüt bebte, angerührt durch die Freude... Freude, schöner Götterfunken, Tochter aus Elysium – alle Menschen werden Brüder, wo dein sanfter Flügel weilt.

Das bebende Gemüt nahm seinen Geist auf diesen Freude-Flügeln mit, außerhalb des Leibes fühlte er sich wieder von den 'Höhen der alten Seligkeit' angerührt und hatte ein unbezweifelbares Wissen von dem neuen goldenen Glanz, der den alten verklärte, erleuchtete, erhellte.

Er war ebenso erschüttert wie damals, als junger Arzt an der Bahre des gestorbenen Mädchens, wo er empfand, als wäre sie eine gestorbene Braut.

Sophie hatte ihn mit ihrem Wesen berührt und ihm das Verständnis für Philippes Wahl geschenkt.

Eva war schon vor dem Essen zuhause. Eva sah ihn lachend an und sagte:

'Was spukst du denn herum? Meine Detektivin sagt, sie sah dich im Regen rennen – Hand in Hand mit einem jungen Mädchen.'

Johannes brach ebenfalls in Lachen aus.
‚Wer ist denn deine Detektivin?'
‚Eine Patientin, ambulant und neugierig.‘
‚Es war Sophie. Ich begegnete ihr, und es begann zu schütten. Es war eine Art Reflex – damit sie nicht fällt.'
‚Ja, ja – so wird es schon sein. Weißt du noch, was du mit mir machtest, als ich mit Peter zusammenstieß?'
‚Das ist mehr als zwanzig Jahre her!'
Sie umarmte ihn und neckte:
‚Nun ja, du weißt jetzt, dass ich über alles informiert bin.'
‚Ich war schon am Überlegen: wie soll ich das bloß Eva sagen!'
Sie genossen gemeinsam ihr Essen. Johannes erzählte von seinem Gespräch mit Philippe, von seiner Begegnung mit Sophie und von seiner Gemütsbewegung. Eva hörte mit großen Augen zu, schweigend. Sie kannte ihren Johannes so gut – und doch gab es auch so viel, was sich ihrer Wahrnehmung entzog. Wer ist Johannes? Es war eine Frage, die ihr Leben mit ihm fortwährend begleitete und auf die sie nur allmählich Antworten bekam. Nicht so sehr von ihm selbst wie durch die Ereignisse, durch das Leben mit ihm. Sie führten zusammen ein ‚gewöhnliches persönliches Leben', hatten eine außergewöhnlich gute Ehe. Aber darin lebte noch eine andere Beziehung, eine höhere Verbindung, etwas aus der Ewigkeit. Dieses ‚Etwas' formte die Antworten auf ihre Fragen in Bezug auf ihn. Man konnte eigentlich nie eifersüchtig auf seine innere Entwicklung sein, denn diese war so universell und groß, dass es unsinnig war, sich damit vergleichen zu wollen. Dass es dennoch viele gab, die dieser Unsinnigkeit verfielen, war ein Beweis für den Verlust an Geist. Vom Geiste aus konnte es einem unmöglich entgehen, mit welchem Geist man es in Johannes zu tun hatte – auch wenn man seinen Namen nicht kannte.

Als sie weg war, zurück zur Arbeit, räumte er auf und ging in sein Zimmer. Er schrieb einige Seiten und legte dann das Papier zur Seite. Er wurde gleichsam durch die Gemütsbewegungen gerufen, die so stark wurden, dass sie angeschaut werden konnten. Dass Menschen auf Erden die geistige Welt nicht schauen können, liegt an den schwachen Gemütskräften. Diese sind nur mit persönlichen Gefühlen erfüllt – welche dichte Schleier vor die geistige Welt ziehen, indem sie das geistige Gemüt verzehren.

Johannes hatte ein starkes geistiges Gemüt – durch die Bewegung wurde er gerufen...

Sophia. Mächtige, Bild gewordene Begriffe wallten in ihm auf. Wie sollte er je dazu kommen, anderen solche Begriffe zu offenbaren? Selbst das Bewusstwerden davon erschien ihm schon wie eine Profanierung. Die Erbsünde stand vor seinem Geiste ... die Bild gewordenen Begriffe, nicht zum Wissen geronnen, gehörten zum Lebensbaum – das Aufnehmen dessen in das Element, von dem aus man sie offenbaren könnte, erschien wie eine Wiederholung, eine Bekräftigung der Erbsünde, ein Übergang vom Baum des Lebens zum Baum der Erkenntnis. Dennoch war dies dem Meister des Abendlandes zufolge an der Zeit. Er hatte eine umfassende Geisteswissenschaft gebracht, die ganz aus Lebensfrüchten bestand, welche als Wissen übertragen wurden. Seinen Schülern gelang es noch immer nicht, von diesem Wissen aus wieder zum Leben zu kommen. Lag das nur an den Schülern? Nichts in Johannes zweifelte am Meister des Abendlandes. Er konnte nur nicht selbst dahin kommen, auf die gleiche Weise das Leben in Wissen umzuformen. Doch wenn er es *nicht* tat, dann war sein Wissen nicht übertragbar. Vor seinem Geistesauge stand das Mysterium von Maria-Sophia. Die ganze Schöpfung schien auf sie zu verweisen, als Quelle von Gottes Weisheit. Ja, die Schöpfung *wurde* sie, nicht als Wesen, sondern als Verbindung zwischen Himmel und Erde. Philosophia ancilla theologiae est... Die Philosophie ist die Magd der Theologie. Er wurde etwas gewahr, was viel weiter geht: Sophia ancilla Dei est... Sophia ist die Magd des Herrn. Das Angesicht von Himmel und Erde zerfloss zu *Ihr* ... nicht als Wesen ... als Weisheit, als vielfarbiges Licht, das Gott beleuchtet.

‚Zur Staubwolke wurde der Hügel und durch die Wolke sah ich die verklärten Züge der Geliebten...' *

Nicht eine irdische Geliebte, sondern eine kosmische, die Erden-Mutter, der Mensch, wie er geworden war durch Saturn, Sonne und Mond, stand an der Wiege des Erdenmenschen, als Mutter, aber

* Novalis, Hymnen an die Nacht.

zugleich als Geliebte, das Ewig-Weibliche – ohne Geschlechtlichkeit, diese war nur ein Gleichnis.

Er schaute sie, die Weisheit selbst, die ewige Mutter, die ihr Erden-Kind gebärt. Unschuldig noch, nicht angetastet von der Selbstsucht des Wissens...

Aber ihr Erdenkind ging durch das tragische Geschehen der Schuld. Johannes sah sich selbst, als Träger der Schuld, den gefallenen Erdenmenschen.

Vorchristlich war das Bild, das er schaute. Es schien, als ob die Mutter sich noch ein zweites Mal bereit machte, den Erdenmenschen zu gebären, nun jedoch würde dieser der Träger des Makrokosmos selbst sein. Johannes schaute das allergrößte Mysterium – und fühlte sich in seinem Denken, seinem Gemüt, seinem Willen zu *unwürdig*, dieses Mysterium in Gedanken zu fassen. Er schaute es, als Bild, als Poesie ... sollte es dennoch Geisteswissenschaft werden?

Erneut bebte sein Gemüt. Nicht nur die Erde wurde eine Staubwolke, der eigene Leib wurde darin aufgenommen, er verwehte zu geistigem Stoff. Johannes schaute in Ihr die Bedeutung seines Daseins, den Namen seines Wesens, seiner Individualität. Er trat zurück in seinen Leib, mit der Frage: Ist es auch *meine* Aufgabe, den Geist als Wissenschaft zu offenbaren? Wenn dies so ist, so gib mir die richtigen Gedanken und Worte, auf dass nichts profan werde...

Innerlich lächelnd ging er wieder zu seinem Zimmer im Hauptgebäude. Eigentlich ging er den ganzen Tag von einem Zimmer zum nächsten, von einer Verabredung hier zum nächsten Termin dort. Es hatte etwas Eigenartiges, das Leben hier. Und dann stieß man draußen noch mit allerlei Menschen zusammen...

Er hatte dies kaum gedacht, da sah er Beato, der aus seinem Auto stieg. Ein urgesunder Mann in der Blüte seines Lebens. Als Italiener herzlich jovial, war er als deutschsprachiger Südtiroler aber auch ernst und tiefsinnig. Johannes fühlte seine Liebe zu diesem Mann, der ihn noch immer nicht sah. So auf den ersten Blick schien er wie ein sportlicher, wohlhabender Charmeur, das war der weltliche Aspekt an ihm. Kam man mit ihm ins Gespräch, dann kam ein Gegenbild zur Erscheinung, ungeahnte Tiefe und Ernst.

Er hatte eine merkwürdige Unschuld, als ob die Erbsünde ihn vergessen hatte – das musste wohl auf ihre Überwindung hinweisen.

Es sah so aus, als würde Beato der Schwiegervater seiner ältesten Tochter werden... In der Zeit, in der er mit seiner Familie hier gewohnt hatte, waren ihre Kinder in eine rührende Romanze geraten, die sich zu ihrer aller Verwunderung als dauerhaft erwies.

Beato hatte sein Auto abgeschlossen und sah auf.

‚He, Johannes! Das erste, was ich hier sehe, ist zugleich das Beste...'

Sie drückten einander die Hand.

‚Ist die Familie zuhause geblieben?'

‚Ja – und deine Familie ist auch da. *Ein* Mitglied von ihr. Sie haben alles Mögliche zu tun, du kennst das. Aber ich bin froh, wieder hier zu sein, Johannes. Ich vermisse euch jeden Tag. Zum Glück ist das Leben so erfüllt, dass der Schmerz davon übertönt wird. Ich meine es so, wie ich es sage. Ich vermisse euch wirklich sehr.'

Er nahm seinen Koffer und ging mit hinein. Sie holten seinen Zimmerschlüssel am Empfang.

‚Hast du kurz Zeit, Johannes?'

Johannes nickte.

‚Dann bringe ich dies eben weg und dann...'

‚Kommst du in mein Zimmer?'

‚Okay.'

Johannes sah ihm nach, wie er immer zwei Stufen auf einmal nahm – und ging zu seinem Zimmer.

Er fühlte die Wirkung von Beato. Sie durchzog ihn so, dass es eine Art Aura wurde, die ihn erfüllte. Selbst das Denken und Sprechen ist zu profan, um einen *Menschen* von seiner geistigen Seite zu beschreiben. Alles, was man denkt und sagt, ist schon unerträglich viel geringer als das, was man wesenhaft erfährt. Der Respekt vor der Integrität ist eine absolute Vorbedingung für den inneren Entwicklungsweg. Es geht nicht um die alltäglichen Eigenschaften, diese lassen sich schon erfassen. Es geht um die ewige Individualität, die nie kritisiert, nie beurteilt werden kann. Aber für Johannes reichte das noch viel weiter, weil er die Entheiligung, die Profanierung so stark gewahr wurde. Umschreiben ist das einzige, was möglich ist...

Beato kam nach einem kurzen Klopfen herein. Er sah aus dem Fenster und sagte:

‚Ich vermisse die Landschaft meiner Geburt. Milano liegt in der Ebene. Für die okkulte Entwicklung ist dies hier ein besserer Ort.'

‚Zum Glück kommst du oft hierher.'

Beato lachte.

‚Es ist mein Wochenendhäuschen. Wie geht es dir, Johannes?'

Das wurde er nicht oft in einer solchen Intensität gefragt. Man konnte nicht als Phrase ‚gut' antworten...

‚Ich versuche, an diesem abgelegenen Ort dennoch die Verbindung mit der gewöhnlichen Welt zu behalten. Wir reisen viel, begegnen vielen Menschen und suchen dann überall Gelegenheit, in das gewöhnliche Leben unterzutauchen. Aber hier ist es dennoch etwas einseitig, darunter leide ich. Manchmal bekomme ich Lust, einmal ein Jahr im Geschäft meines Vaters zu arbeiten – er lebt nicht mehr, meine Brüder leiten den Betrieb. Nun ja, das werde ich natürlich nicht tun, aber meine Geisteskraft sucht Wege, in die Welt hinein – und die gibt es nicht.'

‚Das Problem ist natürlich eigentlich, dass ‚in der Welt' kein Interesse für den Geist besteht. Es gibt allerlei spirituelle Bewegungen, aber der wirkliche, reine Geist ... der lebt nur hier und *kann* auch nicht in die Welt hinein. Ich stehe mitten darin, mit Grauen sehe ich, wie die Menschen leben, wie sie das auch wirklich so *wollen* – und doch kann man es auch verstehen. Der reine Geist ist in unserer Zeit Speise für Einzelne. Ich glaube also fest daran, dass du hier am effektivsten wirken kannst. Hier lebt eine Gralsgemeinschaft, sie *muss* sich etwas abseits halten. Durch deine Reisen und deine Bücher kommt dein Geist trotzdem in die Welt.'

‚Danke, dass du das so sagst. Ich sage mir selbst ähnliche Worte, aber die deinen haben Gewicht...'

‚Ich kann mir sehr gut vorstellen, was du meinst, Johannes. Es ist doch auch eine tragische Zeit. Die Menschen, die wirklich etwas bedeuten könnten, sitzen vor dem Internet und blicken auf die Kurse. Und die Ärzte sitzen heute auch vor allem vor dem Schirm – um Laborwerte und Untersuchungstermine einzugeben. Ich preise mich glücklich mit meinem Beruf, das geht nicht per Computer – höchstens als Vermittler. *Wir* müssen noch wirklich Handarbeit verrichten, in Notzuständen. Fußballer müssen auch noch immer wirklich rennen – selbst wenn die Ergebnisse vielleicht vorprogrammiert sind. In meinem Beruf sind die Ergebnisse immer erst nach der Arbeit bekannt. Aber was du tust, Johannes, ist doch genauso tatkräftig. Die Forschung, die du verrichtest, ist für den Fortgang unserer ganzen Entwicklung lebenswichtig. Und du bist nicht allein, du bist umgeben von Giganten... Nur kann ich sehr gut begreifen, dass du das Gefühl hast, mit deiner Arbeit in ein *Nichts* zu greifen. Die Menschen lesen ein Buch von dir – und nehmen wieder ein anderes zur Hand. Sie besuchen einen Vortrag – und denken: Ach, es geht auch anders, einfacher. Sie nehmen hier an einem ‚Kurs' teil und vergessen zuhause wieder, was sie entwickelt haben. Aber nicht jeder ... es gibt eine ganze Reihe von Menschen, die durch deinen Geist den Sinn des Daseins wiederfinden. Es wird eine Zeit kommen, wo das Innere und das Äußere wieder in Übereinstimmung sein werden. Du bereitest den Weg. Ich hätte ihn ohne dich nicht gefunden – nicht *so* wirksam.'

‚Das muss man bezweifeln.'

‚Nein. Wir brauchen dich wie keinen anderen.'

Johannes lächelte und sagte:

‚Und ich brauche dein Wort, deine anregenden Gedanken. Ich weiß, dass es so ist, aber du musst es sagen.'

‚Wie geht es deiner Forschung, Johannes?'

Seine zweite Frage ging noch tiefer.

‚Ich lebe in der Meditation in einer Welt reinen Geistes, reiner Seele, des reinen Ätherischen, ja sogar des reinen Physischen. Ich stehe vor der Aufgabe, einen Weg zu finden, meine Erkenntnisse so in Worte zu bringen, dass sie nicht entheiligt werden.'

‚Ist der Meister des Abendlandes darin kein Vorbild?'

‚Ja. Nein. Es müsste *so* gemacht werden, dass eine Entheiligung nicht entstehen *kann*.'

‚Dann müsstest du *Dichter* werden, Johannes. Keine Geisteswissenschaft, sondern ‚Geistespoesie' müsstest du dann machen, oder ‚Geistesmusik'.'

‚Dann kann es immer noch geschehen. Schau nur auf Wagner, auf Goethe.'

‚Dann stellst du dir eine unmögliche Aufgabe. Alles kann missbraucht werden. Unsere Zeit ist doch diejenige, in der die reale Geistwelt in der Außenwelt erkannt werden muss. Wenn man dies bewusst aufnehmen können will, muss es doch über Wahrnehmung und Denken geschehen – das ist sogar in der Kirche der Fall. Aber das meinst du also nicht. Du meinst etwas anderes...'

‚Ja. Denn ich erlebe es selbst so stark. Sobald ich das Geschaute in eine übertragbare Form bringen will, fühle ich, wie die Unschuld verloren geht.'

‚Aber ... das ist die Ur-Schuld, das Erkennen an sich ist das. Indem es zu ... nun ja, du hast recht. Ich kann es auch nicht aussprechen. Dennoch müssen wir den Geist übertragen. Die Ur-Schuld ist doch überwunden? Kannst du diese Tat nicht als Wirkung zwischen dein geistiges Schauen und die bewusste Übertragung in das Erkennen ... ‚einfügen'? Du stehst zwischen Weltflucht und Weltgebundenheit, da stehst du doch sehr konkret, das ist es, was du gerade gesagt hast. Und dazwischen steht doch Er, der das Gleichgewicht zwischen beiden hält, wodurch sie machtlos sind, ihre Extremität verlieren? Das *tust* du doch alles, Johannes? Sprich mit Seinem Wort – dann kann nichts jemals profan werden!'

‚Ja, das mache ich schon so, Beato. Aber auch darin brauche ich dein Wort – es ist so sehr *dein* Wesen!'

Beato sah ihn mit seinen prächtigen braunen Augen an.

‚Weißt du, Johannes ... umgekehrt hast du dasselbe Problem. Menschen meditieren, aber sie wissen nicht mehr, dass sie dies profan tun. Dass sie die Verehrung nicht mehr kennen. Wie soll man etwas entfalten, was man nicht mehr kennt? Die Verehrung, die *Devotion* würde einen unmittelbar in den Mittelpunkt des Wesens des Gleichgewichts bringen. Er legt diesen Goldglanz um das Gewohnte, wodurch es seine eigentliche Heiligkeit wiederfinden kann. Das kann man sagen, schreiben, predigen – aber die Qualität ist eine unbekannte geworden. Für mich ist der Operationstisch ein Altar, an dem jede Handlung zum Sakrament wird. Das sieht kein Mensch. Aber ich weiß natürlich sehr genau, dass es für die anderen einfach ihre Arbeit ist. Spannend, nervend, ermüdend, heroisch – das alles wohl, auch eine wunderbare Teamarbeit –, aber geheiligt ist es nicht.

Man wächst in einer Welt auf, aus der die Verehrung verschwunden ist. Wir haben durch unsere Erziehung, unsere Umwelt noch das Glück gehabt, dass wir verehren konnten – weil unsere Seele auch so sehr danach verlangt. Aber man kann sehr gut verstehen, dass gerade das, was allein zum Geist führen kann, einfach nicht da ist. Wie lernt man schwimmen? Ohne Wasser? Du lebst in der Meditation ganz in dem Mysterium, das der Geist ist. Und du leidest darunter, dass du dies profan werden lassen musst. Aber die anderen ... haben nichts anderes als das Profane. Weißt du, wie *schlimm* das ist? Und sie begreifen es nicht einmal, denn was man nicht hat und kennt, kann man auch nicht vermissen – außer in Form einer unbestimmten Getriebenheit. Die erste Frage scheint mir also zu sein: Wie bringt man die Kraft der Verehrung erkennbar auf die Erde zurück? Angenommen, man liest das Evangelium. Zum Beispiel Johannes 8. ‚Ich bin das Licht der Welt.' Das ist schön, erhaben, allumfassend, auch für den Verstand des Gläubigen. Aber das ist noch keine Devotion, keine Verehrung. Dass man sich *vorstellen* kann, dass das, was da geschrieben steht, *wahr* ist, ist schon ziemlich viel. Aber profan bleibt es. Und alle gewöhnlichen Formen von Ehrfurcht führen eher von der Devotion ab als zu ihr hin. Die Erotik liegt hier sehr nahe. Und man muss gerade die Kehrseite finden. Alles im täglichen Leben scheint dazu da zu sein, jeden zarten Ansatz der Devotion im Keim zu ersticken. Ich finde, auch hier wird noch zu wenig in dieser Richtung getan. Wie findet man etwas wieder, von dem man nicht weiß, was es ist? Von dem man nicht einmal weiß, dass es verlorengegangen ist?'

Johannes hatte mit seiner vollen Andacht zugehört. Er sagte:

‚Eigentlich ist es ein und dasselbe Problem. Wenn ich meine Untersuchungen profan offenbare, trage ich dazu bei, dass nicht erlebt wird, dass das Geistgebiet nicht in ‚Wissen' umgewandelt werden kann. Andererseits dürfen Offenbarungen nicht durch *meine* Devotion suggestiv wirken. Die Menschen sind frei, sogar von Ehrfurcht sind sie frei. Wo liegt der Durchgang?'

‚Das Problem scheint mir zu sein, dass der Meister des Abendlandes in seinen Offenbarungen *so* groß gewesen ist, dass kein Mensch den Mut hat, es auf eine andere Weise zu machen. Das heißt ... es gibt natürlich genug neue ‚Meister', die es ebenso gut oder besser machen zu können meinen. Aber die tun etwas vollkommen anderes. Wonach du und ich streben, scheint mir das platonische Element zu sein.'

‚Hast du konkrete Vorstellungen, wie wir vorgehen könnten? Oft wird gemeint, künstlerische Tätigkeit könnte in die richtige Stimmung bringen –'

‚Ausgeschlossen. Sie bewirkt etwas anderes, was gut ist – aber die Heiligung bringt sie nicht, außer wenn jemand sie schon hat, so wie Sophie.'

Johannes sah ihn fragend an. Hatte Beato eine Idee?

‚Es ist noch nicht so sehr lange vergangen, dass es Verehrung gab. Dass ein Lehrling den Meister *erkannte* – was nur mit Verehrungskraft möglich ist –, dass es wirkliche Devotion gab. Angenommen, man nähme die Dichtung eines Dichters, der die Devotion kannte, und man würde wieder und wieder seine Zeilen aufnehmen – würde man dann nicht in die Stimmung des Dichters hineingeführt werden können? Nicht das erste Mal, aber vielleicht nach drei, zwölf, siebzig Malen? Es würde dabei nicht um den Inhalt gehen, nicht einmal um die Form. Sondern um die *Stimmung* des Schöpfers. Das würde man auch mit Musik, mit Malerei tun können.'

‚Würde sich die ‚Gewöhnlichkeit' der Seele nicht einfach darüber hinwegsetzen? Ist das Erleben nicht viel zu grob, um in solche feinsinnigen Prozesse eintreten zu können? Hast du noch andere Ideen?'

‚Es ist der heilige Gral. *Wenn* irgendetwas ‚Himmlisches' banalisiert wurde, dann ist es der heilige Gral. Wir müssen einen neuen Zugang finden, den Weg von neuem bahnen. Verehrung hängt natürlich auch unmittelbar mit Bescheidenheit zusammen. Die gibt es noch, bei bestimmten Menschen. Aber auch sie ist dann ‚gewöhnlich', etwas Persönliches – und manchmal natürlich auch falsch...'

‚Es wird über ‚Christus in der ätherischen Welt' gesprochen. Dieses Erleben kann man doch sicher ausschließlich in Verehrung haben.'

‚Aber wenn man die Dokumente liest, in denen es beschrieben wird ... dann fehlt da alle Verehrung – nicht im Wort, aber in der Stimmung, der Behutsamkeit. Gerade das, was du so mühsam zu behüten versuchst, ist da nirgendwo zu finden.'

‚Ich wiederhole meine Frage noch einmal: Hast du konkrete Ideen für einen neuen Zugang?'

Nachdenklich sagte Beato:

,Es ist wie eine andere Stufe in der Seele. Wenn man den Menschen den Weg zu dieser Stufe weisen kann, dann ist diese Verehrungskraft wiedergefunden. Man muss etwas *tun* können, um diese Stufe zu finden. Bei jungen Menschen ist die Vertiefung in Kunstwerke, die aus der Devotion heraus erschaffen wurden, noch möglich. Die Jugendkräfte sind ihr verwandt. Aber mit der Unschuld verschwindet auch die Devotion. Eine andere Stufe in der Seele... Es ist das Gegenteil von global oder integral.'

,Und die Frau, Beato? Hat sie die Verehrung vielleicht sehr wohl noch? Wenn wir an Eva und Sophie denken? Haben sie nicht von Natur aus Devotion?'

,Weil sie sie nun einmal schon hatten, finden sie als Frauen die Devotion auch in dieser profanen Welt noch wieder. Ihre Devotion durchbricht noch den Beton... Dennoch ist es auch eine Seltenheit. Frauen haben *ihre* Art und Weise, nicht zu verehren.'

,Lass uns dies vor allem zusammen weiter ausarbeiten, Beato. Ich glaube, du hast etwas sehr Wichtiges entdeckt. Es könnte die Erklärung für den Mangel an Fortschritt in der inneren Entwicklung bei *jedem* sein, nun ja, bei fast jedem.'

Abends fragte er Eva, wie sie zur Devotion käme. Sie dachte sehr lange nach, versuchte zu empfinden, was Verehrung eigentlich ist. Schließlich sah sie auf und sagte:

,Es hat etwas Fundamentales mit dem *Gewissen* zu tun, Johannes.'

,Dem Gewissen?'

,Ja. Unsere soziale Struktur ist gewissenlos. Wir haben nicht nur die Verehrung verloren, sondern auch das Gewissen. Es wird jeden Tag lächerlich gemacht, in allen Facetten des Lebens. Damit verschwindet alles, was menschliche und göttliche Würde hat.'

,Aber das Gewissen kann man bei seinem Mitmenschen nicht wecken. Dann überschreitet man die Grenze der Freiheit.'

,Das ist die Frage. Ich muss einmal sehr intensiv darüber nachdenken und -fühlen. Ich bin als Kind sehr hart erzogen worden, wie du weißt. Ich hatte keine Gelegenheit, mein Gewissen oder meine

Ehrfurcht zu vergessen. Das kann bei freien Erwachsenen so natürlich nicht fortgesetzt werden. Und für ein Kind ist es auch keine ideale Erziehungsmethode. Aber ich glaube sehr wohl, dass Gewissen und Verehrung zusammenhängen. Sagt Fichte nicht, dass er nur *glauben* kann, was mit seinem Gewissen in Übereinstimmung ist? Lässt Novalis seinen Heinrich von Ofterdingen nicht aussprechen, dass alle Kunst, Wissenschaft und Religion aus dem *Gewissen* hervorgeht? Aber ob sie es sagen oder nicht – ich werde es sehr stark in mir selbst gewahr: Devotion ist im Gefühl das, was Gewissen im Willen ist. Die zwölf Blumen von Gardevias sind das ausgearbeitete Gewissen, dieses liegt allen zwölf zugrunde.'

‚Dann ist das Problem noch viel komplizierter...'

Bevor sie zu Bett gingen, nach der Meditation, sprachen sie nochmals darüber. Eva sagte:

‚Mir ist etwas sehr deutlich geworden. Indem wir mit unseren Sinnen wahrnehmen und indem wir denken ... sind wir ganz wach. Man könnte fast sagen: zu wach. Das Licht ist so scharf, dass es weiß statt vielfarbig ist. Das macht das Denken abstrakt, gibt die Freiheit – aber es geht zu weit. Ich meine ... das Alltagsbewusstsein macht unser Ich zu diesem harten, selbstsüchtigen Wissens-Wesen, das wir nun einmal sind. Schlussendlich wird es ein Laserstrahl, es kann alles vernichten, zuletzt vielleicht sogar sich selbst. Dieses wache Ich kann keine Devotion, kein Gewissen gebrauchen. Es will sich im Bösen härten – oder in jedem Fall in der Auseinandersetzung damit. Das muss auch so geschehen, um der vollkommenen inneren Selbständigkeit willen. Aber das Ich hat auch diese andere Seite, die rein *geistig-moralische* Seite. Im gewöhnlichen Bewusstsein wirkt dies als Gewissen, eine Mischung aus eigener Moralität und angelernten Normen und Werten. Im Alten Testament sind Jahve und die Propheten das Gewissen. Dann wird es immer mehr ‚Eigentum' des Ich. In David sieht man das schon sehr stark, aber es spricht doch mehr von außen. Wir haben es ganz verinnerlicht, als eine Art ‚Faden' zum wahren Geist, den wir noch festhalten dürfen. Für mich ist die Aufgabe gewesen, die angelernten Normen und Werte von der in mir wohnenden ureigenen Moralität zu unterscheiden. Das sind nicht die zehn Gebote von Moses – obwohl diese auch gelten. Es ist ein unaussprechliches Heiligtum, wo *nur* das Gute, Aufbauende, Fruchtbare wohnt und woher die moralischen Ideen kommen, aber auch eine bestimmte, sehr individuelle Gestimmtheit. Das könnte man das ‚Gewissen' nennen. Das Wort verweist auf etwas, was vorbei ist, genau wie die Erinnerung. Man kann durch eine Art Erinnerung ins Bewusstsein rufen, was man ‚gewusst' hat. Und damit ist es dann etwas Außerzeitliches geworden. Genauso stark, wie das Ich sich auf sich selbst stellen lernt, muss es auch diese Kräfte in sich wecken, das ist reiner Geist. Alle geistige Entwicklung führt dahin, und *alle* Wissenschaft, Kunst und Religion entspringt aus dieser Quelle. Es ist ein Bewusstsein, das erhellt werden muss, erleuchtet durch das Denk-Licht. Es ist trübe, denn es lebt im *Willen*.'

Sie schwieg. Johannes erschauerte im Aufnehmen ihrer Worte.

‚Man kann die Menschen also nicht dazu aufrufen ... obwohl ... man kann die Moralität nicht fordern oder einflößen ... doch man kann einen Weg entwickeln, das Gewissen lebendig zu machen, ohne den Inhalt zu geben. Vielleicht ist es an der Zeit, einen konkreten Einweihungsweg zu entwickeln – auf dem Fundament des bewusst gewordenen Gewissens. Ich erlebe die Höhen meiner alten Seligkeit, Eva.'

‚Was meinst du damit?'

‚Das ‚*Gewissen*' meines eigentlichen Wesens, wie es immer gewirkt hat und wirken wird, nur verwandelt in eine erneuerte Seligkeit.'

Er hatte ihr nun offenbart, wer er war. Nur sie konnte seine Mysteriensprache verstehen...

HÜTTEN DES FRIEDENS

Die auferstandene alte Seligkeit wurde in der Jungfrau sichtbar. Ihr Fühlen und Denken hatte sie ihm offenbart. Ihr Wille war noch im Verborgenen geblieben. Nun zeigte sie ihm ihr volles Sein... Die unschuldige Menschenseele war sie, gegangen durch das Feuer der Läuterung. Ihr Fühlen war der Mittelpunkt alles Fühlens, ihr Denken das Licht in ihrem Fühlen... Der Wille erwies sich als die erleuchtete Gefühlsintensität, mit einem starken Ansatz zur Tatkraft. Im Zentrum ihres Willens glühte als ein feuriger Keim die Sympathie, das positive Mitwollen mit allen Wesen. Der *Wille der Liebe* wohnte da ... nicht die Liebe selbst. Da, wo dieser Wille noch kräftiger wurde, wurde sie zum Mut, der Grundkraft alles Fühlens...

Die Sympathie konnte auch etwas vom Fühlen und Denken aufnehmen und wurde da zum Willen, außerhalb des Selbst und inmitten alles anderen zu erfahren. Interesse...

Nicht die Liebe war sie ... sie war die Weisheit, die *wusste*, wie man die Liebe findet. Liebe ist etwas Unaussprechliches, jeder kennt sie, niemand hat eine Definition. Hier wurde ihm die reine Empfänglichkeit gezeigt, das Ewig-Weibliche, das auf die Konzeption der Liebe verweist. Sie bestand aus Sehnsucht nach der Liebe, war jedoch zugleich aus den Eigenschaften gewoben, die die Liebe empfangen können. Ewiges Streben war sie, nach weiterer Vervollkommnung des Menschenwesens. Die strebende Seele stand in seiner Anschauung, und ihr allumfassendes Streben war die Liebe. Es schien ihm, als verweise sie ihn noch nach etwas anderem, etwas, das sich seiner Andacht entzogen hatte, etwas, das Teil ihres Wesens war und dennoch weit darüber hinaus ging. Um ihr Herz schien sich etwas offenbaren zu wollen...

Von ihr durchzogen erwachte Johannes, aus der Nacht kommend. Es war Samstag, und er hatte mit Beato vereinbart, das gemeinsame Gespräch fortzusetzen. Nach dem Frühstück ging er jedoch zuerst kurz beim Meister vorbei. Er würde auch nach seiner Sicht fragen.

Er kam ihm ein Stück entgegen. Eine kleine Gestalt mit einem mächtigen, immer grauer werdenden Haarschopf. Im Meister war selbst der Leib Geist, man wurde beim Wahrnehmen seiner Gestalt gewahr, wie sanft und gelassen er war. Nicht, dass er einen bequemen Charakter gehabt hätte ... er war in allem sehr deutlich. Aber zugleich war alles auch im richtigen Maß und vollkommen gerechtfertigt. Er war stark, man merkte nicht, dass er schon in den Siebzigern war. Sein Schritt war noch ebenso federnd wie vor zwanzig Jahren. ‚Das ist – neben Glück – auch eine Frage der Disziplin', sagte er immer. ‚Man braucht seinen steif werdenden Gliedmaßen nicht nachzugeben, seiner Neigung, mehr zu essen, als gut für einen ist, und sich weniger, immer weniger zu bewegen.'

So sah er ihn kommen. Klein und lebendig, ganz und gar Andacht, Wachheit.

‚Wir können ebensogut ein Stück den Berg hinaufwandern, anstatt auf der Veranda zu sitzen. Es ist ein prächtiger Tag!' Der Meister klopfte ihm auf den Arm. ‚Junge, ich freue mich noch jeden Tag auf unser Stündchen des Zusammenseins.'

Sie gingen den Weg entlang, am Chalet des Meisters vorbei, aus dem Park hinaus und den Bergweg hinauf.

‚Hier sind wir wirklich in den verschiedensten Gemütszuständen entlanggegangen!', sagte Johannes. ‚Und nun habe ich eine Frage an dich. Ich habe mit Beato und danach mit Eva über die Devotion gesprochen, die Verehrungskraft – und über das Gewissen.'

‚Das ist hier in Europa der große Mangel. Devotion.'

‚Die Frage ist: wie finden wir sie wieder?'

Der Meister ging ihm schweigend voraus, der Pfad wurde schmal. Er zeigte auf einen Felsblock.

‚Lass uns hier kurz sitzen, auf ‚unserem' Felsen... Sieh mal ... du und ich, wir haben sie nicht verloren, sie wohnt bei uns, die Devotion. Darum sind wir so behutsam. Ich hülle das geistige Wissen in Bilder, du beschränkst dich auf das Besprechen des Weges zum Geist, der zugleich schon geistige Welt *ist*. Wir haben im Geiste Hütten des Friedens gebaut und schauen verwundert auf die profane Hast und das Streben nach Besitz. Aber die meisten Menschen, die hierher kommen ... ja, die haben sie unterwegs verloren. Das beginnt schon in der Jugend. Eine antiautoritäre Erziehung lässt das Kind schon im Schulalter die Ehrfurcht verlieren. Es wird unschuldig schuldig. Es sehnt sich nach Autorität und bekommt Mitbestimmung. Keine Disziplin. Schon das Kind verliert die Ehrfurcht, dem Erwachsenen fehlt dann selbst die Erinnerung daran.'

‚Müssen wir uns damit abfinden? Dann ist der Okkultismus etwas Unmögliches. Dann kann man zwar ein Wissen vom Geiste erwerben, auch noch ein wenig meditieren, aber selbständig ein Okkultist, ein Geisteswissenschaftler zu werden, ist dann etwas, was der Vergangenheit angehört, es hat keine Zukunft.'

‚Wir wuchsen mit dem Wissen auf, dass ein ‚großer Meister' im Kloster wohnte, der so heilig war, dass man ihn nicht einmal *sehen* durfte. Das nährt die Verehrungskraft – aber es passt nicht zu der Entwicklung hier in Europa. Wir waren ganz und gar Verehrung, es wurde auch schnell gestraft, natürlich auch körperlich. Deine Frage ist: Wie finden wir sie wieder, die Ehrfurcht? Muss man etwas, was man verloren hat, nicht gerade da suchen, wo man es verloren hat?'

‚Dann müsste man sie im Verstand suchen. Das scheint mir ... nun, ich muss mich darauf besinnen.'

‚Du, Junge, bist selbst das Vorbild eines Mannes, der sein Herz an den Verstand verloren hatte... Es ist *deine* Aufgabe, den Weg für die Menschen freizulegen.'

‚Das hast du schön gesagt ... der sein Herz an den Verstand verloren hatte. Ich muss mich besinnen...'

Beato erwartete ihn im Kräutergarten. Es war eine schöne Umgebung für die Begegnung von zwei Ärzten.

‚Ich habe gestern Abend mit Sophie gegessen. Wir haben viel über Gerrit gesprochen, aber schließlich auch über die Verehrung. Ich habe sie gefragt, wie sie das sieht. Sie meditiert natürlich nicht, sie spielt eigentlich vor allem Geige. Aber sie sagte sofort: ‚Ohne Verehrungskraft wird selbst die perfekteste Technik in der Musik niemals zur Kunst. Darum gibt es so wenig Kunst und so viel Technik. Die Menschen kennen die Verehrung noch – aber sie beten ihren Computer an!' Das empfand ich als neuen Gesichtspunkt, Johannes. Es ist das alte Problem: Anbetung des goldenen Kalbes, eines Götzenbildes. Sie ist also sehr wohl noch da, die Anbetung. Dann existiert sie auch im Glauben an die Ergebnisse der Wissenschaft. In der hohen Wertschätzung des IQ. Vielleicht müssen wir unsere Frage anders formulieren. Nicht fragen: Wie weckt man die Verehrung? Sondern fragen: Wie richtet man die Kraft der Verehrung auf das, was der Verehrung würdig ist?'

‚Ich habe mit Eva darüber gesprochen. Sie wies auf die Verwandtschaft mit dem Gewissen hin. Und der Meister sagte: Suche sie da, wo du sie verloren hast...'

‚Je mehr man darüber spricht, desto mehr scheint sie sich zu entziehen.'

‚Wie würdest du sie beschreiben, Beato? So wie du die Verehrung kennst?'

Er sah nachdenklich vor sich hin, die prächtigen, lieben braunen Augen niedergeschlagen. Dann sah er auf und sagte:

‚Das Bild aus meiner Kindheit. Ich bin ein katholischer Italiener, wie du weißt – katholisch erzogen zumindest. Kniend in der Kirchenbank, während der Konsekration, und dann mit dieser tiefen Hingabe zur Kommunion gehen und sie in sich aufnehmen. Oder eine Wanderung zwischen Weingärten und Apfelbäumen, die goldene Herbstsonne als fruchtbares Licht auf einen, *in* einen herabströmend ... das Licht nahm eine Gestalt an... *Er* rief die tiefste Ehrfurcht auf, tiefer als während der Kommunion. Die Sonne, das Licht, da hoch oben – und das Gemüt so tief, wie man es überhaupt ertragen kann. Du kannst es dir räumlich vorstellen, Höhe und Tiefe. Das Wahrnehmen und Denken muss bis an den Himmel reichen, aber das Gemüt muss sich so tief in sich versenken, wie es nur geht. Man hat das denkende Haupt, aber man beugt es im Gemüt. Man muss Mann und Frau zugleich sein können... Und du, Johannes? Wie würdest du die Verehrung beschreiben?'

‚Das Gefühl, im Reich der Himmel der *Geringste* zu sein ... umringt zu sein von Wesen, denen man alles zu verdanken hat. Das trägt man auch in das Leben auf Erden hinein. Umringt von Wesen, denen man alles zu verdanken hat. Auch wenn sie tiefer stehen als man selbst ... man verdankt seine höhere Entwicklung dennoch der Tatsache, dass sie darauf verzichten. Ich glaube, Beato, dass die Verehrung der Fußwaschung entspricht. Das ist nicht nur Dankbarkeit, Verehrung ist mehr als das. Man kann dem Klempner dankbar sein, dass er etwas repariert hat. Das ist keine Verehrung. Verehrung beinhaltet, dass man das andere Wesen auch wirklich hochachtet. Es ist nicht nur Gemütstiefe, es liegt auch eine Spur von *Denken* darin, nämlich die Hochachtung – was doch ein Urteil ist. Man gibt diesem Wesen die *Ehre*.'

'Das bringt mich auf etwas, Johannes. Ehre. Gloria. Gloria in excelsis Deo, et in terra pax hominibus bonae voluntatis. Das ist genau die innere Bewegung, die ich meine. Ehre sei Gott in den Höhen und Friede auf Erden den Menschen, die eines guten Willens sind. Das Allerhöchste wird mit dem Allertiefsten angeschaut. Da rührt das Gemüt wirklich an den guten Willen, an das Gewissen. Nur so kann Meditation auch wirklich fruchtbar werden. Man *wird* darin schließlich von himmlischen Wesen gedacht, die sich nur offenbaren, wenn man aus der Scham heraus aufblicken kann. Im Gewissen wohnt der Friede. Nicht einmal der Friede *zwischen* den Menschen, sondern der innere Friede. Und wenn man davon erfüllt ist, dann ist auch untereinander Friede. Der Unfriede entspringt aus einem Nicht-in-Übereinstimmung-Sein mit dem Gewissen. Das führt zu fortwährender Unruhe. Die Fußwaschung ist der tiefe Respekt vor aller Kreatur.'

Ja, er hatte sein Herz an den Verstand verloren, in der Zeit nach dem Tod und Begräbnis von Sophia, dem Mädchen in jenem Bergdorf. Nicht bewusst war das geschehen, mehr als eine Notwendigkeit, eine Schicksalsfügung. Das Gefühl gab ihm so viel Leid, dass er es ganz und gar in seinen Beruf, in die Vervollkommnung seiner Qualitäten als Internist hineingegeben hatte. Indem er auf alles persönliche Gefühl verzichtete, verzichtete er auf *alles* Gefühl. Sein Gefühl ging nicht nur in seinem Verstand auf, es wurde zugleich Gewissen. Er wollte der gewissensvollste und fachkundigste Arzt sein, all seine Energie aufbringen, um dies zu werden. Er lebte wie ein Mönch, doch er betete nicht Gott an, er ging völlig in seinem Beruf auf – da hatte kein Mädchen, keine persönliche Liebe Platz.

Er hatte eine Katharsis durchgemacht, ohne diese gesucht zu haben. Sein Charakter war so, er war radikal. Sein Herz lebte also nicht so sehr in seinem Verstand, sondern in der Zuwendung zum Patienten – darum ging es. Er war nicht aus persönlichem Ehrgeiz Professor geworden. Es war eine Begleiterscheinung seiner kompromisslosen Hingabe an sein Fach gewesen. Hatte er die Verehrung verloren? Keineswegs. Sie war in ihm gerade enorm stark geworden. Seine Studenten fanden ihn vielleicht streng, sie fanden ihn sicher auch nett. Sie verehrten ihn in gewissem Sinne auch. Und als schließlich jenes Mädchen in sein Leben trat, diese Studentin, die, wie sich herausstellte, nicht vorhatte, ihre Liebe zu ihm aufzugeben ... da war seine zurückgehaltene Entwicklung zum Geiste hin zur vollen Blüte gekommen. Die Erotik hatte ihn vor neue Rätsel und auch Streitigkeiten gestellt, aber die Verehrungskraft war die treibende Kraft in ihm. Nicht die Intelligenz, die er auch hatte, gab ihm die für ihn so kennzeichnende Geisteskraft; es war die Verehrungskraft – das fortwährende Bewusstsein, inmitten hoher geistiger Wesen zu existieren, denen man alles zu verdanken hat, und zugleich in eine großartige Schöpfung versetzt zu sein, der man ebenso alles zu verdanken hat.

Bescheidenheit und Ehrfurcht, das waren die Eigenschaften des Mannes, der so stolz und stark zu sein schien...

So erschien ihm *der Mensch* in seinen vielen Gliederungen. Als Seele hatte er sie, das *Gefühl* des Menschen, geschaut, mit neun erhabenen Eigenschaften und einem Hinweisen auf etwas, wonach sie strebte. Nun erschien ihm das Gewissen, in den zwölf Gliedern von ‚Gardevias', die Erziehung des *Willens* des Menschen. Zucht, Keuschheit, Milde. Treue, Mäßigkeit, Achtsamkeit. Scham, Bescheidenheit, Ausdauer. Demut, Geduld, Liebe.

Diese höchste Tugend war zugleich die volle Bedeutung der Jungfrau, die ihm als Gefühl, als Liebe in dreimal drei Gaben erschienen war.

‚Eva, wenn das Gewissen der *Wille* des höheren Menschen ist, und die Verehrung, die zur Liebe wird, das *Gefühl* ... was, denkst du, ist dann das *Denken* des höheren Menschen?'

Er hatte ihr seine geistige Anschauung offenbart. Durch das bewusste Entfalten der Verehrungskraft hatte er dies zum ersten Mal wirklich durchführen können.

Eva fragte:

‚Johannes ... auf was weist die Jungfrau? Sie verweist auf etwas, was sie in sich trägt und was dennoch über sie hinausgeht. Was ist das?'

‚Das ist dasjenige, wohin unser Weg uns führen soll. Die Seele trägt in sich das Ich, den Egoismus. Aber es wird zugleich von demjenigen befruchtet, das über sie hinausgeht, es lässt das höhere Ich aus ihr geboren werden. In ihrer unschuldigen, reinen Gestalt ist der Egoismus überwunden, aber sie trägt die höhere Entwicklung auf ihrem Arm, es ist ihr höheres Herz. Und so wie das Gewissen auf die Liebe verweist, so verweist sie auf etwas, was sie schon ist und was sie dennoch erst erreichen muss, was ihre Reinheit noch übersteigt.'

‚Das muss dann das reine Denken sein, das Denken, zu dem jeglichem Egoismus der Zugang verwehrt ist, das nur noch Denken *an sich* ist.'

‚Da liegt ein Übergang. Die Seele denkt mit der Verstandesseele. Sie kann ein Bewusstsein dieser Art des Denkens erlangen – aber sie hat damit zugleich den Übergang zur Reinheit gefunden. Sie löst sich aus sich selbst und stellt sich ihrer höchsten Eigenschaft gegenüber: dem Denken. Dasjenige, was niemals wahrgenommen wird, wird nun Wahrnehmungsinhalt. Aber dann zeigt sich, dass jene, die sich gelöst hat, eine innige Verwandtschaft mit dem Gewissen hat. Was im Gewissen dumpf erlebt wird, ist hier die klare Bewusstheit. Wie ein umgekehrter Blumenkelch beugt sich diese moralische Welt der Seele entgegen... In höherem Sinne ist dies das Selbst, das sich der Seele erbarmt. Das sind die fehlenden drei Eigenschaften der Jungfrau, die sich nur mit Einsatz des vollen geistigen Willens entfalten können.

Das reine Denken, die Kraft, sich daraus zu lösen, und die denkende Anschauung des reinen Denkens. Dies drei bilden die Umstülpung hin zum Denken des höheren Menschen.'

‚Das ist also noch nicht das Denken?'

‚Es ist das Denken als Eigenschaft der Seele und die Umstülpung zum Denken als Eigenschaft des Geistes.'

‚Gibt es in diesem höheren Denken dann auch eine Zwölfheit? Oder ist das zu systematisch gedacht?'

‚Wir schauen den Menschen nun als dreimal Zwölf. Das ist ein Gesichtspunkt. Man kann auch nach zwölf, sieben, drei oder eins suchen. Dann findet man eine andere Geartetheit des Menschen ... die auch gilt. Ja, ich vermute, dass auch das höhere Denken zwölf Blumen umfasst. Aber ich will das nicht be-denken, ich warte, bis diese Zwölfheit sich mir offenbaren will.'

‚Nun, man empfindet natürlich unmittelbar, wie großartig diese Einsichten sind, man ahnt die Anschauung voraus. Das tritt bei mir unmittelbar ein.'

Johannes nickte.

‚Tatsächlich ist alles, was sich meinem Geistesauge – durch mein Geistesauge – offenbart, eine Vertiefung der denkenden Anschauung des reinen Denkens.

In dieser Anschauung ist alles gegeben. Gnade ist es, sich dies alles in eine geistige Welt von Entwicklung, Wesen, Offenbarungen und Wirkungen gliedern zu sehen. Eigentlich ist es eine Sehnsucht nach dem Tod ... denn nach dem Tod liegt ein ähnlicher Weg vor einem. Nur ist dann das Denken nicht mehr auf dieselbe Weise eine Eigenheit – nicht so, wie man es jetzt hat. Das macht das Erlangen exakter Hellsichtigkeit auf Erden zu etwas Einzigartigem. Das, worauf man nach dem Tod verzichten muss, ist nun gerade das Medium, durch das sich alles offenbart.'

‚Aber Johannes ... wenn man – wenn *du*, meine ich – so intensiv das Denken verstärkt hast, dass es zum Auge für die geistige Welt wird ... dann wirst du es nach dem Tod behalten dürfen. Aber dann ist man eigentlich unsterblich. Denn dann tritt eine *Kontinuität* des Bewusstseins ein. Nach dem Tod bleibt einem nur Gefühl und Wille, das bedeutet, dass man träumt und schläft – in gewisser Hinsicht. Bleibt nun auch das Denken als individuelles Gewebe nach dem Tode bestehen, dann hat man das *ewige Auge* entwickelt. Das kann dann auch ‚gesehen' werden. Es bleibt auch für andere Geistessucher bestehen, die daraus schöpfen können, aus einer reinen menschlichen Quelle.'

*

Er ging mit seinem zweiten Sohn in dem weiter unten gelegenen Städtchen einkaufen. Dieser war von der Universität nach Hause gekommen, um Pfingsten zu feiern. Er hatte einen offenen Charakter, fröhlich und ein wenig ‚locker'. Er liebte es, auszugehen, Bier zu trinken – und er liebte die Mädchen. Das Studieren verlief passabel, er würde das erste Studienjahr wohl erfolgreich absolvieren. Er wollte gern in Papas Auto fahren – Johannes ließ ihn gewähren. Etwas zu schnell fuhr er nach unten, manchmal quietschten die Bremsen in den Haarnadelkurven – er hatte das Temperament seiner Mutter.

Als sie auf dem Parkplatz angekommen waren, seufzte Johannes erleichtert.

‚Dieses Auto ist zu schwerfällig für solche Rennen. Dafür musst du einen Porsche haben.', sagte er lachend.

‚Das war cool. Du hast aber auch kein Wörtchen gesagt, Paps, hm?'

‚Dafür bin ich zu stolz. Na, dann los, auf geht's. Mama hat mir gleich drei Zettel mit Einkäufen mitgegeben.'

Äußerlich glich er seinem Vater. Lang, schlank, blond, blaue Augen. Aber er hatte keinerlei Interesse an dem, womit sein Vater sich beschäftigte – außer, dass er auch Arzt werden wollte. Der Junge hatte eine vom Geist ausgehende Erziehung empfangen, das hatte Ewigkeitswert. Was sein Lebensschicksal war, musste er selbst entdecken.

Sie machten den Einkauf für eine ganze Woche, es war eine Unmenge von Dosen, Kisten, Tüten und Packungen.

‚Wer ist alles da?'

Ohne Altersgenossen hielt er es schwer aus...

‚Beato ohne Kinder. Deine Schwester. Alle Kinder von Peter.'

‚Zum Glück. Dann können wir heute Abend etwas Nettes machen.'

‚Wie zum Beispiel...?'

‚Ins Kino und dann etwas trinken oder so etwas.'

Johannes hatte in der Erziehung so viel wie möglich gebremst, aber nun, wo der Junge studierte, ließ er die Bremse los. Sie mussten ihren Weg in die Welt selbst finden – auch wenn er bestimmte Dinge mit Schmerzen sah.

‚Oder findest du das schlimm?', fragte der Junge, aufrichtig besorgt.

‚Nein. Wenn du morgen, zu Pfingsten, ein bisschen Rücksicht auf uns nimmst. Zusammen frühstücken, Abendessen und so.'

‚Das wollte ich auch. Aber wenn du es schlimm findest –'

Das war das Schöne an diesem Jungen, seinem Sohn. Er tat, was jeder in seinem Alter tat, aber er hatte Gefühl, moralisches Gefühl. Er hatte ein ... Gewissen!

,Willst du noch irgendwo etwas trinken?', fragte Johannes, nachdem sie alles eingeladen hatten.

,Ja, prima, Paps!'

Sie setzten sich auf die große Terrasse des Platzes. Viele Erinnerungen waren mit diesem Platz verbunden, Erinnerungen aller Art.

Sie bestellten Kaffee.

,Wie ist das erste Studienjahr gelaufen?'

,Gut. Es liegt mir im Blut, oder? Aber so gut wie du werde ich wohl nicht werden... Ich sehe es mehr als eine Notwendigkeit, man muss nun einmal einen Beruf haben. Und ich habe nicht wirklich etwas anderes für mich gesehen. Außer Musik, aber das liegt mir nicht.'

,Du spielst sehr gut Klavier!'

,Ja, aber sechs Stunden pro Tag studieren – nein, das würde ich nicht wollen. Medizin ist so abwechslungsreich...'

Johannes empfand sehr stark, wie verwandt sie waren, und andererseits, wie sehr der Junge seinen eigenen Weg gehen musste. Er war dabei, sich zu lösen, seine Selbständigkeit zu finden. Der Junge sagte:

,Wie war das mit dir und den Mädchen? Als du Student warst? Sie verliebten sich natürlich alle in dich – das kenne ich nun auch.'

,Ich fand das schade.'

,Schade!?'

,Ja. Ich hatte gern Freundschaft mit den Mädchen. Man konnte gut miteinander sprechen, über alles. Und wir gingen viel aus, in Filme, Konzerte, ins Theater. Verliebtheit machte alledem praktisch ein Ende.'

,Was ist denn das für ein Unsinn! Man nimmt das Mädchen schön mit nach Hause, man genießt die Ehre...'

,Und dann?'

,Dann nichts. Manchmal dauert es einige Zeit, meistens nicht.'

,Und die Gefühle des Mädchens? Denkst du auch daran?'

,Die Mädchen haben sich auch verändert, Paps! Sie tragen einen in ihr Notizbuch ein. Strichliste. Eins, zwei, drei, vier, Strich durch: fünf.'

‚Das glaube ich nicht...'

‚Naja, ich übertreibe ein bisschen. Manchmal fängt man wirklich an, ihnen etwas zu bedeuten – dann hat man tatsächlich ein Problem. Ich muss noch so weit kommen, dass ich etwas anderes darin sehe als ... ein Mädchen. Dass man sieht, *wer* sie ist und so.'

‚Gehst du wirklich mit jedem Mädchen ins Bett?'

‚Na ... ich sagte ja, ich übertreibe ein bisschen. Mehr ist auch nicht dabei.'

‚Sprecht ihr noch mit den Mädchen?'

‚Worüber in Gottesnamen?'

‚Über das Leben, über eure Ideale, die Erwartungen an die Zukunft. Über Musik, Kino, Theater und so weiter.'

‚Nein. Wir treffen die Mädchen in einer ziemlich lauten Umgebung – da gibt's nichts zu sprechen.'

‚Und wenn man dann eine mit nach Hause nimmt? Am nächsten Morgen?'

‚Dann haben wir einen Kater. Und wieder allerlei Verabredungen. Dann geht man einfach seiner Wege.'

‚Und das *fühlst* du dann nicht? Einen Abschied und so?'

‚Manchmal. Dann rufe ich sie an oder schicke eine SMS. Dann verabreden wir uns. Das verstehst du nicht, was? Dabei bin ich noch ein ziemlich gemäßigter Typ... Aber zu deiner Zeit war das doch auch schon so?'

‚Ja, das fing damals an – aber es war noch nicht so gewohnt. Und ich hatte mit so etwas nicht das Geringste im Sinn. Ich betrachtete das Mädchen als etwas Ideales, als eine erhabene Gestalt, die man verehren, der man ‚den Hof machen' wollte. Ich begegnete dann auch nicht der Richtigen, mein Maßstab lag zu hoch.'

‚Bis du Mama begegnet bist?'

Johannes fühlte die reale Erinnerung an die Erotik aufsteigen. Es war ein ziemliches Ringen gewesen. Er sagte:

‚Ja, bis ich Mama begegnete.'

‚Ich hoffe, dass es bei mir auch so läuft. Ich sehe einfach nichts in all diesen Mädchen, sie sind alle dasselbe. Dieselbe Kleidung, dieselben Haare, dasselbe Make-up. Dieselben Verhaltensweisen, dieselben Gespräche. Sie wecken etwas in einem – und dem gibt man nach –, aber so eine Frau wie Mama, ja, das ist etwas anderes.'

‚Du kannst einmal versuchen, durch die Augen der Mädchen auf die Jungen zu schauen. Dieselbe Kleidung, dieselben Haare, dieselbe Wichtigtuerei. Sie wecken etwas in einem – und dem geben sie dann nach, die Mädchen.'

Er brach in Lachen aus und sagte:

‚Aber so ein Mann wie du, Paps – ja, das ist etwas ganz anderes...'

Sie tranken ihren Kaffee und genossen die gesellige Atmosphäre um sich herum. Sein Sohn fragte:

‚Ist Sophie auch da? Sie ist natürlich zu alt für mich, wohl vierundzwanzig oder so. Aber sie ist wirklich ein anderer Fall. Sie ist so etwas wie Mama, ein Mädchen mit einem gigantischen Talent – und mit ihr kann man wirklich reden. Sie ist durch und durch vernünftig. Ist sie da?'

‚Ja, sie ist da. Sie spielen zusammen, diese beiden besonderen Frauen, Mama und sie. Sie machen die großartigste Musik – und dann sieht man, wie sehr der Mensch ein *Wunder* ist. Zu so etwas imstande!'

‚Vielleicht geht sie heute Abend mit uns aus, Sophie?'

‚Frag sie nur, sie wird sicher ja sagen...'

Später, zuhause, hatte Johannes das Gefühl, ein warmes Bad von Liebe genommen zu haben. Mit diesem Jungen würde sicher alles gut werden. Was für eine Gnade war es doch, *Kinder* zu haben. Es gibt kein Wesen unter den Menschen, das einem so viel Liebe entgegenbringt wie ein Kind – auch wenn es schon so ‚groß' ist. Er erzählte Eva von seinem Erleben, sie sagte:

‚Es gibt auch keinen Vater, der so gelassen und lieb ist wie du. Welcher Sohn erzählt seinem Vater so etwas? Das tut er, weil das *geht*. Ich hätte doch eher die Neigung, eine Moralpredigt zu halten.'

Johannes lachte:

‚Diese ‚Moral' muss doch nun in dem Kind selbst angelegt sein. Ich kann ihn nicht weiter erziehen – außer dadurch, dass ich ihm die volle Aufmerksamkeit und Hingabe schenke.'

‚Kribbelt dann nichts in dir? Er darf doch nicht mit jedem Mädel ins Bett gehen?'

‚Ach, Eva ... das tut er doch überhaupt nicht. Und denk doch einmal an deine eigene Studienzeit zurück?'

Sie dachte zurück. Sie nickte.

,Okay. Aber das war auch nicht gut!'

Er schloss sie in seine Arme.

,Jeder Mensch macht seine eigenen Fehler – das ist nun einmal so. So ein junger Mann wie unser Sohn tut das auch, und wir können darüber geradeheraus sprechen. Es ist ein guter Junge, er hat wirklich ein *Gewissen...*'

Mit der Erziehung der Jüngsten, ihrer Tochter, waren sie noch nicht fertig. Sie musste noch Abitur machen, und Johannes versuchte bei ihr noch immer, den ganzen Prozess des Erwachsenwerdens im richtigen Tempo zu halten. Es war ein temperamentvolles Mädchen, flott und nett anzusehen. Nach Parties schlief sie oft bei einer Freundin in der Stadt, aber er hatte nicht den Eindruck, dass sie etwas anderes tat als das, was sie sagte. Sie erzählte viel und enthusiastisch, sie war nicht raffiniert genug, um zu lügen... Sie war oft verliebt, hatte auch schon zweimal einen Freund gehabt. Verzögern, das war die wichtigste Aufgabe, weil man wusste, dass in einem reiferen Alter bestimmte Dinge von selbst nicht mehr passieren würden. Er traf mit ihr zusammen Vorbereitungen für das morgige Pfingstessen. Sie erzählte fröhlich drauflos, wie immer. Sie hatte das Menü zusammengestellt, und er war nun ihr Helfer. Während er die Zutaten putzte und schnitt, backte sie eine Torte, machte Saucen, kreierte einen Nachtisch.

,Ich würde gerne Köchin werden, in einem Restaurant mit ein paar Sternen. Oder einfach in einer Brasserie. Das ist etwas für Schlemmer, oder? Wenn man gerne gut isst, will man auch gut und lecker kochen.'

,Da haben wir ja Glück!'

,Aber ... ich weiß wirklich nicht, was ich nach dem Abitur machen soll.'

,Du hast noch ein Jahr.'

,Jeder weiß es schon. Warum gibt es nichts, was mich interessiert?'

,Du willst doch Köchin werden?'

,Das meine ich nicht ernst. Einmal ist es toll, aber nicht, wenn man es jeden Tag machen muss. Ich sollte wohl am besten auch Medizin studieren. Wie war das bei dir?'

,Ich war ... ich schaute voller Bewunderung zu unserem Dorfarzt auf.

Er erzählte mir viel über seine Arbeit. Es schien mir wir ein Märchen, eine solche Arbeit tun zu dürfen.'

‚Märchen sind nicht real, ich sehe nirgendwo Märchen. Arzt zu werden, bedeutet, jahrelang zu büffeln und sich dann den Rest seines Lebens kaputt zu arbeiten. Und Mama? Warum ist sie keine Pianistin geworden?'

‚Sie hat letztlich doch Klavier studiert. Aber sie wurde Ärztin ... ich glaube, um Opa einen Gefallen zu tun. Man muss nur ein Motiv haben. Gibt es denn nichts, was dein Interesse findet?'

‚Es gibt schon interessante Dinge ... aber keinen *Beruf*. Ich finde Geschichte interessant, Philosophie, Literatur. Aber damit wird man Lehrer – und das will ich wirklich nicht. Soll ich einfach heiraten und Kinder kriegen? Und dann zuhause Koch spielen?' Sie lachte ihn an. ‚Oder ich arbeite bei dir, als Sekretärin.' Sie umarmte ihn spontan. ‚Du bist so lieb, Papa.'

Er fühlte den zarten Mädchenleib in seinen Armen. Seine Tochter. Ein Mädchen wie ihre Mutter, offen, fröhlich und spontan...

Er war müde von der Schlepperei mit den Einkäufen und der Arbeit in der Küche. Im Haus war es zu voll, er ging zum Hauptgebäude, um etwas innere Arbeit tun zu können. Er liebte diesen Kontrast zwischen dem gewohnten äußeren Leben mit den Kindern und seiner eigentlichen Aufgabe. Früher war dies an der Tagesordnung gewesen, nun wurden sie groß und selbständig, und ihr Leben trieb immer weiter von dem seinigen fort. Er fand es beeindruckend, zu sehen, wie allmählich das eigene Schicksal des Menschen das Leben zu führen beginnt. Und wie es dennoch eine Spur von Freiheit in jedem Menschen gibt, wodurch man das Leben auch selbst in die Hand nehmen kann. Er sah dies bei seinen aufwachsenden Kindern bereits entstehen. Dieses Mädchen, das früher so oft ihre Zuflucht bei ihm gesucht hatte, sich auf seinem Schoß geborgen gefühlt hatte – sie stand nun vor einer Berufswahl, die bestimmend für ihren Lebenslauf sein würde. Man ahnte darin alles voraus – Liebe und Leid, einen Partner in der Ferne, Kinder. Wie würde es gehen...

Johannes löste sich aus seinen Sinnen, ließ das Denken mit dem Gehirn hinter sich – und bewegte sich im Gedankenweben ohne

Inhalt. Es war Licht ohne Schein, Klang ohne Geräusch, er war in seiner vollen Bewusstseinsklarheit, ohne noch irgendeinen Halt zu haben.

Dieses völlige Freiwerden von den Ketten, die die Seele an den Leib binden, schenkte eine unendlich selige Erfüllung, die Seligkeit der Überwindung des Gebundenseins an den Leib. Doch unmittelbar fühlte er die Möglichkeit, sich zu verlieren. Darum löste er sich nochmals, stellte sich gleichsam dem Gedankenweben gegenüber, wie ein Wahrnehmender gegenüber von etwas, was wahrgenommen wird. Das *Gleichgewicht* stellte sich ein. Gerade in diesen Wahrnehmenden begann die geistige Welt einzufließen. Man musste dieses Fremde ertragen können. Das war eine Überwindung der letzten Wirkung des Egoismus – des Gefühls, man selbst zu sein. Dies wurde hier geopfert, weil gerade dieses Selbstgefühl sich in die geistige Welt metamorphosierte. Nicht, dass man sich selbst verlor, man wurde anders; eine andere Wirkung, eine andere Offenbarung, ein anderes Wesen sprach mit dem eigenen Selbstgefühl. Die geistige Welt kommt ganz von außen, sie spricht in dem Aller-Innersten des Menschenwesens erst ihr wahres Wesen aus. Alle mehr äußerlichen Offenbarungen können in die Irre führen – die innerste kann es nicht. Da spricht das geistige Ich als der andere, das andere. Man bildet mit dem eigenen Selbstgefühl den Schauplatz, die Bühne für die höheren Welten. Sogar die Jungfrau hatte er hinter sich gelassen, sie war die Führerin zu diesem Zustand, diesem Bewusstseinszustand, der ein rein geistiger war. Später würde er sich darüber klar werden, dass dies in der Divina Commedia als der Übergang von Beatrice' Führung zur Führung durch den heiligen Bernardus von Clairvaux beschrieben war. Das waren Bilder für das eigentliche Geschehen. Die reine Seele wurde als Beatrice dargestellt, der Gang zum rein geistigen Reich wurde als Bernardus dargestellt. Man musste selbst Beatrice, Bernardus werden, sie waren das Fahrzeug zum Einströmen der rein geistigen Welt in ihrer vollen Vielfältigkeit. Innerhalb des eigenen Selbstgefühls spielte es sich ab, im *höheren* Selbstgefühl, in dem moralischen Zuschauer, der sich außerhalb des irdischen Selbstgefühls befand.

Morgen war Pfingsten, es war bereits Pfingsten, es war der Vorabend.

Das Ich erhebt sich in freiem Wollen über sich selbst, es wird zu Licht, das den in es einströmenden Heiligen Geist erleuchtet. Sie waren noch nicht zu zwölft, sie waren zu sechst. Vier Männer und zwei Frauen. Zusammen bauten sie ihren Standort in der geistigen Welt, zusammen bauten sie ihre Hütten des Friedens...

GEHOBEN IST DER STEIN...

Er war früh wach, lange bevor sich in der Umgebung Menschen regten.

Leise stand er auf, um niemanden zu wecken. Pfingsten war überall, in der aufgehenden Sonne, in den Tautropfen, in dem vorsichtigen Anheben des Vogelgezwitschers. Die Dämmerung war von Pfingsten durchzogen, sein Geist war von Geist durchzogen. Liebe im Namen des heiligen Geistes. Liebe zur ganzen Schöpfung in all ihren Gliedern, Liebe zum Unterschied – ohne Unterschied. Tief gerührt war er vom Liebesgeist. Was einst Luzifer in ihm gewesen war, war nun ganz in Liebe umgeformt. Liebe als Instrument des Erkennens, als übersinnliche Kraft, ganz außerhalb des Leibes *wissend* zu sein.

Ernst schaute er zurück, auf den Weg, den er gegangen war. Nicht immer war diese Gnade bei ihm gewesen. Kein Mensch findet den Liebesgeist, der nicht bereit ist, zuerst zu sterben – während er lebt... ‚Zu Ende neigte die alte Welt sich. Des jungen Geschlechts Lustgarten verwelkte – hinauf in den freieren, wüsten Raum strebten die unkindlichen, wachsenden Menschen. Die Götter verschwanden mit ihrem Gefolge – einsam und leblos stand die Natur. Mit eiserner Kette band sie die dürre Zahl und das strenge Maß...' *

Er war gestorben, in seinem Verstand, er war in seinen Verstand ‚hineingestorben'. Er hatte da das Äußerste geleistet, hatte auch da die Liebe zum Erkennen gehabt – auch wenn das, was er kennenlernte, tot war. Er hatte sich nicht von der Wissenschaft abgesetzt, er hatte sie betrieben, obwohl er an ihrer Totheit sehr gelitten hatte. Er war kein Rebell gewesen, er hatte sich den herrschenden Maßstäben gefügt und war sich erst bewusst geworden, ‚in wen' er eigentlich fortwährend hineinstarb, als er während einer Wanderung an einem Kreuzesbild vorbeikam, auf dem geschrieben stand: ‚Dies tat ich für Dich. Was tust Du für mich?' Plötzlich wurde er sich des fortwährenden

---

* Novalis, Hymnen an die Nacht.

Sterbeprozesses vollkommen bewusst. Er wurde sich bewusst, wie er als Kind in der Herrlichkeit von Gottes Natur gelebt hatte, wie er als erwachsener Mann dies alles verloren hatte. Übriggeblieben war sein Gewissen, welches dazu führte, dass er fortwährend in Ihn hineinstarb. Tote Gedanken füllten seinen Geist, und ohne etwas von den Sprüchen der Rosenkreuzer zu wissen, hatte er begriffen: Aus Gott bin ich geboren – in Christus sterbe ich...

Aber daraus war etwas hervorgegangen, was vollkommen unerwartet gewesen war. Er hatte die Anweisung empfangen, sich gerade dort, wo die toten Gedanken ihr Reich haben, loszulösen, um ‚sehen' zu können, was da eigentlich genau geschieht. Er hatte dies auch unmittelbar gekonnt, hatte genau ausführen können, was diese Anweisung enthielt. ‚Was ist Ihr größtes Talent – was ist Ihr größtes Hindernis...' – Das waren die zwei Fragen gewesen, die, wie sich herausstellte, dieselbe Antwort hatten: der Verstand, das Denken, die Intelligenz. Er musste sein Talent, die Intelligenz, anwenden, um sein Hindernis, den Verstand, anzuschauen und so anschauend zu erforschen. Da, in diesem Punkt der Umkehr, wurde Luzifer zum heiligen Geist. Der auferstandene Luzifer. Wenn man es aufschrieb, erschien es wie eine Gotteslästerung – aber das galt nur für den Verstand, der alles auf Definitionen gründet. Für ihn ist Luzifer der Teufel, und der Teufel kann nie etwas Gutes werden. Aber in dem Moment, wo der *Wunsch* seinen selbstsüchtigen Charakter verliert und zu dem Wunsch wird, ein immer moralischerer und freierer Mensch zu werden, hat Luzifer sein Terrain in der Seele verloren und ist von seiner Aufgabe befreit, der ‚Wunschgebieter' zu sein. Alle Entwicklung in der Wissenschaft, Kunst und Kultur kommt von Luzifer und geht mit Selbstsucht, Stolz und Selbstverherrlichung einher. *Löst* man sich aus diesem Gebiet, stellt man sich ihm wahrnehmend gegenüber, dann ist das tatsächlich die Befreiung aus der Urschuld des Egoismus. Danach kann es Pfingsten werden, werden die selbstsüchtigen, selbstzufriedenen Talente der Intelligenz zu vollkommen selbstlosen... Die Intelligenz erfüllt sich mit Liebe, die Liebe wird selbst zu Intelligenz. Johannes lebte schon seit Jahrzehnten in dieser umgewandelten Intelligenz, aber zu Pfingsten nahm diese an Kraft und Herrlichkeit zu...

Um elf Uhr versammelte sich die halbe Zwölfzahl in der Bibliothek des Hauptgebäudes. Hier stand eine kostbare Sammlung esoterischer Literatur und auch die Blüte der europäischen Literatur. Es war ein hoher geistiger Inhalt, der sich hier befand. Einst hatte der Meister ihm erzählt, wie er in dieser Bibliothek erlebt hatte, dass all dieser Inhalt an Buchstaben, Worten, Sätzen und Kapiteln doch *wirklich* ist, wie geschriebener Inhalt durch einen Leser zur Realität erweckt wird, weil dieser Inhalt *erlebt* wird. Für ein Fest wie Pfingsten schien es passend, den ‚Geist Europas' in Schriften um sich zu haben.

Sie gaben einander die Hand. Sie waren einander die liebsten Freunde, aber in diesem Moment wuchs die Freundschaft über sich selbst hinaus und wurde zu etwas Übersinnlichem, Überpersönlichem. Skeptiker nennen so etwas ‚Euphorie'. In Wirklichkeit ist es das, was entsteht, wenn mehrere Menschen sich in Seinem Namen vereinen. Die Stimmung war von einer natürlichen Festlichkeit – nicht aufgesetzt oder gemacht. Es war das Vorhaben selbst, das die Festlichkeit bildete. Gewichen war die Ehebeziehung mit Eva, die Meister- oder Schülerschaft. Gewichen war auch die jugendliche Unerfahrenheit von Sophie, ihre Unkenntnis der meditativen Praxis. Es war eine Versammlung von Individualitäten, die aus der Ewigkeit kamen und sich selbst eine große Aufgabe gestellt hatten: sich in der materialistischsten Periode der Menschheitsgeschichte aus den Fesseln der Materie zu erheben – und die ganze Menschheit in dieser Erhebung mitzunehmen. So wie es überall geheime Gesellschaften gab, die den Lauf der Geschichte vorbestimmen, war die Vereinigung der halben Zwölfzahl auch eine Gesellschaft. Aber es gab *einen* Unterschied – und durch diesen glich sie in *nichts* den anderen Gesellschaften. Freiheit und Liebe in *einer* menschlichen Bewegung – das war der Unterschied. Diese Sechs waren frei und ungebunden, kein Mitglied einer Vereinigung, sie waren nicht eingetreten, sie legten kein Gelübde ab. Es gab keine verpflichtenden Zusammenkünfte, keine Rituale, keinerlei Verpflichtung. Und mit dieser Freiheit ging ein unverbrüchliches Liebesband einher, das man nicht bekennen brauchte, auch hier wurden keine Gelöbnisse abgelegt, noch mussten solche gehalten werden. Spontan war die Liebe, weil sie aus der Ewigkeit heraus da war. Nie würde einer von ihnen einen Vorschlag, gemeinsam zusammenzukommen, zurückweisen. Aber dies ging nicht aus einer Verpflichtung hervor, sondern aus einem Erleben, das nun einmal immer ‚Ja' sagte. ‚Alle Menschen werden Brüder' – bei diesen Sechs war dies schon jetzt erreicht.

Es war ihre erste Zusammenkunft – und zugleich waren sie schon unzählige Male so zusammengekommen. Sie setzten sich an den Tisch, Philippe an das eine, Johannes an das andere Ende. Links von Johannes saß der Meister, rechts Beato. Links von Philippe saß Eva, rechts Sophie...

Es trat eine tiefe Stille ein, nicht künstlich, sondern als notwendiges Geschehen.

Nach einigen Minuten ergriff Philippe das Wort.

‚Es geschah auf meine Bitte hin, dass wir hier in einer kleinen Gruppe um diesen Tisch in der Bibliothek zusammensitzen. Ich habe auch gesagt, wen ich hier gern empfangen wollte. Es ist Pfingsten, und ich wollte mich in diesem Moment mit euch auf den Punkt besinnen, an dem wir uns in der Entwicklung der Menschheit auf Erden *jetzt* befinden. Was ist die Wirklichkeit, was ist das Ideal, was ist der Weg zwischen beiden Extremen.

Wir tragen das Mysterium von Golgatha mit uns. Nicht wir allein, sondern alle Menschen, die in dem nüchternen westlichen Verstand leben. Die Schädelstätte. Unsere Gehirne machen als Spiegel das lebendige Denken, den Logos, zu einem toten, schematischen Denken. Das vollzieht sich in jeder Sekunde viele Male, es ist ein unser ganzes Leben hindurch fortwährend ablaufender Prozess – unterbrochen von Schlaf und Traum. Alle natürliche Sinneswahrnehmung und alle natürlichen Denkprozesse führen uns letztlich zum Bewusstwerden des Todes – auch wenn man sich dessen nicht *klar* bewusst ist. Die Wahrnehmung an sich ist lebendig, die Weltgedanken an sich sind lebendig, aber sie können nicht lebendig in unser Bewusstsein treten – wir würden es nicht ertragen und von Freiheit könnte keine Rede sein. Denn dasjenige, was wir so erleben würden, wäre viele Male kräftiger – ja überwältigend – als unsere schwache eigene Kraft. Um uns die Möglichkeit zu schenken, freie Wesen zu werden, selbständige Individuen, hat sich die lebendige Wirksamkeit aus der Schöpfung zurückgezogen – für unser Bewusstsein ist sie unwahrnehmbar geworden. Wenn man lange und intensiv genug in diesem Schein des Denkens, der Erkenntnis gelebt hat, dann entsteht ein unwiderstehliches Verlangen nach einem *Sein* des Denkens, nach einer Auferstehung aus dem Tod. Ostern ist das Fest der Auferstehung des Leibes. Pfingsten ist das Fest einer neuen Freiheit. Die Freiheit, die durch den Tod im Denken erworben wurde, hat ihre Zeit gehabt ... es entsteht ein Verlangen nach einem Wiederfinden des *Lebens*, unter Erhalt des erworbenen Bewusstseins. Jedem Menschen, der sich auf den Weg macht, wird früher oder später deutlich, dass es die Sinne und das Gehirn sind, die einen in die ‚alte Freiheit' bannen. Man sucht eine Befreiung aus diesen Fesseln des Todes. Man steht vor einer scheinbar unmöglichen Aufgabe: Man verdankt sein Bewusstsein der Wirkung der Sinne und des Gehirns – und gerade sie machen ein Erkennen des eigentlichen lebendigen Geistes unmöglich. Man würde also etwas ausschalten, was man dringend benötigt. Die Sinne und das Gehirn sind der Halt des Bewusstseins, und gerade sie verdunkeln, verschleiern die geistige Welt. In dieser Lage befinden wir uns, die ganze westliche Menschheit befindet sich darin. Dass nicht jeder sich dessen voll bewusst wird, ist etwas anderes – es gilt für jeden. Es ist ein äußerster Zustand, es kann nicht mehr weiter gehen. Etwas, was tot ist, kann nicht mehr sterben, es kann nur noch zerfallen, aber auch das ist geschehen, das Ende dessen ist schon erreicht.

Dann sind Gedanken keine Leichen mehr, an denen man noch ‚sehen' kann, dass sie einmal gelebt haben – sie sind zum Stoff zurückgekehrt, auf ihre Bausteine reduziert. Während der Wissenschaftler meint, immer tiefer in sein Objekt vorzudringen, indem er immer mehr zu den Bausteinen der Schöpfung kommt, entfernt er sich immer weiter davon, weil die fortschreitende Analyse eine Synthese immer unmöglicher macht. Die Form des Gedankens ist bereits zerflossen, verwischt... Der Mensch braucht Hilfe, um in diese dissoziierende Vielfalt noch einen Zusammenhang zu bringen. Und es gibt ein Wesen, das darauf wartet, diesen Zusammenhang zu geben, *seiner* Form gemäß.

Seine Intelligenz ist so absolut übermächtig, dass man, wenn man ihn befragt, zu grandiosen Resultaten kommt. So wie Heinrich von Ofterdingen den Sängerkrieg in der Wartburg nur mit Hilfe des Zauberers Klingsor gewinnen konnte – Heinrich selbst hatte nicht genügend Fähigkeiten –, so kann der moderne Mensch den gigantischen Überfluss an zerfallenen Gedanken-Bausteinen nicht mehr ohne die Hilfe Ahrimans zu einem Denken erheben. Das ist schon geschehen, überall sehen wir in der Intelligenz den Ansatz Ahrimans. Eine solche Intelligenz ist genial, aber nicht von der Individualität beherrscht. Sie entfaltet sich um so besser, je passiver das eigene Ich ist. Luzifer vereinigt sich hier mit Ahriman, er erfüllt die passive Intelligenz mit seinem Stolz. Das ist die Verbindung der Widersachermächte *gegen* den Menschen. Seinen eigentlichen Platz in der Intelligenz – das *selbständige* Trennen und Verbinden von Begriffen – tritt der Mensch an Ahriman ab, und die Leere wird von dem Stolz Luzifers erfüllt. Die Schädelstätte wird zum Platz einer Besessenheit...

Das ist ein Prozess, der sich deutlich abspielt, es ist etwas Allgemeines, etwas, was die Entwicklung der Menschheit in eine andere Richtung lenken will. Im Großen kann man nichts daran ändern. Man kann nur wachsam sein und scharf wahrnehmen, was sich abspielt. Man könnte zu dem Schluss kommen, die Menschheit sei für Gott verloren. Die Ablenkung sei so stark, dass sie nicht mehr zurückgelenkt werden kann. So wäre einem zumute, wenn man nicht zugleich wüsste, dass die Menschheit einerseits aus Individualitäten besteht, andererseits aber *ein* Mensch ist. Das bedeutet, dass dasjenige, was von Menschen bewusst gewollt und mit aller Kraft verrichtet wird, zugleich eine Wirkung in der ganzen Menschheit hat. Die Passivität von Millionen führt zur Ablenkung, die Aktivität von Einigen kann diese heilen, zunichte werden lassen.

Wo liegt nun der Ansatzpunkt für diese Wenigen, die die Zersetzung des Denkens sehen und die ein unwiderstehliches Verlangen nach dem *Leben* im Denken haben? Es muss etwas geben, was denselben Halt im Bewusstsein gibt wie Wahrnehmung und Verstand, wie Sinne und Gehirn. Wenn es dies nicht gäbe, bestünde nur die Möglichkeit, zurückzugehen, das Leben unter Verlust des erworbenen Bewusstseins, unter Verlust der erworbenen Freiheit wiederzufinden – wenn das überhaupt möglich wäre. Was ist es genau, was uns hier, insoweit wir das lebendige Denken gefunden haben, zusammenhält? Was hält einen in sich zusammen, so dass man Bewusstsein hat, während man sich von Gehirn und Sinnen befreit hat?

Es ist gerade diejenige Aktivität, die man verrichtet hat, um sich aus der Wahrnehmung und dem Denken zu befreien, die der Halt für das Bewusstsein ist. Es ist die aktivierte, durchwollte, verschärfte Intelligenz *selbst*, die sich nicht auf Sinneswahrnehmung oder Verstandesinhalt richtet, sondern selbst Inhalt des Bewusstseins wird und die Wirkung der Sinne und des Gehirns ersetzt. Es ist das absolute Gegenteil von dem, was sich in der Menschheit abspielt. Da lösen sich die Gedanken auf, das Ich verfällt in Passivität, macht nicht mehr mit, und Ahriman trennt und verbindet genial, während Luzifer den Genuss daran verschafft. Hier bei uns werden die trennenden und verbindenden Kräfte in der Intelligenz verstärkt, die Gedankenleichname werden wieder lebendig, werden Wesen, und man wird doch nicht überwältigt, weil es die eigene Kraft ist, die man so geschärft hat, dass dieser Prozess stattfinden kann. Und diese geschärfte Gedanken-Chemie bewirkt, dass das Licht einen nicht blendet, dass man nicht auseinandergetrieben wird, sondern in sich selbst konsistent bleibt, ebenso konsistent, wie man die irdische Intelligenz beherrschen gelernt hat. Man begibt sich in den Zustand des Traumes, sogar des Schlafes – aber man träumt und schläft nicht. Man befindet sich in dem Licht, das im Abendland aufgeht. Dem Licht, das ein innerliches Denkkräftefeld ist, in dem man sich mit den Kräften der Selbsterziehung orientieren kann. Gäbe es keine Selbsterziehung – eine Selbsterziehung der Intelligenz –, so gäbe es auch keine Orientierungsmöglichkeit in diesem Denklicht.'

Philippe schwieg, aber er hatte noch nicht zu Ende gesprochen. Johannes fühlte eine Glückseligkeit in sich, indem er Philippe zuhörte. Er sprach nichts aus, was Johannes nicht selbst *wusste*. Aber er sprach *so* anders, so bedeutsam, so eindringlich. Ein Zusammenklang war es, ein Zusammenklang der Wahrheit, gespielt auf verschiedenen Instrumenten, ausgehend von verschiedenen Aufgaben, die in Harmonie zu wahrer Musik wurden.

‚Darum ist eine Spiritualisierung des Denkens die Rettung der Menschheit. Und daran ist kein Wort übertrieben oder zuviel. Je länger es dauert, bis ein freier Eingriff in die Entwicklung, wie sie jetzt ist, stattfindet, desto schwerer wird es, diesen Eingriff zu vollbringen. Die Desintegration des Denkens geht sehr, sehr schnell, und es wird ein Moment kommen, in dem keine menschliche verbindende Kraft mehr zu finden ist. Dann ergreift Ahriman seine Gelegenheit vollständig – oder Gott selbst muss eingreifen. Bei letzterem kann ich mir nur eine vollständige Vernichtung der modernen Kultur vorstellen, wodurch sie gestoppt würde. Was der Mensch noch als ursprüngliche Kraft hat, wird dann vor weiterem Verfall behütet. Wir sind zu sechst, es fehlen noch viele. Aber wir können kein Jahr mehr warten, es muss jetzt gehandelt werden, geistig gehandelt.

Wenn man einen Film sieht, dissoziiert das Denken. Das geschieht unbewusst, weil auf Bilder geblickt wird, die aus Teilen aufgebaut sind, während ein *lebendiges* Bild suggeriert wird. Am Computer ist das noch viel schlimmer, da beruht schließlich alles auf nur zwei Möglichkeiten: Ja oder Nein. Für die ganze Welt des ‚weder das eine noch das andere', die gerade die Welt der Mitte, des Geistes ist, gibt es da keine Veranlagung, keinen Platz. Und wenn man einmal einen Blick auf die Programmiersprachen wirft, erlebt man erst wirklich, dass es ein Denken gibt, das nicht einmal mehr Leichnam ist, das vollkommen zusammenhangslos geworden ist. Durch einen technischen ‚Willen' wird dieser Zusammenhang dann nachgeahmt, mit einem Resultat, das die menschliche Intelligenz zu übertreffen scheint. Doch diese künstliche Intelligenz wirkt auf der Grundlage einer rasend schnellen Wahl zwischen Ja und Nein. Es ist eine Urteils-Maschine, die keinen einzigen Zweifel kennt.

Dies zu erkennen, ist das eine. Das Erleben der Wirkung ist etwas ganz anderes. Unsichtbar und unhörbar wirkt diese mechanische Intelligenz auf die Menschen zurück, auf die lebendige Intelligenz ein. Es mag den Anschein haben, als ginge die Technik so weit, dass sie an das Leben grenzt – tatsächlich aber bewegt sie sich immer weiter davon weg. So ist es auch mit der Physik, mit der Chemie. Die Wissenschaft entdeckt immer feinere Strukturen, materielose Teilchen, und es gibt Forscher, die erwarten, dass im weiteren Fortgang schließlich das *Leben* selbst gefunden werde. Es gibt auch Physiker, die in alledem sogar religiöse Erfahrungen haben. Man begreift nicht, dass von der Materie zum Leben ein *Sprung über den Abgrund* gemacht werden muss. Wenn man durch die heutige Naturwissenschaft, die als Denkinstrument den Computer hat, an das Ende der Materie gelangt, dann kommt man in ein nicht-materielles Gebiet, in eine Nicht-Natur.

Aber das ist dann keine Übermaterie, keine Übernatur, sondern eine *Unternatur*, eine Untermaterie. Man kommt nicht in jene Welt, der die Natur ihren Ursprung verdankt, die Ätherwelt. Sondern man taucht in die Tiefen des Elektromagnetismus unter, schließlich auch in die Tiefen der Kernenergie. Das passive Denken verläuft am besten anhand von Computerprogrammen. Frei ist es niemals. Es kann durch die Passivität nur in den analytischen Prozessen mitgehen, es fügt sich der Dissoziation. Es geht von selbst. Insoweit der Mensch noch selbst dabei ist, entfaltet er seinen Willen in dem bewussten Mitgehen auf dem Analysestrom. Oft ist das Bewusstsein nicht einmal mehr wirklich dabei, und nur die Resultate werden bewusst. Diese Resultate können grandios sein, der Weg dorthin ist völlig finster, und der Führer auf diesem Weg ist ungesehen Ahriman.

Was von uns verlangt wird, ist, dass wir unsere ganze, entwickelte Willenskraft einsetzen, um diesen Prozess umzukehren. Wir können die Kinos nicht schließen, die Computer nicht abschaffen. Wir sind wie alle anderen von einer unsichtbaren Welt ‚digitaler Information' umgeben. Das ‚frisst' an unserer synthetischen Vernunft, an unserer Intelligenz. Auch wir stecken in diesem Strom, werden über Wasserfälle in die Tiefe geschleudert. Von uns wird erwartet, dass wir uns umdrehen und den Weg zurück bilden, dass wir die Wasserfälle wieder hinaufgehen. Es wird erwartet – wir erwarten das von uns selbst –, dass wir stärker sind als die Kräfte des Wasserfalls. Dass wir über etwas verfügen, das auf solche irdischen Elemente überhaupt nicht mehr Rücksicht zu nehmen braucht.

Dass wir dieses ‚Etwas' zur Verfügung haben, verdanken wir dem Werk des Meisters des Abendlandes, der uns aus seinem prophetischen Wissen heraus ein Heilmittel für die Krankheit *unserer* Zeit gegeben hat. Dass das Denken tot ist, dass es aus Leichnamen besteht, die zerfallen, dass wir in die *Desintegration* mitgerissen werden ... das alles kann uns nur so lange treffen, wie wir *in* diesem Element darinnen sind. Wir stehen vor einer zweifachen Aufgabe: Zuallererst müssen wir unser Denken so verstärken und auch verschärfen, dass es *in sich bestehen* kann, ohne sich irgendwo anlehnen zu müssen, ohne sich auf das sinnliche Wahrnehmen oder die Gedanken daran zu stützen. Wie gesagt kann es sich dann in sich aufrechterhalten, als Halt hat es gerade die Kraft der Tätigkeit, der Arbeit an der Intelligenz.

Das ist das eine. Das andere jedoch ist, dass man daraus *heraustreten* kann. Man kann seinen Mittelpunkt im Denken, die Quelle, aus der heraus es sich entfaltet, verlassen. Es entfaltet sich dann dennoch weiter, man hat es in Gang gesetzt. Dann schaut man darauf zurück. Man ist dann in einer Position, die man sonst niemals einnehmen würde; von selbst kann das nicht geschehen, man muss es wollen – und dann tun.

Man befreit sich aus dem Denken – aber man nimmt davon natürlich etwas mit, zu einer Art Umkreis in Bezug auf den ursprünglichen Mittelpunkt, der zum Umkreis schon die universellen Gedanken hatte. Es ist eine Tat der Freiheit und zugleich der Befreiung. Der in Gang gesetzte Denkstrom läuft weiter, und man ‚steht' denkend außerhalb. Hier hat keine Gegenmacht mehr Zugriff auf den Menschen, es gibt keinen Weg dorthin – nur der freie Mensch kann diesen Weg finden. Wenn man ein Bild haben wollte, könnte man sagen: Im fernen Land, unnahbar unseren Schritten ... da liegt der Gral...*

Aber wie der heilige Gral banalisiert wird – die Phantasie reicht nicht aus, um sich auszumalen, auf was für verschiedenste Arten dies geschieht –, so wird auch dieser soeben beschriebene Weg zum Geist banalisiert – und hier reicht die Phantasie ebensowenig, sich alle Formen davon vorzustellen. An sich ist die Verirrung nicht anders als in früheren Zeiten. Sie beruht auf dem Wunsch nach höherer Erkenntnis und auf der Faulheit. Man ist nicht bereit, durch harte innere Aktivität die physischen ‚Ebene' zu verlassen. Was gewollt wird, ist, ohne allzu viel Mühe eine andere Wahrnehmungsebene zu

---

* Richard Wagner, Lohengrin.

finden. Das ist das Prinzip der schwarzen Magie: Verwirklichen von Magie ohne die dazugehörende Katharsis. Das führt unwiderruflich zu dem Gegenteil von Katharsis – dadurch wird die gefundene ‚Magie' *schwarz*. Auch Menschen, die an sich überhaupt nicht schlecht sind, werden es durch diese unheilvolle Kombination von Sehnsucht nach besonderem Wissen und Abkehr von echter Heiligung. Im besten Falle wird es zu einer ‚Anbetung des goldenen Kalbes', im schlimmsten Fall entsteht, vorerst ungewollt und ohne Absicht, die schwarze Magie.

In der heutigen Zeit beginnt diese bei einer Verwechslung von zwei einander ähnelnden, aber doch ganz verschiedenen Gebieten: dem elektromagnetischen Feld und der übersinnlichen Ätherwelt. Hier, in unserem Kreis, arbeiten wir an dem Weg zu höheren Welten, als es die physische ist. Doch im ‚Unternatürlichen' sind Spiegelungen davon zu finden. Viele der Techniken der New-Age-Spiritualität führen zu einem Wahrnehmen dieser Spiegelungen, die eine Übereinstimmung mit den alten Naturreligionen, mit der heidnischen Zauberei und ähnlichem haben. Da ist alles noch ziemlich undeutlich, es werden meistens keine Versuche unternommen, zu verbergen, dass es um eine solche ‚Hellsichtigkeit' geht. Wirklich problematisch und auch gefährlich wird es, wenn eine völlige Verwechslung beider ‚Ebenen' geschieht. Die am meisten Eindruck erweckende Methode ist die, welche scheinbar völlig an den Einweihungsweg anschließt, der durch den Meister des Abendlandes gegeben wurde. Wenn dieser Weg Schritt für Schritt beschrieben wird und dabei gerade der Unterschied zum wahren Geist verwischt wird, dann werden sehr viele Menschen, die den wahren Geist, den heiligen Geist, suchen, auf eine falsche Spur gelenkt – und sie merken es nicht. Plötzlich ist ja Steiners Werk nicht mehr so schwer, ist der Weg für jedermann ziemlich einfach zu gehen, liegen Wahrnehmungen im Ätherischen unmittelbar auf dem Wege, ohne kompliziertes Gerede über Läuterung und Heiligkeit. Man kann einfach bleiben, wer man ist, und doch exakt Steiner folgen. Man macht schnell Fortschritte, man sieht Kräfte, Licht, Farben und sogar Elementarwesen. All die Menschen, die sich so viel Mühe mit dem Entwicklungsweg machten, werden lächerlich: so schwer ist es gar nicht. Und man wird nicht leicht herausfinden, wo der ‚Fehler' in dem Ganzen steckt, es sei denn, man erklärt Steiner für ‚falsch'. Es geschieht ja schließlich genau das, was er gesagt hat – und außerdem hat man sich doch auch genau an seine Anweisungen gehalten? Es müssen also einfach erleuchtete moderne Menschen kommen, die die Abkürzungen aufzeigen, wodurch praktisch jeder in der Ätherwelt hellsehend werden kann. Eine Banalisierung der Anthroposophie ist das, und auf unserem Wege liegt es, dem mit all unserer vereinten Kraft entgegenzutreten. Das fehlende Glied in dieser ‚modernen Forschungsmethode' ist tatsächlich ... Johannes. Das, was Johannes *ist*, was in ihm als Urbild lebt, das wird sehr sorgfältig übergangen. Dadurch wird es möglich, schnell *außer*sinnliche Wahrnehmungen zu machen, und diese sind von ihrer Art her wie gesagt Spiegelungen der ätherischen Wahrnehmungen. Man dringt tiefer in das Vehiculum ein und verliert mit jedem Schritt mehr den führenden Geist. Immer mehr werden die Kräfte des Vehiculums Führer, und man wird von ihnen mitgeführt, während man meint, großartig wissenschaftlich-spirituell tätig zu sein.

Johannes wird aus dem Entwicklungsprozess zum Geiste ‚entfernt', und ein Wahrnehmen des Geistes wird so definitiv unmöglich.

Aber Johannes lebt, er ist unter uns. Er lebt hier, in gewissem Sinne verborgen vor der Welt. Denn er ist der begehrteste Teil des Entwicklungsweges. Nicht, dass es etwas helfen würde, wenn man ihn ‚hätte', denn er weist immer wieder nur auf den eigenen Weg, die eigene Aktivität. Aber es würde den Gegenmächten helfen, wenn er *nicht* da wäre, denn dann gäbe es nirgendwo mehr eine reale Spur dieses gehassten Bindegliedes zum reinen, heiligen Geist.

Ich habe euch hierhergebeten, um gemeinsam zu erkennen: Johannes muss offenbart werden. Wir müssen uns hinter ihm versammeln, damit er auch unsere Kräfte zur Verfügung hat. Von nun an wollen wir nicht mehr ruhen, bis in der ganzen spirituellen Welt, bis in die Geheimgesellschaften und Logen hinein, bekannt ist, ‚was Johannes ist'. Es ist keine Zeit mehr. Die Stufen zum reinen, heiligen Geist werden fortgenommen. Der strebende Mensch wird auf der Suche nach weiteren Stufen nur noch weiter hinabirren können.'

Es trat eine tiefe, fast bebende Stille ein. Nach einiger Zeit stellte die Frau, die mit Johannes verheiratet war, die Frage. Nicht wegen einer

mangelnden Antwort, sondern wegen der Notwendigkeit.
,Wer, was ist Johannes?'
Die Frage wurde ein Wesen, das unter den Sechs umherging. Philippe sagte:
,Morgen wird Johannes selbst die Antwort geben. Heute gebe ich sie...' Er beugte sein Haupt und faltete seine Hände, als wollte er beten. Aber er sah wieder auf und begann, über Johannes zu sprechen.

,Johannes ist die Sicherheit, dass man auf seinem Weg auch wirklich die geistige Welt erreicht, dass man nicht unbemerkt doch in das Leibliche zurückgleitet und trotzdem meint, vom Geiste aus wahrzunehmen. Johannes ist die Gewähr, dass man nicht in die Gefangenschaft des Hüters der Schwelle gerät.
Der Hüter an der Schwelle zur geistigen Welt sorgt dafür, dass man nicht unvorbereitet in die geistige Welt eintritt. Man muss da, an der Schwelle, wirklich alles zurücklassen, was mit dem Leben auf Erden zu tun hat. Seine Meinungen und Urteile, seine Erinnerungen; aber auch die feineren sinnlichen Einflüsse in der Denkaktivität sind noch zu grob irdisch, um mit über die Schwelle gehen zu können. Ja sogar die innere Haltung kann ein Hindernis sein. Man muss sich ganz aus sich herausversetzen können, das Selbst, an das man auf Erden gewöhnt ist, darf nicht mitgehen. Im Grenzgebiet können Verwirrungen entstehen, Illusionen auftreten – wenn man Johannes nicht kennt. Er ist der Vermittler, sein Wesen verbürgt den vollkommen bewussten Schwellenübertritt. Er, der vielfach als so *streng* erlebt wird, entspricht der Forderung des Hüters an der Schwelle des Übergangs ,von Erde zu Himmel', von Verstand zu Geist. War es nicht gerade *dieser* Übergang, der ihn Abschied vom Meister hier nehmen ließ, damals vor vielen Jahren?* Weil der Meister ihm über dieses Bindeglied keine Klarheit geben konnte, musste er fortgehen. Letztlich war es er *selbst*, der nicht erkannt wurde. Johannes war sich dessen in dieser Zeit noch nicht bewusst, aber das Nicht-erkannt-werden lebte in ihm, trieb ihn zu einem Bruch mit der östlichen Mystik. Johannes ist nicht nur das von aller sinnlichen Nachwirkung befreite Denken. Er ist nicht

---

* Siehe ,Mutter eines Königs' und ,Lotus und Lilie'

nur der Repräsentant dessen, was ‚reines Denken' genannt wird. Es ist schließlich sehr gut möglich, auch mit dem Verstand rein zu denken. Das Denken verläuft dann in allgemeinen Begriffen, hat aber immer noch vollkommen die ‚Form des Verstandes'. Johannes ist die Befreiung daraus, er ist die *bewusste* Freiheit. Es bleibt keine Spur *un*durchschaut, alles, was er *ist*, seinem Wesen nach ist, ist gerade das vollkommene Durchschauen an sich. Später, wenn der Mensch diesen Schritt einmal gemacht haben wird, kann er nicht mehr vollkommen durchschauen, denn dann ist er in das Reich der Himmel eingetreten, wo alle Wesen höher sind als er. Johannes ist die höchste Qualität, zu der ein *Mensch* kommen kann, aus sich heraus, frei. Er führt über die Schwelle, weil er exakt dasjenige ist, was den Wächter beiseite treten lässt. Jeder Mensch, der Johannes in sich entwickelt, wird zur geistigen Welt bewusst zugelassen, da gibt es keine Ausnahme. Sein Aufruf ist streng wie der Wächter selbst, aber zugleich ganz an das menschliche Vermögen angepasst. Es wird nichts verlangt, was nicht schon in der Anlage beschlossen läge. Er ist also nicht nur der Repräsentant des reinen Denkens. Er ist, was einst ein hoher Meister ihn lehrte. Dieser fragte:

‚Was betrachten Sie als Ihr höchstes Können?'

Auf diese Frage antwortete Johannes:

‚Das Vermögen, zu *begreifen*.'

Der Meister hat eine zweite Frage gestellt:

‚Was ist Ihr größtes Hindernis?'

Johannes antwortete:

‚Der Verstand.'

Die dritte Frage lautete:

‚Was ist das unergründlichste Rätsel?'

‚Das Sterben.'

Und die vierte Frage:

‚Was rührt Sie am meisten?'

Johannes antwortete:

‚Das Scheiden.'

Die Johannes-Aufgabe lautet wie folgt:

‚Suche mit Deinem größten Talent den Ursprung dessen, was Dich am meisten rührt. Dann ergründe das Rätsel und überwinde Dein Hindernis.'

Die Bedeutung von Johannes ist:

Mit der Geburt des Verstandes wird der Mensch vom Urgrund der Dinge getrennt. Dennoch liegt gerade im Verstand das größte Talent, wenn es sich zum Begreifen erweitert. Das *Begreifen des Verstandes* führt zum Begreifen des Sterbens, aber gerade dadurch wird die Trennung aufgehoben. Denn der ganze innere Mensch kehrt sich um und kommt ‚von einer anderen Seite'. Die Andacht geht nicht mehr vom Mittelpunkt zum Umkreis, sondern sie geht vom Umkreis zum Mittelpunkt. Das, was im Menschen erlebt wird, wird vom Umkreis aus angeschaut – und erhält da erst seine wahre, geistige Bedeutung. Da kann kein sinnlicher Eindruck erhalten bleiben, da ist auch die innere Haltung vollkommen umgewandelt. Die Forderung des Hüters ist erfüllt, ja, Johannes *ist* die Verwirklichung der Forderung.

Das, liebe Freunde, ist die Notwendigkeit unserer Zeit, Johannes *selbst* ist es. Als Mensch sitzt er hier, bei uns am Tisch. Aber er ist die Verkörperung von etwas, was keinen Menschen ganz durchdringen kann. Der Leib ist dafür zu fest, zu dicht, zu wenig plastisch. Jeder von uns hier ist die Verkörperung von etwas ganz Wesentlichem. Aber Johannes können wir nicht entbehren. Er muss unsere volle Kraft und Unterstützung erhalten, auf dass es überall, in allen spirituellen Kreisen bekannt werde, dass das fehlende Bindeglied zum Geiste *lebt*!

Vielleicht ist die effektivste Gegenkraft diese: Aus ‚Bescheidenheit' postuliert man, dass diese Umwandlung nicht möglich sei, dass nur große Eingeweihte dies können würden, dass wir nur gewöhnliche Schüler seien, die nicht meinen dürften, aus eigener Kraft etwas anderes zu können als ‚Schriftauslegung', wobei es natürlich nie jemanden geben könne, der auch wirklich verstehen könnte, was die großen Lehrer geschrieben haben. Man stelle sich einfach sehr bescheiden hin und beschränke sich auf die Erkenntnis: Was ein Meister kann, kann ich nie erreichen. Eine spirituelle Form von Agnostizismus ist das: Wir können auf spirituellem Gebiet doch *nie* etwas erreichen!

Dann wären wir ein Grüppchen zweifelhafter Geistessucher, und Johannes hätte besser Internist bleiben sollen. So denkt man über uns – aber so wird auch von bestimmten Menschen, die an der spirituellen Welt sehr wohl interessiert sind, über uns geurteilt. Wir seien hochmütig, sähen in uns etwas, was überhaupt nicht begründet sei. Nun, wir kümmern uns natürlich nicht weiter um diese Dinge – insoweit dies möglich ist. Denn es gehen davon doch feine Vernichtungskräfte für den Mut und das Geistesstreben aus. Das ist Gift, welches langsam in uns eindringt und unser geistiges Selbstbewusstsein profanieren will. Wir müssen fortwährend darauf achten und die lähmenden Wirkungen aufheben. Nur Johannes kann davon nicht berührt werden, weil er gerade diese völlig umgewandelte innere Haltung im Denken repräsentiert. Würde *er* daran zweifeln, an der Möglichkeit dieser Haltung, so müsste er an der Möglichkeit der Existenz seiner eigenen Individualität zweifeln. Er erhebt seinen Geist zum Geiste der Welt und blickt dann, von außen kommend, auf die Wirkungen in seinem Wesen zurück. *Das ist Johannes.*'

Kann ein Mensch der sein, der er in den Tiefen des Geistes ist, wenn er nicht durch *einen* Mitmenschen erkannt wird?

Diese Frage lebte in Johannes, als er sich, in seinem Meditationssessel sitzend, auf Philippes Worte besann.

Eva hatte die Frage gestellt, Philippe hatte geantwortet. Und Johannes fühlte, wie sein tieferes Wesen in diesem Augenblick mehr anwesend war als je zuvor. Selbstbewusstsein ist eine hohe Gabe. Die Gabe der Erkenntnis durch einen Mitmenschen erweist sich als eine noch höhere – gerade weil sie so selten ist, weil sie so kaum jemals vorhanden ist.

Was war jetzt so ganz anders? Das, was Philippe in seinem letzten Satz ausgesprochen hatte, war eine voll bewusste Wirklichkeit. Die Erfahrung war keineswegs neu, aber Johannes erlebte ein Einströmen seiner eigenen geistigen Individualität in seine mächtigen Denkbewegungen. Es konnte wie eine Inkorporation erscheinen, eine Befruchtung durch ein höheres Wesen. Das war es auch, aber es war seine eigene ewige Individualität. Was bis heute sein Selbstbewusstsein gewesen war, schien schwach und ohnmächtig verglichen mit dem, was nun in seine selbstbewusste Kraft einströmte. Es war, als ob diese höhere Individualität ihn erforschte und in der Erforschung offenbarte, wer er früher gewesen war. Nicht in allgemeinen Wahrnehmungen, sondern in feinen Nuancierungen, sehr detailliert. Keine sinnlichen Bilder waren es, sondern Gefühlsnuancen, Erinnerungen, die nicht in dieses Leben passten, die aber doch genauso eigen waren.

Die Richtung der Meditation schien sich definitiv umgekehrt zu haben. Sein Wille hatte sich ganz mit diesem höheren Willen seiner ewigen Individualität identifiziert. Eine Sicherheit strömte in ihn nieder, die man auch ‚Liebe' nennen könnte. Alle Fragen, mit denen er sich in der letzten Zeit beschäftigt hatte, fanden hier ihre Antwort. Die unerschöpfliche innere Aktivität, die ihn, Johannes, zu einem Meister der Freiheit gemacht hatte, fand in diesem Moment eine gewisse Vollendung. Die Freiheit kehrte sich um und führte auf der umgekehrten Bahn, die zum Liebesstrom geworden war, sein eigentliches Wesen mit sich mit. Ahnen wurde Sicherheit.

WO DIE ZEIT HEILIG IST, DA LIEGT MEIN URSPRUNG

In einer geweihten Stimmung erwachte Johannes aus seinem reichen Schlaf. Zweiter Pfingsttag. Heute würde er selbst seinen Freunden sein tieferes Wesen offenbaren. Er bereitete sich darauf nicht vor; was er sagen würde, musste ihm direkt durch den Geist gegeben werden. Er kannte die Tiefen seines Wesens schließlich auch *selbst* nur unzureichend. Aber seit gestern war seine Gedankenkraft eine wirkliche Verkörperung für sein eigentliches Wesen. Davor hatte es Momente der Wiedervereinigung gegeben, nun schien es eine Kontinuität zu sein, die sich sogar in der Nacht fortgesetzt hatte. Da, in den Weiten der Nacht, hatte das Wesen eine andere Umhüllung als die Gedankenkraft, aber nun, wo er erwacht war, lebte die Erinnerung daran in der Gedankenkraft. Seine Sinne, sein Denken, erfüllten ihre gewohnte tägliche Pflicht. Aber in ihrem übersinnlichen Teil lebte er nun selbst, voll bewusst, als Essenz, die einerseits individuelles Wesen war, andererseits aus dem Ursprung einer Heiligkeit kam, welche auf Erden nicht ertragen wird. Als Individualität fühlte er sich gleichsam zwischen Erde und Himmel gestellt. Wie ein Wächter, der darüber wacht, dass der heilige Geist in entheiligten Grund einströmt. Das war Johannes, einerseits die Umwandlung der Seele in Heiligkeit und andererseits die Umkehrung der Blickrichtung des denkenden Geistes. Johannes lebte auf der Schwelle, hier lehrte er alle, die sich näherten, wie sie sich verwandeln müssen.

Früher tat er das auch, aber er hatte es nicht anschauen können, das Geistesauge sah es nicht. Nun jedoch war es vollkommen klar, er sah, wer Johannes war, weil er sah, was Johannes tat. Da hörten alle abstrakten Urteile auf, sie wurden nicht mehr gebildet, weil in der Anschauung das Wahrgenommene zugleich Name und Begriff ist.

Sie setzten sich auf dieselben Plätze an den Tisch in der Bibliothek. Johannes war bewusst ganz frei von Gedanken und Gefühlen. Er hatte sich in einen Zustand gebracht, der nur mit der Art verglichen werden kann, wie ein Mensch sich fühlt, wenn er in großer Not ist.

Alles Gewohnte, Alltägliche war von ihm abgefallen, es hatte keine Bedeutung. Hier, jetzt, stand er zusammen mit seinen Freunden seinem wahren Wesen gegenüber. Der Impuls, den sie hier empfangen würden, würde um so kräftiger sein, je mehr Johannes selbst seine Persönlichkeit in Geisteskraft erstrahlen ließe.

Die Konturen im Raum vergingen. Sie waren nicht mehr in einer Bibliothek eines Gebäudes in den Bergen. Auch die Zeit bekam einen anderen Charakter, es war eine Erscheinung, die *alles* als Geschehen in sich zu fassen schien, in dem alles des profanen Charakters entkleidet wurde, um in Heiligkeit getauft zu werden. *Ein goldenes Zeitalter* ... nicht als Periode in der Geschichte, sondern als Glanz der Zeit an sich, in der alles von Gott so gewollt ist – und wo der Mensch den profanen Teil verursacht. Hier war die Zeit keine Zukunft, Vergangenheit und Gegenwart. Hier war alles Zukünftige ebenso ‚geschehen', wie das Vergangene noch geschehen musste. Wenn die Zeit sich umstülpt, umfasst sie alles Geschehen. Eva, seine Geliebte, war nicht mehr Eva ... sondern eine heilige Individualität, mit der er sowohl Vergangenheit als auch Zukunft gemeinsam hatte. Der Meister war nicht mehr der indische Buddhist, sondern ein großer Eingeweihter des Lebens. So wie Krishna vor Arjuna zur Gottheit wurde, weil die zeitliche Hülle abfiel – so zeigten die fünf Anwesenden Johannes ihre tiefere Größe. Johannes schaute dies an, ohne es in eine Feststellung gerinnen zu lassen. Die fünf Essenzen, die Entelechien, die Urbilder, die Heiligkeit der Individualitäten, sie waren eingebettet in diese goldene Heiligkeit der Zeit. Das wundersame Element, das die Zeit ist, ließ ihre Metamorphosen sichtbar werden. So saß Johannes inmitten von fünf Eingeweihten aus derjenigen Zeit, die noch heilig war. *Einer* von ihnen hatte seine Einweihung in ein neues Zeitelement getauft, er war der Eingeweihte der modernen Zeit, die anderen mussten ihm darin noch folgen.

Aber er selbst, Johannes, stand dazwischen. Auf der Schwelle des Ursprunges und der Erneuerung *war* er vollkommen bewusst in seinem Urbild.

‚Das Erdenleben ist ein Traum, aus dem wir erwachen müssen. Wie sehr etwas ein Traum war, weiß der Mensch erst, wenn er wach ist.

Die Worte, die hier gestern über mich durch den Einzigen unter uns gesprochen wurden, der vollkommen erwacht ist, haben auch mich geweckt. Aristoteles sprach von der Kategorie ‚*Substanz*', auch ‚Wesen' oder ‚Sein' genannt. Er meinte damit, dass der Mensch einen Begriffssinn hat, der so, wie das Auge die verschiedenen Farben wahrnimmt, die verschiedenen Grundbegriffe erkennt. Einer davon ist die Hauptkategorie, von der alle anderen Begriffe nur Spezifizierungen sind. Diese Hauptkategorie gibt den Begriff für das individuelle Wesen, wie es im Hier und Jetzt *anwesend* ist. Ich kenne die kurzen Augenblicke tiefer Selbsterkenntnis. Das sind Momente, wo das eigentliche, tiefe, individuelle Wesen als Selbst in sich selbst realisiert, verwirklicht wird. Man könnte sagen, man hat in diesem Moment die Kategorie ‚Substanz' für sein eigenes individuelles Sein verwirklicht. Was zuerst nur eine Form der Denktechnik war, nämlich das Verstärken der Intelligenz, das Vergrößern der Kraft und das Hinaustreten in die Anschauung, wird zu einer heiligen Handlung. In der Anschauung fühlt man sich von der Kraft und dem Sein seines wahren Wesens durchdrungen.

Seit gestern ist diese bewusste Durchdringung bei mir geblieben. In mir selbst ist es das individuelle Wesen, aber es kann sich differenzieren in das Sein aller Wesen, aller Dinge. Das eigene höhere Sein ist der Führer zu dem unendlich differenzierten Sein alles Übrigen, ja es scheint dieses zu umschließen...

Ich bin die Bekehrung im wörtlichen Sinne. Nicht nur der Ungläubige muss sich bekehren, nicht nur der Sünder oder Verbrecher. Die ganze Menschheit steht an einem Wendepunkt, und ich bin die Umkehr. Ich bin der Punkt, zu dem jeder Mensch sich hinentwickelt. Der Punkt, wo der Mensch in äußerster Einsamkeit sich selbst begegnet und vor die Frage gestellt wird – oder richtiger gesagt, sich selbst die Frage stellt –: Was ist eigentlich der Mensch? Wie finde ich das eigentliche Mensch-Sein? Diese Frage ist zugleich die Antwort. Wird diese Frage gestellt, dann bin ich die Antwort. Die *Umkehr* der irdischen Blickrichtung in die kosmische. Nur die Umkehr der Blickrichtung bin ich, nicht das, *was* dann geschaut wird, auch nicht die Kraft zur Bekehrung. Aber ohne mich bleibt alle Meditation irdisch, bleibt alles Hellsehen satanisch, geht die Persönlichkeit mit in den Geist und kommt der

Geist in die Persönlichkeit. Der Hüter an der Schwelle wehrt dem Geistessucher, solange er noch in irgendeiner Weise mit der Erde verbunden ist. Ich aber verleihe die Bekehrung an der Schwelle der geistigen Welt.

Hier in den Bergen bin ich der Lehrer, ich gebe Vorträge und Arbeitsgruppen, damit die danach fragenden Menschen lernen können, wie sie ihre krummen Pfade eben machen können. Doch ich lehre, was ich *bin*. Jetzt, wo ich dieses Bewusstsein als Gnade empfangen habe, werde ich mit unendlich viel größerer Sicherheit die Spiritualisierung des Denkens vertreten können. Philippe vertritt diese auch, er ist darin ein anderer Prozess. Warum mir diese Sicherheit erst jetzt gegeben wird, wo ich kein junger Mann mehr bin, kann ich nur vermuten. Ich habe immer gesagt: Ich kann nur die Metamorphose des Denkens offenbaren, wieder und wieder. Darin lebt die ganze geistige Welt – diese offenbare ich jedoch *nicht*. Nun verstehe ich diese Haltung erst durch und durch, ich erlebe mein eigentliches Wesen als den Impulsator dessen, stehe fest *in* diesem Impuls und werde versuchen, alles, was ich bin, zu geben, um diese Aufgabe zu erfüllen: die Menschen erfahren zu lassen, was ihre Intelligenz ist, welche Abirrungen es gibt und was der rechte Weg ist, nämlich die völlige Umkehr nicht nur der Blickrichtung, sondern zugleich der ganzen inneren Andacht, des Erlebens und des Willens.'

Er schwieg, weil der Becher mit der heiligen Zeit geleert schien. Aber während er schwieg, füllte sich dieser von neuem. Es war, als könne er weiter zurückschauen als zuvor, und zugleich weiter voraus, als umfasse die goldene Zeit Ursprung und Vollendung. Wie alt war Johannes? Wie umfassend war er gewesen, würde er einst sein? Oh, er war viel mehr als die Umkehr, dies war nur in *dieser* Zeit seine Aufgabe. Sein Wesen war darin gleichsam auskristallisiert ... um danach wieder in die Auflösung zu gehen und dem Strom der heiligen Zeit weiter zu folgen. Jedes Menschenleben ist eine Metamorphose einer Aufgabe, die immer dieselbe bleibt – aber unendlich viele Facetten hat. So sah er auch Philippe, der nicht Philippe war ... den Meister, der kein Meister war... Beato, den Unendlichen, den Glückseligen, der mit dem Bösen Versöhnende... Die junge Sophie schien so alt wie die Erde, und Eva schien die Verjüngung an sich...

‚Die profane Zeit dient dem menschlichen Egoismus. Unser Denken bewegt sich auf dem Zeitstrom, der in die Zukunft gerichtet ist. Obwohl es notwendig ist, dass der Mensch eine völlige Beherrschung des Denkens erreicht, darf es dabei nicht bleiben. Immer mehr und mehr muss die unbeschreibliche Beschränktheit des Denkens erlebt werden. Beschränktheit nicht nur in Bezug auf den Inhalt des Wissens, sondern auch in Bezug auf die Möglichkeiten, mit völliger Sicherheit die Wahrheit zu finden.

Da, wo die Umkehr stattfindet, stehe ich. Das menschliche Denken muss lernen, zu schweigen, und in demselben Maße, in dem es dies – unter Erhalt der Denkkraft – vermag, *kehrt* sich *die Bewegung* der Zeit *um*. Die Gedanken kommen aus der Zukunft in die Gegenwart, es sind die geistigen Gedanken, die Weltgedanken – gegenüber den kleinen menschlichen Gedanken. Die Entwicklung des menschlichen Denkens ist nur dazu da, um zuletzt mit absoluter Sicherheit dem Denken das Schweigen auferlegen zu können, bis in seinen tiefsten Grund... Er muss wachsen, ich muss abnehmen. Er kann nur in dem Maße wachsen, in dem ich abzunehmen vermag. Aber das bedeutet nicht, dass ich nicht mehr *da* bin. Das eigene Denken muss dem fühlenden Wollen und dem wollenden Fühlen Platz machen.

Das wird sehr stark, während das Denken verstreicht und sich in die Vorbereitung auf die wahre Kommunion opfert. Diese besteht in dem Einströmenlassen der Logos-Gedanken, der Welt-Gedanken. Solange man die Gedanken noch selbst bildet, webt man einen Schleier vor die Wahrnehmung des Ätherleibes und des Weltenäthers. In der Begegnung der Weltgedanken mit dem wollenden Fühlen wird die Ätherwelt erlebbar. Doch es ist dann zuerst der Ätherleib des eigenen menschlichen Leibes, der da bewusst wahrgenommen wird. Selbsterkenntnis ist die Grundlage, die sich zur Welterkenntnis erweitert.

Doch was als Gedanken aus der Zukunft kommt, ist so unendlich viel weiser, größer, stärker als der eigene, menschliche Gedanke, dass man schmerzlich seine eigene Nichtigkeit erlebt, wenn dieses große Weltendenken sich dem menschlichen Denken gleichsam gegenüberstellt. Und obwohl das hoch entwickelte menschliche

Denken das Allerhöchste auf Erden ist, ist es im geistigen Sinne doch das Allergeringste. Es ist zwar schon Geist, aber im nichtigsten Sinne. Da, in dieser Umkehr, stehe ich, Johannes, denn das *bin* ich.'

Johannes war jetzt erst – er war sechzig Jahre alt – an den Punkt seiner Entwicklung gekommen, an dem er in seinen vorherigen Inkarnationen schon gewesen war. Das hatte mit der ungeahnt starken Gegenwirkung jener Mächte zu tun, die den Menschen an sich ziehen wollen, die den Menschen nicht *Mensch* werden lassen wollen. Obwohl seine Aufgabe ihm schon in der Kindheit gleichsam vor Augen gestanden hatte und er dieser Aufgabe auch bis zu diesem Pfingsttage treu gedient hatte, hatte er dennoch jetzt erst den völligen Sieg erlangt, weil er den Mut gewonnen hatte, vor sich selbst und den anderen zu erkennen, wer er in seinem wahren Wesen war, *wen* er in dem heutigen Johannes eigentlich zur Erscheinung kommen lassen musste.

Das konnte nicht mehr unbewusst geschehen, das Bewusstsein musste der Vorläufer des Geschehens sein. Doch man musste auch *Mut* haben, dieses Bewusstsein weit werden zu lassen, damit man ertragen konnte, wer man eigentlich war. Das galt nicht nur für Johannes, das galt für jede Individualität, die *immer* größer ist als die Persönlichkeit. Die Persönlichkeit scheint der Größe der Individualität zu erliegen und muss sich durch den *Mut* halten.

Johannes hatte schon seit Jahren *sichere* Ahnungen über jenes Wesen, das sich mit ihm verband und das ihm doch auch so *fremd* war. Philippe hatte dem Wesen durch seine Worte Eigenheit gegeben, und nun lebte es *in* Johannes, nicht mehr um ihn und weit über ihm. Das war *auch* noch immer so, aber die innige Verbindung zwischen Individualität und Persönlichkeit hatte sich unendlich verstärkt...

Eva und Johannes waren in einer geweihten Stimmung nach Hause gegangen.

‚Wie kann ich dich je wieder einfach als ‚mein Johannes' sehen?', fragte Eva vorsichtig. ‚Früher gab es einen so unermesslichen Abstand zwischen uns, der ist im Laufe der Jahre verschwunden. Aber jetzt...'

Johannes legte seinen Arm um ihre Schultern und sagte:

‚In der heiligen Zeit bist du, meine Eva, ein unendlich ehrwürdiges Wesen. Ich habe nicht nur mich erkannt, sondern auch dich – und die anderen. Dennoch müssen wir auch gewöhnliche Menschen sein können, Mann und Frau, Papa und Mama, Professor und Ärztin... Die Wäsche aufhängen, die Betten machen, sich kabbeln über das, was du oder ich wieder vergessen haben... Gleich kommen wir nach Hause, in das Elternhaus unserer Kinder. Vielleicht warten sie schon auf uns. Das ist das Wunderbare unserer Zeit, dass wir Bürger zweier Welten sein können. Innerlich einer großen geistigen Aufgabe bewusst, äußerlich einfach eine Frau und ein Mann mit drei lieben Kindern.'

Eva zog ihn an sich und sagte:

‚Du bist lieb, Johannes. Es gibt niemanden wie dich – aber das sagen alle Geliebten...'

Nach dem Mittagessen kam unerwartet der Meister bei ihnen vorbei. Er wollte gerne einen Spaziergang mit Johannes machen. Es war außergewöhnlich, wenn der Meister selbst etwas unternahm, normalerweise wartete er gelassen ab, was auf ihn zukam. Johannes ging daher auch unmittelbar auf seine Bitte ein, obwohl er eigentlich vorgehabt hatte, bei seiner Familie zu bleiben. Es war mildes Frühlingswetter, und sie folgten ihrem schon seit Jahren gemeinsamen Weg... Erst ein Stück durch den Park und die Gärten, dann langsam bergauf, den Pfad mit der immer majestätischer werdenden Aussicht entlang.

Anfangs liefen sie noch schweigend nebeneinander, ein langer blonder Gelehrter neben einem kleinen Buddhisten mit grau werdendem Haar. Ost und West in inniger Freundschaft vereint. Sie kannten einander über zwanzig Jahre, hatten die wichtigste Zeit ihres Lebens miteinander geteilt und liebten einander mehr als Brüder – denn Brüder streiten bisweilen noch miteinander. Diese zwei Brüder im Geiste waren eins und zugleich ein jeder die gnadenvolle Ergänzung des anderen.

‚Du kannst dir wohl vorstellen, was heute Morgen in mir vorgegangen ist. Genau wie du habe ich uns alle im Lichte der Ewigkeit wahrgenommen. Mein Buddhismus wurde zu einem der vielen Kleider, die ich trage und getragen habe. Es war in diesem Leben eine Notwendigkeit, um die Zartheit und Innigkeit meiner

Seele gegen den Intellektualismus zu schützen. Um auch ein Gegengewicht zu deiner Gelehrtheit bilden zu können. Um zu zeigen, dass Ost und West keine unüberbrückbaren Gegensätze sind, sondern dass sie zueinander gehören. Dass in meiner Geschichte Christus aufleuchtet, und in deiner Geschichte die alten östlichen Kulturen. Dass die äußere Erscheinung so lange Schein ist, wie das Wesen nicht in eine reale Verbindung damit gekommen ist. Eine unserer Aufgaben ist, zu *zeigen*, dass die äußere Erscheinung irreführend ist. Du, der europäische Gelehrte, und ich, der asiatische Eingeweihte ... du der Eingeweihte in Christo und ich der alte christliche Tempelbauer... Was will der Mensch eigentlich über den Menschen urteilen?

Ich wollte dich sprechen, Johannes, weil mein heutiges Kleid und mein eigentliches Wesen heute Morgen in eine Disharmonie kamen. Ich habe zwar schon viele Jahre das Wissen über meine durch und durch christliche Vorgeschichte – es blieb aber in gewissem Sinne dennoch abstrakt. In der Zeit stand es in der Ferne, zwar in die Gegenwart hereinwirkend, aber dennoch scheinbar nur dienend. Heute Morgen kehrte sich dieses Verhältnis um. Die alte Inkarnation wurde die wichtigere, die heutige die dienende. Als ob ich in dieser Inkarnation jetzt erst den Augenblick erreicht habe, an dem ich ebenso ‚groß' bin, wie ich es am Ende der vorigen Inkarnation war. Und ich sah zugleich, dass es bei dir auch so war – wenn auch harmonischer, ohne inneren Kampf. Die *wahre* Gelassenheit liegt bei dir; die meine ist Folge von Erziehung und Kultur... Ich sah, dass wir alle sechs den Punkt der Größe der vorigen Inkarnation erreichten, aber bereichert durch den Weg nach dem Tod, durch die Tiefe der Mitternachtsstunde. Alle sechs, auch die kleine Sophie. Du hast uns initiiert, Johannes. Du hast unser Erden-Ich verblassen lassen und das Ewige bis in die Gegenwart hereinstrahlen lassen. Die heilige Zeit vermischte sich bewusst mit der Erden-Zeit – und so wurden wir in gewissem Sinne alle sechs geweiht. Es hätte ein Siebenter da sein müssen – wer ist das, wo ist er oder sie?'

Der Meister schwieg beschämt, denn in der Frage wurde die Antwort *so* wirklich, dass sie beide Ihn fühlten, schauten. Johannes sagte:

‚Wir waren zu zwölft ... sechs Persönlichkeiten und sechs ewige Individualitäten. Der Dreizehnte war unter uns, ist auch jetzt hier bei uns.'

‚Aber Johannes ... muss nicht die Persönlichkeit in die ewige Individualität aufgenommen werden – auch ewig werden?'

‚Ich sehe es andersherum. Die Persönlichkeit wird ewig, bleibt bestehen, statt mit dem Leib zu vergehen. Ewige Gestalten werden unsere Persönlichkeiten, auch wenn unsere Individualität inzwischen eine neue Persönlichkeit ist. Wie könnte Goethe je seinen Ewigkeitswert behalten, wenn seine *Person* diesen nicht hätte? Die gewöhnliche Persönlichkeit stirbt mit dem Tod und dem Kamaloka. Das, was Ewigkeitsbedeutung hat, bleibt für die Ewigkeit erhalten. Die Individualität schreitet fort, hat sich das Ewige aus der Persönlichkeit hinzugefügt, ist reicher, größer geworden; aber das ‚Persönlich-Ewige' hat auch eine Bedeutung an sich – sonst könnte es nur der betreffenden Individualität zugute kommen. Es sind ‚Bücher, in denen man lesen kann', sie bilden eine ‚übersinnliche Bibliothek', es sind die lebendigen Gestalten der Akasha-Chronik, der heiligen Zeit.

Wie könnte eine Ewigkeit bestehen, wenn alles Zeitliche ausgelöscht wäre? Was im Zeitlichen ewig ist, bleibt ewig erhalten. In der Ewigkeit geht nichts verloren...'

‚Dann sind unsere Persönlichkeiten wie Auskristallisationen in der Zeit, aus der Ewigkeit. Was nur Kristall wird, fällt mit dem Tod zusammen mit dem Körper ab. Was innerlich mit dem Kristall verwandt wurde, fällt im Kamaloka ab. Ist das, was dann noch übrig bleibt, ‚geistig lebensfähig', dann bekommt es Ewigkeitswert – in sich selbst. Ich muss mich in der Meditation darin vertiefen – es ist schwer zu fassen. Und doch auch nicht... Sind es dann nicht die verschiedenen Wesensteile, die erhalten bleiben, Johannes? Die dann wieder andere lebende Menschen durchdringen können?'

‚Genau. Es ist schwer, sich dies vom Erdenbewusstsein aus vorzustellen. Von diesem aus vorgestellt, kommt man leicht in das Reich Luzifers, der alles in der Vergangenheit erhalten will. So ist es natürlich nicht. Gerade vom Erdenbewusstsein aus gesehen, sind diese großen historischen Gestalten ‚ausgelöscht', nur Geschichte. Und man kann diesen Prozess auch nicht mit der einmaligen Inkarnation von Christus in Jesus von Nazareth vergleichen. Das heißt, vergleichen kann man es schon, aber nicht gleichsetzen. Es ist, was der Meister des Abendlandes ‚spirituelle Ökonomie' genannt hat, das Erhaltenbleiben und Austauschen der Wesensglieder, die entweder von einem hohen Wesen befruchtet gewesen sind oder von der eigenen Individualität befruchtet sind, welche auf die niederen Wesensglieder gewirkt hat. So kann man es vom Erdenbewusstsein aus *denken*. Vom geistigen Standpunkt aus, wo die Zeit aus Wesen besteht, ist der Eindruck ganz anders. Da ist nichts von dem, was Wert hat, verloren, und es *lebt* da natürlich auch wirklich, es sind keine Abbilder, diese existieren da nicht.'

Sie setzten sich auf ihren Felsblock, in den Schatten eines niedrigen Baumes, der wie ein Sonnenschirm gegen die Frühlingssonne schützte.

‚Nun offenbarst du doch etwas von deinem reichen inneren Wissen, Johannes...'

‚Das ist nicht eine Art Reservoir, aus dem ich schöpfen kann, sondern entsteht hier und jetzt, im Austausch mit dir.'

‚Hast du dies nicht früher als in diesem Moment geschaut?'

‚Doch ... aber das gerät in völlige Vergessenheit, bis man sich demselben Punkt auf demselben Weg von neuem nähert. Der Unterschied zur östlichen Mystik ist, dass man wirklich in die Weiten des Geistes aufsteigen muss – und dann umkehren, um zur Mystik zu kommen. Zuerst eine *chymische*, dann erst eine *mystische* Vereinigung. Da ‚hoch oben' findet man zuerst seinen höheren Willen, und damit taucht man ein in den Leib, das heißt, in den ‚übersinnlichen Leib', man schaut das Innere als Objekt. Das ist die westliche Überwindung des gewöhnlichen Egoismus. Der östliche Mensch – und auch der christliche Mystiker – versucht das Ego durch mehr oder weniger äußerliche Übung zum Schweigen zu bringen. Wenn man aber wie ich hoch über sich selbst hinausgestiegen ist und sich dann umgekehrt hat, dann hat sich der Egoismus gleichsam in der immensen Ausbreitung derart verdünnt, vergeistigt, dass es keiner äußerlichen Überwindung mehr bedarf. Ich finde, das ist am allerschwersten zu vermitteln. Dass man wirklich die größte Willenskraft ins Denken bringen muss, wodurch man sich aus dem Leib befreit und sich in himmlische Höhen erheben kann, wo das Selbst selbstlos leben kann. Nur so wird man rein genug, um dann auch wirklich zum Schauen des Geistes zu kommen. So wie du, Meister, noch *im* Leibe deinen Egoismus bezähmen kannst, geht das für den westlichen Menschen wirklich nicht. Weil aber auch der westliche Mensch keine Vorstellung von dem wirklichen Befreien des reinen Willens *aus* dem Leibe hat – anhand des Denkens –, verstehen meine Zuhörer mich oft überhaupt nicht. Ich habe also ein zweifaches Problem. Einerseits kann ich vom rein geistigen Erleben aus nur schwer die richtigen Worte finden – ohne den Geist zu entwürdigen –, mit denen ich meine Erfahrungen auszudrücken vermag. Andererseits kann ich schwer erklären, wovon ich spreche, weil die Zuhörer ein Denken haben, das keine Befreiung kennt.'

‚Ich verstehe sehr wohl, was du sagst. Aber auch ich habe an meinem anfänglichen Unverständnis wirklich *gelitten*. Vielleicht mangelt es an der Verwunderung über das, was du sagst – selbst wenn man es nicht begreift –, und an der Liebe für das, was man sieht – auch wenn man nicht weiß, worauf diese Liebe beruht.'

‚Philippe hat gestern sehr deutlich meine Aufgabe geschildert. Durch die Weise, wie er gesprochen hat, ist sie zu einem Impuls geworden. Ich muss einen Anknüpfungspunkt im Verstandesdenken finden, in dem Denken, das jeder hat, ohne komplizierte philosophische Gedankengänge.'

‚Das war doch das Ziel der Meditation? Dass man mit einem Sinnbild beginnt und so die Gedankenkraft verstärkt?'

‚Ja, aber man sieht, wie das Sinnbild gleichsam doch physisch wird, durch allerlei Gedankenbeimischungen, die es – allenfalls halb bewusst – sinnlich und ‚schwer' machen. Das ist die Schwierigkeit *unserer* Zeit, dass das Denken so plump und lahm geworden ist – und noch immer mehr wird.'

‚Im Zen-Buddhismus wird der Schüler zum *Sein* der Dinge geführt, indem er lernt, der Ratio zu entgehen. Die Fragen werden so gestellt, dass eine ganz und gar nicht-rationale Antwort gegeben werden muss, die ein Gefühl für das *Sein* weckt. Die sprichwörtlichen Ohrfeigen und so weiter, die der Schüler, der keine Antwort gibt, bekommt, weisen nicht-rational auf das *eigene Sein*. Heute Morgen musste ich an dieses Seinserleben denken, als du über Aristoteles' Kategorie der Substanz sprachst. Da gibt es eine Übereinstimmung. Könnte man da nicht anfangen?'

‚Das gewöhnliche westliche Denken ist ausschließlich *Schein* und dadurch ungeeignet, zum *Sein* durchzudringen. Wenn man in das *reine* Denken den Willen bringt, gibt dies dem Denken das *Sein*. Aber das gelingt gerade nicht – die Menschen werden schnell enthusiastisch, aber das hat keinen Bestand, also kein *Sein*...'

‚Dann wäre die Situation aussichtslos?'

‚Nein, das kann nicht sein. Es gibt natürlich eine Brücke...'

Nach einem kurzen Nachsinnen fügte er hinzu:

‚Ich werde mit Sophie sprechen.'

Sophie war mit Beato weggegangen, wie man ihm an der Rezeption sagte. Beato ging heute Abend nach Mailand zurück. Vielleicht hatten sie etwas zu besprechen. Er ließ Sophie eine Nachricht zurück, ob sie ihn abends nach Philippes Vortrag für die Gäste treffen könnte. Dann ging er zu seinem Zimmer im Hauptgebäude, um sich ruhig auf die Frage besinnen zu können: Wie bringt man Menschen, die nicht von Philosophie ausgehen können – das sind die meisten –, dennoch zum reinen, sinnlichkeitsfreien Denken? Menschen, die keine Anlage dazu haben, reine Begriffe zu bilden, die aber sehr wohl eine Seele voller Sehnsucht haben, Sehnsucht nach dem reinen menschlichen Geist, nach dem *heiligen Geist* ... können auch sie zum reinen Denken kommen? Und wie können sie dann das leibfreie Denken entwickeln?

Abends traf er Sophie, und nach Philippes Vortrag setzten sie sich noch kurz allein zusammen.

‚Meine Frage an dich ist: Wie wird ein Violinestück zu Kunst? Wie machst du das?'

Sie war über seine Frage erstaunt und dachte nach. Dann sagte sie nachdenklich:

‚Zuerst ist da natürlich die Technik. Sie verhindert die Kunst, aber ohne Technik gibt es auch keine Kunst. Was ich mache, ist: Zuerst einige Aufführungen des Konzerts hören, möglichst auch im Konzertsaal. Dann kommt das technische Studium. Im Herzen trägt man dann doch eine Hoffnung auf ein Resultat, man hat eine Art musikalische Erinnerung an virtuose Aufführungen. Dennoch muss man diese auch wieder überwinden, denn man darf keine Kopie spielen. Ich habe während des Einstudierens dann bestimmte Passagen, die mich sehr berühren ... und von da aus wächst dann gleichsam meine ‚Kunst'. Die Technik wächst, die Kunst auch. Aber es muss dahin kommen, dass die Kunst weit, weit über die Fertigkeit hinausgeht. Ich meine, man muss in der Technik *so* sicher sein, dass man ihr keinerlei Beachtung mehr schenken muss. Die Kunst wird eine Art Aura um die Technik. Ein Ätherleib des physischen, technischen ‚Musikkörpers'. Dann erwacht das Stück zum Leben. Solange man noch mit der Technik beschäftigt ist ... darum müssen wir auch auswendig spielen. Das muss sein, sonst kann man sich nicht lösen. Aber das weißt du ja selbst. Du spielst auch Geige – oder hast gespielt, und Eva ist eine wunderbare Pianistin.'

‚Ja, aber ich will dich noch mehr fragen. Du hast heute Morgen meine Rede gehört. Wenn man nun nicht über die Begriffe diesen Punkt erreichen kann, der ‚Johannes' ist – wie würdest *du* dich dann dahin hinaufarbeiten? Man muss darüber nachdenken, das ist verständlich. Aber so ohne Nachdenken ... was würdest du sagen?'

Sie sah ihn von neuem verwundert an.

‚Tja ... ich habe immer gedacht: Später werde ich mich schon mit dem Denken in Begriffen beschäftigen, um diesen Punkt von Johannes zu finden... Aber wenn du sagst, dass es auch anders gehen könnte ... dann würde ich die Musik nehmen und da nach etwas Übereinstimmendem suchen. Man könnte natürlich das Solfeggio, die Musiktheorie nehmen, aber daran denke ich nicht in erster Linie. Man könnte zum Beispiel in einer Dur-Sonate einen Teil finden, der in Moll steht. Ich glaube, Johannes, dass man sich dann innerlich *Fragen* stellen muss. Was macht, dass ich höre, dass es Dur ist? Und dann nicht solche Antworten finden wie: die Terz ist groß bzw. klein ... sondern wirklich, gleichsam ohne Wissen, zu einer reinen Antwort kommen. Wenn ich jetzt daran denke, ist es so, dass die Antwort auch kein Wissen ist, sondern mehr das, was die Deutschen ‚Ahnung' nennen. Wissen schon, aber unaussprechlich. Das einzige Wort, das man finden könnte, ist wiederum Dur oder Moll. Aber wenn man sich fragt, wie man diese beiden unterscheidet, dann findet man eine Antwort, die unendlich viel reicher ist als die dazugehörigen Worte. Ist das nicht auch ein reiner Begriff?'

‚Ja. Aber sehr, sehr flüchtig. Es erscheint mir einfacher, den Begriff Freiheit zu durchdenken...'

Sophie brach in Lachen aus. Aber sie sagte:

‚Das hat mit dem Durchdenken-*Können* zu tun. Du kannst das, für dich hat das Wort eine wirkliche Bedeutung. Aber wenn das nun nicht so ist? Dur und Moll, Major und Minor, groß und klein ... das kann jeder mit nur ein wenig Gefühl direkt gewahr werden. Da kann man auch nicht so in die Irre gehen wie im nicht-reinen Denken, wo man doch auch denken kann: Freiheit existiert nicht. Das geht mit Dur und Moll nicht, denn man hört den Unterschied.'

Johannes nickte und fragte:

‚Kannst du noch ein Beispiel nennen?'

‚Ich konnte nicht darüber nachdenken, wie du weißt. Also ... nun ja, zum Beispiel die Frage: Woher weiß man, dass das, was man hört, ein Walzer, ein Marsch ist? Nicht antworten: Dreivierteltakt, Viervierteltakt ... sondern in seiner Antwort weitergehen, wortlos denken, gewahr werden. Nicht so sehr fühlen, sondern *wissen*. Das könnte man auch mit anderen als musikalischen Wahrnehmungen machen. Farben, Pflanzen, Tiere, eigentlich mit allem, was Bedeutung hat. Die Frage ist nur – und die musst *du* beantworten: Ist das das reine Denken, was man dann findet – oder ist es etwas anderes?'

Johannes war dankbar für das, was sie gesagt hatte.

‚Ich werde mich intensiv damit beschäftigen, Sophie. Und dann komme ich darauf zurück...'

Eva hatte auf ihn gewartet, sie gingen zusammen zurück nach Hause.

‚Ich habe sie gefragt: ‚Wie würdest du dich zu dem Punkt hinaufarbeiten, der von Philippe ‚Johannes' genannt wird? Was ist deine Antwort – unmittelbar, jetzt?' Sie hat mir sehr genau geantwortet. Sie würde sich anhand eines real gehörten Musikstückes die Frage stellen: Wodurch weiß ich, dass es Dur oder Moll ist?'

‚Das ist doch mehr ein Erleben?'

‚Das ist die Frage. Ich muss es erst selber ausführen, dann erst kann ich sagen: Es ist ein Erleben, es ist ein reiner Begriff.'

‚Ja, natürlich. Wahrscheinlich ist es beides und sind es zwei Seiten derselben Sache. Ich werde es auch tun. Ist das nicht das, was man ‚Goetheanismus' nennt?'

‚Das könnte sehr gut sein – aber dann so, wie es ursprünglich bei

Goethe selbst war, und nicht, wie der heutige Mensch es auffasst. Die Verstandesseele kann goetheanistisch vorgehen, dann ist es eine Erziehung der Seele, aber kein Goetheanismus. Das ist natürlich nichts Neues für uns. Aber es wird von neuem beleuchtet. Als ich den Meister kennenlernte, war für mich gerade *das* so gnadenvoll, dass er eine ‚spirituelle Wahrnehmung' hatte. Kein spirituelles Denken, sondern seine Sinne gaben ihm scheinbar mehr als das, was wir wahrnehmen. Das beruhte gerade auf einem Unterdrücken des Denkens. Ich habe dann ohne seine Anleitung Übungen gemacht, um ihm darin folgen zu können. Es war prachtvoll, großartig – und doch verlor ich mich selbst, was ich als absolut nicht richtig erlebte. Er wollte den reinen Begriff in mir vernichten – aber damit hätte er *mich* vernichtet. Ich musste also mit ihm brechen.' *

‚Das hing auch mit mir zusammen. Es waren die erotischen Kräfte, die geweckt wurden – und das ging auf Kosten des reinen Begriffs, der sich als dein *Wesen* erwies. Es ist ein Wunder, eine Gnade, dass wir diese Tragik durchgestanden haben...'

Vor dem Schlafengehen vertiefte Johannes sich in sein Denken. Es war eine Metamorphose von Sophies Fragen, ihrer Art zu fragen. Sie fragte sich nicht: Was ist Dur, was ist Moll? Sie stellte die Frage potenziert: Wodurch weiß ich, dass dies Dur, dass dies Moll ist? Die erste Frage führt zu Wissen; die zweite zur Imagination, zum ‚Ahnen', dem reinen spirituellen Wissen. Die Frage: Was ist Leben? ist in Wirklichkeit eine unsinnige Frage, weil sie nicht zu beantworten ist. Die Frage: Wodurch kann ich Leben und Tod unterscheiden? führt dagegen unmittelbar zum tieferen Wissen, zum reinen Begriff selbst. Es entsteht ein *Gewahrwerden*, Wahrnehmung und Begriff sind da eins. Man wird dahin geführt, wo man ein Wissen in sich trägt, das *nicht* zum abstrakten Wissen gehört. Da sind keine Worte nötig. Auch ein Erleben ist es nicht, obwohl die Gewahrwerdung erlebt wird. Er würde morgen mit dem Meister darüber sprechen.

Der Meister sah ihn mit seinen unendlich lieben brauen Augen

---

* Siehe ‚Lotus und Lilie'

erwartungsvoll an. Er sah unmittelbar, dass Johannes ein interessantes Thema mitbrachte, ein wichtiges Thema.

‚An sich ist die Einsicht nicht neu, Meister. Sie hat sich erneuert, verändert... Wir haben gestern noch über den Zen-Buddhismus gesprochen. Kannst du die Essenz noch einmal in Worte fassen?'

Der Meister nickte.

‚Es ist eine Kultur, ein Weg des Fragenstellens, der Rätsel. Die Seele nimmt dadurch eine andere Haltung ein. Die Frage führt nicht zu einer Überlegung, zu Wissen. Sie führt zu einer tiefen Verehrung der realen Wahrnehmung des Seins. Jetzt, in diesem Augenblick, unmittelbar. Die klassische Frage des Meisters an den Mönch: ‚Was ist die Buddha-Natur?' Und eine der unzählbaren möglichen Antworten: ‚Die Zypresse im Klostergarten'. Wenn man sich lebendig vorstellen kann, wie diese Zypresse da in diesem japanischen Klostergarten steht, kann man mit-fühlen, was in dieser Antwort verborgen liegt. Es geht nicht um die Zypresse, nicht um den Garten, nicht um das Kloster. Es geht um die Erfahrung des Seins, um die tiefe Hingabe daran, die Verehrung dafür, die Gelassenheit darin. Es ist das Erleben einer Essenz. Aber diese Essenz ist gleichsam undifferenziert, sie ist das Sein an sich, so wie es alle Dinge *ist*. Das eigene Ich löst sich in dieses ‚Sein an sich' auf, es *ist* nur noch und vereinigt sich durch das Sein seiner selbst mit dem Sein alles Übrigen, ohne Unterschied. Denn der Unterschied lebt nur im Denken. Da lebt der Streit, das Anderssein. In der Essenz des Seins ist alles ‚Anderssein' vollkommen aufgehoben. Es ist ein umgekehrtes ‚Ich-Bin'. In dem ‚Ich-Bin' bleibt der Unterschied erhalten. In diesem Erleben der Essenz des Seins nicht. Da umfasst das Sein alles anderen auch das eigene Sein. Obwohl ich kein Zen-Buddhist bin oder war, ist mir dies dennoch ganz eigen, denn auch in meiner ‚Lehre' ging es darum, zum allgemeinen Sein zurückzukehren. Der Weg war anders, aber ich kenne diese Erfahrung und liebe sie auch innig – noch immer. Es ist die östliche Mystik, der Weg zum ‚Gewahr-Sein'.'

Johannes hatte durch seine Entwicklung die Fähigkeit, die Wirklichkeit in den Worten des Meisters mitzuerleben. Er kam schon im Zuhören in eine innere Aktivität, die sich so vollzog, dass er selbst ein Zen-Erleben wurde, das die Frage erhielt und die Antwort gab, das die Erfahrung des ‚Seins', die tiefe Seinserfahrung empfangen durfte. Gerade durch diese Fähigkeit konnte er den Unterschied zur Spiritualität des Abendlandes so klar und zielsicher erfahren. Es konnte ihm nicht passieren, dass er nur die Übereinstimmungen sah. Ebenso tief wie die Erfahrung des unterschiedslosen ‚Seins' kam die Höhe des reinen Unterschiedes in ihm zur Erscheinung. Er begann zu sprechen und versuchte, unmittelbar dieses reine Unterscheidungsvermögen in Worte zu fassen.

‚Meister ... wenn ich sage: die Zypresse im Klostergarten – woher weiß ich dann, was eine Zypresse ist, was ein Kloster ist, was ein Garten ist, was ein Klostergarten ist? Wenn ich als Schüler antworten würde: ‚Der Nagel in der Mauer', hätte ich auch eine richtige Antwort gegeben – und doch auch nicht. Der Nagel in der Mauer ruft nicht so unweigerlich die verehrungsvolle Seinserfahrung hervor. Es gibt doch zumindest den Unterschied zwischen Nutzen – der Nagel in der Mauer – und Schönheit: die Zypresse im Klostergarten. Geht man fragend gerade *darauf* ein, findet man ebenfalls das Sein, aber nun als *Wesen*. Und Wesen unterscheidet sich von Wesen, das ist gerade der Wesensbegriff.'

‚Für den Zen-Buddhisten dürfte es keinen Unterschied zwischen dem Nagel in der Mauer und der Zypresse im Klostergarten geben. Das Sein des Nagels, der durch das Sein eines Hammers in einer seienden Hand in eine seiende Mauer geschlagen wurde – das Sein einer menschlichen Aktivität –, dürfte sich im Erleben nicht vom Sein der Hand Gottes unterscheiden, der die Zypresse im Klostergarten gedeihen lässt.'

‚Das verstehe ich sehr gut. Aber das ‚Wesen' ist gerade dieser Unterschied im Sein. Gerade *da* setzt der Weg des Denkens an, im Bewusstwerden des *Wesens* der Dinge, nicht des *Seins*. Das Sein der Zypresse im Klostergarten ist ein anderes Wesen als das Sein des Olivenbaumes im Klostergarten. Ja es ist sogar das Sein der Zypresse in dem japanischen Klostergarten von anderer Art als das Sein der Zypresse in der Landschaft der Toskana...'

Der Meister sah ihn nachdenklich an und sagte:

‚Es ist erst die Hälfte des reinen sinnlichkeitsfreien Denkens gewonnen. Denn die Erfahrung des eigentlichen Wesens der Zypresse hängt doch unmittelbar mit ihrer sinnlichen Wahrnehmung zusammen, nicht wahr? Oder mit der Erinnerung an die sinnliche Wahrnehmung. Das Besondere der Antworten des Zen-Buddhisten ist, dass sie sowohl die direkte Sinneswahrnehmung als auch die Verarbeitung durch den Verstand vermeiden. Die Zypresse im Klostergarten hat nicht die Bedeutung einer Zypresse im Klostergarten, sondern der Buddha-Natur. Natürlich kommt man damit nicht über sein Menschsein hinaus, sondern wird gerade weniger Mensch, weil man die Vernunft aufgibt. In deiner Wesens-Erfahrung behält man diese und steigt über den Verstand hinaus. Aber die Sinnesseite ist noch nicht überstiegen.'

‚Exakt. Indem man fragt, wodurch weiß ich, dass dies eine Rose ist, kommt man in die Nähe des Wesens der Rose. Ihr muss man dann eine zweite Frage stellen: Was bringst du mit deinem Wesen zum Ausdruck? Dann bekommt die sinnlich wahrnehmbare Form eine ganz andere Bedeutung. Die Worte, die man dieser Offenbarung geben kann, sind ebenso bedeutungsvoll und von ebenso *wenig* Wert wie die äußere Erscheinung. Die äußere Erscheinung bleibt nur ein Zeichen, das auf die eigentliche, tiefere Bedeutung verweist. Man kann sagen: Die Rose bringt Harmonie zum Ausdruck, die selbstlose Liebe. Aber damit hat man nicht viel gesagt. Es ist die *Gebärde*, die die Rose im eigenen Inneren macht – als Antwort auf die beiden Fragen –, die ausdrückt, wer und was sie ist. Das botanische Wissen ist ohne Belang, ebenso die äußeren Formen, sie sind nur Hinweis. So verfließt die sinnliche Wahrnehmung in das Wesen und in die Gebärde.'

Der Meister schloss seine Augen und versank in Johannes' Worte. Nach ein paar Minuten öffnete er sie wieder und sagte:

‚Für mich ist das nicht schwer. Eine Rose, eine Distel, ja selbst eine vorgestellte Gallenblase enthüllen mir ihr Wesen und zugleich ihre Gebärde. Aber wie ist das für den nüchternen Abstraktling? Würde ein solcher nicht anfangen, zu fantasieren, um doch etwas zu ‚haben'?'

‚Die Schöpfung liegt verzaubert in und um uns ... es ist Ahriman, der sie in geronnener Form hält, doch das geistige *Geschehen* dahinter ... darin ... scheint mir immer stärker zu werden. Die Form muss zuletzt aufbrechen, Meister. Vielleicht nicht für den nüchternen Abstraktling – wohl aber für den Geistessucher, der darum bittet, indem er meditiert. Die Frage nach dem Wesen findet leichter eine Antwort als die Frage nach der Geste, nach der Gebärde. Etwas Fantasie ist da wohl am richtigen Platz, die Wahrheit wirkt letztlich korrigierend darauf ein. Was dabei entwickelt wird, ist ein stark innerlich erlebendes Denken, ohne den Gebrauch von Worten, von Begriffen, ja letztlich auch ohne die sinnliche Wahrnehmung. Alles verfließt in eine wesenhafte Gebärde, ein ausdrucksvolles Wesen. Und all diese Gebärden, den ganzen Kosmos in seinem Ausdruck, findet man im menschlichen Leib wieder. Makrokosmos und Mikrokosmos... Der Himmel ist der Mensch, und der Mensch ist der Himmel.'

WER HIELTE OHNE FREUND IM HIMMEL HIER AUF ERDEN AUS?

Während des Mittagessens sagte Eva:

‚Ich muss dir noch von einer schrecklichen Erfahrung von heute Nacht erzählen. Ich wollte es dir schon heute Morgen sagen, aber das Telefon ging – und dann habe ich es vergessen. Ich lag im Bett, und ich dachte, ich wäre wach. Ich hörte das gewohnte Hintergrundgeräusch. Hier ist es kaum da, man hört keinen Verkehr, es scheint eine vollkommene Stille zu herrschen. Dennoch gibt es ein Hintergrundgeräusch. Es wurde stärker, immer stärker. Es ließ mich an das denken, was man früher im Fernsehen sah, wenn eine Störung war – das war dann visuell, ein grau-schwarz-weißer Schirm. Nun *hörte* ich das, Johannes! Nicht das gewöhnliche Geräusch einer Radiostörung, sondern ein außerordentlich differenziertes Geräusch ohne Ton, ausschließlich ‚Nebengeräusch'. Ich wollte dich rufen, fragen, ob du es auch hörst. Aber meine Stimme kam nicht, ich konnte nicht in meinen Leib hinein. Kurz danach wurde ich wirklich wach. Ich hörte das Geräusch noch immer, aber es war wieder das gewöhnliche Hintergrundgeräusch geworden. Es war kein Traum, aber ich war auch nicht wach. Habe ich gehört, was an Abfall im ‚Äther' anwesend ist? Radiowellen, elektromagnetische Wellen, Schwingungen, digitale Information? Ist es das, was uns fortwährend umgibt und was wir weder sehen noch hören, weil unsere Sinne diese Frequenzen nicht wahrnehmen? Muss man da hindurch, wenn man die astrale Welt und die geistige Welt erreichen will? Das sind alles Fragen, die durch diese Erfahrung in mir aufsteigen – und die eigentlich zugleich schon die Antwort bilden. Das, was die Sinnesphysiologen immer schon behauptet haben – nämlich, dass eine Welt aus Informationen in Form von Wellen und Schwingungen in die Sinne einströmt und dass diese das in die Wahrnehmung einer Welt von Bildern, Tönen, Duft, Geschmack und so weiter umsetzen –, das wird nun wirklich wahrgemacht. Aber in einem untermenschlichen Gebiet. Wir leben tatsächlich in einer Welt von Wellen und schwingenden Wirkungen, die in sich zwar Struktur haben, aber nur dann in Bild, Ton, Schrift umgesetzt werden, wenn die richtige Apparatur vorhanden ist: Radio, Fernsehen, Mobiltelefon, Empfänger für drahtloses Internet und so weiter. Wenn diese Apparatur da ist, ist das Resultat sehr anziehend, faszinierend, genial. Nimmt man das Ganze *ohne* Apparatur wahr, ist es ein unendlich verstärktes Hintergrundgeräusch. Wie kommt man als ein nach Spiritualität suchender Mensch durch all das hindurch? Habe ich diese Erfahrung richtig interpretiert? Ich weiß sicher, dass es so ist...'

Johannes bestätigte ihre Worte.

‚Ja, das ist eine der möglichen Wahrnehmungen dessen, was uns als ‚untersinnliches', unsichtbares Feld umgibt. Du hast es ‚gehört', das liegt für einen musikalisch begabten Menschen nahe. Und was du gehört hast, formte sich auch zu einem visuellen Etwas, einem unendlich differenzierten, aber unstrukturierten, schwarz-grau-weißen sich bewegenden Ganzen. Ohne Schönheit. Das *Denken* hat auch eine Seite, die mit diesen Phänomenen Verwandtschaft hat. Das Denken ist menschlich-übermenschlich, aber es hat auch eine *untermenschliche* Seite. Eine grobe, unstrukturierte, emotionslose Kraftseite. Elektrizität. Zwar Licht, aber kein geistiges Licht. Diese Seite *muss* da sein, sie gehört zum Dasein auf der Erde. Aber dieses Feld, das du wahrgenommen hast, verstärkt diese Seite übermäßig und bleibt für den gewöhnlichen Menschen völlig unbewusst. Wenn man sich an seinen Laptop setzt, fühlt man diese Kraft verstärkt in sich aufsteigen. Nimmt man sein Handy, fühlt man diese Kraft. Nicht nur in seinen Händen fühlt man sie, sondern gleichzeitig auch im Denken. Da liegt die Täuschung in der Denkkraft: Immer mehr Menschen meinen, dass da der Übergang zur Ätherwelt liege, während es die elektromagnetische Seite der Denkkraft ist. Diese ist noch physischer als das inhaltliche Denken, eigentlich unter-physisch. Sie ist leicht zu erreichen, man kommt ganz bequem in diese Kraft hinein, sobald man seinen Denkinhalt zurückhält. Wenn man sich zuvor nicht lange, sehr lange im Verstärken des übersinnlichen Denkens geübt hat, wird man von dieser untersinnlichen Denkkraft überwältigt. Und die Irreführung ist enorm. Du hast unmittelbar ‚gehört', dass das, was du wahrnahmst, keine spirituelle Erfahrung sein kann. Gerät man jedoch an die Denk-Seite dieser Unterwelt, erzeugt diese Kraft, weil sie trotz allem *Denk*kraft ist, eine Illusion von Licht, Kraft und Farbe. Kennzeichnend dabei ist das völlige Fehlen eines religiös-spirituellen Aspekts. Das Erleben ist ebenso nüchtern wie die Technik selbst. Es ist nicht *unwahr*, was man so wahrnimmt, denn es sind reale Kräfte in Mensch und Natur. Wenn man sie durch einen Apparat in etwas Wahrnehmbares umsetzt, erhält man solche Resultate wie bei einem EEG oder einem EKG. Kommen diese Kräfte jedoch im menschlichen Bewusstsein zur Erscheinung, dann wandeln sie sich um in Licht, Farbe, Kraft, Strahlung, Gestalt. Wenn man über die Resultate dieser Wahrnehmungen liest, muss man schon sehr stark in seinen ‚spirituellen Schuhen' stehen, um erkennen zu können, ob man es mit wirklichen ätherisch-übersinnlichen Wahrnehmungen zu tun hat, oder mit diesen im Bewusstsein sich gestaltenden untersinnlichen Kräften. Die können auch viel Lehrreiches erzählen – wenn man nur weiß, aus welchem Feld man schöpft!'

‚Ja, ich kenne diese Denkkraft. Wenn ich Kopfschmerzen habe, fühle ich in der Meditation eine enorme Kraft, aber diese ist nicht religiös, nicht zart, nicht ätherisch – sondern gerade nüchtern, grob und ... gleichsam ‚schwarz'. Es ist zwar Licht, aber es macht den Eindruck von schwarzem Licht. Das gibt es äußerlich nicht, innerlich schon. Du weißt, dass man mit diesem Licht denkt, aber es ist nicht das übersinnliche Denken. Es ist *unter*sinnlich. Es kann sehr gut sinnlichkeitsfrei sein, aber es ist verkehrt sinnlichkeitsfrei. Das muss den Menschen, die meditieren, doch eigentlich bekannt gemacht werden. Meine Frage ist also: Wie kommt man von dieser groben Kraft weg, Johannes? Kannst du dafür nicht eine deutliche ‚Methode' entwickeln?'

‚An sich ist die Antwort in zwei Zeilen gegeben:

‚Wer hielte ohne Freund im Himmel,
Wer hielte da auf Erden aus?' *

Aber du hast recht ... das sind Worte. Wie macht man sie zur Wirklichkeit?'

Als er allein war, versuchte er, sich zu besinnen. Es ist an der Zeit, dass

* Novalis, Geistliche Lieder.

Menschen sich bewusst werden, dass die geistige Welt eine Realität ist. Aber die Widerstände im Menschen selbst sind so groß, dass es zur Verzweiflung führen kann. Widerstände von außen sieht man, aber wer wird bereit sein, sich selbst als Widerstand zu betrachten? Und was ist eigentlich das Streben? Gibt es ein geistiges Streben? Was für ein Streben hatte er selbst? Er hatte als Kind die Gnade erlebt, die Natur in all ihrer Schönheit, ihrer Kraft und ihrem Wesen so intensiv erfahren zu haben, dass er sich daran noch erinnern konnte, als die Erfahrungen sich längst verflüchtigt hatten. Diese Erinnerung an eine heilige Natur, an ein Streben nach Heiligkeit der menschlichen Seele, war der Impuls seines Strebens gewesen. Ein schmerzlich bewusster Verlust der Kräfte aus seiner Kindheit, eine tiefe Einsamkeit über Jahre hinweg ... sie hatten ihm das Feuer seines Strebens geschenkt. Erst war dies nur eine Form von Entbehrungsschmerz gewesen. Später war dieser Schmerz ein nie nachlassendes Streben nach Heiligung geworden. Er sah, dass gerade dieses Streben eine Seltenheit war. Es waren viele Menschen zu finden, die nach dem tieferen Sinn des Daseins suchten, Menschen mit Interesse an Spiritualität, mit einem geistigen Wissensdrang. Aber die Einsicht, dass geistiges Wissen unmittelbar mit Heiligkeit zusammenhängt, erwies sich als schwer zu akzeptieren. Diese Einsicht war schließlich kein Wissen, es war ein Impuls zur Vervollkommnung. Dieser Impuls musste dann auch noch vollkommen in die Freiheit eingebettet sein. Das bedeutete, dass man Menschen nicht überzeugen konnte. Man konnte es versuchen, aber das war das Äußerste. Es schien so, als ob der Impuls zur Vervollkommnung immer schwächer wurde, auch wenn die Spiritualität immer mehr akzeptiert wurde. Eine Spiritualität ohne moralischen Zusammenhang war es, die man suchte. So wie er vor einigen Tagen eingesehen hatte, dass die Verehrungskraft so schwach geworden ist, dass sie kaum wiedergefunden werden kann – so fühlte er nun die Ohnmacht, zu einer bewussten Moralität zu kommen. Wie weckt man Verehrungskraft? Wie weckt man die Sehnsucht nach Vervollkommnung? Wie bringt man Menschen in Berührung mit ihrem ursprünglichen Willen zum Guten?

In der Erziehung liegt ein ganzer Schatz von Möglichkeiten. Aber was tun, wenn Erwachsene sich entwickeln wollen, die so erzogen sind, dass sie ihr Bewusstsein nur ganz *außerhalb* der Moralität wach halten können? Hatte die Arbeit hier in den Bergen einen Sinn? Die Menschen kamen, meistens für eine kurze Zeit, sie begeisterten sich – aber wofür? Wer hielte ohne Freund im Himmel, wer hielte da auf Erden aus?

Eigentlich musste dies die einzige Aufgabe hier sein: die Menschen zu einer bewussten Freundschaft mit Ihm zu bringen. Nicht auf eine religiöse Weise, nicht kirchlich, sondern *wirklich*.

'Noch steht in wunderbarem Glanze
Der heilige Geliebte hier,
Gerührt von seinem Dornenkranze
Und seiner Treue weinen wir.
Ein jeder Mensch ist uns willkommen,
Der seine Hand mit uns ergreift,
Und in sein Herz mit aufgenommen
Zur Frucht des Paradieses reift.' *

Wie wurden die verhärteten Herzen zart, damit das Gemüt gerührt werden konnte, bis zu Tränen?

Wie ergreift ein Mensch Seine Hand?

Was hat alles Streben nach Wissen und Einsicht für einen Sinn, wenn nicht das Gemüt zart wird?

Der Meister war für Johannes früher ein Vorbild an Rührung gewesen. Er hatte an seiner Art des Seins erfahren, dass Kenntnis und Wissen auch in der Ergriffenheit aufkeimen können. Dennoch war dies für Johannes nicht genug gewesen. Ohne exakt zu durchschauen, was er vermisste, hatte ihm etwas gefehlt. Es hatte sich herausgestellt, dass es in der Rührung verschiedene Qualitäten geben kann. Johannes suchte diese Rührung, aber er suchte sie ausgehend von einem entwickelten, reinen, sinnlichkeitsfreien Denken. Das aber konnte gerade nicht entwickelt werden, wenn das Herz *hart* blieb.

Man musste also versuchen, die elementare Ergriffenheit des Meisters wiederzufinden, verehrungsvoll darin *leben* und dann das reine Denken entfalten. Er würde zu Peter gehen. Er war ein moderner Mann mit einem harten Herzen – obwohl es Augenblicke von Zartheit gab. Er

* Novalis, Geistliche Lieder.

wollte dieses Thema mit Peter besprechen.

Gegen sechs Uhr war Peter mit seiner Arbeit fertig, und er war unmittelbar bereit, noch ein Gespräch mit Johannes zu beginnen. Er zeigte immer einen fast jungenhaften Enthusiasmus dafür, mit ihm zusammensein zu können...

‚Ich spreche viel zu wenig mit dir, Johannes. Du kannst mich aus dem tiefsten Schlaf holen – noch dann springe ich begeistert auf!'

Sie saßen in Peters Sprechzimmer. Johannes sagte:

‚Du arbeitest nun über zehn Jahre hier. Du besuchst die Vorträge, du lebst mit uns. Aber eine spirituelle Entwicklung suchst du nicht wirklich. Was fesselt dich hier? Du bist glücklich, das ist deutlich.'

Peter lachte.

‚Du fesselst mich hier! Nein, ich will ernst sein. Ich fühle täglich, dass ich bei dem Kern des Daseins bin. Ich hätte mich hier auf Erden nur versündigt, Johannes, das weißt du. Ich hielt es praktisch nicht mehr aus, verstehst du? Hier ist Heiligkeit – auch wenn ich selbst es nicht bin.'

‚Warum machst du nicht mit? Warum meditierst du nicht, warum willst du nicht *selbst* heilig werden?'

Peter sah ihn nun ernst an.

‚Das will ich schon, Johannes. Ich mache auch einige Schritte. Aber ich weiß nicht, wie ich ‚es' anpacken soll. Ich versuche zu meditieren, aber ich glaube nicht, dass es viel Sinn hat. Die Seele ‚steht' falsch, und ich weiß nicht, wie ich das ändern soll.'

‚Du könntest mich fragen...'

Peter nickte.

‚Ja. Es ist leichter aufzugeben. Zu sagen: Peter ist noch zu ‚schwarz', es geht ja doch nicht. Ich will wahrscheinlich eigentlich nicht. Bin zu eingebildet, um um Rat zu bitten.'

Johannes empfand Verzweiflung. Doch Peter sagte:

‚Aber das ist nur eine Seite von mir, Johannes. Die andere will sehr wohl und ist verlegen. Wie soll ich anfangen? Wie finde ich die richtige Stimmung? Es ist die Härte, die überwunden werden muss. Aber es kommt immer mehr Härte, auch von außen. Man empfindet doch, wie ein Mobiltelefon einen verhärtet? Gott mag wissen, was es noch alles gibt...'

,Dein Herz ist nicht immer hart.'

,Nein, bei dir nicht – wenn ich bei dir bin, meine ich. Und zuhause auch nicht immer. Bei Patienten kann ich auch etwas weniger hart werden. Aber nicht genug, lange nicht genug.'

,Weißt du noch, wie es war, als du zum ersten Mal hierher kamst?'

,Natürlich. Ich war wirklich angetan. Durch das Licht hier, die Schönheit der Natur – aber vor allem durch meine Liebe zu dir. Ich habe sie damals abgelenkt ... indem ich mich in Elisabeth verliebte. Diese Verliebtheit hat meine Liebe überstimmt, ich wollte ihr entkommen, hielt die Intensität nicht aus. Es war auch seltsam, Liebe zu einem Mann zu empfinden. Obwohl ich wusste, dass es Liebe zu etwas in dir war, was weder männlich noch weiblich ist. Es ist etwas, was man kaum ertragen kann, man ist zu schwach dafür, zu unvollkommen. Ich arbeite hart, so hart, wie ich kann, um mein Unterlassen gutzumachen. Ich gebe der Nüchternheit nach und kompensiere das mit meinem Einsatz. Aber ich will schon anders... Wo liegt der Anfang, Johannes?'

,Die Willenskraft müsste sich umkehren. Der Wille ist egoistisch und wirkt von seinem Mittelpunkt nach außen. Das ist die Bewegung des Egoismus. Dieser wird durch das elektromagnetische Feld verstärkt – das meinst du mit dem, was du über das Mobiltelefon gesagt hast. Das ist der ,harte Wille'. Der pure Egoismus, alles nur für sich selbst.

Als du zum ersten Mal hierher kamst, trat dieser Wille kurzzeitig zurück, und du warst für deine Umgebung empfänglich. Bei Gerrit haben wir gesehen, wie dies ein bleibender Zustand wurde.* So kann es bei uns nicht geschehen, wir müssen jeden Schritt in dieser Richtung selbst setzen wollen. In der Meditation schafft man selbst das Gegengewicht. Man formt mit seinem gewöhnlichen Willen so kräftig wie möglich einen Inhalt – dieser *muss* sinnlichkeitsfrei sein, sonst hat man keinen umgekehrten Effekt. Dann muss der Wille vor diesem Denkinhalt zurücktreten, das ist die *Hingabe*, die beim Meditieren geübt wird. Aber ich suche nach einem Zwischenschritt, weil ich sehe, dass Menschen wie du damit nicht anfangen – obwohl

---

* Siehe ,Inferno'

du sehr wohl willst! *Was* willst du eigentlich, Peter?'

Peter schwieg nachdenklich eine lange Zeit. Dann sah er Johannes direkt in die Augen und sagte mit bebender Stimme:

,Ich würde gern so sein wie du, Johannes. Nicht wie Philippe oder Beato. Wie du. Nicht *du* will ich sein, aber *wie* du.'

,Warum nicht wie Philippe, wie Beato – aber wohl wie Johannes?'

,Philippe und Beato sind durch und durch individuell, so kann man nie werden. Was sie *sagen*, ist für jeden Menschen von Belang, aber sie sind ... ich kann es nicht ausdrücken. Du bist mit deinem ganzen Sein *etwas*, was ich auch sein könnte. Philippe und Beato haben dieses *Etwas* auch, aber es ist schon wieder in eine andere Phase oder so gekommen. Bei dir ist es rein du selbst.'

,Was ist dann dieses Etwas, Peter?'

Jetzt antwortete Peter unmittelbar.

,Eine völlige Beherrschung von allem, was in deiner Seele lebt. Was von außen kommt, was von innen kommt, was du selbst hervorbringst. Vollkommen durch dich selbst beherrscht. Offenbar liegt deine ganze Seele vor deinem Blick, kannst du sie anschauen und zugleich von innen lenken. Es ist ganz und gar nicht verkrampft, es erscheint vollkommen natürlich. So natürlich wie der blaue Frühlingshimmel mit dem milden, lieblichen Sonnenschein. Auch so rein. *So* rein, dass es scheint, als seiest du durchsichtig – und dennoch ist es nicht so, man stößt auf *dich*, Johannes. Meine Seele ist noch oft wie eine wilde Bestie – du bist wie der Tierkreis, alles in einer strahlenden, durch dich selbst hergestellte Harmonie. Oh, niemand lehrt mich besser, dich zu kennen, als du selbst. Ich kenne dich so gut. Für die wilde Bestie bist du ein lebendiger Vorwurf, eine strenge Mahnung. Ich habe dich dafür *gehasst* – doch nun liebe ich dein Vorbild innig. Das ist es, was ich will, Johannes. So sein wie du. So werden wie du...'

Johannes war auch jetzt tief gerührt, durch Peters Einsicht, die auf Liebe beruhte. In gewissem Sinne war es dieselbe Einsicht wie jene von Philippe am Pfingsttag ... nur weniger bewusst und klar ausgedrückt.

Peter sagte:

,Die Frage ist also: Wie werde ich wie Johannes? Ich bin mir dessen bewusst, dass ich eigentlich frage: Wie heilige ich meine Seele? Und: Will ich das wirklich? Ist es nicht Unwille, der zugrunde liegt, wenn ich einfach so bleibe, wie ich bin?'

‚Dann musst du zuerst in dieser letzten Frage Klarheit schaffen. Erst dann kann die erste Frage eine Antwort finden.'

Peter schüttelte den Kopf.

‚Es ist eine theoretische Frage, Johannes. Wenn ich nicht so tief in meinem Herzen *wollte* ... wäre ich Professor für innere Medizin in Amsterdam. Stattdessen bin ich ein unscheinbarer Arzt in einer obskuren Klinik. Genau wie du ... wie werde auch ich in der Tiefe meiner Seele wie Johannes?'

‚Zuallererst musst du dich dann täglich kurz hinsetzen und dir so intensiv wie nur möglich bewusst werden, *dass* du dies mit allem, was du wirklich bist, *willst*. Rufe dir dieses Gespräch in Erinnerung und durchdringe dich mit deinem eigentlichen Willen. Mit dieser großen Frage: Wie werde ich wie Johannes? Werde dir bewusst, *was* du eigentlich suchst; wie das sein soll. Das ist der achte Schritt des achtfachen Pfades, es ist ‚die richtige Betrachtung'. Allein daraus wirst du die Kraft und die Ausdauer schöpfen können, damit nicht nur zu beginnen, sondern auch durchzuhalten.'

‚Ist das die einzige Aufgabe?'

‚Nein. Lasse dem Vorangegangenen eine Meditation folgen. Bilde Vorstellungen der allerheiligsten Reinheit. Bedenke das reine Element Wasser; wie es zum unbefleckten Schnee auskristallisieren kann. Denke im Gegensatz dazu an den schwarzen Schnee in verunreinigten Gebieten ... führe dir dann wieder den unbefleckten Schnee vor Augen. Tue das auch mit der Luft, der blauen wolkenlosen Luft, mit der strahlenden Sonne. Und versuche dann, noch reiner zu denken, kein Wasser, keine Luft, kein Feuer ... sondern Licht, rein ätherisches Licht, das dasselbe Licht ist wie das Licht des reinen Begriffsdenkens.'

Peter hatte den Kopf in die Hände genommen, tief angetan.

‚*Das* ist Johannes.', sagte er leise.

Der Lehrer lernt von seinen Lektionen selbst am meisten. Das dachte Johannes, als er nach Hause lief. Er selbst hatte mit der allergrößten Intensität gedacht, gefühlt, gewollt, was er Peter als Bild für die Meditation gegeben hatte. Peter würde es nun tun, es war wie eine ‚Initiation' gewesen, ein In-Gang-Setzen eines Prozesses, der sie beide tief traf, weil er sie beide verband.

Die äußere Verbindung ruhte auf einer innerlichen, diese aber würde in Peter nun bewusst werden und würde sein wahres Wesen rufen. Das konnte irgendwann eine Umwälzung in der Gemeinschaft hier bewirken. Peter hatte einen sehr starken Willen, doch darin lebte teilweise als Kraft etwas, was durchaus nicht menschlich war, was ihn herabzog. Wenn er den reinen Teil seines Willens verstärken könnte, dann müsste das andere zusammenschrumpfen. Kein Dompteur musste er sein, er musste lernen, den Blick hinaufzuheben, die wilden Tiere würden sich ihm zu Füßen legen...

Als er später mit Eva im Zimmer saß, sagte sie:

‚Du rufst das Beste in Peter hervor. Sonst ist er ein unmöglicher Kerl. Launenhaft, stolz, eifersüchtig, bissig. Du hast keine Vorstellung davon, denn so ist er bei dir nie mehr. Manchmal habe ich den Eindruck, dass er immer noch verliebt in mich ist – warum könnte er sich sonst so übel benehmen? Nun ja, es liegt sicher auch an mir. Ich bin noch immer zu viel *Seele*, zu wenig Geist. In der Meditation kehrt sich das um, aber in der Gegenwart eines solchen Kerls wie Peter...'

Es war doch wundersam, wie das Leben immer wieder in Gegensätzen verlief. Er selbst war dem höheren Wesen von Peter begegnet, hier wurde er mit dem alltäglichen konfrontiert. Eva fuhr fort:

‚Jeden Morgen nehme ich mir vor, *nicht* ‚das Mädchen' zu sein. Ich bin Ärztin, bin da die Chefin, die Patienten respektieren mich sehr – und bei Peter bin ich das Mädchen. Was muss ich tun, um das zu ändern, Johannes?'

Johannes lächelte. In gewissem Sinne blieb sie ‚das Mädchen', das stimmte. Aber das war auch das Reine in ihr, sie blieb dadurch eine ‚Jungfrau'.

*‚Ewige Jungfrau ist nichts als ewiges, weibliches Kind.'**

‚Die Frage, Eva, ist mehr, wie kommt ein Mann so weit, dass das Mädchen keine erotische Wirkung mehr auf ihn ausübt?'

‚Ist die Frage nicht eher, wie kommt das Mädchen so weit? Was macht sie noch, was Erotik hervorruft?'

---

* Novalis, Über die Liebe, Insel Verlag 2001.

Aber Johannes schüttelte den Kopf.

'Nein. Von dir geht nur das rein Mädchenhafte aus. Früher nicht – jetzt schon. Es liegt an dem betreffenden Mann, der mit dir umgeht. Novalis ist der große Meister auf diesem Gebiet. Er schrieb: 'Wer die Frauen ohne Liebe, und die Liebe ohne Frauen finden will, dem geht's wie den Philosophen, die den Trieb ohne das Objekt und das Objekt ohne den Trieb betrachten – und nicht beide im Begriff der Action zugleich haben.'*

Man kann dich nicht ohne Liebe sehen, man wäre wie der Philosoph, der den Willen im Denken nicht kennt und dann meint, die aktuelle Denkaktivität könne nicht angeschaut werden. Die Kunst ist, die Liebe nicht in das Erotische fallen zu lassen, was schließlich die Urschuld ist – und diese Urschuld findet man in einer Metamorphose im willenlosen Verstand wieder. Du, Eva, bist äußerlich Bild für dieses hohe Wesen des reinen, durchwollten Denkens. Der Mann, der daraus Lust schöpft, ist nur selbst daran schuld. Peter wird sich letztlich schon erziehen. Es tut mir leid, zu hören, dass du unter seinem Verhalten wirklich leiden musst.'

'Ach ... an einem Tag ist es mehr als am anderen. Heute war es sehr schlimm. Elisabeth macht mit ihm etwas durch! Sie ist auch eine reine Frau...'

'Aber kein Mädchen, keine Jungfrau als äußere Erscheinung. Sie hat das Zepter gut in der Hand, glaub mir.'

Eva seufzte.

'Es ist so kompliziert, der menschliche Umgang miteinander, das Schicksal, die Freiheit...'

Spät am Abend erhielt er noch eine Nachricht von Peter mit der Bitte, morgen noch einmal über das Vorhaben sprechen zu können...

Johannes ging vor seiner Meditation noch kurz nach draußen, die frische Abendluft spielte um seine Haut, er richtete seinen Blick zum Himmel, zum Mond und den Sternen. Er wurde sich bewusst, dass er im Kosmos stand – aber nicht wie ein Wurm oder ein Sandkorn, das keine Bedeutung hat. Der Mensch ist der Materie verfallen,

* Novalis, Aufzeignungen 1798, II 617.

wodurch sein Blick nicht weiter reicht als bis zu seiner unmittelbaren Umgebung, der sein Ego Belang beimisst. Alles, was sich in dieser Umgebung befindet, ist zu dicht, zu fest, zu hart – und vor allem zu *gewöhnlich* in seinem Erleben. Der ‚Nutzen' ist die Hauptkategorie in seinem Dasein, und damit hängt der ‚common sense' zusammen, aber auch der ‚no nonsense'.

Wer nicht dafür lebt, ist lächerlich, ja verachtenswert.

Wenn dieser Mensch nach draußen in die Abendluft geht, umgibt ihn noch immer diese nüchterne Nützlichkeit, der beschränkte Strahl seines Ego. Schaut er zum Nachthimmel, zu den Sternen, dem Mond empor, dann sind dies Brocken schwebenden Gesteins, ebenso unbedeutend wie der Erdkloß, auf dem er steht. Er hat seinen persönlichen Stolz, seine persönliche Begierde – dafür lebt er. Wenn ein Unglück in seinem Leben geschieht, schreckt er auf – und vielleicht erweitert sich sein Blick, oder er wird noch härter, durch Vorwürfe gegenüber seinem Schicksal... Eine tiefe Betrübtheit erfüllte Johannes. Wie konnte man den Menschen aus dieser Hölle der Beschränktheit befreien?

Er schaute zu den Sternen auf, und sie verflossen vor seinem Auge... Er kam von der anderen Seite, bewegte sich aus dem Umkreis des Kosmos zu dem Punkte hin, wo sich sein Leib befand. Der Mensch war der Materie verfallen, aber dieser Verfall fiel ab ... ein Keim war in die verfallende Materie gepflanzt. Nicht nur in Johannes, in allen Menschen. Diesen Keim konnte der eigentliche Mensch an sich ziehen, den Verfall überwinden, auferstehen aus den Untergangskräften. Dieser Keim befindet sich auf Erden, nicht in den Sternen... Zwischen dem Verfall erglänzte er, überall. Wer hielte ohne himmlischen Freund hier auf Erden aus?

Er sprach mit Peter, bevor dieser mit seiner Sprechstunde begann. Er sah gut aus. Er sagte:

‚Nimm es mir nicht übel, dass ich noch mehr von deiner Zeit erbitte, Johannes. Aber ich bekam gestern Abend eine Einsicht, die ich mit dir besprechen wollte. Ich weiß inzwischen natürlich sehr viel über das Werk des Meisters des Abendlandes, durch alle Vorträge, an denen ich teilnehme; auch durch das, was Elisabeth mir erzählt, manchmal lesen wir zusammen. Ich habe getan, was du mir gesagt hast. Ich habe mir so kräftig wie möglich vorgestellt, wie ich werden will, welche Qualitäten ich entwickeln will, was ich überwinden will, was ich in dir so bewundere. Im Lauf der Jahre habe ich wohl ein wenig meditative Kraft entwickelt, das zeigt sich nun. Ich stellte mir also Johannes vor. Nicht als äußere Erscheinung, sondern als Zusammenspiel von ... Tugenden, von Lebenskraft, von ... Weisheit. Übergewicht über das kleine Ich. Dann sah ich auf einmal etwas ein. Nun ja, das Wort ist ganz unzureichend. Es war eine Konfrontation, eine Begegnung, eine überwältigende Wirkung. Ich sah meine eigene Intelligenz in Kontrast zu der Intelligenz von Johannes. Meine Schlauheit ist eine Gabe, die von selbst da ist. Die Dinge fallen mir einfach ein, und ich bekomme sehr viele Einfälle. Ich setze das für den Patienten ein, also ist es nicht verkehrt. Aber ich bin ziemlich stolz darauf, dass *ich* das alles kann. Genial bin ich, das hast du selbst mir einmal gesagt. So genial, dass ich die anderen nur als Stümper betrachte, die nie etwas kapieren. So verhielt ich mich vor allem den Frauen gegenüber, weißt du noch? Dumme Hühner sah ich in ihnen, die höchstens außerordentlich lecker schmeckten. Bis Elisabeth meinen Weg kreuzte – sie ist nun ganz sicher nicht dumm! Sie ist nicht nur mindestens ebenso klug wie ich, sie ist auch noch weise, sie kann mit der Klugheit etwas für das *Leben* bedeuten.

Nun, dies sah ich plötzlich, in einer ziemlich schockierenden Form. Meine Klugheit ist so hässlich wie die Nacht, eigentlich ein Monster. Ich bin bis in Herz und Nieren ganz davon durchzogen, wie bei einem Krebsprozess. Worauf ich so stolz bin – ich bin es jetzt, tagsüber, doch wieder wie gewohnt –, das erweist sich als eine Wahngestalt. Ich spotte jetzt nicht, Johannes! Ich bin wirklich sehr, sehr ernst. Man könnte sagen: Jemand, der so ein Monster in sich trägt ... man lasse ihn nur zugrunde gehen. Der kann nicht mehr gerettet werden.

Aber das Merkwürdige war, dass ich mir plötzlich bewusst wurde, dass ich *noch* jemand bin. Ich bin nämlich auch noch derjenige, der das sieht; das ist derselbe, aber trotzdem ein anderer. Ganz derselbe kann es nicht sein, denn er würde sich selbst nie verurteilen – wie ich das jetzt, tagsüber, auch wiederum nicht mache. Aber ich sah mich selbst und sah eine Wahngestalt, die ich kräftig verurteilen musste.

Dieser Jemand stand also außerhalb. Ich hatte das Gefühl, ich müsse mich umdrehen, mich von diesem furchtbaren Prozess abwenden und auf dich schauen. Ich wollte *deine* Intelligenz sehen, Johannes.'

Peter schwieg. Johannes auch. Die Schilderung von Peters Imagination war atemberaubend und musste erst nachklingen, zu Ende wirken. Die ersten Patienten kamen ins Wartezimmer.

Peter atmete tief ein und seufzte.

‚Ich sah die Intelligenz von Johannes. Ich sah die Liebe, Johannes, die zur Intelligenz geworden ist, oder die Intelligenz, die Liebe ist. Eine absolut übermenschliche Reinheit sah ich, die dennoch mit dem Menschen verbunden ist. Der reinste Wille, in dem nichts Egoistisches mehr ist, verwendet die allerreinsten Begriffe, so wie Apollo auf seiner Leier spielt. Der reine blaue Himmel, die strahlende Sonne, der weiße Schnee ... die begierdefreie Pflanze, aber durchglüht von Liebe. Ist das nicht Sophia, die vorgeburtliche reine Weisheit, die noch in uns lebt, überwuchert von dieser Verunreinigung der stolzen Intelligenz, die nur rein leiblich ist? Die Helligkeit des reinen Begriffs, mit dem alles begriffen werden kann, wenn man nur geduldig ist?

Oh, ich habe es gesehen, Johannes! Und das ist mein größter Trost, dass ich das gesehen habe. Denn man kann nichts sehen, mit dem es keine Verwandtschaft gibt. Ich fühlte eine Verwandtschaft mit dieser reinen Intelligenz, die menschlich-übermenschlich ist. Seit ich dich *erkannt* habe, lebe ich dafür. Von nun an werde ich arbeiten, um sie in mir zu wecken, meinen Intellekt *ihr* zu verbinden, ihr zu opfern!'

Es wurde geklopft. Die Sekretärin trat ein, erschrak und sagte:

‚Bitte entschuldige, ich wollte sagen, dass die ersten Patienten da sind.'

‚Schon gut. Ich werde anfangen.', sagte Peter.

‚WO DIE GEBLIEBTEN SIND, DA SCHMÜCKT SICH BRÄUTLICH DIE ERDE. ABER DEN FREVLER VERZEHRT SCHNELLER DIE HIMMLISCHE LUFT' *

Ein halbes Jahr war verstrichen, es war mitten in der Winternacht. Die Berge waren mit einer dicken Schneeschicht bedeckt, überall sah man Skisport und andere Betriebsamkeit – außer hier oben in den Bergen, wo eine kleine Gruppe von Menschen ein meditatives und wirksames Leben führte.

Johannes hatte einen bewegten Herbst hinter sich. Er war viel auf Reisen gewesen, um überall da, wo danach gefragt wurde, über die spirituelle Intelligenz zu sprechen. Er und Eva waren vielen Menschen begegnet, hatten Glück und Unglück erlebt.

Nun wurde es still, so kurz vor Weihnachten. Mit den Festtagen würde es wieder betriebsam werden, nun war es noch still. Er hatte sich auf diese Tage gefreut, die sechs Geliebten würden wieder zusammen sein, umgeben von allen anderen, mit denen sie verbunden waren. Sechs Geliebte – wer war der Siebente? Oder: Wo waren die anderen sechs? Sechs schien keine gute Zahl, aber zu sechst waren sie nun einmal. Am Tisch in der Bibliothek hatten sie ein Hexagramm gebildet, doch auch ein hohes Symbol der geläuterten Seele, der Harmonie zwischen Geist und Leib, zwischen Gott und Mensch...

Er war müde. Er fragte sich, ob sein Kampf sinnvoll war. Nun ja, das war nicht die richtige Frage. Sinnvoll war dieser Kampf sicher. Aber hatte er einen Effekt? Wurde etwas gewonnen? Hier in den Bergen hatten sie es gut, es gab einen absoluten Zusammenklang in Wille und Gefühl und einen lebendigen Austausch von Gedanken. Das an *sich* hatte schon Sinn. Und es gab viele Menschen, die sich dankbar auf den Weg machten, die auch wirklich weiterkamen. Aber der Kampf war so hart, und es wurde mit so unrechtmäßigen Waffen gekämpft. Es war kein ehrlicher Kampf, sondern ein fortwährendes Empfangen von ‚Schlägen unter der Gürtellinie'. Diese Schläge kamen von den Zeitungen und Zeitschriften, aber auch von Personen, die von Hass gegen die Initiative hier erfüllt waren, oft auch gegen ihn persönlich.

---

* Novalis, Aufzeichnungen, 1797-1799 II, 483.

Das war schon immer so gewesen, aber der Hass wurde schärfer, kam von vielen Seiten. Die Menschen verbreiteten dies und jenes, alles unbegründet und hemmungslos. Man hatte nichts anderes zu erwarten, aber es war zugleich etwas sehr Reales, worunter Johannes leiden musste. In einem Gefecht konnte man der Sieger sein und doch Schmerzen durch die Wunden haben. Und dann kommen die Menschen, die nicht dabei waren und sagen einfach, man sei der Verlierer. Der Widerstand erschien immer mächtiger, und man würde es ohne den himmlischen Freund, der zugleich die Kraft ist, in der man wirken darf, auf Erden wirklich nicht aushalten. Gerade das, wofür er stand, was sie im Frühling als sein Wesen erkannt hatten – gerade dagegen schien die ganze Welt in Aufruhr zu geraten. Man wollte zwar wissen, man wollte oft sogar Offenbarungen – aber jene von der läuternden Zwischenphase zwischen Wissen und Schauen wollte man nicht hören, mit Ausnahme der paar Menschen, die sich gerade innig danach sehnten. Das war der äußerliche Sinn seines Kampfes. Das so intensive, harmonische gemeinsame Erleben der Umwandlung von Wissen in Schauen...

Schon die allerersten Vorträge, die er hier gehalten hatte, vor Jahren, waren bereits durch Bösartigkeit geschwächt worden. Es war Peter gewesen, *gerade* Peter, der damals aufgestanden war und seine volle Kraft in seine Worte gelegt hatte. ‚Wenn es dir nicht gefällt, dann bleib weg...', hatte er jenem Menschen erwidert. ‚Aber störe uns, die hiernach verlangen, nicht weiter.' Johannes war sehr wohl imstande, durch allen Widerstand hindurch doch auszusprechen, was gesagt werden musste. Und doch war diese Intervention von Peter gewaltig gewesen. Peter, der so rebellisch gegen ihn gewesen war, der seine moralische Intuition verspottet hatte, der schließlich umgekehrt war ... hatte bei seinem ersten Besuch hier in den Bergen alle Gegenwehr gegen den Geist verloren. Die himmlische Luft hatte seine Bösartigkeit verzehrt, und er hatte sich den geliebten Menschen hingegeben.

Nun besuchte Peter Johannes, um mit ihm über seine Erfahrungen auf dem Weg zu sprechen, den er seit einem halben Jahr ohne Zögern gegangen war. Diesmal begegneten sie einander im Zimmer von Johannes, im Hauptgebäude. Peter sah sich zuerst ausführlich um.

‚Tja, Johannes... Was haben wir zusammen nicht alles durchgemacht. Wie lang ist es her, dass ich zum ersten Mal in dieses Zimmer kam? Zwanzig Jahre? So ungefähr...'

Sie setzten sich in die Sessel am Fenster. Peter sagte:

‚Es ist merkwürdig, dass ich so lange gewartet habe, bevor ich endlich begann. Ich bin fast fünfzig ... hatte mit dreißig schon die Gelegenheit. Aber wahrscheinlich nicht die Reife. Ein anderer Peter ist geboren, Johannes. Zart und ungeschickt noch, aber sehr, sehr deutlich anwesend. Er schaut auf den alten Peter, mit Barmherzigkeit, mit Milde – und mit Strenge. Strenge im Sinne von absoluter Ehrlichkeit. Er sieht, wie das Allerhöchste und das Allerniedrigste als Potenz im Menschen-Ich schlummern. Wie der alte Peter einen Hang zu beidem hatte. Er wollte sein Ich stählen, und er wollte dies auf einem einfachen Wege. Das ist Anlage zum Bösen, nicht wahr. Nun habe ich mich zwanzig Jahre an deinem Vorbild gestählt. Ich kann nicht mehr dem Bösen verfallen, das Allerhöchste hat zu viel Kraft in mir... Ich sehe, wie im Niederen doch auch Qualitäten liegen, ich kann den alten Peter nicht einfach so abschütteln. Ich muss ihn sehen, erkennen – und umwandeln. Das ist keine Theorie, verstehst du? Man kann diese Dinge auch sagen, weil man sie gelesen hat. Ich habe sie auch gelesen. Aber dies ist ein Kampf, ein innerer Kampf. Ich lebe in der allertiefsten Scham und der größten Dankbarkeit, dass ich diesen Kampf führen darf. Ich bin noch immer nicht so sehr nett, verstehst du? Der innere Kampf führt noch zu einer schlechten Laune, zu Gefühlen von Hoffnungslosigkeit. Es lässt sich alles leicht sagen – die Wirklichkeit ist sehr, sehr bitter. Ich habe viel Streit mit meinen Kollegen mitgemacht, mit Elisabeth, mit den Kindern. Mehr als je zuvor vielleicht. Ich beherrsche mich noch immer nicht, schmeiße allen Ärger nach draußen. Mit meinen Händen halte ich wohl an mich, mit meinen Worten auch – aber meine Stimmungen sind wie Gift, das weiß ich.

Dennoch bin ich viel, viel weiter gekommen. Zum Glück versteht Elisabeth das und lässt mich toben. Ob Eva es versteht ... ich wage nicht, sie zu fragen. Und Angelique, die zweite Stationsärztin, ist eine ganz harte Dame. Von ihr bekomme ich förmlich einen Tritt, wenn ich mich danebenbenehme, das hat sie immer schon so gemacht.'

‚Es ist dein Temperament. Dagegen kommt man nicht so leicht an.'

‚Es muss dennoch sein. Wie will man sich innerlich reinigen, wenn man sich äußerlich zugleich völlig danebenbenimmt?'

‚Wie geht es mit der Meditation?'

‚Sehr gut. Die Bilder wirken stark, sie durchdringen mich, und der zweite Peter wurde dadurch geweckt.'

‚Es ist eine Zunahme an Kraft in dem neu geborenen Peter, der den alten umformen wird. Die ‚himmlische Luft' wird das Bösartige verzehren...'

‚Ich lese täglich einen Vortrag von Steiner – und finde jedes Mal genau das, was ich brauche, um weiterzugehen. Das ist auch ‚himmlische Luft'.'

Johannes dachte: Ist Peter der Siebente? Wird er einst der Siebente werden? Wo die Geliebten sind, da schmückt sich bräutlich die Erde... Dieser Satz von Novalis deutet universell an, was die katholische Kirche für sich beansprucht hat. Die Kirche als Maria, als Jungfrau, die Gläubigen als Geliebten. Aber die Braut kann überall sein, wo die Geliebten sind. Hier in den Bergen schmückte sich die Erde allemal bräutlich.

Gerrits Bösartigkeit war verzehrt worden... Peters viel weniger ernsthafte Bösartigkeit musste bewusst umgewandelt werden. Aber wurde er so nicht der siebente Geliebte? Nicht jetzt, später? Er sah Peter an, der eine ganz andere Haltung zu haben schien. Seine Aggressivität schien in eine großartige Herrschaft über sich selbst umgeformt – zumindest in diesem Moment. Sein bekannter Stolz aber war nun ruhige Bescheidenheit. Es war Schönheit, die er sah. Tiefe des persönlichen Gemüts und Höhe eines zarten Geistes, wie gerade erwacht. Ein Bass und ein Sopran, in einem wunderschönen Duett. Launische, steile, unwirtliche Felsen und darüber der zarte, blaue Frühlingshimmel. Menschliche Tragödie in den Worten eines großen Dichters, der sein Talent erst noch entwickeln musste.

Er lief nach Hause. Es war viel zu tun, doch er schob alle Aufgaben hinaus. Zuhause holte er seinen Geigenkasten hervor. Als Junge hatte er ein ordentliches Niveau gehabt, aber er hatte schon sehr, sehr lange nicht mehr gespielt. Von Zeit zu Zeit öffnete er den Kasten, sah nach, ob alle Saiten noch intakt waren, ersetzte sie wenn nötig, stimmte das Instrument – und verwahrte es wieder. Das Gespräch mit Peter hatte etwas in ihm ausgelöst, ein Verlangen nach dem *Leben*, dem gewöhnlichen Leben. Er hatte es aufgegeben, wie ein Mönch in einem Kloster lebte er. Er wollte es so.

Er nahm das Instrument, stimmte es und spielte ein paar Tonleitern. Es ging einigermaßen. Noten. Wo lagen sie? Bei denen von Eva? Er sah nach und fand ein paar. Ein Violinkonzert von Vivaldi, nicht allzu schwer. Ein Notenständer ... er wusste, wo er lag, klappte ihn auseinander und stellte die Noten darauf. Er begann zu spielen. Die Fertigkeit war weit weggesackt – und doch auch nicht. Die Finger waren nicht geschmeidig, das Streichen ging zu steif – aber es wurde schnell besser. Er spielte ein paar Male, begann von neuem, wiederum, spielte weiter, weiter...

Die Fertigkeit war ungenügend – aber er genoss das Spielen. Ach ... was alles während des Spiels in ihm vorging! Alles war so ernst ... wo war das Spiel? Sophie, Eva ... sie hatten die Musik. Die anderen waren Geisteswissenschaftler – nun ja, Beato war als Chirurg natürlich durchaus sehr praktisch tätig, aber *Spiel* war das nun gewiss nicht. Dafür gab es die Kunst, vor allem Theaterspiel musste befreiend wirken, weil es *nicht echt* war. Es kam dann etwas in das ernste Leben hinein, das es nicht zu geben brauchte. Genau wie die moralische Intuition im reinen Denken. Hier musste doch mehr getan werden. Es gab hier zwar Musik, weil immer Musiker mitmachten. Aber andere Kunst gab es nicht. Es war, als ob die Zeit zu ernst war – so, dass keine Zeit für etwas verloren gehen durfte, was nicht nötig war. Aber vielleicht war es gerade sehr nötig. Er nahm ein anderes Stück, eine Romanze von Beethoven. Allbekannt. Gleich könnte er es mit Sophie zusammen spielen. Spielen ... merkwürdig, dass man dieses Wort für Musik gebrauchte.

Er ging an die Arbeit. Er hatte mehr als eine Stunde an sein Geigenspiel ‚verloren'. Er lief zum Meister, durch den knirschenden Schnee...

Der Meister saß in seinem Meditationszimmer. Im Lauf der Jahre hatte sich dessen Einrichtung verändert. Ursprünglich war der

Charakter wirklich östlich gewesen, nun glich es mehr einem Lesesaal in einem Zisterzienserkloster. Ganz und gar schlicht, aber durchlebt und durchleuchtet wie der Leib des Meisters selbst. Er wehrte sich auf keinerlei Weise gegen irgendetwas. Strenge Sanftmut lag in seiner Art und in seiner Umgebung. Er korrumpierte seinen Leib nicht mit seiner Seele, er lebte in einem harmonischen Gleichgewicht. Johannes hatte während seines Geigenspiels gefühlt, wie sein starker Geist seinen Leib nicht ganz durchdringen konnte. Der Leib musste sich gegen diese Geisteskraft eines Giganten wehren... Beim Meister sah er etwas anderes. Er ließ seinen Geist von Natur aus ‚außerhalb' und lebte mit seiner reinen Seele harmonisch mit dem Leib zusammen. Danach sehnte er sich, nach dieser Harmonie. Es war die mystische Hochzeit, die vom Meister dargestellt wurde – während Johannes' Hochzeit mit der großen kosmischen Ätherwelt zustande kam. Der Leib blieb vorerst außerhalb, es war, wie es nun einmal war. Man musste den Zeitgeist, den guten Zeitgeist, um Kraft für den Leib bitten...

Der Boden war mit einem naturfarbenen strohartigen Teppichboden bedeckt, die Wände waren weiß verputzt. An der einen Wand hing ein großes Bild des ‚Menschheitsrepräsentanten'. Es gab zwei einfache Stühle von spanischer Schlichtheit und einen Tisch, wie ein Altar, mit einer aufgeschlagenen Bibel und einem Buch von Rudolf Steiner.

Zu beiden Seiten standen zwei große hölzerne Kerzenständer mit Kerzen, die für Beleuchtung sorgten, wenn es dunkel wurde.

Der Meister lud ihn ein, auf dem zweiten Stuhl Platz zu nehmen. Hier herrschte eine festliche Atmosphäre, nur geeignet für geistige Gespräche und ernsthafte Meditation.

‚Wie werde ich ein Mystiker?', fragte er den Meister. Dieser sah ihn aufmerksam und interessiert an. Er sagte:

‚Die Frage von vor so vielen Jahren wird erneuert?'

‚Ich musste zuerst meinen Geist finden und diesen mit den Weltgedanken in Verbindung bringen...'

‚Es ist eine rhetorische Frage, Johannes. Du kennst die Antwort besser als ich. Philippe kennt sie besser als ich.'

‚Dennoch stelle ich dir diese Frage, weil du die Antwort *bist*, Meister. Ich will meine mit Geist befruchtete Seele heim in den Leib führen.

Ich will ihn *erkennend* durchdringen.'

‚So ist das bei mir nicht...'

‚Ich weiß. Aber du bist das Vorbild der mystischen Hochzeit. Ich brauche dieses Vorbild.'

‚Dann lass das Fragen und Antworten und *schaue*!'

Er schaute. Er sah einen kleinen Mann mit einem dicken Schopf von ergrauendem Haar. Ein schönes indisches Antlitz, von Weisheit gesättigt. Ein alter grauer Anzug umhüllte den kräftigen und doch zarten Leib. Die braunen schlanken Hände lagen im Schoß, nicht gekreuzt. Die Beine hielt er entspannt nebeneinander, ebenso wie die kleinen Füße in neuen schwarzen Lederschuhen.

Antlitz und Hände, darum ging es. Und dazwischen dieses große Herz des kleinen Meisters. Strahlendes Herz, strenge Liebe... Johannes fühlte, wie sein Atem sich vertiefte, während er auf den Meister schaute. Ruhe ... was für eine Ruhe und Hingabe. Keine Aufregung, keinerlei Abwehr.

Er empfing die Welt fortwährend wie eine Kommunion, frei von Gedanken, aber nicht ideenlos. Er war ganz und gar Idee, er war selbst ein Altar, auf dem er sein Ego opferte, um die Kommunion empfangen zu können. Goethe ... so jemand musste Goethe gewesen sein, aber als ‚deutscher Geist'. Nein, keine Gedanken jetzt, nur schauen. Es war fast beschämend, so auf einen Mitmenschen zu blicken. Aber der Meister nickte ermutigend. Das Gesicht ... die Augen wie Spiegel dieser sanftmütigen Hingabe, die zu einem strengen Urteil führen konnte. Dennoch auch ein starkes Gesicht, eine hohe Stirn, Mitleid sah man in diesem Gesicht. Durchchristet...

Johannes wandte sich ab, beugte das Haupt und ließ den Eindruck in sich nachwirken. Eine Lilie war er, ein Lotus... Welch eine Majestät ... saß er hier bei einem durch und durch platonischen Menschen? Jemandem, in dem die Ur-Idee sich mit der menschlichen Natur vereinigt hatte? Der keine Abstraktionen brauchte, der unmittelbar Zugang zur vorgeburtlichen Ideenwelt hatte? In dem diese Welt noch *lebte*, der eine dionysische Aufgabe hatte? Die in der Welt entfaltete Ur-Idee in sich als ein Ganzes zu sammeln?

Johannes kam durch Selbsterkenntnis zur Erkenntnis der Welt ... kam dieser kleine, zarte Weise durch Welterkenntnis zur Erkenntnis des Selbst? Doch wieder Fragen und Antworten. Er sah auf, sah den Meister an und fragte:

‚Wie, mein geliebter Freund, Meister, werde ich Mystiker?'

Der Meister lächelte.

‚Das, mein Junge, weißt du wirklich besser als ich!'

‚Aber du *bist* der Mystiker... Ich möchte dein *Sein* meinem *Wissen* und *Können* hinzufügen.'

‚Ich habe früher versucht, dich das zu lehren, aber du musstest erst wissen und können. Du kennst die Mystik durch und durch, vollziehst sie auch. Diese Mystik ist doch auch die spirituelle Menschenkunde und Medizin. Du bist der Meister, nicht ich. Du bleibst in einer Zuschauerposition, ich bin mit ihr eins, verwachsen mit ihr. Was willst du von mir lernen?'

‚Den Unterschied zwischen dem Streben und dem Nicht-Streben. Mein Weg verläuft im Streben nach Vervollkommnung und Beherrschung meiner vollen Aktivität. Bei dir kommt es auf das Loslassen allen Strebens an – in vollkommener Ruhe und Hingabe in Verwunderung abwarten, was gegeben wird. Die höchste innere Anstrengung bei mir, die tiefste innere, erwartungsvolle Hingabe bei dir. In der Meditation findet man deine Haltung schließlich von selbst. Aber im Alltagsleben ist deine Haltung notwendig, um zu Güte, zu echter Liebe zu kommen. Ich finde, dass ich noch viel von deinem Vorbild lernen kann.'

‚Du löst dich mit deinem Denken von deiner Atmung – in der Meditation. Wir verbinden uns gerade damit. Aber ich habe dir schon oft gesagt: Du musst dich mit der Lichtatmung verbinden, nicht mit der Luft. Atme Licht in deine Sinne, dann kommst auch du zu dieser Gelassenheit am Tage. *Licht* im Sinne von allen Sinneseindrücken. Also auch Wärme, Klang, Ton... Einatmung: Sinneseindruck – Ausatmung: Geist. Geist anstelle von Gedanken. Geist als Nachwirkung des Eindruckes. Je mehr du lernst, gelassen darin zu verweilen, desto mehr *bist* du ein Mystiker. Deine großartigen Weltgedanken leben im Licht. Atme sie mit deinen Sinnen ein und gib sie als Nachwirkung wieder an den Kosmos zurück. Du wirst immer ruhiger und tiefer ‚atmen'. Du wirst in deiner gelassenen Hingabe an die Lichtatmung immer mehr Frieden und Ruhe finden. Wir haben das früher zusammen geübt, aber du hattest deine Seelenkraft noch nicht entwickelt. Ich konnte nicht begreifen, dass das nötig war – und dass es *möglich* war. Bei Beato ist alles als natürliche Anlage anwesend. Johannes muss jeden Schritt bewusst setzen, und das verläuft in langen Zeiträumen.'

Johannes nickte.

,Und Philippe?'

,Philippe steht über allem.'

Johannes nickte wieder. Er fühlte eine große Liebe für Philippe, diesen durch und durch bescheidenen, unauffälligen Mann, der so viele Qualitäten hatte. Er *war* auch Mystik, aber er *war* zugleich exakte Geisteswissenschaft. Wenn er zu sprechen begann, wurde das sehr deutlich – aber er schwieg so viel...

Erfüllt lief Johannes durch den Park. Alles war weiß, und das Licht war scharf. Kein einziges Wort des Meisters war neu gewesen, Johannes ,wusste' das alles längst. Er ,konnte' es auch längst. Und doch ... war es noch zu oberflächlich, buchstäblich. Eine Atmung an der Oberfläche, vertiefen musste sie sich. Sich verlangsamen und intensiver machen. Unendlich verstärkte Andacht, unendlich verstärkte Hingabe an das Erleben in der Ausatmung des Geist-Lichtes...

Sein drittes Gespräch an diesem Tage war eines mit Sophie. Für sie war dieser Ort in den Bergen ihr Zuhause, sie kam hier wirklich nach Hause, zu ihren geliebten Freunden. Wie seine Kinder in den Ferien nach Hause kamen, so auch Sophie. Man sah ihr an, wie sie sich entwickelte. Sie wurde eine echte Musikerin, eine Solistin. Ab und zu spielte sie mit einem Orchester. Noch nicht auf der großen Bühne, wohl aber im Kleinen. Sie musste einfach noch ein paar ,Turniere' gewinnen – und ihre Karriere wäre gemacht. So würde es kommen... Sie umarmte ihn, auch wie eine Tochter. In ihr, hinter ihr ,sah' er immer Gerrit, ihren Beschützer, ihren Geliebten.

,Wie geht es dir, Kind?' Das ,Kind' war ihm einfach so herausgerutscht. Sie lächelte. Sie verstand es.

,Gut. Ich habe sehr viel zu tun gehabt, Studieren, Üben und Auftreten. Ich frage mich: Ist dies nun das, was ich will? Ich hatte daran gedacht, Geigenlehrerin zu werden. Es kommt durch Gerrit, dass ich nun einen solchen Weg in Richtung Bekanntheit, Virtuosität gehe...'

,Du hast das Talent dafür, das hat Gerrit ganz klar gespürt – auch wenn er nichts von Musik wusste und die Geige ,dieses seltsame Holzding auf ihrer Schulter' nannte.' Er ertrug den Gedanken nur schwer, dass dein Talent unbemerkt bleiben sollte.'

,Aber nun stecke ich da drin. Es ist eine spezielle Welt, Johannes. Ich passe da nicht hinein. Eine Welt von Ehrgeiz und Eifersucht, von Beziehungen. Man muss ein ,Streber' sein. Ich kann diese Rolle zwar spielen, aber ich bin so nicht. Nun ja, ich kann immer aufhören. Man braucht auch *Geld*, um in dieser Welt etwas zu erreichen. Geld von einem modernen Mäzen oder eigenes. Gerrit hat für das Geld gesorgt. Aber ich studiere wirklich fünf bis sieben Stunden pro Tag. Dann denke ich: Sollte man nicht lieber meditieren? Was will ich in meinem Leben? Meine große Liebe ist tot, ich setze die Entbehrung in Disziplin um...'

,In deinem Geigenspiel liegt sehr viel, Sophie. Du gibst damit wirklich sehr viel. Du spielst auf den Saiten unserer Seele, du berührst die Zuhörer in ihrem Wesen. Ich erwarte gespannt deine Ankunft, auch deshalb. Ich vermisse es, wenn du weg bist. Du bringst etwas mit, mit deinem Spiel, was die Menschen verloren haben. Sie erinnern sich daran, werden davon wehmütig und glücklich.'

Sie errötete leicht.

,Deine Worte beschämen mich... Spiele ich wirklich so? Dann darf ich nicht so viel an mich selbst denken, nicht an das, was ich für mich will. Dann ist es gut, dass ich das tue...'

Ein junges Mädchen war sie, noch nicht Ende zwanzig, genial. Eine zarte Gestalt, schöne, große, sehnsuchtsvolle Augen. Sie war ,gewöhnlich' gewesen, bevor Gerrit in ihr Leben getreten war. Er hatte ihre Genialität enthüllt und sie gelehrt, sich zu präsentieren. Sie war nicht mehr ,gewöhnlich', sie war ein bescheidenes Genie. Alles an ihr war beherrscht und überlegt, zurückgehalten in ihrer Bescheidenheit. Aber Johannes wurde einen großen Geist gewahr, der sich vorläufig nur in ihrem Geigenspiel offenbarte.

,Bist du einsam?', fragte er plötzlich.

Sie nickte und sagte leise:

‚Wenn man das hier kennt, ist es überall wie eine Wüste. Es gibt nichts. Technik und Meinungen in der Musik. Ehrgeiz unter den Kollegen. Kein Vertrauen, keine Ehrlichkeit. Man muss auf der Hut sein, denn jeder will *deine* Karriere haben. Ja, ich bin einsam. Es gibt auch Männer. Viele Männer, allerlei Männer – die in Sophie etwas sehen. Für einmal oder für immer. Ich weise sie alle ab – und das finden sie spannend. Ein unerreichbares Talent... Sie wollen mich beschützen, erobern, sich beweisen, was weiß ich. Das macht auch einsam. Wenn man ein gutes Gespräch hat, ist das Bett schon vorbereitet – sozusagen. Das graue Mäuschen von früher sahen sie nicht einmal. Nach Gerrit sehen sie mich auf einmal *alle*, ob ich verheiratet bin oder nicht, ist nicht wichtig.'

‚Und Freundinnen?'

‚Die meinen immer, dass sie mich über alles belehren müssten. Kleidung, Make-up, die Einrichtung meines Appartements, die Farbe meines Teppichs – oder sie hassen mich für das, was ich habe und kann. Nur *hier* habe ich Freunde, ihnen kann ich vertrauen. Ansonsten lebe ich in einer Räuberhöhle. Talent, Reichtum, Applaus... Und doch ... hast du recht. Wenn ich dann spielen darf, bin ich nicht einsam, dann kann ich alles geben, was ich habe. Im Frühjahr kann ich zwei Preise gewinnen; das werde ich wohl auch. Dann steht der Weg zur Konzertbühne offen. Es gibt einen Dirigenten in Österreich, der viel von mir hält. In jeder Hinsicht leider, aber er ist wirklich ein großer Musiker. Es geht ihm ganz sicher nicht *nur* um die Erotik. Er wird wohl für meine Laufbahn sorgen...'

Johannes hatte die Offenbarung ihres Wesens als Licht eingeatmet, nun gab er sich der Nachwirkung hin, während das Gespräch weiterging.

Dass sie Geigerin war, war überhaupt nicht das Wesentliche. Es war nur die Erscheinungsform für sie, der Altar, auf dem sie ihr Wesen opferte... Sie hätte auch Ärztin sein können, oder Lehrerin – was sie auch täte, sie würde etwas von der ‚himmlischen Luft' auf die Erde bringen. Damit hatte sie schließlich den bösartigen Gerrit ganz verzehrt...

Als letzten an diesem Tag besuchte er Philippe. Er besuchte ihn zuhause. Philippe wohnte nicht ‚oben', er bewohnte ein Haus in dem niedriger gelegenen Städtchen, an dessen Rand. Sein alter Schwiegervater wohnte daneben, in einem Appartement. Bei Philippe hatte man wirklich das Gefühl, an einen Mysterienort gekommen zu sein. Das lag nicht an der Einrichtung, es lag an Philippe selbst, der offenbar durch seine Anwesenheit dem Ganzen eine bestimmte Wirkung gab. Überall standen Bücher, zwar geordnet, aber es waren außerordentlich viele. Jedes offene Plätzchen wurde benutzt, um dort Bücher unterzubringen. Auf dem Tisch lagen einige Malereien, offenbar Versuche, geschauten Geist auf das Papier zu übertragen.

Philippe schrieb ein Buch über den menschlichen Leib, wie der Geist ihn schaut. Er schrieb es nicht, weil er erwartete, dafür viele Leser zu finden, sondern um festzuhalten, was er untersucht hatte. Er zeigte Johannes, was er schon geschrieben hatte, und strich dabei auf eine charakteristische Weise sein glattes Haar aus der Stirn. Schließlich sahen sie einander direkt an, und Philippe sagte, die strahlenden, vielfarbigen Augen auf ihn gerichtet:

‚Ich bin froh, dass du wieder da bist, Johannes. Ohne dich ist es hier bewölkt, auch wenn die Sonne scheint.'

Johannes wandte ein:

‚Du hast selbst so viel Sonne...'

‚Setzen wir uns. Willst du etwas trinken?'

Philippe schenkte Mineralwasser ein. Er setzte sich und sagte:

‚Es wird hier zu Weihnachten sehr voll werden. Was werden wir tun? Wie werden wir diesen zwei Wochen Form geben?'

‚Ich muss dir sagen, Philippe ... dass ich den Mut einigermaßen verloren habe. Was ist eigentlich der Sinn hiervon? Wir geben unser Leben für die Geisteswissenschaft, wir wollen und können nicht anders. Das müsste genug sein, und das war es auch immer. Aber ich bin müde; müde, immer wieder von neuem anzufangen und zu wiederholen – und zu sehen, dass sich eigentlich nichts ändert.'

Philippe sah ihn verwundert an.

‚Nichts ändert?'

‚Es ist, als ob aller Einsatz gleichsam stets wieder zurückrollt. Als ob die äußeren Formen stets stärker sind, immer siegreich bleiben. Was können wir tun, um mehr bis ins physische Dasein einzugreifen?

Ich habe heute Morgen meine Geige aus ihrem Kasten geholt und darauf gespielt – nach vielen, vielen Jahren. Um mit dem Körper etwas zu tun, was geistig ist. Es ist alles so wenig substantiell. Wir bilden hier ein spirituelles kulturelles Zentrum, wir sind eine kleine Gemeinschaft, in der die Harmonie außergewöhnlich ist. Die Menschen, die hierherkommen, nehmen das auf und werden dadurch erleichtert und finden eine Art Glück. Ich bin damit immer vollauf zufrieden gewesen. Aus dem einen oder anderen Grund finde ich das Gespräch als Form jetzt zu unverbindlich. Den Vortrag als Form zu passiv. Die musikalischen Abende zu vorübergehend. Ich vermisse die Handlung, die Tat.'

Philippe nickte verstehend.

'Ja, das ist so. Darum schrieb Steiner Mysteriendramen, die aufgeführt wurden; initiierte er die Eurythmie, die Sprachkunst. Und später ging dies noch weiter, in seinen Versuchen, zur sozialen Dreigliederung zu kommen, in der Begründung der freien Pädagogik, der Mysterienmedizin, der Christengemeinschaft und so weiter. Verglichen damit ist unsere Initiative noch immer abstrakt, weil sie auf Unterricht beschränkt bleibt. Forschung und Unterricht. Wir sind eigentlich eine Art Akademie. Aber wir bilden eine Fertigkeit aus, die kein Bett hat, in das sie ausströmen kann. Ist es das, was du meinst?'

'Ja. Verändern der Unterricht und die Forschung die Menschheit? Trägt es zu einem Wiederfinden des wahren Menschseins bei, wie es von Gott gemeint ist? Oder hat es nur für uns, für unsere eigene Entwicklung Wert – und verändert es die Menschheit nur in diesem Sinne? Denn wir bringen einen Keim hinein, der eine Tatsache ist. Das ist der Trost, den ich mir immer gebe. Aber erreicht das Geisteslicht das physische Dasein? Ich habe den Meister gefragt: Wie werde ich ein Mystiker? Das ist das Verbinden des Geisteslichts mit den eigenen physischen Prozessen und Organen, das objektiv erkennende Verbinden. Das ist individuell das, wonach ich auch im Großen so gerne streben würde. Du, Philippe, bist darin ein Meister – du schreibst sogar darüber. Aber die Frage bleibt: Was hat das für die ganze Menschheit für eine Bedeutung? Ich habe auch das Vermögen, erkennend in den Leib und dessen Weisheit hineinzugehen. Dennoch *bin* ich die Mystik nicht wie der Meister. Du *bist* das viel mehr als ich.'

‚Der Leib steht zwischen dem Geisteslicht und der Menschheit. Er verdunkelt das Schauen, während er in sich das Allerhöchste darstellt, die unendlich differenzierte Auskristallisierung der göttlichen, makrokosmischen Gedanken.

Ich glaube, Johannes, dass wir in der Welt erst dann neugestaltend auftreten können, wenn wir unseren Leib *durchsichtig* gemacht haben. Dann werden wir den Stein der Weisen gefunden haben und nicht mehr von der Urschuld behindert werden. Ich vermute, dass Rudolf Steiner als Meister des Abendlandes diese Phase erreicht hatte; dass er durch den Leib hindurch dorthin schauen konnte, wo die Sonne in der Mitternachtsstunde erstrahlt. Ich glaube auch, dass ‚man' ihm den durchsichtigen Leib genommen hat, vielleicht, indem man sein Bauwerk, das Goetheanum, in Brand gesteckt hat. Hat er es danach nicht als ‚Grundstein' vervielfältigen wollen? Ich rühre an die Wahrheit dieser Geschehnisse, kann sie nicht ganz durchschauen, wodurch eine Unsicherheit bleibt. Aber sicher bin ich über die Notwendigkeit, den Leib durchsichtig zu machen. Erst wenn man hindurchschauen kann, kann man sozial umgestalten, kann man bis in das physische Dasein gestaltend wirken. So weit sind wir nicht. Ich nicht, du nicht. Der Meister schaut in dem undurchsichtigen Leib, denn er hat seinen Geist nicht zuerst bewusst bis über die Sterne erhoben. Beato wird sicher so weit kommen, aber auch er ist noch nicht so weit. Wir leben in einer Zeit, in der die Leiber nun einmal so dicht sind, dass selbst mit der alten Einweihungskraft in der Seele nicht genug erreicht wird.'

‚Also weiterstreben, Philippe?'

‚Ja, aber sehr bewusst gelenkt. Wir müssen so vorgehen, dass wir als Übung folgendes tun: Wir halten unsere Wahrnehmungen mit der meditativen Kraft in unserem Astralleib, bringen sie bewusst *nicht* in Kontakt mit dem Ich. Das bedeutet also: *Bildhaft* wahrnehmen, *ohne Begriff*, ohne Denken. Diese Weltgedanken nehmen wir dann mit hinein, in unseren Leib, wir durchsättigen uns damit, aber das *Ich-Gefühl* macht nicht mit, es bleibt völlig *außerhalb*. Was dann in einem aufsteigt, wie eine Art Erlebens-Antwort, weist darauf hin, dass man tiefer in seinen Leib vordringt, mit dem Licht der Weltgedanken. Diese wirken so auf den Leib, dass er sich in Imaginationen zeigt und die Dichte sich so auflöst.'

‚So gehe ich vor. Genau so. Was hat diese Mutlosigkeit nur für eine Bedeutung? Dieses Gefühl von Machtlosigkeit? Nun ja, es sind natürlich immer die Gegenmächte, die einem weismachen wollen, dass alles keinen Sinn hat. Aber es muss sich doch auch etwas darin aussprechen, was gut und richtig ist?'

‚Ich vermute, dass du an eine Grenze kommst. Grenzerlebnisse sind es. Auch wenn man, so wie ich, die Schwelle der geistigen Welt schon lange überschritten hat, bewegt man sich auf neue Grenzen zu. Wir können nur Ihn um Hilfe bitten, der uns auf dem Weg durch den Leib vorausgegangen ist.'

‚Ohne diese Hilfe stößt man doch immer wieder auf den Egoismus, der überall verborgen liegt und der erst so langsam, sehr langsam vergeht...'

Sie sprachen noch über das Programm für die kommenden Wochen, tauschten persönliche Erfahrungen aus – und Johannes ging erfüllt von Freundschaft zur Tür hinaus... Er musste ein paar hundert Meter zu der Stelle laufen, wo sein Auto stand. Es war in dem Städtchen lebhaft, überall erleuchtete Schaufenster, viele Menschen auf der Straße, volle Parkplätze. Gerade, als er in sein Auto steigen wollte, stieg neben ihm ein Mann aus. Sie sahen einander an.

‚Ach, Herr Leven!', rief der Mann aus, scheinbar begeistert.

Aber Johannes spürte Reserve, sowohl bei dem Mann, als auch in sich selbst. Er war einer der Leiter einer weltweiten spirituellen Organisation. Sie betrachteten die Initiative in den Bergen als Pfusch, als eine Handvoll merkwürdiger Figuren um einen indischen Meister. Doch der Mann kam mit ausgestreckter Hand auf ihn zu, er musste die Begrüßung wohl erwidern. Der Enthusiasmus war geheuchelt, Johannes sah, wie der Mann sich eigentlich weit über ihn stellte und aus einer immensen Höhe auf ihn niederschaute. Konnte diese Begegnung Absicht sein? Bewusst in Szene gesetzt? Johannes spürte in sich eine merkwürdige Wachsamkeit. Freundlich drückte er dem Mann die Hand. Sich über einen anderen zu erheben, war eine ‚Kunst', die er nicht verstand. Er war also einfach Johannes Leven, ein ‚fehlgeschlagener Professor'. Gern hätte er gesagt: ‚Hallo, Herr Tod...', aber er sagte:

‚Guten Tag, Herr Tischler.'
‚Wollen wir nicht irgendwo Kaffee trinken? Dann können wir einmal ein paar Gedanken austauschen.'
Niemand wusste, wo Johannes war. Warum war da diese Wachsamkeit? Er zeigte auf ein Café-Restaurant und sagte:
‚Da können wir uns kurz hinsetzen.'
Der Mann zögerte, aber er ging doch mit ihm mit. Es war schon dunkel, die Zeit für das Abendessen nahte, doch es war noch ein Tisch frei, um nur etwas zu trinken.
Der Mann war einen Kopf kleiner als er, wahrscheinlich im selben Alter, aber sein Kopf war fast kahl, und die restlichen Haare waren grau. Er trug einen abgetragenen braunen Anzug mit einer gelblichen Krawatte – es ließ Johannes an die niederländischen Pfadfinder denken, die ‚Kabauter', oder auch an eine vage Metamorphose der Kleidung eines tibetanischen Buddhisten. Doch der Mann *in* dieser Kleidung war kein bisschen vage oder kindlich.
‚Haben Sie etwas zu besprechen?', fragte Johannes.
Spöttisch lachte der Mann:
‚Aber nein! Ich bin Ihnen hier zufällig begegnet!'
Johannes sah in die grauen Augen des Mannes. Eine scharfe Strahlung begegnete ihm – und die Sicherheit eines Mannes, der Macht hat. Welche Macht?
‚Was führt Sie denn an diesen ziemlich abgelegenen Wintersport-Ort?', fragte er.
Es lag Verachtung in der Haltung des Mannes. Man konnte nichts anderes tun, als vollkommen auf der Hut zu sein, nichts preiszugeben, keinerlei Vertrauen zu schenken. Was für ein Unterschied zu den anderen Gesprächen, die er heute geführt hatte...
Tischler sagte:
‚Ich bin mit meiner Frau hier, um zu wandern. Wir kamen schon früher hierher, als es da oben noch kein ‚Institut' gab. Es war ein gutes Hotel, ein Klassehotel – zu teuer für uns.'
Eine Frau hatte er – was würde das für eine Frau sein...
‚Wo haben Sie Ihre Unterkunft?'
Er winkte mit der Hand nach Osten.
‚Da irgendwo, in einer Pension. Und Sie, Herr Leven? Gehen Sie

nicht in die Weihnachtsferien? Nach Amsterdam oder so?'

‚Ich komme gerade wieder nach Hause.' Er würde sich lieber seine Zunge abbeißen, als irgendetwas über die Arbeit da oben im ‚Institut' zu sagen.

‚Erzählen Sie doch mal...' Der Mann lehnte sich in seiner Überlegenheit zurück. ‚Sind Sie zufrieden mit solch einem kleinen Grüppchen, ohne Organisation oder Verband?'

Johannes hatte keine Lust zu dieser Unterhaltung. Es wurde Kaffee und Tee serviert, das Mädchen lächelte ihm lieb zu, sie kannten einander, er kam mit Eva oft hierher und gab ihr immer einen Euro extra, auch wenn sie nur eine Tasse Kaffee tranken.

Ihr Lächeln wirkte ermutigend, es bedeutete mehr als bloß eine Rolle wegen eines erwarteten Trinkgeldes – es war ein Blick des Einverständnisses. Mit *allen* Menschen konnte man besser umgehen als mit Tischler.

‚Ach, Herr Tischler ... wir empfinden uns nicht als ein kleines Grüppchen, wir denken so nicht darüber. Und eine Organisation haben wir nicht nötig, keiner von uns. Machen Sie sich keine Sorgen, wir bilden für Sie und Ihre Organisation keine Quelle der Konkurrenz.'

Die Verachtung nahm zu, Verachtung über eine so alberne Unterstellung.

‚Na, das ist mir sehr wohl klar. Wo wohnt Ihr Kollege, Herr Laurent? Der wohnt doch auch hier in der Stadt?'

Johannes machte eine vage Geste in eine Richtung, die entgegengesetzt zu der lag, wo Philippe wohnte.

‚Da irgendwo. Wollten Sie ihn besuchen?'

‚Nein, ich unterhalte mich mit Ihnen nur ein wenig…'

‚Wie geht es in Ihrer Vereinigung? Nimmt die Mitgliederzahl noch immer ab?'

Doch auch Tischler konnte gut ausweichen. Er sagte:

‚Es gehen Menschen weg, andere kommen neu dazu. Aber die Zeiten sind hart, nicht wahr.'

Johannes wusste sich mit all seiner menschlichen Erfahrung hier keinen Rat. Was wollte der Mann? Oder war es tatsächlich einfach Zufall und eine Form von Höflichkeit, dass er ihn eingeladen hatte?

Sein Mobiltelefon ging. Ruhig nahm er an. Eva.

‚Johannes, wo bist du?'
‚Ich begegnete Herrn Tischler, als ich bei – als ich nach Hause gehen wollte. Ich komme gleich. Ja, gut.'
‚Auch schon so ein mobiles Ding?', fragte Tischler.
‚Sie nicht?'
Er holte eines aus seiner Tasche.
‚Es ist aus. Ich schaue zweimal am Tag nach.'
‚Es tut mir leid, Herr Tischler. Das war meine Frau, sie erwartet mich.'
‚Gut, gut.' Er stand auf, legte passend ein paar Münzen auf den Tisch und zog seine Jacke an. Zusammen gingen sie nach draußen, drückten einander die Hand und gingen auseinander.
Während Johannes zum Auto ging, hatte er das Gefühl, all seine Geheimnisse preisgegeben zu haben...

‚Warum warst du mit diesem Mann unterwegs?', fragte Eva leicht verärgert. ‚Und ohne jemandem etwas zu sagen!'
Johannes lachte sie an.
‚Wie gesagt, ich bin ihm begegnet. Er stieg aus, während ich einsteigen wollte. Er ist ganz nett, dieser Tischler.'
‚Du findest jeden nett! Er findet *dich* bestimmt nicht nett.'
Johannes zuckte mit den Schultern.
‚Es war eine gespannte Situation, das schon. Es ist schade, dass wir nicht alle zusammen streben können.'
Eva umarmte Johannes und sagte:
‚Ja, das ist schade.'

In der Abendmeditation blühten seine Gefühle erst zu einer Wirklichkeit auf. Man konnte so leicht über seine Gefühle hinwegleben, sogar in der Meditation. Er konnte sich jedoch ganz außerhalb aufstellen und sie als objektive Wahrnehmungen schauen. Sie verbargen Welten... Das Drama der modernen Zeit sah er. Scharen begabter Menschenseelen mit hohen spirituellen Erfahrungen in der Vergangenheit wurden hier auf Erden buchstäblich irregeführt. Die spirituelle Vergangenheit wurde vergessen, sie bewirkte im Unbewussten allerlei Aufruhr, was oft sogar zu einem ungezügelten

Begierdeleben führen konnte, während die Ursache dafür eine hohe Spiritualität war. Auf der anderen Seite konnte diese spirituelle Begabung im Intellektualismus versanden – und beide Prozesse gingen oft auch Hand in Hand. So kam es auf Erden nicht zu einer spirituellen Blüte, und nur diejenigen Menschen fanden aktiv den Weg, die ihren ursprünglichen Impuls aus dem einen oder anderen Grund behütet hatten. Das war unter anderem das Ziel der Waldorfschule: Kinder so ins Erwachsenenalter zu führen, dass eine Möglichkeit bewahrt wurde, den reinen Geist zu finden. *Dieser* Impuls versandete jedoch ebenfalls, und man musste froh sein, dass noch etwas davon übrig geblieben war. Hier in den Bergen befand sich eine Schule für Erwachsene. Aber auch ihre Wirkungskraft blieb ungenügend. Für sich selbst hatten sie viel erreicht, und das bedeutete sicher eine Wirkung auf Erden. Aber die Frage blieb bestehen: Wie erreicht man all diese begabten Seelen, die auf Erden in nur intellektueller Begabung und in der Begierde verhaftet bleiben? Es war keine Lösung, Askese an die Stelle der Begierde zu setzen – dies blieb eine äußerliche Maßnahme. Den Intellekt mit spirituellem Inhalt zu füllen, war ebenfalls keine Lösung.

Das war das Gefühl, das nach der Begegnung mit Tischler in ihm aufgestiegen war. Suchte dieser Mann wirklich, aufrichtig, den Weg zur Spiritualität der modernen Zeit? Oder trieb ihn, vielleicht unbewusst, etwas anderes?

Eva schien so etwas unmittelbar zu wissen. Für ihn ging dies so nicht, er musste naiv bleiben...

LIEBE OHNE EIFERSUCHT IST ÜBERPERSÖNLICHE LIEBE

Seit vielen Jahren wurden die Weihnachtstage auch spirituell gefeiert – mit Vorträgen, die am heiligen Abend begannen und dann täglich fortgesetzt wurden, während der ganzen Zeit der heiligen Nächte. Es kamen einsame Menschen, aber auch Menschen, die dies wichtiger fanden als das Weihnachtsfest zuhause.

Johannes würde den ersten Vortrag geben, aber bevor es soweit war, begegnete er Beato, der diesmal mit seiner ganzen Familie gekommen war. Von Beato ging immer eine Beruhigung aus, es überkam einen das Gefühl, dass alles, aber auch alles gut werden würde. Das war in ihm natürlich keine Oberflächlichkeit, es war das Vertrauen, das *nach* allem Kampf liegt, hinter den Folgen der Unvollkommenheit. In der Anwesenheit von Beato entspannte sich alle Verkrampfung, alle Angst, alle Bosheit, alles Zögern. All dies hatte vor ihm keinen Bestand. Er liebte wirklich jeden, hatte selbst diesen Verbrecher Gerrit geliebt – der dem nicht gewachsen gewesen war. Die Liebe von Beato schien bis zu den Sternen zu reichen – und noch darüber hinaus.

Sie umarmten einander. Die Ausstrahlung wurde noch stärker fühlbar. Eine unermessliche Treue umarmte ihn.

‚Endlich wieder zuhause!', lachte Beato ihm entgegen. ‚Ich habe furchtbar hart gearbeitet, diesen Herbst. Uns fehlt ein Kollege, und gerade dann passiert viel mehr als sonst. Ich habe meine Familie wirklich vernachlässigt. Ich bin froh, dass wir nicht zuhause geblieben sind – hier fällt der Stress unmittelbar von einem ab.'

‚Außer wenn man hier wohnt.', lächelte Johannes. ‚Und du machst nicht gerade einen angespannten Eindruck.'

Sie setzten sich. Johannes sagte:

‚Ich lebe noch immer mit denselben Fragen, auch wenn ich sie jedes Mal anders formuliere – was können wir nur tun, damit die spirituell begabten Menschen wach werden? Damit sie ihr Leben für die Menschheitsentwicklung geben? Wie soll man der aufkommenden Herrschaft Ahrimans, des Kaisers des Intellekts, des Fürsten der Welt, gewachsen sein? Alles, aber auch alles wirkt auf die Verstärkung des persönlichen Ich. Auch unsichtbar – man denke nur an das elektromagnetische Feld, in dem die Willenskraft des Doppelgängers pulsiert. Es kann nur ein Kampf von Mensch gegen Mensch entstehen, denn das eine Ego gönnt dem anderen kein Daseinsrecht. Diese Kräfte nehmen nur noch zu. Die Jüngeren leben in ihnen. Sie haben auch ‚etwas', aber wie bringt man sie zum Ernst? Wie bildet man in der modernen Zeit eine Gralsgemeinschaft? Wo kein Neid existiert? Wo die Menschen ihr Leben für einen Einweihungsweg geben, so wie früher in den Mysterien? Ich meine, dass sie ihr ganzes Talent dafür einsetzen wollen...'

Beato sah ihn nachdenklich an.

‚Es ist immer so gewesen, dass die positive Entwicklung gehemmt wird. In der Gralsgeschichte ist der Repräsentant dafür Klingsor. Er wird wohl auch jetzt unser größter Gegner sein. Er ist ein Bild für eine bestimmte Form von Widerstand. Wenn wir diese erkennen und unwirksam machen würden – dann kann Novalis' goldenes Zeitalter anbrechen. Es ist noch nicht an der Zeit. Aber jede Zeit hat ihre eigene Aufgabe. Wir müssen uns vielleicht mehr mit dem Überwinden des Anti-Geistes beschäftigen. Vielleicht vor allem in uns selbst. Obwohl ich diesen bei dir nicht mehr wahrnehme ... trotzdem bleibt seine Macht über uns bestehen. Vielleicht muss dieser Kampf in uns mehr zu Bewusstsein kommen. Der Mensch zwischen Luzifer und Ahriman. Wie genau ist unsere Position?'

‚Wie, Beato? Wie ist unsere Position?'

Als er abends den Saal betrat, um seinen Vortrag zu halten, sah er als ersten Anwesenden Tischler in der zweiten Reihe sitzen – er fiel ihm als erster auf. Johannes spürte in sich, dass er es schwierig fand, und auch gerade gut. Er war verwundert und auch unangenehm überrascht. Johannes kam in den Saal, um seinen Vortrag zu halten. Er konnte mit dem Mann nicht mehr reden, musste nach vorne gehen und zu sprechen beginnen. Er nahm seinen Platz ein und schloss seine Augen – er fand es sehr schwer, dies so öffentlich zu tun, aber er musste sich von dem äußeren Bild des Saales mit seinen Zuhörern lösen, um seine Arbeit wirklich gut machen zu können. Der Saal war voll, es waren sicher einhundert Menschen, offenbar auch von außerhalb gekommen, denn so viele Gäste gab es nicht.

Die ersten Gedanken formten sich noch etwas mühsam zu gesprochenen Worten, doch dann fühlte er die Inspiration in sich, in seinem Geist aufblühen – und konnte frei sprechen, die Augen geöffnet und einmal auf diesen, einmal auf jenen interessierten Zuhörer gerichtet.

Auch mit Tischler fühlte er Verbindung. Dieser schrieb regelmäßig etwas auf und nickte oft zustimmend. Er sprach über das Streben des Philosophen nach der reinen Seele, dem reinen Denken – nach der Jungfrau Sophia – und formte dieses philosophische Streben zu einer Weihnachts-Imagination: die reine Seele, die durch den heiligen Geist befruchtet die himmlische Frucht hervorbringt. Schon so viele Jahre sagte er jedes Mal dasselbe, jedes Mal in ganz anderen Worten und Bildern. Vom Meister fühlte er sich umhüllt, durch Peter gestützt, durch Eva verstanden, durch Sophie empfunden ... getragen wurde er von Philippe. Und Beato ... ging ihm mit spiritueller Waffenrüstung voraus.

Nach dem Vortrag kamen einige Menschen zu ihm, um ihm die Hand zu geben und sich zu bedanken – auch Tischler. Dieser sah ihm direkt in die Augen und sagte:

‚Ich danke Ihnen herzlich für diesen Vortrag. Sie haben viel Einsicht. Wollen Sie nicht einmal für uns sprechen?'

Johannes nickte – dachte unmittelbar an Evas Grauen – und fühlte sich gleichzeitig zu einem kleinen Jungen zusammenschrumpfen, der die Ehre einer Einladung zu einer Geburtstagsfeier empfängt. Er bekämpfte dies in sich, richtete sich auf und antwortete:

‚Selbstverständlich, Herr Tischler.'

‚Wann ist ihr nächster Vortrag hier?'

‚Übermorgen. Morgen spricht Philippe Laurent.'

‚Dann komme ich morgen und übermorgen wieder.'

Er gab ihm die Hand, drückte sie fest und ging weg. Erst jetzt sah Johannes Beato neben sich.

‚Wer ist das, Johannes?'

‚Tischler.'

‚Ach, ist er das. Eine merkwürdige Kommunikation war das, merkwürdig.'

‚Wieso?'

‚Der große Johannes, in der Welt ein berühmter Professor, eingeweiht in die geistigen Geheimnisse ... wird wie ein – zwar begabter, aber doch ... Schuljunge behandelt. Und bleibt so naiv wie ein Kind. Dieser Mann sieht nur deine Naivität und behandelt dich wie ein Vater seinen Sohn – wie ein Lehrer den Schüler.'

Johannes lächelte und sagte:

‚Ich habe es schon gemerkt.'

‚Natürlich. Aber wie kommt dieser Kerl dazu?! So besonders ist er nicht.'

‚Er empfindet sich als ein Leiter. Väterlich, ja.'

‚Und nun? Jetzt sollst du, ein naives Kind, vor einem Club von Vätern einen Vortrag halten?'

‚Wir werden sehen, Beat. Unseren Weihnachtstagen wird durch seine Anwesenheit Glanz verliehen. Das wird wohl ein Vorblick auf das kommende Jahr sein.'

Er sah Eva kommen, auch schon mit einem bedenklichen Gesicht. Er brach in Lachen aus.

‚Hast du dich an Tischler verschluckt, Eva?'

‚Dieser Mann ist ein Giftpfeil voller Neid. Dass er nicht wegbleiben kann! Du bist natürlich wieder nett zu ihm gewesen. Du hast ihn doch nicht eingeladen?'

Johannes schüttelte den Kopf und schaute auf seine Gefühle, die ein buntes Gemenge waren. Er war mit Eva und Beato einig – und doch auch nicht. Mit seinem Gemüt lebte er in einer künftigen Epoche, einer Zeit der Verbrüderung, einem goldenen Zeitalter. Da schlossen alle aufrichtigen Geistessucher ein heiliges Bündnis, sie wurden nicht durch Neid voneinander geschieden. Jeder kannte sich und den anderen so gut, dass jeder seine eigene Aufgabe kannte und sich darauf zu beschränken verstand. Zusammen bildeten sie die ganze Aufgabe und ihre Erfüllung. Hier in dieser kleinen Bruderschaft in den Bergen lebten sie so miteinander – wie Vorboten einer anderen Zeit. Aber sobald es zu einem Austausch mit anderen kam, zeigte sich das Nicht-Brüderliche der heutigen Zeit, der gegenseitige Neid erhob sich wie ein Sturm und richtete eine Verwüstung nach der anderen an. Beato hielt allen Stürmen durch sein entwaffnendes Gleichgewicht stand.

Ihm selbst gelang dies jedes Mal durch seine paradoxe strenge Naivität. Die Strenge hatte mit seinem unerschütterlichen Wahrheitserleben, die Naivität mit seiner kindlich-unschuldigen Ehrlichkeit im Gefühl zu tun. Aber er konnte auch verletzlich sein, das hatte sich in der Vergangenheit manchmal gezeigt. Eva stand unmittelbar neben ihm und warnte ihn, wenn die Naivität gegen wachsame Vorsicht eingetauscht werden musste.

‚Nein, ich habe ihn nicht eingeladen. Ich war sehr verwundert, ihn hier zu sehen. Er hat angekündigt, in den nächsten Tagen auch kommen zu wollen – und mich eingeladen, vor seiner ‚Bruderschaft' zu sprechen.'

Eva seufzte.

‚Du wirst sehen, Johannes, dass dies noch ernste Folgen für dich haben wird. Aber du wirst wohl müssen – das verstehe ich auch...'

In dieser Mittwinternacht konnte man den Sternenhimmel hinter der dicken Wolkendecke nur *denken*. Es würde Schnee geben, für die Wintersportler großartig, für die Besucher hier war es eher lästig. Zuhause warteten die drei Kinder. Manchmal kamen sie mit, oft auch nicht. Sie wollten in die Welt hinein, die drei – und dafür brauchten sie Unbefangenheit. Nie empfand Johannes irgendeine Sehnsucht, dass sie ihm folgten – außer die Sehnsucht, die er in Bezug auf alle Menschen hatte. Sie mussten frei sein, ihr Leben so zu gestalten, wie es zu ihrer Individualität passte. Nur wenn er wirklich sehen würde, dass sie sich von ihrer eigentlichen Aufgabe entfernen würden, würde er etwas unternehmen. Es war schon ein merkwürdiger Wechsel, von der Feierlichkeit zur häuslichen Geselligkeit, in die doch unausgesprochen eine innige Heiligkeit hineingetragen wurde. Sie nahmen eine festliche Mahlzeit ein, ein Souper, das ihre Tochter zubereitet hatte.

Später, nach Mitternacht, stand Johannes vor dem Fenster des Schlafzimmers. Es schneite inzwischen, der schon weiße Garten wurde noch einmal von einer dicken Lage unberührten Schnees bedeckt. Er sehnte sich nach der Meditation. Wie lebten die Menschen *ohne* Meditation, wie hielten sie es aus? All diese Eindrücke, Gedanken, Gefühle... ohne Kontrolle, ohne sie zu erkennen, sie zu deuten. Das Leben war dann unbewusst eine große Verwirrung. Er drehte sich zu Eva um.

‚Willst du noch etwas wegen Tischler sagen?', fragte er.
‚Ach ... Johannes.' Sie seufzte. ‚Weißt du noch, diese Kollegin, die gleichzeitig mit dir Professorin wurde? Du gabst alles, was du hattest, sie konkurrierte mit dir, verliebte sich in dich, und du wurdest todkrank.'
‚Du meinst, dass du mich damals auch gewarnt hast?'
‚Nein, darum geht es nicht. Ich meine ... wenn du nur vorsichtig bist. Du bist so gut, so offen...'
Er umarmte sie.
‚Du bist doch immer bei mir? Ich höre doch immer auf deine Ermahnungen?'
‚Es ist ... eine Störung der Ruhe und der Harmonie. Ich meine, immer ist irgendetwas!'
‚Ohne solche Störungen gibt es keine Entwicklung.'
‚Ich weiß. Aber ich mag diesen Mann nicht. Er ist nicht wahrhaftig. Er will etwas anderes von dir, als er vorgibt.'
‚Wir werden sehen... Vielleicht kommt er nicht mehr – jetzt, wo so viel Schnee fällt. Die Wege werden morgen sicher nicht geräumt.'

Tief in dieser dunklen, stillen Winternacht suchte Johannes das Tor zur geistigen Welt. Es war weit geöffnet. Es wurde auf viele gehofft, auf viele Seelen, die sich jetzt in den heiligen Nächten zu diesem Tor begeben würden. Sie waren auch da, aber sie schliefen. Sie sahen das Geisteslicht nicht, fühlten die Wärme der Liebe nicht – sie waren in tiefem Schlaf. Er sah sie um sich herum. Manche erkannte er, viele nicht. Er war in geistiger Gesellschaft einzelner wacher Seelen und geistiger Meister-Individualitäten. Sehr nahe waren sie, und sie wiesen ihn auf einzelne schlafende Seelen, für die die Zeit angebrochen war, dass sie geweckt würden, dass sie *sich selbst* wecken sollten. Eva war nicht in einem tiefen Schlaf, sie bewegte sich in einem Traumzustand, war nicht wirklich wach, nicht wirklich schlafend. Er wandte sich ihr zu.
‚Eva, werde wach! Das Tor ist geöffnet!'
Träumend sagte sie:
‚Ich kann nicht, Johannes. Ich habe keine Kraft...'
‚Du *denkst* nicht stark genug, du träumst weg in deinem Gefühl.'

Er sah ihr Denklicht scheinen, es wurde stärker und stärker – und ging wieder aus...

‚Ich *kann* nicht, Johannes...'

Sie verschwand aus seiner Wahrnehmung.

Philippe schritt majestätisch voll bewusst durch das Tor.

Johannes folgte ihm, er wurde nicht gehindert. Er sah Philippe – er war umringt von Scharen schlafender Seelen. Philippe unterwies sie durch Gebärden, mächtig aus dem Umkreis kommend, weiter wirkend in seinem Handeln. Die schlafenden Seelen nahmen die Formen dieser Gebärden an, so wurden sie unterwiesen.

Aber er sah, dass sie auch eigenwillige andere Formen annahmen, dass diese von einem Wesen kamen, das zwischen den Scharen umherzuschleichen schien. Seine Aufmerksamkeit brachte ihn in Berührung mit diesem Wesen.

Auch er wurde gezwungen, eine andere Form anzunehmen, er fühlte sich wie in Kälte auskristallisiert, das Licht dieses Wesens zuckte scharf nach allen Seiten... Aber Johannes nahm seine Kraft und wirkte lähmend auf die pfeilschnellen Lichtblitze ... das Wesen war verschwunden. Die schlafenden Seelen waren den reinen Gebärden von Philippe hingegeben...

Johannes drehte sich um und sah wieder Eva, nun auf dieser Seite des Tores. Sie schien von einem mächtigen Licht überstrahlt, welches sie in ihren Traum gebannt hielt.

‚Eva!', machte Johannes in strenger Gebärde. Doch diese war zu schwach, um sie zu erreichen.

Er wandte sich dem mächtigen Licht zu, das ihn mit einem überwältigenden Stolz erfüllte. Plötzlich war er mit Tischlers Seele eins, fühlte von innen seinen Schlaf... Johannes spannte sich bis zum Äußersten an, um sich zu erinnern, wer diesen stolzen Geist überwunden hatte. Er fühlte die alles beherrschende Irreführung dieses Geistes – in dem Moment, wo er fürchtete, sich selbst zu verlieren, wurde die Erinnerung wesentlich, und das Licht erlosch. Eva öffnete ihre Augen, Tischler war verschwunden, Johannes fühlte wieder sich selbst.

‚Was war das? Wer gab mir diese Gefühle?'

‚Der Lichtträger... Bleibe wach, Eva!'

Wachend schritten sie zusammen durch das Tor, zurück in das Erdenbewusstsein.

Johannes saß auf seinem Stuhl und fühlte die mächtige Nachwirkung in sich. Was sich auf Erden abspielt, findet seinen Ursprung im Geiste, in diesem unendlich differenzierten, komplizierten Zusammengehen von geistigen Wesen und dem Menschen.

Es war keine Stunde vergangen, und Johannes hatte unendlich viel gelernt, über Philippe und seine Schüler, über Eva, Tischler und Luzifer – und vor allem über sich selbst...

Nach dem weihnachtlichen Frühstück wanderte er mit Eva durch den Schnee. Zuerst liefen sie schweigend nebeneinander, dann wurde ihnen langsam warm und Eva sagte:

‚Heute Nacht bin ich zum ersten Mal bewusst in der geistigen Welt gewesen. Du warst dabei.'

‚Ja, ich war dabei.'

‚Was geschah da, Johannes?'

‚Wir kommen unbewusst in Berührung mit den Wesen, die den Widerständen in unserer Seele entsprechen. Du, Eva, träumst deine großartige spirituelle Vergangenheit. Du musst viel, viel stärker denken lernen, damit diese wunderbare spirituelle Begabung *durch* deine Intelligenz hindurchwirken kann. Du hältst beide unbewusst auseinander – und kommst dadurch in den Bereich Luzifers, der das Alte beim Alten halten will.'

Eva drückte seinen Arm.

‚Noch stärker denken lernen? Viel, viel stärker? Ich finde, dass ich meine ganze Kraft gebe!'

‚Viel, viel stärker, Eva.'

‚Ich kann nicht stärker. Ich bin mehr ein Willensmensch, wie du weißt.'

‚Dieser Wille muss ins Denken hineinkommen.'

‚Aber wie...?'

‚Philippe ist dabei, die Kategorien von Aristoteles auszuarbeiten. Du weißt, ‚Gardevias' hat etwas damit zu tun.

‚Philippe ... ist für mich so unerreichbar. Ich will mit dir arbeiten, Johannes. Würdest du das denn nicht schwierig finden, eine solche

Zusammenarbeit von mir und Philippe?'

‚Nur Liebe ohne Neid ist überpersönlich. Ich habe etwas gesehen, Eva – es muss etwas bewirkt werden. Frage einmal Philippe...'

Trotz des glatten Weges nach oben war Tischler zum Vortrag von Philippe gekommen. Zusammen mit einer Frau und einem Mann, erstere war wahrscheinlich seine Ehefrau.

Philippe bereitete ihnen einen gewaltigen Schrecken, denn er gab einen jener Vorträge, bei denen er wie in einer Meditation unmittelbar aus der geistigen Erfahrung heraus sprach.

Das wusste Tischler nicht, er kannte Philippe überhaupt nicht. Er ging hinterher auch nicht zu ihm, um ihn zu begrüßen. Er kam wieder zu Johannes, seine Begleiter standen abseits, Beato war wieder bei Johannes.

‚Das war eine besondere Darbietung, Herr Leven!', sagte er.

‚Das Wort ‚Darbietung' klingt nicht angenehm, Herr Tischler.'

‚Das kann doch nicht authentisch sein – so etwas kommt heutzutage doch nicht vor! Wir arbeiten mit den Offenbarungen der großen spirituellen Meister – aber wir selbst können solche natürlich nicht erlangen!'

‚Stellen Sie sich einmal vor ... die Menschen hätten sich zur Zeit dieser spirituellen Meister so verhalten? Dann hätten wir nicht viele Offenbarungen von ihnen.'

‚Sie nehmen dies also ernst...?'

Johannes nickte und sagte:

‚Ich kenne Doktor Laurent außerordentlich gut. Sie haben einem Mann zugehört, der in die okkulte Wissenschaft eingeweiht ist, der *selbst* Forschungen betreiben kann. Soll ich Sie ihm vorstellen?'

Tischler zögerte, sagte dann doch Ja.

‚Wir warten kurz, bis er mit all den Menschen um sich herum gesprochen hat.'

Sie redeten noch etwas über dies und jenes, über die Glätte draußen, die Schneeketten und den Wintersport. Als Philippe allein zurückblieb, gingen sie zu ihm, begleitet von Beato und den beiden Unbekannten.

‚Philippe, ich will dir Herrn Tischler vorstellen, über den ich mit dir gesprochen habe.'

Philippe war in allen Umständen unerschütterlich. Sah er die heimlichen Gedanken von Tischler? Oder verschloss er sich ihnen gegenüber in Unbefangenheit? Es schien ihm, Johannes, der ganze Raum sei von Philippes Wärme erfüllt, das musste Tischler doch auch berühren?

Sie drückten einander die Hand. Es sah freundlich aus.

‚Das war ein Eindruck erweckender Vortrag, Herr Doktor Laurent!', heuchelte Tischler.

‚Wirklich?' Philippe umhüllte den Mann mit seiner ruhigen Wärme. Tischler wurde es unbehaglich.

‚Ja, wirklich. So etwas erlebt man sonst niemals. Dadurch ist es etwas ... unglaubwürdig.'

‚Der Inhalt?'

‚Nein, nicht der Inhalt. Die Weise, in der Sie den Inhalt bringen. Als ob Sie ihn direkt schauen.'

Philippe sah ihn schweigend an. Was sollte er auch sagen.

‚Nun ja...', sagte Tischler etwas unsicher. ‚Wir gehen davon aus, dass dies heutzutage unmöglich ist. Der Intellekt ist zu stark, die Spiritualität liegt in einem anderen Gebiet.'

‚Das, wovon man ausgeht, stößt manchmal auf die Wirklichkeit – diese spottet ja allen vorgefassten Meinungen, nicht wahr.'

‚Wir haben keine *Meinung*, es ist *Wissen*, Herr Laurent.'

‚Wenn das Wissen nicht mehr mit der Wirklichkeit übereinstimmt, ist es eine Meinung geworden.', sagte Philippe unbeirrbar.

Beato sprach Tischler an.

‚Was mich erstaunt, ist, dass Sie gestern keinen Zweifel an der Authentizität von Herrn Professor Leven hatten. Was ist der Unterschied?'

‚Herr Leven sprach in deutlich umrissenen Gedanken, die nüchtern logisch zusammenhängen und die hier, jetzt, auf Erden, aus dem Reservoir von Offenbarungsgedanken, das nun einmal da ist, gebildet werden können.'

‚Ach so.', sagte Beato verwundert. Tischler fuhr fort:

‚Während Herr Laurent Zusammenhänge gibt, die überraschend originell sind – weswegen ich es bezweifle.'

‚Die Zusammenhänge oder Herrn Laurents Authentizität?'

‚Letztere.'
‚Während die Zusammenhänge doch richtig sein könnten?'
Tischler geriet etwas in Verwirrung. Sein männlicher Begleiter trat vor und sagte:
‚Das eine hängt untrennbar mit dem anderen zusammen.'
Johannes empfand eine Art Bestürzung. Wagten diese Leute es, Philippe öffentlich zum Schwindler zu erklären? Er sah Tischler direkt an und sagte:
‚Herr Tischler. Sie kommen morgen ebenfalls, dann spreche ich wieder. Ich werde es so machen, dass es für Sie keine Möglichkeit geben wird, noch zu meinen, meine Gedanken und logischen Zusammenhänge seien Kombinationen des Verstandes, die aus überlieferten Offenbarungen zusammengestellt wären. Ich werde es so machen, dass Ihnen nichts anderes übrigbleiben wird, als auch an *meiner* Authentizität zu zweifeln. Dann können Sie mit der Mitteilung zu Ihrer Gefolgschaft zurückkehren, diese Leute da oben in den Bergen seien ein Grüppchen von Schwindlern, die man nicht weiter berücksichtigen müsse.'
Tischlers Gesicht wurde eine starre Maske, er streckte seine Hand aus und sagte förmlich:
‚Ich werde morgen da sein, Herr Leven.'
Die drei gingen, die anderen drei blieben stehen.
Johannes war erzürnt, Beato und Philippe sahen ihn an. Beato lächelte und sagte:
‚Das ist also der Johannes von früher? Vor dem die Studenten einen tiefen Respekt hatten – wegen seiner scharfen Zunge?'
Philippe seufzte tief und sagte:
‚Es ist doch interessant, dass diese Menschen eine spirituelle Organisation leiten, der Spiritualität aber nur als Souvenir ein Daseinsrecht zugestehen. Ich bin außerordentlich neugierig auf deinen Vortrag morgen, Johannes!'
Johannes entspannte sich mit einem Lächeln:
‚Ich werde mich dann mal darauf vorbereiten.'
Seine Augen suchten Eva, sie sprach mit dem Meister. Welch ein Vertrauen sie hier ineinander hatten. In die Reinheit, die Intentionen, Fähigkeiten und Begabungen des jeweils anderen. Man fühlte sich hier

geborgen, wie früher zuhause, im Elternhaus. Da hatte er ebenfalls in dem absoluten Vertrauen gelebt, dass jeder dem anderen das Beste wollte.

Er empfand eine intensive Dankbarkeit und Rührung für diesen geistigen ‚Orden', den sie hier bildeten...

‚Dieser Mann hat keine Kultur!', schimpfte Johannes, als er mit Eva nach Hause spazierte. Er erzählte ihr von dem kurzen Gespräch. Eva sagte:

‚Weil er selbst die Einweihung nicht finden kann, darf sie niemand finden. Außerdem gibt Einweihung Freiheit, und die passt nicht in ein System mächtiger Großväter.'

Johannes brach in Lachen aus. Unbeirrt fuhr sie fort:

‚Ihr hier seid echte Meister, meisterliche Männer. Du und der Meister, ihr hattet höchstens etwas Väterliches, aber das war nur am Anfang – damals *war* ich auch ein Kind. Jetzt sind wir eine Gruppe freier Menschen, die fast ohne Reibereien miteinander leben und arbeiten. Keinerlei Macht. Überhaupt nicht.'

‚Und Macht ist deiner Meinung nach das Problem?'

‚Macht und Ohnmacht, ja. Was wirst du morgen tun, Johannes? Du sprichst immer von der Schwelle zum Geist aus, nicht darüber hinausgehend. Wir haben dich schon so oft gebeten, etwas preiszugeben von ... deinem befruchteten Wesen. Kriegt Tischler nun hin, was uns nicht gelingt?'

Johannes legte seinen Arm um Evas Schultern. Es war sehr kalt, und sie mussten mühsam durch den hohen frischen Schnee laufen. Er drückte sie liebevoll an sich.

‚Es ist nicht Tischler, der das nun ‚hinkriegt'. Seine Frage ist nicht mehr wert als die eure – er *hat* nicht einmal eine Frage. Es ist die Zeit, die entscheidend ist, und dieser Mann zeigt mir das jetzt. In diesem Sinne bedeutet er wirklich etwas für mich, für euch.'

‚Ja, sicher!', sagte Eva ironisch. ‚Das wird sich noch zeigen!'

Die Nacht vor dem zweiten Weihnachtstag. Es war spät geworden, sie hatten noch einige Zeit mit den Kindern und Beatos Tochter im Wohnzimmer gesessen und über alles Mögliche gesprochen und viel gelacht. Johannes erlebte es als ein Geschenk, dass seine Kinder die ‚gewöhnliche Welt' mit nach Hause brachten. Sie erzählten über das Studentenleben, die Dozenten, die verschiedenen Meinungen über Kunst und Wissenschaft.

Aber nun waren sie alle im Bett, auch Eva. Er selbst wollte sich noch auf Philippes Vortrag, das Gespräch mit Tischler und seinen morgigen Vortrag besinnen. Er würde zum ersten Mal von dem ‚höheren Johannes' aus sprechen, nicht vom Johannes dieser Inkarnation aus. Er fühlte eine mächtige Inspiration, fast wie ein Sturm, in sich einströmen – und er wusste unmittelbar in *einer* umfassenden Intuition, was er morgen aussprechen würde. Tischler war der Anlass, aber was daraus hervorging, hatte mit Tischer nicht mehr viel zu tun. Was sollte er machen ... die Intuition schon *vor* dem Vortrag völlig in seiner Seele aufblühen lassen, um die Blüte zu präsentieren – oder die Intuition hegen und erst dann, während des Vortrages, die Blüte zulassen? Das erstere war der Weg der Sicherheit, der zweite erforderte einen großen Mut, das Vertrauen, dass auch in den viel chaotischeren Umständen innerhalb einer Gruppe von Menschen die Blüte kommen würde. Er entschloss sich zu dem letzteren. Er widmete seine Meditation dem wortlosen Hegen der Intuition. Es war, als ob alle Fragen und Gedanken des zurückliegenden Jahres sich in dieser Intuition konzentrierten und zur Knospe wurden, die morgen in Blüte ausbrechen würde.

Es lebte in ihm noch ein anderer Johannes als der Mann, den man kannte. Dieser Johannes trug den Mann wie einen Mantel, ein Kleid, eine Umhüllung, die nur teilweise zuließ, dass Johannes sich offenbaren konnte. Morgen, am Vorabend des 27. Dezember, würde dieser höhere Johannes sprechen. Es war der Vorabend des Festes von Johannes dem Evangelisten. Dieser Johannes war er nicht – aber die Tatsache, dass diese große Wandlung in seinem Auftreten gerade dann geschehen würde, zeigte die tiefe Verbindung mit dem Mysterium von Johannes...

‚DIESES KIND IST DIE URWELT, DIE GOLDNE ZEIT AM ENDE'

Die Vermählung der Jahreszeiten

Tief in Gedanken stand der neue Monarch. Er gedachte jetzt des nächtlichen Traums, und der Erzählung auch, als von der himmlischen Blume zuerst er gehört, und getroffen still von der Weißagung, mächtige Liebe gefühlt.

Noch dünkt ihm, er höre die tief eindringende Stimme, eben verließe der Gast erst den geselligen Kreis, flüchtige Schimmer des Mondes erhellten die klappernden Fenster, und in des Jünglings Brust tobe verzehrende Glut.

Seltsame Zeiten verflossen indeß, Sie schienen verworren wie ein entwichener Traum.

‚Edda', sagte der König, ‚was ist des liebenden Herzens innigster Wunsch? Was ist ihm der unsäglichste Schmerz? Sag es, wir wollen ihm helfen, die Macht ist unser, und herrlich werde die Zeit, nun du wieder den Himmel beglückst.'

‚Wären die Zeiten nicht so ungesellig, verbände Zukunft mit Gegenwart und mit Vergangenheit sich, schlösse Frühling sich an Herbst, und Sommer an Winter, wäre zu spielendem Ernst Jugend mit Alter gepaart: Dann, mein süßer Gemahl, versiegte die Quelle der Schmerzen, aller Empfindungen Wunsch wäre dem Herzen gewährt.'

Also die Königin; freudig umschlang sie der schöne Geliebte:

‚Ausgesprochen hast du warlich ein himmlisches Wort, was schon längst auf den Lippen der tiefer Fühlenden schwebte, aber den deinigen erst rein und gedeihlich entklang. Führe man schnell den Wagen herbei, wir holen sie selber, erstlich die Zeiten des Jahres, dann auch des Menschengeschlechts.' –

*Erst zur Sonne, und holen den Tag, dann zur Nacht, dann nach Norden, um den Winter, alsdann nach Süden, um den Sommer zu finden; von Osten bringen sie den Frühling, von Westen den Herbst. Dann eilen sie zur Jugend, dann zum Alter, zur Vergangenheit, wie zur Zukunft.**

* Novalis, Heinrich von Ofterdingen, Materialien 7.

Johannes ging nach vorne, stellte sich dorthin, wo er immer stand, begrüßte die Anwesenden genau so, wie er es immer tat, schloss seine Augen, um sich zu konzentrieren, wie immer ... und begann langsam zu sprechen. Diesmal sah er keinen Tischler. Er sah auch nicht seine Freunde, seine Frau ... er sah ausschließlich zum Geiste.

‚Es ist verständlich', sagte er, ‚dass wir uns so krampfhaft an dem einzigen Rettungsanker festhalten, den wir haben: dem kombinierenden Verstand, dem logischen Denken. Wir balancieren auf der Schwelle zur geistigen Welt. Diese will fortwährend in unser Bewusstsein kommen, und wir fühlen sehr genau, dass wir in das Chaos geraten würden, wenn wir unvorbereitet vom Geist ergriffen würden. Der Mensch scheint dieser Welt des Geistes, ihrer überwältigenden magischen Kraft, nicht gewachsen zu sein. Darum greift er nach dem Rettungsanker, den er hat, und findet da die so ersehnte Ordnung, ohne unerwartete, unbegreifliche Seltsamkeiten und Wunder. Mit dem Verstand zieht er einen dichten Vorhang vor den Geist – und obwohl es dadurch finster wird, hat er dies lieber. In der Finsternis ist er schließlich frei, hat das Gefühl, in Ruhe gelassen zu werden. Kein Druck des Gewissens oder irgendeiner moralischen Last. In der materiellen Finsternis ist man frei, zu tun und zu lassen, was man selber bestimmt, und das Einzige, was man lernen muss, ist, Übereinstimmung mit den anderen freien Menschen zu finden, die ebenfalls lieber in der Finsternis der Materie bleiben wollen, als in die Unsicherheit des geistigen Lichtes geleitet zu werden.

Je mehr Einsicht man in das Wesen des Menschen erwirbt, desto besser kann man dies verstehen. Man sieht gleichsam Menschenmassen, die ‚halbe' Menschen sind, deren Blick ausschließlich auf die Dunkelheit des Stoffes gerichtet ist. Sie vergessen ihre andere Hälfte, mehr oder weniger bewusst. Lieber bleiben sie im Dunkeln, wo alles bekannt ist und immer bekannter zu werden scheint, als der lichten Ungewissheit gegenüberzutreten.

Sogar die Aussicht des zuletzt wartenden Todes ändert daran nichts. Das absolute Ende wird der Aussicht auf Hingabe an etwas Unbekanntes, zu dem keine Naturwissenschaft Zugang hat, vorgezogen.

Unsere Zeit ist auch ziemlich ruhig. Es gibt zwar hier und da einige Unregelmäßigkeiten, Krieg, Finanzkrisen, Grippewellen, Naturkatastrophen. Aber wir erleben nicht so existentielle Katastrophen wie in den Weltkriegen des zwanzigsten Jahrhunderts. Diese Weltkriege haben uns zudem bewiesen, wie unsinnig Ideale sind. Faschisten, Sozialisten, Kommunisten ... ‚das Ideal' machte die Anhänger aller Richtungen gleich schlecht – und den Kampf sinnlos. Kein Kampf zwischen Gut und Böse war es, sondern ein Beweis, dass alle Menschen zum Bösen imstande sind – welchen Idealen sie auch anhängen. Seitdem ist die Kraft, welche in Menschen entflammt, die ein Ideal haben, gleichbedeutend mit Fanatismus.

Der moderne rationale Mensch verlässt das Gebiet der Ideale, trägt *keinen* Enthusiasmus mehr in die Idee empor. Der Gedanke darf nur noch rational-abstrakt sein, der Enthusiasmus, die Begeisterung gehören zu anderen Gebieten des Lebens – insoweit sie noch existieren. Faktisch fällt die Begeisterung zurück in den Leib, sie wird zum Trieb und verwandelt Liebe in Erotik und Sex.

So haben wir die zwei großen Strömungen in unserer Weltkultur charakterisiert: Abstrakte Rationalität oder Intellekt einerseits und Sexualität ohne Grenzen andererseits.

Aber zu Beginn des zwanzigsten Jahrhunderts, bevor diese Entwicklung in vollem Gange war, hat der Meister des Abendlandes gezeigt, was in einem Menschen geschehen kann, wenn er die geistige Welt doch *zulässt*, und wenn er imstande ist, dies so zu tun, dass diese Befruchtung von der Intelligenz getragen wird, wodurch die Intelligenz moralisch wird. Dies war ein Wunder, welches mitten im materialistischen Gang der Geschehnisse stattfand. Und diesem Wunder folgte dann ein anderes ‚Wunder', ein Negativ dessen: der Aufstieg und der Untergang des Führers Adolf Hitler. Rudolf Steiner hat uns nicht mehr lehren können, dass dieses negative Wunder unmittelbar zusammenhängt mit der Ankunft des Geistes auf Erden, wie er sich in der Intelligenz des Meisters des Abendlandes offenbarte – er hat es jedoch vorausgesagt. Diese zwei Geschehnisse hängen wirklich unmittelbar miteinander zusammen. Es ist nicht einfach, über diesen Zusammenhang zu sprechen, denn die ganze dämonische Macht, die unsere Gesellschaft im Griff hat, erhebt sich dagegen. Ich will es aber trotzdem wagen. Es muss endlich gesagt werden.

Vertiefen wir uns zuerst in den Menschen Rudolf Steiner. Er ist ein ‚neuer Initiierter', das heißt, dass er den vollen Inhalt seiner spirituellen Begabung eingesetzt hat, um seine Intelligenz umzuarbeiten, so dass der spirituelle Inhalt zur *Wissenschaft* werden konnte. Die Entwicklung bis dahin hatte diese beiden Gebiete strikt getrennt gehalten. Man hatte die menschliche Intelligenz, die immer abstrakter wurde, immer mehr bloßer Intellekt. Dieser Intellekt macht spirituelle Einsicht unmöglich, er stellt sich davor und schenkt dem Menschen so die Freiheit. Auf der anderen Seite *gab* es die spirituelle Welt, und sie lebte im Menschen als Rest seiner früheren Einweihungen. Als der Mensch noch nicht dieses intelligente Wesen war, das er jetzt ist, trat die Spiritualität direkt in sein Bewusstsein, aber als eine elementare Gewalt. Die geistigen Lehrer beherrschten diese, wählten die geeigneten Schüler aus und weihten diese so ein, dass sie das Vorhandene in Weisheit umformten.

In der neuen Zeit überdeckt die Ratio den Geist völlig. Würde der Geist unmittelbar mit der Ratio in Verbindung gebracht werden, dann würde der Geist in der Ratio weiter verblassen und zum Schatten werden. Unsere Ratio *ist* schon verblasster Geist, Schatten, von Natur aus. Kommt der Geist mit der unverwandelten Ratio in Berührung, dann erstarrt er – wie der Jüngling in Goethes Märchen bei der Berührung durch die schöne Lilie erstarrt. Die Ratio muss so umgeformt werden, dass sie den Geist intelligent zeigen kann. Der Verstand muss gleichsam von dem Intellekt freipräpariert werden, wodurch er dann kein Intellekt mehr wäre, sondern spirituelle Intelligenz. Die Intelligenz verliert die intellektuelle Versklavung und wird Medium, den Geist zu schauen, der dieses Medium gebraucht, um sich in dieses hineinzuformen und sich so zu zeigen. Dazu muss der Intellekt allen sinnlichen Inhalt vergessen lernen, aber auch jedes *Wort* – was ebenfalls noch zum sinnlichen Inhalt gehört; ja schließlich sogar alle *Form*. Er muss lernen, sich ohne Inhalt, ohne Wort, ohne Form intelligent zu bewegen und sich auf diese Weise bereit zu machen, sich formen, sprechen, mit spirituellem *Inhalt* füllen zu *lassen*. In Rudolf Steiner wurde die Intelligenz zu einem ‚Fluidum', in dem sich der Geist offenbaren konnte, unter Erhalt dieser Intelligenz. Die ganze Geistesgeschichte formte sich in dieser spirituellen Intelligenz, die

Chöre der Hierarchien konnten hierin formen, sprechen, *sein*, mit ihrem ganzen Wesen. Stellen Sie sich einmal vor, was das gewesen ist! Ein Mensch stand da, ging da, sprach da, dessen Intelligenz *so* heilig war, so vollkommen befreit von der Urschuld, die zum Intellekt geführt hat, so völlig der geistigen Welt hingegeben, dass diese auch in ihm *sein* wollte. Manchmal waren die offenbarten Geheimnisse *so* groß, dass selbst diese heilige Intelligenz nicht bewusst dabeisein durfte, dass das Wissen davon erst in der Erinnerung aufblühte. Aber meistens war es eine unmittelbare Gegenwart von Geist, eine intelligente Anwesenheit, eine Abspaltung der Intelligenz, die anschauen konnte, was die Intelligenz offenbarte.

Machen wir es uns damit nicht viel zu einfach? Stellen wir uns dies oft genug vor? Gehen wir daran nicht ebenso gleichgültig vorüber, wie wir an allem flüchtig und oberflächlich vorübergehen? Dies war jedoch ein Wunder des zwanzigsten Jahrhunderts, ein Sieg für die michaelische Macht in einem menschlichen Wesen, wodurch für *alle* Menschen die Möglichkeit errungen war, die Intelligenz aus dem Intellekt zu befreien.

Wir leben daran vorbei. Es gab einen Menschen, der Rudolf Steiner hieß, und dieser konnte in die geistige Welt schauen. Er war ein Eingeweihter. Er war hellsichtig. Er war ein Meister. Der Meister des Abendlandes.

Eine einmalige Erscheinung. Vielleicht wiederholt sich das Wunder bei seiner nächsten Inkarnation. Nur bei ihm?

Das ist die andere mögliche Sichtweise. Man kann, auch wenn man das Ganze ernst nimmt, dennoch daran vorbeigehen und sich auf die Gaben, auf den Inhalt der Geisteswissenschaft richten. Auf die Möglichkeiten, einen bestimmten Beruf auf alternative Weise auszuüben, und so weiter. Man geht dann an dem eigentlichen Wunder vorüber.

Aber man kann das Wunder auch zur absoluten Einmaligkeit erstarren lassen. Dann ist die Tat Rudolf Steiners unnachahmlich, für alle übrigen Sterblichen unerreichbar. Dann müssen wir ihn als einen Gottesgesandten verehren und bescheiden hinnehmen, dass nur *er* so etwas kann, weil er als Einziger dafür auserkoren ist.

Dann ist die hinterlassene Geisteswissenschaft eine neue Bibel, ein Buch von Offenbarungen, die wörtlich genommen werden müssen, das heißt, dass jedes Wort genau so stehenbleiben muss, wie es steht, dass nicht frei darüber gedacht werden darf, dass das ganze Werk eigentlich wie ein Mantram ist.

Auf unserem Wege liegt es, uns jedes Mal wieder vor das Geistesauge zu stellen, *was* der Meister des Abendlandes eigentlich getan, *wie* er es getan hat. Je stärker wir uns das vorstellen können, desto deutlicher wird es, dass man ihm nachfolgen kann. Ja, dass er mit der vollen Leidenschaft seiner Heiligkeit dazu aufgerufen hat. In jedem Satz seines Werkes kann man diesen Aufruf hören – wenn man Ohren hat. Alle Menschen, die an Spiritualität interessiert sind, haben eine spirituelle Anlage. Sie alle haben einen Intellekt, der diese Anlage lähmt. Und sie alle können ihre Intelligenz aus dem Intellekt befreien.

Diesen Schritt habe ich in den zurückliegenden zwanzig Jahren immer wieder und wieder beschrieben, besprochen, mit Ihnen geübt. Heute will ich einen Schritt weiter gehen.

Was geschieht, wenn die Geisteswissenschaft mit dem unerlösten Intellekt aufgenommen wird?

Wir können nur weiterkommen, wenn wir uns dies so lebendig wie nur möglich vorstellen.

Die Geisteswissenschaft *ist* die befreite Intelligenz, in der die Geisteswelt sich geformt, ausgesprochen hat, in der deren Wesen lebt. Das ist die Geisteswissenschaft.

Nun sehnen wir uns sehr nach Spiritualität, wir sind begierig nach Inhalt – und diese Begierde ist berechtigt. In Rudolf Steiner wurde der *Intellekt zur Intelligenz*, und diese menschliche Intelligenz erweiterte sich zu einem Medium, das man ‚kosmische Intelligenz' nennen könnte. Im Gegensatz zum Intellekt – der sich aus dem Gefühl gelöst hat – ist Intelligenz von Gefühl durchdrungen. Dieses Gefühl ist *Folge* von dem, was sich in der Intelligenz formt, ausspricht, ‚weiß'. Aber von der Intensität dieses Gefühls kann sich der intellektuelle Mensch kaum eine Vorstellung machen. Die Gefühle, die zu den Lebenskatastrophen und -glückseligkeiten gehören, sind *schwach* verglichen mit den Gefühlen, die durch die kosmische Intelligenz geweckt werden. Auch *dazu* ist die Geisteswissenschaft da: um im Menschen solche starken Gefühle als Folge von ‚Wissen' zu wecken. Von der größten Glückseligkeit bis zur tiefsten Traurigkeit, von absoluter Seelenruhe bis zu heftiger Schockiertheit, von intensivem Schmerz bis zu ebenso intensiver Begeisterung...

Wird die Geisteswissenschaft nur mit dem Intellekt aufgenommen und analysiert und kombiniert, dann wird die Intelligenz nicht spirituell, sondern die Spiritualität gefühllos im Verstand gefesselt. Das ist nicht einfach eine Aussage, es ist eine *schmerzliche* Tragödie. Dennoch kann man verstehen, dass dies geschieht, dass die spirituelle Wissenschaft intellektualisiert wird. Es ist der Kampf zwischen der Furcht vor dem Geist und dessen ‚unbegreiflichen' Abgründen auf der einen Seite und der tiefsten Sehnsucht nach eben diesem Geist auf der anderen Seite. Es wird ein Kompromiss geschlossen. Wir gehen weiter als der Materialist, denn wir erkennen die Geisteswissenschaft. Aber wir wagen uns nicht an solche erschütternden Geschehnisse in unserem Gefühlsleben heran, wir lassen das Gefühl sorgfältig außerhalb. Wir wollen schließlich ‚Wissenschaftler' sein, und die begleiten ihr Thema nicht mit Gefühlen. So entsteht der Kompromiss: Geisteswissenschaft, aber keine kosmische Intelligenz – am liebsten sogar nur Intellekt. Und das Argument ist dann zum Beispiel: Was ein Meister kann, können wir doch nicht, wir sind bescheiden und verwenden unseren Verstand, um dem Meister entweder Buchstabe für Buchstabe zu folgen oder sein Werk zu analysieren, zu kombinieren, eventuell zu kritisieren.

So hat Rudolf Steiner, weil die Geisteswissenschaft unerfüllt blieb, schließlich eine äußerste Tat vollbracht.

Er hat die kosmische Intelligenz, die sich in ihn erstreckte und die er ‚*anthroposophische Bewegung*' nannte, in die Anthroposophische Gesellschaft hineingeleitet. Die Gesamtheit der sich in der Anthroposophie vereinigenden Menschen sollte nun den individuellen Intellekt gegen die einströmende kosmische Intelligenz eintauschen. Vor allem musste sie *empfunden* werden, die Anthroposophia. Zwar zuerst gedacht, aber diese Gedanken sollten *gefühlt* werden, in Gefühlen, die stärker waren als die Gefühle in Lebenskatastrophen und in Lebensglück. Stärker, viel, viel stärker. Es gab die reale Möglichkeit dazu, weil die kosmische Intelligenz nun als die Gralsspeise in die Gesellschaft als Gral einströmen konnte. Eine Gralsgemeinschaft sollte es sein, in der jeder sich an der kosmischen Intelligenz und all ihren Gaben, die das spirituelle Gefühl initiieren würden, laben konnte.

Der Intellekt hat triumphiert, und der Gral musste schließlich ungefüllt bleiben. Und in unserer Zeit ist alles viel, viel schwerer. Zwar hat das Denken mehr natürliche Affinität zur Spiritualität, aber es ist auch geschwächt, gelähmt, passiv. Es berührt das Gefühl überhaupt nicht mehr. Höchstens dringt das persönliche Gefühl in die Gedanken – die Gedanken entflammen niemals das Gefühl. Und so wird langsam vergessen, was genau die Einweihung Rudolf Steiners war, was die Art der Geisteswissenschaft und was die Möglichkeiten und die Aufgaben des modernen Menschen waren.

Aber es liegt noch dieses ‚negative Wunder' zwischen der Zeit der Blüte der Geisteswissenschaft zu Beginn des zwanzigsten Jahrhunderts und unserer verarmten Zeit. Obwohl es außergewöhnlich schwierig und auch riskant ist, dieses negative Wunder zu beschreiben – weil eine mächtige dämonische Kraft damit verbunden ist –, kann ich diese Beschreibung nicht auslassen.

Sie müssen sich vorstellen: Rudolf Steiner befreite seine Intelligenz und gab sie den göttlich-geistigen Mächten hin. Damit hängt die völlige Umwandlung des Begierdelebens, aller niederen Liebeskräfte in höhere zusammen. Der Intellekt ruht auf dem Fundament der Urschuld, auf dem Fundament der vernichtenden Begierde. Da die Geisteswissenschaft intellektuell blieb, blieb auch der Begierdepol ‚unverwandelt'. Die menschliche Freiheit, als göttliche Gabe einer *Möglichkeit*, blieb ungenutzt, und die Gegenmacht ergriff die Gelegenheit, die entstand, indem die von Gott auserwählten Menschen ihre Gabe nicht annahmen.

Es wurde ein außergewöhnliches Negativ des heiligen anthroposophischen Impulses gebildet. So, dass kein Mensch den Zusammenhang einsehen konnte und doch in *jedem* unbewusst dieser Zusammenhang hergestellt wurde.

Dieser Eingriff der Gegenmacht machte ebenso Gebrauch von der

Wissenschaft des Grals, jedoch insoweit, als sie die Wissenschaft Klingsors war, die alte Sternenwissenschaft, die alte germanische Mystik, die durch den Verlust ihrer Gültigkeit in der modernen Zeit zu einer dämonischen Magie wurde. Auch der Intellekt wurde auf ein Abstellgleis gestellt, doch dies führte nicht zu einer Befreiung der menschlichen Intelligenz, sondern zu einer undurchsichtigen Knechtung im Begierdepol, der voll von Spiritualität ist, die *intelligent* werden wollte. Wird sie das nicht, kehrt sie sich um und wird zur dämonischen Magie der Blutskräfte. Familie, Volk, Rasse. Was durch die kosmische Intelligenz gezügelt, in Gralswissenschaft umgewandelt worden wäre, bestimmt für eine große Anzahl von Menschen, das wurde der Hörigkeit eines dämonischen ‚Führers' unterworfen. Es ging nicht um Germanen und Juden, um Deutsche und Amerikaner. Diese Ideen wurden als Wegweiser zu den Kräften des Blutes gebraucht. Darum ging es, um den Verfall an das Blut, aus dem die Anthroposophie gerade hatte befreien sollen. Ausläufer davon sehen wir noch heute in der Umformung des Grals in die Blutlinie von Jesus und Maria Magdalena, wie es vor kurzem als Gedanke in die Menschheit hineingebracht wurde. Oder in der irreführenden Vorstellung, das Blut könne so rein sein, dass es zu einem Hellsehen kosmischer und irdischer Tatsachen führen könnte. Die Dämonie lebt fort, aber ihr großer Einschlag entstand mit dem Aufstieg dieses Führers in der Blutlinie: Familie, Volk, Rasse. Alle menschlichen Qualitäten wurden darin gebunden: Die Kraft durfte nicht durch Wissenschaft und Kultur geschwächt werden; nicht einmal im gewöhnlichen Begierde-leben. Alles wurde dieser einen Kraft des menschlichen Blutes geopfert, das reinrassig sein musste. Keine Selbsterziehung zur Freiheit, sondern Eugenik für immer mehr Gebundenheit. *Ein* reines Blut in allen Adern, und das Ich, das darin lebt, ist der Führer.

Ein Individuum zählt nicht, es geht um das reine Blut, das nicht von unreinen Teilhabern besudelt werden darf.

Das ist der umgekehrte Gral, das rassenreine Blut in allen Adern, und der Führer ist die Speise, umgestülpt zum Führer als Gefäß, in dem alle Gaben des reinen Blutes empfangen werden.

Das ist eine furchtbare Umkehrung des Wunders der Anthroposophie

– um sie definitiv in das Reich der geistigen Welt zu verbannen, um ihr jeden Einfluss auf Erden, in Menschenseelen unmöglich zu machen. Der Führer ist keine politische Figur, auch keine Null, der man ein bisschen geholfen hat. Auch hat er den Kampf nicht definitiv verloren, selbst wenn dies politisch der Fall ist und er tot ist. *Ein* Volk, ein Führer. *Ein* Meister des Abendlandes und tausende bequeme, unwillige Schüler. Wir Menschen der Nachkriegszeit haben das längst nicht so klar erlebt, wie wohl gedacht wird. O ja, wir waren noch in der geistigen Welt, als sich dieses Drama auf Erden abspielte. Aber auf unserem Weg zur Erde wurde unser Bewusstsein nun einmal in Wachstumskräfte für den Leib umgeformt. Es musste geschwächt werden, um die Verbindung mit dem Erdenleben vorzubereiten. Die Menschen, die nach dem Krieg geboren sind, haben vielleicht das allergeringste Bewusstsein von dieser Katastrophe des zwanzigsten Jahrhunderts, obwohl sie die Vorbereitungen darauf natürlich ‚gesehen' haben. Wir haben Herzen, die träumend in der geistigen Welt verkehren, aber unsere Häupter sind in dem Rückschlag des Zweiten Weltkrieges ‚erzogen'. Anti-idealistisch, intellektuell und sehnsüchtig nach gegenseitigem Verständnis und Verantwortungsgefühl sind wir. Wir wollen Geist, aber er soll neutral bleiben, wir wollen abstrakt verstehen und ruhig mit anderen überlegen. Und vor allem muss alles verständlich bleiben und in die ruhige Sicherheit getaucht sein, dass das überwältigend Reale des Geistes für uns ja doch nicht bestimmt ist.

Die Religion hat ihre Kraft verloren, die Wissenschaft wird von der künstlichen Intelligenz gestützt, der man nur mit dem Intellekt folgen kann. Die Kunst ist ein Museumsthema geworden. Und die Geisteswissenschaft ist ein Werk ohne Wirksamkeit, man kann sich damit einlassen, ohne in seiner Ruhe gestört zu werden.

Die Anwesenheit eines Eingeweihten würde in unserer Zeit dann ebenfalls als etwas sehr Unangenehmes erlebt werden. Es ist schön, dass es sie gab, aber nun muss es nicht mehr sein.

Was ist dies für eine Zeit – unsere Zeit? Was wird von uns erwartet? Was *können* wir eigentlich? Was *wollen* wir? Wollen wir diese Behäbigkeit in uns bekämpfen? Und was sollen wir dann mit dieser

Angst machen, die unter der Oberfläche unseres Bewusstseins, aber auch in allem um uns herum auf uns lauert? Wenn wir in der ruhigen Ratio verbleiben, lernen wir dennoch eine Menge und vermeiden die Angst. Doch wenn wir in uns einen Impuls empfinden, bewusst mit dem Geist in Berührung zu kommen, wie soll dies dann gehen?

Ich spreche hier schon seit Jahren über die Befreiung der Intelligenz aus dem Intellekt. Aber *wenn* diese Intelligenz dann frei geworden ist, dann muss sie sich eine andere Ausdrucksweise als die des logischen Denkens zueigen machen. Nicht dass die Intelligenz unlogisch wäre, sie ist natürlich ungeheuer logisch, viel logischer als der Intellekt, in dem noch Willkür die Logik treiben kann. Die Intelligenz kennt keine Willkür, sie lebt in Hingabe an den Geist. Aber der Geist drückt sich nicht in Worten aus, nicht in logischen Gedankenzusammenhängen. So, wie die Rose nicht logisch ist, so ist der Geist dies auch nicht. Die Intelligenz muss also eine andere Sprache handhaben lernen, und das Denken kann – obwohl intelligent – nicht mehr rational bleiben. Am Werk des Meisters des Abendlandes ist zu erkennen, dass das Offenbaren des Geistes schließlich doch wieder in der gebräuchlichen Sprache und ebensolchen Gedanken ausgedrückt werden kann. Aber es wäre ein furchtbarer Irrtum, wenn wir meinen würden, dass diese Worte, diese Gedanken, auch wirklich *so* von göttlich-geistigen Wesen gesprochen, gedacht werden.

So kann man sich das unmöglich vorstellen, *darf* man es sich nicht vorstellen. Die Worte und Gedanken des ‚Werkes' müssen als Zeichen aufgefasst werden, anhand derer wir *selbst* lernen sollen, den Geist, aus dem sie hervorgegangen sind, in seiner Offenbarung majestätisch gewahr zu werden. Dazu müssen wir, wie ich schon sagte, unsere Gefühle befeuern, denn in den Gefühlen, die mit den Worten und Gedanken korrespondieren, träumt in uns der wirkliche Geist. Können Sie sich das Ausmaß des Opfers vorstellen, das gebracht werden muss, um die Majestät des Geistes so umzuformen, dass es für den Intellekt verständliche Gedanken werden? Und können Sie sich den unermesslichen Schmerz vorstellen, der dadurch verursacht wird, dass die Zuhörer und die Leser diesen intellektuell verständlichen Geist nur noch weiter abstrahieren, intellektualisieren? Anstelle von Zeichen des Geistes, die zum lebendigen Geist führen können, werden die Zeichen zu Erstarrungen. Wir müssen unsere Intelligenz also nicht nur aus dem Intellekt befreien, wir müssen zugleich lernen, diese freie Intelligenz so zu gebrauchen, wie sie veranlagt ist. Kein Wort- und Gedanken-Element ist sie, sondern schöpfende, bildende Kraft, in höherem Sinne symbolisierende Kraft – wie unsere gewöhnlichen Träume unsere tiefer gelegenen Erlebnisse verbildlichen, symbolisieren, so muss die Intelligenz *plastisch* werden, wodurch sie sich zum Bild formen lässt, zum wirksamen Bild; wodurch sie Sprache und Ohr zugleich wird, aber nun nicht Sprache mit Worten, sondern mit *klingender Geste*, musikalisch sprechender Gebärde. Wodurch sie auch Medium für höhere Wesen wird, die darin *sein* können, so dass der Geistesforscher sich in sie umformen kann.

Der abstrakte Intellekt kann und will dies nicht wahrhaben. Dennoch ist er die letzte Form der Intelligenz – und damit also innig verwandt.

Rudolf Steiner hat auf vielerlei Weisen geschildert, wie das Denken, Fühlen und Wollen so umgeformt werden kann – durch fortwährende Übung –, dass die Seele geeignet wird, zuallererst die bestehende Geisteswissenschaft auf die richtige Weise aufzunehmen – und sodann die eigene Intelligenz so zu präparieren, dass sie selbst den Geist empfangen kann. Ein grandioses Bild dafür ist Raffaels Sixtinische Madonna. In diesem Bild liegt wort- und gedankenlos die umfassende Aufgabe vor der Seele. Es ist die Weihnachts-Imagination in der reinsten Darstellung.

Aber wir haben seit dem Beginn des zwanzigsten Jahrhunderts ein noch viel größeres Wunder zu erleben, ein Wunder, das weit über das Kommen Rudolf Steiners hinausgeht, von dem wir jedoch ohne *seine* Offenbarung, seinen Hinweis überhaupt kein Wissen hätten. Durch dieses Wunder ist sehr viel möglich geworden, was zuvor unmöglich war. Ich will mich heute auf *einen* Aspekt beschränken und komme damit zu dem Wesentlichen meines Vortrages.

In der Welt, die unmittelbar an das Sichtbar-Physische grenzt – die ‚Ätherwelt' –, gibt es eine Offenbarung, ein *Wesen*, das selbst das magische Denken *ist*. Kein menschliches Wort, kein menschlicher Gedanke, sondern kosmisches, göttliches Wort, kosmisch-göttlicher

Gedanke. An dieses Wesen können wir uns in der Ätherwelt mit der Bitte richten, unsere Intelligenz zu einem Gleichnis der Seinen, Seiner selbst zu machen. In dieser göttlichen Logik sind alle Gegensätze magisch voneinander durchdrungen. Da existiert keine Abstraktion, denn das Wesen ist gerade da, weil es sie definitiv überwunden hat, daraus auferstanden ist wie in einer zweiten Auferstehung aus dem Tod: der Auferstehung aus dem toten Denken. Wenn man als Mensch die Gnade empfängt, mit diesem Wesen zu denken, zu fühlen, zu wollen, dann bricht ein goldenes Zeitalter an. In der östlichen Mystik nennt man dieses neue magische Königreich in der Ätherwelt ‚*Shamballah*'. Aber die reinste Prophetie in Bildern finden wir im Werk von Novalis. Dieser Dichter und magische Idealist wies nicht in wohlumrissenen Worten auf dieses goldene Zeitalter hin, er tat es in Form von Erzählungen und Märchen. Er tat es in seinem Aufruf, zu ‚romantisieren', alles Gewöhnliche, Nüchterne, Alltägliche mit einem magischen Glanz zu umhüllen, in das Wunder umzuformen. Die Vereinigung mit dem Wesen in der Ätherwelt aber schenkt die Gnade dieses magischen Glanzes.

Es ist die Wissenschaft von der ursprünglichen menschlichen Gestalt, nach Leib, Seele und Geist. Der Mensch mit einem unsterblichen, unbefleckten Leib, einer reinen Seele ohne Stachel, einem kosmisch intelligenten Denken.

In diesem goldenen, göttlichen Königreich ist alles möglich: Wir können die entgegengesetzten Jahreszeiten ‚im Wagen herbeiholen', um ihre Vermählung zu feiern. Wir können die Jugend mit dem Alter in spielerischem Ernst verbinden. Wir können das Männliche und Weibliche in *einem* Menschen vereinen...

Die größte Errungenschaft des Menschen ist sein Intellekt, er ist zugleich das größte Hindernis. Doch im *Anschauen* des Intellekts als Qualität wird die freie Intelligenz geboren. Darin ist jenes Wesen ‚von Natur aus' anwesend, denn es ist die Ätherwelt.

Vielleicht kommt man als Mensch letztlich *selbst* zu der Bedeutung und der Offenbarung des Wesens, von Christus in der ätherischen Welt. Rudolf Steiner aber hat auf Sein Kommen hingewiesen, und wir können uns in unserer befreiten Intelligenz bewusst werden, dass wir Ihn da suchen können, nach Ihm fragen, uns auf ihn richten können.

Dann wird Er kommen und unserer Intelligenz eine solche Gestalt geben, dass sie ein Medium wird, in dem sich der Geist offenbaren kann. Den magischen Idealismus von Novalis wird Er uns lehren, damit wir unseren Rest an Nüchternheit ganz vergessen können und uns in die geistigen Wesen metamorphosieren können. Vielleicht müssen wir darüber dann sehr, sehr lange schweigen, weil wir diese göttlich-geistige magische Idee nicht in Prosa ausdrücken dürfen. Vielleicht müssen wir erst lernen, zu leiden, empfinden lernen, wie die lebendige Seele brennt, wenn sie in Asche gelegt wird – um zur nüchternen intelligenten Worten zu werden, die für andere begreiflich sind.

Für einen Mann wie Jacob Böhme bedeutete ‚unbegreiflich' dasselbe wie ‚geistig' und ‚begreiflich' dasselbe wie materiell. In unserer Zeit, der Zeit der Auferstehung von Christus in der ätherischen Welt, sind diese zwei miteinander in Harmonie gebracht: Das Unbegreifliche darf in begreiflichen Worten ausgedrückt werden. Aber in dieser Vereinigung verbrennt die Seele und muss jedes Mal erneut wie ein Phönix aus der Asche auferstehen.

Aber wir wollen nie den Irrtum begehen, die Auferstehung von Christus in der Ätherwelt *selbst* in nüchterner Sprache auszudrücken! Er ist es, der uns zum magisch-idealistischen Denken auferstehen lässt, wir wollen Ihn als Dichter besingen, als Komponisten zur Musik werden lassen...

Lassen Sie uns in unserer Meditation einen Schleier über unseren Intellekt legen und ausschließlich Intelligenz sein, auf dass Er als Denken ohne Objekt, als unhörbares, unausgesprochenes Wort in unserer Ätherwelt auferstehen kann.'

„...IHRE GANZE SEELE WAR EIN ZARTES LIED GEWORDEN, EIN EINFACHER AUSDRUCK DER WEHMUT UND SEHNSUCHT.'

Es gab eine kurze Pause, danach sollte Johannes Fragen beantworten. Aber sein Vortrag war noch nicht fertig, also wollte er nach der Pause weitersprechen.

Noch bevor er den Saal verlassen konnte, um kurz zur Ruhe zu kommen, stand Tischler neben ihm.

‚Mein aufrichtiges Kompliment!', sagte er, und es schien, als meinte er es auch so. ‚Ich habe plötzlich etwas Wichtiges verstanden. Und ich muss Ihnen sagen: Es war kein Wort zu wenig oder zu viel – und auch kein einziges Wort unverständlich. Was ich bei Dr. Laurent erlebte, einen Sprung, den man nicht mitmachen konnte, gibt es bei Ihnen nicht. Ich habe keinen Augenblick an Ihrer Authentizität gezweifelt. Sie haben mich gerade einsehen lassen, dass die logischen Kombinationen des Verstandes nur ‚Zugaben' für uns sind, damit wir die Offenbarungen des Geistes begreifen können. Ich sehe mein eigenes Problem plötzlich haarscharf.'

Er sah Johannes an, seine Augen waren hell und glänzend, als ob er gerührt war.

‚Und Sie verstehen wohl, Professor Leven, es wird für mich dadurch nicht einfacher. Plötzlich steckt da ein Keil zwischen mir und meiner ‚Gefolgschaft'. Dieser Keil, das sind Sie, das ist Ihre Genialität, Ihre Einsicht. Ich bin voller Erwartung auf den zweiten Teil.'

Johannes drückte ihm die Hand und zog sich in sein Zimmer zurück, für etwa fünf Minuten der Ruhe. Tischlers Reaktion hatte ihn berührt, er musste sich kurz auf seinen Vortrag besinnen. Es war, als ob dieser sich in Nichts aufgelöst hatte, als ob eine Gegenmacht gekommen wäre und ihn weggenommen hätte, so dass er für ihn nun unauffindbar war. Er setzte sich auf einen Stuhl und konzentrierte sich. Nein, der Vortrag war noch da, in vollem Umfang. Man musste in dem übersinnlichen Teil der Intelligenz sein, dort war er. Im Gedächtnis saß überhaupt nichts. Er musste wieder gehen, sie würden ganz sicher schon alle auf ihn warten.

Die Menschen saßen tatsächlich alle wieder auf ihren Plätzen, als er hereinkam. Er holte tief Atem und ging nach vorne. Jedes Mal von neuem war es dieselbe selbst gewählte Prüfung und zugleich eine Gnade, dass er es tun durfte.

‚Im Werk des Meisters des Abendlandes können wir überall die Erweckung dieser Intelligenz finden. Schon die Beschreibungen von Goethes Weltanschauung enthalten diese Erweckung.

Goethes Denken war eine anschauende Urteilskraft, kein urteilender Intellekt. Ein ‚gegenständliches Denken', ein Denken *in* und *mit* dem Objekt, nicht in einem abstrakten ‚Außerhalb'. Diese Erweckung liegt an unzählbaren Stellen in Rudolf Steiners Werk verborgen. Aber obwohl die Einweihung verlangt, dass wir den Intellekt verlassen, bleibt die Geistesschau *intelligent.* Es ist kein unbewusstes Mitgeführtwerden durch einen unerkannten Geist, es ist vielmehr ein intelligentes Medium, in dem der Geisteswissenschaftler exakt ‚hell sieht'. Es läge auf unserem Weg – es liegt auf unserem Weg –, diese Art der Geisteswissenschaft sehr intensiv zu durchdenken, zu durchfühlen. Wir müssen fühlen, erleben lernen, wie beschränkt unser irdisches Bewusstsein ist, wie sehr wir darin gefangen gehalten werden, wie philiströs wir dadurch sind. Selbst wenn wir durch die Entwicklung des reinen, sinnlichkeitsfreien Denkens über unser gewöhnliches Verstandesdenken hinauszuwachsen beginnen, bleibt dies zunächst doch noch immer eine kleine, beschränkte freie Intelligenz. Erst wenn uns die Hand gereicht wird, um aufzuerstehen, kann diese Intelligenz sich so erweitern, dass sie ihre ursprüngliche kosmische Natur wiederfindet. Dieser Moment ist erst gekommen, wenn man sich realisiert: Meine Intelligenz ist nicht mehr nur ‚Licht', das scheint und beschienen wird ... sie ist vor allem auch Liebe, *Wille,* der intelligent geworden ist. Dann bleibt sie nicht klein, beschränkt, sondern dehnt sich aus, wie wenn Maria still bekennt: Magnificat ... weit wird meine Seele...

Würde nicht die Liebe darin aufgenommen sein, dann würde die Intelligenz dünner, immer dünner werden, und wir würden das Bewusstsein verlieren. Darum muss geübt werden, der Intelligenz *Substanz* zu verleihen. Das ist die Meditation, das heißt, es ist eine

Seite der Meditation. Die andere Seite ist, zu lernen, die Intelligenz so zu aktivieren, dass sie keine Form, kein Wort, keinen Begriff mehr braucht, um intelligent zu sein. Dann kann sie weit werden, sie ist dann wie ein zartes Lied geworden, eine ätherische Malerei der Sehnsucht nach dem Geist.

Aber wir können uns nicht nur makrokosmisch ausbreiten, wir müssen auch immer wieder auf uns selbst zurückschauen – wie schwer uns dies auch fällt. Denn während die Intelligenz das ‚Auge Gottes' wird, fällt dieses Auge auch auf uns – wir werden gesehen. Man fühlt sich auch wirklich gesehen: Einerseits ist das ein gnadenvolles Erleben – andererseits ist es ein schmerzliches Erleben. Denn durch Gottes Auge gesehen müssen wir zu einem ganz anderen Urteil über uns selbst kommen. Und es ist nicht so einfach, dass *hier* der Makrokosmos und *dort* ganz deutlich davon unterschieden wir selbst wären. Nein, wir müssen uns selbst unterscheiden lernen, und das Schmerzliche ist, dass man sich selbst wie eine Verunreinigung des Kosmos erleben lernt. Es ist dann nicht mehr schwer, den Mut zu fassen, sich zu ändern. So will man schließlich nicht gesehen werden, so will man nicht sein. Alles, was einen gerade daran hindert, den Intellekt zu verlassen, sieht man als eine anwesende Befleckung der reinen kosmischen Liebesintelligenz, die nicht nur eine *Eigenschaft* ist, sondern eine Versammlung göttlich-geistiger Wesen, die zusammen als Bedeutung das kosmische Wort bilden, wobei man prophetisch schauen kann, dass die Menschheit so heilig zu werden vermag, dass alle Individualitäten zusammen zu dem neuen kosmischen Leib des Christus selbst werden, mit all seinen Gliedern.

Das ist eine großartige Prophetie, aber auch eine, in der der Mensch dienend sein wird – auch wenn er ebenso Wesen, individuelles Wesen sein und dies immer mehr werden wird. Er wird *frei* dienen, in einer ebenso großen Hingabe wie die Chöre der höheren Hierarchien, aber nicht aus Notwendigkeit, sondern weil er es *will*. Dieser Weg kann sehr wohl a-religiös begonnen werden, man braucht keinen Glauben zu haben. Aber man wird unterwegs dennoch immer mehr ein tief religiöser Mensch werden, in dem die Sehnsucht nach Selbsterziehung mit jedem Schritt, der gesetzt wird, wächst. Kann man im gewöhnlichen Leben, auch bei einer Besinnung auf seinen moralischen Wert, noch mit sich zufrieden sein – auf dem Weg zum Geist wird man immer weniger zufrieden, immer sehnsuchtsvoller werden. Das ist nicht für jeden Menschen schwierig. Es werden auch Menschen geboren, die von dieser Sehnsucht nach Selbsterziehung, nach einem Von-Gott-gesehen-Werden schon durchdrungen sind, ja die mit genau dieser Triebfeder das Erdenleben suchen. Für diese Menschen ist das Anschauen der eigenen Unvollkommenheit eine Befriedigung dieser Sehnsucht – sie werden es nicht als schwer empfinden.

Selbsterkenntnis hat keinen Sinn, solange sie mit dem gewöhnlichen Seelenleben geübt wird. Nur ‚Gottes Auge' verleiht die objektive Selbsterkenntnis. Darum ist die Selbsterkenntnis, die Rudolf Steiner gebracht hat, immer eine allgemeine Menschenkunde, eine allgemeine ‚Menschen-Weisheit'. Es gibt jedoch die Notwendigkeit, auch zu einer persönlichen Selbsterkenntnis zu kommen, die aus Freiheit gesucht wird und zu der kein anderer Mensch Zugang hat. Man kann nie *ungefragt* einen anderen bestimmen, wie er zu sein habe, wie er sich zu verhalten habe, welche Eigenschaften gut sind und welche nicht. Das kann man wirklich nur für sich selbst bestimmen, und das hält man dann auch für sich selbst. Mit seinem eigenen Maßstab misst man nur sich selbst, und man überlässt es dem anderen, sich zu messen und sich von Gott anschauen zu lassen. Früher gab sich der Schüler ganz in die Hände des Meisters, heute arbeitet man in Freiheit an sich selbst und hat den Meister als Freund und Ratgeber.

Doch das Hauptproblem in der heutigen Zeit ist, dass es zwar sehr viele spirituell begabte Menschen auf der Erde gibt, dass sie aber mit der Spiritualität vor dem Intellekt haltmachen. Dadurch entsteht dieses Chaos an spirituellen Richtungen und diese verbreitete Zurückweisung des Denkens. Mit Christus in der ätherischen Welt und mit Michael als demjenigen, der zu allen Zeiten die kosmische Intelligenz in seiner Hand hatte, können wir *wirklich* dazu kommen, die Spiritualität mit der Intelligenz zu vereinigen. Das konnte nicht *nur* Rudolf Steiner. Das können Sie, die Sie hier sitzen, auch. Wie weit man damit kommt, das liegt im Karma. Aber Sie haben die Anlage dazu – sonst wären Sie nicht hier. Zu Beginn dieses einundzwanzigsten Jahrhunderts haben wir von neuem die Gelegenheit, uns zu der kosmischen Intelligenz zu erheben. Und aus einer Art höheren Logik heraus ist zu erwarten, dass es eine Gegenbewegung gibt, die die Oberhand bekommen wird, wenn die Menschheit diese Gelegenheit erneut vorübergehen lässt. Das *Denken* muss aus den Kräften des Blutes befreit werden; die *Liebe* muss aus den Kräften des Blutes befreit werden. Würde dies wieder nicht so aufgenommen, dass eine gewisse Anzahl von Menschen zu dieser Befreiung kommt, dann würde die Gegenbewegung dafür sorgen, dass Denken und Liebe noch mehr an das Blut gefesselt werden, dass die Intelligenz nicht spiritualisiert, sondern ‚ahrimanisiert' werden würde – und damit außerhalb der Herrschaft des Menschen geraten würde – und dass nur noch eine primitive Liebe übrigbleibt, die auf die Familie und Nation, die eigene Rasse beschränkt wird.

Wir haben wirklich nicht nur eine Aufgabe für uns selbst; die Metamorphose der Person zur Individualität erhebt die ganze Menschheit und behütet sie vor neuen Katastrophen.

In dem Streben, das wir auf diesem Gebiet hier haben, liegt auf keinerlei Weise die Gefahr von Fanatismus oder Machtstreben. Es ist schließlich die Freiheit selbst, die hier das Prinzip ist. Es ist unmöglich, einen Menschen zu spiritueller Entwicklung zu zwingen, so wie man einen Menschen ja auch nicht zwingen kann, etwas zu verstehen. So frei wie das Streben nach Verständnis, so frei ist auch das Streben nach einem Zusammenklang von Spiritualität und Intelligenz.

Wir haben hier viele Jahre lang an einem sinnlichkeitsfreien reinen Denken gearbeitet, das sich selbst schauen kann. Wir werden diese Übung erweitern. Von jetzt an werden wir versuchen zu lernen, wie wir ohne Verstandesform, ohne Wort und Sprache denken und begreifen können, nur als Kraftform, als plastisches Bild.

Wenn wir darin bewusst leben können, kann auch alle Kraft und alles Bild noch verstreichen, und die Intelligenz wird ein ‚zartes intelligentes Gebiet, ein einfacher Ausdruck der Wehmut und Sehnsucht', ganz und gar vorbereitet, die Befruchtung durch den heiligen Geist zu empfangen.'

Es wurden keine Fragen gestellt, die Zusammenkunft wurde beendet. Johannes war nie ganz zufrieden, das Ausgesprochene war doch immer zu schwach, verglichen mit der ursprünglichen Intuition.

Wieder kam Tischler unmittelbar zu ihm, wieder schüttelte er ihm die Hand.

‚Ich danke Ihnen sehr. Ich verstehe nun auch den Vortrag von Philippe Laurent, Sie haben meinen Widerstand vollkommen weggenommen, weil ich etwas eingesehen habe. Etwas sehr Wichtiges. Aber das wirft zugleich einiges über den Haufen. Darüber muss ich nachdenken. Darf ich Sie nächste Woche einmal anrufen?'

Johannes nickte und dachte an Eva.

‚Ja, sicher. Gerne.'

Sie drückten einander nochmals die Hand, und Tischler ging mit seinem ‚Gefolge' nach Hause.

Der Meister kam zu ihm, wies hinter Tischler her und sagte:

‚Dieser Herr ist ziemlich erschüttert worden. Aber Eva zweifelt daran, dass es etwas Bleibendes ist. Sie kämpft immer mit Dämonen, für dich, für Philippe, für mich.'

Sie kam zu ihnen.

‚Es erscheint negativ ... ich weiß. Aber ich sehe es nun einmal, an seiner Haltung, seinem Kopf, seinen Händen, an allem.'

‚Kann sich nicht etwas ändern? Denk an Gerrit...'

‚Das ist etwas ganz anderes. Gerrit hatte keine Dogmen, er war einfach. Gerissen, aber in der Erkenntnis absolut einfach und dadurch auch spirituell. Schwarz, aber magisch, verstehst du. Tischler ist durch seine Kenntnis ein raffinierter Mann. Ich glaube schon an seine Wahrhaftigkeit, hier und jetzt. Aber ob das so bleibt, muss ich erst noch sehen.'

‚Das werden wir dann sehen.', lächelte Johannes.

Sie sah ihn an und sagte:

‚Es war ein gewaltiger Vortrag. Auch wenn du noch immer keine Offenbarungen gegeben hast. Obwohl ... irgendwie doch. Es ist sehr deutlich geworden, dass du selber über die Entwicklung des reinen Denkens bereits weit hinausgestiegen bist. Weit. Dass du diese goldene Intelligenz von dir, die ich so liebe, ganz der geistigen Welt zur Verfügung stellen kannst. Dass die ‚chymische' Hochzeit schon lange hinter dir liegt. Dass deine Geisteskraft wahrhaftig wie ‚Gold auf Azur' erstrahlt und in eine heilige Metamorphose kommt, wenn der Geist dich befruchtet. Das hast du heute Abend sehr deutlich gemacht, Johannes. Dass in dir die Spiritualität und der Intellekt zu einer glückseligen kosmischen Intelligenz vermählt sind, die zugleich den tiefsten Schmerz umfasst...'

Der Meister verlor sich ganz in Eva, in ihr Entzücken, ihre Einsicht in Johannes. An der Tür sprachen Beato, Sophie und Philippe miteinander. Der Meister, Eva und Johannes ... sie bildeten eine Einheit, seit dem Beginn ihrer Begegnung hier. Sie kannten einander durch und durch, wie man einander auf Erden gewöhnlich nie kennenlernt. Es gab keine Geheimnisse, keine verdeckten Seelenregungen. Eva war für Johannes die äußere Erscheinung der reinen Seele. Nicht einfach rein, sondern durch inneren Kampf geläutert. Und sie kämpfte noch immer, nun mehr mit den Dämonen außerhalb von ihr. Darum nahm er ihre Wahrnehmungen, ihr Urteil immer sehr ernst. Sie gingen zum Ausgang.

‚Habt ihr noch Zeit?', fragte Beato. ‚Für eine kurze Nachbesprechung?'

Sie gingen zur Bibliothek und nahmen ihre Plätze am Tisch ein. Beato ergriff das Wort.

‚Wir haben an diesem Tisch gesessen, als es Pfingsten war. Wir haben damals versucht, die Essenz von Johannes in Worte zu fassen, seinen Auftrag, sein Wesen. Nun ist es Weihnachten, und heute hat Johannes einen bedeutenden Schritt darüber hinaus gemacht. Er hat für uns in Worte gefasst, wie die befreite Intelligenz, die in sich schon ein spirituelles Element ist, *spirituellen Inhalt von außen* in sich aufnehmen kann. Er hat gezeigt, dass hier *noch* eine Metamorphose nötig ist, die den eigentlichen Übergang zur Imagination bildet. Ich muss sagen ... seit heute verstehe ich dieses Wort erst ganz. Intelligentes Formen von Bildern könnte man sagen. Keine Phantasie, keine Verbildlichung, sondern exaktes, intelligentes Formen von Bildern. Das ist dann nicht mehr die eigene ‚Tat', sondern die Bilder sind Schöpfungen der geistigen Wesen, die sich darin zeigen. Es sind natürlich vor allem die Wesen der dritten Hierarchie, die dieses imaginative Element verwenden, denn sie sind die Wesen, die sich als *Bild* offenbaren, als ‚Physiognomie'. In diesen Bildern liegen dann auch die Offenbarungen höherer Wesen verborgen, die erst wahrnehmbar werden, wenn man die Intelligenz auch dafür ‚geeignet' gemacht hat. Und da hindurch, durch die Bilder hindurch, zeigen sich auch die Elementarwesen, die so schwer von einem selbst zu unterscheiden sind. Aber der Weg von Johannes verbürgt das Unterscheidungsvermögen. Denn man hat die völlige Beherrschung über die eigene Aktivität, man weiß also exakt, wann etwas von einem ausgeht – auch wenn das Bild auf einen zukommt. Für uns ist dies alles teilweise schon Erfahrung, aber in meinem Fall ist die Erkenntnis des Prozesses – wenn ich es so nennen darf – trotzdem noch nicht ganz anwesend. Ich imaginiere – die Imagination formt sich in meiner Intelligenz ... aber ich wusste nicht so exakt, welche Schritte ich dann mache. Ich sehe dies nun sehr deutlich. Ich bin wirklich dankbar für die ‚akademische' Exaktheit von Johannes!

Aber die Frage ist dann: Wie geben wir unserem Unterricht hier eine solche Form, dass es zu diesem neuen Schritt passt? Auch der Übungsweg muss dann erweitert werden, nicht wahr. Es gibt eine Anzahl von Menschen, die sich der freien Intelligenz zu nähern verstehen. Denkt nur an Elisabeth, Peters Frau. Oder an einige feste Gäste hier. Jetzt, wo du diesen Vortrag gegeben hast, hat eine neue Zeit deiner Wirksamkeit begonnen. So ist es doch?'

‚Ja. Aber Philippe ist unter uns derjenige, der schon seit vielen Jahren einen exakten imaginativen Weg lehrt. Er ist der Meister der Weisheit des menschlichen *Leibes*. Wenn wir Rudolf Steiner folgen, bedeutet das Befreien der Intelligenz aus dem Intellekt, dass man zwei Richtungen folgen kann. Der exaktere der beiden ist es, den physischen Leib und die Lebensprozesse, den Ätherleib, in Imaginationen zu ergründen. Man übt die Intelligenz, um in *Formen* und *Bildern* fühlend, wollend, schauend im Physisch-Ätherischen, im Mikrokosmos ‚auf Reisen' zu gehen. Die ‚Chymie' stülpt sich um in *exakte Mystik*. Das sind Übungen in Wachstum, Zusammenziehen, Ausdehnen, Einstülpen, Abschnüren, Umstülpen. Aber auch Übungen in den Qualitäten der Sinne und der Lebensprozesse. Das ist doch auch dein Weg, Beato. Von Natur aus hattest du eine Neigung dazu, nicht wahr. Die Anatomie nicht in Vorstellungen aufnehmen zu wollen, sondern in Formen, in Formkräften. Und die Physiologie nicht als mehr oder weniger verständliche Prozesse zu lernen, sondern ganz darin untertauchen zu wollen. Du weißt, Philippe bewegt sich darin als ein exakter Wissenschaftler – ebenfalls mit einer ‚akademischen Exaktheit', und er dringt bis zu den früheren Verkörperungen der Erde und zu den Wesen vor, die diese geleitet haben und leiten.'

‚Und was ist die zweite Richtung, die man mit der befreiten Intelligenz gehen kann?', fragte Beato. ‚Das ist dann deine Richtung, Johannes?'

‚Meine freie Intelligenz wird vor allem durch die mehr unmittelbare Vergangenheit, die mehr unmittelbare Zukunft inspiriert. Die Geheimnisse der Nacht, die Geheimnisse des Todes, das Leben zwischen früherem Tod und jetziger Geburt, das Leben, das nach dem Sterben kommen wird – was noch in der Zukunft liegt. Die Lehren der Natura, die mich mit dem Meister in Kontakt brachte, weil ich die lebendige Natura so schmerzlich verloren wähnte. Der Weg von Philippe unterscheidet sich nicht wesentlich von Johannes' Weg, aber es gibt Unterschiede in der Offenbarung, auch in dem geisteswissenschaftlichen Gebiet. Philippe findet im Mikrokosmos den Makrokosmos. Johannes wird so weit wie der Makrokosmos und findet hier die Verwandlung des menschlichen Leibes zwischen zwei Inkarnationen.'

‚Dann werde ich meine Frage präziser stellen. Wie können wir hier auch diese zweite Entfaltung der freigewordenen Intelligenz entwickeln? Ich verstehe, was du über den Unterricht und die Bücher von Philippe sagst. Aber Johannes? Wie wird er weitermachen?'

‚Johannes hat seine größte Verwandtschaft in den *Kräften des Kindes*. Im Sich-Aufrichten, Sprechenlernen und Denkenlernen. Immer schon wollte er den Schleier dieser Mysterien lichten. Er muss seine Weisheit in den Erzen der Erde, den Metallerzen holen. Diese werden geschmolzen, um sie von aller Unreinheit zu befreien. Da liegt das Mysterium, nach dem Johannes sich sehnt, in das er immer mehr vordringt. Mysterien, die so heilig sind, dass das Menschenwort sie verunreinigt. Wie der Zugang dazu für andere gefunden werden kann, wie sich dies in einem ‚Schulungsweg' ausdrücken kann, ist mir noch nicht deutlich gegeben. Du weißt, ich schrecke vor der Profanierung zurück, darum schweige ich. Darum bete ich um das Wiedererscheinen der Ehrfurcht und der Devotion in den Menschenseelen. Man müsste dieses Mysterium als eine esoterische Schule gestalten, in der nur Einzelne zugelassen werden können.'

‚Wir sind zu sechst, Johannes. Sechs Seelen, in denen es keinen Mangel an Ehrfurcht gibt, die nur die Profanierung fürchten. Lehrst du uns, den Schleier zu lichten?'

Die Frage lag wie ein Wesen zwischen den beiden Männern, wodurch es war, als hielte jeder den Atem an.

‚Ja.', sagte Johannes.

Er lief mit Eva durch die Winterkälte das kurze Stück nach Hause. Unmittelbar vor der Tür sagte Eva:

‚Wir können doch nun nicht wieder mit den Kindern zusammensitzen und einen Haufen Blödsinn machen? Ich kann diese zwei Welten jetzt einfach nicht zusammenbringen!'

Johannes empfand dies überhaupt nicht so. Er sagte:

‚In diesen Kindern leben noch die letzten Wirkungen des Mysteriums; nur noch kurze Zeit, und sie treten definitiv aus der Unschuld in das Leben. Du kannst in allem, was sie sagen und tun, noch diese Unschuld finden, auch wenn sie immer mehr von ‚Welt' bedeckt wird...'

Er traf Beato am nächsten Morgen, als dieser ihn in seinem Zimmer aufsuchte.

‚Ich hoffte, dass du hier arbeiten würdest, Johannes. Ich habe bis zum siebten Januar Urlaub – und du arbeitest ohne Pause.'

Johannes bat ihn lachend herein.

‚Man kann auch sagen, ich habe immer Urlaub. Es kommt nur darauf an, wie man es betrachtet.'

‚Ich wollte meine Frage gern noch einmal mit dir besprechen. Und deine Antwort.'

‚Du bist ein großartiger Geistesfreund, Beat. Durch deine Fragen bringst du viel in Bewegung.'

‚Du hast zugesagt, mit uns deine Richtung der Intelligenz zu besprechen. Wie werden wir das tun?'

‚Wir können diese Woche anfangen und immer dann, wenn wir hier vereint sind, die Arbeit fortsetzen. Das ist in jedem Fall während aller Festtage und auch ein paar Wochen im Sommer.'

‚Kann Sophie denn dabei sein? So ohne jede meditative Erfahrung?'

‚Philippe wollte sie dabeihaben. Er weiß schon, was er tut... Und ich ... nun ja, du selbst weißt auch, dass sie ein ungewöhnlicher Mensch ist. Ich sehe dem allen auch mit gewisser Befürchtung entgegen. Nicht der Anwesenheit von Sophie, aber dem Besprechen dieses Themas. Ich weiß nicht, ob ich es kann, ob ich über die richtigen Worte, den richtigen Ton verfüge. Poesie muss es sein, keine Prosa. Und schon gar nicht gewöhnliche wissenschaftliche Sprache.'

‚Wenn du aus der unmittelbaren Erfahrung sprichst, ist dein Wort davon umkleidet. Und wir ‚hören' die Aura deiner Worte. Warum fürchtest du dich nur so vor dem profanen Wort – obwohl *du* doch der Sprecher bist?'

‚Ich habe eine Abscheu vor dem profanen Geisteswort. Du weißt, wie sehr Anthroposophia zur abstrakten Wissenschaft geworden ist.'

Beato nickte ernst.

‚Diese Gefahr wird erst da sein, wenn sie außerhalb unserer Gruppe ausgesprochen wird. Dafür müssen wir eine heilige Form finden – ich weiß genau, was du meinst...'

‚EIN KIND IST EINE SICHTBAR GEWORDENE LIEBE.'

Beatos Frage war eine Gnade und eine Prüfung für Johannes. Schon jahrelang suchte er für seine Geist-Erkenntnis einen Weg zum natürlichen Wort. Innerlich konnte er seine Einsichten durchaus in Gedanken kleiden, und letztlich auch in Worte. Er trug diese als die heilige Hostie, als Kommunion in sich. Als das Allerheiligste. Es lebte dennoch in seinen Vorträgen über das Denken, das Verstehen, die Anschauung von Denken und Verstehen, die Freiheit, die freie Intelligenz als Kleid für den Geist. Hinter all seinen Vorträgen lebte der Geist des großen Mysteriums, das er ‚wusste', aber nicht mitzuteilen wagte... Er *gab* bereits alles preis, nur indirekt, nicht als unmittelbare Offenbarung. Ohne die Kraft des Mysteriums kam schließlich kein Mensch zu der Möglichkeit, das Denken und Verstehen anzuschauen, zur Freiheit, zur freien Intelligenz. Das dreigliedrige Mysterium ist schließlich eine treibende Kraft im Denken, Fühlen und Wollen. Es kann daraus befreit werden, indem die Intelligenz aus dem Intellekt befreit wird. Die Intelligenz ist zugleich *Wille*, Wille mit dem Vermögen zur Einsicht. Denkender Wille, verstehender Wille ... Liebe. Die Liebe wird so das Medium der Wissenschaft, sie kennt die höhere Natur, die Natur als Geist.

Überbrückung aller Gegensätze, aber zugleich auch ein bewusstes Leben in drei Welten, die dem Bewusstsein zugrunde liegen, insoweit es auf dem rechten Wege der Menschheitsentwicklung entfaltet wird.

Gleichgewichtssinn, Bewegungssinn, Lebenssinn – Aufrichten, Sprechen, Denken. Die wundersame Kraft um das Kind, die göttliche Aura des Kindes. War nicht Orpheus in die Unterwelt gegangen, um seine gestorbene Geliebte Eurydike zu holen? Und wurde ihm dies nicht nur dann zugestanden, wenn er sich nicht nach ihr umsah? War nicht die verschleierte Isis das für den Menschen unerreichbare Geheimnis? Hatte sie nicht einen Schleier, den kein Sterblicher heben durfte?

Lebte er, Johannes, noch in dieser atemlosen Ehrfurcht, die in den Mut zur Offenbarung umgeformt werden musste? Wie kein anderer wusste er, dass die Zeit gekommen war ... aber er fühlte auch die Verantwortung, wie kein anderer sie fühlen konnte.

Tief verbunden, wie er es mit dem Wissen um die Urschuld des Menschen war ... erschien es wie ein verbotener Hochmut, den Baum des Lebens offenbaren zu wollen. Doch er lebte innerlich intensiv und innig in der Nähe des Baumes des Lebens – und er empfand durch Beatos Frage die Not der Zeit. Sprechen musste er, sprechen würde er.

Die Liebe würde ihn beschützen, würde sein Wort auf die richtige Weise formen...

Er lief zum Chalet des Meisters, der ihn erwartete. In seinem Meditationszimmer empfing er Johannes, und sie schwiegen einige Zeit.

‚Dies ist schwer für dich, mein lieber Freund!', stellte der Meister fest.

‚Eine Gnade und eine Prüfung. Beides.'

‚Ich musste an das Neue Jerusalem denken. Der himmlische Mensch. Ist das nicht der heilige Auferstehungsleib mit den höheren, auferstandenen menschlichen Wesensgliedern? Hängt dies mit deinem Schauen zusammen?'

‚Als Ende der Zeiten, ja. Dem voraus gehen alle Prüfungen... Eine davon ist das Erkennen des Mysteriums. Das, was in uns lebt, um uns lebt – was unsere Entwicklung leitet, was ‚der Menschen *Werden* umschwebt'. Das, was uns treibt, an uns selbst arbeiten zu wollen, uns zur Selbsterziehung zu entschließen. Diese Kraft, die niemals aus dem Physischen kommen kann, denn dieses ist, wie es nun einmal ist. Der Wille, ein besserer, anderer Mensch zu werden, liegt in dem Mysterium verborgen. Indem man ein besserer Mensch *wird*, lernt man das Mysterium kennen. Das Kind ist uns das schönste, reinste Vorbild. Wie es sich aus einer hohen Menschlichkeit heraus, die es nicht im Bewusstsein haben darf, gedrängt fühlt, sich aufzurichten, zu laufen, zu sprechen, zu denken. Mit dem oberflächlichen Auge sieht man nichts davon. Mit dem Liebes-Auge sieht man ‚alles'. Man sieht die Kräfte des hohen, heiligen menschlichen ‚Werdens', wie sie das Kind umschweben. Als Geistesschüler lernt man, dieselben Kräfte als Führung, als Meister in sich zu fühlen und zuzulassen. Ihrer bewusst zu werden. Für diese Bewusstwerdung ist man zu unvollkommen, zerbrechlich, zu materiell, zu schuldig. Wir sprechen von Christus in der ätherischen Welt. Da ... in der ätherischen Welt lebt das *Wissen* von dem Mysterium, aber auch dessen Kraft, die Liebe selbst...'

Der Meister war immer mit seinem ganzen *Sein* Andacht, seine Sinne, seine Stimmung, sein Bewusstsein, alles war Andacht. Er versuchte intensiv, in der Meditation sein Bewusstsein aus dem Leib zu befreien, und im Lauf der Jahre hatte er ein zartes und ergreifendes abstraktes Denken entwickelt. In der Art seiner Abstraktionen lag seine beeindruckende Weisheit, und so, auf diese Weise, hatte er eine freie Intelligenz entwickelt, die durch ihren Ursprung unmittelbar spirituell war. Es hatte ihn viel mehr Mühe gekostet, ein sinnlichkeitsfreies und abstraktes Denken zu entwickeln. Er hatte eine ungeheure Abneigung dagegen und meinte am Anfang auch, dass er dazu keine Veranlagung habe. Das hatte sich als ein Irrtum erwiesen, aber er hatte den Weg verabscheut und geliebt, in extrem starken Gefühlen. Als er das Denken dann einmal in sich selbst ‚halten' konnte, an nichts anderes als an das Denken selbst denkend, hatte es sich spontan zu einer Geistgestalt umgeformt, zu einer spirituellen Intelligenz, die wie umgestülpt war. Was der Meister als durch und durch östliches Gewahrsein hatte, schien sich in eine reiche, differenzierte, intelligente Geistwelt umgestülpt zu haben. Das hatte ihm das Wissen über seine ewige Individualität verschafft. Äußerlich jedoch konnte man es kaum glauben. Denn er war nun einmal dieser aufmerksame Wahrnehmer, dieser stille andächtige Buddhist, der durch allen äußeren Schein hindurchzublicken schien. Der eine rein an den Leib gebundene ätherische Hellsichtigkeit zu haben schien, keineswegs leibfrei. Ein östlicher Meister, das war er durch seine äußere Erscheinung, aber auch durch sein Verhalten, durch sein Sprechen. Aber für Johannes war er ein ‚offenes Buch', weil er sich bei Johannes in all seinen Facetten zeigte. Für Johannes war sein innig christliches Wesen ein offenes Buch, aus dem man unendlich viel lernen konnte, weil es von Natur aus in Poesie erzählte und in magischen Bildern schilderte. Für ihn war wirklich alles Vergängliche Bild, Gleichnis für das Ewige. Darum war Johannes selbst ein offenes Buch für den Meister, konnte er wirklich alles mit ihm teilen, ohne sich so zurückhalten zu müssen, wie er es nun einmal gewohnt war.

Diese Tiefe im Meister sah ihn nun an, und er sagte:

‚Johannes, mein Junge... Du hast noch zwanzig, fünfundzwanzig Jahre, um der Menschheit zu geben, was du weißt! Ich werde mein Bestes tun, um noch so lange zu leben, also weit über neunzig zu werden. Denn was du zu sagen hast, kann man im Himmel nicht lernen – das muss hier auf Erden geschehen. Beato ist ein äußerst wichtiger Mensch für uns. Er hat schon viele Türen geöffnet. Aber niemand kann sagen, was du zu sagen hast. Vor sieben Jahren hatten wir ein ähnliches Gespräch. Auch damals hast du deine Weise, etwas zu offenbaren, geändert, indem du deutlich gezeigt hast, dass jeder Schritt in der Entwicklung vollkommen mit realen geistigen Offenbarungen übereinstimmt. Dass dieser Weg nicht zum Geist führt, sondern dass der Weg *selbst Geist ist.* Die Art und Weise, wie du diesen Weg bahnst, ist, zu zeigen, dass der Herr schon *da* ist. Dass jeder Schritt Ihn sichtbarer macht, weil er selbst der Weg ist. Nun ist die Zeit gekommen, dass wir auch lernen, was er *dir* offenbart, Johannes. Du wirst deine Art zu unterrichten wieder verändern, und du wirst ein hohes Alter erreichen, damit du erschöpfend beschreiben wirst, immer wieder und wieder, jedes Mal von anderen Standpunkten, wie deine freie Intelligenz das Mysterium ausspricht. Dafür habe ich dich einst, vor so vielen Jahren, jedes Jahr von neuem eingeladen, hier der Meister zu werden. Dies habe ich auch viele Jahre wiederholen müssen, du kamst nur im Sommer hierher, um uns zu unterrichten – und dann zu deiner wichtigen Funktion in Amsterdam zurückzukehren. Ich konnte nicht anders, als die Winter ebenfalls in Amsterdam zu verbringen. Du bist meine andere geistige Hälfte. Und als du schließlich mit Eva und deinen Kindern hierher zogst, hatte ich das Gefühl, endlich nach Hause zu kommen. Seitdem ist jeder Tag, an dem ich mit dir spreche, dich sehe und höre, eine Freude für mich. Unsere Gespräche hier in diesem Zimmer, die Begegnungen mit all deinen Freunden und Schülern; die Vorträge, die du gibst, das Studium und die meditativen Übungen... Ich bete, dass ich noch sehr lange leben darf, um dies miterleben zu dürfen. Philippe, Beato, Eva ... Sophie, es sind großartige Menschen, die alle bereit sind, diesen Kampf für die Spiritualität, das Christliche, zu führen. Aber niemand kann Johannes sein ... niemand – außer dir, du wirst es immer mehr.'

Die Menschen ertragen die Heiligkeit kaum, sie fühlen sich dadurch zerbrochen, geschwächt, sie haben Angst davor. Angst, die Verantwortung zu sehen, die doch da ist, auch wenn man sie nicht sieht. Angst vor dem Glanz der Ewigkeit, die durch die Heiligkeit hindurchschimmert. Angst auch vor dem Urteil, das durch das Abwenden des Blickes nur noch strenger wird...

Nach dem Gespräch mit dem Meister fühlte Johannes dies alles sehr scharf. Was sie in dieser halben Stunde durchgemacht hatten, war mit einigen Jahren sonntäglicher Kirchenbesuche zu vergleichen. Die Kraft des Mysteriums hatte sie derart berührt, dass sie innerlich erzitterten. Der Meister hatte seine Aufgabe noch einmal kräftig unterstrichen, er stand an der Schwelle eines neuen Lebens. Warum musste er damit so kämpfen? Warum konnte er nicht frei sprechen, hielt er sich immer zurück? Er dachte an den Meister des Abendlandes. Dieser hatte eine Phase erlebt, die von der Frage durchdrungen war: Schweigen oder sprechen? Er hatte gesprochen, und Johannes hatte den Eindruck, dass er sich *nicht* zurückgehalten hatte, dass er sehr wohl frei gesprochen hatte, obwohl die Offenbarungen zu dieser Zeit wahre Katastrophen bedeuteten – zumindest in bestimmten Kreisen. Es musste etwas im Wesen von Johannes sein, was es ihm so schwer machte, wodurch er sich doch immer wieder auf *den Weg* beschränkte. Fand er, dass er nicht wirklich etwas zu sagen hatte, was weiter reichte als der Weg selbst? Er wusste doch, dass er seinen Inhalt nicht *selbst* bestimmen würde ... dass er das Mysterium in sich sprechen lassen würde... Hatte er nicht genug Vertrauen in sein Vermögen? Oder war es ausschließlich das Zurückschaudern davor, das heilige Mysterium in menschliche Worte zu fassen? Er würde sich in der Meditation an den Meister des Abendlandes wenden, mit der Frage: Wie spricht ein Mensch das Mysterium aus?

Aber das gewohnte Leben nahm seinen Lauf. Tischler rief ihn mit der Frage an, ob er ein Gespräch mit ihm führen wolle. Morgen, übermorgen... Er verabredete sich mit ihm für morgen, hier in seinem Zimmer. Danach ging er zu Peter, mit dem er gern noch sprechen wollte. Er traf ihn in seinem Sprechzimmer, die Arbeit war schon getan, es waren die Tage zwischen Weihnachten und Neujahr.

‚Schön, dich zu sehen.', sagte Peter. ‚Ich habe eine etwas neidische Art – und merke, dass du mit diesen anderen zusammenarbeitest.' Er lachte relativierend. ‚Nun ja, das ist ... das verstehe ich sehr gut. Aber ich will dich auch haben...'

‚Du hast mich!', lächelte Johannes.

Peter sah ihn mit seinen braunschwarzen Augen glühend an und sagte fragend:

‚Kannst du dir vorstellen, wie sich ein gewöhnlicher Sterblicher fühlt, der gestern deinen Vortrag gehört und erlebt hat? Der nun einfach mit dir in *einem* Zimmer sitzt? Ja, Johannes ist ein gewöhnlicher Mann. Nun ja, als Professor war er wohl etwas ungewohnt, aber so im Alltagsleben bist du doch einfach Johannes. Du hast viel geschrieben, viel gesprochen, persönlich und öffentlich. Ein unbefangener Mitmensch kann nicht anders, als zu dem Schluss kommen, dass der ‚Geist' wirklich existiert, denn was du schreibst, sprichst, das *bist* du, es ist authentisch. Du weißt, für mich ist dein Vorbild ein Aufruf, auch so sein zu wollen. Und ich mache Fortschritte, wirklich. Aber während deines letzten Vortrages hast du etwas von dem Schleier sichtbar gemacht, der das Mysterium des Geistes verhüllt. Ich habe etwas erlebt, Johannes. Erlebt, dass du viel mehr weißt und kannst, als du uns zeigst. Was ich als ‚Geist' aufgefasst habe, ist nur eine Art allgemeines Geisteslicht. Gestern differenzierte es sich kurz ... Licht und Liebe. Die Liebe ist die Kraft, die es mir möglich macht zu meditieren. Ursprünglich Liebe zu Johannes, später Liebe zu der Geisteskraft von Johannes, noch später Liebe zum Dasein außerhalb von Zeit und Raum. Liebe zur Heiligkeit wird dies nun. Ich habe etwas unbeschreiblich Zartes gefühlt, etwas, was man auch bei sehr jungen Kindern fühlt, aber ohne das Instinktiv-Tierische, was ein Baby auch hat. Keine gewöhnliche ‚katholische' Heiligkeit, sondern *absolute* Heiligkeit, etwas, was einen völlig durchdringen kann, bis ins Knochenmark, die Zellkerne. Bis in die Struktur der DNA ... absolute Heiligkeit, aber nicht unbegreiflich. Eine Berührung habe ich erlebt – und ich habe geweint, Johannes, so wie an jenem allerersten Tag hier, damals vor vielen Jahren. Absolute Heiligkeit, als Wesen alles durchatmend, um uns, in uns, als unendlich fein differenziertes Geistgewebe, die Wahrheit bis in das kleinste Detail, die Liebe bis in die Struktur der DNA hinein ... die Kraft, um einen Berg von hier nach Amerika zu versetzen. Diese Heiligkeit schien durch das Fenster deines Vortrages, sie erleuchtete den Saal, besänftigte Tischlers Widerstand, zog Furchen in meiner Härte. Dann ist ‚Verehren' nicht mehr schwer, Verwunderung ebensowenig. Das Ego schweigt, weil es nur noch *das* will. Die Heiligkeit ist auch lebendig gewordenes Verständnis, das uns wie ein Fluidum durchdrang. Vielleicht ist das alles immer da und wir nehmen es nicht wahr? Aber du, Johannes, bist ein Phoros, ein Christo-Phoros. Ich kenne Ihn nun, ich erkenne Ihn, ich weiß, dass Er auch bei mir ist, insoweit ich dies zulassen kann. Gerrit hat uns gezeigt, wie man in *einem* Augenblick umkehren kann. Er war danach ganz von Ihm durchdrungen. Ich kann das nicht in *einem* Moment, denn ich will mich völlig umformen, nicht austauschen. Aber ich ‚weiß' nun etwas, was ich zuerst nicht wusste. Ich kenne die Aura der vollkommenen Heiligkeit, diese große, große Aura. Vor Profanierung braucht man keine Angst zu haben, die Heiligkeit selbst sorgt für ihre eigene Bewahrung. Wer keine Ohren hat, hört nicht. Wer keinen Sinn für Heiligkeit hat, kann sie auch nicht profan machen.'

Peter hatte Johannes ununterbrochen angeschaut, seine Augen feurig, aber feucht vor Rührung.

‚Danke für diese Rede...', sagte Johannes leise.

Und sie saßen noch lange Zeit beieinander, schweigend...

Ganz von vollkommener Heiligkeit erfüllt ging Johannes durch den hohen Schnee. Es war dunkel, der Himmel mit Sternen übersät. Er würde jetzt sprechen. Über die drei heiligen Kräfte. Und er würde nicht nur für fünf Menschen sprechen, Peter würde auch anwesend sein. Vielleicht nicht wirklich als Siebenter, aber in jedem Fall als Zuhörer.

Sieben waren anwesend. Johannes stand auf und sagte:

‚Wenn die Frucht meines Baumes
vollkommen verschmelzen wird,
werde ich erwachen
und Mutter sein eines Königs...

Wenn mein Selbstbewusstsein ganz von sich befreit ist und doch seiner selbst bewusst ist ... wenn der Punkt, der mein Ich ist, zum Umkreis geworden ist und ich innerhalb dieses Umkreises den umgestülpten Kosmos anschaue, der *Geist* geworden ist ... dann wird meine Gestalt zu Musik, zur Sphärenharmonie ... mein Sprechen wird mein Wesen, ich spreche es als Wort aus ... mein Geist wird Weltgedanke. Zwischen Tod und Geburt stehe ich, mein Erden-Ich weit von mir entfernt. Von der Nacht aus, die heller als der Tag ist, will ich sprechen. Noch höher kann ich mich ausbreiten, der Kosmos ist die melodische Harmonie, in der ich inmitten des Weltenwortes ein bedeutsames Wort bin. Die himmlischen Heerscharen denken mit mir das Welten-All, in dem ich einer ihrer Gedanken bin. Weiter noch wird mein Wesen, der frühere Punkt meines Ichs denkt seine Erinnerung, wer er war, ist und sein wird... Alle existierenden Menschenseelen, die so hoch hinaufreichen dürfen, sind hier wesenhaft eins, sie bilden eine Sphärenharmonie ohne Dissonanzen, eine verstehbare Weltensprache, ein durchschaubares kosmisches Denken, das aus *Taten* besteht. Höher noch, höher reicht mein Bewusstsein, bis dorthin, wo die Nacht tausendfältige Augen hat, wo ich eins bin mit Geistesverwandten, die die Erde zu ihrer ursprünglichen Bestimmung zurückführen wollen. Zurück zur Zukunft... Da atme ich den Geist vollkommen, so vollkommen wie möglich ein, ich erfülle mich mit Ihm, werde von Ihm zu äußerster Wachheit gebracht. Wir erreichen Ihn, insoweit wir auf Erden das Wesen erreichen, das seit Golgatha das *menschliche Werden* umschwebt. In dem Maße werden wir in der tausendäugigen Nacht zu einem kommenden spirituellen Erdenleben erweckt. Ich sage ‚ich', aber da bin ich eine ‚optimale Pluralität', die allerbeste Vielfalt, eine Versammlung kräftig wollender Menschenwesen mit einem in voller Wachheit getroffenen Entschluss. In der allerstärksten Einatmung des Geistes – die zugleich die allerstärkste Ausatmung des vorigen Erdenlebens ist – liegt der Anfang meiner himmlischen

Vorbereitung auf ein Erdenleben in größtmöglicher Heiligkeit. Die Ausatmung des Geistes wird bis zu meinem Tod auf Erden dauern, das wird mein letzter Bruchteil von Geistesatem sein. Jetzt, hier, in der tausendäugigen Nacht, bin ich ganz von Ihm erfüllt, und die Ausatmung beginnt bereits, weil ich die kosmische Erinnerung, die bis weit vor den Erdenbeginn reicht, in ein menschliches Erinnerungsvermögen umformen muss, das einst, weit weg auf Erden, sich des kosmischen Scheins erinnern wird – durch alle menschliche Erinnerung hindurch. Dann muss der Atem des Geistes in ein Vermögen, *menschlich* zu denken, umgewandelt werden. Aber die tausendäugige Nacht wird darin ihr Geistlicht aufleuchten lassen, damit ich durch alle Erden-Dichte dennoch die Weltgedanken schauen werde. Die tausendäugige Nacht wirkt in mir, als das himmlische Jerusalem, als der zukünftige, heilige Mensch, als realer Auferstehungsleib, der in der Zukunft an die Stelle der Erde treten soll, als der *zweite Adam*, der an die Stelle des Adam Kadmon tritt. So bereite ich mein Erdenwirken durch eine weitere Ausatmung des Geistes vor, während ich daran mitarbeite, das himmlische Wort in das Vermögen, menschliche Worte zu sprechen, umzuwandeln.

Dann kommt der schmerzliche Abschied von der Einheit, die Weltenharmonie wird weniger wahrnehmbar, und ich muss ausatmen, etwas weiter, bis zur Bildung eines eigenen Herzens, in dem ich einen eigenen Mittelpunkt haben werde, immer mehr und mehr. Und in dem Maße, in dem sich dieser Mittelpunkt immer mehr zentriert, vergesse ich die tausendäugige Mitternacht, verblasst meine Klarheit des Erinnerns, trübt sich mein kosmisches Denken, verstummt mein himmlisches Wort...'

Johannes sah die Freunde an, einen nach dem anderen, als letzten Peter. In ihm fand er die tiefe menschliche Rührung, die entsteht, wenn eine Berührung mit ‚wesender' Heiligkeit stattfindet. Peter weinte lautlos, die Tränen liefen über seine Wangen, er wischte sie nicht einmal weg. Johannes fuhr fort:

‚So kam ich auf Erden an, nach einer leichten Ausatmung des Geistes. So kommen *wir* auf Erden an. Dann finden wir hier – durch den Weg zur Erde völlig in Schlaf geraten – unbewusst dasjenige in *Wirklichkeit* wieder, was im Himmel nur Offenbarung und Wirkung sein kann. Das, was da um diese Mitternachtsstunde herum geschieht, ist als Wesen hier auf Erden anwesend. Als Neugeborene leben wir schlafend in Seinem Wesen, wir leben uns in Ihn ein – wenn es eine Verwandtschaft mit Ihm gibt. Gibt es diese nicht, dann wirkt er als Wesen nur von außen.

Nur mit einem himmlischen Bewusstsein können wir in Seiner Wirkung wach sein. Auf Erden müssen wir schlafen, träumen, schlafen. Bevor unser Herz den Ich-Impuls so zentriert hat, dass wir uns auch mit diesem Namen ansprechen, muss Sein Wesen in uns, um uns, an uns gewirkt haben. Der erste Funken von Ich-Bewusstsein lässt dieses höhere Wesen zum Zuschauer werden... Die moderne Einweihung besteht praktisch aus dem Streben nach einer solchen Heiligkeit, dass diese eine Verwandtschaft mit jenen drei makrokosmischen Wirkungen des Wesens um uns und in uns hat. Insoweit sich die Seele vom Egoismus befreit hat, darf sie diese Kräfte der allerersten Kindheit schauen und dann auch darin leben. Das, was einst als Welt-Denken in uns ‚weste', weckt im Kinde das Vermögen zum Denken. Dürfen wir als Erwachsene darin bewusst werden, entwickeln wir das selbstbewusste Bildbewusstsein, *die Imagination*. Was als Weltenwort im ‚himmlischen Jerusalem' in und um uns sprach, wirkt in dem kleinen Kinde weckend in Bezug auf das gesprochene Wort, die Muttersprache. ‚Hört' der Erwachsene diese Kraft, die makrokosmisches Wort ist, entwickelt er das Hören der geistigen Welt, als ob es die hörbare Einatmung des Geistes ist: *die Inspiration*.

Was man da gewahr wird, ist in nichts mehr dem irdischen Wort, der Sprache vergleichbar. Auch nicht dem gewöhnlichen Begriff. Bedeutung spricht sich hier aus, in einem unaussprechlichen Wort.

Schließlich wirkt als allererste makrokosmische Wirkung im kleinen Kinde die Kraft, durch die es sich aufrichten will – und zuletzt auch zu stehen und zu laufen beginnt. Das ist die makrokosmische Erinnerung, die am tiefsten, bis ins Physische hinein eingreifende Kraft. Der Eingeweihte schreitet mit zunehmender Heiligkeit fort bis zu diesem höchsten Himmelstor und findet da die Kraft, die als Liebe im übersinnlichen Erkenntnisprozess wirkt und zu einem Bewusstsein wird, das ganz ohne irdischen Inhalt wach sein kann: *die Intuition.*

Da glänzt die Erinnerung an die tausendäugige Mitternacht auf, in der der ewige Wesenskern individuell und zugleich eine Verschmelzung mit allen Geistverwandten ist... Da ‚steht' diese ewige Individualität in ihrer umfassenden Entwicklung inmitten der kosmischen Entwicklung. Aber das Wort und der Gedanke können schneller fortschreiten als die Entwicklung. Man kann vieles denken und sagen, was noch nicht durch einen selbst erkannt wurde. Will man selbst zu dieser höchsten Einweihung erhoben werden, so liegt ein langer Weg der Katharsis, der Läuterung, der Heiligung vor dem Schüler. Nur das, was zur Heiligung führt, hat in dieser Hinsicht *Sinn.* Alle anderen Versuche, zu einem Erkennen des Geistes zu kommen, gehören zum Vergänglichen. Das mag streng oder fanatisch klingen, der Weg ist lang und führt über Berge und Täler, entlang gewundener Wege und Umwege. Es kommt darauf an, dass es einem immer mehr gelingt, den Weg *gerade* zu machen, die Berge und Täler zu überwinden, bis sie auf gleicher Höhe liegen, so dass *ein* heiliger, direkter Weg zum Geiste entsteht. Was man in einem bergigen Land wie dem, wo wir wohnen, an Mühen sieht, Verbindungswege zu schaffen, die so direkt und kurz wie möglich sind – es ist *nichts* verglichen mit der inneren Arbeit, dem Ebnen der Wege des Herrn, dem *Heiligen* des Weges für Ihn.

Zu Beginn des zwanzigsten Jahrhunderts lebte ein Mensch, ein Eingeweihter, der diese drei Äonen durchschritten hat, der in dem Weltendenken, dem Weltenwort, der Weltenerinnerung erwacht war. In einem Spruch fasste er diese drei in Worte, die anfangs Keimkraft hatten. Jetzt haben sie das nicht mehr, doch die drei Äonen leben noch immer hinter den Worten, hinter den Begriffen ... *in* unserer eigenen Seele. Da müssen wir den Anfang suchen, immer wieder und wieder: O Mensch ...

Erkenne Dich selbst!'

Der Aufruf schien Gestalt anzunehmen, so wesentlich hatte er geklungen. Und Johannes musste schweigen. Nach einigen Minuten der Stille, die so voll des ‚Wesens' war, sah Johannes Peter an, fragend.

Peter nickte und fragte:
‚Wie wird ein Mensch *so* heilig, Johannes?'
‚Die Heiligkeit äußerst sich in drei ‚Eigenschaften'. Diese müssen wir also zu entwickeln suchen.
Das Denken muss den urteilenden Zustand ganz verlieren und zu verwunderter Verehrung für die Tatsachen werden – welche auch immer. Daraus formt sich dann das Urteil von selbst, außerhalb unseres Willenseinsatzes. Das ist dann ein geheiligtes Urteil. Gottes Name wird geheiligt...
Dann muss das Wort zum Mitleiden werden, ein Mitfühlen mit der ganzen Schöpfung. Es schweigt dann viel mehr, als es spricht, und in diesem Schweigen erscheint das Reich der Himmel. Dieses kann nur ins Mitleid ‚kommen'.
Die Erinnerung muss einen durch und durch moralischen Charakter bekommen, sie erscheint nur noch im Glanze des Bewusstseins von Recht und Unrecht, Gut oder Böse – als Gewissen. Objektives Gewissen, nicht ein Aufgehen in Gefühlen von Schuld, sondern in der Sehnsucht, immer besser, immer vollkommener zu handeln – *so*, dass es nicht der eigene Wille ist, der bestimmend wirkt, sondern dass in jeder Tat ‚Sein Wille geschehe'. Verwunderung, Mitleid, Gewissen. Dadurch wird man langsam aus seinem subjektiven Seelenzustand befreit und kann sich immer mehr mit diesem Zuschauer vereinen, der alles sieht und beurteilt, der aber erst nach dem Tode eingreift – während man selbst von dem Zuschauer aus seine Seele als Verwunderung, Mitleid und Gewissen anschauen kann. Einen ‚Ausnahmezustand' könnte man das nennen – es ist eine Katharsis der Seele. Das Ego lässt die Seele frei, so dass sie sich ihrer ursprünglichen Aufgabe widmen kann: Geist-Erinnern, Geist-Besinnen, Geist-Erschauen.'

Johannes lief mit Peter ein Stück in die Richtung seines Hauses.
‚So arbeitet ihr also zusammen.', sagte er zu Johannes. ‚Das muss doch viel mehr in die Welt kommen?'
Johannes lächelte und sagte:
‚Das ist deine Tatkraft ... aber ich empfinde selbst auch ein Ungleichgewicht. Die Geisteskraft nimmt zu, das Arbeitsfeld nicht. Wenn man an die Ausbreitung der äußerlichen anthroposophischen

Einrichtungen denkt, die nicht oder kaum von realer Geisteskraft durchdrungen sind – und dann uns hier sieht, voller Geisteskraft, aber nur mit einer kleinen Klinik auf eigenem Gelände – dann fühlt man, wie sehr die Situation aus dem Gleichgewicht geraten ist. Sowohl hier wie da. Aber wir sehen keine Möglichkeit, etwas daran zu ändern.'

‚Vielleicht könnte das eine Aufgabe für mich sein. Mit meiner ‚Tatkraft' zu untersuchen, wie euer Impuls hier weltweit werden kann – und dann dafür sorgen, dass dies auch geschieht. Selbstlos – denn mein eigener Beitrag hat keinerlei Bedeutung, es wird nur die Kraft nach außen sein, auf die es ankommt.'

Er blieb stehen, Johannes auch. Sie sahen einander an, und Johannes fühlte den Freiheitsimpuls. So hatten sie einst einander gegenübergestanden, als Peter erklärt hatte, Johannes in die Berge folgen zu wollen; er hatte seine Karriere dafür aufgegeben. Nun gab es keine Karriere, es gab einen neuen Impuls, der ganz in Peter selbst entstand. Johannes dachte nicht an ‚möglich' oder ‚unmöglich'. Er lebte nur den Freiheitsimpuls mit, dieser durchglühte sie beide.

‚Du hast meinen Segen, Peter.', sagte er.

‚Musst du nicht mit den anderen überlegen?'

‚Nein, ich spreche im Namen der anderen. Du hast *unseren* Segen.'

Sie drückten einander die Hand und liefen weiter. Johannes fühlte eine feurige Liebe für diesen rechtschaffenen Mann neben sich. Gesund und gerecht, das war Peter. Er nahm jetzt in diesem Moment etwas auf sich, was die allerschwerste Aufgabe ist. Das Finden von Wegen für den Geist in einer ihm feindlichen Außenwelt. Dafür musste man Weisheit haben, ohne irgendein eigenes Interesse arbeiten können und die richtigen Formen finden, sie wenn nötig selbst schaffen.

Es konnte ein Kunstwerk werden, dieser Weg für den Geist in der Außenwelt. Dann würden die Einrichtungen nicht auf sich selbst beruhen, geistlos, sondern sie hätten ganz und gar die Form des Geistes angenommen.

Sie erreichten das Haus von Johannes. Es war kalt, und es würde wieder schneien. Peter musste noch ein paar hundert Meter weiterlaufen. Wieder standen sie einander gegenüber. Johannes breitete seine Arme aus, und Peter beantwortete die Gebärde.

Sie umarmten einander fest.

‚ES GIBT NUR EINE URSACHE DES ÜBELS – DIE ALLGEMEINE SCHWÄCHE, UND DIESE SCHWÄCHE IST NICHTS ALS GERINGE SITTLICHE EMPFÄNGLICHKEIT UND MANGEL AN REIZ DER FREIHEIT.'

Johannes ging zu seinem Zimmer im Hauptgebäude, wo er mit Tischler verabredet war.

Er fand ihn bei seiner Sekretärin, mit der er über Wintersport sprach. Sie drückten einander fest die Hand, und Johannes ging ihm durch den langen Flur voraus, bis zu seinem Zimmer.

Tischler nahm das Zimmer aufmerksam in sich auf, sich bewusst, dass dies eine äußere Erscheinung von Johannes' Wesen war. Sie setzten sich, nicht am Schreibtisch – um der Gleichwertigkeit willen...

Johannes wartete fragend, und Tischler ergriff das Wort.

‚Sehen Sie ... ich habe diese Vorträge mit Verwunderung erfolgt. Sie werden wissen, dass ich voller Skepsis damit begonnen hatte. Aber Sie haben mich verwandelt, Herr Leven. Ganz und gar. Ich – und mit mir meine Brüder und Schwestern, meine Freunde – ging davon aus, dass der Mensch in der heutigen Zeit in einer okkulten Gefangenschaft lebt, dass wir keinen von all den Wegen zum Geiste real gehen können, weil keine westlichen Meister inkarniert sind. Nun habe ich gesehen, dass das auf *Schwäche* beruht. Wir *wollen* keine Eingeweihten, wir wollen in unserem Verstand in Ruhe gelassen werden. Was an Offenbarungen da ist, können wir in aller Ruhe verstandesmäßig verarbeiten. Was der Verstand nicht fassen kann, lassen wir ‚stehen' oder versuchen wir mitzufühlen. Aber wir haben kein Bedürfnis nach neuen Eingeweihten. Es ist leichter, diese Eingeweihten einige Inkarnationen von uns entfernt zu haben oder sie in Japan und China zu wissen. Hier wollen wir das alles nicht als Wirklichkeit um uns herum, wir sind nun endlich von der Kirche mit ihren Dogmen und so weiter erlöst. Wir wollen Gleichheit und Brüderlichkeit, keine Freiheit. Nun ja, ein bisschen eigene Freiheit im Verstand, aber keine tiefgehende moralische Freiheit, die einem bewusst machen würde, dass es Unterschiede in der Entwicklung gibt. *Das* nun ist genau unsere okkulte Gefangenschaft. Wir selbst bauen sorgfältig die hohen

Gitter unseres Verstandes und schließen uns darin ab – und sprechen über Selbstlosigkeit, über Beratung, Einmütigkeit und so weiter. Das habe ich in diesen drei Vorträgen erlebt, vor allem in dem von Herrn Laurent, und dagegen hatte ich den größten Widerstand. Und Ihr letzter Vortrag hat das Gitter niedergerissen, wissen Sie. Ich habe es eingesehen.'

Er sah etwas verlegen vor sich hin und schwieg. Johannes fühlte einen großen Kummer in sich wachsen und fragte:

‚Wie soll es nun weitergehen?'

Tischler nickte.

‚Ich weiß es nicht. Ich weiß es wirklich nicht. Um nicht an diesen Punkt kommen zu müssen, haben wir das hohe Gitter gezogen. Ist man einmal frei, dann klappt nichts mehr. Chaos nennt man das. Ich bin plötzlich ein Fremder im eigenen Kreis. Die anderen müssen das nicht bemerken – *ich* bemerke es. Ich passe da nicht mehr hinein – und es ist mein Leben. Ich bin Vorstandsmitglied, eine wichtige Person. Das war schön, man lebte miteinander aus einem bestimmten Impuls heraus. Nun sehe ich, wieviel Mühe wir uns geben, diesen Impuls nicht kennenzulernen. Eigentlich beruht darauf die ganze Arbeit, die wir verrichten. Nach-außen-Tragen eines Impulses, der unerkannt bleiben muss. Wir sind ein Kollegium von Schwächlingen, mit mir an der Spitze...' Tischler lächelte, ‚dem Oberschwächling.'

‚Was nun?', wiederholte Johannes betrübt.

‚Zwei Möglichkeiten. Drei. Die erste: Versuchen, den neuen Impuls in die Organisation hineinzutragen. Die zweite: Mich Ihnen hier anschließen. Die dritte: In die weite Welt ziehen, in die Wüste – und den Impuls vergessen. Das Letzte ist natürlich ausgeschlossen. Das Erste ist unmöglich, das Zweite – dafür bin ich zu schwach.'

‚Also keine Möglichkeit?'

Tischler sah auf, seine Augen sahen Johannes sanft und betrübt an.

‚Ich werde das Unmögliche versuchen – und wenn es misslingt, werde ich wohl stark genug für die zweite Option sein.'

Johannes fühlte, dass er selbst es sehr schlimm gefunden hätte, wenn Tischler nicht das Unmögliche hätte versuchen wollen – aber zugleich fand er es auch sehr schlimm, dass er sich nicht für die zweite Option entschied, weil die erste für einen schwachen Menschen wahrscheinlich wirklich unmöglich war, so ganz allein...

‚Was wollen Sie *selbst* denn eigentlich, Herr Tischler?'

Tischler versank in Nachdenken, er sah verzweifelt aus. Er schüttelte den Kopf.

‚Ich weiß es nicht. Ich weiß es wirklich nicht.'

‚Gibt es in Ihrer Bruderschaft eine *bewusste* Überzeugung, dass der Impuls nicht angeschaut, erkannt werden darf?'

‚Ja. Aber Sie sehen, das kann sich ändern.'

‚Sie sind ein Mann des Gewissens, Herr Tischler. Gibt es auch Mitglieder Ihrer Organisation, vielleicht sogar Vorstandsmitglieder, die absichtlich etwas verhindern wollen, was nicht verhindert werden darf: die Einsicht in den Impuls?'

‚Ja, das wäre möglich. Ja sicher, das wird wohl so sein.'

‚Kann das Unmögliche möglich werden, wenn man bewusst *dagegen* agiert?'

‚Es gibt viele Menschen wie mich. Darum will ich Sie einladen, bei uns zu sprechen, mit uns zu arbeiten.'

‚Stimmt man dem zu? Ich bin ein Ketzer, wie Sie wissen.'

‚Und ich habe eine gewisse Macht, ein Sagen. Ja, es wird gelingen.'

Er richtete sich wieder etwas auf, eine Pflanze, die etwas Wasser bekommen hatte. Johannes dachte an Eva. Wäre sie nur hier, sie hätte ihm erzählen können, wie es sich nun wirklich verhielt...

‚Herr Tischler ... es ist Mittagszeit. Wollen Sie mit mir und meiner Frau essen?'

Tischler sah überrascht auf und sagte zögernd:

‚Ja, äh ... ja sicher. Gern.'

Johannes nahm das Telefon.

‚Dann rufe ich Eva an, wir können hier im Restaurant essen.'

Eva kam wie eine strahlende Schönheit in das Restaurant hinein, sie saßen schon am Tisch. Sie würde immer ein Mädchen bleiben, noch wenn sie achtzig war. Aber ihre Schönheit beruhte auf diesem unvergleichlich schönen Wesen, das sich offenbaren wollte, das alles in ihrer Umgebung in ähnliche Formen bringen wollte – auch ihren eigenen Leib. Er kannte keinen mutigeren Menschen als Eva...

Sie erzählten Eva von dem Gespräch. Mit ihren großen, verwunderten blauen Augen sah sie Tischler an, und er sah, wie ihr Urteil immer milder wurde. Als er zu Ende gesprochen hatte, trat eine Stille ein. Schließlich fragte Eva:

‚Wollt ihr, dass ich etwas darüber sage?'

‚Ja.', sagte Johannes lächelnd, während Tischler nickte.

‚Es erscheint mir wie ein heilloser Weg.', sagte sie ernst. ‚Die Macht des Nicht-Kennen-Wollens des Impulses – des Nicht-*Er*kennen-Wollens, denn das steckt natürlich dahinter – ist enorm, wenn diese Macht in einer Gruppe potenziert ist. Darum misstraute ich *Ihnen*, Herr Tischler. Jetzt sehe ich, dass Sie sich aus der Gruppe befreit haben. Das könnten andere vielleicht auch, aber das wird nur gehen, wenn sie *hier* Vorträgen beiwohnen. Natürlich kann Johannes auch *dort* sehr gut vortragen, und das wird auch durchaus Eindruck machen. Aber das ist nicht genug, es kann sogar zu einer Gegenkraft führen. Nun ja, ich wollte, Sie würden sich für die zweite Option entscheiden. Hier wären Ihre Erfahrungen von unschätzbarem Wert, Ihr *Wissen* auch. Aber ich verstehe Ihre Wahl natürlich vollkommen. Werden Sie dort *sagen*, was mit Ihnen geschehen ist?'

Diese letzte Frage erschütterte Tischler, das war sichtbar. Eva fügte hinzu:

‚Vielleicht wäre das der richtige Mittelweg zwischen Option eins und zwei...'

‚Und aufrichtig...', seufzte Tischler. Plötzlich erschien ein Lachen auf seinem Gesicht, wodurch sein Ernst nicht weniger, sein Wesen jedoch mehr sichtbar wurde. Er sagte:

‚Gut, Eva.' Er bemerkte nicht, dass er ihren Vornamen benutzte. ‚So will ich es versuchen. Dann wird es davon abhängen, wie darauf reagiert wird. Sagen wir: Ich komme in jedem Fall hierher, und vielleicht bleibe ich zugleich auch dort.'

Johannes sagte:

‚Kann man gegenüber Menschen, die ihren Impuls nicht erkennen *wollen*, aufrichtig sein?'

‚Es gibt sicher eine ganze Anzahl Brüder und Schwestern, die selbst aufrichtig sind. Sie werden mich stützen. Der Rest muss sich zeigen. Reizvoll ist das nicht, nicht wahr. Ich ahne den Spott und die Herablassung bereits – ich kenne sie schließlich von innen. Und man ist wiederum *so* darin gefangen, da hat Eva recht. Drei Tage Johannes gegenüber dreißig Jahren ... etwas anderes. Die Gewohnheit sitzt sehr tief.'

Die Suppe wurde gebracht, und sie aßen sie schweigend.

Tischler war in Nachdenken versunken. Schließlich schob er seinen Teller zur Seite und sagte:

‚Nun ja, es bedeutet, dass ich da Abschied nehmen werde – wahrscheinlich.'

‚Was sagt Ihre Frau, was sagen Ihre Freunde...', fragte Eva.

‚Meine Frau begreift nichts davon, und meine Freunde wissen nichts.'

‚Wollen Sie es wirklich so machen?' Es war eine überflüssige Frage, und sie fühlte es. ‚Natürlich wollen Sie das. Ich finde es schlimm, diese Einsamkeit.'

‚Die habt ihr hier doch auch?'

‚Wir haben einander.'

Tischler sah Eva betrübt an und fragte:

‚Werde ich euch auch ‚haben'?'

Nachdem sie eine neue Verabredung gemacht und ihn zu seinem Auto gebracht hatten, gingen Eva und Johannes Arm in Arm nach Hause. Beide fühlten sie einen tiefen Schmerz. Über Tischlers Entschluss zur Einsamkeit, über den verwahrlosten ‚Impuls', über die Erde, die geschunden und ausgebeutet wurde, über die Menschen, die blind weiterrasten, ohne Momente der Besinnung, über die falsche Meinungsbildung in der Wissenschaft und Staat. Über die eigene – noch übriggebliebene – Schwäche, über den Mangel an *durch*dringender Geisteskraft. Über die Verleugnung Gottes, des großen Opfers des Sohnes des Makrokosmos, der ‚in Seelenform umschwebt der Menschen Werden...'

Sie wanderten weiter als bis zu ihrem Haus, den Weg mit dem niedergetretenen Schnee entlang.

‚Gib mir dein Urteil, deine Gefühle, Eva...'

Sie drückte seinen Arm und sagte:

‚Wir fühlen dasselbe. Aber Tischler ... ist glaube ich aufrichtig. Wie kommt es, dass Menschen hier so völlig umkehren können, Johannes?

Hier geschieht das, nicht irgendwo anders. Du solltest dort keine Vorträge geben, ich bleibe dabei. Jeder kann hierherkommen.'

‚Das weiß ich nun gerade nicht, Eva.'

‚Nein, das weißt du nicht. Aber ich weiß es. Das ist Kriegstechnik, Strategie. Man darf nicht unbewaffnet in das feindliche Lager gehen.'

‚Na, na. Feindlich... Ich glaube, es macht etwas aus, wie ich es sehe. Wenn ich von meiner vollen Moralität aus dort an die Arbeit gehe, dann ist es kein feindliches Lager mehr.'

‚Trotzdem darfst du es nicht tun. Nun ja, es wird wohl von selbst so kommen, dass sie dich nicht einmal *wollen*. Er muss hierherkommen und arbeiten, dieser Tischler. Und da weggehen.'

‚An was für eine Arbeit hast du gedacht, Eva?'

‚Bei allen Arbeitsgruppen, Vorträgen und Gesprächen mitmachen. Und Peter helfen, Verbindungen nach außen zu schaffen. Dafür kommt er wie gerufen, nicht wahr? Er *wird* also wohl gerufen sein.'

Sie liefen schweigend weiter, Arm in Arm, *eine* Seele in inniger Vereinigung.

*

Johannes blickte auf den Abend und den Tag zurück, welche nun abgelaufen waren. In diesem Rückblick erst offenbarten sich die wundersamen Zusammenhänge. Wenn der Blick sich von den Dingen und ‚dinglichen' Geschehnissen zu deren geistigem Ursprung erheben kann, sieht man eine wunderbare Harmonie – die nur durch die Dummheit des Menschen zerstört wird. Der Impuls der Mitternachtsstunde, der so stark in Johannes lebte, konnte auch noch immer nicht bis in jede Gebärde, jeden Blick hineingetragen werden. Nur im geschriebenen Wort und in den Vorträgen ging dies – und vor allem natürlich in einer Meditation wie dieser. Er sah nun das Wunder von Tischlers Kommen; wie er aus seinem mitternächtlichen Impuls heraus gehandelt hatte, wie dieser in ihm zu strahlen und zu wirken begann. Johannes sah nun eine alte Freundschaft mit Tischler, die er absolut nicht erkannt hatte. Er war in die Irre geraten, hier im Erdenleben – und die Begegnung mit Johannes hatte nicht so sehr durch den Inhalt der Vorträge gewirkt, als vielmehr durch die alten

Freundschaftsgefühle, die dadurch wach geworden waren. In dieser vorherigen Inkarnation waren sie auch nicht immer miteinander einig gewesen, Tischler hatte ihn auch damals nicht wirklich verstanden – und doch waren sie in der Tiefe durch sehr viel Liebe verbunden. Es ist merkwürdig, dass man dies in einer Begegnung *so* mit heutigem Ballast übertönen kann. Johannes hatte nur ein gewisses Wohlwollen gegenüber Tischler empfunden – das war die Gefühlsessenz ihrer Verbundenheit. Er sah auch den Zusammenhang zu Peter, mit dem er an diesem Tag zuvor ein wichtiges Gespräch geführt hatte. Wahrscheinlich würden diese beiden für eine Verbreitung der Initiative arbeiten, sie waren ebenfalls tief miteinander verbunden. So lebte Johannes im Kontrast zwischen der Blindheit des Alltags und dem klaren Schauen in der Meditation.

Johannes suchte seine eigene Geist-Substanz, sein Ich, und erlebte die tiefe Einsamkeit, die die Freiheit mit sich bringt. Auf sich selbst gestellt ist das Ich, aber damit auch allein. Solange es sich Assoziationen, Gefühlen, Erinnerungen hingibt, fühlt es diese Allein-heit nicht. Stellt es sich denkend, wollend, innerlich ganz auf sich selbst, dann findet es in seiner Aktivität die Freiheit, aber auch die tiefste Einsamkeit. Wo liegt der Punkt, aus dem unbezweifelbar hervorgeht, dass das Ich mit Wesen und Prozessen in Verbindung steht? Es ist das Gewissen. Das Ich hat ein Wissen von Gut und Böse, und daraus geht hervor, dass es in einem großen Ganzen steht. Denn Gut und Böse existieren nur im *Verhältnis* zu einem anderen, dem anderen. Die Welt des Gewissens ist für das Ich das Vaterland, das Zuhause. Es hat das Wissen von Gut und Böse mit einem Fall in die Materie bezahlen müssen, aber geblieben ist das Gewissen, das immer mehr und mehr das Eigene des Ich ist. Die Denkseite des Ich ist der Erkenntnisprozess, die Fähigkeit zu *wissen*. Die Willens-Gefühlsseite ist das *Ge*wissen. Darum äußert sich die ‚Urbeziehung' des Ich als Gewissen. Die Urschuld würde, wenn sie siegen würde, das Ich ausschließlich auf sich selbst stellen, so dass es blind, einsam nur sich selbst wollen kann. Die ‚Urbeziehung' ist jedoch das Gewissen, die andere Seite des Ich, wo es sich nicht durch wachsende Selbstsucht auf Kosten alles anderen stählt, sondern wo es sich als Gewissen stählt, als Bewusstsein einer bösen Tat, einer guten Tat. Eine Philosophie der Freiheit führt zum Guten, wenn sie zu der Welt des Ich als Freiheit im Gewissen, als gewissensvolle Freiheit führt... So schreibt schon Novalis eine Philosophie der Freiheit im Gespräch von Sylvester mit Heinrich von Ofterdingen. *

‚Werter Pilger', versetzte Sylvester, ‚das Gewissen erscheint in jeder ernsten Vollendung, in jeder gebildeten Wahrheit. Jede durch Nachdenken zu einem Weltbild umgearbeitete Neigung und Fertigkeit wird zu einer Erscheinung, zu einer Verwandlung des Gewissens. Alle Bildung führt zu dem, was man nicht anders, wie Freiheit nennen kann, ohnerachtet damit nicht ein bloßer Begriff, sondern der schaffende Grund alles Daseins bezeichnet werden soll. Diese Freiheit ist Meisterschaft. Der Meister übt freie Gewalt nach Absicht und in bestimmter und überdachter Folge aus. Die Gegenstände seiner Kunst sind sein, und stehn in seinem Belieben und er wird von ihnen nicht gefesselt oder gehemmt. Und gerade diese allumfassende Freiheit, Meisterschaft oder Herrschaft ist das Wesen, der Trieb des Gewissens. In ihm offenbart sich die heilige Eigentümlichkeit, das unmittelbare Schaffen der Persönlichkeit, und jede Handlung des Meisters ist zugleich Kundwerdung der hohen einfachen, unverwickelten Welt – Gottes Wort.'

Unendliche Augen öffnet uns die Nacht.

In der mitternächtlichen Stunde wohnt das Gewissen. Es wird klarer, differenzierter, je mehr diese Stunde uns durchwirkt, bis in den Augenblick. Da, in dieser Stunde, liegt der Quell, der Impuls, wo sich die Vergangenheit in die Zukunft metamorphosiert, da liegt der Ur-Augenblick.

Die Zukunft in diesem Ur-Augenblick wird auf Erden zur Vergangenheit, aber in jeder Verwirklichung des Gewissens entsteht neue Zukunft, Augenblicke auf dem Weg zu einem goldenen Zeitalter...

In diesem Augenblick war Johannes *ganz Johannes.*

---

* Heinrich von Ofterdingen, 2 Teil, Die Erfüllung. Carl Hanser Verlag, Band I, S 380.

Die Überschriften zu den Kapiteln sind dem Werk von Novalis entnommen.

(Friedrich von Hardenberg, 1772-1801)